검찰 바이러스
감염증

검찰 바이러스 감염증

초판 1쇄 발행 2023년 12월 20일

지은이 최영주
펴낸이 장길수
펴낸곳 지식과감성#
출판등록 제2012-000081호

교정 한장희
디자인 오정은
편집 오정은
검수 김지원, 이현
마케팅 김윤길, 정은혜

주소 서울시 금천구 벚꽃로298 대륭포스트타워6차 1212호
전화 070-4651-3730~4
팩스 070-4325-7006
이메일 ksbookup@naver.com
홈페이지 www.knsbookup.com

ISBN 979-11-392-1517-5(03810)
값 23,000원

- 이 책의 판권은 지은이에게 있습니다.
- 이 책 내용의 전부 또는 일부를 재사용하려면 반드시 지은이의 서면 동의를 받아야 합니다.
- 잘못된 책은 구입하신 곳에서 바꾸어 드립니다.

지식과감성#
홈페이지 바로가기

검찰 바이러스 감염증

최영주 지음

오랜 세월 검찰에 몸담았던 사람으로서 경험한 사실
그리고 그 사실을 바탕으로 알게 된 진실을
무덤까지 가져가지 않겠다는 평소 다짐을 실천하고 싶습니다.

1

'맥(脈)일보' 장준미 기자가 전화를 걸어 왔다.

수사관님 안녕하십니까? 얼마 전 화평지청을 끝으로 퇴직하셨다고 들었습니다. 퇴직하면 만나자는 말씀 잊지 않고 연락드렸습니다.

예, 반갑습니다.

그동안 어떻게 지내셨습니까?

검찰에 근무하면서 궁금하여 견딜 수 없었던 일들에 대하여 답을 얻는 작업에 몰두했습니다. 논문이 곧 발간될 예정입니다.

평생 검찰공무원이었던 것에 후회는 없습니까?

후회한 적도 있었지만 놀랍고 기막힌 검찰 제도문화에 대한 의문들을 파헤치고 깨닫고 하면서 저만이 가능한 영역이 있다는 사실에 나름 큰 보람이 있었고, 인생사 일희일비할 것 아니라는 생각도 듭니다.

앞으로 호칭은 '신동민 수사관님'이 아니고 달리 불러야 할 텐데 말입니다.

현직에 있을 때도 수사관이라는 호칭을 별로 좋아하지 않았습니다. 그게 무슨 수사관입니까? 검사의 아바타였지.

아바타요?

예, 검사실에서 10년간 참여수사관으로 근무하면서 특히 그랬습니다. 차차 이해하게 되실 겁니다.

검찰공무원 생활 결산이랄까요. 자서전, 회고록, 비망록도 좋고, '검찰을 말한다' 식의 제목을 붙일 만한 그런 진솔한 이야기를 듣고 싶습니다.

저도 그런 쪽으로 고민하고 있었습니다.

인터뷰든지, 증언이든지 어떤 방식이든 치열하게 부대꼈던 검찰의 내면을 듣고 싶습니다.

늘 마음먹었던 것이 있었습니다. 오랜 세월 검찰에 몸담았던 사람으로서 경험한 사실 그리고 그 사실을 바탕으로 알게 된 진실을 무덤까지 가져가지 않겠다는 평소 다짐을 실천하고 싶습니다.

2

장준미 기자를 처음 알게 된 것은 2016년 내가 검찰에서 경험한 일들을 모티브로 '경성지방법원 검사국'이라는 소설을 발간한 직후였다. 지청장이 상부와 소통하며 나에게 기자 접촉과 책 읽기 권유에 대한 일체 금지령을 내려 이를 이행하던 중 나에게 여러 번 연락을 시도하던 기자였다. 이후로도 계속 연락을 받지 않자 당시 근무지인 화평지청에 내려와 대화를 나눈 후 가끔 연락을 주고받아 왔다. 변호사 시험에 합격한 후 기자의 길에 들어선 특이한 경력을 지니고 있다. 그동안 나에게 연락해 온 기자들이 많았으나 검찰을 제대로 알려고 하거나 취재하려 들기보다 알려 줄 수 없는 내부 정보를 알려 달라거나, 바지저고리를 입고 한 손에 막대기를 든 내가 갑옷을 입고 긴 창을 손에 쥐고 천리마에 올라 있는 검사를 향해 달려가 맞선 끝에 선혈이 낭자해지기만을 기다리는 것 같았다. 장 기자는 나에게 그런 느낌을 준 적이 전혀 없었고 기자다운 면모를 보여 주었다.

저녁을 먹고 컴퓨터 앞에 앉아 전원을 켰다. 바탕화면에 있는 '일기마을' → '2012년' 폴더를 차례로 열어 한글파일 '0430'을 클릭했다. 2012년 4월 30일 비망록에 나는 이렇게 적고 있었다.

> **4월 30일 (월)**
>
> ‣ 오후에 박중희 사무과장의 호출을 받고 과장실로 갔다. "강호지청으로 이미 발령이 났으니 그리 알고, '앞으로 게시판에 글을 올리면 가만두지 않겠다'라고 하더라"는 상부의 뜻을 전달했다. 그의 말에 나는 "언젠가 검찰에서 겪은 일들을 세상에 알리는 날이 올 것입니다. 그래도 저를 날려 보낼 것인지 그들에게 물어봐 주십시오"라고 말했다. 그는 가소롭다는 듯이 웃으며 나를 내보냈다.

이제 나의 32년 검찰공무원 생활을 증언할 날이 온 것 같다. 그러나 장 기자가 제안하는 인터뷰 또는 증언에 섣불리 나설 일은 아니다. 그에 대하여만 조금 알지 '맥(脈)일보'가 어떤 언론사인지 모르지 않는가?

회사 홈페이지 'www.mac.co.kr'에 접속하여 맨 하단 '회사소개'를 클릭했다.

'맥(脈)일보'는 '대현 문화재단'에서 1988년 설립한 신문사이다. 한반도의 평화와 정의, 민주주의가 들꽃처럼 만발하고, 강물처럼 흐르며, 모두 잘 사는 세상을 만드는 데 한 알의 밀알이 되고자 진실의 맥을 짚어 이를 정직하게 보도하는 것을 사훈(社訓)으로 한다.

'대현 문화재단'은 1987년 재일교포 1세 고 김대현(金大鉉) 선생(1912~2002년)의 숙원을 담아 설립된 재단으로 조국의 학문과 과학기술의 발달, 문화예술, 장학사업 지원과 노벨상 수상에 이바지하고자 설립한 재단으로, 현재 선생의 아들 김우성이 이사장을 맡고 있다.

김대현 선생의 약력이 이채로웠다.

김대현 선생의 삶

- 1927년 창신공립보통학교, 1932년 남대문상업학교(현 서울동성중학교) 졸업
- 1932~1933년 동경 소재 서점 '에도노서고(江戶の書庫)' 근무
- 1937년 재판소 서기 시험 합격
- 1938년~1945년 경성지방법원 검사국 입회서기 재직
- 광복 직후 정계는 물론 군부, 경찰, 검찰, 법원 등을 비롯하여 사회 전반에 친일파가 다시 크게 득세하므로 실망하여 도일(渡日), 전후 폐허로 폐점 직전까지 몰리던 '에도노고(江戶の庫)' 서점을 일본 내 굴지의 서점으로 발전시킴
- 유명을 달리할 때까지 한때 검찰 직원으로 일제에 부역한 것을 늘 부끄러워하고 반성하였으며, 구한말 부패로 나라를 잃었고, 남북분단, 동족상잔의 전쟁 이후 반목과 질시, 평화를 위협받는 한반도의 현실, 불행한 역사의 멍에를 짊어진 청년들의 고통과 희생이 모두 일제 잔재(殘滓)에서 비롯되었다고 말씀하셨고, 국민이 참되게 깨어야 나라를 바로 세우고, 한반도의 평화, 통일을 이룰 수 있다는 말씀과 일제 부역에 대한 뼈저린 속죄의 마음으로 유산을 재원으로 재단을 설립함

3

제안대로 증언에 응하겠습니다. 장 기자님에게 이전부터 마음이 좀 열려 있기는 했으나 신문사 홈페이지를 둘러보고 결심했습니다. 제가

경험했던 검찰의 내면을 세상에 알리겠다는 평소 신념을 실천할 때가 왔다는 생각이 듭니다.

이렇게 빨리 그리고 흔쾌히 허락해 주시니 감사합니다.

저의 검찰공무원 생활 32년을 3기로 구분할 수 있습니다. 제1기는 첫 발령을 받은 1991년 10월부터 2000년 5월까지 일반 사무부서에 근무한 8년 8개월의 기간이고, 제2기는 그때부터 2012년 2월까지의 기간 대부분인 만 10년 동안 검사실 참여수사관으로 근무 중 검찰개혁을 주장하였다가 '검사실에 두면 안 될 사람'이라는 죄목으로 파문당한 일이 있었던 기간이고, 제3기는 그때부터 2023년 9월 퇴직할 때까지 약 11년 중 검사 직무대리실에 6개월 근무한 것을 제외한 나머지 기간 모두 일반사무부서를 전전한 기간입니다.

파란만장한 일들을 들을 수 있다고 생각하니 기대가 됩니다. 들려주실 내용은 기억에 의한 것 말고도 다른 객관적인 자료가 있습니까?

대부분은 기억에 의한 것이고, 검사실 근무 때 약 3년 동안 일기를 쓴 것과 이후 간간이 기록한 비망록이 있습니다. 일기 소개에서는 검찰의 장기 곳곳을 내시경으로 들여다보는 느낌을 받을 것입니다.

일기와 비망록이 있다고 하셔서 귀가 솔깃합니다. 일기는 통상 일기와 다른 점이 있다면 무엇입니까?

검찰에서 경험한 의미 있는 일만을 그날그날 퇴근 후 잠자리에 들기 전 기억을 되살려 기록한 것입니다. 특히 일기를 쓴 동기와 목적은 검찰에서 언젠가부터 저의 의식에 어렴풋이 깃들게 된 검찰 괴물에 대한 정체를 밝히기 위한 준비 작업이었습니다. 말하자면 일기 쓰기와 비망록은 다른 선택의 여지가 없도록 옥죄어 공통적인 언행을 하게 하는 현상이 마치 거역할 수 없는 어떤 괴물의 지배와 지령을 받아 이루어지는 것처럼 느껴져 그 괴물의 정체에 대한 궁금증을 풀기 위한 준비 작업이었습니다.

결국 검찰 괴물의 정체를 알게 되었다는 것으로 들립니다.

예, 부단히 연구한 끝에 그 괴물의 정체를 밝혀냈고 그것은 바로 일제에 숙주와 발생 기원을 둔 검찰 바이러스에 대한 발견이었습니다. 그 정체를 밝히기 위한 준비 작업이었던 일기는 특히 저도 모르게 실시한 역학조사가 된 셈입니다. 이러한 언급은 저의 증언을 들으실수록 이해되실 것입니다. 이번 증언은 곧 발간될 논문 작업을 결심한 동기에 해당하는 것으로서 감염증 소개에 초점을 맞추겠습니다. 검찰의 무소불위 그리고 선택적 정의의 유전자 발생, 검경 간 형사사법 노예, 아바타 문화, 거악의 원흉 전관예우, 검찰의 자정작용을 심각하게 해쳐 온 집행관 임명제도 등을 각기 자양분으로 하여 창궐해 온 검찰 바이러스의 발생 기원과 숙주, 70여 년에 걸친 변이과정은 논문을 통하여 상세히 밝힐 것입니다.

증언에서 다른 사람이 감추고 싶은 행적도 말씀하게 되실 텐데 이에 대하여는 어떤 생각이 드십니까?

예, 그 부분이 가장 마음에 걸립니다. 무엇보다 검찰 바이러스의 존재와 감염증을 알고 난 후로는 감염증을 보인 그들 모두 연구와 치유의 대상이었지 그 누구도 미워한다거나 좋지 않은 감정은 없습니다. 오로지 증언 목적에 부응하여 친소관계를 전혀 고려하지 않고 있는 사실 그대로 형평성 있게 증언하고자 합니다.

기자로서 매우 의미 있는 작업에 임하고 있다는 사실에 자부심이 느껴집니다.

미리 양해를 구할 것이 있습니다. 제1기에 대한 이야기는 모두 건너

뛰어 생략하고, 제2기 시절부터 이야기할까 합니다. 그 이유는 검사실에서 파문을 당한 후 검찰 제도문화에 관하여 연구하던 중 검찰 바이러스를 발견하였고, 제가 경험한 이해할 수 없는 일들은 모두 다양한 감염증이었음을 비로소 깨닫게 되었습니다. 말하자면 일반사무부서에서 경험한 일들은 감염 경증(輕症)이었고, 검사실에서 경험한 일은 거의 모두 중증(重症) 또는 치명적(致命的)이어서 경증은 건너뛰고 중증부터 이야기하자는 것입니다.

　우선 궁금한 것은 바이러스는 숙주와 발생 기원이 있고, 변이마다 독성과 증상에 차이가 있는데 그런 바이러스였다는 말입니까?

　예, 그런 바이러스와 다를 바 없었습니다. 이 또한 증언을 들으시면서 차차 이해하게 될 것입니다.

　이 부분 하나 더 물어보고 싶습니다. 바이러스 감염증의 기본 공통증상은 '열'에 이어 독특한 증상들을 보이는데 검찰 바이러스도 그런가요?

　예, 우선 간략히 언급하면 누구든 생애 최초 감염되었을 때 앓는 기본 공통증상은 '겁(怯)'입니다. 이후 사람, 단체, 조직마다 시기와 정도에 차이가 있습니다만 검사 또는 검찰 직원이 감염되어 증상이 심해지면 아이러니하게도 '겁' 증상은 잠복하게 되고, '외견적 용감(勇敢)', '부패검찰 역할용', 수구 기득권 수호에만 집중하여 정보를 수집하고 판단하는 '확증편향(確證偏向)' 증상을 보입니다. 그리고 이를 바탕으로 감행한 부패한 직무수행을 '정의(正義)'로 위장하는 '양두구육(羊頭狗肉)' 수법을 반복활용하여 '선택적 정의' 증상으로 순차 발전하는 가운데 감염된 이들은 이에 맞춤형으로 '선택적 처신'에 몰입하며 크고 작은 다양한 여러 증상을 동반합니다.

　다른 여러 증상이란 어떤 것들이 있습니까?

우선 몇 가지만 말씀드리면 '피아(彼我) 구별 붕괴', '주구(走狗)'. '사건 농간', '전관예우', '은폐와 침묵의 카르텔', '먹튀' 등 실로 매우 다양한 증상을 보이는데 이는 증언 과정에서 소개하겠습니다. 그리고 이 모든 증상은 감염 이전 지닌 부도덕성과 탐욕, 부패한 마음가짐과 처신 등의 기저질환이 있는 자는 증상이 더 심하고 복합적이며 더 치명적으로 나타납니다.

검사만이 지니는 독특한 증상으로 검사 이외의 수사업무 종사자를 지배하고 조종하려는 '아바타 활용' 증상을 동반합니다. 검사가 국가와 국민의 현재와 미래에 치명적 독소를 내뿜는 합병증은 '정치검사' 증상입니다.

검찰 퇴직 후 나타나는 공통증상은 현직에 있을 때 '은폐와 침묵의 카르텔' 증상을 계승한 '재갈 물기' 증상이 있는데 검찰에 대한 직간접 경험을 통하여 알고 있는 부패한 일들을 마음에만 품고 살다가 모두 그대로 안고 무덤으로 들어가는 증상입니다.

검사 이외 수사업무 종사자라면 검찰수사관, 경찰인데 맞나요?

예, 맞습니다. 공통은 '검사의 아바타', '굴종' 증상을 보입니다. 이 부분도 본론에서 언급하도록 하고 경찰과 검찰 바이러스 상관관계에 대하여 대표적 현상 중 하나로서 그동안 경찰의 수사권독립 운동의 핵심은 오랜 세월 검사로부터 지배당하여 왔거나 아바타였던 신분에서 벗어나고자 한 몸부림이었다고 보시면 됩니다.

그 밖의 사람도 감염증을 보입니까?

물론입니다. 정치인, 학자, 언론인 등 지식인, 일반인에게도 감염이 쉽게 되는데 신분에 따라 각기 독특한 증상이 나타납니다. 이 모두 검찰의 무소불위에 깃든 바이러스성 독성이 신분에 영향을 받아 다소 특이하게 나타나기 때문인데 앞서 언급한 대로 공통인 것은 초기에 '겁' 증상을 보이다가 각기 뇌 속에 저장된 본분에 관한 정보가 서서히 날아가게 됩니다. 정치인 그리고 학자, 언론인 등 지식인의 경우 검찰의 선택적 정의에 맞춤형으로 선택적 처신에 몰입하여 그들 뇌에서 각기 그 감염증에 대한 자각과 본분으로부터 나오는 백혈구적 저항 의식에 관한 정보가 날아가는 바람에 검찰의 무소불위에 속수무책이 되고 이에 따라 나타나는 증상은 '굴종', '비굴', '직업적 양심 망각', '왜곡', '궤변', '아첨' 등 다양한 증상을 보입니다.

알겠습니다. 그런데 조금 전 '경증'은 모두 건너뛰어 생략하자고 하셨는데 저는 생각이 좀 다릅니다. 가능한 한 모든 증상을 관찰해야 경증, 중증, 치명적인지에 대한 인식과 상호 구별이 가능하다고 생각합니다.

일리 있는 말씀입니다만 그러면 경증에 관한 이야기가 너무 길게 늘어지고 지리멸렬해져서 정작 중요한 중증, 치명적 증상에 대한 시간 할애가 어렵게 되는 문제가 있습니다. 이렇게 하면 어떻겠습니까? 제1기는 증언 주제에 가까운 몇 가지만 간추려 상징적인 의미에서 말씀드리는 것입니다. 말하자면 첫 발령지로서 한강지방검찰청 정의지청에서 1991년 10월부터 1994년 11월까지 3년 동안 검찰 사무부서에 근무하면서 겪은 일 중 의미 있는 이야기를 들려드리고, 이후 검찰이 변화하는 가운데 대동소이한 일들의 반복이었던 5년 동안의 중간부는 모두 건너뛰어 과감히 생략하고, 제2기 검사실 근무가 시작되기 바로 직전이자 제1기 마지막 기간인 1999년 11월부터 2000년 5월까지 6개월 동안 한강지검 강북지청 사무부서에 근무하면서 겪은 의미 있는 이야기를 들려드리고 본격적인 제2기 검사실 이야기로 넘어가면 어떻겠습니까?

생선에 비유한다면 제1기는 머리와 꼬리만 보여 주신다는 것이네요.

예, 그것만 보여 드려도 어떤 생선인지 구별하실 수 있을 겁니다.

알겠습니다. 증언의 주제를 한 마디로 말씀해 주실 수 있습니까?

이번 증언과 발간될 논문을 아우른 주제입니다만 검찰 제도문화의 실질과 본질, 그리고 그 변천 과정을 알려 검찰 바이러스 퇴치를 위한 최종 마무리 백신 생산 즉 검찰개혁 입법 완수 그리고 검찰 과거사에 관한 독립기념관 전시와 역사 교과서 수록을 위한 심층적이고 본격적인 연구 시작에 한 알의 밀알이 되는 것입니다. 검찰개혁 완수가 지니는 참된 의미는 검찰 권력의 무소불위 해체를 통한 진정한 의미의 광복입니다. 서두르지 말고 신중하게 차근차근 나아가서 반드시 검찰개혁을 완수하여야 합니다.

검찰개혁과 진정한 광복과 어떤 관계가 있습니까?

제가 연구한 바에 의하면 밀접불가분의 관계에 있습니다. 이 또한 논문에서 상세히 다루고 있습니다.

증언의 기본적인 경향이나 방향은 어떻습니까?

검찰은 과거와 많이 달라져서 제가 오랜 세월 경험한 증언 내용 중 상당 부분은 현재 사문화가 된 것도 있습니다만 제가 몸담은 32년 동안 경험한 실상을 남겨 둠으로써 훗날 반면교사와 검찰 연구자료가 되기를 바랍니다. 그리고 앞으로 공통되어 강조하고 싶은 것은 수많은 제도가 부침을 거듭하는 가운데 경험한 저의 증언 내용을 특정인의 특정 행위 또는 일탈로 여기지 마시고 정도의 차이일 뿐 검찰에 몸담은 사람들의 전통적이고 공통적인 현상으로서 '사람 자체의 문제보다 이들을 지배하고 조종해 온 제도문화의 문제'였다는 말씀드리고 이 점 가장 염두에 두셨으면 합니다.

저의 기억이 끊기지 않도록 가능한 한 빠른 속도로 말씀드리도록 하겠습니다. 알차고 내실 있는 증언이 되도록 장 기자님께서 언제든지 개입하여 좋은 질문을 많이 해 주시기 바랍니다.

알겠습니다.

4

'수사관님'이라는 호칭을 좋아하지 않는다고 하셨는데 어떻게 호칭해 드리면 좋겠습니까?

'증인'이라고 부르면 좋지 않을까 생각합니다.

1991년 처음 검찰에 처음 몸담으셨다고 했지요?

예, 1991년 3월 국가공무원 9급 검찰사무직에 응시하여 1차 필기, 2차 면접을 거쳐 그해 10월 한강지검 정의지청에 첫 발령을 받았습니다. 공무원에 뜻을 둔 동기는 어려운 가정환경 그리고 고졸 학력으로서 제 나름 인생의 돌파구를 찾은 것입니다.

검찰에 들어오기 전 경력이 있습니까?

경력이라기보다 특별한 경험이 있습니다. 공무원이 되기 위한 비용을 스스로 벌어야겠다는 결심이 계기가 되어 군 제대 직후 7개월 만인 1988년 8월 일본 동경에 가서 2년 동안 체류하였습니다. 체류 기간 이타바시(板橋)에 살면서 이케부쿠로(池袋)에 있는 어학원에 다니며 공사장, 택배회사, 식당, 신문 판매소 등으로 옮겨 일하며 주경야독하다 1990년 9월 귀국하였습니다.

제대 후 7개월 만에 일본으로요?

예, 그해 1월 제대 직후 공무원 수험공부를 위하여 시립도서관에 다니며 독학했는데 그것만도 교통비, 식대가 필요했고, 학원도 좀 다녀야 하기에 돈이 필요했습니다. 그래서 약 1년 동안은 공부를 접고 무슨 일이든지 해서 비용부터 충분히 번 다음 그 돈으로 마음껏 수험공부를 해야겠다고 마음먹고 일자리를 찾아다녔습니다. 그러다 마침 1988년 올림픽 개최를 앞두고 해외여행 규제가 풀어진 여파로 유학 알선 업체가 늘어난 가운데 일본에 가서 어학연수도 하고 돈도 벌 수 있다는 광고를 접하게 되었고, 업체 직원을 만나 들어보니 60만 원만 주면 여권 및 비자발급, 어학원 입학을 모두 대행해 주겠다는 것입니다. 그 길로 공사장에 나가 돈을 벌어 비용을 마련하였고, 그해 8월 김포공항에서 일본 나리타(成田)행 비행기에 올랐는데 일어는 히라가나, 가타가나만 겨우 외웠고, 돈도 없이, 아는 사람도 없이 간 것입니다.

어디서 그런 용기가 났고, 어떻게 지내셨습니까?

군에서 몸에 밴 용기 절반에다 공무원 시험 준비를 위한 비용을 벌기 위한 수단 겸 경제 대국으로 발전하고 있던 일본도 경험할 수 있다는 장점에 끌려서 간 것입니다. 일본 체류 2년 동안을 이야기하자면 길고, 이케부쿠로에 있는 '제일외어학원'에 꾸준히 다니며 아르바이트와 공무원 시험 준비를 병행하며 지내다 1990년 9월 귀국하여 1991년 3월 필기시험에 응시했습니다.

귀국하여 필기시험까지면 불과 7개월 만인데 그렇게 단기간에 합격한 비결은 무엇이었습니까?

우선 지금처럼 경쟁률이 높지 않았던 것이 도움이 되었고, 그때는 놀라울 정도의 집중력을 지녀서 여건만 된다면 더 큰 목표를 두고 공부를 지속할 수 있으면 좋겠다는 생각도 했습니다. 그리고 일본 체류 동안 수

힘공부를 해 둔 것이 주요했고, 더 큰 힘이 된 것은 평생 노점, 노동일을 하신 부모님과 형제들의 염려와 응원이었습니다.

일본에서 어떻게 지내셨는지 대강 들려주십시오?

처음에는 일어도 못 하고, 여비도 없고, 아는 사람도 없어 공항에 도착한 첫날 목적지인 어학원에 도착하는 데도 곡절이 있었고, 도착해서는 당장 수업료가 없어 어학원 기숙사에 일시 여장만 풀었다가 브로커의 소개로 가나가와현 사가미하라(相模原)에 있는 공사현장에 가서 노동일을 했습니다. 약 1개월 동안 열심히 돈을 벌어 기숙사로 다시 들어와 어학원에 다닐 수 있었고, 이후 어학원에 꾸준히 다니며 생활비와 학원비를 벌고자 택배회사 하차 작업, 식당에서 허드렛일을 하면서 점차 그곳 일상생활에 적응해 나갔습니다.

그런 일을 하던 수개월 동안 너무 바쁘게 지내 공부할 시간을 낼 수 없는 데다 늘 과로가 겹쳐 새로운 일자리를 찾아 나섰다가 동료 어학원생의 소개로 요미우리신문 판매소에서 일하게 되었는데 그 일이 제격이었습니다. 만일 그 일에 종사하지 않았다면 귀국 후 짧은 기간에 시험에 합격하지 못했을 것입니다. 우선 아침형인 저에게 맞는 일자리였고, 그 신문사가 조간, 석간을 모두 발간하여 매일 새벽 그리고 낮에 어학원을 마치고 돌아와 오후 배달을 하였습니다. 나중에는 매우 익숙해져서 배달시간이 줄어들었고 얼마 후 오토바이 면허를 취득한 후로는 더 줄어들어 공부할 시간도 많아졌고, 말문이 트이면서부터는 수금, 영업, 구역 관리까지 도맡아 하면서 수당수입도 꽤 많았습니다.

저의 인생에서 우연한 기회로 맞이한 2년간의 일본 어학연수와 그곳 생활이 먼 훗날 검찰 제도문화 연구의 밑천이 될 것이라고는 꿈에도 생각지 못했는데 저에게는 운명적 경험이 아닐 수 없습니다.

알겠습니다. 제2기에 해당하는 기간 함께 근무한 검사는 총 몇 명입니까?

10년 동안 짧게는 수개월 길게는 1년 넘게 모두 15명의 검사와 근무를 했습니다. 검사들 면면을 잊을 수 없고, 그들 대부분도 저에 대하여 매우 특별한 기억들을 간직하고 있을 것으로 생각합니다.

본격 증언에 앞서 중요한 내용이라고 생각되어 묻고 싶습니다. 공직자로서 재직한 기간 증인의 청렴에 관한 것입니다.

제1기 때 약 10년 동안은 상사나 선배를 따라 검찰 특유의 조직 문화에 휩쓸린 적이 많아 그다지 청렴하지 못했고, 2000년경 제2기부터 퇴직할 때까지 23년 동안은 각고의 노력과 실천을 거듭하여 거의 완벽하게 실천하였고, 총체적인 면에서 저와 비슷한 연륜을 가진 공무원으로서는 도달 불가능한 정도와 수준의 청렴도를 유지하였다고 감히 말씀을 드릴 수 있습니다.

그렇게 말씀하실 수 있는 내면이 이러한 증언에 응할 수 있는 바탕이 되고 있지 않나 생각합니다.

5

1991년 10월 1일 임용 첫 발령지인 한강지검 정의지청 총무과에 도착하여 저의 임용 동기 일행을 맞이한 인사 담당자를 따라 각 사무실과 검사실을 돌며 인사를 다녔던 기억이 가장 먼저 떠오릅니다. 정기인사를 한 달가량 앞둔 때여서 저는 수사과에 임시로 배치가 되었고 잔심부름만 한 짧은 기간이었지만 검찰에 대하여 각인된 첫인상은 매우 강렬

합니다. 청사 내에서 사람이 포승줄에 묶여 교도관과 함께 걸어가는 모습을 처음 봤던 때도 그 무렵입니다.

당시 수사과는 환경 사범 단속 중이었으며 5급 사무관이 팀장인 수사관실 출입문 바로 안쪽에 제 자리가 있었는데 관청 소속 담당 공무원들이 드나들면서 보여 준 똑같은 태도들이 기억납니다. 요즘 같으면 압수수색 영장을 발부받아 집행해야만 입수할 자료들도 수사관이 담당 공무원에게 전화를 걸어 관련 자료를 제출하라고 하면 말이 떨어지기 무섭게 들고 달려왔고, 들어오기 전 노크 소리도 매우 정중하였고, 들어와서는 90도에 가깝게 허리를 굽혀 깍듯이 인사하였습니다. 수사관들은 이들을 거의 반말로 응대하였는데 그때까지 군대에서 본 것 말고 사람이 사람에게 그토록 공손하고 깍듯하게 대하는 것은 처음 봤습니다. 처음에는 제가 그렇게 깍듯한 공무원에게 정중히 인사하여 맞이하고 보냈다가 선임 계장으로부터 "검찰 직원이 그깟 공무원에게 왜 그리 공손히 하느냐?"라고 핀잔을 듣기도 했습니다.

6

수사과에서 한 달 동안 잔심부름만 하다 정규인사로 지금의 집행과 징수계(현 재산형 집행계)로 발령받아 정식 첫 업무로서 '벌과금 수납'과 '징수통계' 업무를 담당하였습니다. 그 해가 징수업무에 전산이 막 도입되어 컴퓨터 입력과 수기(手記) 장부작성을 병행하느라 무척 바빴고, 더 힘든 것은 전임자로부터 징수통계 불일치 항목이 있는 채로 인계를 받아 일과 후 매일 남아서 그 원인을 찾아내느라 무척 애를 먹었던 기억이 납니다.

첫 발령을 받으니까 선배들이 불러서 밥도 사 주고 술도 사 주고 했습니다. 선배들은 예전에는 징수시효가 지난 벌금을 내러 오는 사람이 있으면 먼저 보는 사람이 임자였고, 그런 돈으로 부서 회식도 했다고 하여 놀랐습니다. 가장 귀가 솔깃했던 것은 7급(검찰주사보)로 승진하여 검사실 입회 계장이 되면 생기는 돈도 있고, 술도 사 주고 용돈도 주는 스폰서(sponsor)를 거느릴 수도 있고, 월급은 손도 대지 않을 수 있다는 이야기였습니다. 그리고 승진에 몰두할지, 검찰 직원임을 활용하여 재산을 모을지 가능한 한 빨리 진로를 결정한 후 한 방향으로 매진해야 한다는 조언은 약방의 감초처럼 나왔습니다.

선배들은 자신이 경험한 온갖 부패한 이야기를 무용담처럼 말했는데 그 말을 들으면서 과거 시대로 갈수록 검찰이 얼마나 무법천지이고 부패가 심하였을까 생각도 들었습니다. 검찰이라는 강물 속에서 이제 갓 부화한 작은 물고기에 불과한 저로서는 선배들이 말하는 희망보다는 그 세차고 험한 물결 속에서 살아가야 한다는 앞날에 대한 불안감을 더 느꼈던 기억이 납니다.

검찰에 입문한 지 불과 2개월 만에 경험한 일입니다. 민원실 창구에서 벌금을 수납하는데 전산에는 미납임에도 완납 영수증을 들고 와서 항의하는 사람들이 종종 있었습니다. 얼마 가지 않아 다른 부서로 옮겨 간 8급 선배 이완석이 벌금을 횡령한 범죄가 드러나게 됩니다. 당시 횡령 합계액이 무려 4,000여만 원인 것도 놀랍지만 더 놀라운 일은 그다음 이어진 검찰의 조직적 사건 은폐입니다. 형사 절차를 전혀 진행하지 않고 사표를 받는 선에서 덮어 버리고 저를 포함한 직원들의 입단속에 들어갔습니다. 그다음 그 선배의 범행 흔적을 찾아 이를 바로 잡거나 관련 장부를 보완하기 위하여 저를 포함하여 하위직원들은 매일 밤늦도록 근무했습니다.

그런 사건을 형사 처리 하지 않고 은폐하였다는 것이 이해가 가지 않습니다.

말단인 저는 그 은폐 과정을 알 수 없고 상식적으로 보면 기관장인 지청장의 결단이겠으나 검찰 직원의 거울이 되어야 할 사무국장 또한 책임이 무겁기는 마찬가지입니다. 상급 청의 묵인이나 비호가 없이는 은폐 불가능한 일이니 최종적으로는 그 힘 있는 비호자의 책임이 가장 크다고 생각합니다.

지청장, 사무국장은 원칙대로 처리하고 관리체계를 개선하면 될 것을 벌금 횡령을 범한 사람보다 더 큰 잘못을 저지른 셈이 아닐까요?

지금의 사고방식으로만 그럴 뿐이고 국가공무원인 검찰 직원들은 인사 때마다 전국 단위로 움직이고 정보교환도 활발하여 이런 일은 쉽게 전파가 될 수밖에 없습니다. 그러나 내부비밀을 바깥으로 누설하는 것이 금기여서 세상 밖으로 전혀 새 나가지 않았고, 완벽하게 은폐되었습니다. 그리고 지청장 박익상은 그 일로 인사상 불이익은커녕 그 직후 인사에서 검사장으로 승진해 갔습니다. 사무국장 이준구 또한 상급 청 사무국장으로 승진하여 갔습니다. 그러한 모든 일이 서슴없고 거리낌 없이 이루어지는 과정을 지켜보면서 검찰에서 '은폐와 반칙'은 당연한 일이고, 원칙대로 처리함은 바보나 하는 짓인 것처럼 느낌을 받았습니다.

그 이후 그와 같은 벌금 횡령 사건을 보고나 들은 적이 있습니까?

전산시스템이 정착된 후 그러한 비리가 쉽지 않게 되었는데 이후 세월이 많이 흐르는 동안 직접 본 것은 없고 강호지청 그리고 한강고등검찰청 세입계에서 그런 횡령 사건이 있었다는 소문을 들은 것만 있습니다. 한강고검의 경우는 매우 특이한 상황이어서 소문이 자자했습니다. 금강지방검찰청 특수부에서 매우 유명한 야당 정치인과 친밀한 관계에 있던 모 기업체 대표를 집중수사하고 자금 추적을 하는 과정에서 그가 한강고검에 고액의 벌과금을 냈던 적이 있는 수표를 추적한 결과 그곳 세입계 직원이 배서하여 사용한 사실이 드러나는 바람에 횡령 사건이 들통났다고 합니다. 이후로는 벌과금이 더 투명하게 관리가 되고 직원들 의식 수준도 향상되어서 그런지 그런 범죄는 들어보지 못하였습니다.

7

다음 인사에서 저는 총무과 경리계 세입담당으로 자리를 옮겼습니다. 집행과 징수계의 집행 활동으로 거둬들인 벌과금 수입을 관리하고 국고에 귀속하는 일을 담당하는 부서입니다. 벌금 횡령 사건이 은폐된 후 가끔 말들이 나오곤 하다가 제가 돈 관리에 적임자라면서 발령을 냈습니다. 그때는 어떤 업무든지 맡겨만 주면 열심히 하겠다는 생각밖에 없어서 불만 같은 것은 전혀 없었습니다. 지금은 벌과금을 가상계좌 입금이나 신용카드로 받고 현금은 취급하지 않으나 당시에는 매일 합계 거액의 현금이 들어왔습니다. 일일 합계가 맞지 않는 날은 그 원인을 찾을 때까지 퇴근하지 않았던 기억이 납니다. 매일 다람쥐 쳇바퀴 도는 단조로운 일상 가운데 특별히 기억나는 일들 몇 가지만 말씀드리겠습니다.

세입담당으로 발령받아 캐비닛 정리를 하던 중 업무 이외 용도의 현금출납 장부를 발견하였는데 마감 후 현금 시제에 눈독을 들인 선배들이 급전으로 고액을 빌렸다가 갚은 내용을 기록한 장부였습니다. 제가 근무하면서부터는 그런 돈을 빌리러 오는 선배들을 그냥 돌려보냈고 그 장부를 일절 사용하지 않았습니다.

그 장부는 국고 횡령 또는 유용을 입증할 명백한 증거자료였던 셈이네요?

그렇습니다. 함께 근무하는 여직원 말에 의하면 이전 세입담당 중에는 명절이라든가 길게 연휴에 들어가기 직전 마감 이후 거액을 개인 계좌에 입금해 두어 자신의 대출 신용이 높아지도록 활용하기도 했답니다. 나중에 보니 검찰에서는 눈먼 돈을 챙기는 수법이 다양했는데 출장을 가거나 야근한 것처럼 허위 서류를 만들어 국고를 횡령하는 일들이 가장 성행했습니다.

벌과금 이외 취급하는 명목의 돈으로 큰 액수는 보석보증금 그다음 압수현금입니다. 보석금은 피고인이 도주하거나 판사가 정한 석방조건 미준수로 인한 몰수 결정이 나는 경우는 매우 드물고 나중에 거의 모두 환급이 됩니다. 그때는 지금과 비교할 수 없을 정도로 구속사건이 많아서 그만큼 보석이 많았고, 그런 사건 거의 모두 검사나 판사 출신 변호사인 전관들이 성공사례비로 모조리 환급받아 갔습니다. 세상에 태어나 그런 돈을 내주면서 '빗자루로 돈을 쓸어 담는다'라는 말을 처음 실감한 것이 그때였습니다. 지청이라 언론에 나는 큰 사건은 드물고 일반 사건으로서 보석금 환급 액수가 보통 수백만 원에서 드물게 1,000만 원 가까이 되는 사건도 있었고, 사건 수임마다 착수금을 이미 받은 상태에서 재판 후 성공 사례금으로 그런 돈을 챙기는 것입니다. 당시 저의 월급이 수십만 원에 불과하니 얼마나 놀라운 일입니까?

기소 이전 수사단계 또는 재판 중 선임계를 내지 않은 몰래 변호 또는 사건 농간을 통한 거대 암시장이 있다는 사실을 안 것은 그로부터 세월이 꽤 지난 후였습니다. 검사장 이상 전직 거물은 주로 큰 사건을 맡아 '3년 내 최소한 100억 원을 벌지 못하면 바보' 소리를 들었다고 하지 않습니까?

직원들이 가끔 수표를 바꾸러 올 때는 난감했습니다. 수사과 또는 검사실 소속 직원들이 주로 왔는데 이들은 배서하지 않거나 하더라도 매우 부실하게 하는 탓에 행여 문제가 되면 누가 바꿔 간 것인지 알 수 있도록 수표 뒤에 제 나름의 표시를 해 두었던 기억이 납니다.

수표를 교환해 주면 돈세탁이지 않습니까?

예, 해서는 안 되는 일인데 '이거 뇌물'이라면서 교환해 가는 것도 아니고 당시 조직 문화와 분위기로는 도저히 거절할 수 없는 일이었습니다.

신기하게도 세입계 근무 1년 6개월 동안 바꿔 준 수표가 뇌물로 드러나 소동이 벌어진 일은 한 번도 없었습니다. 액면 금액이 큰 수표는 저에게 바꾸러 오지 않아서이기도 하지만 뇌물사건의 속성이 워낙 은밀히 이루어지는 데다 주고받은 이들 서로 인간관계가 파탄이 나고 수습조차 되지 않은 채 다시 어느 한쪽이 자폭하듯 밖으로 폭로해야 비로소 알려지는 특성 때문일 것입니다.

8

1994년 4월 8급(검찰서기)으로 승진하면서 총무과를 떠나 사건과로 발령받았습니다. 담당업무는 '재기(再起)'입니다. 이 업무는 수사 중 피의자가 출석에 불응하거나 소재를 알 수 없을 때 검사가 '기소중지' 처분을 내리고, 참고인이 그런 경우일 때는 '참고인중지' 처분을 내려 수사를 일시 중지합니다. 저의 업무는 이들이 나중에 검거되거나 자진하여 출석하면 수사가 재개될 수 있도록 창고에 보존된 사건기록을 대출받아 이에 관련 서류를 첨부하여 검사실에 인계하는 일입니다.

그 이전 징수계, 세입계에서 근무할 때는 지정된 자리에 붙박이처럼 앉아서 일하니까 검사실에 갈 일이 전혀 없다가 그 업무를 맡고부터는 사건기록을 옆구리에 끼고 신문 배달원처럼 매일 검사실을 누볐습니다. 검사실이 즐비한 복도를 걸으면서 새어 나오는 고함 또는 울음소리를 종종 들었고, 열린 문을 통하여 또는 검사실 안에 일시 머물면서 참여 수사관이 책상 앞에 앉은 피조사자에게 욕설하거나 주먹 또는 손바닥으로 머리나 뺨을 때리는 광경을 종종 보았습니다. 그런 장면 중 이순범 계장이 포승줄에 묶인 채로 앉아 있는 젊은 여자의 뺨을 양손으로 마구 후려치는 것을 보았는데 얼마 후 그와 함께 당직 근무를 하면서 기분이 좀 묘했던 기억이 납니다.

차원과 정도는 다르나 일제 이후 독재, 권위주의 시대 수사기관에서의 가혹행위나 고문을 연상하게 합니다.

예, 일맥상통하는 광경이었습니다. 과거로 갈수록 그 정도와 잔인함이 심했을 것을 생각하면 끔찍한 일입니다.

선배나 동료, 상사와의 관계는 어떠했습니까?

제가 간혹 부조리한 일들에 동참하지 않고 독자적 행동을 하거나 협조를 하지 않는 일들로 어색할 때가 있었으나 매사에 성실히 일하여 나쁘지는 않았습니다.

사건과장 김연상이 기억납니다. 매우 권위적인 사람이었고 어느 날 손에 든 100만 원권 자기앞수표를 흔들며 '서랍에서 나도 모르는 돈이 나왔다'라고 큰 소리로 자랑하였습니다. 뇌물이었거나 당시 사건 브로커를 잘하는 직원이 상사에게 상납하거나 직원들에게 술도 사고 하면서 능력 있는 것처럼 여기는 풍조가 있었는데 아마도 그렇게 번 돈을 상납한 것이 아닐까 생각되고 직원들이 모두 본보기로 여기라는 것처럼 들렸습니다. 과장이 돈을 꽤 벌었는지 관내 번화한 지역에 4층짜리 건물을 새로 지은 후 아래층 모두는 세를 주고 맨 위층으로 이사하는 휴일 그가 총애하던 선임직원 이선홍 선배가 저를 포함하여 직원들을 불러 모아 종일 이삿짐을 나르게 하였던 기억이 납니다. 이 당시에는 청 내 직속 상관의 경조사를 자기 일처럼 깍듯이 챙겼고, 하위 직원들은 장례식장에서 조문객에게 음식을 나르기도 했습니다.

제1기 초반부는 이 정도만 말씀드리겠습니다. 이후 한강지검 정의지청과 강북지청을 번갈아 가며 총무과, 사건과, 집행과에서 차례로 다양한 업무를 담당하던 중 대동소이한 일들의 연속이면서 바깥세상에 비하여 늘 더디기는 했으나 발전하고 변해 가는 검찰의 제도문화 속에서 경험한 중간부 5년은 앞서 말씀드린 대로 모두 생략하겠습니다.

9

검찰에 들어온 지 만 8년이 지나던 1999년 11월 한강지검 강북지청 집행과 징수계에서 '조정'이라는 업무를 담당하게 되었습니다. 이 업무는 법원에서 벌금이 선고되면 그 이전 수사 또는 재판을 받을 때 구금된 기간 또는 미리 낸 금액이 있는지 조사(調査)하여 이를 공제하고 최종 징수할 금액을 결정(決定)한다고 하여 이를 줄여 '조정(調定)'이라고 한 것입니다.

집행과장 박상구를 만난 지 2개월 정도 지난 2000년 1월경입니다. 정식재판은 복수의 공동 피고인이 있을 때 항소한 사건은 상급심으로 올라가고, 이를 포기하거나 항소기간이 지나 확정된 사람은 먼저 집행에 들어가므로 서로 갈리게 됩니다. 그중 벌금형 사건이 저의 담당인데 그렇게 갈리는 사건은 조정업무를 빼먹는 경우가 있어 이를 방지하기 위하여 6개월 단위로 재판 일부 확정 실태를 조사하고 목록을 작성하여 보고하도록 규정하고 있었습니다.

그런 보고의무가 있다는 것을 익히 알고 있던 저는 적시에 점검에 들어가 작업을 하던 중 6개월 전 전임자의 보고분 누락을 알게 되었습니다. 당연히 그 부분까지 총체적으로 점검하여 모두 바로 잡고 실질에 맞도록 일괄하여 보고서 작성을 마친 후 결재를 받으러 과장에게 갔습니다. 과장은 매우 시큰둥한 반응과 함께 엉뚱한 지시를 하였는데 제가 실지 수행한 1년 점검과 일괄보고 내용을 6개월분씩 둘로 쪼개어 이전에도 제때에 이상 없이 보고했던 것으로 2개의 공문서를 만들어 오라고 지시했습니다. 늦게라도 바로 잡으면 별문제가 없는 일을 허위 공문서를 만들라는 것이니 받아들일 수 없다고 생각하며 일단 자리로 돌아왔습니다. 어떤 구실을 들어 다시 결재를 받으러 갈까 생각하다 그 이전 중간 결재자인 징수계장이 암으로 이미 별세한 분이라는 사실이 떠올라 결재판을 들고 다시 과장실로 갔습니다. 과장에게 이미 돌아가신 분이 중간 결재를 한 것처럼 꾸밀 수 없으니 있는 사실 그대로 작성된 공문에 결재해 달라고 요구했더니 과장의 표정이 몹시 일그러졌고 일순간 저를 응시하다가 마지못해 서명해 주었습니다.

그것으로 상황이 종료되는 줄 알았는데 10분쯤 지나 서무담당 후배 정수택이 저에게 와서 징수계장이 잠깐 보자 한다고 해서 갔더니 과장이 그 옆에 버티고 서 있었습니다. 계장은 과장이 지시했던 대로 이행하라고 종용하나 제가 듣지 않으니까 정수택까지 거들며 셋이 합세하여 저를 압박하는 형국이 되었습니다. 막다른 골목으로 몰린 저는 과장이 새겨들으라는 의미에서 정수택에게 "이봐 정 주임! 공무원 생활 오래 하려면 바른 습관을 들여야 하는 거야~"라고 말했더니 과장이 말뜻을 제대로 알아들었는지 몸을 홱 돌려 자기 방으로 가 버렸습니다. 고위공무원으로 향하는 길목에 들어선 5급 검찰사무관의 수준이 그 정도였으니 얼마나 개탄스러운 일입니까? 그 일 이후 과장이 저를 이전과 달리 차갑게 대하였던 것은 두말할 나위 없습니다.

'주임'은 어떤 직급을 이르는 것입니까?

당시 6~7급은 '계장'이라고 했고, 8~9급을 그렇게 호칭했습니다.

10

검찰에서 형사사법에 관한 업무를 하나의 게임이나 전시적 실적의 밑천으로 삼고 반칙을 마구 일삼을 때가 있는데 이 당시 고질적 증상 앞에 속수무책이고 매우 힘들었던 기억이 납니다.

전국 검찰청을 그룹별로 묶어 순위를 매긴 벌과금 징수실적이 과장은 물론 기관장의 직무평가에 적지 않게 반영되므로 서로 치열하게 경쟁하고 있었습니다. 박상구 과장은 저의 담당업무인 '조정' 업무를 농간하는 '선별조정'이라는 수법을 최고도로 활용하였습니다. '선별조정'이란 말 그대로 '선별하여 조정한다'는 의미인데, 당시 재판 확정 전 벌금을 미리 내는 제도로서 검사의 기소 직후는 '예납', 판사의 선고 직후는 '가납'이라는 제도가 있었습니다. 이로써 미리 거둬들인 벌금은 둘 다 재판 확정 전이라 국고에 귀속되지 않고 일시 정부 보관금 형태로 은행에 예치해 두고 관리를 하였다가 확정된 후 비로소 국고로 들어갑니다.

이 업무 농간의 시작은 법원으로부터 벌금형 약식 사건기록을 넘겨받은 직후 벌어지는 사건기록 선별작업입니다. 법원에서 재판이 끝나면 벌금을 미리 낸 사건기록과 그렇지 않은 많은 수의 사건기록이 한데 섞이어 검찰로 넘어오는데 원칙대로 하면 넘어오는 순서대로 조정하고 그중 미납된 건에 대하여 벌금 집행에 신속히 착수하면 될 것을 이를 이행하지 않고 별도의 분리작업을 합니다. 조정업무팀 직원 3명이 모두 달라붙어 벌금을 미리 낸 사건기록과 그렇지 않은 사건기록으로 각기 나누어 사무실 한쪽에 쌓아 두는 것입니다. 이때 미리 납부한 것이어서 실적을 올리는 데 쓸 사건을 '실탄'이라고 불렀습니다.

이미 확정된 사건임에도 확정사실 입력과 조정업무를 지연시키면서 같은 그룹 경쟁 청의 실적 추이를 저울질하고 눈치작전을 벌이다가 그 실탄을 적절히 이용하여 안배하고 최종 평가 직전 가장 적기라고 판단되는 시점에 그 실탄을 집중 투입 처리합니다. 이로써 국고 납입 벌금 건수와 액수를 치솟게 하여 경쟁 청의 허를 찌르고 앞선 순위를 차지하는 수법이었습니다. 이러한 반칙을 누가 더 기습적이고 교묘하게 잘하느냐에 따라 징수 실적순위가 널뛰기하는데 이 수법을 잘 활용해 먹는 청의 집행과장, 지청장이 경쟁 청보다 더 유능하고 일 잘하는 것처럼 보이게 하는 것이었습니다.

당시 재판이 확정되지 않았음에도 검사가 벌금형 기소를 할 때 미리 내라는 제도가 있었습니까?

예, 검사실에서 서로 실적경쟁을 해 오던 검사의 '예납' 제도가 있었는데 그로부터 수년 후 폐지되고, 현재는 원래부터 법률상 인정되어온 판사의 '가납' 제도만 남아 현재에 이르고 있습니다.

'가납' 또는 '예납'이 아닌 미납기록은 어떻게 합니까?

'실탄'으로 써먹을 수 없고 아무 때나 조정을 했다가는 미제가 늘어 실적 수치만 갉아먹으므로 천덕꾸러기 취급하여 확정입력조차 계속 지연시키면서 다른 한쪽에 별도로 쌓아 두었습니다. 사실 이러한 미납사건이야말로 신속히 조정하여 집행에 착수하고 효율적인 관리에 들어가야 맞는데 정반대로 한 것입니다. 업무상 반칙이 초래하는 행정 낭비이고 이후 미납자의 주소지, 현재지가 변경되는 경우도 많아 집행업무가 지연되고, 초기에 납부 의사가 있었던 미납자는 뒤늦게 지명수배까지 되므로 큰 불편을 주게 됩니다.

선별조정 정도가 심할수록 여러 문제가 속출했습니다. 법원에서 기록이 넘어올 때마다 번호별로 묶인 사건기록 다발을 풀어 헤친 후 선별작업을 합니다. 그런 날은 육체적으로 힘들기도 하지만 퇴근하여 코를 풀면 먼지에 엉킨 탁한 것이 나왔고 목도 불편했습니다. 더 문제는 압수물이 있었던 사건기록은 신속히 담당 직원에게 인계되어 환부 또는 적법한 처분이 이루어져야 하나 지연되었고, 공공기관 또는 민원인으로부터 사건기록에 대한 열람·등사 신청이 들어오거나 약식명령 정정이 필요하거나 '정식재판청구권' 회복 청구가 들어오면 이들 기록을 찾느라 뒤섞인 기록 더미에 모두 매달려 찾아내야 했습니다. 협소한 사무실에서 그런 작업 횟수가 늘어날 때마다 다시 기록이 뒤섞이므로 찾아내고 해결하는 시간이 점점 길어졌습니다.

법원 담당 직원은 검찰에서 그런 얼간이 수법이 자행되고 있다는 사실을 알고 오히려 사건기록을 제때에 넘겨주지 않고 지연시켜서 애를 먹였고, 실탄으로 쓸 기록이 떨어져서 애가 탄 과장은 법원 담당 약식계 사무실로 우리 직원을 보내 머슴처럼 업무를 도와주게 하였고, 눈먼 돈을 들여 법원 담당 직원들 접대를 강요하기도 했습니다.

선별조정에 대하여 반기를 든 적이 있었습니까?

싫은 내색이나 우회적인 표현은 종종 하였으나 정면으로 거부할 수는 없었습니다.

한쪽에 쌓아 두었다는 미납 상태의 사건기록들은 어떻게 합니까?

박상구의 후임 과장 그리고 남아 있는 직원들 몫이 되고 새로 온 과장은 미납 통계가 급격히 올라가 평가에서 당분간 불이익을 받다가 다시 선별조정 전통을 이어 가게 되는 것입니다. 집행과장을 처음 해 보는 후임 김훈형 과장에게 사무실 한쪽에 미납사건 기록이 산더미처럼 있는 이유를 들려주었더니 자신도 그렇게 해야 하나 하고 우려하던 기억이 납니다.

제1기 이야기는 이것으로 간략히 마무리하고 다음부터는 제2기 검사실 이야기로 들어갑니다.

알겠습니다. 잘 들었습니다.

11

검사실 근무에 필요한 소양을 중심으로 평가하는 시험을 통과하여 2000년 5월 8일자로 검찰주사보(7급)로 승진하였고, 형사부 김승찬 검사실에서 참여수사관 근무가 시작되었습니다.

검사실 초짜인 저는 조사 능력이 너무 부족해 검사는 복잡하거나 특별한 사건 조사는 모조리 선배 이준평 계장에게 맡겼고, 저는 매우 간단하고 평범한 사건들 조사를 맡아 배워 가는 과정이어서 입지가 매우 좁았습니다. 그래서 이 시기는 제가 담당한 사건을 중심으로 들려줄 이야기는 없어 제가 바라본 검사와 선배 직원의 모습을 통하여 당시 검사실 풍경을 헤아릴 수 있을 것입니다.

검사실 참여수사관은 일제강점기 이후 '입회서기' 그다음 '참여계장'으로 부르다 현재 '참여수사관'으로 불리게 된 직책으로 담당업무는 피의자신문과 조서 작성, 증거 수집, 수사보고서 작성, 경찰과의 업무 연락 등이고, 그중 가장 주된 업무는 검사가 피의자를 신문하도록 규정한 형사소송법 제243조를 왜곡하여 참여수사관이 검사 대신 즉 검사의 대역(代役)으로서 피의자를 신문하고 조서를 작성하는 일입니다. 검사실에서 조사를 받아 본 경험이 있는 분은 검사가 아닌 참여수사관에게 직접 신문을 받았다고 하실 것이고 그러한 호가호위는 과거 시대로 갈수록 광범위하고 전반적이어서 검사는 얼굴도 못 봤다고 할 것입니다.

'참여수사관'은 '검찰수사관' 중 검사실에 근무하는 경우를 말하는 것이지요?

예, 맞습니다. 형사소송법 제243조에 따라 검사실에 근무하는 경우 그렇게 호칭합니다.

그리고 또 의문은 '검찰사무직' 시험을 거쳐 임용되면 모두 '검찰수사관'이 되는 것입니까?

예, 그렇게 다 호칭합니다. '마약수사직'은 처음부터 '수사직'이라고 채용하여 그런다지만 '검찰사무직'은 '사무직'으로 채용해 놓고 자칭 타칭 모조리 '수사관'이라고 합니다. 검찰 내 수사관이 하도 흔해서 '수사관 양성소' 또는 '수사청'으로 불러야 맞나 싶을 때가 있는데 근저에는 무소불위에 바탕을 둔 수사에 대한 그릇된 열망이 담겨 있는 현상이라고 보고, 그것이 바로 정치검사 양성의 기본 토양이 되고 있지 않나 생각합니다.

서두에 '검사의 아바타'라고 표현하셨던 이유는 검사실에서 검사의 대역으로서 피의자를 신문하고 조서를 작성하였다는 것에 무게를 둔 것으로 보입니다.

맞습니다. 법률에 검사가 하도록 규정되어 있음에도 참여수사관이 검사의 화신이 되어 피의자를 신문하고 조서를 작성하는 직무를 수행한다는 의미입니다. 검사의 참여수사관에 대한 신임 정도는 그 대역의 순도를 높여 얼마나 빙의(憑依)에 가깝도록 자신의 영혼을 검사의 영혼으로 대체하여 실현하느냐에 달려 있습니다. 이 주제는 논문에서 매우 상세히 다루고 있습니다만 앞으로 구체적인 상황에서 심도 있게 종종 말씀드리도록 하겠습니다.

어떻게 하면 검사의 신임을 받는 참여수사관이 되는 것입니까?

피의자로부터 자백을 받아 조서에 잘 담아내고 각종 수사보고서를 능수능란하게 작성하며, 검사와 사건관계인, 경찰과의 중간 역할을 잘 해내는 것은 기본이고, 검사의 특성에 맞춰 검사실 업무를 알아서 잘 챙겨 주는 것입니다. 지금은 시대가 변하여 많이 달라졌으나 과거 시대로 갈수록 국민의 권익보다 검사의 입신 영달과 공적, 사적인 일들에 몰입하고 맞춰 척척 잘 보필해 내는 아부와 호가호위의 상징이었던 직책입니다.

사건을 두고 검사와 부딪쳤거나 의견이 달라 갈등한 적은 없습니까?

제가 뭘 알아야 검사와 다른 의견도 말할 수 있는데 그때는 워낙 부족하여 그럴 여지가 없었습니다. 제가 조사를 담당한 사건은 자백하고 증거도 갖추어져 있고 내용도 평이해 검사의 지시대로 조사만 하면 되는 사건들이었습니다. 반면에 이준평 선배는 검찰의 제도문화 흡수와 적응력이 뛰어난 직원이었습니다. 검사가 매우 신임하면서 저에게 늘 보고 배우라고 했습니다. 복잡하고 어려워 보이는 사건 조사에서 정곡을 찌르는 질문을 잘하고, 그 답에 모순점을 찾아 되받아치기를 청산유수처럼 잘하며, 그 진술 내용을 듣고 컴퓨터 자판을 능숙하게 두드려 조서에 담아내는 모습이 늘 부러웠습니다. 그러나 시간이 지날수록 배워서는 안 되는 면들이 속속 눈에 들어왔습니다. 검찰에서 인정받고 검사에게 대우받기 위하여 완벽하게 일을 해내야 한다는 강박관념이 작용하고 있었습니다. 특히 피의자가 자백하지 않고 버티며 애를 먹이면 차분함과 친절은 일거에 사라지고 매우 거칠게 다루었습니다.

그러한 강박증이 엉뚱하게 나타난 것을 본 기억이 있는데 어느 날 그는 조사받았던 사람을 돌려보낸 직후 이미 작성이 완료된 조서 내용 중 마음에 들지 않은 부분이 있었던 모양입니다. 조서는 혼자 임의로 수정하면 안 되고, 조사받은 사람의 동의하에 지켜보는 앞에서 수정해야 하고 삭제 또는 추가한 글자 수를 정확히 세어 여백에 적고 수정한 부분은 피조사자로부터 날인 또는 무인을 받아야만 되는데 혼자 임의로 수정하더니 지문인식이 되지 않도록 자신의 엄지손가락을 옆으로 비스듬히 세워 수정한 부분에 살짝 찍는 것을 봤습니다. 조서 내용을 자의적으로 수정함과 동시에 조사받은 사람 본인이 이를 확인하고 손도장을 찍은 것처럼 꾸민 것인데 참으로 실망스러운 모습이었습니다.

선배는 평소 자조 섞인 말투로 '자백은 증거의 왕이다', '검찰의 역사는 새벽에 써진다'라는 말을 종종 하였는데 시간이 지날수록 그 말뜻을 알게 되면서 나도 그렇게 하면서 살아야 하나라는 걱정이 앞섰고, 선배보다 염려스러웠던 것은 검사의 태도였습니다. 선배가 조사받는 사람에게 그런 거친 언행을 할 때는 즉각 나서서 제지하고 앞으로 그러지 않도록 지도하는 모습을 저는 꼭 보고 싶었으나 전혀 그렇지 않았습니다. 힐끗 쳐다보다가 이내 모른 척하거나 고개를 숙인 채 다른 일에 몰두했습니다. 저는 선배의 그런 직무 수행방식이 너무 싫은데 평소 검사는 오히려 선배가 하는 것을 잘 보고 배우라고 강조하니 두렵게까지 느껴졌습니다.

'검찰의 역사는 새벽에 써진다'라는 말은 무슨 뜻입니까?

당시 검찰에서 성행했던 쉽고 빠르게 수사 실적을 올리는 방법입니다. 영장 없이 체포하고 데려와 자백을 받아 내는 과정에서 피의자가 심야까지는 이를 거부하며 버티는 편이지만 밤샘 조사하고 추궁하면 새벽녘에 가서는 지치고 공포를 느낀 나머지 자백하는 경향이 매우 뚜렷해지는 현상을 이용하는 것인데 그렇게 하여 검사가 바라는 수사 실적을 올려 줄 수 있다는 것을 의미합니다.

그 선배로부터 검사나 검찰을 비판하는 말은 들어보았습니까?

검찰의 핵심 문제 중 하나를 우회적으로 비판하곤 했습니다. 조사를 받은 사람을 돌려보낸 후 푸념하듯 종종 하는 말이 있었습니다. '검사실에서 죽도록 열심히 조사해 봤자 전관들 좋은 일만 한다'라고 말입니다. 피해 금액이 많을수록, 사건 규모가 크고 복잡할수록 힘이 들게 열심히 조사해야 하고, 그렇게 하여 진실을 밝혀내면 현관과 전관이 소통하는 가운데 전관 입맛에 가깝게 처리되고 세금 한 푼 내지 않고 많은 돈을 벌어 가는 검찰에서 벌어지는 부패 현상을 비꼬아서 한 말이었습니다.

김승찬 검사는 어떤 검사로 기억하고 있습니까?

제가 비중 있는 사건을 담당하지 않아 많은 것을 알 수는 없었지만 존경스러운 면도 많았습니다. 서민적이었고 돈 없고 힘없는 사람들에 대한 배려심이 많아 보였고, 고향 형님처럼 소탈하고 친절했던 검사였습니다. 그러나 그 누구도 피해 갈 수 없었던 검찰의 전통적 제도문화에는 한없이 나약해 보였습니다. 그에 대한 기억 중 가장 많은 부분은 여직원이 여러 사건기록을 배당받아와 기록 표지 하단에 꼬리표를 붙여 책상 위에 올려 주면 기록을 정독한 후 그 꼬리표에 조사가 필요한 사항을 간략히 메모하여 조사지시를 하는 모습이고, 그중 저에게는 전혀 오지 않는 사건들이었지만 힘 있는 자들로부터 압력이나 청탁이 들어온 사건은 그 꼬리표에 그들이 누구인지 알아볼 수 있도록 연필로 기재해 두고 챙겼던 모습이었습니다.

12

김승찬 검사가 윗선의 신임을 매우 잘 받고 있었던 모양입니다. 제가 근무한 지 약 3개월 후 특수부로 발령이 나서 함께 근무하던 저와 선배, 여직원까지 모두 그대로 데려갔습니다. 특수검사실은 말 그대로 기획적으로 특별히 수사를 벌여 언론에 보도될 정도로 성과를 내는 것이 주목적이고, 상급 청에서 수사 지시가 내려온 사건이나 특별히 배당된 경찰 송치사건 그리고 검찰 내부 수사과에서 수사하여 송치한 사건들 마무리 조사와 기소 여부를 결정하는 것을 주 업무로 하는 특수부 소속 검사실입니다.

초짜인 제가 졸지에 특수검사실에 근무하게 된 것이지만 조사 능력은 별로 향상된 것이 없어서 이후로도 계속 비중 있는 사건 조사는 이준평 선배가 맡았습니다.

제가 이전에 없던 '전관예우'에 대한 관념이 형성되기 시작한 것은 이 무렵부터였습니다. 그때 검사실을 가장 많이 드나들던 전관 변호사는 그곳에서 형사1부장을 하다 개업한 지 2년여 된 김경주 변호사였는데 그가 준 돈 안 받은 사람이 없다는 소문이 자자했고, 검사들을 외국인 아가씨들 있는 술집으로 데려가 질펀하게 놀았다는 소문도 있었습니다. 그때는 제가 조사 능력이 워낙 부족해서 비중 있거나 돈이 될 만한 사건 조사를 전혀 맡지 않으니까 그와 부딪칠 일이 없었으나 이다음 이관식 검사와 근무할 때 여러 번 부딪친 일이 있었는데 그 이야기는 그때 가서 생생하게 말씀드리겠습니다.

특수검사실로 옮긴 지 얼마 되지 않아 특별한 광경을 보았습니다. 당시 여당 간부급 정치인인 국회의원의 부인이 그가 속한 정당의 여성 당원과 시비 끝에 폭행과 명예훼손 등으로 쌍방이 고소한 사건이 있었습니다. 검사와 선배가 사건 조사를 위하여 머리를 맞대고 무척 애썼던 모습이 기억납니다. 사실 그런 단순 폭행 등 사건이 특수검사실에 배당된 것 자체가 이상한 일로서 그만큼 윗선에서 무척 신경을 쓰고 있는 사건으로 보였습니다.

전관 김경주 변호사가 수시로 들락거리며 그 부인을 변호하고 있었는데 검사가 그 부인을 직접 조사하는 광경이 특별했습니다. 다른 사람들은 어김없이 딱딱하고 차가운 철제 의자에 앉혀 거의 모두 이준평 선배에게 조사를 받는데 그 부인은 출석할 때부터 검사가 매우 공손히 맞이하여 검사 책상 바로 옆 소파에 정중히 모셔 두고 조금이라도 불편을 주지 않으려고 매우 친절하고 신속하게 직접 조사하여 지극정성 배려하고 있었습니다. 반대로 그 상대편 여성을 조사할 때는 철제 의자에 앉혀 놓고 선배가 직접 조사를 했으며 대하는 태도도 그 정치인의 부인과는 천양지차였습니다.

그 사건이 공정하게 처리되었을까요?

그것은 알 수 없었습니다. 적어도 나름 그런 판단을 할 수 있으려면 사건기록을 지니고 있으면서 이를 읽고 직접 조사도 하여 총체적으로 잘 알고 검사의 처분 내용과 비교할 수 있어야 하는데 옆에서 지켜보기만 했기 때문입니다. 분명한 것은 이후 제가 수도 없이 경험하게 되는 것으로 검사실에서는 사건관계인이 어떤 신분이고, 전관 선임 여부, 누가 뒤를 봐주느냐에 따라 매우 다양한 차별행위가 벌어졌습니다.

13

피상적으로 기억나는 특수사건이 여럿 있으나 이때는 모두 검사와 선배가 주도적으로 수사하고 저는 옆에서 도와주는 일만 주로 하여 의미 있게 말씀드릴 사건은 거의 없고 저에게 의미 있게 기억되는 사건 하나만 말씀드리고 다음 이야기로 가겠습니다.

극빈 지역의 사람들이 조직적으로 벌인 보험사기에 대한 원정 특수수사를 잊을 수 없습니다. 전국 검찰청에서는 언제나 특수수사 실적경쟁이 매우 치열하여 실적을 올리려고 혈안이었습니다. 관할(管轄)이 없는 매우 원격지라는 난관을 무릅쓰고 특수부에서 특별히 나서서 하는 수사였습니다. 사건 규모가 커서 옆방 박청우 검사실과 합동으로 했습니다. 사전에 짜인 계획에 따라 체포 작전 개시 하루 전 원정 지역에 잠입하여 숙박업소에서 잠을 자고, 다음 날 아침 일찍 함께 데려간 파견 경찰들의 도움을 받아 차례로 피의자들 집에 들어가 토벌 작전하듯이 압수수색과 체포를 했습니다.

체포한 다수의 피의자를 검사실로 데려온 후 조사는 대체로 4단계로 이루어졌습니다. 첫 단계는 주로 파견 형사들이 맡았는데 피의자들을 추궁하여 자백이 담긴 자필 진술서를 받아 내는 것이고, 두 번째는 저를 포함하여 두 검사실 참여수사관 4명이 분담하여 그 진술서를 바탕으로 피의자를 신문하여 자백이 담긴 조서를 작성하는 것이고, 세 번째는 그 진술서, 신문조서와 함께 피의자를 검사에게 데려가면 검사가 피의자에게 물어 진술서와 조서에 기재한 대로 자백하였음을 확인하고 검사가 조서에 서명하여 조서를 완성하는 방식이었습니다. 그로부터 수년 후 한강지검에서 피의자 구타 사망 사건이 발생하여 세상이 떠들썩한 적이 있었는데 판결문을 읽어 보니 우리가 했던 그 4단계 방식과 유사하게 느껴지는 내용이 있어 가슴을 쓸어내렸던 기억이 떠오릅니다.

보험사기 피의자들이 체포, 압수수색 그리고 체포된 상태에서의 신문을 받은 후 속속 구속영장이 청구되고 발부되는 전 과정은 검찰 안마당에서 서슬 퍼런 강제수사의 칼날에 차례로 쓰러지는 활극과도 같았습니다. 저도 정의 사도의 일원이 되어 그 활극 현장에서 검사와 선배를 흉내 내어 칼춤을 추었습니다.

범죄자들을 두둔할 생각은 추호도 없으나 훗날 세월이 흐를수록 알게 된 것은 처음부터 끝까지 일관되게 무자비한 그런 활극과 칼춤은 검찰 기득권 또는 그들의 수호를 받는 거악이나 돈 많고 힘 있는 자들에게는 좀처럼 일어나지 않는 일이고, 마지못해 일시 일어나더라도 어느 단계 이후부터는 전관과 현관, 배후의 힘 있는 자들과 한 몸이 되거나 보호하면서 사건을 은폐하거나 솜방망이 처분으로 끝냈고, 운이 없어 처벌을 받더라도 최종에 가서는 같은 맥락에서 결론이 나는 경우가 허다하다는 사실을 깨닫게 되었습니다.

김승찬 검사실에 근무할 때는 피상적인 기억이 주로인 가운데 검사나 선배 모두 평소 멋있고 존경스러워 보이다가도 그 무엇에 의하여 지배되고 조종을 당하여 특이한 언행을 하는 사람들처럼 느껴졌던 기억이 납니다.

14

이준평 선배 후임으로 저와 임용 동기인 이형수 계장이 와서 한동안 근무하던 중 김승찬 검사는 중원지방검찰청으로 갔고, 그 후임으로 이관식 검사가 발령받아 왔습니다. 그 이전 저, 김승찬 검사, 이준평 계장 중에서 저만 남게 된 것이고 이관식 검사, 이형수 계장과 다시 특수검사실 근무가 시작되었습니다.

김승욱 부장검사가 새로 부임한 이후 이전에 없던 일이 벌어졌습니다. 그 부속실 여직원 김미주가 미리 작성해 온 허위 출장서류를 들고 검사실을 돌면서 직원들 서명을 받고 다녔습니다. 처음에는 저도 그 서류에 서명해 준 적이 있는데 생각해 보면 허위공문서 작성이고, 이를 제출하고 출장비를 타 내면 국고금 횡령이 되는 것입니다. 보통은 간부들의 회식비, 격려금, 전별금 등으로 사용할 돈은 경리부서에서 허위 서류를 만들어 조성하고, 일반사무 부서에서 사용하는 돈은 필요할 때마다 과장이 서무 담당에게 지시하여 미리 새겨 보관하고 있는 직원들 막도장을 이용하여 허위의 출장 또는 야근서류를 이용하여 조성한다는 것은 알고 있었으나 부장실에서 별도로 직접 조성하는 것은 처음 봤습니다.

이후 김미주가 다시 허위 출장서류를 내밀며 서명해 달라고 하는데 서류 내용을 봤더니 제가 수사목적으로 멀리 지방으로 2박 3일 동안 출장을 갔고, 모 여관에 숙박하여 출장비 20여만 원을 직접 받았다는 내용이었습니다. 어이가 없어 앞으로 그런 서류 가져오지 말라며 거절하여 돌려보냈습니다. 부속실에는 김미주와 함께 박수명 계장이 근무하고 있었는데 이들이 감히 스스로 나서서 한 일은 아닐 것이고 최소한 부장검사의 명시적, 묵시적 지시 또는 묵인이 있지 않았을까 생각했습니다. 나중에 다시 김미주가 와서 허위 서류를 내밀며 서명해 달라고 하기에 쐐기를 박고자 부속실에 가서 두 직원에게 앞으로 그런 서류에 서명하지 않을 테니 가져오지 말라고 했습니다. 두 사람 모두 듣고만 있는 표정이 누구는 하고 싶어서 하는 것이냐고 반문하는 것 같았습니다.

저만 빼고 다른 직원들에게만 받아 간 이후로는 직원들 시선이 곱지 않았는데 이렇듯 검찰에서는 극히 상식적인 일임에도 정말 단단히 마음먹지 않으면 안 되는 일들이 많았습니다.

부속실 직원들에게 부장검사의 지시에 의한 것인지 물어본 적은 없습니까?

물어보지 못했습니다. 이후 김승욱 부장은 1년여 동안 근무하다 다른 청으로 간 뒤 그를 까맣게 잊고 있었는데 훗날 지역 유지가 검찰의 스폰서 비리를 폭로한 일로 언론에 크게 보도된 사건에 등장하였습니다. 강북지청 특수부장을 거친 사람들 대부분 승승장구하였고 김승욱도 승진

가도를 달려 약 10년 후 검사장에 올라 있었는데 오랜 세월 동안 그 스폰서로부터 금품수수와 향응을 받아 온 수많은 검사 중 한 명으로 등장했습니다. 이 일로 세상이 떠들썩해지자 사표를 내고 검찰을 떠났는데 그때 저는 그 허위출장서류가 생각났고 그런 부장검사를 모시고 있던 부속실이었다면 얼마든지 그런 일이 있었겠다는 생각이 들었습니다. 나중에 저도 그 유지가 폭로한 명단을 접하게 되었는데 정의지청에 근무할 때 봤던 임문성 검사, 금강지검 화평지청에 근무할 때 오완철 부장, 박창곤, 박만하 각 지청장의 이름이 들어 있는 것도 봤습니다. 스폰서 문화는 전국 검찰청에 창궐했던 일반적인 부패였기에 김승욱 검사장은 자신이 속죄양이 된 것에 대하여 이루 말할 수 없이 억울했을 것입니다.

15

구속 피의자 유병길은 아파트 관리 용역회사 대표입니다. 강북지청 소속 수사과에서 송치한 사건인데 송치 전 그의 주된 혐의는 동 대표들에게 회사자금을 빼돌려 난방시설 교체공사 수주 대가로 1억 원을 뇌물로 주었다는 배임증재 혐의였으나 단순 회사자금 횡령으로만 마무리되어 송치된 사건입니다.

1차 조사에서 유병길은 횡령 혐의를 태연하고 깨끗하게 인정하면서도 난방교체공사 계약금을 입금받은 당일 출금한 현금 1억 원을 도박으로 모두 탕진하였다며 동 대표들에게 돈을 준 사실이 없다고 부인했습니다. 언제, 어디서, 누구와 어떤 도박을 한 것인지 캐묻는 저의 질문에 제대로 진술하지 못하는 것을 보고 송치 전 조사가 제대로 이루어지지 않았음을 직감하였습니다. 이후 보강조사를 하여 밝혀낸 사실 중 1억 원이 출금된 당일 유병길이 이동한 동선(動線)에 시간대별로 동 대표들 한 사람씩 차례로 겹쳤던 매우 이례적인 사실을 확인하였습니다. 이는 유병길이 금품수수 대표자 한 사람에게 또는 여럿이 함께 있는 데서 나누어 주지 않고 한 사람씩 각기 만나 돈을 분배하고 다녔다고 의심해 볼 수 있는 정황이었습니다. 이를 검사에게 보고하고 동 대표들을 한꺼번에 불러 각기 분리하여 조사하기로 하고 조사 일정을 잡고 동 대표들과 차례로 통화하여 어렵게 출석일시를 한날한시로 맞추었습니다.

김경주 변호사는 검찰 직원을 대할 때 모두 자신과 한 동지이고 매우 친하고 허물이 없는 듯이 반말을 하는 특성이 있는 사람이었습니다. 조사를 하루 앞두고 전화를 걸어와 "신 계장만 믿는다. 조사할 때 트릭 쓰지 말라"라고 말하는 것입니다. "무슨 말씀이냐?"고 묻자 "그 사건을 조사하다가 다른 사람이 이미 자백했다는 트릭을 써서 자백을 받아 내지 말라는 뜻이다"라고 말했습니다. 선임계도 내지 않고 몰래 변호를 하는 것이고 저는 그런 기만적 수법 쓸 생각 추호도 없고 대꾸할 가치도 없는 황당한 말이라 "원칙대로 조사한다"라고만 말하고 전화를 끊고, 검사에게 그대로 보고했습니다.

사건의 진실은 김경주의 그 언행에 고스란히 담겨 있었습니다. 이에 엄중히 대응해야 마땅한 상황이지만 검사 또는 직원이 상급자 또는 전관 변호사의 압력이나 사건청탁 또는 부당한 지시를 정면으로 거절하고 문제로 여겨 대처하는 것은 검사 또는 검찰 공무원 하기 싫다는 것으로 받아들여질 때여서 그런 일이 일어나는 법은 없었습니다. 검사에게 그의 언행을 보고했을 때 적어도 제가 듣고 싶은 말은 "뭐 그런 변호사가 다 있느냐? 원칙대로 진실을 꼭 밝혀 보자"라는 식으로 말해 주기만 해도 좋은데 그렇지 않았습니다.

분리조사에서 동 대표들의 진술 내용이나 태도가 벽돌을 찍어 낸 것처럼 똑같았던 것이 어딘가에 모두 모여서 김경주에게 단단히 교육을 받고 나온 것으로 보였습니다. 조사에서 아무런 소득 없이 돌려보냈고, 이후 검사는 송치받은 그대로 횡령으로만 기소하였고, 김경주 변호사는 기소 후에도 변호를 맡아 유병길은 솜방망이 집행유예 선고를 받고 금방 풀려났습니다.

아파트 비리 사건이고 그 정도로 정황이 있는데 그렇게 끝난 것입니까?

이후 더 어이없는 일이 일어납니다. 검사의 처분이 있고 1~2주 정도 지나 이형수 계장이 조사실에서 보자고 하여 갔더니 돈 봉투를 꺼냈습니다. 김경주 변호사가 유병길 사건이 잘 마무리되어서 저에게 준 것이라고 하였고, 10만 원권 자기앞수표 4장이었습니다. 제가 그 봉투를 들고 곧바로 검사에게 가서 보고하고 "즉시 반환하고 오겠다"라고 하자 검사가 "결벽증이십니다. 그러시면 돌려주지 말고 그냥 방비로 사용하세요"라고 말했습니다.

뇌물을 즉시 반환한다는데 '결벽증'입니까?

예, 검사들은 전관이 몰래 변호로 사건에 개입하게 되면 제일 먼저 '피아(彼我)식별 붕괴' 증상을 일으킵니다. 곧이어 검사가 '착시' 증상이 나타나 뇌물이 '정(情)'으로 보였던 것입니다. 그리고 저는 감염되기 싫어서 소독제를 사용하고 손을 씻으니 검사 눈에는 '결벽증'으로 잘못 보였던 것이고, 현관, 전관들 사이에서 '그깟 참여수사관 놈 하나 꽉 못 잡는 검사가 검사냐?'라는 말을 들을까 두려워하는 '겁(怯)' 증상도 있었을 것입니다.

그때 제가 검사를 막대할 수 없어 김경주를 지칭하며 육두문자로 욕 한마디를 했더니 옆에 있던 이형수가 "얼마 전까지 우리가 모셨던 직속 상관인데 어떻게 그렇게 욕을 하느냐?"며 저를 나무랐는데 이형수 또한 검사와 똑같은 증상을 보였습니다.

'검사실 방비'는 무엇입니까?

여직원에게 주어 검사실에서 필요한 커피나 음료, 필요한 물품 등을 사는 데에 보태라는 뜻입니다. 검사의 말을 무시하고 받은 돈을 돌려주려고 김경주의 사무실에 갔더니 이미 퇴근하고 없었고, 다음 날 출근길에 다시 들렀으나 아직 출근하지 않아 여직원에게 건네주며 전해 주라고 부탁하고 왔습니다. 제가 검사실에 도착한 잠시 후 김경주가 전화를 걸어와 "이거 받지 왜 이러나?"라고 하여 "앞으로 이런 식으로 하지 말라"라고만 하고 말았습니다.

이형수에게만 돌려주어도 되는데 굳이 직접 가서 김경주에게 돌려줄 필요가 있습니까?

검사나 이형수 모두 정상적이지 않은 상태여서 그랬습니다. 소위 중간에서 착복하는 '배달 사고'가 날 수 있음도 고려했습니다. 제가 연구 끝에 검찰 바이러스를 발견하고 그 기원과 그 숙주를 최초 안 것은 이로부터 16년이 지난 2017년이지만 검찰에 10년째 근무 중이던 그 당시 저의 마음속에는 검찰청 사람들이 뭔가 검찰 괴물의 지배 또는 지령을 받아 움직이는 것이 아닌가 하는 무의식중의 어렴풋한 깨달음이 있었습니다. 그리고 그들은 저처럼 동참하지 않는 사람을 모함하고 여러 수단을 동원하여 기필코 굴복시켜 괴물의 지배하로 끌어들여 함께 가려는 속성이 있다는 깨달음도 있었습니다. 그래서 제가 이에 저항하는 과정에서 행여 제가 그 돈을 받지 않았다는 사실을 입증해야 하는 난처한 상황에 몰릴 수도 있다는 것입니다. 제가 그 이후 검찰의 제도문화에 저항하고 그들 눈 밖에 나 살면서 지금까지 늘 그런 식으로 완벽하게 처신하지 않았다면 검찰에서 일찍이 사라지고 말았을 것이고, 이런 증언도 불가능했을 것입니다.

다시 사건 이야기로 돌아옵니다.

이후 김경주는 저에게 자기 돈 한 푼이라도 받게 하여 저를 감염시키려고 안달이 나 있었습니다. 그로부터 얼마 지나지 않은 추석 연휴 직전이었습니다. 검사가 부재중일 때 김경주가 들어오더니 검사 책상 옆 소파에 앉았고, 이형수가 합석하여 작은 소리로 둘이 이야기를 나누고 간 직후 검사가 들어왔습니다. 이형수는 김경주가 주고 간 돈이라며 두툼한 봉투를 저에게 내미는데 제가 이전에 수표를 받지 않았던 때문인지 이번에는 현금이었고, 검사가 "신경 쓰지 말고 받으세요"라고 종용하는 것입니다. 이형수에게 "왜 자꾸 이런 돈을 받아서 나에게 주느냐?"라고 했더니 "변호사님이 돈을 주는 것을 신 계장이 봤기 때문에 허락한 것으로 알았다"라고 말했습니다. 저는 "그런 장면은 보지도 못했지만 다음부터는 나 대신 이런 돈 절대로 받지 말라"라고 말하고, 다시 돈을 들고 김경주 변호사실로 갔으나 그가 또 없어서 사무원에게 주어 전해 달라고 했습니다.

이형수가 마치 김경주의 하수인으로 전락해 있는 느낌입니다.

예, 그렇기도 하고 검사가 참여수사관인 이형수를 지도 감독할 위치에 있는데 검사부터 감염증이 심하여 그런 역할을 전혀 기대할 수 없었습니다. 돌이켜 보면 검찰에서 본연의 업무와는 비교할 수 없을 정도로 힘이 들었던 일들은 이처럼 검찰 바이러스에 감염된 이들이 저를 감염시키기 위하여 안간힘을 다할 때였습니다.

난방시설 교체공사 비리 사건은 그렇게 묻히고 만 것입니까?

　예, 그렇게 묻히고 나서 저는 유병길의 배임증재, 동 대표들의 배임수재 여부는 김경주의 황당한 언행에 그 진실과 해답이 있음에도 이를 밝혀내지 못한 데에 대한 회한을 지니게 되었습니다. 말하자면 저는 김경주가 저에게 사건청탁을 하였을 때나 그가 이형수를 통하여 두 번이나 돈 봉투를 건네고 이를 제가 되돌려 준 경위는 물론 수표 번호 등까지 매우 상세히 기록해 두었습니다. 제가 만일 이러한 사실들을 바탕으로 그의 사건 수임, 대책회의, 몰래 변호, 사건청탁, 금품제공 경위까지 조사를 철저히 했더라면 뇌물공여 혐의를 교두보로 하여 이와 밀접불가분의 관계에 있는 아파트 난방시설 교체공사 비리 사건전모 또한 명백히 밝혀낼 수 있었는데 그렇게 하지 못한 회한을 말하는 것입니다.

　앞으로 여러 사건에서 청탁과 관련된 다양한 사건 농간을 들려드릴 것입니다만 예외 없이 모두 공통되는 제도 개선 내용으로서 미리 말씀을 드립니다. 사건 수사에 부정한 청탁이 개입한 경우 이를 규제하는 특별법으로서 「수사직무에 관한 부정청탁 금지 및 조사에 관한 법률」을 제정·시행하여야 합니다. 그 골자는 수사 담당자가 청탁금지법상 부정한 청탁을 받았을 때 그 최초부터 대상 사건, 청탁자의 인적사항, 일시, 장소, 방법, 경과, 경위 등에 대하여 상세히 보고서를 작성하여 부서장에게 결재를 받은 다음 이를 즉시 사건기록에 첨부하고, 부서장은 기관장에게 보고하여 '청탁사건 심의위원회'에 회부가 되도록 합니다. 위원회에서는 청탁의 성격과 내용, 청탁받은 자의 거부 여부, 진척 등에 따라 기존의 수사담당자가 계속 담당하여도 무방할지 다른 담당자에게 재배당을 할지를 결정합니다. 계속 담당 또는 새로이 사건을 배당받은 담당자는 청탁자와 청탁받은 자를 상대로 그 내용과 목적, 경위 등을 상세히 조사합니다. 이상 각 절차를 이행한 모든 서류를 수사기록에 첨부하도록 의무화하는 것입니다. 이 제도에 대한 각 절차를 이행하지 않는 경우 단순 또는 중대한 불이행 그리고 사건 규모, 그 영향을 미친 정도 등에 따라 수위를 달리하여 처벌 규정을 두는 것입니다. 물론 그 모든 절차에서 사실관계에 대한 입증은 형사소송법상 증거법을 준용합니다.

16

IMF 당시 부동산가격이 급락하자 장기 미분양 신규 아파트나 고급 빌라를 이용한 신종사기범이 기승을 부렸습니다. 노숙자나 경제적으로 매우 궁핍한 사람들로부터 명의를 빌려 싸게 분양을 받은 후 은행 대출담당자의 방조하에 담보 가치를 부풀려 매매대금보다 고액의 대출을 받아 그 차액을 챙깁니다. 그다음 그 명의신탁 부동산을 임대하여 일정 기간 수입을 챙기다가 보증금을 떼어먹고 달아나는 일명 '찍기'라고 부르던 범행이었습니다. 범행 성공의 관건은 바지 물색에 이어 은행 대출에 있기에 이에 공을 들이는 것을 '은행작업'이라고 불렀습니다.

저는 구속된 은행작업 담당 장원갑으로부터 은행 대출담당 과장 임길우에게 5,600만 원의 대출 커미션을 건넸다는 신빙성 있는 진술을 확보하고 검사에게 보고하였습니다. 검사는 즉각 파견 경찰을 은행에 보내 임길우를 체포해 와서 조사에 들어갔으나 임길우가 범행을 완강하게 부인하므로 검사에게 장원갑과 대질조사에 이어 보강증거 수집의 필요성을 보고하였습니다. 그런데 어느새 무슨 일이 있었는지 모르나 검사는 의외로 일단 장원갑을 한 번 더 불러 조사하자고 했습니다. 갈 길이 바쁜데 이미 조사한 내용 왜 다시 조사하자는 것인지 난감했으나 검사의 지시대로 다음 날 오전에 재조사 일정을 잡았습니다.

조사 당일 교도관들이 장원갑을 데려와 제 책상 앞에 앉혔고 조사가 막 시작되었는데 검사가 자리에서 일어나 밖으로 나가는 것입니다. 그런 직후 김경주 변호사가 문을 열고 들어오더니 장원갑에게 다가가 어깨를 만지며 '염려 말고 사실 그대로 진술하게나'라고 말하고 저에게 대뜸 "임길우에게 준 돈이 4,300만 원이라고 하니 그렇게 조서를 받아 달라"고 하는 것입니다. 너무 황당하여 일시 말문이 막힌 저에게 쪽지를 건네는데 보니 '4,300만 원'이라고만 쓰여 있었습니다. 그가 정한 액수에 제가 착오가 없도록 메모까지 해 준 것입니다. 도저히 용납할 수 없는 상황이라 "지금 뭐 하는 겁니까? 제가 그렇게 만만해 보입니까?", "이런 못된 습관 버리세요"라고 호통을 쳤습니다. 저의 호통에 교도관이 화들짝 놀라 했고, 다른 피의자를 조사하던 이형수도 놀라 저 있는 쪽을 물끄러미 쳐다봤습니다. 김경주는 얼굴이 상기되고 어찌할 바를 모르다가 마치 자기 사무실인 양 검사 책상 오른쪽 옆 소파로 성큼성큼 걸어가 앉더니 10~20여 초간 똬리를 틀고 도사리고 있다가 슬그머니 검사실을 빠져나갔습니다. 공교롭게도 그 상황이 끝난 직후 검사가 들어왔습니다. 그래서 제가 조금 전 상황을 보고하였더니 아무런 말이 없는 것입니다.

검사, 변호사가 번갈아 들어오고 나가는 상황으로 보아 서로 미리 이야기 된 것이 아닐까요?

설마 그랬을 것이라고 믿고 싶지 않았습니다. 검사들은 참여수사관을 아바타로 내세워 피의자를 신문하게 해 놓고 다른 업무에 몰두하는 것은 기본이고, 방문객 응대, 상사의 호출, 회의, 다른 검사실 마실 갈 때도 있고 심지어 조사가 다 끝나도록 돌아오지 않아 피조사자를 대기실에 마냥 기다리도록 하는 일들도 허다했기 때문입니다.

이후 검찰에서 경험한 일들을 떠올리면 검찰 바이러스 감염증은 우수한 두뇌에 의한 치밀함이 더해져 '죄의식 불감증'을 동반하였습니다. 돈이 되는 사건은 거의 어김없이 전관 변호사들이나 누군가 힘 있는 자들이나 그들이 보낸 이가 개입했습니다. 일시 조사를 중단하고 특별 면담을 시켜 주는 광경도 많이 봤습니다. 때로는 누군가가 전화를 걸어 오거나 다녀간 후 장막 뒤에서 뭔가 흉계를 벌이고 있다는 느낌을 받았고, 검찰에는 그들을 그렇게 만드는 괴물이 있는 것도 같고, 마피아, 좀비 소굴과 같은 어휘를 붙여야 들어맞는 상황이 벌어지곤 했습니다.

장원갑 조사는 결국 어떻게 되었습니까?

그사이 그는 저의 입지가 사라진 상황을 제대로 감지하였기에 진실을 말하고 선처를 받는 것보다 그런 대세를 읽지 못하다 괘씸죄에 걸리지 않을까 겁을 먹고 그 이전 자백하였던 5,600만 원이 아닌 김경주가 지령을 내린 4,300만 원으로 갑자기 진술을 번복하고 무조건 밀어붙였습니다. 진술이 바뀌게 된 이유가 무엇이냐고 물어도 답을 하지 않거나 착각했다는 식으로 얼버무리기만 하였습니다.

수수금액이 5,600만 원에서 4,300만 원으로 바뀌면 무엇이 달라집니까?

은행임직원이 배임수재 액수가 5,000만 원 이상이면 그 미만 금액보다 형량이 비교할 수 없을 정도로 무겁도록 규정되어 있었습니다.

사건처분과 재판 결과는 어떻게 되었습니까?

그 부분 조사는 거기서 멈췄고, 김경주가 지령을 내리고 저에게 청탁하고 메모해 주었던 4,300만 원 그대로 기소가 되었고, 임길우는 기소 후에 집행유예로 금방 풀려나왔습니다.

이 사건의 진실은 수수액 5,600만 원이라고 생각합니까?

진실을 파헤치다가 중단되었으니 단정할 수 없게 되었습니다. 이 사건도 조사 도중 김경주 변호사가 검사실에 난입하여 저에게 한 청탁과 메모지가 증거이고 이에 진실이 담겨 있는 것이기에 이를 철저히 조사하고 금품수수에 대한 보강조사를 제대로 하고 싶었지만 그럴 수 없는 현실 또한 저에게 회한이 되었습니다.

17

청 근처에 '월드컵'이라는 상호의 식당에서 파견 경찰 김윤걸의 경찰서 복귀 환송 회식이 있었습니다. 식당에서 술을 많이 마신 상태에서 한 잔 더 하러 간다고 하여 근처 호프집이나 노래방에 가겠지 싶었으나 택시를 타고 간 곳은 전철역 부근 지하에 있는 주점이었습니다.

이튿날 저는 그 주점 술값은 검사가 아닌 김윤걸이 해결했다는 사실을 알고 뭔가 찜찜한 생각이 들었습니다. 평소 제가 김윤걸을 매우 경계한 이유가 있었는데 각종 사건청탁을 받아 와서 이를 거절하느라 애를 먹은 일들이 있었기 때문입니다. 조사를 앞둔 피의자 쪽의 저녁 접대 제의를 받아 전달한다든지, 아는 형님이 비용을 모두 댄다며 1박 2일 동안 유명 유원지로 놀러 가자든지, 뇌물사건 조사를 앞두고 이를 전달한 사람이 중간에서 써 버린 것으로 꾸며 조서를 작성해 달라든지, 알고 지낸다는 김준택 검사가 경찰 과속단속 카메라에 찍힌 것을 무마해 준다며 허위 내용의 공문서를 만들어 달라는 제의도 하였습니다. 제가 이 모든 청탁을 거절해 왔습니다.

　김준택 검사의 과속단속 건은 무엇입니까?

　김윤걸의 말에 의하면 김준택 검사가 고향인 호반시를 다녀오다 과속단속 카메라에 찍혔는데 직무상 다녀오던 중이라는 허위 내용의 공문서를 하나 만들어 경찰서에 보내 줘야 한다며 이를 만들어 달라고 했습니다.

　그런 허위공문서작성 부탁을 김준택 검사실 계장에게 하지 않고 왜 증인에게 합니까?

　그런 식으로 도무지 이해할 수 없는 부탁을 종종 하여 경계했던 것입니다.

　조금 전 주점 이야기로 돌아갑니다. 회식이 있고 2~3일 지났을 때 검사, 저, 이형수 계장이 늦게까지 남아 일을 하면서 저녁을 배달시켜 먹던 중 이형수가 그 술값 해결에 대한 자초지종을 검사에게 보고하듯이 말하였습니다. 그들 대화를 듣고 비로소 그 주점에 가게 된 경위가 김윤걸이 이형수를 통하여 검사에게 제의하고 검사가 이를 승낙하여 가게 된 것임을 알았습니다. 들은 대로 말할 수는 없지만 이형수는 김윤걸과 주점 주인과의 사연을 말하며 검사가 술값 걱정하지 않아도 된다는데 저로서는 도무지 이해할 수 없는 내용이었습니다.

　무엇이 문제가 된 것입니까?

　회식이 있기 전 제가 대규모 대출 비리 사건 조사로 연일 바빴던 때라 조사가 늦어진 여러 사건기록이 저의 캐비닛에서 잠을 자고 있었습니다. 이제 슬슬 조사를 시작할까 하고 사건기록들을 꺼내어 읽어 보다가 상급 청에서 조사 지시가 내려온 한 사건에서 특정 주점 하나가 등장하는데 짚이는 바가 있었습니다. 며칠 전 김윤걸의 환송 회식 때 갔던 주점의 상호는 기억나지 않으나 느낌이 이상하여 이형수에게 물어봤더니 바로 그 주점이었습니다. 그 순간 망치로 뒤통수를 맞은 기분이었고, 검사에게 곧바로 보고하자 깜짝 놀라므로 제가 "술값은 분배하여 내기로 하고 사건은 다른 검사실로 재배당하는 것이 좋겠다"라고 말했더니 검사가 "일단 술값이 얼마인지부터 파악해 오라"고 했습니다. 그날 저녁 그 주점을 방문하여 경리부장 일명 '대박'을 만나 계산서를 받아 놨다가 다음 날 오전에 검사에게 보여 주자 검사가 바로 은행으로 달려가 돈을 찾아왔고, 이를 전해 받은 저는 그날 저녁 다시 주점을 방문하여 모두 계산하고 돌아왔습니다. 지금도 검사에게 미안한 것은 술값을 모두 검사가 부담하는 것에 저는 속수무책이었고, 제가 사건기록을 좀 더 일찍 읽어 보았더라면 상황이 달라졌을지 모르는데 제가 너무 부족했던 것입니다.

조사를 앞둔 사건은 어떤 사건이었습니까?

사건 내용은 말씀드리기 어렵습니다. 검사가 사건기록을 회수하여 갔는데 그 이후 어떻게 되었는지 모릅니다. 그 술자리의 성격이나 내용을 사전에 몰랐다고 하더라도 부적절한 처신으로서 각기 처지에 따라 문제가 되는 일이었습니다. 김윤걸이 산통을 깬 저를 좋게 생각하지 않아서 그에게 비난받는 것은 모두 저의 몫이었습니다. 술값을 계산한 직후 그가 전화를 걸어와 깍듯이 대했던 이전과 180도 다르게 언성을 높여 "당신 나를 무시하는 거냐? 어떻게 그럴 수 있어?"라고 반말로 막 대하였습니다. 아마도 제가 검사나 다른 직원, 전관들 눈 밖에 난 사람임을 알고 한 막말일 것입니다. 그래도 저는 꾹 참고 미안하다고 말하며 충고하기를 "경찰이 왜 검사나 검찰 직원에게 그렇게 절절매고 숙이고 사느냐? 나는 경찰이 검찰에 당당한 세상이 빨리 왔으면 좋겠다"라고 저의 충심을 말했으나 전혀 들어주지 않았습니다. 김윤걸은 검찰 직원과의 위상과 역할에 뭔가 문제가 있다는 저의 진심을 이해하지 못하였습니다. 수년간 검찰에 파견을 나왔다가 검찰 바이러스에 제대로 감염되어 일반 경찰보다 더 심한 검찰에 대한 '충성과 굴종' 증상을 보였습니다. 그러나 한편 김윤걸은 검찰에서 전관예우를 비롯하여 어떤 일들이 벌어지고, 어떤 비리가 있다는 것을 다른 경찰보다 더 잘 알고 있기에 자신은 아무리 잘못해 봤자 바늘도둑이고, 검사나 검찰 직원들은 소도둑이라고 생각하여 아무런 죄의식이 없었던 것입니다.

평소 경찰수사권 독립의 필요성을 주장하신 것과 맥을 같이하는 것 같습니다.

예, 맞습니다. 검찰의 통제는 나쁘고 경찰이 마음대로 하게 두자는 것이 전혀 아닙니다. 법과 제도 개선을 통하여 경찰답게 제대로 하게 만들자는 것입니다. 제가 검찰 특히, 검사실 참여수사관 근무를 하면서 검사와 경찰의 관계를 자세히 들여다볼 수 있었고, 경찰이 조사한 수도 없이 많은 송치사건을 보완조사하고 검사가 그 송치사건 처리하는 내용과 평소 검사가 경찰을 대하는 풍경과 그것이 사건과 국민에게 어떤 영향을 미칠까 유심히 관찰하면서 날로 확신하게 되었습니다.

김윤걸과 이형수 계장 사이는 좋았습니까?

매우 돈독해서 가끔 제가 난처한 상황에 놓이곤 했습니다. 김윤걸이 검사나 참여수사관이 뭐가 존경스러워서 그랬겠습니까? 김윤걸이 검사나 검찰 직원에게 깍듯이 하였던 것은 진심이 아닌 검경 간 전통적 지배와 복종, 군림과 굴종 관계에 기인했던 것입니다. 예로부터 경찰이 검사를 영감(令監)으로 모셨던 이유는 법적으로 철두철미하게 보장하고 있는 무소불위의 검사가 두려움의 대상이었고, 국민보다 검사에게 충성하는 것이 경찰로서 이득이 되고, 신분상 어려운 일이 생겨도 관대히 처분받을 수 있고, 검사나 검찰에 밉보이면 위태롭고 출세가 어렵다는 엄혹한 현실 인식에서 나온 처세 때문이었습니다. 이러한 현상은 과거 시대로 갈수록 심하여 경찰에게 검사는 감히 범접할 수 없는 존재로서 마음만 먹으면 얼마든지 경찰을 죽이기도 살리기도 하는 존재로 인식되었고, 실지 검찰청법 상명하복 조항이나 검사의 수사권독점, 지배적 수사지휘권, 경찰을 배제하고 압도하는 검사의 영장청구권 독점 조항들이 이를 뒷받침해 주고 있었습니다. 저는 이를 포함한 무소불위의 바탕이 되는 여러 제도문화가 언제 어떻게 이 땅에서 자리를 잡았고, 어떠한 변천 과정을 거쳐 오늘에 이르게 되었는지 궁금하여 견딜 수 없었던 것이고 이를 파헤치는 긴 여정 끝에 그 해답을 얻어 이를 논문에 담은 것입니다.

경찰 수준을 높이기 위하여 검찰의 무소불위가 뒷받침해 주고 있는 과도한 기득권을 떼어 내어 상응한 만큼 경찰에 넘겨주어 검찰의 무소불위는 낮추고, 경찰의 수준을 계속 높여 감으로써 상호 견제와 균형을 확립하여야 한다는 저의 소신은 그래서 싹트기 시작한 것입니다. 저는 검찰개혁을 극렬히 방해하고 과거 회귀를 시도하는 것을 단호히 막아 내야 한다고 생각하고 그 이유는 이번 증언과 논문 내용 전반을 통하여 이해하게 될 것입니다.

18

IMF 여파로 중소기업들이 시달리고 있을 때 정부에서 공적자금을 쏟아부었습니다. 그중 신용보증기관으로부터 받은 대출 보증을 담보로 금융기관에서 대출을 받아 기업운영자금 등으로 사용할 수 있게 하였습니다. 이 제도의 허점을 이용하여 허위 서류를 이용하여 보증을 받고 대출금을 받아 챙기는 사기범들이 기승을 부렸습니다.

1억 원을 기업운영자금 명목으로 대출받아 챙긴 사기 사건을 수사할 때였습니다. 대출금에 대한 자금추적을 마치고 본격 조사에 들어갔으나 피해금 중 최종 현금 출금 이전 추적이 가능한 단계에서 9,000만 원을 건네받은 것으로 확인된 김상호와 그의 범행을 도운 이청일이 도주하여 수사가 난관에 빠졌습니다. 파견 형사들의 검거 활동도 소용이 없었고 검사는 인사로 떠날 날이 다가오자 기소중지 처분을 하였는데 그 이후 매우 특별한 일이 벌어지게 됩니다.

이형수 계장이 검사실 선배가 점심을 산다고 하여 따라 나간 자리에서 선배가 그 사건 이야기를 꺼내더니 갑자기 돈 봉투를 저에게 주는 것입니다. 정색하며 이를 거절하고 어색한 분위기 속에서 밥을 먹고 헤어진 일이 있었습니다.

2~3일 후 그곳에서 형사2부 부장검사를 하다 갓 개업하여 몰래 변호에 열을 올리고 있는 한병훈 변호사가 검사실을 방문하여 선임계도 없는 김상호의 자수서를 검사에게 제출하였고, 검사가 이를 저에게 건네주며 조사를 지시하였습니다.

다시 2~3일 후 조사가 시작되었는데 범행을 완강히 부인하므로 적절하다고 판단되는 시점에 피해금 대부분을 가져간 경위와 그 사용처에 대하여 집중추궁에 막 돌입한 순간이었습니다. 조사 중 그 직전부터 몸이 안 좋다고 말하던 김상호가 갑자기 지병을 호소하며 매우 특별한 언행을 하기 시작하였습니다. 도무지 멈출 기미가 보이지 않고 매우 심해져서 꾀병으로만 여기고 말 수 없는 지경에 이르러 부득이 병원으로 후송하여 결국 그날 조사는 그 선에서 중단하였고 그 대신 이해하기 어려운 그의 돌발행동을 자세히 묘사하여 조서에 담아 두었습니다.

　　김상호가 9,000만 원을 모두 차지했으면 주범이 아닙니까?

　현금 출금 전 자금 추적이 가능한 흐름에서도 그랬고 회사 대표이기도 하여 그날 첫 조사만으로도 최종 사용처 확인 겸 주범 여부를 확정할 수 있을 것으로 보고 조사하다 돌발 상황이 빚어진 것입니다. 갓 퇴직한 전관이 붙어 몰래 변호 중인 데다 인사를 코앞에 둔 검사도 추가 조사에 대한 의욕을 보이지 않았고, 이후 조사 없이 검사와 헤어지게 되었습니다. 그다음 이사건 진행에 대하여는 황상길 검사와 근무할 때 다시 말씀드리겠습니다.

19

　이관식 검사와 헤어질 무렵 송별 회식에서 잊을 수 없는 일이 있었습니다. 회식 자리에서 술을 꽤 마신 후반부 들어 듬성듬성 사람들이 자리에 안 보이는 어수선한 분위기 속 옆자리에 있던 이관식 검사와 대화를 나누었습니다. 헤어지는 마당에 덕담을 건네다 제가 알게 된 검사의 고달픈 실상을 언급하고 위로하는 말을 건네자 일시 묵묵부답하던 검사의 양쪽 눈에서 샘물처럼 눈물이 솟더니 볼 아래로 주르르 흘러내렸고, 그 순간 검사가 자리에서 벌떡 일어나 어린아이처럼 손으로 급히 눈물을 훔치며 밖으로 나갔습니다. 자신이 지독하게 앓고 있었던 검찰 바이러스 감염증에 대한 일시 자각이 있었던 것입니다. 그 모습을 보고 마음이 얼마나 착잡했는지 모릅니다. 저와 근무했던 검사들 아니 전국 검찰청 어디를 막론하고 근무 경력이 적을수록 남들이 안 보는 곳에서 깊은 시름과 한숨 끝에 홀로 처절히 그런 눈물을 흘려 보지 않은 검사는 없을 것입니다.

그렇게 헤어진 후 7~8년이 지나 이관식 검사가 검찰을 떠난다며 내부게시판에 올린 퇴직 인사 글을 봤습니다. 이관식 검사는 본시 마음이 여리고 친절했습니다. 사건관계인에게 욕설하거나 화를 내거나 험하게 말하는 것을 본 기억이 없습니다. 검찰 바이러스는 이런 사람이 감염되면 더 치명적이었습니다. 검사의 길이 자신이 희망했던 것인지 누군가가 등을 떠민 것인지 모르나 다른 직업을 가졌더라면 더 값진 인생을 살았을 것입니다. 검사들 잘못이 아니었습니다. 검찰 바이러스는 검사답게 하려고 몸부림치며 감염을 싫어하거나 거부하는 검사나 직원일수록 단계별로 배가시킨 치명적인 독성을 끊임없이 뿜어 대어 치명상을 입혔고, 그래도 발병과 감염증을 일으키지 않고 버티면 끝까지 이전보다 더욱 치명적인 독성을 집중적으로 뿜어 대어 끝내 감염시키고야 말았습니다.

검사가 눈물을 흘리는 장면이 연상되어 안쓰럽기까지 합니다.

간혹 감염증에 대한 자각이 올 때 그런 일이 생기는데 근무 경력이 늘어날수록 그러한 일시 자각마저도 사라지는 특성이 매우 강하고, 간부급 반열에 오르게 되면 그들 뇌 속에 남아 있던 그러한 자각을 일으키는 세포가 이전보다 더 사멸되기 시작하여 고위직에 오르고 거기에다 본격 정치검사의 길을 걸으면 거의 모두 날아가 없는 상태가 되어 버립니다.

검사라는 직업의 한 내면을 적나라하게 봤습니다.

그 이면은 애처롭기 짝이 없었습니다. 어찌 보면 인권의 사각지대에 놓여 있는 사람들이었습니다. 경찰이 하다 말고 검찰에 내던진 방대한 수의 무성의하고 엉터리인 사건기록을 끊임없이 읽으며 죽도록 그 뒤치다꺼리를 하는데도 너무 역부족이었습니다. 그 와중에 각종 감염증을 심하게 앓는 상사들 구미에 맞춰 양심에 반하는 일을 하기도 하고, 거의 매일 심야 야근에다 휴일에도 나오기 일쑤였습니다. 또 그런 와중에 각종 명목의 회의와 밤낮으로 상사에게 공적, 사적으로 수시로 불려 다니거나 술자리에 참석했습니다. 그들만의 특유한 밤 문화에 휩쓸려 시름을 달래 보지만 그런 밤 문화를 싫어하는 검사일수록 그처럼 가혹한 고문이 없을 것입니다.

말석 검사는 점심시간이 가까워지면 같은 소속 선배 또는 상사와 함께 먹을 점심 식당 물색과 참석 여부를 파악하려고 여직원과 함께 머리를 싸매고 온통 신경을 썼습니다. 검사들은 우리나라 특유의 그러한 직업적 현실에 적응하고 살아남기 위하여 선배들로부터 내려오는 다양한 응급처세술을 익혀 사건 처리와 처세에 써먹으며 이를 헤쳐 나가고 있었습니다. 앞으로 증언을 통하여 아시게 되겠지만 검찰 바이러스 감염증은 매우 독특하고 다양했습니다. 그렇게 살아가는 검사들은 자신들을 그렇게 이끌고 가는 정치검사의 화신에 대하여는 무한대로 복종하고 검찰 바이러스의 존재를 알려고도 하지 않았습니다. 심지어 자신들을 측은히 여기고 수사시스템을 개선하기 위하여 업무경감의 첩경인 집중된 권한을 덜어 주려고 '견제와 균형'이니 '분권'이니 언행을 하는 사람이나 단체, 조직에 극도로 격분하여 보복행위를 감행하는 특성도 알고 보면 그들의 뇌를 마비시키는 감염 때문이었습니다. 이 모두 검찰 바이러스의 존재와 다양하고 독특한 감염증을 모르고서는 도무지 이해하지 못할 것입니다.

명석한 두뇌만으로는 극복할 수 없는 일들이 많은 것 같습니다.

예, 검사들은 두껍고 복잡한 사건기록도 그 핵심을 단번에 파악하였고, 조사가 종결된 후에는 불기소 결정문, 공소장, 각종 영장청구서도 뚝딱뚝딱 작성해 내는 두뇌가 매우 명석한 사람들이었습니다.

당시 김경주 말고 기억나는 전관 변호사가 있었습니까?

김경주의 뒤를 이어 각기 부장검사를 하다 나간 유점식, 고진우, 한병훈 변호사가 개업하여 이들이 청사 내에 앞서거니 뒤서거니 매우 자주 출몰하였는데 제가 예전 이준평 선배처럼 본격 조사업무를 맡자마자부터 김경주와 여러 차례 부딪친 일들로 꽤 소문이 나 있기도 하고, 나머지 세 변호사는 검사만 상대하는 유형이어서 그런지 그들과 부딪친 기억은 없고, 얼마 있지 않아 저는 특수검사실을 떠나게 됩니다.

현직 검사들의 비호 또는 방조하에 종횡무진 검찰을 드나들며 빗자루로 돈을 쓸어 담던 김경주는 제가 특수검사실을 떠난 것이나 나중에 멀리 금강지검 화평지청으로 발령받아 간 것을 보고 앓던 이가 빠졌다고 생각했을 것입니다. 그에 대한 마지막 기억이 있습니다. 십수 년이 흐른 신년 초 검찰 내부 홈페이지 상급 청 소식란에 검찰 최고수뇌가 주최하여 전·현직 최고위 검찰 우두머리급들이 모이는 신년 행사 동영상이 올라와서 보니 그 무리에 건배하며 환하게 웃고 있는 김경주의 모습이 나타나 깜짝 놀랐습니다. 부장검사로 퇴직하여 애송이 전관인 그가 이례적으로 그런 거물들 속에 모습을 나타냈기 때문입니다. 아마도 원로 격에다 자신에게 득이 될 만한 사람은 모두 동지로 만드는 마구잡이 인맥과 전관예우로 축적한 재물 면에서 거물로 간주되어 유유상종하게 된 것이 아닌가 생각합니다.

이관식 검사와 근무하는 동안 조사 능력도 많이 붙은 것 같습니다.

많이 나아졌습니다. 조사 전 준비를 철저히 하고 혼신을 다하는 조사

습관과 그 무렵 이전부터 생긴 습관이 조사 능력 배양에 도움이 되었습니다. 제가 조사한 사건은 검사가 불기소 결정문 또는 공소장을 작성하고, 그 부본 하나를 별도로 철하여 검사실에 보관합니다. 복잡했던 사건일수록 이들을 읽어 보아 저의 조사에서 부족한 점은 없었는지 돌아보는 계기로 삼았고, 공소가 제기된 사건은 훗날 재판이 끝나면 판결문을 꼭 읽어 보아 검찰 조사과정에서 미진한 부분이 있었는지 돌아보는 습관이 조사 능력 배양에 많은 도움이 되었습니다. 그래서 저는 평소 수사의 첫 단추인 초동 및 현장이라는 매우 중요한 단계에서 수사를 담당하는 경찰이 검찰에 공문을 보내야 입수 가능한 번거로운 절차 없이도 자신이 수사한 사건은 검찰 송치 후 불기소 사건은 그 결정문, 기소 사건은 판결 전에는 공소장, 판결 후부터는 판사의 판결문을 온라인으로 손쉽게 언제든지 열람하면서 자신의 조사 능력 배양을 위하여 활용할 수 있도록 배려하는 시스템이 하루빨리 구축되어야 한다고 생각합니다.

예전처럼 주눅이 들었던 모습도 없어 보입니다.

예, 검찰 기득권에 물들지 않는 독특한 태도를 실천하기 시작하면서 외적인 면에서는 저의 입지가 좁아지는 것처럼 보였지만 실질과 내면은 그 반대였습니다. 그들이 검찰 바이러스에 감염되어 어떤 때는 신들린 것처럼, 어떤 때는 약물에 취한 양 넋을 놓거나 도무지 이해할 수 없는 여러 증상을 보였으나 저는 그들과 공무적 거리 두기를 실천하며 늘 옳은 길을 가려고 노력했던 덕분에 감염이 되지 않았던 것입니다. 공직자의 당당함과 직무상 해결 능력은 청렴과 정직, 성실로부터 나온다는 것을 깨달아 가는 중이었습니다.

20

이관식 검사와 헤어지고 박경천 검사와는 2개월 근무가 전부였는데 그가 어떻게 특수검사실에 왔고, 금방 다른 부서로 가게 되었는지 이유는 모릅니다. 발령받아 온 후 늘 좌불안석하는 느낌을 받았습니다. 본인이 말을 하지 않는데 물어볼 수 없어 그대로 지내다가 어느 날 갑자기 교체되었습니다. 특수수사가 체질에 맞지 않아서 자의 또는 타의에 의하여 떠난 것이 아닐까 추측합니다.

박경천 검사 다음으로 특수검사실에 배치받은 황상길 검사는 박경천 검사보다 더 짧게 1개월 만에 헤어졌는데 그럴 만한 사정이 있었습니다. 그때 마침 직원 인사를 앞두고 있었고 제가 특수검사실에 1년 9개월 가까이 근무하여 다른 부서를 희망할 명분도 있어 형사부를 지원하여 갔기 때문입니다. 그러나 그 짧은 기간이었지만 기억에 남는 일들이 있습니다.

우선 기억나는 일은 황상길 검사와 근무한 지 며칠 되지 않은 때였습니다. 마침 여직원이 자리에 없었고 제가 온통 신경을 집중하여 사기 사건 대질조사를 하고 있을 때 검사가 "좀 와 보시라"고 하는데 두 사람을 앞혀 놓고 조사하는 상황이어서 머뭇거렸더니 더 고압적인 말투로 "구법전 좀 찾아오세요"라고 지시하였습니다. 그래서 제가 "지금 대질조사 중이지 않습니까?"라고 했더니 기선을 제압하려는지 아니면 '욱'하는 성격인지 험상궂은 표정을 짓고 언성을 높여 "가져오라면 가져오지 뭐 딴소리가 많아"라고 반말을 하였습니다. 검사로 입문한 지 2~3년 정도 되고 나이는 저보다 3살이 어린 검사였습니다.

아바타인 저를 사환 취급까지 하려거든 최소한 조사나 끝나고 해야 할 것입니다. 더 중요한 것은 조사받고 있는 사람들은 특별히 시간을 내서 검찰에 출석한 것입니다. 조사받는 자체도 어려운 일이지만 그 결과는 이들의 삶에 크고 작은 영향을 미치는 매우 중요한 절차를 아바타인 저를 시켜 대신 수행하게 해 놓고 그 와중에 잔심부름까지 시키려 한 것입니다.

검사가 언성을 높인 다음 어떻게 되었습니까?

저도 사람인지라 표정이 좋지 않았을 것이고 순간 검사가 제정신으로 돌아왔는지 대꾸를 하지 않아서 곧바로 상황이 종료되었습니다. 여직원이 부재중이어서 벌어진 순간적 상황이었으나 이 또한 참여수사관의 역할을 돌아보게 하였습니다. 직무 내용과 범위에 대한 구체적인 법규정 없이 형사소송법 제243조의 '참여'라는 포괄규정을 왜곡하여 검사가 한 명 더 있는 효과를 내는 것으로서 그 대표적인 것이 검사의 대역이 되어 피의자를 신문하고 조서를 작성하는 것입니다. 이 제도는 과거 시대로 갈수록 참여직원이 호가호위하며 피조사자에 대한 가혹 행위를 하고, 각종 부패한 행위를 일삼는 도구로 활용하였습니다. 나이가 지긋한 분들일수록 그 전신인 '입회 서기', '입회 계장' 하면 연상되는 역할이나 여러 이미지를 생각하면 이해되실 것이고, 저의 증언을 들을수록 이 제도에 어떤 문제가 있는지 더 많이 이해하게 될 것입니다.

21

앞서 황상길 검사와 근무 때 신용보증 대출사건 이야기를 더 해 드린다고 했는데 그 이야기입니다.

박경천 검사와 근무한 짧은 기간은 그들끼리 무슨 일이 있었는지 조용하더니 황상길 검사와 근무한 지 며칠 후 기다렸다는 듯이 전관 변호사의 수법이 동원되었습니다. 한병훈 변호사가 방문하여 검사를 만나고 간 직후 검사가 "김상호 그 사람 구속할 사람이냐?"고 물어 객관적 사실로서 자금추적 결과 공적자금 대부분이 그에게 간 사실과 이관식 검사가 그 사건에서 수백만 원을 챙긴 공범 이상기를 본보기로 구속한 사실이 있다는 것만 알려 주었습니다. 이후 검사는 저에게 조사를 시키지 않았고 며칠 후 진행된 인사에서 형사부로 이동하게 되었습니다. 그러나 저는 이 사건이 전관의 '몰래 변호'에 이미 오염되었기 때문에 제가 예상한 대로 결말이 날지 궁금했던 터라 이후로도 관심의 끈을 놓지 않았습니다.

한병훈 변호사는 증인이 그 사건 내막을 가장 잘 알고 있는 데다 엄중히 조사하는 경향이 있어 떠난 것을 반겼을 것 같습니다.

그랬을지도 모릅니다. 저의 후임으로 선배 김영식 계장이 발령받아 왔고, 이형수 계장은 그대로 남아 근무하였는데 나중에 이형수 계장을 만났을 때 그 사건이 어떻게 처리되었는지 물었더니 '참고인중지' 처분을 했다고 하고, 그 이유는 김상호의 혐의를 밝히려면 이청일을 먼저 조사하여야 하는데 그가 도피 중이어서 검사가 그렇게 처분했다고 알려 주었습니다.

그때 이형수 계장이 조사를 맡았다고 합니까?

그것은 모르는데 전관의 몰래 변호가 개입하면 누가 조사를 하든지 결과는 거의 같을 것이므로 굳이 물어보지 않았습니다.

그 사건 계좌추적을 하고 조사도 했던 증인은 검사의 참고인중지 처분에 대하여 어떻게 생각합니까?

제가 제대로 조사를 하지 못하고 떠나서 자신 있게 뭐라 말할 수는 없고, 추정하자면 김상호가 도피 중인 이청일에게 모든 혐의를 떠넘기고 일단 모면했을 수도 있습니다. 저는 다시 그 사건 최종 결말이 어떻게 나는지도 궁금하여 관심이 있던 중 2년여 세월이 지나서야 이청일이 수사를 받았고, 이청일만 기소하고 김상호는 무혐의로 종결했다는 사실을 알게 되었습니다. 김상호가 진실로 혐의가 없으니까 그렇게 처분이 난 것일 수도 있겠으나 최종 결과가 저의 예상대로 맞았기에 다시 추정해 보자면 이청일은 그 사건 말고도 다른 사건도 있어서 철저히 도피 생활을 하였습니다. 이청일의 진술에 김상호의 운명이 걸려 있어 평소 연락을 주고받았는지 알 수 없으나 이청일은 어차피 처벌을 면할 수 없으니까 뭔가 상응한 대가나 대우를 받고 김상호의 혐의까지 안고 갔을지도 모른다는 생각이 들었습니다.

이 사건도 제가 김상호를 최초 조사하기 직전 선배가 뇌물을 공여하려 한 적이 있지 않았습니까? 전관 한병훈이 받은 수임료도 그렇지만 그 돈이 다 어디에서 나왔겠습니까? 모두 김상호의 주머니에서 나온 돈입니다. 그 직후 몰래 변호가 있었기에 이 부분까지 모두 철저히 조사했더라면 진실을 밝힐 수 있었습니다. 또 기억나는 일은 보증기관 직원도 의심스러웠습니다. 이 사건은 신용보증기관이 취급한 여러 건 중 하나였는데 그 무렵 이형수 계장은 그 기관 간부가 저에게 뇌물공여를 시도

하는 점심 자리를 마련한 적도 있고, 저녁 술자리 참석에 다리를 놓으려고 무척 애쓴 적도 있었습니다. 이러한 모든 사실을 제대로 조사했더라면 매우 의미 있는 수사결과가 나왔을 것입니다.

황상길 검사와 불과 1개월이지만 들려주신 이야기는 매우 인상 깊게 느껴집니다.

예, 그 짧은 기간 동안 벌어진 일임에도 어제 일처럼 생생합니다. 저는 사람의 생사여탈이 달린 수사를 검사의 입신 영달 또는 전시적 도구로 보는 경향이 팽배하고 해괴망측한 일들이 수시로 벌어지고, 뭔가 그들만의 편의나 배후의 목적을 가지고 그 시기와 완급, 강도(强度)를 조절하다 쌈짓돈 꺼내어 쓰듯 검찰권을 꺼내어 마구 휘두르고 유난히 소동을 벌이는 특수검사실이 싫었습니다. 형사부로 가면 못 볼 것 덜 보게 될 것이고, 수사 실적을 올려 검사에게 상납하지 못하여 아바타들끼리 서로 모여서 고민하는 일도 없을 것이라 믿고 홀가분한 마음으로 형사부를 신청하였고, 그런 저의 바람과 특수검사실에서 수고한 점이 반영되어 희망한 대로 갈 수 있었습니다.

22

형사부 이건규 검사실에서는 특수검사실과 달리 송치사건 보완조사에 매몰되어 보냈습니다. 매일 다람쥐 쳇바퀴 도는 생활이었음에도 매우 의미 있는 일들이 있었습니다.

이곳에는 1년 후배 박준승이 먼저 와 근무하고 있었습니다. 일반사무

부서에서도 함께 근무한 적이 있고, 저와 같은 고향이기도 하여 저에게 '벽창호'라고 놀려도 제가 웃고 넘기며 허물없이 지낸 직원이었습니다.

우선 짧게 기억나는 첫 이야기도 사건청탁입니다. 사기 혐의를 받던 주점 업주인 여자에게 출석 통지를 하고 조사를 앞둔 때였습니다. 집행계장 안준상 선배가 사무실로 와 보라고 하여 갔더니 그 사건 업주를 언급하고 사건청탁을 하면서 상급 청 소속으로 '김석'이라는 외자 이름을 지닌 과장이 이 사건 때문에 자신의 통장으로 100만 원을 입금하였다며 그 돈을 출금해 줄 테니 저의 동기들끼리 회식비로 쓰라고 했습니다. 정중히 거절하고 검사실에 돌아왔더니 부재중이었던 검사가 잠시 후 들어오며 '그깟 술집 여자한테 사건청탁이나 받아서 전달하고 말이야…'라고 혼잣말을 하는 것을 들으니 검사도 상급자에게 불려 가서 그 사건 압력을 받고 온 것이 분명해 보였습니다. 업무시간 중에 감히 검사를 오라 가라 해서 사건청탁을 할 수 있는 사람은 부장검사, 차장검사, 지청장 중 한 사람일 것입니다. 그들 위계 질서상 사건청탁은 실지는 매우 강한 압력이라고 볼 수 있는데 검사가 그렇게 말을 해 주니 신선한 느낌이었고 부담 없이 조사했던 기억이 납니다. 이건규 검사와는 이렇게 좋은 느낌으로 근무가 시작되었습니다.

23

한창 조사 중에 있던 사건이 갑작스럽게 재배당되어 마술처럼 사라지고 다른 검사실로 가 버린 이야기입니다.

이 사건은 고소인이 당시 전국구 비례대표로 당선된 현 국회의원 이숙경이었습니다. 본업이 무엇인지 의심스러운 의원으로 생활 근거지는 멀리 지방인데 강북지청 관내에 있는 경매로 나온 대형 상가 건물을 낙찰받아 두었다가 임차 상인들을 내보내려고 용역회사 사람들을 동원하여 서로 크게 충돌하면서 상인들과 민형사상 소송을 벌이고 있었습니다.

경찰 송치기록을 읽어 보니 이숙경이 고소를 했음에도 보좌관이 처음부터 그를 대신하여 진술한 것에서부터 첫 단추가 잘못 끼워져 있었습니다. 고소한 혐의가 여럿인데 제대로 정리되지 않아 부득이 추가로 고소보충 조사가 필요했습니다. 보통 고소인은 피해 사실에 대하여 보완 조사를 한다고 하면 잘 나오는데 무슨 일인지 그는 차일피일 회피하면서 검사의 상급자에게 팩스로 자신의 변명을 늘어놓은 진술서를 보내 그 진술서가 다시 검사에게 전달되곤 했습니다.

그런 식으로 힘 있는 간부에게 사건청탁을 하고 뭔가 계속 어필하다가 출석하게 되었는데 조사 도중 다시 부적절한 언행을 했습니다. 고소장 기재 내용을 보면서 묻고 답하며 조서를 작성해 가던 중 자리에서 벌떡 일어나 좀 쉬었다 하자고 하여 그러라고 했습니다. 그런데 갑자기 누군가에게 전화를 걸더니 상대방에게 조사받는 상황을 알리고는 검사에게 "지금 통화하는 분이 이균길 의원님이신데 검사님을 바꿔 달라고 하십니다"라며 일방적으로 바꿔 주었습니다.

이균길은 금강고등검찰청 검사장을 하다 퇴직한 검찰 고위 전관이자 현직 국회의원인 거물이었습니다. 검사가 전화를 받아 정중히 응대하다 전화를 끊고 저에게 "신경 쓰지 말고 조금 전 하던 그대로 원칙대로 조사하십시오"라고 말하는 것입니다. 검찰에 들어와서 검사가 힘 있는 자의 관여에 개의치 말고 원칙대로 조사하라는 말을 저에게 대놓고 확실하게 표현하는 것은 처음 들어보는지라 이전에 이어 그때 받은 신선한 충격이 지금도 기억에 선합니다. 그 순간부터 고소인은 거짓말하면 불리해질 수 있겠다고 생각했을 것이고, 검사로부터 간접 경고를 받아서인지 조사에 협조하므로 고소인 조사를 순조롭게 마무리했습니다.

그 사건의 진실이 밝혀지고 공정하게 처리될지 궁금해집니다.

이 사건 서두 언급에서 예상하셨겠지만 이후 검사와 저는 그 사건 진실을 밝히는 조사에서 배제되게 됩니다. 고소인 조사를 마치고 상대방 사람들을 조사하고 대질 조사도 하여 진실규명의 실마리를 잡았는데 조사 마무리 단계에 접어들었을 때 윗선에서 갑자기 다른 검사실로 사건을 재배당해 버렸기 때문입니다.

윗선에서는 검사와 증인이 고소인에게 편파적이라거나 불리한 방향으로 조사하고 있다고 생각한 것이 아닐까요?

그래서 재배당을 했든지 다른 이유가 있든지 그 사유가 사건기록에 남아야 할 텐데 그런 것이 전혀 없으니 문제라는 것입니다. 원칙대로 조사가 진행될수록 고소인이 원하는 바와 다소 반대로 가고 있는 가운데 이건규 검사가 기대에 부응하지 않자 만만한 검사실로 재배당을 한 것이 아닌가 생각합니다.

사건 재배당은 어떻게 이루어지는 것입니까?

일반적이고 자연스러운 형태는 검사들이 대거 이동하는 정기인사 때 전출 검사들이 떠나면서 처리하지 못한 사건들을 전입 검사들에게 다시 배당하는 것입니다. 그 외에 드물게 병합 조사가 필요하거나 담당 검사가 그 필요성이 있다고 보아 상급자에게 보고하여 이루어지거나 그 밖에 공정하고 합리적인 사유가 있어야 합니다. 중요한 절차이고 훗날 책임소재를 분명히 할 근거가 되기도 하는데 그들은 소위 '냄새가 난다'라고 표현하는 그런 사건일수록 근거를 일절 남겨 두지 않습니다. 사건 진행이 고소인의 의도대로 녹록지 않았다는 것 말고는 재배당 사유가 없었다는 것은 아바타인 저의 생각일 뿐 힘 있는 자들이 달리 보면 별수 없는 것입니다. 앞으로 재배당 사건이 몇 건 더 소개될 것입니다만 검사의 상급자가 자기 입맛대로 사건을 처리하려는데 만만치 않은 검사가 이를 붙들고 있을 때 말 잘 듣는 검사로 바꿔치기하여 사건을 농간하는 수단으로 이용하는 것은 그들의 상투적인 수법 중 하나였습니다.

힘 있는 자가 참여수사관인 증인도 의식했던 것은 아닐까요?

그것은 모르겠습니다. 참여수사관의 전통적 본분은 그들이 굳이 말하지 않더라도 돌아가는 상황만으로도 검사의 상급자나 검사의 의중을 간파하여 헤아려 주고 알아서 잘 기어 주는 것인데 저는 그렇지 않아서 불편하기는 했을 것입니다. 만일 그들이 그런 불순한 의도로 재배당을 했다면 사건 빼돌리기이고 직권남용이긴 하나 재배당 순간 저와 이별한 관계로 최종 진실을 모르게 되었으니 그 부분까지 언급할 밑천은 없게 된 것입니다.

갑작스럽게 이루어진 재배당이 필시 검찰 고위 출신 국회의원인 이균길의 입김이 작용한 것이 아닐까요?

충분히 가능한 일입니다. 저는 당시 실천만 불가능하지 사건 진실규명의 첩경인 수사기법 중 하나가 이미 형성되어 있었습니다. 사건청탁에 답이 있을 가능성이 크다는 것인데 그 일시, 방법, 수단, 경위 등 총체적인 상황에 대하여 상세히 기록해 두었다가 적절한 시점에 그 사실을 바탕으로 청탁 당사자들을 상대로 청탁 행위에 대한 정밀조사에 착수하는 것입니다. 지금도 상상으로만 가능한 일로서 앞서 언급한 특별법 제안대로 앞으로 경찰, 검찰, 법원에서 청탁이 개입한 사건은 필요한 경우 이와 같은 수사 또는 증인으로서 심문하는 진실규명 기법이 시도될 수 있도록 이를 제도화하는 입법이 반드시 이루어지기를 바라고, 형사사법에 있어 그런 제도가 있다는 것만으로도 경찰, 검찰, 법원에서 사건청탁과 농간은 발을 붙이지 못할 것이고, 그렇게 세월이 흐르면 '청탁'이라는 단어는 형사사법 현장이 아닌 국어사전에만 존재하고 좋은 의미로 쓰이고, 사건 진실발견과 소송경제에 크게 이바지하게 될 것이라고 확신합니다.

법원 판사가 받는 청탁이야말로 무게감이 매우 큰데 어떻게 관리가 되어야 할까요?

맞습니다. 그래서 우선 기본적으로 형사소송법상 판사에 대한 제척, 기피, 회피 사유에 「법관이 재판과 관련하여 '부정청탁 및 금품수수의 금지에 관한 법률'상 부정한 청탁을 받은 때」를 추가함으로써 그러한 청탁이 개입했음에도 불구하고 판사에게 재판을 계속 맡길지 짚고 넘어가는 절차가 있어야 할 것입니다. 재판지연이 염려스럽겠으나 효율적인 제도로써 가꾸어 시행하다 보면 결국에 가서는 재판에서 청탁이 사라지게 될 것으로 신속하고 공정한 재판이 정착되는 계기가 될 것입니다. 그리고 이에 더하여 지금보다 개선된 청탁금지법에 따라 부정청탁에 대한 일반적 규제가 강화되어야 하는데 그 개선할 부분에 대하여는 나중에 구체적으로 말씀드리겠습니다.

진공상태처럼 모든 '청탁'을 무조건 금지하여도 문제라고 생각합니다.

물론입니다. 전후 관계로 보아 정당한 경우로서 사건 당사자가 아니라도 사건에 대하여 이해관계에 있을 수 있는 사람이 있을 수 있고, 어떤 경우 그런 상황과 내용 중에는 사건에 반영이 되어야 할 내용이나 정보도 있을 것입니다. 우선 그런 의사를 가진 사람은 기본적으로 투명하게 진술서, 탄원서, 진정서, 의견서 등 형식에 구애받지 않고 서면으로 써서 낼 수 있도록 안내하고, 서면작성이 적절치 않거나 불가능한 경우에는 스스로 출석하여 말할 수 있고 그것이 진실규명이나 사건 처리를 위하여 반영할 필요가 있다고 판단되면 진술조서를 작성하면 되는 것입니다. 이러한 투명성은 오히려 은밀하고 부당한 사건청탁이나 농간을 없애는 방향으로 정착이 될 것입니다.

24

지금부터 그 이전보다 저의 조사업무 수준을 한 단계 높여 준 사건을 소개할까 합니다. '김석한'이라는 한 사람이 범한 기구한 두 살인 사건의 수사, 재판과정을 통하여 '사실의 인정은 증거에 의한다'는 형사소송법 원칙을 늘 마음속 깊이 새기고 실천하는 계기가 되었고, 그중 한 사건을 담당한 검사의 엉터리 사건 처리와 훗날 그의 행적을 보면서 여러 번 놀랐던 이야기를 들려드리도록 하겠습니다.

김석한이 구속 송치되어 제가 보완조사를 담당하였고 재판 끝에 무기징역이 선고된 살인 사건을 '제1사건'이라 하고, 그보다 10년 전에 김석한이 범하여 징역형을 선고받고 복역하다 석방된 사실이 있었던 살인 사건을 '제2사건'이라고 하겠습니다.

먼저 제가 조사를 담당한 '제1사건'입니다. 경찰 초동 수사에서 유희석이라는 사람이 단둘이 살던 동거가족을 살해하였다는 혐의로 구속되었다가 며칠 후 진범이 그의 후배 김석한으로 밝혀져 유희석은 석방되고 김석한이 구속됩니다. 유희석이 구속된 경위는 사건 전날 저녁 주점에서 김석한과 술을 마신 후 만취한 상태에서 귀가하여 잠을 잤다가 아침에 일어나 보니 피해자가 살해된 채로 있는 것을 발견하고 즉시 경찰에 신고했다는 것이고, 경찰은 사건 현장인 집에 침입 흔적이 전혀 없고, 유희석이 전날 술집에서의 기억만 있고 집에 도착 이후 아침 경찰 신고에 이르기 전까지 있었던 일들에 대하여 무조건 아무것도 기억이 나지 않는다고 주장하므로 범인으로 지목하게 됩니다. 경찰은 유희석을 체포하여 조사를 벌인 끝에 자백하였다며 검사에게 구속영장을 신청하였고, 판사 또한 발부하였습니다. 그러나 극적이게도 검찰 송치를 앞두고 경찰이 보강조사를 벌이던 중 김석한이 진범으로 밝혀져 유희석을 석방함과 동시에 김석한을 구속하여 송치하였고, 제가 보완조사를 담당하게 된 것입니다.

진범이 뒤바뀌고 드러나는 극적인 과정이 궁금합니다.

이러한 상황은 여성이 피해자이고 민감한 내용과 수사기법 노출이 염려되어 부득이 생략하고 그 대신 매우 의미 있는 이야기를 해 드릴 것입니다. 검찰에 송치된 후 김석한에 대하여 1차 조사를 해 보니 살인 혐의 자체는 인정하는데 범행 동기가 너무 석연치 않고, 살해 당시 현장에 있던 물건을 흉기로 사용한 사실을 완강히 부인하고 있었습니다. 경찰 단계에서 진범이 따로 드러나는 일대 소동이 있었기에 경찰도 구속 기간에 쫓겨 서둘러 송치하다 보니 보강조사를 제대로 하지 못한 것입니다.

이어서 유희석을 불러 경찰에서 자백한 것으로 되었던 상황을 조사했습니다. 경찰에 체포되어 집중적인 추궁을 당하는 과정에서 사건 전날 저녁 술에 취하여 기억나는 것이라고는 술집에서 여종업원과 말다툼이 있었던 일밖에 없었는데 경찰의 추궁에 지치고 힘든 나머지 혹시 피해자를 종업원으로 착각하고 범행했는지도 모르겠다는 식의 한마디가 자백으로 되어 버렸다는 것입니다. 조사해 보니 김석한은 유희석이 술을 마시면 필름이 유독 잘 끊기는 습관을 잘 알고 있었던 것도 범행 동기에 일조하였다는 사실을 알게 되었습니다. 영장 업무를 담당한 검사, 판사 모두 사건기록에는 자백한 것처럼 되어 있으니 일단 청구하고 발부할 수밖에 없었을 것이나 이 대목에서 사건 현장, 초동 수사를 담당하고 있는 경찰의 수준이 얼마나 중요한지 이해되실 것입니다.

그다음 어떻게 해야 범행 동기와 살해수법, 흉기 사용 여부를 제대로 조사할지 고민하던 중 10년 전 그가 저지른 '제2사건' 기록이 한강지검에 보존 중인 것을 확인하고 이를 참고하고자 공문을 보내 전량 원본 그대로 입수하였습니다. 사건기록을 읽어 보았다가 미처 몰랐던 매우 놀라운 사실을 확인했는데 그 사건 또한 김석한 대신 엉뚱한 사람이 범인으로 몰려 구속되었던 공통점이 있었고 '제1사건'과 달리 3심 재판 중 진범이 드러나는 바람에 억울한 옥살이와 엉터리 수사, 재판이 언론에 크게 보도된 유명한 사건임을 비로소 알았습니다.

그 두 사건의 죄명이 단일하게 '살인'이었습니까?

예, 그렇긴 합니다만 각 사건 모두 여성이 피해자였는데 두 사건을 매우 상세히 들여다본 저로서는 제대로 진실이 드러났다면 살해 직전 각기 적어도 여성이 피해자인 혐의 하나씩이 추가될 가능성이 큰 사건이라는 생각이 들었습니다.

어떤 혐의 말입니까?

이 부분도 '제1사건'은 직접 조사로써 '제2사건'은 사건기록을 통해 복잡한 여러 사정을 깊이 들여다보고 비교해 본 결과 분명 그런 감이 들었다는 것인데 상세히 언급할 수 없는 점 이해 바랍니다.

추가 가능성이 있는 혐의는 결국 못 밝혀냈다는 말씀이네요?

예, 안타깝게도 그렇게 되었습니다. 살인 및 그 전후 범해진 혐의 수사의 어려움은 죽음에 이르는 절체절명의 모든 사실을 고스란히 간직하고 있는 피해자가 세상에 존재하지 않는 것입니다. 그러나 구속 기간 만료에 쫓기는 가운데 추가 혐의를 명쾌히 밝혀내지는 못하였으나 '제1사건'에서 만큼은 범행을 추가로 범한 개연성이 매우 확연히 드러났습니다. 그리고 두 사건 모두 범행 수법에서 매우 유사한 점을 확인하고 이를 토대로 추궁하여 '제1사건' 당시 흉기 사용 사실에 대하여 상세하고 신빙성 있는 자백을 받아냈습니다. 그리하여 살인 혐의에 대한 동기를 충분히 헤아릴 수 있고 공소 유지에도 지장이 없는 수준의 조사를 마쳤습니다. 나중에 판결문을 읽어 보니 판사가 김석한의 '제1사건' 양형 사유에 살해 직전 추가 범행이 있었을 개연성이 매우 크다는 사실을 인정하는 내용을 구체적으로 기재해 두고 있었습니다.

다음은 '제2사건'에서 확인한 수사와 재판의 오류와 저에게 교훈이 된 내용입니다.

이 사건은 사건기록을 읽는 것만으로도 크게 교훈을 얻었는데 조금 전 언급한 '제1사건'은 경찰의 실수가 조기에 바로 잡혀 그나마 다행이었으나 이 사건은 크게 달랐습니다. 사건 초기부터 너무 엉터리인 것은 경찰의 송치와 검찰의 처분 각 죄명에 관한 것입니다. 경찰은 최초 범인으로 이경훈을 지목하고 체포하여 조사한 끝에 그의 애인인 피해자를 살해할 의사가 없이 폭행한 결과 사망에 이르게 한 사건이고 자백을 받았다고 꾸며서 '폭행치사'로 송치하였고, 송치사건을 담당한 이환영 검사는 한술 더 떠 꾸미기를 보완조사를 해 봤더니 고의로 살해한 것으로 드러났다면서 '살인'으로 기소를 한 것입니다. 경찰, 검사 모두 용납

될 수 없는 무능력이 빚은 결과이지만 변사체와 사건 현장에 대한 미흡한 과학수사 결과물을 자신의 사건 처리 거푸집에 맞춰 짜깁기해 엉터리 기소를 합리화하는 데 총동원했던 검사야말로 자격 미달이었습니다.

이경훈이 누명을 쓰고 기소되어 1심에서 중형을 선고받고, 2심에서도 같은 형을 선고받아 최종심 계류 중 진범 김석한이 잡혔습니다. 김석한이 진범으로 드러난 과정이 너무도 우연이었습니다. 그 사건이 3심에 계류 중이던 어느 날 김석한이 강도 범행을 하였다가 검거되었는데 경찰에게 여죄 추궁을 받던 중 무심코 '제2사건' 재수사 단서를 스스로 누설한 때문이었습니다. 참으로 기구한 사건입니다. 그날 김석한이 강도 범행을 하지 않았다면, 경찰이 여죄를 추궁하지 않았다면, 추궁에도 누설하지 않았다면, 그 누설 단서를 경찰이 대수로이 여기지 않았다면 진실은 영원히 묻혔을 것이고 억울한 옥살이를 하던 이경훈은 형기를 꽉 채워야 했고 출소해서도 평생 한을 안고 살아갔을 것입니다.

어떻게 그런 우연이 있을 수 있는지 놀랍습니다.

그동안 이 땅에는 사람의 생사여탈이나 인생의 변곡점을 찍을 수 있는 사건의 운명이 경찰, 검사, 판사의 보편적 평균 수준에 의한 진실규명보다 청탁, 편파, 무성의, 무능력, 우연 또는 운에 의하여 좌우되어 온 형사사법 문화를 그대로 반영하고 있었습니다. 그런 운을 얻지 못한 사건관계인들은 경찰, 검찰, 법원 문을 두드리다 지쳐서 스러지고 영겁이라는 시간 속에 묻고 말았던 것이고 이 땅의 하늘의 별처럼 많은 그런 사건의 원혼이 사법 불신으로 환생하여 구천을 떠돌고 있는 것입니다.

처음 놀랐던 것은 한강지검에서 사건기록 원본을 모두 입수하였을 때 기록 분량이 많아서 놀랐고, 읽어내려 가면서 비로소 그 사건이 그 유명한 억울한 옥살이 사건임을 알게 되어 놀랐고, 범인으로 몰리는 과정 그리고 진범이 드러나는 과정, 이경훈의 몸부림 등 모든 과정과 내용이 너무 극적이어서 놀랐고, 1~2심 판결을 뒤집은 3심 무죄 판결문에 담긴 경찰, 검찰의 엉터리 수사와 기소, 제1심, 제2심을 거치는 동안 사건을 담당한 판사들의 엉터리 판결에 놀랐습니다. 그리고 세월이 흘러 경찰이 꾸며 송치한 '폭행치사' 사건을 '살인'으로 격상하여 엉터리 거푸집 기소를 감행하였던 이환영 검사가 훗날 거두게 된 눈부신 출세 가도에 놀랐습니다.

그 사건을 살인죄로 기소한 이환영 검사는 반성의 기회로 삼고 더 나은 검사가 되기 위하여 환골탈태하지 않았을까 생각했지만 그렇지 않았던 것으로 보입니다. 훗날 세상을 떠들썩하게 한 정치적 사건에서 엉터리 편파 수사를 하고 이 수사결과에 따라 국가와 국민의 운명을 좌우할 선거에서 대승을 거둔 정치인의 배려에 힘입어 더 크게 출세 가도를 달려 검찰 최고수뇌 바로 턱밑까지 머물다 나가 거물 전관이 되었습니다. 그가 퇴직 직후 저처럼 말직에까지 소속 법무법인과 성명이 적힌 봉투에 변호사 개업 인사장과 명함을 넣어 우편으로 보내와 거물 전관 등극을 알려 왔습니다. 이러한 인사장을 전국 검찰청 소속 검사나 직원들 모두에게 뿌렸을 것입니다.

훗날 자신의 편파 수사로 대승을 거두고 이환영을 출세하게 해 준 그 정치인이 부패로 중형을 선고받고 수감생활을 하게 되었습니다. 그때 저는 검찰과 사회의 부패를 역으로 이용하여 사리사욕을 챙기는 전관들처럼 정치인의 비리를 역으로 이용하여 사리사욕을 챙긴 이환영 검사의 편파 수사가 그 정치인을 결국 감옥에 보낸 것이라는 생각이 들었습니다.

제1, 제2 두 사건에서 가장 문제는 무엇이었다고 생각합니까?

경찰 탓으로만 돌리면 해결되지 않는 제도문화에 문제가 있다고 생각합니다. 수없이 많은 송치사건을 조사하면서 초동 및 현장 단계에서 신속히 증거를 확보하는 것은 바늘이 발밑 주변 풀밭에 떨어진 직후 바로 그 풀밭을 뒤져 찾아내는 것이고, 검찰 단계에서는 뒤늦게 그 풀밭 주변에 가서 이를 뒤져 찾아내는 것이고, 재판 단계에서는 더 뒤늦게 그 풀밭에 가서 더 넓은 주변을 뒤져 찾아내는 것과 같다고 생각합니다. 그만큼 첫 단추인 경찰 단계와 그 수준이 중요하다는 것이며, 수사권의 중심이 검찰이 아닌 경찰에 있어야 한다는 것입니다.

'풀밭에서 바늘 찾기'를 예로 드시니 생각나는 사건이 있습니다. 거액의 보험금을 노리고 고속도로 화평나들목에서 교통사고로 위장하여 만삭의 아내를 살해하였다는 공소사실로 재판을 받은 사건이 최종 무죄 확정되지 않았습니까? 세간의 화재여서 판결문을 모두 입수하여 읽어 보았는데 아내의 사인과 관련된 정황이 매우 이례적이었습니다. 말씀하시는 초동 및 현장 수사담당자의 의지와 노력, 수준이 얼마나 중요한지 실감했습니다.

예, 그 사건은 수년 동안 1~3심 → 파기환송 → 2심 → 3심을 거쳐 최종 확정이 되었습니다. 그렇게 재판해서 이 사건의 진실이 밝혀진 것일까요? '무죄추정 원칙'을 넘지 못하는 선에서 종지부를 찍은 것으로 계속된 재판으로 국가가 치른 소송비용만 해도 어마어마할 것이며 제가 '형사소송 경제의 첫 단추는 우수한 경찰을 갖는 것'이라고 말했던 이유를 이해하실 겁니다. 무죄 판결은 존중되어야 하지만 제가 가장 아쉽게 생각하는 것은 이역만리 외국에서 시집온 만삭의 젊은 여성이 어떻게 하여 죽음에 이르게 되었는지에 대한 보다 더 명확한 규명에 이르지 못했다는 것입니다. 너무도 이례적인 교통사고인데 초동과 현장 수사에 경찰의 역할은 없는 것이나 다름없었습니다. 사건을 담당했던 경찰들이 조금만 주의를 기울였다면 보험 가입조회, 신속한 시신 부검과 차량 압수를 통하여 정밀감정과 직간접 사인규명이 매우 광범위하고 심층적으로 제때에 이루어졌을 텐데 이를 모두 놓치고 말았습니다. 무슨 말씀이냐면 세상에는 알려지지 않은 것으로 보이는데 그저 평범한 일반 교통사고로 처리하는 바람에 시신은 곧바로 화장되었고, 차량도 바로 폐차장으로 직행하여 수개월이 지나서야 그 잔해에 가까운 상태만 겨우 확보가 된 것입니다. 가장 핵심적인 증거가 사라져 버렸거나 무용지물이어서 사망에 이르게 된 진실 발견을 제대로 하지 못하고 증거가 없다는 이유로 무죄로 확정된 사건입니다.

교통사고 사망 변사사건이라 조기에 즉시 검사에게 보고하고 지휘를 받아 처리한 결과이지 않나요?

당연히 그랬지요. 생생한 사고 현장과 상황을 몸으로 접하고 초동 조사를 한 경찰이 놓친 것을 전지전능한 검사가 뒤늦게 알아서 잘 챙겨 줄 것이라는 망상은 깨끗이 버려야 합니다. 탁상에 있는 검사에게 초점을 맞춘 검사의 무소불위 수사시스템 개혁을 주장했던 이유를 이해하실 것입니다. 더 부연해서 말씀드리자면 그 사건 피해자가 죽음에 이르는 과정에 대하여 명쾌히 밝히지 못한 주범은 '증거 없음'이고, 그 방조범은 현장과 초동 수사를 담당하고 있는 경찰은 '검사가 수사지휘를 그렇게 해서 충실히 따랐을 뿐이다'라고 할 것이고, 탁상에 앉아 있는 검사는 '경찰이 일반 교통사고로 올려서 그렇게 처리했을 뿐이다'라고 서로 책임을 전가해도 속수무책인 '엉터리 수사시스템'이었습니다.

25

　함께 근무하는 후배 박준승 계장은 제가 조사를 담당한 사건에서 사건청탁을 하였던 일로 저와 요원한 사이가 되었습니다.
　우선 그가 청탁한 사건이 정상적인 절차에 따라 이건규 검사에게 배당되었는지부터 의심스러웠습니다. 당시 사건배당 담당 직원을 통하여 교묘하게 특정 검사실로 배당되게 한 다음 검사 또는 참여수사관에게 청탁하여 합의 유도, 압박, 편파 조사 등 짜고 치는 고스톱처럼 사건을 농간하는 일들이 있었는데 박준승이 그런 시도를 하였을지도 모른다고 의심이 가는 것은 당연했습니다.
　박준승은 검사가 그 사건 조사를 저에게 맡기자마자 곧바로 저에게 사건청탁을 했습니다. 고소인과 자신이 같은 집안사람이고 딱한 처지에 있으니 억울함이 없도록 조사를 잘해 달라는 것입니다. 그런 '정의롭게 조사'라고 포장한 내용의 청탁도 누가, 어떤 상황에서 청탁하는 것이냐에 따라 더 문제가 될 수 있습니다.
　제가 나서서 검사에게 감 놔라 배 놔라 할 수 없어 죄의 성립 여부나 처분은 검사에게 맡기고 저는 사실관계를 공정하게 조사하면 그만이라고 생각하며 원칙대로 조사하여 사건기록을 검사에게 넘겼습니다. 검사가 사건처분을 하였는데 박준승이 원하는 수준이 아니었던 모양입니다. 그 원인이 청탁한 대로 제가 조사를 해 주지 않았다고 생각하고 저에게 대놓고 불만을 표시하고 냉소하였습니다. 불과 1년 후배이고 저와는 터놓고 지내던 사이여서 난감하기 이를 데 없었습니다.
　그 일 이후 저를 매우 소원히 여겼고 1~2개월 후 다시 매우 원망하며 말하기를 자기 집안 행사에 참석했다가 집안 어른으로부터 "너는 검찰에 있으면서 그런 사건 하나도 제대로 해결을 못 하느냐?"라고 꾸중을 들었다면서 다시 안 볼 것처럼 저를 대했습니다. 순간 저는 가까이 지내던 사람 또 한 명을 잃는구나 하는 고독 그리고 검찰 직원끼리 배려할 줄 모르는 직원으로 더욱 입방아에 오르내릴 것이라는 두려움이 밀물처럼 밀려왔습니다. 그래도 저는 그렇게 가고 있는 길이 옳다고 믿고 계속 걸었습니다.

26

업무시간 중 검사가 경찰의 엉터리 수사를 지적하는 말을 한 것이 계기가 되어 경찰에 대한 수사지휘 제도를 놓고 대화하다가 의견충돌로 일시 긴장된 분위기가 흘렀던 기억이 납니다.

저는 검사의 경찰에 대한 지배적인 수사지휘 제도가 고비용 저효율이어서 초동과 현장 수사를 책임지는 경찰 단계부터 잘할 수 있도록 필요한 만큼 권한을 주고, 책임도 요구하고, 경찰 수준이 향상되도록 법과 제도 개선을 지속해야 한다고 말했더니 검사는 경찰에게 권한을 주자는 말이 크게 거슬렸는지 "검찰 직원이 어떻게 그런 생각을 하느냐? 진심이냐?"라며 원망하고 화까지 냈습니다. 검사들은 다 똑같다고 절감하면서 더 말해 봤자 괜한 논쟁이 될 것 같아 대꾸하지 않고 말았습니다.

검사의 심정은 이해합니다. 경찰이 엉터리로 수사하다 검찰에 떠넘긴 사건이나 송치한 사건기록 더미에 치여 죽을 지경인데 그런 엉터리 경찰에게 오히려 권한을 주자고 하니 나라가 망할 것 같았을 것입니다. 앞서 언급한 바 있지만 오랜 세월 경찰이 너무도 타성에 굳어 있어 책임과 권한을 주면 더 엉터리로 하는 과도기적 상황과 제도 정착에 커다란 어려움과 장벽이 가로놓여 있을지라도 그러한 난관을 한시라도 빨리 앞당겨 모두 이겨 내고 검찰의 직간접 경찰 장악을 통한 시대착오적 해결책 모색이 아닌 처음부터 스스로 잘해 내고 잘해 내려는 우수한 경찰이 되게 하여야 한다는 진리를 그때나 지금이나 포기할 수 없는 것입니다.

당시 검사는 경찰을 두둔하는 발언으로 받아들일 수밖에 없었을 것 같습니다.

지금도 그렇지만 경찰이 뭐가 예뻐서 두둔하겠습니까? 그 당시 경찰의 수준과 경쟁력이 형편없으니 이를 높여야 한다는 것을 전제로 말한 것이니 두둔한 것이 전혀 아닙니다. 해방 이후 그때까지 검경 제도는 국민을 위하여 매우 중요한 경찰 수준 향상에 역행하는 면이 다분하니 이를 개혁하지 않으면 안 된다는 뜻이었습니다.

검사실에 근무하면서 전관과 현관은 몰래 변호로 사건 농간하기를 밥 먹듯이 하고, 사건 수사는 정도의 차이일 뿐 경찰 단계에서 대충 뭉개다 송치하는 사건이 하도 많아서 저야말로 이러다 나라가 망하는 것 같아 겁이 날 지경이었습니다. 검사가 업무 과중에 시달리어 사건을 제대로 처리하지 못하는 주요 원인은 수사 첫 단추인 초동 및 현장을 담당한 경찰 수사단계에서 때를 놓친 뒤에 또는 이미 잘못되어 꼬여 버린 수사를 뒤늦게 원점으로 가져와 다시 하는 일이 많기 때문인데 그 빈도와 총량이 검사의 처리 능력 한계를 넘기도 하지만 그러한 비효율적 수사업무 처리가 새로운 사건과 일거리를 재생산하는 악순환에 빠져 있었습니다. 고질적 병폐인 검사 업무과중 해결의 첩경은 '수준 높은 경찰'이라는 사실에 초점을 맞춰 개혁이 이루어져야 하고 그렇지 않으면 백약이 무효라고 말하고 싶었던 것입니다.

일반인들은 그나마 검찰이 경찰의 잘못된 수사를 바로잡아 주기 때문에 다행이라고 생각할 것입니다.

예, 검찰이 분명 그런 역할을 잘 해내야 합니다. 그러나 그런 정도와 양이 문제이고, 경찰이 무성의하게 수사한 그 방대한 사건 중 일부를 검찰에서 뒤늦게 잘해 보이면 그 사건에서는 검찰이 일시적으로 잘나 보일지는 모르나 전체 사건 면에서 봤을 때 언 발에 오줌 누기입니다. 저도 처음에는 그런 엉터리 송치사건들 재조사하느라 밤낮 고생할 때 경찰은 정말 못 믿을 존재이니 더욱 옥죄고 지배하면서 바로 잡고, 엉터리가 도를 넘을 때는 혼내 주고 본때를 보여 주어야 한다고 생각한 적이 있으나 결국 그 근본 원인은 검찰의 무소불위 중심의 수사구조에 있다는 것을 깨달아 가고 있었습니다. 검사들이 검찰개혁론자들에 대하여 매우 공격적이며 적개심을 표출하는 경향이 있는데 가장 큰 이유는 부패 수구 기득권 박탈에 대한 상실감이 자리 잡고 있습니다.

27

당시 활동하던 전관들은 누구였습니까?

검사와 전관들 사이에 최근에 개업한 전관일수록 몰래 변호를 적극적으로 방조해 주는 불문율 속에서 앞서 언급했던 김경주, 유점식, 고진우, 한병훈이 꾸준히 출몰하는 가운데 이들의 뒤를 이어 그곳 검사로 재직하다 개업한 구영석, 최상헌 검사가 연달아 변호사 개업을 하면서 검찰청사 곳곳에 매우 자주 출몰하였고, 이건규 검사실에도 종종 모습을 보였습니다. 그중 구영석 변호사에 대한 특별한 기억이 있습니다.

검사는 제가 소문대로 전관의 몰래 변호 또는 사건 농간에 대하여 선을 강하게 긋고 매우 독특한 처신을 했던 것을 잘 알고 있었을 것입니다. 형사부 검사실이 특수검사실처럼 크게 돈 되는 사건이 별로 없고 전관들이나 검사가 저를 회피하고 조심해서 그런지 이때는 그들과 부딪친 기억은 나지 않습니다. 그러다 어느 날 검사가 구영석 변호사로부터 저녁 식사 제의를 받아 저에게 조심스럽게 참석을 요청하므로 거절하는 뜻으로 답을 하지 않았는데 거듭 요청을 하는 것입니다. 당시 뒤늦긴 했으나 제가 수행하는 직무와 연관성을 갖는 사람이 남의 지갑을 빌려 사는 술이나 밥은 안 먹겠다는 저 자신과의 약속과 평소 직무수행에서 저의 그런 실천과 근무 태도를 늘 존중해 주어 고맙게 여겨지는 검사의 첫 부탁과 충돌하여 적지 않은 갈등 끝에 이번만 참석하되 1차만 하고 2차 이상은 가지 않겠다고 다짐하면서 받아들였습니다.

1차를 청사 주변 식당에서 할 것이라는 예상과 달리 유명 호텔 내에 있는 고급 식당인 것을 알고 다시 적지 않게 고민되었으나 판을 깰 수 없어 그대로 참석하였습니다. 고급 요리가 연달아 나오는데 저의 양심과 크게 충돌하는 자리여서 마음이 매우 불편했으나 계속 자리를 지켰고, 마음먹은 대로 1차가 끝나는 대로 양해를 구하고 귀가하였습니다.

2차로 이어지는 것이 당연할 텐데 혼자 불참한 것입니까?

제가 곧바로 귀가해 버리는 바람에 2차가 판이 깨져 버린 것으로 알고 있습니다. 김경주 변호사의 경우는 예외 없이 접대 또는 금품을 거절하였기에 이중적이라 볼 수 있는데 변명할 생각은 없습니다. 이중적이지 않으려고 무척 애썼지만 절대 예외는 없다는 것을 100% 완벽하게 실천하기에는 참으로 어려운 일이었습니다.

검사가 평소 다른 검사들과는 달리 전관예우에 흔들리지 않는 검사였던 것은 맞습니까?

이건규 검사가 다른 검사들에 비해 향응, 접대를 멀리하고 검사로서 모범적인 모습을 보인 편이나 그 말씀에는 동의하지 않습니다. 또한, 조금 전 소개한 몇 가지 사례에서 검사가 저에게 남다른 처신을 보여 주었던 것도 분명하지만 제가 모르는 사례들에서도 대체로 그렇게 했을 것이라고는 믿지 않습니다. 사람으로서 검사를 신뢰하지 못한다는 것이 아니라 그런 검사를 가만히 두지 않는 검찰을 전혀 신뢰할 수 없다는 것입니다. 전관예우 준수는 그들 세계에서 살아남으려면 그들이 함께 목에 걸고 가야 하는 올가미와도 같은 것이었습니다. 사실, 이건규 검사와 근무한 지 얼마 되지 않았을 때 검사가 누군가와 통화하면서 작은 소리로 "변호사님, 혐의없음 처분하였습니다"라고 알려 주는 것을 들은 기억도 납니다. 조금 전 구영석 변호사가 마련하는 접대도 제가 그런 자리를 싫어하는 줄 잘 알면서도 부득이 저를 데려가지 않을 수 없었던 검사의 심정을 헤아려 보면 알 것입니다.

전관들은 사건을 수임하고 몰래 변호를 하면서 검사들을 육해공(陸海空)으로 공략합니다. 각기 사건청탁이라는 폭탄을 장착한 상태에서 육공(陸攻)은 발품을 팔아 검사를 공략하는 것이고, 해공(海攻)은 저녁에 술과 고급음식으로 검사를 불러 공략하는 것이고, 공공(空攻)은 통신기기를 이용하여 공습하듯 공략하는 것입니다. 검찰 바이러스 감염 '전관예우' 증상은 매우 공통적이고 동시다발적이며 거미줄처럼 촘촘하여 그 누구도 피해 갈 수 없었고, 치명적이었습니다. 그래서 저는 검찰 바이러스 사멸과 완벽 퇴치를 위한 더 나은 치료제와 나머지 백신 생산의 완결을 주장하고 있는 것입니다.

28

한강지검 강북지청에서는 이건규 검사실을 끝으로 그곳을 떠나 금강지검 화평지청에 새로이 발령을 받았습니다. 지금 검사실 중심의 제2기에 해당하는 이야기를 하고 있습니다만 화평지청에 발령받아 가서 뜻하지 않게 일반사무부서에 10개월 정도 근무하다가 다시 검사실에 계속 근무하게 되는 기간이 있었습니다. 앞서 제1기의 중간기인 5년 동안 있었던 수많은 일을 모조리 생략하고 건너뛰다 보니 검찰의 고질적 병폐 중 선배나 간부들의 다양한 감염증 소개를 생략하였습니다. 이를 일부 보충하고자 화평지청에서의 그 10개월 동안 경험한 일반직 간부의 '입신영달 노예주의', '분노조절 장애', '아부아첨' '먹튀' 증상을 보여 주었던 송복일 과장에 대하여 말씀드리고 다시 본격 검사실 이야기로 들어가도록 하겠습니다.

화평지청 발령 직후 그곳 인사 담당자가 전화를 걸어와 희망부서를 물으므로 형사부 검사실을 지원했는데 막상 와서 보니 종합민원실 실장으로 발령이 나 있었습니다. 원래 근무 경험이 풍부한 직원이 가는 자리이나 흩어져 있는 민원업무를 한곳에 모아 '종합민원실'을 신설한 직후라 실장을 중심으로 기반을 다져야기에 서로 맡지 않으려 하여 외부에서 들어온 저를 앉힌 것입니다. 한동안 새로이 장부들을 만들고 업무

매뉴얼을 작성하여 직원들에게 나누어 주며 제대로 둥지를 트는 데 꼬박 1개월이 걸렸습니다.

그렇게 둥지를 다 틀었더니 갑자기 집행계장으로 발령을 냈고, 그 이유도 그 부서에 가서 알게 되었습니다. 여러 업무가 망가질 대로 망가져 있어 이를 바로 세워 달라는 것이었습니다. 그러고 보면 직전 종합민원실 발령은 텃세에 밀린 것이고, 갑자기 이루어진 집행계 특별발령은 윗선에서 민원실 둥지를 트는 것을 지켜보고 더 요긴하게 쓰려고 발령낸 것으로 보입니다.

집행계는 어떤 업무를 수행하는 부서입니까?

지금의 '자유형집행계'에 해당하는 부서인데 징역, 금고 등 자유형에 관한 업무와 사건기록 보존 업무를 담당합니다. 전자의 업무는 작은 실수로도 국민의 인권에 영향을 미치는 중요한 업무로서 각 담당자가 보석, 형집행정지, 수형(受刑), 사면복권, 미집행자 관리 등으로 나누어 맡고 있습니다. 미집행자 관리는 생소하실 텐데 우선 '미집행자'라는 것은 징역, 금고 등 자유형 집행을 받아 수감생활을 하여야 할 사람이 미집행 상태에 있을 때를 말합니다. 대다수는 불구속 재판을 받다가 재판 출석에 계속 불응하면 그 상태에서 궐석재판이라는 절차로 형을 선고하는데 이후 집행에 응하지 않고 도주한 경우이고, 그 이외는 원래 구금되어 있던 사람이 보석, 구속집행정지, 형집행정지 등 사유로 석방된 후 도주하는 경우 이들을 검거하여 교도소에 수용하는 업무입니다.

정완석 지청장과 송복일 사무과장이 가장 안달이 나 있던 업무는 기관평가에 적지 않게 반영되는 미집행자 검거 실적이었습니다. 이전부터 실적 저조를 타개하기 위하여 팀장인 계장에게 맡겨 왔던 터라 후임인 제가 전담하게 되어 파악해 보니 규모가 크지 않은 지청임에도 1~2년 이상 지나도록 검거하지 못한 사람이 10명이나 되어 성적이 최하위였고, 궐석재판으로 신규 발생까지 앞두고 있어 성적이 더 곤두박질할 상황에 있었습니다. 업무 전반을 살펴보니 문제가 많았는데 기록보존 업무는 무슨 영문인지 보존창고의 공간이 소진되어 더 수납할 수 없는 상황임에도 공간확보를 위한 보존만료 기록 폐기 사전작업조차 손을 대지 않았고, 이미 마쳤어야 할 확정 판결문 제본이 1~2년분이나 지연되고 있었고, 정기 사무 감사를 코앞에 두고 있었으며, 대통령 취임에 따른 대규모 사면작업에 들어가야 할 시점이었습니다. 이렇게 업무파악을 하고 보니 저의 발령이 특공대원 차출이었구나 하는 생각이 들었습니다.

문제들을 순조롭게 해결해 나갔습니까?

예, 산적한 문제들을 해결하기 위한 해답은 솔선수범 말고는 없었습니다. 기록 폐기작업은 사전 준비부터 완결까지 최소한 1개월 정도 소요되는 작업이라 곧바로 착수했습니다. 그 와중에 밀물처럼 밀려 들어오는 사건기록의 보존공간 확보가 시급하여 창고 구석구석을 돌며 살펴보던 중 수년 전 이미 폐기작업이 끝났어야 할 기소중지 사건기록이 한쪽 수납공간을 다 채우고도 창고 바닥에 수북이 쌓여 있는 것을 발견했습니다. 그 기록들을 살펴보고 그 원인을 헤아려 보니 1995년 형사소송법 개정으로 죄를 범한 후 외국에 도피하면 공소시효가 정지되는 규정이 신설된 것과 관련이 있었습니다. 2년의 유예기간 끝에 1997년부터 본격 시행된 제도인데 그간 담당자들이 그 법을 적용한 공소시효 정지 기간을 계산하는 작업이 번거롭고, 만에 하나 잘못 계산하여 기록을 폐기해 버리면 책임질 일이 생길 것에 겁을 집어먹고 아예 일하지 않고 사건기록을 모조리 쌓아 두었기 때문이었습니다.

공무원의 복지부동과 태만의 전형적인 모습으로 보입니다.

검찰에 들어와 인사이동으로 담당업무가 바뀔 때마다 자주 접했던 고질적인 병폐였습니다. 분량이 많고 간단치 않은 업무인데 담당자는 업무에 익숙하지 않은 신규직원인 데다 매일 밀려드는 보존 업무에 치여 있어 제가 팔을 걷어붙이고 전담하여 처리할 수밖에 없었습니다. 약 일주일에 걸쳐 사건기록을 검토하고 출입국 조회대상 명단을 작성한 후 관계기관에 조회공문을 보냈고, 회신 결과에 따라 해당 사건의 공소시효를 재계산한 다음 결재를 받아 폐기할 기록은 과감히 폐기하여 우선 급한 대로 보존공간을 확보하였습니다. 이후 공소시효 계산에 문제가 있었거나 잘못 폐기된 기록은 한 건도 나오지 않았습니다.

전담하였다는 미집행자 검거를 비롯한 다른 업무도 순조롭게 이루어졌습니까?

예, 검찰에서 검거 활동에 들어갔다는 사실을 알고 있는 미집행자는 단순 도피보다 더 몸을 숨긴다고 하여 '잠수 탄다'라고 합니다. 그런 사람들을 밤낮으로 정밀 추적한 결과 매월 1~2명씩 검거하였고, 새로이 발생하는 미집행자는 사전에 준비를 철저히 하여 잠수 타기 전에 전원 검거하였습니다. 1~2년 미뤄 둔 판결문 제본업무는 저부터 직원들과 똑같이 분담하여 6개월여 만에 모두 끝냈고, 방대한 사면작업도 무사히 마쳤고, 사무 감사도 순조롭게 마쳤습니다. 이렇게 늘 숨이 차도록 일하며 업무를 모두 정상화하고 우수한 수준으로 끌어올리는 데 약 8개월이 소요되었습니다.

29

　송복일 사무과장의 이야기는 듣기에 다소 장황할지 모르나 조금 전 언급한 대로 일반 간부에게서 나타나는 감염증 중 여럿을 보였기에 검찰 역사에 남겨 반면교사가 될 수 있도록 기억나는 대로 말씀드리려고 합니다.

　차장검사를 두고 있는 규모가 큰 편인 '차치지청' 이상에는 사무국장을 두고, 화평지청처럼 그 미만의 일선 청에는 5급(사무관)으로 사무과장을 둡니다. 사무과장은 그 휘하에 총무계장, 사건계장, 징수계장, 민원실장을 두고, 이들의 보필을 받으며 검찰사무와 직원을 지도하고, 감독하는 자리입니다.

　송복일에 대한 첫 기억은 민원실에 발령받은 직후 과장실에서 회의를 시작하려던 때였습니다. 오중섭 총무계장이 무슨 큰 잘못을 하였는지 모르나 과장이 성난 사자처럼 고함을 치며 '당장 밖으로 나가'라고 하자 기가 팍 죽어 나가는 것을 봤습니다. 이때만 해도 과장이 어떤 사람인지 전혀 몰랐다가 조금 더 알게 된 것은 사무감사 준비를 하던 중 저의 담당인 미집행자 검거업무를 점검하다가 과장에게 보고해야 할 문제를 발견하였을 때였습니다.

　장기 미집행자 10명 중 여자가 3명이 있었고 그중 한 명이 1년 전 이미 미국으로 도피하였음에도 전임 장진식 계장은 이를 까맣게 모르고 국내에서 도피 생활을 하는 것으로 관리해 온 것입니다. 당연히 보고할 사항이라서 과장에게 보고하며 앞으로는 잘 관리하겠다고 했더니 과장이 얼굴이 새파랗게 변하여 "곧 감사가 있는데 그거 빨리 어떻게 좀 해

봐"라고 반복하여 말하는 것이 마치 저에게 '감사관들이 모르도록 네가 알아서 은폐하라'라는 지시나 다름이 없었습니다.

과장은 장진식을 불러 질책하였고 장진식과 제가 과장 방을 나와 저의 자리로 함께 왔는데 그는 한술 더 떴습니다. 제가 보고를 했다는 분풀이로 그 미집행자 관리기록을 집어 들어 저의 책상 위에 패대기를 쳐서 바닥으로 떨어지는 것을 보고 이런 사람이라면 우선 피하고 볼 일이라는 생각에 꾹 참고 넘겼습니다. 이후 그의 평소 불성실한 근무 태도에 대한 많은 말에서 집행계 업무가 왜 망가졌는지 알 수 있었습니다. 심지어 미집행자 검거업무를 위한 탐문 등을 명목으로 출장을 나가서 부동산 매물을 물색하고 다니기도 했다는 말까지 들었는데 설마 그랬을까 생각하고, 저보다 한참 선배였는데 예전부터 느껴 왔듯이 연륜이 많은 선배일수록 과거 검찰의 수준을 엿보게 하였습니다.

30

지금부터 본격적으로 송복일 과장에 대하여 좀 더 상세히 말씀드리려고 합니다.

어느 날 과장이 호출하여 갔더니 압수 담당 유승창, 그 업무를 보조하는 기능직 이동만, 세입담당 양수열이 먼저 와 있었습니다. 세 사람을 질책하는 내용을 들어보니 압수현금 관련 업무처리가 지연되었다는 것입니다. 그 업무와 아무 관련이 없는 저를 불러서 의아해하고 있는데 과장은 제가 감사 대비 예비감사관이면서 그런 업무상 문제점을 왜 진즉 발견하지 못하였냐고 물어 어안이 벙벙했습니다. 저처럼 바쁜 말단 부서 팀장 한 사람이 사전에 다른 부서의 방대한 사무를 감사하여 실지 감사에 대비했다고 보여 주는 '예비 감사'는 가식이고 허울뿐이라는 사실은 다 알고 있기에 그런 일로 저를 탓할 바가 아니었기 때문입니다. 더욱이 저는 과장이 2~3일 전 간부 회의에서 지청장으로부터 보석금 환부와 관련된 질문을 받았다가 대답하지 못하였다면서 이를 검토하고 보고서로 작성해 달라는 지시를 받고 하던 업무를 모두 제쳐 놓고 작성해 주었더니 저더러 다시 지청장에게 보고해 달라고 하여 보고하여 해결해 놓은 직후이기도 했습니다.

그 자리에서 과장이 이동만에게 업무를 태만이 한 경위를 적어서 제출하라고 지시하였는데 얼마 전 제가 들은 바로는 그 직원은 암에 걸려 투병 중이었습니다. 그로부터 얼마 후 압수 담당 유승창과 당직 근무를 하는 기회에 물어봤더니 이동만이 경위서를 써서 제출했다고 하였고, 이후 1년도 못 가서 별세하였습니다. 그의 딸이 화평지청 앞 변호사실에서 사무원으로 근무하여 가끔 마주칠 때마다 검찰청 내 가장 약자로서 기능직원 지위에 있던 아버지가 오랜 세월 스트레스를 얼마나 많이 받았으면 그런 병을 얻어 돌아가셨을까 하는 생각이 들어 마음이 얼마나 애석했는지 모릅니다.

암 투병 중인 직원에게까지 경위서를 받을 문제가 전혀 아니었습니다. 지연된 업무는 신속히 처리하고 잘 지도하여 다음부터 잘하게 하면 되는 것입니다. 송복일은 업무 능력과 남을 지도할 자격도, 자질도 없는 간부였고, 직원들의 불찰이나 실수가 행여 승진에 누가 될까 두려워하며 자신은 평소 사전 사후 관리를 철저히 했는데도 직원이 모두 잘못한 것이라고 변명거리를 만들어 두기 위하여 사소한 일까지 닥치는 대로 경위서를 받아 두는 '경위서 수집광'이었습니다.

31

제가 업무 보고를 갈 때마다 이상한 광경을 목격했습니다. 직원들 집합시키는 것을 좋아하는 과장이 유독 특정 여직원들을 번갈아 가며 홀로 소파에 마주 앉혀 놓고 단독면담을 하는 것입니다. 그가 여직원들 손금을 잘 본다는 소문을 듣고서야 그런 광경이 왜 자주 벌어졌는지 알게 되었습니다. 나중에 우연히 그런 단독면담 여직원 중 한 명으로부터 하소연을 들을 기회가 있었습니다. '송복일은 변태'라고 하면서 말문을 열었고, 자신을 아버지처럼 편하게 대하라고 하면서 무척이나 치근덕대었고, 퇴근할 때 함께 가자고 하거나, 식사하러 가자고 졸라 댔고, 말을 하다가 은근슬쩍 허벅지를 만지고 손을 잡을 때도 있었다고 하고, 어떤 여직원은 송복일이 멀리 금강시에 자기 친구를 만나러 가는데 함께 가자고 강요하여 가게 된 적도 있다고 했습니다.

32

조금 전 언급한 대로 저는 장기 미집행자 검거업무에 주력하여 도피 중인 사람들을 속속 검거하고 교도소에 수용했습니다.

미집행자 중 한 명은 활동지역은 진즉 파악이 되었는데 정확한 은신처를 알 수 없어 집중 추적 끝에 멀리 지방으로 떠나 머무는 특정 지역을 확인하고 새벽에 그곳에 내려가 천신만고 끝에 검거할 수 있었습니다. 긴밀한 업무 연락 끝에 현지 교도소에 수용하고 오전에 청으로 복귀하였습니다.

보고를 받은 과장은 전날 저녁 8시 반까지 자신이 사무실에 머물고 있었음을 강조하며 잠시 후 지청장에게 검거 보고하러 함께 가자면서 이번 검거는 전날 저녁 자신과 함께 의논하고 지시받은 덕분이었다고 보고해 달라고 했습니다. 청장에게 무시당해 오다 점수를 따 보려고 엉뚱한 짓을 하는가 싶어 묵묵부답하였는데 곧바로 저를 데리고 청장실로 갔습니다.

과장이 청장에게 '이번 검거 과정 한번 들어보십시오'라고 말하자 컴퓨터 앞에 앉아 뭔가 문서 작성에 열중하던 청장이 이를 멈추었고 모두 소파에 자리하자 과장은 저에게 보고 지시를 했습니다. 제가 과장의 요구대로 거짓 보고할 리 없기에 간략한 보고 내용에 과장은 한 번도 등장하지 않았습니다. 안색이 변한 과장은 그곳을 나왔고 저도 따라 나와 과장실로 갔더니 과장이 창가로 다가가 밖을 보며 깊게 한숨을 쉬고 저를 째려보더니 "내려가"라고 쏘아붙이므로 그곳을 나왔습니다.

과장은 총의 제원을 달달 외워 총을 잘 알고 있는 듯 늘 자랑하나 총을 쏠 줄도, 호를 파고 숨을 줄도, 조준하여 목표를 맞출 줄도 모르는 검찰 바이러스 감염 환자였고 '아부'와 '입신 영달 노예' 증상을 심히 앓고 있었습니다.

33

　사무감사가 끝나고 감사관들과 저녁 회식이 있었습니다. 과장은 회식 자리 초반에는 식탁 중앙 감사관들과 검사 간부들 틈에 있다가 모두 술이 거나해지고 파장 무렵이 되자 연이어진 식탁 제일 언저리 저의 앞 빈자리에 앉았습니다. 곧이어 마음에 들지 않는 직원들 이름을 거명하며 혼잣말로 욕설을 하고 있었는데 그 중심인물은 그의 후배인 이준천 수사과장과 그 소속 직원들이었습니다. 뭔가 그들에게 무시당했는지 감정이 매우 상한 듯했고 이에 대한 보복을 암시하며 혼잣말로 '다음부터는 출장비 지출 결재 안 해 주겠다'라고 몇 번이고 다짐하고 있었습니다. 그때 만취한 정완석 청장이 큰 소리로 "복일아~ 술 떨어졌다"라고 외치자 과장이 그곳으로 달려가는데 그 장면이 흡사 변학도가 술판에서 이 방을 호령하는 장면과 흡사하였습니다.

　다음 날 술렁거리는 직원들 말에 의하면 전날 회식이 끝난 후 휘하 계장 중 선임인 김규현 사건계장이 후배 계장들과 함께 과장을 모시고 노래방에 가기로 했었는데 겁도 없이 그냥 가 버렸다는 것입니다. 잠시 후 과장은 사무과와 검사실 소속 계장들 모두 과장실에 집합시켜 놓고 현직 검찰 최고수뇌 송원익을 거명하며 '그분이 나를 얼마나 총애하는지 아느냐? 그리고 내가 상급 청에서 인사를 담당할 때 관내 직원들 성향과 특성을 줄줄이 외우고 있는 것을 보고 상관들이 얼마나 신임했는지 아느냐?'라고 과시하였습니다. 그러다가 뜬금없이 "이 중에 골프 치는 사람이 있다. 누가 봤다고 한다"라며 성난 사자처럼 역정을 냈습니다. 골프 접대라든가 문제가 있는 직원이 있으면 보고하여 감찰절차로 흡수하도록 하면 되는데 아무런 상관도 없는 직원들까지 모두 불러 소동을 벌인 것입니다.

 과장이 화를 낼 때는 마치 먹잇감을 빼앗긴 짐승처럼 포효하며 고함치기를 다반사로 하였습니다. 자신을 사육하는 고위직들이 주는 입신영달 먹이 받아먹기에서 조금이라도 멀어질까 두려워지는 검찰 바이러스 감염 '겁' 증상이 '교활', '광기', '분노조절 장애' 증상으로 바뀌어 마구 발산되고 있었습니다.

 골프 치는 직원 색출 소동이 있고 얼마 후 제가 휴일 당직 근무를 하는데 오전에 과장이 나와 직원 2~3명과 관용차를 타고 어디론가 향하는 것을 봤습니다. 오후 4~5시경 다시 청으로 돌아왔을 때 과장과 동행했던 직원들에게 물어보니 검찰 고위직들이 내려와 관내 '늘 푸른 골프장'에서 골프를 치고 있어 그곳에 다녀온 것이라고 했습니다. 그 말을 듣고 이전에 직원들 집합시켜 놓고 골프 치는 사람 자수하라고 난리를 쳤던 장면이 떠올랐습니다. 과장은 골프를 치지 않는 사람이라던데 그들에게 불려 갔는지 자발적인지 모르나 휴일도 반납하며 고위 검찰 간부들 골프모임 시중을 들고 온 것입니다. 그러고 보니 이전에 직원 중 골프 친 사람을 색출하려던 것은 그 고위직 중 누군가가 안면이 있는 검찰 직원이 골프를 치는 것을 봤거나 골프장에 있는 것을 봤다고 송복일에게 말했기 때문으로 보였습니다. 송복일은 상전이 헛기침만 해도 회오리바람을 일으키는 아부의 전형적인 행태를 자주 보였는데 그 경우였습니다.

 과장은 고위직들의 그런 골프모임이야말로 대부분이 접대성이고 질펀한 향응으로 이어지기 십상으로 검찰에서 이제 그런 짓 그만해야 한다고 말하거나 이를 제대로 감찰하면 검찰이 바로 선다는 생각이나 말은 죽어도 못 할 사람이면서 늘 자신이 감찰업무의 대가인 양 입버릇처럼 말하곤 했습니다.

'늘 푸른 골프장'은 어떤 곳입니까?

전관들이 검사들에게 골프 접대를 하는 곳으로 유명했던 화평지청 관내 '늘 푸른 리조트' 내에 있는 골프장입니다.

34

평일 당직 근무를 할 때였습니다. 저녁 9시경 과장이 갑자기 당직실에 들이닥쳤습니다. 평상복 차림의 용모나 잔뜩 화가 난 표정이었는데 관사에 머물다 뭔가 욱하고 '분노조절 장애' 증상이 발생하여 관사를 뛰쳐나온 것으로 보였습니다. 어떤 일로 그렇게 화가 나게 되었는지 모르나 누군가 혼을 내 주겠다고 단단히 벼르는 표정을 지으며 "지금부터 징수계 보안 점검을 한다"라고 하여 제가 그 부서 열쇠 꾸러미를 들고 따라가야 했습니다. 과장은 그 사무실 책상, 캐비닛, 서랍을 당겨 보거나 쓰레기통 속까지 들여다보며 샅샅이 뒤지다가 무엇인가 메모하였는데 아마도 징수계장 또는 소속 직원 누군가가 과장의 심기를 건드렸던 모양입니다.

이후 다시 제가 평일 당직 근무를 할 때였습니다. 당직실에서 2층 계단 쪽을 보니 과장이 아래로 내려와 오른쪽으로 방향을 틀어 사건계 사무실로 들어가는 것을 보았습니다. 잠시 후 그쪽을 보니 어느새 과장이 나와 있었고 화평 토박이 선배 박충호, 윤정철이 총총걸음으로 내려와 그를 맞이하여 함께 현관 앞에 도착해 있는 택시 쪽으로 걸어갔습니다.

저는 당직자로서 과장에게 인사를 하러 다가가는데 과장은 저를 못 본 체하며 잰걸음으로 택시로 가더니 뒷좌석에 올라탔습니다. 출발 직전 제가 택시 창문 쪽에 바짝 다가가 근접해 있어도 문을 살짝 내리지도 시선을 돌리지도 않고 그대로 가 버렸습니다. 화평시 토박이 선배 직원들에게 접대를 받으러 가는 중이던 과장은 그 얼마 전 함께 한 점심 식사 자리에서 검사나 직원들이 받는 향응과 접대에 관한 이야기가 나왔을 때 제가 매우 바람직스럽지 않다고 지적한 적이 있었고, 평소 자신에게 알게 모르게 따가운 눈총을 보내던 저를 많이 의식했던 것이 아닐까 여겨집니다.

과장은 직원들에게 접대받기를 좋아하나 상전에게 접대하는 것도 좋아했습니다. 어느 날 총무계장 박충호가 전화를 걸어와 "과장님과 함께 저녁에 청장님 대접하는 데 보태려고 사무과 소속 계장들한테 3만 원씩 걷고 있다"라고 하여 마지못해 응했습니다. 2~3일 후 접대하는 날 과장은 저를 포함하여 소속 계장들을 데리고 간부들이 잘 가는 소고기 전문식당으로 갔고, 잠시 후 지청장이 도착하여 접대가 시작되자 과장은 휘하 직원들의 마음이 담긴 자리라는 식으로 말하며 아부를 했습니다. 접대가 끝난 후 청장이 식당을 나갈 때 식대를 계산해 버려 마련된 돈이 고스란히 남았고, 과장이 노래방을 좋아하므로 그 돈으로 모시고 가자는 의견이 대세여서 부득이 따라갔습니다. 그곳에서 어느새 도우미 여자 한 명이 왔는데 과장은 시작부터 끝날 때까지 거의 한시도 그 여자와 떨어질 줄 모르고 붙들어 잡은 채 춤을 추고 독무대인 양 연거푸 노래를 불렀습니다.

송복일이 발호할 때는 넓고 깊고 시커먼 색을 띤 그윽한 검찰 호수에 사는 거대한 괴물의 보호를 받는 작은 괴물의 요동처럼 느껴졌습니다.

그의 온갖 행태는 소문이 자자했으나 힘 있는 자들은 비호를 했고, 힘 없는 자들은 모두가 숨을 죽이고 침묵했습니다. 검찰 수뇌부, 고위직 중 그를 총애하는 이들이 매우 많아 아래 사람들은 물론 상급 청 감찰부서 그 누구도 그의 언행을 문제 삼는 법이 없었습니다. 사실 송복일보다 해악이 더 큰 이들은 검찰 괴물의 지배와 지령을 받으며 그런 과장에게 바이러스를 주입한 후 그 여러 증상을 자신의 입신영달에 활용해 먹는 검찰 고위직들이었습니다.

35

화평지청 검사로 재직하던 양정민 검사가 변호사 개업으로 퇴직하기 직전에 열린 월례조회 시간이었습니다. 일장 훈시를 마친 정완석 지청장이 양정민 검사를 연단 앞쪽으로 불러 세워 놓고 검사와 직원들을 향하여 "앞으로 변호사로서 크게 발전할 수 있도록 도와줍시다"라며 박수를 유도하자 이에 검사와 직원들이 일제히 박수를 보내며 호응했고, 저는 그런 얼빠진 풍경에 한없이 냉소를 보냈습니다.

지청장의 그 한마디는 양정민이 전관으로 나가서 몰래 변호를 하려고 검찰을 방문하거나 전화를 걸어오면 언제나 친절히 대해 주고, 사건에 대한 정보도 잘 알려 줘서 빗자루로 돈을 쓸어 담을 수 있도록 물심양면으로 도와주라는 의미입니다. 청에서는 그 이전부터 양정민 검사의 개업 준비를 도와주고 있었습니다. 제가 미집행자 검거 활동을 위하여 급히 관용차를 이용할 일이 있어 과장에게 결재를 받으러 갔더니 양정민 검사가 변호사 개업 준비를 위하여 매일 전용하는 차량이기 때문에 불가능하다고 하여 한동안 전혀 사용할 수 없었습니다. 양정민이 화평 토박이기도 하여 관내 구석구석 개업 인사를 다닐 수 있도록 청에서 전폭적으로 배려하고 있었던 것입니다. 관용 승용차가 한 대 더 있었으나 차량과 운전 담당 직원을 일과 시간은 물론 일과 후까지 청장의 자가용처럼 못 박아 놨기에 아예 쓸 수가 없었습니다.

저는 지청장과 감정을 살 만한 일이 전혀 없었고 그의 소탈한 인품은 좋게 봤으나 검사이자 지청장으로서는 좋게 볼 수 없었던 것은 앞서 소개한 월례조회 때 얼간이 발언도 있으나 평소 충견 송복일 과장을 직원 통제에 잘 활용해 먹은 것 때문입니다.

조금 앞당겨 말씀드리는 것이지만 그 이후 청장이 퇴직하여 한강지검 관내에서 변호사 개업을 하였는데 당시 제가 근무하는 이왕석 검사실에 수임한 사건이 있었는지 멀리에서 방문했을 때였습니다. 여직원은 부재 중이었고 저는 조사 중이었으며 검사는 집무실에 있었습니다. 보통 검찰 직원은 전임 지청장이 방문하면 반갑고 놀라운 표정을 지으며 벌떡 일어나 '청장님 오셨습니까?'라며 깍듯이 맞이하고 총총걸음으로 검사에게 데려가 안내하는 것이 상식인데 저는 자리에 그대로 앉은 상태로 고개만 살짝 숙여 가볍게 인사를 건넨 후 검사가 들을 수 있도록 "정완석 변호사님 오셨습니다"라고만 알려 주고 조사를 이어 갔습니다. 변호사가 집무실에서 나와 돌아갈 때 보니 저에게 불쾌했었는지 눈길도 주지 않고 나갔습니다. 검찰 내부 사람들은 저의 그런 태도를 예의가 없다고 할지 모르나 그 지청장 개인에 대한 반감이 아닌 그들을 지배하고 그들이 복종하는 검찰 괴물에 대한 반감과 저항심 때문이었습니다.

36

 화평지청 본관 현관으로 들어가면 전면에 화장실 입구가 보이고, 그 왼편으로 들어가면 제가 근무하는 집행계 사무실이 있었습니다. 일이 있어 사무실을 나왔다가 들어가면서 화장실에 들어가 소변을 보는 중 누군가 들어와 바로 옆에 와서 같은 일을 보는 사람이 있었는데 얼마 전 지청장의 전관예우를 알리는 선창으로 박수를 한 몸에 받았던 양정민 변호사였습니다. 그가 "계장님 잘 부탁합니다"라고 말하나 볼일을 보는 중이라 겸연쩍고 하는 말도 뻔할지라 어정쩡한 표정을 짓고 말았습니다. 사무실에 돌아와 보니 양정민 변호사가 다녀갔다고 하고, 저의 책상 위에 돈 봉투가 놓여 있었고, 직원들도 모두 하나씩 받았다고 했습니다. 봉투 겉면에는 한문으로 크게 '미의(微意)'라고 기재되어 있고, 상단에는 저의 이름이 연필로 기재되어 있었습니다. 아마도 전 직원에게 본 봉투를 살포하면서 각자 이름을 적은 것은 직위에 따라 액수를 달리한 것으로 보입니다. 봉투를 열어보니 현금 20만 원이 들어 있었고, 그날은 미처 반환하지 못하고 그다음 날 우체국에 가서 그의 개업사무실 주소를 적어 등기로 반환했습니다.

 검사들에게도 돈 봉투를 돌렸을까요?

 그것은 모르겠습니다. 보통 검사는 직원들과 격이 매우 다르니 별도의 은밀한 기회에 고액의 금품과 접대 공세가 이어지는 것이 관례이기 때문입니다. 몰래 변호를 받아 주고 사건을 입맛대로 처리해 주는 대가는 저녁에 값비싼 향응을 제공하면서 돈 봉투를 주기도 하고, 그런 방식에 익숙하지 않은 검사에게는 적금처럼 묵혀 두었다가 인사이동 때 고액의 전별금으로 포장하여 줍니다. 이런 모든 일은 그들끼리 극비리에 이루어지는 일이라 직원들 눈에는 띄지도 않습니다.

20만 원은 왜 준 것일까요?

개업한 지 얼마 안 되어 한 건 올려 큰돈이 들어왔는지 설 연휴 직전 소위 떡값이라고 준 것인데 앞으로 빗자루로 돈을 쓸어 담기 위하여 참새가 방앗간 드나들 듯 검찰청사를 드나들고, 청사를 누비며 휘젓고 다닐 테니 언제나 친절히 대해 주고, 업무와 관련하여 전화하거나 청탁하면 잘 알려 주고 협조해 달라는 의미입니다.

당시 검찰의 금품수수 풍경에 대하여 말씀해 주십시오.

과거 시절로 갈수록 거액의 뇌물은 은밀하고 특별한 상황에서 빈번히 이루어졌고, 아예 대놓고 주고받는 것은 용돈, 떡값, 촌지 등의 명목으로 명절이건 아니건 금품수수가 만연했습니다. 화평에서 시간이 지날수록 저는 주변 직원들이나 변호사실 사무장, 변호사들 사이에서 향응이나 금품을 받지 않는 사람으로 꽤 알려져 있음에도 여러 번 시도가 되었고 이를 거절하거나 반환하느라 애를 먹곤 하였습니다. 그것이 제가 보는 앞에서 벌어지는 일이면 바로 거절을 하는데 누군가를 통하여 주거나 자리에 없는 사이에 놓고 간 금품은 직접 또는 등기로 반환하거나 그렇게 하기가 여의치 않아 권익위원회에 발송하여 처분을 의뢰하기도 했습니다.

37

어느 날 보석담당 안동빈 주임이 검사실에 근무하는 김인상 계장이 보석 결정된 사건과 관련하여 준 것이라며 돈 봉투를 저에게 건넸습니다. '보석' 업무면 기소 후 판사의 석방 결정인데 검사실 참여수사관과 무슨 상관이냐 싶겠지만 직원들이 사건에 관여하는 형태가 다양한데 사건관계인 또는 변호사실과 모종의 소통이 있을 때 벌어질 수 있는 일입니다.

그 금품은 김인상 자신이 받은 돈 중 일부인지 전부인지 모르나 보석담당에게 준 돈의 성격은 저의 검찰 근무 제1기 시절 성행했고 이미 사문화되어 가던 급행료일 것입니다. 법원에서 보석을 결정하면 그 결정문을 검찰에 보내는데 검찰 담당자가 얼마나 신속하게 검사로부터 석방지휘서 결재를 받아 교도소에 보내느냐에 따라 피고인이 교도소 문을 나서는 시각이 달라지기 때문입니다. 안동빈이 변호사실 직원 또는 누군가와 소통하던 김인상 계장으로부터 부탁을 받아 신속하게 처리해 주었거나 처리를 부탁받은 모양입니다.

저의 관리하에 있는 직원의 직무상 금품수수를 용납할 수 없어 안동빈에게 즉시 돌려주고 앞으로 그런 돈 절대 받지 말라고 했더니 망설이고만 있었습니다. 저의 지시대로 이를 돌려주면 화평지청에서 터가 탄탄한 김인상 계장 눈 밖에 날 것이고, 돌려주지 않으면 저에게 질책을 들을 것이므로 이러지도 저러지도 못하고 있었습니다. 계속 함께 근무할 직원이라 대놓고 화를 낼 수는 없고 그 상황을 신속하게 종결하고자 봉투를 들고 김인상이 근무하는 김민선 검사실에 갔습니다.

검사집무실 문이 열려 있는 상태에서 김민선 검사가 힐끗 보고 있으므로 그의 책상 위에 살짝 올려놓고 집행계로 돌아와 전화를 걸었습니다. 선배이니만큼 공손히 '시대도 달라졌고 하니 우리 직원에게 앞으로 그런 돈 주지 말라'고 충고했더니 버럭 화를 내며 일방적으로 전화를 끊었는데 2~3분 후 그가 집행계 사무실에 난입하다시피 문을 열고 들어왔습니다. 그리고 욕설을 하면서 바로 저에게 달려들더니 몸통에 마구 주먹질을 하는 것입니다. 너무 황당하여 그의 팔을 잡고 진정시켰더니 화가 좀 풀렸는지 돌아갔습니다.

김인상이 그토록 급작스럽게 욱하는 사람인 줄 알았으면 돈만 살짝 돌려주고 아예 상대도 하지 않았을 것을 후회가 막심했습니다. 그는 그때 금품수수를 '정(情)'으로 보이는 '착시' 증상이 심했던 것으로 선배의 '정'도 몰라 주고 거절하고 충고까지 당하여 '분노조절 장애' 증상까지 보인 것입니다.

묵과할 수 없는 일이 벌어졌으니 어떻게 처리해야 하나 고민 끝에 있는 그대로 경위서를 작성하여 송복일 과장에게 제출하였습니다. 잠시 후 과장은 쏙 빠지고 김인상의 임용 동기인 오중섭 총무계장이 나섰고 그가 저를 불러서 갔습니다. 상황을 적절히 바라보기는커녕 "과장님께 말씀 다 들었다. 이런 일이 있으면 둘 다 좋지 않다"라며 무조건 화해하라며 적반하장 회유하므로 아무런 대답을 하지 않고 나왔습니다. 이후 저는 그 일을 입에 담지 않고 있었는데 나중에 다시 모함이 있었는지 직원들 사이에 제가 검찰 직원끼리 배려할 줄 모르고 고자질하는 직원이라는 소문이 돌고 있었습니다.

과장에게 제출한 경위서는 어떻게 되었나요.

경위서 수집광인 과장이지만 그런 경위서는 거들떠보지도 않았습니다. 업무상 금품수수와 직원에 대한 폭행에 대한 재발 방지를 위하여 최소한의 조치는 해야 하는데 전혀 그렇지 않았습니다. 이에 힘입은 김인상 계장 또한 한 번도 사과하지 않았습니다.

38

집행계장으로 약 10개월가량 지나 모든 업무가 궤도에 올라 맘 편히 근무하며 정기인사를 한 달 앞둔 때였습니다. 1년 전 이미 외국으로 도주하였다는 미집행자도 제 나름 기법으로 집중 추적 끝에 미국 특정 지역에 머물고 있음을 파악한 후 관계기관에 알리고 협조를 구한 끝에 현지 정확한 주소지가 파악되고 형사사법공조가 순조롭게 진행이 되어 곧 신병 인수절차에 들어갈 것이라는 통보를 받은 때였습니다. 제가 특수수사 전담 이왕석 검사실로 간다는 말이 돌고 있어 인사 담당에게 물으니 사실이었습니다. 저는 정기인사를 한 달 남겨 두고 있으므로 그때 발령을 내 달라고 했으나 뭐가 그리 급했는지 이미 발령이 났다고 했습니다.

특수검사실에 가면 한강지검 강북지청에 있을 때처럼 못 볼 것 많이 보겠구나 하는 생각이 들었으나 검찰에 적을 둔 이상 명령에 따를 수밖에 없는 것입니다. 그러고 보면 집행계에 오기 직전 민원실에 근무할 때 특별발령은 정기인사를 마치고 한 달 후 차출이었고, 이번에 갑자기 특수검사실 특별발령은 정기인사를 한 달 남겨 둔 차출로서 그들은 저의 의사는 묻지 않고 특공대원 차출처럼 아무 때나 인사 발령을 냈습니다.

한 달 뒤 있다는 정기인사 때 발령 내지 못할 이유가 무엇입니까?

이왕석 검사실에 가서 알고 보니 그 검사실 남호성 계장이 업무 중압감을 이겨 내지 못하고 타 부서에 근무하게 해 달라고 호소하다 아예 일손을 모두 내려놓고 며칠간 휴가를 내고 출근하지 않고 있는 가운데 이루어진 인사였습니다. 돌이켜 보면 그렇게 차출하여 활용되는 저와 달리 어떤 직원들은 배경이 있거나 평소 힘 있는 간부들과 관계를 돈독히 하여 인사 청탁으로 줄곧 원하는 보직에서 흔들림 없이 근무하고 꽃처럼 대우받으며 늘 앞서 승진도 잘하였습니다. 그런 풍경을 종종 보아 왔던 저는 언제부터인가 그런 꽃들을 당연하게 여기는 검찰 잡초가 되어 있었습니다.

미국에 도피 중인 미집행자에 대한 신병인수절차는 완수가 되었습니까?

예, 제가 집행계를 떠나고 얼마 지나지 않아 직원 2명이 출국하여 미국 공항 비행기 내에서 신병을 인도받아 왔습니다. 이제 화평지청 사무부서 근무 경험은 이것으로 줄이고 다음부터는 본격적으로 검사실 이야기로 넘어갈까 합니다.

39

화평지청에는 1~2년 전 이미 관내에 부동산개발 붐이 크게 일어 토지, 아파트 개발사업을 두고 소유자, 조합원, 시행사, 건설사, 분양사, 중개업자, 피분양자들 사이 굵직하고 복잡하게 얽힌 사건들이 늘어나고 가격이 폭등한 부동산 소유자의 집안이나 가족 간 크고 작은 분쟁과 문중 토지 보상금을 두고 벌어지는 분쟁 사건 또한 늘어나고 있었습니다.

게다가 이런 지역에 돈벌이가 된다고 각지에서 사람이 모이기까지 하니 일반 범죄도 늘어났습니다.

당시 그곳 검사로 재직하다 갓 퇴직한 양정민, 곧이어 1부장으로 재직하다 개업한 이승하 변호사는 서로 경쟁하듯 청사에 수시로 출몰하고 검사실 문지방이 닳아지도록 드나들며 앞서거니 뒤서거니 몰래 변호 활동을 하면서 빗자루로 돈을 쓸어 담느라 여념이 없는 그야말로 황금어장이었습니다. 특수수사의 목적이 정의에 있지 않다는 것을 진즉 깨닫고 있었던 저는 다시 검사의 입신 영달과 전관의 재물축적이 주목적인 그 어장에서 손바닥에 피멍이 들도록 그물질을 해 대는 신세가 되었습니다.

우선 해결해야 할 일은 전임 남호성 계장이 압수수색 영장을 집행만 하고 흐지부지 상태에 둔 사건 뒤치다꺼리였습니다. 그 와중에 2~3일이 멀다 하고 구속사건이 배당되었고, 검사가 별도로 지시하는 특수수사를 위한 증거와 자료를 수집하고 한숨 돌리려고 하면 밀려오는 일반 송치사건을 조사해야 했습니다. 또 와중에 사건청탁이라는 벽을 넘느라 종종 애를 먹어야 했습니다.

검사실 근무 며칠 만에 겪은 사건청탁 이야기입니다. 관내 유명 사찰 증축공사를 맡아 일하던 건축업자와 사찰에 기거하던 여자 신도 사이에 치정과 돈이 얽힌 사건 조사를 앞둔 때였습니다. 서로의 주장이 엇갈려 대질조사하려고 양쪽에 출석을 통지하였더니 저와 임용 동기인 박규진 계장이 전화를 걸어와 남자 쪽 편을 들면서 그 사건 내용과 진행 상황을 알려 달라고 하였으나 이를 정중히 거절하였습니다. 청탁하는 사람에게 불쾌감이 덜하도록 배려하여 거절해도 쉽게 '분노' 증상을 보이는데 박규진도 이내 불쾌감을 드러냈고, 그 여자에게 무고 혐의가 있어 보인다며 매우 부적절한 말을 던지고 전화를 끊었습니다.

이후 얼마 지나지 않아 청에서 저녁 회식이 있었습니다. 박규진이 술이 거나하여 제 옆자리로 와서 이전 청탁 거절에 대하여 불만을 토로하므로 사건청탁에 대한 저의 소신을 말하며 양해를 구했다가 오히려 귀를 의심할 정도의 폭언을 들었습니다. 그는 술기운을 빌려 "화평에서 그런 식으로 하면 칼침을 맞을 거다"라고 말했습니다. 아무리 취중이라도 밑도 끝도 없이 왜 그런 막된 표현을 하는지 도무지 이해할 수 없었고 대꾸할 가치도 없어 묵묵부답하고 말았습니다.

이후 저도 모르게 한동안 박규진이 왜 그런 말을 했을까 되새기는 날이 이어지다가 정도의 차이일 뿐 사건청탁 거절에 수반되는 그러한 증오와 모함이 공통 현상인 것이 마치 검찰 괴물의 지배나 지령을 받아 일어나는 일처럼 느껴졌습니다. 그리고 어쩌면 자기 딴에는 저를 위한 말이었을지도 모른다는 생각도 들었습니다. 박규진 자신은 그 무소불위 검찰 괴물에 순응함으로써 칼침을 피하고 편히 지내고 있으니 저도 사서 고생하지 말고 그렇게 하며 편히 살고 승진도 잘하라고 조언했던 것입니다. 알고 보니 아이러니하게도 박규진처럼 용감해 보이는 이들의 심리 근저에 도사리고 있는 검사나 검찰 직원 특유의 '겁(怯)'이라는 정서는 검찰 바이러스 감염 기본 공통증상 중 하나였던 것입니다.

40

보여 드릴 것이 있습니다.

(증인은 기자에게 A4용지에 사인펜으로 크게 쓴 김경길, 정창석, 양정민, 이

장건, 문충길, 황문옥, 김장온, 우관택, 양운식, 이승하, 박길찬, 오양길 등 12명의 성명이 적힌 메모지를 보여 줌)

　이들 12명은 누구입니까?

　모두 변호사입니다. 이들 중 앞서 언급한 양정민, 이승하는 화평지청 출신 전관, 김경길은 전 한강지검 검사장, 정창석은 전 중원지검 검사장, 박길찬은 전 화평지원 판사, 오양길은 화평지원장을 지낸 전관입니다.

　이 메모지는 누가 써 주었고, 왜 보관하고 있습니까?

　이왕석 검사가 저에게 자필로 적어 준 것이고 그 사연은 잠시 후 말씀드리고 우선 이와 직접 관련된 사건부터 말씀드리겠습니다.

　○○건설(주) 이경석 회장은 회사자금 16억 원을 횡령하여 모정당에 불법 제공한 혐의로 이왕석 검사에게 수사를 받았습니다. 변호사들이 전 방위적인 구명 노력을 기울이는 가운데 횡령한 자금을 모두 회사에 갚았다는 자료를 제출하고 구속을 모면하려 총력을 쏟고 있었습니다. 이왕석 검사가 그 제출된 자료에 대하여 발부받은 계좌추적용 압수수색 영장을 건네주어 저는 영장에 명시된 금융기관들을 돌며 이를 집행하였습니다. 압수한 금융자료들을 모두 분석해 보니까 이경석 회장이 회사에 갚았다는 자금 또한 같은 계열사에서 나온 것임이 확인되어 보고서를 작성하였습니다. 말하자면 회사자금을 횡령하여 불법 정치자금을 제공한 혐의로 수사를 받는 상황에서 거듭 회사자금을 횡령한 것이고 더욱이 그 자금으로 그 이전 횡령 변제를 가장하기까지 한 것입니다.

　구속영장이 청구된 이경석 회장에 대한 법원의 실질 심문 당일 검사가 저를 법정에 데려가 방청하게 하여 직접 목격한 상황입니다. 법정에 변호사 두 명이 나와서 이경석 회장이 불구속 상태에서 재판을 받게 해 달라고 변론하면서 피해액 모두 회사에 갚은 사실을 특히 강조했습니다. 이어서 검사가 구속의 필요성을 주장하면서 이경석 회장이 갚았다는 그 자금 또한 회사자금 횡령이라는 자금추적 결과를 증거로 제시한 것입니다. 그 어떤 전관 여러 명이 힘을 쓰거나 부조리하게 영장을 기각하고자 마음먹었던 판사라도 발부할 수밖에 없는 상황이 되었고 실지 발부가 되어 이경석 회장은 구속수감이 되었습니다.

이경석 회장은 기소된 지 얼마 되지 않아 집행유예 판결로 금방 풀려났습니다. 그런 솜방망이 판결이 도무지 이해가 되지 않아 저의 평소 습관대로 판결문을 입수하고 판사와 변호사의 인연을 확인해 봤더니 재판장 허경식과 변호인 박길찬은 사법고시, 연수원 동기였고, 1998년에는 금강지법에서 둘이 한솥밥을 먹으며 근무한 인연까지 있는 것을 확인하였습니다. 나중에 검찰 바이러스를 발견하면서 엿보게 된 것으로 법원에도 검찰과 그 숙주와 발생 기원이 같으며 변이 과정 또한 유사하고 치명적인 독성을 지닌 법원 바이러스가 있었던 것입니다.

41

이제부터 본격적으로 조금 전 보여 드린 메모지에 관한 이야기를 하겠습니다. 격주 휴무제 중 근무하는 토요일이었습니다. 그런 날은 평소 소홀히 하였던 비교적 간단한 사건을 조사하거나 사실조회 공문을 보내고, 수사보고서를 작성합니다. 그런데 오전 일과가 끝날 무렵 갑자기 검사가 "제가 이경석 회장을 미리 소환해 두었으니 오후에 조사 좀 해 주십시오"라며 계획에 없던 조사를 지시했습니다. 말투나 표정으로 보아 이미 성공적으로 마무리된 사건임에도 윗선 누군가의 지시로 자기 소신에 맞지 않는 상황이 벌어지고 있는 것에 불평이 느껴졌고, 저 또한 검사와 동감이어서 갑작스럽게 특별히 조사하는 이유를 물었습니다. 검사는 "이경석 회장의 1심 집행유예 선고에 검찰과 변호인 측이 서로 항소하지 않기로 약속했는데 변호인이 이를 어기고 항소시킨 마지막 날 법원 주변에 대기하고 있다가 저녁 11시를 훨씬 넘긴 시간 검찰을 따돌리고 기습적으로 항소장을 제출해 버려서 조사하게 되었습니다"라고 말하는 것입니다.

검찰이 상소권 행사를 두고 피고인의 변호인과 얼빠진 거래를 하다가 허를 찔려 일격을 얻어맞은 상황임을 비로소 알게 된 저는 검사에게 조사할 내용을 묻자 "수사 과정에서 이경석 회장을 변호한 변호사 명단을 적어 드릴 테니 이들을 선임하고 선임료를 지급한 경위와 자금출처를 조사하십시오"라고 말했습니다. 그동안 저는 몰래 변호와 사건 농간 중 벌어지는 다양한 범죄행위에 대하여 전국 경찰, 검찰, 법원에서 그 어떤 범죄보다도 시급하고도 철저히 수사하고 재판해서 판례를 축적해야 할 유형의 사건이라고 늘 절감하고 있었으나 이런 식은 아니었습니다. 필시 힘 있는 자들의 '사건 농간'으로 부패하고 비열한 과정을 거쳐 도출된 보복성 수사가 분명하기 때문입니다. 그러한 수사는 깨끗한 승복도 기대할 수 없고, 언제 다시 탈이 날지도 모르고, 수사해 봤자 상황이 바뀌거나 더 힘이 센 자가 나서면 급변하여 허탈감에 빠질 수 있습니다.

저는 검사의 아바타인지라 어쩔 수 없이 그들의 의도대로 조사할 수밖에 없었습니다. 이런 경우 저만 아바타인 것은 아닙니다. 검사 또한 그 윗선의 아바타입니다. 다른 어떤 경우에는 그런 윗선은 다시 그 윗선의 아바타일 때가 있고 그렇게 거듭하여 계속 올라갈 수도 있습니다. 훗날 연구해 보니 검찰의 '아바타 현상'은 시대를 초월하여 검찰을 관통해 온 형사사법 정의와 질서의 교란 법칙이었습니다.

검사는 집무실로 들어갔고 잠시 후 검정 사인펜으로 A4용지 한 장에 특유의 크고 시원스러운 필체로 직접 적은 변호인 12명이 적힌 메모지를 저에게 건네주었는데 그것이 조금 전 보여 드린 그 메모지입니다.

점심시간이 끝난 직후 이경석 회장이 출석하므로 저의 책상 앞에 앉혀 놓고 곧바로 조사에 들어갔습니다. 메모지를 그에게 보이지 않는 곳에 둔 상태에서 변호인 12명을 차례로 거명하며 선임 및 선임료 지급 경위, 자금원 등을 묻고 답하는 내용을 조서에 담았습니다. 이경석 회장은 때때로 각 질문에 대하여 자신과 같은 처지라면 다 그렇게 하는 일인데 괘씸죄로 조사받는다는 불만이 가득한 표정을 지어 보였습니다. 한편으로는 검찰과의 담합을 깨고 기습적으로 항소장을 제출한 그 괘씸죄를 인정하지 않을 수 없었는지 진실을 적당히 배합해 가며 진술한다는 느낌을 받았습니다.

솜방망이 판결에 집행유예로 금방 풀려난 것에 대한 만족감 때문인지 돈만 쏟아붓고 구속되어 버렸던 그 당시 야속한 상황도, 무능한 변호인들도 원망하지 않았습니다. 그렇게 2시간 30여 분에 이르는 조사 끝에 이경석 회장으로부터 선임료 지출 관련 금융자료를 제출받기로 하는 선에서 조사를 일단 마무리했습니다.

주말을 보내고 월요일에 출근하니 예상했던 일이 벌어졌습니다. 검사는 "이경석 회장이 오늘 항소취하서를 제출하기로 했답니다. 이제 조사 그만하라고 합니다"라고 윗선의 지시를 전달했습니다. 머리를 맞대고 항소 포기 담합을 했던 이들은 필시 토요일 이경석 회장이 조사를 받고 간 후 현관, 전관, 누군가 이들을 초월하는 힘 있는 자의 화해와 중재 또는 지시로 재차 담합이 이루어졌던 것입니다. 그들은 이경석 회장이 항소를 취하한다니 변호인 선임과정에서의 회사 자금 횡령에 대한 괘씸죄 혐의는 손바닥 뒤집듯이 뒤집어 그들이 두더지처럼 잘 파헤쳐 만들어 내는 기소 편의 구덩이에 묻어 버린 것입니다.

이경석 회장은 자신의 사건을 두고 검찰에서 벌어진 모든 상황과 검사실에 불려 나올 때마다 고관대작 모시듯 총총걸음으로 깍듯이 머리를 조아려 준 교도관들의 얼빠진 모습들을 기억하며 국가의 기강 문란과 검찰의 선택적 정의의 수혜자임에 감사하였을 것입니다. 그러나 그런 감사한 마음은 일시적일 뿐 검찰이 그럴듯한 모습으로 언론에 보도될 때마다 그 본질은 부패하고 얼간이라며 늘 비웃고 냉소하며 평생을 살아가게 될 것입니다.

이경석 회장은 솜방망이 처벌에 이은 사면에 힘을 얻어 그토록 그리던 국회의원이 되기도 했습니다. 그러나 다시 수년 후 그는 언론에 크게 보도되어 세상을 깜짝 놀라게 했습니다. 더 큰 사건에 연루되어 검찰 수사를 받던 중 그동안 돈만 받아먹고 구명에 나서지 않은 여러 고위 벼슬아치들에 대한 배신을 원망하여 스스로 목숨을 거두었습니다. 목숨으로 대신한 그의 호소와 외침 속에 다시는 자신과 같이 불행한 기업가가 없도록 검찰과 법원을 바로 세워 달라는 간절함이 담겨 있는 것 같았습니다.

우리나라의 사법 불신은 검찰, 법원이 밖으로는 정의를 걸어 놓고 안으로는 부패를 파는 '양두구육' 수법을 이용한 '선택적 정의' 증상에 가장 큰 원인이 있습니다. 이경석 회장에게 상응한 처벌로써 반성의 기회를 주었다면, 그리고 그러한 반성의 기회가 다른 이들에게도 공평하게 적용된다는 믿음이 있었다면, 그는 엄히 처벌받더라도 승복하고 옷깃을 여몄을 것이고 이후 다른 범행에 연루되지 않는 길을 걸었을 것이고 죽지도 않았을 것입니다.

생을 마감할 때 자신에게 거액의 뇌물을 받은 사람들을 암시하는 듯 여러 거물 정치인의 이름이 적힌 메모지를 간직하고 있었다는 보도를 접했을 때 제가 간직해 온 메모지가 떠올랐습니다. 내용과 성격이 똑같지는 않으나 그동안 그를 각기 사리사욕에 이용한 검사, 판사, 전관들 말고도 양쪽 메모지들에 적혀 있던 자들은 모두 이경석 회장의 금고에서 발하는 돈 빛을 보고 몰려든 불나방들이자 이경석 회장이 죽음이라는 종착역을 향하여 달리는 열차에서 교대로 근무해 온 승무원들이었습니다.

제가 직간접으로 지켜본 특수수사의 궁극 목적은 정의가 아닌 검사와 전관, 힘 있는 자들의 출세나 돈벌이, 정치검사의 출세, 부귀영화 또는 정치보복의 도구로 이용되는 것이었습니다. 그들은 목적에 따라 피아(彼我)가 한통속이 되고, 필요에 따라 서슬 퍼런 칼날을 마구 휘두르다가도 급거 고무망치, 솜방망이로 바꾸기를 다반사로 하고 온탕 냉탕을 들락거렸습니다. 범죄 혐의를 두더지처럼 파놓은 구덩이에 잘 묻기도 하고, 숨이 멎은 혐의를 뒤늦게 살려 내어 처벌하고, 부관참시하듯 묻은 곳을 파헤쳐 해골처럼 된 혐의를 꺼내어 처벌도 하였습니다. 그럴듯하게 포장하여 수사 실적을 언론에 보도하여 검사부터 수뇌부까지 무소불위 검찰 권력을 만천하에 과시하고 겁을 주기도 하고, 출세와 정치적 야망을 위하여 경력에 화려하게 한 줄 넣는 것이 가장 큰 목적이었습니다. 그 과정에서 교묘히 금품을 주고받으며 실시간으로 사건 농간 전리품이나 사냥감을 공유했습니다. 마치 정글에서 힘이 센 맹수가 힘없고 처진 동물을 골라 사냥하면 모두가 달려들어 고기를 뜯고 그다음은 하이에나 그다음은 독수리 순으로 배를 채우는 것과 같았습니다. 현관은 경력 쌓기와 승진 밑천으로 배를 채우고, 전관 변호사들은 재물로 배를 채우고, 마지막에 가서는 그들에게 충성하고 아첨하는 아바타나 탐관오리들이 땅바닥에 남겨진 작은 고기 조각을 주워 먹는 것과 같았습니다.

이경석 회장의 자금을 추적하고, 눈을 마주 보며 조사하고, 언론을 통하여 그의 부침(浮沈)을 지켜보면서 더욱 바라게 된 것은 부패방지를 근본적이고 실효성 있게 하려면 우리나라 특유의 '특수통', '공안통', '기획통'들이 벌이는 자의적인 수사나 주도면밀한 기득권 유지 기획 말고 이를 빌미로 사회의 부패를 역으로 활용해 먹는 그 무리까지 걸러 낼 수 있는 고도의 부패방지 시스템이 언제나 작동하고 있어야 한다고 더욱 확신하게 되었습니다.

그 메모지에 그런 특별한 사연과 깊은 뜻이 담겨 있었다니 놀랐습니다.

저는 얼굴도 못 본 변호사들이 대부분이라 검사실을 방문했었는지도 몰랐는데 그 메모지에 적힌 변호사들 대부분 통신기기를 이용하거나 방문하여 몰래 변호를 했던 것입니다. 아이러니하게도 이런 실상은 이경석 회장이 게릴라식 기습 항소로 검찰에 괘씸죄를 범하지 않았다면, 검사가 메모지에 기재하여 그 메모지를 저에게 주지 않았다면, 제가 그 메모지에 대하여 의미를 부여하지 않았다면, 그 메모지를 분실하거나 버렸다면, 그리고 세상에 그 메모지의 작성 경위와 의미를 알리지 않는다면 세상 사람들은 알 턱이 없을 것입니다.

검사실에서 해괴망측한 일들이 수도 없이 벌어질 때마다 연막처럼 시커먼 연기만 보이고 괴물은 보이지 않았습니다. 그 메모지가 일시 연막을 걷어 내어 검사실에 드리워진 그 괴물의 그림자를 엿보게 해 준 것입니다.

42

이경석 회장 사건에서 부득이 송복일 과장 이야기를 조금 더 하게 되었습니다. 처음 그 사건은 선배 김선규 계장이 먼저 조사를 했기에 그 중심인물이 이경석 회장인지도 몰랐습니다. 그 사건 수사가 막 시작되어 선배가 참고인을 조사할 때였는데 송복일이 저에게 전화를 걸어와 다급한 목소리로 지금 조사받고 있는 사람이 이경석 회장 사건의 참고인이라고 하면서 앞으로 사건 진행 상황을 수시로 알려 달라고 요구하므로 거절한 일이 있었습니다.

사건계 영장, 수사지휘 담당과 당직 근무를 할 때 들은 바로는 송복일이 내밀한 사건 정보를 알아내기 위하여 연락해 와 난처한 적이 여러 번 있었다고 합니다. 자신을 총애하는 힘 있는 자들이나 자신의 승진에 보탬이 되는 고위 전관, 현관의 부탁이라면 물불을 가리지 않고 저돌적으로 나서 수사 정보를 염탐하고 누설하는 '수사정보 저돌염탐' 증상이 심한 사람이었습니다.

얼마 후 송복일은 검찰 내 우수한 관리자로 선정되어 '해외여행'을 부상으로 받게 되었습니다. 그가 여행을 떠나기 직전 선배인 권성근 계장이 들어와 여비를 보태 주기 위하여 돈을 걷고 다니는 중이라고 하여 거절하여 그냥 돌려보낸 일이 있었습니다.

그가 화평지청을 떠나고 수개월 후 상급 검찰청에 송복일의 행태에 대한 익명의 진정서가 들어왔다는 소문이 돌았습니다. 과장에게 길들여진 후 총애를 받았던 오중섭 계장이 저에게 와서 "누군가가 진정서를 냈는데 심증은 가는데 물증이 없다"라는 말을 하였는데 송복일이 충복

들을 풀어 진정서를 낸 직원을 색출하느라 혈안이 되어 있었던 것입니다. 다시 그로부터 3~4년 후 송복일은 부이사관(3급)으로 승진하여 한강지검 남부지청 사무국장으로 영전하였고, 그곳 아는 직원의 말에 의하면 직원들이 국장에게 너무 시달려서 갑자기 병이 날 수 있으니 산재보험에 들어야 할 판이라고 했습니다.

송복일이 최종 어디까지 승진했습니까?

국가공무원 2급 벼슬인 금강고검 사무국장까지 올라 검찰 일반 직원이 갈 수 있는 피라미드의 정점 바로 아래에 머물다 퇴직했습니다. 퇴직할 때 검찰의 제도문화 수호를 위하여 공헌한 대가로 황금알 낳는 집행관직을 부여받고 마파람에 게 눈 감추듯 사라진 것입니다. 다른 이들은 검찰청을 '먹튀청'으로 만들어 놓고 떠나면서 내부게시판에 '사직 인사' 한마디를 남기곤 하는데 송복일은 아무 소리 없이 조용히 떠났습니다.

그도 그의 선배의 뒤를 이어 오랜 세월 검찰에 몸담으며 자신이 저질렀거나 직간접적으로 경험한 검찰의 온갖 부조리하고 부패한 일들을 숨기며 재갈을 물고 살다가 무덤 안으로 모두 가져갈 것이니 검찰 바이러스 감염 '먹튀' 그리고 '재갈 물기' 증상을 모르고서는 절대로 이해할 수 없을 것입니다.

훗날 저는 송복일은 증오의 대상이 아닌 연구와 치료의 대상이었다는 것을 깨달았습니다. 저의 지금 증언은 뒤늦게 발견한 그 바이러스의 존재와 여러 증상에 대한 진실을 무덤 안으로 가져가지 않겠다는 신념을 실천하고 있습니다.

43

  멀리 지방에 살던 이규성은 화평지청 관내로 직장을 옮겨 처와 어린 자녀가 함께 살 전셋집을 구하고 다녔습니다. 집값이 이미 오를 대로 올라 있어 애를 먹다가 중개업소에서 임대아파트를 소개받아 원세입자와 전대(轉貸) 계약을 체결하고 입주하게 됩니다.

  입주한 지 얼마 되지 않아 법원에서 원세입자 이훈일 앞으로 알 수 없는 서류들이 송달되고, 경찰도 다녀가고 하던 중 알아보니 임대아파트 전대가 불법이고, 이훈일이 다른 민형사 사건에 쫓겨 도피 중이기도 하여 보증금을 돌려받을 수 없는 상황임을 알게 되었습니다. 임대아파트를 소개한 사람은 중개업소 사무원이었지만 그보다 책임은 공인중개사에게 있고, 집을 보러 갔을 때 살고 있던 세입자가 이훈일과 함께 '아무 이상이 없다'고 거짓말을 하였다며 두 사람을 고소하였습니다.

  경찰은 이 사건을 무혐의로 검찰에 송치하였고, 이를 배당받은 서우종 검사는 이규성이 처음부터 임대아파트인 줄 알고 세를 들어갔음에도 이를 몰랐다고 고소장에 기재하였음은 무고죄에 해당한다며 정식재판으로 기소했습니다. 이에 크게 반발한 이규성은 최초 임대아파트로 자신을 데려가 아무런 문제가 없다는 말을 하며 중개를 성사시킨 사무원을 추가로 고소하였고, 그 사건이 이왕석 검사에게 배당된 후 제가 이 사건과 인연이 된 것입니다.

  사무원 추가 고소사건은 서우종 검사에게 배당이 되어야 맞지 않습니까?

  당연히 그래야 하는데 무슨 이유인지 이왕석 검사에게 배당이 되었고, 검사는 서우종 검사가 이미 무고죄로 기소한 똑같은 내용에 단순히 무고죄 하나만 더 없는 격이니 그렇게 조사하면 된다고 하였습니다. 아무튼, 저는 검사의 말대로라면 조사 수고를 덜 수 있으므로 잘 되었다 싶어 서우종 검사가 기소한 공소장과 사건기록을 입수하여 읽어 보았습니다. 그런데 재판을 앞둔 이규성의 무고 혐의에 의구심을 갖지 않을 수 없었습니다. 앞서 언급한 대로 무고 혐의의 핵심은 이규성이 전대가 금지된 임대아파트인 줄 알면서 들어갔음에도 고소장에는 이를 몰랐다고 기재하였으니 무고라는 것입니다. 무슨 영문인가 싶어 그 사건기록에서 이규성이 주장하는 내용을 모아 퍼즐처럼 맞춰 보니 제 생각은 달랐습니다. 우선 그에게는 4,000만 원의 임대보증금이 전 재산이나 다름이 없을 것입니다. 이를 떼일 줄 알면서도 계약을 체결하고 전차(轉借)할 리가 있느냐는 것입니다. 이규성이 임대아파트라는 사실 자체를 몰랐다는 것이 아니라 알고 보니 전대가 불법이라 보호를 받을 수 없고, 이훈일에게 속아 보증금을 돌려받을 수 없는 그 지경의 임대아파트인 줄 몰랐다는 뜻이 더 맞지 않을까 생각되었습니다. 그리고 검사실에서 작성된 무고 혐의 내용의 피의자신문조서를 읽어 보니 화평 토박이 윤정철 계장이 참여로 되어 있었고 검사 또는 윤정철 중 누구의 주도로 그런 내용으로 신문하고 작성한 것인지 모르겠으나 처음부터 무고 인지 실적을 올리기 위한 토끼몰이로 작성한 느낌을 받았습니다.

  저는 검사의 아바타이니 지시받은 무고 혐의로 조사는 하되 전 재산을 날리고 가족 모두 길거리로 나앉게 되었다는 이규성의 변명을 잘 들어주고 이를 조서에 충실히 담아 보겠다고 생각했습니다. 이규성이 출석하므로 무고 혐의로 질문을 하되 그의 진술 요지와 변명을 충실히 조서에 담았고, 제출하는 자료에 대하여도 그 취지를 잘 듣고 필요한 내용은 조서에 담아 조사를 마치고 조서와 자료를 첨부한 사건기록을 검사에게 인계했습니다.

　이왕석 검사가 사건을 달리 볼 것인지 기대해 봤으나 서우종 검사를 의식해서인지 다시 무고죄를 범한 것으로 범죄인지서를 작성하여 결재를 올렸습니다. 그런데 결재과정에서 이변이 일어났습니다. 이준기 지청장이 결재를 하다가 재조사를 지시하며 반려한 것입니다. 우선 운이 좋은 것은 지청장이 사건기록을 제대로 읽어 본 것으로 보입니다. 제가 지금 검찰의 제도문화를 비판하는 증언을 하고 있으나 검사들은 검찰 바이러스에 감염되지 않을 수 없는 절대적 환경 속에 있어서 그렇지 사람마다 그 감염 정도나 증상이 다르고, 특이 체질로 감염되지 않았거나 감염되어도 증상이 전혀 없이 검사답게 직무를 수행할 때도 많은데 운이 좋게도 이규성이 그런 상황에 놓이게 되었습니다.

　이규성이 변호사를 선임하여 그런 변수가 생긴 것은 아닌가요?

　변호사는 전혀 못 봤고, 그럴 경제적 능력이 있었다면 무고죄로 기소되지도 않았을 것입니다.

　청장의 재조사 지시에 힘을 얻은 저는 우선 이규성이 임대아파트를 보러 갔을 때 세를 들어와 살고 있던 세입자가 원세입자 이훈일을 상대로 민사소송을 제기한 사실이 있음을 확인하고 법원으로 달려갔습니다. 그리고 그 기록 속에서 진실 발견을 위한 매우 중요한 자료들을 확보하였습니다. 이훈일이 도주하고 없는 가운데 조사한 내용이지만 그가 임대회사에 지급한 얼마 되지 않은 보증금이 이미 압류가 되어 있어 빈껍데기가 되었음에도 이규성에게 아무런 이상이 없다고 거짓말한 것이었고, 보증금 액수를 이전 세입자보다 증액하여 받아 챙긴 사실도 확인하였으니 사기죄 성립에 부족함이 없었습니다.

　서우종 검사가 무고죄로 기소한 사건과 모순이 되는 것이지요?

예, 정면으로 모순이어서 그 무고죄는 사상누각이 되었고, 그러한 결과는 재판으로 나타날 예정이었습니다. 이후 다른 사건 혐의까지 있던 이훈일은 검거된 후 구속기소가 되었고, 당연한 순서로 서우종 검사가 기소한 무고 사건은 1심에서 무죄가 선고되었습니다. 그런데 이훈일의 사기와 이규성의 무고는 이율배반이어서 양립할 수 없음이 드러났음에도 검찰 바이러스 감염 '상소 고문' 증상이 나타나기 시작했습니다. 항소심에서도 이규성에게 무죄가 선고되었고, 이훈일 또한 항소심에서도 1심대로 유죄판결을 받고 상소를 포기하여 확정되었습니다. 이렇게 사건이 확실하게 갈렸는데도 불구하고 검찰은 이규성에 대하여 상고까지 감행하여 3심까지 끌고 갔습니다.

이규성은 전 재산인 전세보증금을 날린 것도 모자라 억울하게 무고로 기소된 후 2년여에 걸친 재판 끝에 무죄가 확정되어 비로소 검찰의 '상소 고문' 증상의 잔인함에서 벗어날 수 있었습니다. 이훈일의 1~2심 판결 내용을 읽어 보니 그런 사건에서 양형에 결정적인 영향을 주는 피해금 변제 또는 합의하였다는 내용은 어디에도 없었습니다. 검찰의 무고죄 기소를 시작으로 검찰의 무조건 상소 고문이 이어지면서 이규성과 그의 가족의 삶과 인권은 없었습니다. 처자식과 함께 길거리로 내몰릴 상황이 닥쳤을 것이고, 이규성과 그의 가족이 당했을 고통을 생각하면 안타까운 심정을 금할 수 없었습니다. 이 사건 또한 검찰 바이러스 감염 증상을 모르면 도무지 이해하지 못할 것입니다.

서우종 검사가 이규성에 대한 검찰 상소에 입김을 넣었을까요?

그것은 모르나 1심, 2심 공판담당 검사들이 상소 열차를 멈추지 않은 것은 그들만의 의지는 아니었을 것입니다. 저는 이 사건을 검사는 보통 사람과 달리 크게 초월하여 선택된 사람이어서 완전무결로 여겨져야 한다는 의식과 무작정 상소 고문이라는 전통적 검찰 문화가 빚은 참극이었다고 생각합니다.

44

서우종 검사에 대한 특별한 기억이 더 있습니다. 어느 날 이왕석 검사가 서우종 검사실 참여수사관 2명이 모두 부재중이어서 제가 그곳에 가서 조사업무를 대신 수행하라고 하여 갔습니다. 그곳에는 원래 박윤철, 주순호 2명의 계장이 근무하고 있었는데 한 명은 몸이 아프다고 병가를 내고, 다른 한 명은 연가를 내어 참여수사관이 아무도 없는 사이 기소중지 수배자가 잡혀 와서 그들 대신 제가 서우종 검사의 아바타가 되어 피의자를 신문하였습니다.

한창 신문을 하고 있는데 검사가 불러서 나왔는지 자발적으로 나왔는지 모르나 주순호 계장이 겁을 집어먹은 표정으로 들어와 검사 집무실로 들어가는 것을 봤고, 잠시 후 검사가 그를 심하게 질책하는 고함이 닫힌 문밖으로 크게 새어 나왔습니다. 서우종 검사가 사건실적 욕심이 너무 많아 계장들을 몹시 힘들게 한다는 소문이 있었는데 검사에게 말 한마디 못하고 휴가를 내는 방법으로 하소연 내지는 저항하였던 것으로 보입니다.

서우종 검사의 '공명심', '실적 과욕' 증상은 결국 사고를 치게 됩니다. 이왕석 검사실과 서우종 검사실 모두 별관 2층에 있었습니다. 복도 끝에 서우종 검사실이 있고 바로 맞은 편에 화장실이 있었습니다. 제가 출근하자마자 화장실을 다녀오던 중 그곳 2층에서 1층으로 연결된 계단 사이 공간에 전날까지만 해도 없었던 그물망 안전 구조물이 설치된 것이 눈에 들어와 잘한 일이라고 생각하며 검사실로 돌아왔습니다.

제가 그날 오전부터 구속사건 피의자 조사 일정이 잡혀 있어 교도관이 신병을 데리고 나왔는데 전날 심야에 있었던 피의자 투신 사건을 알려 주는 것입니다. 그 교도관의 말에 의하면 서우종 검사가 얼마 전 사람 한 명을 구속하였는데 관련 사건 자백을 받기 위하여 거의 매일 그 피의자를 소환하여 검찰청 내 교도관실 구금시설에 넣어 묵혀 두는 방법으로 고통을 가하였다가 저녁을 먹고 나서야 검사실로 불러내어 자백을 강요하는 일을 지속해 왔고, 전날도 그렇게 하였고 투신한 시각도 자정 조금 넘은 시간이라고 했습니다.

수사기관에서의 가혹 행위 또는 고문 근절에 대한 경각심은 하루아침에 형성된 것이 아닌데 그때도 그런 일이 있었습니까?

예, 한강지검 피의자 구타사망 사건 이후 육체적인 고문은 획기적으로 개선되었는데 그 잔재는 여전했습니다. '자백 강요', '가혹 행위' 복합 증상이 불러온 결과로 피의자는 이에 저항하고 혐의를 모면하는 방법으로 투신한 것으로 보입니다.

피의자의 부상이 어느 정도였고 그 사건은 어떻게 되었습니까?

그 사건은 검찰 내 힘 있는 자들이 철통 보안 속에 가두었기 때문인지 그 이상 아는 사람은 못 보았습니다. 쥐 죽은 듯 아무 일 없이 조용히 넘어갔고 서우종 검사는 그 후 인사에서 다른 검사들이 선망하는 상급기관으로 영전까지 하여 갔습니다. 서우종 검사가 어떤 배경이 있고 장막 뒤에서 무슨 일이 있었는지 모르나 검찰의 '은폐와 침묵의 카르텔' 증상을 알지 못하고는 도저히 이해할 수 없을 것입니다.

이 사건을 바르게 처리해야 할 1차 책임은 지청장에게 있지 않습니까?

그렇긴 하나 지청장은 원칙대로 처리하려고 했는데 힘 있는 누군가가 개입하여 봉합된 것인지 지청장이 나서서 그런 것인지 내막은 전혀 모릅니다.

45

나이트클럽 영업 사장 김복섭은 실지 사장과 운영권을 놓고 분쟁하다 무고 혐의로 조사를 받게 되었습니다. 조사에 앞서 이왕석 검사는 사건 내용이 무겁고 김복섭이 집행유예 기간 중이기도 하므로 조사과정에서 진술 내용이 거짓으로 판명되면 도주할 것이 분명하므로 긴급체포하여 신병을 확보할 것임을 분명히 하였고, 저 또한 검사의 판단이 적절하다고 생각하며 이를 염두에 두고 조사에 들어갔습니다.

4~5시간가량 치열하게 이어진 대질조사 결과 무고 혐의가 드러나 검사의 애초 지시대로 긴급체포 절차에 들어가려던 참이었는데 검사가 검사실을 나갔습니다. 잠시 후 돌아온 검사가 저를 집무실로 부르더니 난감한 표정을 지으며 "부장님이 예전에 부장으로 모셨던 변호사로부터 김복섭을 체포하지 말아 달라는 부탁을 받았다고 합니다"라고 말하여 저는 "그렇게 하면 신병확보는 아예 물 건너갑니다"라고 말했습니다. 검사는 김덕훈 부장의 압력에 의하여 이미 체포를 단념하고 저에게 한 말이었고 곧바로 김복섭에게 "출석요구를 받으면 그때 나오라"고 말하여 돌려보냈습니다.

체포 또는 구속영장 청구대상으로 판단되는 사건은 미리 구금의 필요성은 물론 신병확보 방안에 대하여 부장검사에게 당연히 사전 보고를 합니다. 이후 제가 장시간 조사를 하는 동안 몰래 변호를 받은 부장에 의하여 손바닥 뒤집듯이 변경된 것입니다.

김복섭은 귀가 후 연락을 두절하고 잠적하였고, 저는 검사의 구속영장 청구에 의하여 발부된 구인장을 들고 그의 주거지, 사무실 등을 찾아 온통 헤매고 다녔으나 흔적도 없이 자취를 감춘 뒤였고, 구인장 유효기간 7일을 넘기게 되어 법원에 반환하게 되었습니다.

며칠 후 검사와 저녁을 먹을 때였습니다. 술도 한잔한 김에 열과 성을 다하여 조사해서 김복섭의 무고 혐의를 밝혀내고, 부장이 몰래 변호를 받아 풀어 준 일이며 이후 김복섭을 검거하러 다니다 허탕을 친 일이 생각났습니다. 제 입속에서 '부장은 형사처벌감'이라는 말이 저절로 맴돌았으나 이를 낮추어 검사에게 "전관으로부터 몰래 변호를 받아 김복섭을 도주하게 만든 부장님은 적어도 징계감 아닙니까?"라고 말했습니다. 검사는 아바타에 불과한 제가 다른 참여수사관에게는 들어볼 수 없는 그런 말을 듣고 무척 당황스러웠던 모양입니다. 검사는 일시 침묵하였다가 "변호사들은 합법적으로 사건청탁을 하는 직업입니다"라는 황당한 답변을 하므로 "선임계를 내지 않고 수사 방해와 사건 말아먹기를 하고, 결국에는 탈세하니까 문제입니다"라고 반문하자 비로소 검사는 자세를 낮추며 "어느 선배가 그러는데 검사는 퇴직하여 검찰청 문을 나서는 순간부터 범죄인으로 전락한다는 말을 하더군요"라고 우리나라 법조 현실을 대변하는 매우 의미 있는 말을 하였습니다. 그래서 제가 다시 수년 전 전직 검찰 최고수뇌 출신 거물급 변호사의 몰래 변호와 농간으로 사건이 은폐되었다가 우연히 진실이 드러나고 대규모 게이트급 사건으로 번져 세상이 떠들썩했고, 그 몰래 변호 때 받은 수임료가 1억 원이었다는 사실이 보도된 적이 있었던 이야기를 하자 검사가 작은 목소리로 저만 들으라는 듯이 "사실은 언론에 보도된 그 수임료 액수에 '0'이 하나 더 붙어 있었다고 합니다"라고 검찰 내 천기를 누설했습니다.

검찰에 관한 이야기를 언론 보도만으로 접하는 국민은 천재일우의 기회로 뒤늦게 세상을 떠들썩하게 한 그 사건에서 몰래 변호에 의한 사건 농간 대가로 받았다고 세상에 알려진 수임료 1억 원이 실지로는 '0'이 하나 더 붙어 '10억 원'이었다는 사실과 그 사실이 축소되어 언론에 보도된 '몰래 변호 철통 보안'과 이왕석 검사의 천기누설은 제가 입을 열지 않으면 추호도 알 길이 없을 것입니다.

검사는 제가 '부장은 징계감'이라고 한 말에 부담을 느꼈던 것으로 보입니다. 그들 사이에 무슨 일이 있었는지 모르나 며칠 후 검사가 김복섭이 자진 출석하기로 했다는 말을 하였고 실지로 그가 출석하여 놀랐고 법원 심문도 받고 구속수감이 되었습니다. 아마도 검사가 아바타에게는 들을 수 없는 저의 경고를 부장에게 뭔가 말로써 보고하고 그 몰래 변호인과 의논 끝에 그 변호인이 김복섭에 대한 사후 선심 변호를 확약하고 자진 출석하도록 설득하여 일어난 일이 아니었을까 생각됩니다.

검사가 허심탄회한 면이 있습니다.

예, 이전 이경석 회장의 회사자금 횡령, 불법 정치자금 제공사건을 소개했습니다만 어떤 때는 나무랄 데 없이 훌륭합니다. 바로 다음 소개할 사건에서 실감하시겠지만 그런 검사에게 검찰 바이러스 감염 대신 경쟁력 있고 수준 높은 검찰의 제도문화를 주입했더라면 국가와 국민을 위하여 제대로 봉사하는 훌륭한 검사가 될 텐데 안타까웠습니다. 그리고 허심탄회하다는 면에서 하나 더 기억나는 것은 어느 날 저와 함께 차를 타고 가면서 관내 '늘 푸른 골프장' 이야기가 나왔을 때입니다. 전현직 고위 검사들이 내려와 종종 회합하는 그곳 골프장 예약을 화평지청 소속 하위 검사들이 돌아가면서 맡는다는 사실과 이왕석 검사 자신도 그 순번이 되었을 때 담당했다는 사실을 알려 준 적도 있습니다.

제가 앞으로 검찰에 대하여 여러 이야기를 할 것이나 검사들이 겪거나 알고 있는 사실에 비하면 빙산의 일각 중의 일각이고, 다시 제가 아는 그 일각 중의 일각도 되지 못하는 일들을 지금 말하고 있는 것입니다. 또한, 미관말직만 전전하다 검찰을 떠난 저와 달리 고위직에 오른 검사와 일반직 간부들은 제가 경험한 일들과는 비교도 할 수 없을 만큼 규모가 크고 많은 부패를 경험하였을 것입니다. 더욱이 제가 직접 경험한 참담하기 이를 데 없는 수도 없이 많은 일은 아직 바깥세상에 알려진 일이 단 한 건도 없었고, 그런 저의 처지와 유사한 전국 청 참여수사관이 그 오랜 세월 무수히 많았을 것입니다. 그들은 재갈을 물고 살다 무덤으로 모두 안고 들어갔으며 그 후배들 또한 전철을 밟아 그 뒤를 이을 것입니다. 이번 저의 증언을 통하여 과거 시대로 갈수록 검찰의 부패는 하늘을 찔렀고, 깊고 넓고 많았으나 그들이 고위직일수록, 수사대상이 되거나 처벌을 받는 경우가 '0'에 수렴했던 이유를 조금이나마 이해할 수 있을 것입니다.

그래서 저는 검찰 밖 수사야 당연히 평소에 꾸준히 잘하면서 이와 비교할 수 없을 정도로 해악이 큰 사각(死角)에 놓여 있는 검찰의 지능적, 고차원적 부패까지 모두 잡아내어 발본색원할 수 있는 고성능 부패방지시스템을 개발하여야 한다는 생각이 싹텄던 것입니다. 마치 우범지대에 최고의 화질과 전 구간을 장악하고 있는 고성능 CCTV가 늘 작동하는 것처럼 말입니다.

46

 지금부터 소개하는 사건을 들어보시면 검사 개개인의 인격과 양심을 마비시키거나 검사의 뇌에 저장된 정의로운 정보를 일거에 날려 버리거나 파괴해 버리는 검찰 바이러스의 독성이 얼마나 치명적인지 더 잘 이해하게 되실 겁니다.

 건설업자 김전택은 바지사장 명의로 회사를 운영하며 관급공사를 주로 수주하였습니다. 자금담당 심복 김형일과 공모하여 회사자금을 모두 빼돌려 고의로 부도를 내어 여러 하청 회사에 막대한 피해를 주었습니다. 가장 먼저 고소장을 낸 사람은 고의 부도의 책임을 뒤집어쓰게 된 김전택의 바지사장이었는데 김전택의 주도면밀한 범행 수법을 간파하지 못한 김민선 검사는 그 사건을 무혐의 처분으로 종결하였습니다. 바지사장은 그대로 당할 수 없다며 재차 같은 내용으로 고소한 사건이 이왕석 검사에게 배당되어 비로소 저는 그 사건과 인연을 맺습니다.

 검사는 반복 고소임에도 짚이는 바가 있었는지 각하 처분을 하지 않고 회사가 고의 부도를 내기 직전에 발행한 액면금 합계 수십억 원 상당의 어음에 대한 관련 계좌와 자금추적에 대한 압수수색 영장을 발부받아 제가 집행하게 되었습니다. 그 사건이 아니라도 저는 조사를 앞둔 불구속 사건이 캐비닛에 쌓여 있고, 사나흘이 멀다 하고 구속사건이 배당되어 바빴지만 틈나는 대로 약 한 달에 걸친 추적 끝에 전체 어음의 결재과정과 자금흐름을 상세히 밝혀내 보고서로 정리하였습니다. 어음을 이용하여 회사자금을 빼돌리는 수법이 마치 몰래 감춰 둔 하나의 큰 저수조(貯水槽)에 여러 경로를 이용하여 물을 가득 채웠다가 일거에 말끔히 빼낸 느낌이었습니다.

　본격 조사에 들어가기에 앞서 수사의 성패를 좌우할 압수수색과 체포를 위하여 기존 회사자금을 빼돌려 새로이 설립한 회사 사무실, 두 사람의 주거지, 차량을 모두 파악하여 준비를 철저히 한 다음 두 팀으로 나눠 임무를 수행할 수 있도록 계획을 짰습니다. 그런데 그 착수 직전 매우 의미 있는 일이 있었습니다. 서우종 검사실에 파견 나와 있는 경찰관의 지원을 받게 되었는데 그 경찰이 저에게 말하기를 예전에 모 검사실에서 김전택을 구속하려다 누군가 힘 있는 자의 입김으로 무마되고 말았다는 것입니다. 그 말이 사실이라면 김전택은 검찰을 어느 정도 알고 이용할 줄도 아는 사람이고 이번에도 같은 일이 벌어질 것이라는 우려감이 생겨 검사에게 파견 경찰의 말을 그대로 전하였습니다. 그리고 그러한 일이 재발하면 조사를 모두 중단하고 청탁과 압력을 넣은 자들을 추적할 것이니 그런 일 없도록 해 달라고 부탁도 했습니다. 검사가 고개를 끄덕이며 수긍하는 모습을 보였지만 불길한 예감을 떨칠 수 없었습니다.

　계획대로 저는 김전택의 주거와 사무실 압수수색, 그의 체포를 담당하고 함께 근무하는 선배 이정동은 같은 방식으로 김형일을 담당하기로 하여 긴밀히 공조하는 가운데 양 팀이 동시에 압수수색과 체포에 착수하였습니다. 집행 중 황당했던 것은 김전택이 저를 도와 보조하던 파견 경찰에게 '당신이 어떻게 나에게 이럴 수가 있어'라고 큰 소리로 호통을 쳤습니다. 그 호통에는 자신이 입을 열면 여럿이 다칠 수 있다는 경고가 담겨 있었습니다. 저에게 주의를 받은 김전택은 집행에 순순히 응하여 이상 없이 완료되어 체포한 그를 검사실로 데려왔고, 곧이어 다른 팀도 김형일을 체포해 와 두 사람에 대하여 본격 조사가 시작되었습니다.

　통상 조사는 자금추적과 참고인들 여럿을 이미 조사한 제가 주범 김전택을 조사하고, 이정동 선배는 김형일을 조사하면 되는데 검사가 김전택을 직접 조사하겠다고 나서 그렇게 하기로 하였습니다. 김전택에게 코가 걸린 공무원들이 있고, 그중에는 검찰 소속 사람도 있다는 말도 들렸고 상황에 따라 고급 정보가 담긴 진술이 나올 수 있는 가운데 저의 조사 스타일이 자연스럽게 진술하는 내용을 가감 없이 조서에 담는 경향을 잘 아는 검사가 자신의 장악하에 나름 완급을 조절하고 싶어서 그런 것으로 생각되었습니다.

검사가 김전택을 신문하고, 동시에 증인은 김형일을 신문하는 상황이면 이정동이 형사소송법 제243조에 규정한 그 두 조사의 참여 직원이 되는 것입니까?

그렇다고 해야 할지 법 규정에 비추어 보면 이래저래 엉터리이고 모순입니다. 실지 검사실에서 벌어지는 상황은 워낙 이현령비현령이고 원칙이 없는 가운데 거의 모두 검사 대신 참여수사관이 신문을 도맡아 하므로 실지로는 참여수사관이 직접 신문하고 검사가 참여라고 보이는 모순인 상황이 대부분입니다. 그리고 참여수사관이 두 명인 복수 참여 검사실은 보통 참여수사관 한 명 또는 두 명이 동시에 각기 다른 사건을 신문하는 상황 또한 대부분인데 그사이 검사는 별도의 업무에 매진하고 있는 상황도 모순이기는 마찬가지입니다. 참여제도가 검사의 불법을 감시하는 것처럼 위장해 온 궤변과 허구는 나중에 또 종종 말씀드리기로 하고 다시 김전택 사건 이야기에 집중하도록 하겠습니다.

저에게 한창 신문을 받던 김형일이 뜬금없이 자신이 준 뇌물을 받은 공무원 한 사람을 불겠다고 했습니다. 갑자기 상납하듯 그렇게 나올 때는 조사받고 있는 사건의 본질을 흐릴 목적이므로 그가 던지는 미끼를 덥석 물어 삼키지는 말고 진술 이유와 요지만 조서에 담아 다음을 기약하고 본 조사를 계속 이어 가는 것이 좋습니다. 그 부분 진술을 간략히 정리한 즉시 내부 메신저로 검사에게 이를 알렸더니 검사 또한 김전택이 묻지도 않았는데 자신에게 뇌물 받은 공무원 한 사람을 불었다고 했습니다. 원칙대로 수사하다 보면 나중에 뇌물 받은 공무원 중 최소한 몇 명이 자연스럽게 드러나게 될 것이라는 생각이 들었습니다.

저는 3~4시간에 걸쳐 김형일을 조사한 끝에 구속영장을 청구하기에 충족한 정도라 여겨지는 선에서 조사를 일단 마무리하였습니다. 제가 김형일에 대한 조사를 모두 종료한 것과 달리 검사는 저녁을 먹은 후로도 늦게까지 조사를 이어 가므로 김형일을 먼저 교도소로 보냈습니다.

조사가 진행되는 가운데 매우 의미가 있는 상황이 있었는데 지금부터 그 말씀을 드리려고 합니다. 김형일을 조사할 때 검찰 괴물이 보낸 전령처럼 느껴지는 검은색 옷을 입은 남자 한 명이 들어왔고, 사전에 이미 누군가의 주선이나 연락이 되어 있는 양 저를 외면하고 김전택이 조사받고 있는 검사집무실 문을 열고 다급히 들어가는 것이 눈에 들어왔으며 10분가량 머물다 나갈 때도 저와 시선을 마주치지 않으려 하면서 나가 버려 누구인지 전혀 알 수 없었습니다.

급기야 우려했던 일이 터지고 말았습니다. 밤 11시경 김전택을 조사하던 검사가 집무실에서 나오더니 일단 풀어 주기로 하였다는 말을 하는데 표정과 눈빛을 보니 뭔가에 잔뜩 겁을 집어먹고 있었습니다. 제가 몹시 놀란 표정을 보이니까 검사는 '김전택이 3~4일 후에 자진 출석하기로 해서 풀어 주는 것입니다'라고 넋두리를 했습니다. 검사가 그사이 검찰 바이러스 감염증이 악화하여 '피아(彼我)식별 붕괴', '사건 농간 동참' 증상을 일으켜 급속도로 치명적 상태가 된 것입니다.

그 사건은 범행 수법, 죄질, 피해 규모가 매우 크고, 공사 대금을 못 받은 여러 하청 업체 피해자들이 도탄에 빠져 있고, 심지어 이들 중 자살

한 사람이 있다는 진술도 나온 사건이었습니다. 검사의 뇌에 저장되어 있던 그 사건 처리를 위한 정의로운 정보가 바이러스 감염증 악화로 이미 몽땅 날아가 버린 상태였던 것입니다. 저는 그동안 검사의 아바타가 되어 어음 추적, 참고인 조사 등 전력을 다하여 왔고, 검사에게 미리 그런 일이 없도록 해 달라는 부탁까지 했었기에 그 자괴와 허탈감이 커서 마치 타의에 의해 이제 막 거세를 당한 내시의 심정이 되어 서둘러 책상을 정리하고 말없이 퇴근했습니다.

검사에게 김전택을 풀어 주는 구체적인 사유는 물어보지 않았습니까?

그때는 제가 검찰 괴물에 대한 막연한 인식만 있었고 검찰 바이러스 존재와 감염증에 대하여는 알지 못했으나 나름 매뉴얼이 형성되어 있었습니다. 검사들이 검찰 괴물의 지배와 지령에 제압되어 '겁(怯)'을 집어먹고 뇌 신경이 마비되었다고 보이는 때는 정신을 차리도록 아무리 노력해도 모두 허사라는 것입니다. 조언을 반복하면 그 괴물을 의식하여 겁을 더 집어먹고 역으로 저를 맹렬히 공격할 것이므로 그 현상이 가라앉기를 기다릴 수밖에 없어 아무런 말 없이 퇴근한 것입니다. 연일 강행군으로 누적된 피로도 있었고 그날은 압수수색과 체포에 이어 장시간 조사까지 이어져 이미 녹초가 되었기에 귀가하여 곧바로 잠에 떨어졌습니다.

아침에 출근하여 보니 검사가 전날보다 눈빛이 조금 맑아 보여 "어제 저녁 누군가로부터 압력이나 청탁을 받고 풀어 준 것은 아닙니까?"라고 물었더니 검사가 "그런 거 아닙니다"라고 말하므로 제가 다시 "지금 한 말 양심적으로 한 것 맞습니까?"라고 되물었습니다. 순간 사실대로 말할까도 생각하는지 머뭇거리다 "예, 양심대로 말한 겁니다"라고 말하는데 아직 제정신이 아닌 상태로 보여 더 묻지 않았습니다. 검사들은 감염증에 대한 일시 자각이 있더라도 그 사실을 숨기고 사는데 그런 상황이었습니다.

　김전택이 그 이전에도 누군가의 입김으로 구속을 면한 사실이 있었다고 말해 준 그 파견 경찰이 이런 상황을 알게 되면 어떤 생각을 했을까요?

　검찰에서 자행되는 부패로서 이는 일례에 불과하고 경찰의 검찰에 대한 불신과 면종복배의 원인 중 하나는 경찰은 아무리 나쁜 짓을 해도 바늘도둑이고, 검찰은 소도둑이라는 우리나라 형사사법 현장의 진실을 하나 더 알게 되었을 것입니다. 저는 이러한 진실을 염려하고 고쳐 보려는 검사를 본 적이 없었습니다.

　김전택은 석방된 후 어떻게 되었습니까?

　연락을 두절하고 도주해 버렸고, 김전택이 도주한 사실이 알려지자 피해자들이 검사실로 속속 찾아와 "왜 풀어 주었느냐?"며 거세게 항의하므로 달래서 보내느라 무척 애를 먹었습니다.

　얼마 후 마침 직원 인사를 앞두고 특수검사실에서 유독 기승을 부리는 괴물을 피하여 다른 검사실 근무를 지원하여 이왕석 검사와 헤어지게 되었고, 다시 수개월 후 이왕석 검사실에 근무하는 이강철 주임으로부터 김전택의 은신처에 대한 제보가 들어와서 검거하게 되었다는 말을 들었습니다. 그리고 김전택이 검거될 당시 위조한 신분증을 가지고 체포를 벗어나려 했다는 사실도 알려 주었습니다. 아마도 피해자 중 누군가가 김전택을 풀어 준 검찰 대신 생업을 제쳐 두고 김전택을 찾아 백방으로 헤매던 끝에 은신처를 알아내어 제보한 것이 아닐까 생각합니다.

　공문서위조, 위조공문서 행사죄가 더 붙은 것이네요?

　예, 그 혐의까지 포함하여 기소된 후 중형을 선고받고 3심까지 갔는데 최종 유죄 확정이 된 직후 이왕석 검사가 전화를 걸어와 어음 추적 내용을 상세히 정리한 저의 보고서가 김전택의 유죄판결 혐의 중 가장 큰 덩어리인 고의 부도 사기죄 입증의 결정적인 증거가 되었다며 "수고했고, 고맙다"는 말을 했습니다.

이런 사건을 김민선 검사가 무혐의로 종결했었던 것은 어떻게 설명이 되어야 합니까?

우리나라 형사사법 현실이 보편타당이나 뿌린 대로 거둔다는 인과응보 원칙이 통하는 것이 아니라 어떤 수준의 경찰, 검사, 판사를 만나느냐 이들이 청탁을 받았거나 의도가 무엇이냐, 배후에 누가 있느냐에 따라 사건의 운명이 천차만별 또는 천양지차로 달라지니 큰 문제가 아닐 수 없습니다.

이왕석 검사실 이야기는 이만 줄일까 합니다. 함께 근무하면서 소개해 드린 사건 말고도 열과 성을 다하여 치열하게 조사하고 진실을 밝혀 낸 여러 사건이 주마등처럼 지나갑니다. 그러나 저는 검사실에서 수사 업무를 담당하면서 얻어 낸 여러 성취를 그다지 자랑스럽게 생각하지 않습니다. 그 사건들 거의 모두 사건관계인들 발등에 떨어진 불처럼 다급한 민생에 관한 사건이었습니다. 초동 및 현장인 경찰 단계에서 신속히 잘 되었어야 마땅하고, 그래야 국민의 피해를 최소화하고 피해 회복과 분쟁 해결을 앞당길 수 있고 추가 사건증식을 막을 수 있는 사건들이었기 때문입니다. 경찰이 못 할수록, 그중 몇몇 사건을 뒤늦게 검찰이 잘해 보일수록 검찰이 잘나 보일 뿐 '고소공화국' 탈피에 역행하는 이런 엉터리 수사시스템을 바로잡아야 한다는 신념만 강해져 갔습니다.

김전택, 김형일 조사 때 그들이 각기 진술한 뇌물수수 공무원들은 어떻게 되었습니까?

그렇군요. 검사의 지시로 그 공무원을 체포해 왔고 제가 이미 그 사건에서 마음이 떠나 버린 것을 안 검사는 이정동 선배에게 조사를 시켜 기소했는데 2명 중 한 명은 무죄가 났고, 나머지 한 명은 기소한 뇌물 액수가 대폭 줄어든 채 간신히 유죄 선고를 받았던 것으로 기억합니다. 수사는 생물과 같아서 생육 환경에 따라 예측 불허하게 성장하고 럭비공처럼 어디로 튈지 모르기 때문에 언제나 원칙과 정도를 지켜야 하는데 그렇게 하지 않아서 벌어진 일들이었습니다. 이왕석 검사 또한 그의 선배들이 오랜 세월 예외 없이 그래 왔던 것처럼 검찰에서 경험한 의미 있는 진실들을 마음에만 품고 재갈을 물고 살다가 무덤 안으로 가져갈 것입니다.

당시 몰래 변호를 일삼던 전관은 누가 있었습니까?

이전 언급했던 화평 토박이 검사 출신 양정민 그리고 1부장 출신 이승하 변호사가 돈이 되는 사건은 예외 없이 나타났고, 검사는 머리를 조아리며 친절히 맞이하고 검사집무실에서 그들만의 대화를 나누다가 그 전관들이 떠날 때는 문까지 따라가서 배웅하는 모습을 신물이 나도록 지켜봤습니다.

그 전관들과 부딪치거나 한 적은 없습니까?

이미 그들이 저의 성향을 너무 잘 알아서인지 저와의 접촉을 극도로 피하고 검사와만 전적으로 접촉하여 그런 기억은 없습니다.

47

뜬금없습니다만 이 대목에서 약 3년 전 헤어졌던 이준평 선배와 우연히 있었던 이야기를 잠깐 하고 넘어가야겠습니다.

뜻밖인데 어떤 이야기입니까?

예, 김전택의 혐의를 입증할 증거를 수집해 나가던 중 어음 유통과 결제과정에서 액수가 큰 편인 사람들을 참고인으로 선정하여 차례로 조사해 가던 때였습니다. 그중 윤택수라는 사람에게 출석을 요구했더니 그 다음 날인가 헤어진 후 3~4년 동안 서로 연락이 전혀 없던 이준평 선배가 전화를 걸어 왔습니다. 먼저 서로 반갑게 인사하고 안부를 물었는데 윤택수 이야기를 꺼냈습니다. 아주 친한 사이는 아니고 그냥 아는 형님이라고 하면서 참고인인지 피의자인지 물었는데 문전박대할 수 없어서 참고인이라는 사실은 알려 주었습니다.

사건청탁을 싫어하는 저의 성향을 워낙 잘 알고 이해도 잘 해 주던 선배여서 그런지 더 물어보지는 않고 한두 마디 덕담을 나누다 전화를 끊은 일이 있었습니다. 그런데 이런 식의 간단한 전화통화도 부작용이 만만치 않습니다. 윤택수는 그 사건 참고인이고 대놓고 청탁하지는 않았으나 만약에 피의자였다면 문제는 더 많습니다. 자신이 누군가의 편이고 잘 부탁한다는 정도의 뜻은 충분히 전달된 것이기 때문입니다. 이준평이 만일 저와의 이러한 소통을 바탕으로 윤택수에게 저와 친분을 말하며 쓸데없는 말을 곁들일수록 피아(彼我)의 벽에 금이 가고 사건은 오염이 됩니다.

이준평은 증인이 그 사건을 담당하고 있다는 사실을 어떻게 알고 그런 전화를 걸어 온 것일까요?

우연이었습니다. 사람들은 검찰에서 출석 통지를 받으면 죄가 있든 없든, 참고인 신분이든 피의자 신분이든 불안하여 잠을 제대로 못 잡니다. 이준평이 워낙 마당발이어서 만나는 별의별 사람 중 한 사람이 윤택수였던 것입니다. 마침 출석 통지를 받은지라 이준평에게 알아봐 달라고 부탁하였는데 우연히 제가 담당한 사건이었습니다.

　윤택수가 나중에 출석은 하였습니까?

　이준평이 전화를 걸어 온 이후 출석에 응하지 않아 몇 번 더 연락을 시도했는데 아예 전화도 받지 않다가 한 번 받더니 한강지법 부장판사하고 해외 골프 여행을 간다느니 하면서 핑계를 댔고 결국에 가서는 연락이 두절되었습니다. 그 시점 드러난 그의 범죄 혐의점이 있는 것은 아니나 그의 언행으로 보아 도둑이 제 발 저리는 부류의 사람이라는 느낌이 들었습니다. 참고인 출석을 강제할 수 없는 상황에서 다행히도 자금 추적이 잘 되어 있고 같은 유형의 참고인들 조사도 잘 되어 있어 이로써 대체하기로 하고 더 연락하지 않았습니다.

　윤택수는 검찰에서 더 이상 찾지 않아 이준평 덕을 봤다고 생각할 것 같습니다.

　필시 그랬을 것입니다. 이준평이 3년 만에 연락을 한 것이 겨우 그런 내용이었다니 허탈했는데 그로부터 1년쯤 지났을 무렵 제가 퇴근 후 집에 있는데 다시 전화를 걸어와 세상에 이름이 꽤 알려진 전 검사 이명식, 전 고위 검사 전대길 두 변호사의 이름을 대면서 이들이 매우 관심을 지닌 사건이라면서 다른 검사실에서 수사 중인 사건의 진행 상황을 알아봐 달라는 청탁을 하므로 이를 거절한 일도 있었습니다. 이준평은 검사실에 참여수사관으로 근무할 때는 검사의 아바타로 열심히 조사하여 전관들 좋은 일만 한다고 한탄하더니 검찰에 남아 전관들 뒷바라지를 하고 있구나 하는 안타까운 생각이 들었습니다.

　이준평이 꽤 높이 승진했을 것으로 보입니다.

　한동안 쾌속으로 승진 가도를 달렸습니다. 검찰의 제도문화 수호에 공헌한 직원에게 주어지는 5급 사무관 무시험 특별승진자로 발탁되어 승승장구하여 4급 서기관까지 승진하였는데 더 좋은 곳이 나왔는지 아니면 다른 특별한 일이 있었는지 생각보다 일찍 검찰을 떠났습니다. 두뇌가 명석하고 저의 진심을 이해하고 저를 험담하지 않고 칭찬도 해 주었던 친절하고 고마운 선배였는데 그를 감염시킨 검찰 바이러스가 야속할 뿐입니다.

48

특수검사실에서 벗어난 것입니까?

예, 홍강민 검사실로 옮겨 4개월 짧은 기간 동안 경찰 송치 사건 조사에 여념이 없었습니다. 가장 먼저 기억나는 사건은 부장검사가 진두지휘한 무고 사건 인지 실적 올리기입니다.

오완철 부장검사가 무고인지 실적을 올리려고 진두지휘했는데 그 방법을 이해할 수 없었습니다. 1~2년 전 이미 불기소처분으로 종결되어 보존창고에 잠자고 있는 신용불량자들의 신용카드와 관련된 고소사건 중 무혐의 처분된 사건기록들을 모조리 가져다가 무고 가능성이 엿보이는 사건들을 각 검사실에 배분하여 실적을 올리자는 것이었습니다.

저에게도 3~4건의 기록이 배분되었고 그중 사건 발생 후 1년가량 넘은 한 사건기록에서 무고 혐의가 엿보여 피고소인을 먼저 불러 조사해 보니 허위고소라고 할 만한 내용이 드러났고, 고소인만 조사하면 무고로 인지하여 부장이 바라는 실적에 보탤 수 있는 사건이었습니다.

고소인과 피고소인은 친지 관계에 있었습니다. 피고소인은 조사를 받을 때나 종료한 후에도 고소인과는 이미 앙금을 모두 씻고 아무 탈 없이 서로 잘 지내고 있으므로 다시 들춰내지 말아 달라고 간청하였습니다. 무고 실적을 올리기 위하여 종결된 지 1년이 다 된 사건을 들춰내서 그들 사이에 아물었던 상처를 재발시켜 그대로 밀고 나가야 할지 회의감이 크게 들었습니다. 고민 끝에 검사에게 사건 성격과 내용을 설명하고 이런 식으로 무고 인지를 꼭 해야만 하는 것인지 괴로움을 토로했더니 검사가 부장에게 보고를 다녀와서 저의 생각대로 그 사건은 인지하지 않기로 했다고 말해 주었습니다. 지금 생각해도 사려가 깊은 검사였다는 생각이 듭니다.

말씀을 들으면서 '흘러간 물로 물레방아를 돌리려 한다'라는 말이 생각났습니다.

그렇습니다. 그런 얄팍한 무고 실적 올리기 소동과 절차 교란은 오히려 검찰에 대한 불신을 낳고 '고소공화국' 탈피를 더 어렵게 만듭니다. 범죄를 저지르거나, 허위의 고소, 고발로 남을 무고하면 초동 수사 단계인 경찰에서부터 그때그때 엄정하고 공정하게 수사가 되고 상응한 처벌이 필연적으로 뒤따르고 그 어떤 청탁이나 부정한 방법도 이를 방해할 수 없고 이런 일을 그때그때 제대로 잘 해내고 있다는 신뢰와 믿음이 중요합니다. 경찰에서부터 그러한 수사시스템과 역량을 갖추고 있다면 범죄예방은 물론 허위 또는 부당한 고소를 예방하는 효과를 높일 수 있습니다. 고소사건 증가의 근본 원인이 공정과 정의보다 술수와 청탁에 좌우되어 온 형사 사법기관인 관(官)에 있음에도 그 잘못이 민(民)에 있다고 전가하고 잘못 진단을 하니 잘된 처방이 나올 리 없고 백년하청이었던 것입니다.

부장검사의 의도대로 무고인지 실적을 많이 올렸습니까?

끝난 지 오래 지난 사건들까지 모조리 가져다 인지 실적 표적 수사를 했으니 꽤 많이 올렸을 것입니다.

49

경찰이 숙박 시설과 회의장 등 시설을 갖춘 농원에서 원정 도박을 하고 있다는 정보를 입수하고 심야에 현장을 급습한 송치사건이었습니다. 30여 명이 도박했다는데 문방장, 꽁지 등 주 도박 단원은 한 명도 검거하지 못하고 중년 여자 두 명을 입건하여 송치했습니다. 그 두 명 중 농장 관리인 김옥심은 도박장 개설 혐의로 구속 송치하였고, 다른 한 명은 현장에서 도박한 혐의로 불구속 송치하였습니다.

기록을 상세히 읽어 보니 도박 규모는 매우 커 보이는데 압수한 판돈이 너무 쥐꼬리만도 못하여 매우 의아스러웠고, 사건기록은 매우 두껍기만 하고, 경찰은 도박 장소 관리인이기만 하면 무조건 도박개장죄에 해당한다고 보는 것인지, 검사 판사는 뭘 보고 영장 업무를 처리했는지 도무지 김옥심의 혐의를 입증할 증거가 보이지 않았습니다.

송치 첫날 조사에서 김옥심은 간밤에 도박이 벌어진 사실조차 전혀 몰랐다고 범행 일체를 극구 부인하였고 사건기록을 아무리 뒤져 보아도 이를 물리치고 혐의를 입증할 만한 증거가 없었습니다. 그 혐의로 사람을 구속하려면 적어도 도박이 벌어질 것을 알고 시설임대를 한 사실이 있는지, 숙박료 이외 받은 돈이 있는지, 이후 적어도 도박이 벌어질 때 이를 인지하고도 묵인한 사실이 있는지 등에 대한 객관적인 자료 또는 진술 한 마디라도 있어야 할 텐데 전혀 없었습니다. 김옥심의 통화 내역 또한 시설임대 계약이 이루어지기 직전 두세 번 연락한 것 말고는 없었고, 이 또한 시설임대와 관련해서만 통화한 것이지 도박에 사용할 줄은 전혀 몰랐다고 극구 부인하였습니다.

그렇게 1차 조사를 마친 순간 앞이 캄캄해졌습니다. 구속된 사람에 대하여 무혐의를 입증할 증거를 찾고자 뱃머리를 돌려야 할 상황이기 때문입니다. 그런 상황이 되면 구속 기간을 연장하여 매달려야 합니다. 그러는 동안 캐비닛에 쌓인 다른 사건기록들 조사는 차질을 빚을 수밖에 없고 그 후유증이 오래도록 이어집니다.

불구속 송치된 도박 피의자도 불러서 조사했으나 김옥심의 혐의에 참고가 될 만한 진술을 들을 수 없었습니다. 압수된 판돈 액수를 알려 줬더니 너무 어이가 없다고 웃고, 경찰이 너무 이상하다고 말했습니다.

경찰이 도박현장을 급습한 상황을 활용하여 판돈을 챙긴 것은 아닐까요?

도박 단원 중 신원이 밝혀진 사람에 대한 지명수배 조치는 해 두기도 하여 설마 그랬을 것이라 믿고 싶지 않았습니다.

경찰이 엉터리로 하니 검사가 경찰을 옥죄어야 한다는 여론에 힘이 실렸던 것으로 보입니다.

예, 그러나 경찰이 엉터리로 하는 것을 당연하다고 전제하고 검찰이 경찰의 역할을 대신하는 것이 또 당연한 것으로 가게 되면 경찰 수준 향상은 더 요원해지고, 저비용 고효율의 검경 수사시스템은 백년하청입니다. 처음부터 잘하는 우수한 경찰이 될 수 있는 제도 개선에서 답을 찾아야 합니다.

구속 피의자는 결국 어떻게 되었습니까?

구속 기간을 연장하여 집중 조사를 했으나 혐의를 인정할 만한 증거가 없어 석방되었습니다. 김옥심이 선임한 변호인이 생각나는데 오래 전 화평지청장으로 재직했던 연로한 황승호 변호사였습니다. 그가 김옥심의 구명을 위하여 제출한 의견서를 읽어 보니 저와 검사는 혐의를 입증할 증거가 없는 것으로 보는데 변호사는 아예 범행을 인정하며 벌금으로 선처해 달라고 호소하고 있었습니다. 구속 피의자로부터 자초지종을 자세히 들어보면 그런 내용의 의견서를 쓸 리가 없는데 말입니다.

도박 단원 중 그 누구도 신병확보나 진술을 들을 수 없었으므로 김옥심이 거짓말을 했을 수도 있지 않습니까?

그렇습니다. 검사가 김옥심을 석방하는 대신 도주한 범인들이 잡혀 마무리되는 시점에서 최종 결론이 나도록 도주한 주범들을 참고인으로 한 '참고인중지' 처분을 하였습니다. 이 사건이 경찰 단계에서부터 증거 확보도 없이 구속하였고, 검찰에서 구속 기간을 연장하여 보강조사를 해도 증거가 확보되지 않았다면 일단은 석방하는 것이 당연합니다.

이 사건 최종 결말은 어떻게 되었습니까?

나중에 알고 봤더니 도박개장 주범이 다른 도박으로 검거되었고, 이 사건까지 수사가 재개되어 사건을 담당한 검사가 '참고인중지' 상태에 있던 김옥심에 대하여 최종적으로 무혐의 처분을 했습니다.

홍강민 검사실에는 4개월밖에 근무하지 않았고 헤어지게 되었습니다. 이에 대한 별다른 기억은 없고 이후 새로이 발령받은 이익성 검사와 근무하게 되었는데 그가 수습을 마치고 독립하여 첫걸음을 내딛는 신임 검사여서 경력이 상당히 붙어 있는 저를 배치한 것으로 보입니다.

50

 이익성 검사는 서우종 검사실에서 수습을 마치고 독립하여 그에게 저는 첫 번째 참여수사관이고, 그는 저에게 함께 근무하게 된 8번째 검사가 됩니다. 참여수사관은 저 혼자로 '단수 참여'였습니다.
 검사와 제가 만난 지 불과 이틀쯤 지났을 때 제가 모르는 사이 검사가 소환했는지 40~50대 남자 두 명과 20대 남자 한 명이 검사실에 들어왔습니다. 곧이어 검사가 직접 대질조사에 들어가는 것을 보고 초장부터 사건 처리에 박차를 가하고 저에게 모범을 보이려 그런가 보다 생각했습니다.
 조사 내용을 들어보니 상가에서 이웃 점포 사람끼리 시비가 되어 다투던 중 한쪽 상대방에서 20대의 아들이 개입하여 싸움이 커진 사건이었습니다. 시간이 지날수록 조사받는 사람들의 감정이 서로 격해지고 목소리가 점점 커 갔고 검사까지 흥분해 보였습니다. 감정에 불이 붙어 있으면 찬물을 뿌려 가는 태도로써 오로지 진실 발견에 목표를 두고 냉정하게 조사를 이어 가야 하는데 그렇지 않았습니다. 검사는 이미 배당받아 놓은 여러 사건도 벅찰 것이지만 앞으로 밀물처럼 사건이 배당될 것이어서 갈 길이 너무 바쁜데 생각대로 조사가 되지 않고 더 꼬이니 겁이 났을 것입니다. 검사들이 업무 과중에 겁을 집어먹으면 짜증이나 노여움, 화풀이로 발산할 때가 있는데 그런 상황으로 보였습니다.
 조사를 다 마쳤는지 조서를 출력하여 저에게 건네주면서 세 사람에게 읽히고 서명날인을 받으라고 하였습니다. 검사 책상 앞에 앉아 있던 피의자들을 저의 책상 앞에 옮겨 앉힌 다음 차례로 조서를 읽게 하였습니다. 맨 먼저 조서를 다 읽은 20대 아들이 몇 군데를 지적하며 진술한 대로 기재되지 않았다고 강하게 불만을 표시하고 수정을 요구했습니다. 이럴 때는 갑자기 어떤 다른 의도나 꿍꿍이가 생겨 진술을 번복하는 것일 수도 있고, 조사한 자가 진술 취지를 잘못 받아 적었을 수도 있는 것입니다. 어느 쪽이건 수정 요구를 들어주지 않으면 조서의 임의성에 하자가 생깁니다. 그리고 조사가 다 끝난 후 조서를 읽는 과정에 비로소 그런 요구를 했다는 그 사실 자체 또는 수정내용 모두 의미가 있기에 수정 전후 내용을 알 수 있도록 하는 조서 수정 원칙을 준수해야 합니다. 그래서 제가 앞서 김승찬 검사실 이야기 때 언급한 적이 있었던 수정 원칙대로 이행하려고 했더니 검사가 인상을 찌푸리며 그대로 읽히라고만 하고 적절한 방법을 제시하지 않았습니다. 그 부분은 잠시 의논이 필요하다는 생각에 검사에게 "조서 수정에 대하여 드릴 말씀이 있어서 그러니 조사받은 분들 잠시 대기실에 가 있게 하면 안 될까요?"라고 말했더니 검사가 다시 짜증을 내면서 "그냥 읽히세요"라고 말하는 것입니다. 저는 진퇴양난이 된 나머지 "정 그러시면 이 부분은 검사님이 알아서 마무리하시죠"라고 말했더니 난감했는지 태도를 바꾸어 저의 제안대로 수정하고 마무리를 할 수 있었습니다.

이날은 이제 갓 험난한 검사의 길에 들어서 업무 부담이 얼마나 컸으면 그랬을까 싶어 이해가 되었는데 지내면서 보니까 영 아니다 싶은 일들이 벌어지곤 했습니다.

51

　검사들이 상사에게 각종 실적 올리기 재촉을 받으면 성급해지거나 겁을 먹고 이를 보완하기 위하여 혈안이 됩니다. 특히 무고죄로 인지해야 할 때는 안 하고 갑자기 한 사건을 표적 삼아 토끼몰이하듯이 무리를 합니다.
　중년의 남녀 사이에 재혼 여부와 돈거래를 두고 벌어진 사건입니다. 50대 후반의 안준수라는 사람이 같은 연대 초반의 유연순을 사기죄로 고소했습니다. 검사는 유연순이 안준수에게 결혼하겠다는 말을 하지 않았는데 고소장에 그렇게 적은 것이 허위고소이니 이에 초점을 맞춰 안준수를 무고 혐의로 조사하라고 했습니다.
　사건기록을 읽어 보니 두 사람이 사귀면서 재혼 이야기가 오갔던 것은 사실입니다. 안준수는 유연순의 환심을 사려고 용돈도 주고, 선물도 하다가 유연순의 부탁으로 다소 큰돈을 빌려주었고 얼마 가지 않아 둘 사이는 파탄이 나게 됩니다.
　대질조사에서 안준수는 유연순이 결혼을 빙자하여 돈을 빌린 후 결혼도 해 주지 않았고 빌린 용도와 달리 도박에 사용하였으니 사기를 친 것이라고 주장했습니다. 도박한 정황에 대하여는 유연순이 자신을 카지노에 데려가 구경을 시켜 준 적이 있고, 빌려준 돈을 받기 위하여 수소문하면서 평소 도박을 하였던 사람임을 알게 되었다고 했습니다. 유연순은 안준수의 진술대로 용돈과 선물도 받고 돈도 빌렸다가 갚지 못한 사실, 카지노에 데려가 구경시켜 준 사실은 인정하나 빌린 돈으로 도박을 하였거나 결혼하자는 말은 하지 않았다고 했습니다.

제가 조사한 조서 내용에는 자연스럽게 그 사건을 정의롭게 처리하려면 유연순이 평소 도박을 하는 사람인지와 돈을 도박에 사용하였는지 정도는 보완조사가 필요하다는 점이 수면 위로 올라와 있었습니다.

조사를 마치고 내부통신망으로 검사에게 조서 파일을 보내 주었습니다. 검사는 조서를 읽어 보고 안준수에게 언성을 높여 '고소인이 결혼하자는 말을 한 사실이 없다고 하지 않느냐?'라며 다그치자 안준수가 말을 잇지 못하고 멍한 표정을 지었습니다. 검사는 조서에 가감첨삭을 하는지 한동안 컴퓨터 자판을 두드리더니 조서 파일을 다시 저에게 보내 주었고, 파일을 열어 읽어 보니 제가 작성한 조서에 담겨 있던 도박 여부에 관한 두 사람의 진술 내용과 그 진실이 이 사건 처리에 반영되어야 한다는 필요성을 갖게 하는 내용이 모두 사라지고 없었습니다. 그러나 저는 아바타에 불과한지라 그대로 출력하여 두 사람에게 읽히고 조사를 마무리할 수밖에 없었습니다.

참여수사관이 작성한 조사 내용을 검사가 임의로 고쳐도 아무런 상관이 없습니까?

예, 물론입니다. 검사가 마구 고쳐도 아무 상관이 없고, 제가 신문한 내용을 모두 무효화시키고 검사가 다시 신문하고 조서를 작성해도 아무런 상관이 없고, 심지어 제가 신문한 내용의 조서를 출력해 주었을 때 검사가 읽어 보고 마음에 안 들고 화가 나서 이를 찢어 버리거나 휴지통에 버리고 다시 조사하여 새로이 작성해도 아무런 상관이 없습니다. 형사소송법 제243조에 검사가 피의자를 신문할 때 검찰 직원이 참여하라는 규정을 왜곡하여 검사의 대역으로 피의자를 신문하고 조서를 작성하게 한 법률상 자격이 없는 아바타가 만든 조서이므로 주인인 검사가 임의로 그렇게 처분해도 전혀 문제가 되지 않습니다.

검찰청법 제46조 제4항에는 '참여수사관이 조서 작성에 관하여 검사의 의견이 자신의 의견과 다른 경우에는 조서의 끝부분에 그 취지를 적을 수 있다'고 규정하고 있으므로 이를 근거로 검사와 생각을 달리한다고 기재하면 되지 않습니까?

한마디로 우리나라 형사사법과 입법 수준을 그대로 보여 주는 좀비 조항입니다. 검사의 대역으로 참여수사관이 신문하고 작성하건, 검사가 직접 신문하고 작성하건 그 조서는 검사의 브랜드를 붙이게 됩니다. 우선 검사실에서 생산되는 피의자신문조서의 절대다수는 참여수사관이 직접 신문하고 작성한 것이라 참여수사관 자신이 수행한 일을 가지고 이견을 적으면 자가당착이고, 드물게 검사가 시종일관 직접 신문하고 작성한 조서라면 검사의 권위와 브랜드가 더 빛이 나는 것인데 감히 그 내용을 반박하는 의견을 남기는 일은 일어날 수도 없고 일어난 적도 없습니다. 그래서 검찰에 근무하면서 저 자신은 물론 다른 참여직원이 그렇게 기재한 사실이 있었다거나 그런 사례가 있었다는 말을 단 한 번도 들어보지 못한 것입니다. 주인의 뜻을 거스르거나 맞서는 그런 아바타는 검사실에 두지도 않을 것이고 스스로 앞길을 막고 무덤을 파는 일이기 때문입니다.

그렇다고 제가 참여수사관이 그런 기재를 할 수 있도록 개선해 달라는 것은 더욱 아니고 현 제도상 검사실 참여수사관에게 검사처럼 피의자신문 권한을 주어야 한다는 것은 한층 더 아닙니다. 제도개혁이 힘난하고 시간이 걸리더라도 전근대적인 그런 아바타 제도 자체를 폐지하고 새로운 제도를 도입하여 검사실이든 아니든 검찰에서 수사를 담당하는 검찰 직원의 직무 범위를 구체적이고 상세하게 규정하고 법치를 실현해야 한다는 것입니다. 검찰은 작성 명의를 허위로 하거나 진실에 반하는 문서를 이용한 각종 범죄를 엄히 처벌하고 있습니다. 법률에는 검사의 권한과 책임으로 규정해 놓고 참여수사관이 검사의 대역으로 수행하면서 벌어지는 법치 무시, 거짓과 위선, 내로남불도 함께 지적하고 싶고 이를 바로 잡으라는 것입니다. 참여수사관은 처음부터 검사의 의도한 방향 또는 사건 처리 거푸집을 가장 염두에 두고 시종일관 조사할 수밖에 없는 것입니다. 과거 시대로 갈수록 심했던 현상으로 참여수사관의 직책은 검사의 탈을 쓰고 조사받는 사람이 궁박(窮迫)하고 경황이 없는 처지를 이용하여 토끼의 형상임에도 조서에는 개나 고양이와 같은 느낌이 들도록 조서를 작성하기도 하고, 하이에나나 뱀 비슷하게 느껴지도록 꾸미곤 했습니다. 더욱 가식이고 문제인 것은 해방 후 70여 년 동안 그러한 조서에 검사가 서명만 하면 검사가 수행한 것으로 둔갑이 되어 법정에 유죄의 증거로 제출하고, 판사는 그러한 조서를 증거로 삼아 편하게 조서재판을 하였던 것입니다.

다시 사건 이야기로 돌아가겠습니다.

검사는 안준수를 무고죄로 약식기소하여 무고인지 실적 한 건을 올렸습니다. 저의 단 한 번 조사로 사건이 처리된 후 그 사건을 잊고 있었는데 어느 날 구내식당에서 밥을 먹고 나오다 마주친 공판담당 배성률 검사가 그 무고 사건을 언급하는데 저에게 원망스러운 표정을 지으며 "신계장님이 조사하셨지요?"라고 물었습니다. 뜬금없는 질문에 제가 멈칫하자 다시 "판사가 그 사건 무죄 심증을 굳힌 것 같습니다"라고 말하고 가 버리는 것입니다. 그 말을 듣고 비로소 안준수가 가벼운 벌금 처벌에 굴복할 줄 알았던 검사의 의도와 달리 이에 불복하고 정식재판을 청구하여 1심 재판이 진행 중이고, 그 공판을 배성률 검사가 담당하면서 공소 유지에 무척 애를 먹던 중 판사가 무죄를 선고하기 직전이라는 사실을 알았습니다.

　배성률 검사가 증인을 원망하는 것 같은데 왜 그런 것입니까?

　검사들은 참여수사관이라는 신분이 검사의 사건처분 의도와 거푸집, 입맛에 맞는 조서를 작성하고, 아첨하여 잘 보이려고 애쓰는 것이 본분인 자들이라는 전통적 선입견 때문일 것입니다. 제가 검사의 무고인지 실적을 높여 주고 잘 보이기 위하여 엉터리로 조사한 내용을 조서에 마구 집어넣는 바람에 검사가 이를 토대로 기소하였다가 무죄 선고를 받게 만들어 결국은 자신이 공소 유지에 그토록 애를 먹고 있다고 오해한 것입니다. 배성률 검사가 저에게 그 말을 한 그날인가 다음 날 이익성 검사를 찾아와 이 사건을 두고 머리를 맞대고 서로 근심 어린 표정으로 의논하던 장면도 기억이 납니다.

　재판 결과가 궁금합니다.

　다시 얼마 후 배성률 검사를 구내식당에서 만났는데 "그 사건 판사가 유죄를 선고했습니다"라고 말하는 것입니다. 저는 무슨 재주로 무죄 심증을 굳힌 판사의 마음을 돌려놓았는지 굳이 물어보지 않았습니다. 배성률 검사의 진심과 의도는 아니었을 것으로 믿으나 이 땅의 검찰과 법원은 원래 초록이 동색이고 이심전심 짜고 치는 재판을 했던 과거 빛나는 전통을 간직하고 있어 얼마든지 그렇게 변할 수 있다고 생각했기 때문입니다.

　안준수가 다시 항소하지 않았습니까?

　그렇지 않고 그대로 확정이 되었습니다. 그러나 승복한 것이 아니었습니다. 1심 선고 직후 안준수가 검사실에 무단으로 들어와서는 검사를 향하여 "당신이 검사냐? 어떻게 그럴 수 있느냐?"라고 외치더니 바로 나가 버린 일이 있었습니다. 사람이 형사소송을 수행한다는 것이 얼마나 고통스러운 일인지 안 해 본 사람은 모를 것입니다. 사건 규모, 직업이나 신분 등에 따라서 그 고통은 배가 됩니다. 모르긴 해도 안준수는 공판 검사나 판사에게 더 하소연해 봤자 괘씸죄에 걸릴 뿐이라고 생각하여 그깟 벌금 내 버리고 빌려준 돈이고 뭐고 다 포기하고 앞으로 재혼 같은 것 꿈도 꾸지 말고 모두 잊고 조용히 살고 싶어 포기한 것이 아닌가 생각합니다.

배성률 검사가 오해하지 않도록 해명해 볼 생각은 하지 않았습니까?

제가 일부러 찾아가서 그런 하소연을 할 수도 없는 노릇이고 이익성 검사를 깎아내리는 것이어서 그냥 내버려 두었습니다. 이 사건이 있기 전에 배성률 검사와 마주칠 때면 저에게 미소를 머금고 친절히 대해 주었으나 이후부터는 눈에 띄게 달라졌다는 느낌이 들었습니다.

이후 배성률 검사의 오해를 풀어 줄 자연스러운 기회는 오지 않았습니다. 그리고 수년 후 내부게시판에 그가 검찰을 떠난다며 올린 사직 인사 글을 읽었는데 체질에 맞지 않아 일찍 떠나는가 보다 싶었습니다.

52

검사가 캐비넷에서 서류 뭉치를 꺼내어 보이며 불법체류 목적의 외국인 위장 결혼 사건을 수사할 수 있는 자료라고 했습니다. 그런 수사 단서를 어떻게 입수하였냐고 물었더니 서우종 검사실에서 수습을 받을 때 나중에 인지 실적을 올려야 할 시기에 쓰라며 주었다고 했습니다. 검사는 선배 검사로부터 수사 실적을 올릴 수 있는 선물을 미리 받아 놓은 것에 대하여 흡족한 표정을 짓고 있었습니다.

위장 결혼 상대방이 되어 준 사람으로 의심되는 60대 남자를 먼저 불러 조사하게 되었습니다. 조사 시작 전 안색이 매우 좋지 않아 물었더니 특정 지병이 있다고 하므로 이를 조서에 담고 본격 조사에 들어갔습니다. 위장 결혼에 협력한 부분을 부인하므로 모순되는 상황과 진술에 대하여 추궁하고 있는데 검사가 그 남자의 이름을 부르면서 크고 날카로운 목소리의 반말로 "어디서 거짓말하느냐? 사실대로 진술하라"라고 다그치자 그의 얼굴이 백지장처럼 하얘지더니 온몸을 떨면서 인사불성이 되고 옆으로 쓰러질 듯 말 듯 되었습니다. 일단 조사를 중단하였고, 검사에게 말하고 그를 대기실로 데려가 안정을 취하게 했습니다. 잠시 후 거의 평상심으로 돌아온 듯 보여 일단 그곳에 두고 검사실에 돌아왔더니 조사 그만하고 그냥 돌려보내라고 하여 돌려보낸 일이 있었습니다.

검사가 지른 고함에 저도 소름이 오싹할 정도이니 그 남성은 오죽했겠습니까? 이후 검사는 그 사건 조사를 저에게 맡긴 적도 없었고, 저와 근무하는 동안에도 검사가 그 사건을 조사하는 것을 본 적이 없으니 선물로 받아온 그 수사 단서는 어떻게 되었는지 모릅니다.

검사는 평소 피조사자가 원하는 진술을 하지 않으면 '분노조절 장애' 증상을 보였습니다. 그럴 때마다 함께 근무하고 싶은 생각이 싹 달아났습니다. 검사실에 조사를 받으러 온 사람은 생사여탈을 쥔 검사의 '검'만 들어도 심장이 떨릴 지경인데 그런 검사가 직접 대놓고 험상궂은 표정을 지으며 고함을 치고 윽박지르니 자지러지고 마는 것입니다.

검찰에서 '실적'은 도대체 무엇입니까?

검찰에 들어와 가장 많이 듣는 용어였습니다. 목표가 있어야 성과가 있는 것이니 기본적으로 나쁘다고 할 수 없을 것입니다. 그러나 국민의 입장에서 근본적 개선과 발전에 공헌할 실적에 중점을 두기보다 자신들의 입신 영달을 위한 외양적 수치에 치중하는 경향이 뚜렷했습니다. 학창시절 우등생을 뺏겨 본 적이 없는 '우등생 증후군'이 더해져 그들은 시험점수를 비교하듯 각종 실적 수치를 비교하며 우열을 가리고, 그 경쟁에서 수위를 차지하려고 혈안이었습니다. 앞서도 언급했으나 우리나라가 이만큼 형사사법 수준이 좋아졌고, 청렴도를 유지하는 것은 오랜 세월 정의라 새겨진 칼날을 휘두르며 검찰 안마당에서 수도 없이 벌여 온 별처럼 많고 태산처럼 높은 선택적 특수수사 실적 덕분이 아닌 검찰의 무소불위 해체 노력과 더불어 부패방지 시스템 구축을 위한 법과 제도 정비를 통한 개혁 덕분입니다.

당시 부딪친 전관 변호사는 없었습니까?

검사가 전관 변호사들이 오면 검사집무실에 문을 닫고 들어가 대화를 나누는 모습은 종종 봤습니다만 다른 검사들에 비하여 많지 않았습니다. 검사가 저에게 몇 번 자존심을 구겼던 데다 제가 이때쯤 전관들의 몰래 변호와 수사 방해는 물론 이를 방조하는 검사에 대하여 강한 경계심이 있다는 소문이 꽤 나 있어서 조심했는지도 모르고, 말석 검사라 일반 송치사건만 다루다 보니 돈 될 만한 사건이 별로 없었던 사정도 작용한 것 같습니다. 그러나 분명히 말씀드릴 수 있는 것은 검사가 몰래 변호와 사건 농간을 일삼는 전관 변호사들을 문전박대하거나 그들의 불법행위에 제재를 가하려고 한다면 검찰 안팎으로 뭉쳐 있는 그들 세계에서 파문을 당하고 배겨 낼 수 없다는 사실입니다.

53

　6개월여 만에 이익성 검사와 헤어져 공소유지를 담당하는 공판 전담 조동호 검사와 근무하게 되었습니다. 참여수사관인 저는 위증 사건 조사, 각종 사실조회, 보고서 작성, 증인신문 사항 초안을 작성해 주는 업무를 담당했고, 가끔 일반 송치사건 조사도 했습니다.
　전임 차성훈 계장이 떠나면서 "여고생이 성폭행을 당했다고 고소한 사건이 무혐의로 송치된 것이 있다. 미처 조사하지 못하고 검사에게 기록을 반환했는데 후임 조동호 검사로부터 기록을 받거든 무고 혐의로 조사하면 될 것이다"라는 말을 했습니다. 그동안 사건기록을 계속 가지고 있으면서 그 정도까지 파악했다면 진즉 조사하여 마무리해 놓고 떠나야 마땅함에도 무책임하게 그런 말을 했습니다.
　결론부터 말씀드리면 그 사건은 여학생이 무고한 것이 아니라 실지로 강간 그리고 공갈 범행을 당한 피해자였습니다. 그 사실을 밝혀내기까지 그리고 피해자를 보호하고 효율적인 조사를 위하여 우여곡절이 꽤 있었으나 사건 성격상 자세한 소개는 생략하고 매우 의미 있었던 일 하나만 소개하겠습니다.
　수사의 성패는 당연히 전적으로 증거 확보에 달려 있습니다. 여학생 그리고 가해자 일행에 대한 심층 조사 끝에 여학생으로부터는 신빙성 있는 진술과 최종에 가서는 결정적인 물적 증거를 새로이 확보하였습니다.
　그 결정적 증거 확보 직전 최종 마무리 단계 조사는 부득이 대질 조사를 할 수밖에 없었습니다. 피해자와 가해자 일행의 행적과 관련된 청소년들을 소환하여 대질조사를 마치고 가해 학생 일행이 먼저 귀가한 직후였습니다. 증거물 자체에 대한 언급을 생략합니다만 피해자의 어머니가 그동안 꼭꼭 감춰 두었던 증거물에 대하여 비로소 입을 열었습니다. 그다음 날 바로 이를 제출받아 임의제출 압수절차를 진행하고, 이를 보관하게 된 경위 그리고 뒤늦게 제출한 경위를 상세히 조사하여 조서에 담았습니다. 그 증거물의 외관적 형상 자체부터 의미가 있었는데 경찰 단계에서 제출하지 않은 이유가 매우 중요하므로 이를 조사했는데 어머니는 담당 경찰에게서 진실을 밝히려는 의지가 전혀 엿보이지 않아서 일부러 제출하지 않았다고 했습니다.

수사의 특성에 관한 말들이 많습니다만 저의 경험상 수사는 신뢰를 먹고 사는 생물이기도 합니다. 또 한편 진실이라는 과일이 가득 담긴 바구니는 사건 당사자들이 지니고 있고, 모르던 그 진실을 알아 가는 경찰, 검사, 판사는 그 바구니에 담긴 과일을 얻어 가는 것입니다. 마음이 열려 거짓이나 가식과 같은 흠집이 없는 좋은 과일을 꺼내 주고 싶은 마음이 자발적으로 일어나게 하는 신뢰 형성이 중요하다는 것을 말씀드리고 싶습니다.

경찰은 어머니가 그토록 중요한 증거물을 제출하지 않은 것을 탓할 것 같습니다.

그럴 수 있습니다만 어머니에게 그 증거물은 너무도 치욕스러워서 신뢰할 수 있는 사람이 아니면 꺼내어 보여 주기 싫었던 것이고, 진실을 밝힐 의지가 없어 보이는 조사 담당자에게 제출했다가 증거로서의 가치가 훼손될 것이 두려웠던 것입니다. 가해자 일행의 모순된 진술에 비하여 피해자의 신빙성 있는 진술과 그 증거물이 재판에서 모두 유죄의 증거로 받아들여져 범인은 중형을 선고받았습니다.

조사를 모두 마치고 보니 그 정도의 사건은 초동, 현장 수사를 담당하는 경찰 단계에서 얼마든지 진실을 밝힐 수 있는 사건이었습니다. 보통 검사나 검찰 직원들은 경찰이 못한 사건을 검찰에서 잘 해낼 때마다 자랑스럽게 생각하였지만 저는 그렇게 생각하지 않았습니다. 초동, 현장 단계에서 경찰이 당연히 잘해야 할 수사를 뒤늦게 검찰에 와서 시작한 셈이고, 그렇게 잘 마무리되는 사건이 전체 사건 중 도대체 얼마나 되느냐는 것입니다. 그리고 그때까지 피해 상황은 지속이 되는 것이고 그 사이 증거의 인멸 또는 소멸, 참고인 회유 등 온갖 부조리한 일들이 벌어지기도 하고 그사이 관련 분쟁이 새로이 생기고 사건이 번식합니다.

사건청탁이나 부조리한 수법으로 유리한 결과를 얻었던 사람도 나중에 다시 다른 사건에 연루되어 행여 불리한 처분을 받으면 과거 자신의 경험에 비추어 그 과정을 의심하여 승복하지 않습니다. 우리나라 특유의 사법 불신은 이러한 악순환과 불신의 퇴적물입니다. 저는 검찰에 이미 뿌리내렸고 날로 가속화되고 있었던 즉 경찰이 못한다는 핑계로 검찰이 경찰의 영역과 몫까지 도맡아 하려는 현상인 '검찰의 경찰화' 현상이 너무도 염려스러웠습니다.

피해자가 운이 좋았다고 생각합니다.

피해자는 경찰 단계에서는 운이 나빴고, 검찰 단계에서는 운이 좋았습니다. 우리나라는 사건의 운명이 어떤 경찰, 검사, 판사를 만났는지 그 운에 따라 유리하게도 불리하게도 결말이 나기 쉽고 살맛 죽을 맛을 너무 오가니 염려스럽습니다.

그 사건이 무혐의로 종결되는 상황이 벌어지지 않아 다행입니다.

고소인은 항고, 재정신청 등 불복절차가 있으나 그 사건이 만일 무혐의 처분된 이후 불복하여 구제를 받으려면 그 이후 최소한 조동호 검사와 저만큼의 진실 발견을 위한 의지뿐만 아니라 전력투구를 하여야 하는데 과연 그렇게 해 줄 것인지, 그럴 가능성이 얼마나 있는지 희망보다는 회의가 앞서니 문제이지 않습니까?

우리나라는 범죄가 경찰의 부실수사에 이어 검사의 불기소 처분권에 사장될 개연성이 높은 제도를 유지하고 있습니다. 검사실 근무 경험에 더하여 일반 사무부서에서 항고, 재정신청 담당을 꽤 오래 담당한 적이 있는 저는 검사의 사건결정권 남용에 대한 현재의 견제 장치에 대해 회의적입니다. 우리나라는 검사끼리 팔이 안쪽으로 굽을 수 있는 검찰 내부 항고 제도와 강 건너 불구경 또는 제 코가 석 자여서 무관심할 수밖에 없는 법원의 재정신청 제도를 유지하고 있습니다. 이런 제도보다는 검사가 보다 경각심과 책임 의식을 갖고 사건 처리를 할 수 있도록 검찰과 완전히 독립된 제도로서 미국의 대배심 또는 일본의 검찰심사회 제도와 같은 옴브즈맨 제도방식을 도입해야 한다고 생각합니다. 처음에는 비용이 많이 들어 쉽게 도입하기 어렵겠지만 거시적으로 보면 그래야 검사가 더 신중히 처분하고 그런 가운데 오히려 검사의 처분에 불복하거나 형사사법을 불신하는 일도 적어지고 결국에는 사건 자체가 줄어들고 정의로워져서 형사사법 비용도 줄어들 것이기 때문입니다.

형사사건은 형사소송법에 따른 특별절차로 진행되는데 그중 검사의 권한 남용 견제 제도를 왜 일반행정 불복제도인 '항고'로 하였는지 의문스러웠습니다.

예, 이 또한 검찰의 무소불위와 무관하지 않습니다. 현 제도 옹호론자들은 고소사건의 경우 최종에 가서 사법부의 판단을 받는 '재정신청' 제도가 있지 않냐고 할 것입니다. 검사처럼 판사도 법원 본연의 업무로 일에 치여 살고 있는데 검찰의 불기소처분 후 법원에 넘어온 재정신청 사건은 천덕꾸러기 취급을 받고 강 건너 불구경이거나 꾸어다 놓은 보릿자루가 되고 만다는 사실은 검찰이 알고 법원이 알고 아는 사람은 다 아는 사실입니다. 그래서 저는 그런 악순환 제도보다는 검사가 처음부터 옷깃을 여미어 잘하고 결국은 검사의 불기소처분에 불복도 적게 되어 선순환이 정착되고, 검사도 편해지고 비용도 적게 드는 제도로 가야 한다고 생각하는 것입니다. 검찰에 오래 근무하다 보니 서구에서 정착된 제도나 여러 법언(法彦)을 접하면서 다 이유가 있고 인류가 역사와 경험을 통하여 얻은 지혜와 진리가 담겨 있구나 하며 감탄할 때가 있는데 이 제도 또한 그런 생각을 갖게 합니다.

54

고소인 이형숙은 지인의 소개로 알게 된 박환주라는 사람이 소유하던 토지를 매입합니다. 박환주는 매매대금을 전액 받았으므로 소유권을 넘겨주어야 하는데 이를 담보로 매매대금에 버금가는 고액을 대출받아 사용해 버린 전형적인 배임죄입니다. 이형숙은 10년 가까이 노래방을 운영하여 모은 9,000여만 원을 중도금, 잔금으로 모두 지급하였다가 날릴 처지에 놓였습니다.

경찰에서 배임 혐의에 대하여 기소 의견으로 송치하였으나 이를 뒷받침하는 조사가 너무 부실했습니다. 박환주가 변명하기를 이형숙과 최초 매매계약을 체결한 후 다시 합의하여 계약 내용을 갱신하고 새로운 계약서를 작성하였다며 혐의를 부인하였는데 경찰은 이에 대한 조사를 제대로 하지 않았고, 그 갱신계약서에 이형숙의 대리인으로 되어 있는 김도길이라는 사람은 아예 조사도 하지 않았습니다.

고소인부터 다시 조사하여 실마리를 풀어야 할 사건으로 이형숙을 먼저 불러 조사하였습니다. 이형숙은 자신의 대리인이라는 김도길은 박환주와 최초 계약을 체결할 때 함께 만난 적은 있으나 갱신계약서를 대리 작성하도록 승낙한 사실이 전혀 없다고 진술하였습니다. 이 부분의 진위를 가리는 것이 매우 중요함에도 이에 초점이 맞춰진 조사가 전혀 없었습니다. 이형숙의 진술이 사실이라면 자격모용사문서작성죄 그리고 그 행사죄로 입건되어 처벌받아야 마땅합니다.

이형숙, 박환주, 김도길을 한꺼번에 대질조사할 계획을 세우고 며칠 후 오후 시간으로 일정을 맞췄습니다. 그런데 그동안 아무 말이 없던 김도길이 출석하기로 한 당일 오전 전화를 걸어와 갑자기 조사를 연기해 달라고 요구했습니다. 그 이유를 말하는데 부득이한 사정 같지도 않고 사전에 연락이 없다가 당일 갑자기여서 신뢰하기도 어렵거니와 이미 일정을 비우고 나오게 될 나머지 두 사람 입장도 있고 하여 약속대로 출석해 달라고 요청하였으나 답을 하지 않고 전화를 끊었습니다.

잠시 후 양상호 계장이 전화를 걸어와 김도길이 자신과 친한 사회 후배인데 부탁대로 출석연기를 해 주라고 요구했습니다. 저는 어디까지나 김도길이 주장할 내용이고 검사에게 보고하여 결정할 문제이니 개입하지 말아 달라고 요청했으나 그도 일방적으로 전화를 끊었습니다. 그리고 2~3분 후 난입하듯이 검사실 문을 열고 들어와 저에게 "직원끼리 그런 부탁도 안 들어주느냐?"라고 화를 냈습니다. 집무실에 있던 검사가 밖에서 나는 소리를 듣고 문을 열고 나와 일순간 적막이 흘렀고 검사는 아무 말 없이 문을 닫으며 들어가자 양상호는 해서는 안 될 일을 하고 있음을 깨달았는지 "직원끼리 그러면 안 된다"라는 말을 남기고 나갔습니다. 그들끼리 무슨 일이 있었는지 잠시 후 김도길은 다시 전화를 걸어와 일정대로 출석하겠다고 하였습니다.

오후부터 3~4시간에 걸친 대질조사 끝에 배임 혐의에 대한 보완조사와 김도길이 이형숙의 승낙을 받지 않고 대리인으로서 갱신계약서를 작성한 혐의까지 상세히 조사했습니다. 조사를 받은 사람들이 모두 돌아간 후 검사는 박환주에 대하여 구속영장을 청구하겠다고 했습니다.

잠시 후 수사과에 근무하는 박충호 선배가 전화를 걸어와 용건은 말하지 않으면서 그곳 복도로 와 보라고 했습니다. 한참 선배이니 가 보기는 해야지 하고 갔더니 역시 그 사건 이야기를 꺼내며 "검사가 박환주를 구속하려고 하느냐?"라고 물었습니다. 아마도 엄중히 조사를 받은 박환주가 나가자마자 박충호에게 알아봐 달라고 했던 모양입니다. 저는 "검사가 조사 내용을 검토하고 결정할 일입니다"라고 원칙만 말하며 이를 거절했습니다. 저의 거절에 "알았다"라고 짧게 답하고 돌아서서 자기 사무실로 들어가는데 그 뒷모습이 마치 이전보다 더 따돌림으로 돌려주겠다는 말을 하는 것 같았습니다. 동료나 선배의 사건청탁 거절 이후 따돌림은 언제나 큰 압박감으로 다가왔고 어떤 때는 두렵기까지 했으며 사건 조사나 업무 부담과는 비교할 수 없을 정도로 저를 힘들게 하였습니다.

박충호 선배는 화평시 토박이로 제가 이익성 검사실에 근무할 때 관내 안마사들 사이에 분쟁이 있었던 사건 조사를 앞두고 저를 불러 돈 봉투를 건네려다 거절당했고, 명절 직전 전관 변호사의 떡값을 대신 전달받아 저에게 주려다가 거절당한 적이 있어 저에 대한 감정이 좋지 않던 중 이번에 또 거절을 당한 것입니다. 그 이후 우연히 함께한 술자리에서 다른 직원들이 지켜보는 앞에서 저에게 "너는 검사에게만 잘해 봐야 별 볼 일 없다는 것 모르느냐? 너 같은 놈은 화평지청에서 완전히 제쳐 놓은 놈이야"라고 폭언하였습니다. 지금은 박충호가 당시 검찰 바이러스에 감염되어 '모함보복' 증상을 앓고 있었다는 사실을 알기에 아무렇지도 않으나 그때는 억울하고, 마음이 몹시 아팠습니다.

박환주, 김도길 사건은 어떻게 결말이 났습니까?

박환주는 배임 혐의로 구속영장이 청구되었는데 법원 실질 심문을 앞두고 다급했는지 피해 금액 전액을 토해 내고 구속을 면하였습니다. 김도길도 자격모용사문서작성 및 행사죄로 기소되었고, 두 사람 모두 유죄판결을 받았습니다.

뭔가 통쾌한 기분이 듭니다.

이형숙이 피해당한 돈을 모두 돌려받았으니 다행입니다. 조사 종결 며칠 후 검사실 문 쪽에 이형숙의 모습이 보였는데 옆에 같은 또래의 여성 한 명을 데려와 저를 가리키며 "바로 저분이야"라는 말을 하고 가는 것을 보고 순간 마음이 뿌듯하기도 했습니다. 그러나 그런 보람도 잠시이고 허탈했습니다. 늘 드리는 말씀이지만 이런 민생침해 사건은 검찰에 오기 전 초동, 현장 단계인 경찰이 당연히 잘해 주어야 하는데 그들이 소홀히 하면 할수록 뒤늦게 챙겨서 일부 사건을 바로 잡은 검찰이 잘나 보이는 엉터리 수사구조가 대세였으니 말입니다. 더욱이 저나 검사가 청탁을 받거나 경찰에서 이미 꼬여 버린 사건을 제대로 조사하지 않았다면 이형숙은 가시밭길을 걸으며 죽을 맛이 되었을 것입니다.

양상호는 어떤 직원입니까?

특수검사실에 오래 있으면서 일찍이 검찰 바이러스에 제대로 감염되어 여러 증상이 매우 심하여 검찰로부터 진즉 격리되었어야 할 직원이었습니다. 그의 이야기는 나중에 몇 번 더 등장할 것입니다.

 조동호 검사와는 6개월 짧은 기간 함께하였지만 소개한 사건들과 공판에 전념하던 모습 이외 다른 특별한 기억은 없습니다. 차분하고 친절한 검사였습니다.

55

 이익성 검사와 다시 근무하게 되어 저도 놀랐습니다. 검사 말로는 자신이 저와 근무하기를 희망하여 이루어진 일이라고 했습니다. 정말 그럴까 싶었는데 아마도 제가 껄끄럽긴 하지만 업무만큼은 매우 열심히 하므로 실적도 좋고 하여 그랬을 수도 있겠다 싶었습니다. 이미 인사명령이 났으니 잘 근무해 보겠다는 생각만 했습니다.

 이례적인 참여수사관 배치라서 검사를 배려한 인사가 아니었을까요?

 검사가 상사에게 잘 보이려 한다는 말은 들었는데 그래서 그가 원하는 대로 인사가 이루어진 것인지 그것이 배려인지는 모르겠습니다. 문제는 지내 보니 이전보다 좋은 점을 보고 싶었는데 실적에 대한 집착과 조급, 분노를 조절하지 못하고 피조사자에게 고압적인 언사를 하는 것은 이전보다 더 심해져 있었고, 현저해진 것은 '공명심'이 크게 자라나 있었습니다.

 우선 기억나는 사건은 부동산임대 회사를 운영하는 진완기라는 사람의 회사자금 횡령 사건을 조사할 때였습니다. 조사를 받던 중 묻는 말에는 대답하지 않고 뜬금없이 은행 직원에게 대출 편의를 받은 대가로 돈을 준 사실을 털어놓겠다고 했습니다. 전에도 언급했듯이 조사받다 갑자기 상납하듯 하는 그런 진술은 본래 사건의 본질을 흐리고 거래를 시도하기 위한 미끼라서 이를 집어삼키고 당장 몰입하여 따라가지 않는 것이 좋습니다. 그리고 대신 그 진술 취지를 조서에 명확히 남겨 두어 다음을 기약하고 본 사건 조사를 계속 이어 가는 것이 바람직하기에 그렇게 진행하려던 참이었습니다. 검사가 불쾌한 표정을 지으면서 방금 진완기가 말문을 연 대출 비리 혐의부터 마무리하고 넘어가라고 했습니다. 검사의 아바타인 저야 어쩔 수 없이 시키는 대로 그 부분 조사에 들어갔는데 예상한 대로였습니다. 은행 직원에게 돈을 주고받은 일시, 장소, 방법에 대한 핵심 조사에 들어가기 시작하자 오락가락 진술로 연막만 마구 뿌려 대었고 계속 따라가면 본 조사에 크게 차질이 생길 것 같아 다음을 기약하고 본 조사로 다시 돌아왔습니다.

  늦어진 본 조사를 이어 가면서 저녁 먹을 시간을 훌쩍 넘기게 되었고, 진완기도 장시간 신경을 곤두세워 조사받는 중이라 스트레스도 많이 받고 에너지 소모량도 많았을 것입니다. 식사 때가 되면 피의자가 극구 거절하지 않는 한 굶겨서는 안 됩니다. 검사는 일과 후까지 조사를 계속할 필요가 있다고 판단되면 적절한 시점에서 피의자가 저녁 식사를 할 수 있도록 한 다음 조사를 재개토록 함이 지극히 당연함에도 그런 말을 꺼내기 무안할 분위기를 조성하며 일언반구 없이 그대로 조사를 강행시켰습니다. 수사기관에서 피의자를 불러 조사하는 중간에 당연히 제공하여야 할 식사를 못 하게 하는 것은 사소한 문제가 아닙니다. 검사는 대출비리 사건을 상납하려다 이를 거두어들이고 도마뱀 꼬리를 자르듯이 진술한 진완기나 자백을 받아 내지 못한 저에게 밥 굶기기로 보복하는 것 같았습니다. 아바타인 저는 모멸적 감정을 참아 내며 밤 10시를 넘겨서야 조사를 모두 끝냈습니다.

　검사도 물론 굶었겠지요?

　예, 그러나 장시간 조사받은 진완기나 시간에 쫓기어 조사에 온통 매몰되어 있어 아무런 요기도 하지 못한 저와 달리 검사는 행동반경이 매우 자유롭기에 과연 그 아무런 사소한 요기도 하지 않았는지는 모릅니다. 저는 진완기에게 조서를 열람시키고 귀가시키면서 밥을 굶긴 것이 미안했고, 검사의 부당한 처우에 대하여 일침을 놓을까 하다 참고 퇴근을 했습니다. 집에 도착하여 보니 밤 11시를 넘긴 시간이었는데 저는 그날 오후 2시부터 그 시간까지 긴장을 놓지 않고 계속 조사를 하여 너무 피곤하고 배도 고프고 하여 처에게 밥 달라는 말을 하였습니다. 밥을 먹고 있는 모습을 안쓰럽게 쳐다보고 있는 처의 표정을 보고 24시 편의점을 찾아서라도 해결하고 들어올걸 하고 몹시 후회하였습니다.

56

　조금 전 이야기한 사건은 진완기에 대한 혐의에서 끝나는 것이 아닌 사건이었습니다. 진완기와 대척 관계에 있으면서 다른 범죄 혐의를 받고 있던 사람들 4명을 조사하는 단계에 이르렀을 때입니다. 조사할 사람과 혐의사실이 많아 1차 조사에서 윤곽을 잡았고 2차 조사를 앞둔 때였습니다. 그사이 검사가 저도 모르게 가족 또는 매우 가까운 친지 사이이자 동업 관계에 있는 피의자 4명 모두에 대하여 체포영장을 미리 발부받아 두었는데 저는 그 사실을 까맣게 모르고 있었습니다. 검사가 저는 아바타이므로 사전에 협의할 필요도 없고, 그럴 내용이 아니라고 하면 어쩔 수 없으나 그 사건을 직접 조사할 처지인 저로서는 미리 헤아리고 대비해야 할 시간을 갖지 못하고 조사 일정에 쫓기는 처지가 되었습니다.

판사가 체포영장 모두를 발부했다면 검사의 청구가 이유 있고, 문제 될 것이 없는 것 아닙니까?

법적으로야 그렇긴 합니다만 이들 모두 출석요구에 불응한 적이 전혀 없었고 각자 처지와 사실관계의 중첩과 가담 정도에 따라 좀 더 저울질하고 선별할 필요가 있었다는 것입니다. 체포영장은 구속영장과 달리 발부요건이 까다롭지 않습니다. 출석요구에 불응한 사실이 없더라도 검사가 피의자들이 출석요구에 불응하고 도주할 우려가 있다면서 그럴 듯한 이유를 달아 청구하면 크게 문제가 없는 한 거의 모두 발부해 주는 편입니다. 물론 조사를 맡아 할 저로서는 사전에 알았다면 모두 한꺼번에 일시에 체포하는 것에 대하여는 난색을 보이고 다른 방도로 증거 확보에 더 주력해 본 후 체포대상자를 가려 보자고 건의했을 것입니다.

체포영장을 모두 집행하였습니까?

예, 4명에게 차례로 전화를 걸어 출석을 요구했더니 모두 함께 순순히 잘 나오므로 우선 대기실에 모두 기다리게 하였다가 차례로 한 명씩 불러 영장 발부 사실, 범죄 사실, 발부 이유, 변호인 선임권, 변명할 기회를 부여하고 손목에 수갑을 채웠습니다. 시기상조이고 과잉수사라는 생각이 들었으나 판사가 발부한 영장을 검사의 집행지시를 받아 엄정히 모두 집행하는 것은 저의 본분이었습니다. 수갑을 찬 채 서로 마주 보고 있는 그들은 날벼락을 맞은 표정이었고 손목에 찬 서로의 수갑을 쳐다보면서 극도의 수치와 모멸감을 참아 내고 있는 표정이었습니다. 이들 서로의 가족적 관계나 인권을 고려하지 않고 모두를 이런 식으로 한 장소에서 동시에 한꺼번에 몰아 놓고 체포해 수갑을 찬 모습을 서로 마주 보게 할 사건인지 의문스러웠고 저는 그저 망나니가 된 기분이었습니다.

체포 후 48시간 이내에 영장청구 여부를 결정해야 하고 조사할 내용이 많아 검사와 나누어 조사했습니다. 조사하다 보니 검사가 체포영장에 나열한 여러 범죄 사실 중 일부가 사상누각이 되어 갔습니다. 중간에 이 사실을 검사에게 알렸더니 겁이 났는지 안색이 변했습니다. 다행히도 다른 일부 혐의는 정리가 되어 검사는 다시 안도의 한숨을 쉬었습니다.

이후 그 사건은 조사 중 체포영장에 기재된 여러 혐의사실 중 사상누각이 되었거나 공소 유지가 어려운 혐의를 검사가 제대로 걸러 내지 않았는지 기소 후 재판에서 가장 액수가 크고 큰 덩어리인 혐의는 무죄가 선고되고 말았습니다. 물론 판사가 체포영장도 모두 발부하였고, 다시 이들 중 일부는 구속영장이 발부되었고, 기소된 사람들 일부 혐의는 유죄가 선고되었고, 검사는 법과 양심에 따라 수사하고 기소한 것이라고 말하면 그만일 것입니다. 그러나 수사 실적에 연연한 나머지 바늘허리에 실 매어 쓰고, 광범위하게 강제수사하고 기소할 사건이 아니었고, 충분히 조사하고 증거 확보 노력을 하면 체포도 최소화하고, 조사과정에서의 혼선도, 재판에서의 일부 무죄도 예방할 수 있었을 것입니다.

나중에 체포된 이들 중 검사를 상대로 수사 과정에서 인권을 침해당했다는 이유로 진정서를 제출하였다는 사실을 알게 되었는데 그 진정서가 어떻게 처리되었는지 전혀 알 수 없으나 아마도 검찰 기득권자들의 눈 밖에 났느냐 여부에 따라 천양지차로 대우가 달라지는 '제 식구 감싸기' 증상이 나타나 검사는 반성은커녕 눈 하나 깜작하지 않았을 것입니다.

57

불법 게임장 구속송치 사건을 조사할 때입니다. 경찰 단계에서 게임장 바로 옆 환전 방에서 일한 아주머니에 대하여는 혐의가 없는 것으로 송치되어 보충 조사를 할 때였습니다. 그것이 불법인지 전혀 모르고 아르바이트를 한 것이었다며 공범 관계를 극구 부인하므로 일단 조사를 마치고 추가 조사를 할 것인지 검사와 의논할 생각이었습니다.

검사가 아주머니를 불러 책상 앞에 앉혀 놓고 자백하라며 검사실이 떠나갈 듯 고함을 치고 윽박지르자 아주머니가 온몸을 사시나무 떨듯이 떨면서 인사불성이 되었습니다. 검사는 조사를 멈췄고, 잠시 후 평상심으로 거의 돌아온 것 같아 조서를 읽히고 날인을 받은 후 그냥 돌려보낸 일이 있었습니다.

이전 함께 근무할 때도 자백을 강요하다 비슷한 일이 있지 않았습니까?

예, 평소 자백 거부자에 대한 '분노조절 장애' 증상이 심했습니다. 다른 사건들에서도 피조사자가 원하는 진술을 하지 않으면 크게 고함을 치고 닦달하면서 격노의 감정을 가감 없이 드러내어 사람들을 겁에 질리게 하였습니다.

그런 식의 조사는 증거를 제대로 확보하지 못해 수사에 자신감이 없다는 내면을 조사받는 사람에게 고백하는 것이나 다름이 없습니다. 그렇게 한다고 자백하는 시대는 이미 지난 지 오래고, 그렇게 자백을 받은들 강압과 가혹 행위에 의한 것으로서 증거능력도 없습니다. 그런 수사는 원하는 대로 수사 실적을 거두지 못한 것에 대한 일종의 강박관념과 화풀이일 뿐이고, 증거가 없고 자백도 하지 않는 상황이면 그 사람의 진술이 거짓이라고 단정할 수 없는 것입니다. 그럴 가능성을 모두 배제한 채 자기 나름의 입신 영달 거푸집에 맞추는 데만 혈안이 된 것입니다.

저의 경험상 일찍이 수사 환경의 변화로 자백은 조사자의 강압 또는 피조사자가 쉽게 양심의 가책을 느껴서 하는 일은 거의 없고, 수사담당자가 이미 충분한 증거를 확보하고 있음을 알게 되었거나 확보할 가능성이 클 때 또는 정곡을 찌르는 조사로 계속 부인했다가는 나중에 진실이 밝혀져 더 큰 불이익을 받게 될 것이 두려워 이리저리 잘 저울질해 보고 하는 것이 자백입니다.

검사가 피조사자를 대하는 태도에 심각한 문제가 있어 보입니다. 이전 함께 근무할 때보다 증상이 더 심해져 있었습니다. 원하는 진술을 하지 않는 피조사자의 영혼을 향하여 비수처럼 날카롭게 내뱉는 고함을 도저히 두고 볼 수 없다는 생각이 들었습니다. 아주머니가 돌아간 후 작심하고 검사에게 "그런 조사방식은 가혹 행위이고 불법이라는 것 아시지요? 앞으로 그런 식으로 하면 안 됩니다"라고 말했더니 저의 얼굴을 빤히 쳐다보았습니다. 그래서 제가 쐐기를 박기 위하여 "하나만 물어봅시다. 지금까지 그런 식으로 해서 원하는 자백 받은 사건이 단 한 건이라도 있습니까?"라고 물었습니다. 검사는 계속 제 얼굴을 빤히 쳐다볼 뿐 대답을 하지 못했습니다. 그렇게 해서 자백받은 사건은 단 한 건도 없었기 때문입니다.

저는 늘 피조사자들에게 자주 화를 내고 소리를 지르고 윽박지르던 이익성 검사의 '용감'에서 그 저변에 도사리고 있는 '겁'이라는 정서를 엿보았습니다. 검찰에 근무하면서 여러 다른 일들에서도 마찬가지로 정도의 차이일 뿐 그 두 정서에 일맥상통함이 있다는 역설과 아이러니를 경험할 때마다 검찰에 소속된 사람들을 지배하고 지령하여 그렇게 겁먹지 않을 수 없게 만드는 그 괴물의 정체에 대한 궁금증이 더해져만 갔습니다.

58

지금부터는 이번 증언의 전환점이 될 것입니다. 서두에 말씀드린 대로 검찰 바이러스 감염증에 대한 이해를 돕기 위해 일기를 소개하도록 하겠습니다. 내시경으로 검찰 장기를 들여다보는 느낌을 받을 것입니다.

2월 23일 (금) 약한 황사

- 이번 검사인사로 6명이 전출하고, 7명이 전입하여 1명이 더 늘었다. 이익성 검사는 중원지검으로 발령이 났다.
- 나는 이번에 금강지검으로 발령이 난 홍길찬 검사실 후임인 윤덕일 검사와 근무하게 되어 그곳 검사실로 자리를 옮겼다. 홍길찬 검사의 지도를 받고 있었던 김찬미 시보가 수습 기간이 이달 말까지여서 그때까지 더 남아 있게 되었다고 한다. 외무고시, 사법고시 모두 합격한 시보가 있었다고 했는데 그 사람이었다. 고속버스를 타고 출퇴근하고 있고 이번 검찰 연수를 마치면 집에서 가까운 한강지법에서 연수받을 예정이어서 편하게 될 것이라며 미소를 지었다.
- 15:05 이함식 변호사가 검사집무실로 들어갔다가 15:35 나갔다. 이함식 변호사는 화평 토박이이고 한강지검 강북지청에서 퇴직 후 그곳에서 변호사로 활동하다 최근 화평에 내려온 후 청사 곳곳에 자주 출몰하고 있다.

이함식 변호사가 방문한 시각을 상세히 기록한 이유는 무엇입니까?

일기를 쓰기 시작한 목적이 검찰 괴물의 정체를 밝히기 위한 준비 작업이고 그중 괴물의 지배와 지령에 따라 벌어지는 전관의 몰래 변호와 사건 농간에 관하여 기록하기 시작한 것입니다. 몰래 변호를 목격하거나 사건청탁을 받았을 때 그 시간이 분 단위까지 기록된 것은 그런 상황이 있을 때 검사실 벽 또는 제 책상 위 컴퓨터 화면 하단의 시계를 보고 포스트잇이나 메모지에 정확히 기록한 것이고, '경'이 붙은 시각은 경황이 없어 미처 그렇게 하지 못하고 잠시 후 또는 나중에 기억을 되살려 기록한 것으로 보시면 됩니다. 전관이 다녀갔지만 기록하지 못할 때도 많았습니다. 참여수사관 직무를 수행하다 보면 조사에 몰입되어 누가 왔다 간 것도 모를 때도 있고, 바쁘고 긴박한 상황, 출장 또는 일시 또는 장시간 자리를 비우는 일들도 종종 있고, 안면이 없는 다른 검찰청 출신 전관이 다녀가면 아예 모르기 때문입니다. 더욱이 그러한 기록은 저의 눈에 들어오는 빙산의 일각 중의 일각만 기록이 가능하지 밤낮으로 그들끼리 전화로 또는 다양한 방법으로 은밀하고 활발하게 긴밀히 접촉하고 소통하는 것은 알 수도 볼 수도 없습니다. 전국 청에서 오랜 세월 계승되고 만연한 공통적인 현상임에도 끝없는 심연 아래 어마어마하고 거대한 그 빙산은 볼 수도 없고 알 수 없는 것과 일맥상통한다는 점 고려하시기 바랍니다.

전관이 방문한 시각은 실시간으로 기록을 했다는 말씀인데 일기 내용도 실시간 기록입니까?

아닙니다. 제가 부모님 덕분에 기억력이 좋은 편이어서 다른 내용은 거의 모두 퇴근하여 잠자리에 들기 전 그날 기억을 되살려 기록한 것입니다.

이함식 변호사는 언제부터 화평에서 모습을 보인 것입니까?

그 얼마 전부터 모습을 보이기 시작했던 것으로 기억합니다. 강북지청에서 전관으로서 한껏 밀월을 보내다가 황금어장이 되어 있는 고향으로 내려온 것입니다.

2월 26일 (월) 맑음

▸ 점심시간에 새로 온 정영훈 수사과장이 인근 중국집 '청진'에서 형사1부 참여수사관과 여직원들을 모아 점심을 샀다. 과장은 여성 검사가 늘어날수록 검찰이 약해져서 경찰 수사권독립에 유리하게 작용할 것이 염려된다고 말문을 열었고, 이런저런 이야기를 하다가 검찰 직원 출신 정치인 2명에 관한 이야기를 했다. 2명 모두 일반에 알려진 편이나 개인적으로는 내가 모르는 사람이다. 과장은 그중 국회의원을 지낸 양규영 이야기를 먼저 해 주었다. 양규영은 현직 때부터 틈만 나면 고향 지역구에 내려가 경조사를 비롯하여 대소사를 챙기면서 표밭갈이를 하였고, 검찰 내 최고 힘 있는 수사부서의 수사관으로 재직할 때는 지역구민의 민원을 받아 소속과 직책을 이용하여 해결을 모색해 주고, 힘에 부치면 정권 최고 실세 층에 있던 고교 선배의 지위를 이용하여 해결해 주며 꾸준히 지역구 사람의 인심을 샀고, 그 선배를 지렛대 삼아 동창회 장학기금을 많이 걷어 지역구 장학사업에도 힘을 쏟은 것이 국회의원 당선에 커다란 도움이 되었다고 했다. 다른 정치인 한 명은 기초자치단체장을 지낸 유만호였다. 현직에 있을 때 거물급 친인척을 조사하면서 이들을 매우 친절하고 따듯하게 대해 준 것이 그 거물의 마음을 샀고 그 거물에게 불려 가서 술을 얻어먹기도 했는데 이후로도 그 거물 주변 사람들과 잘 어울린 것이 기초단체장 공천을 받는 데 결정적인 도움이 되었다고 했다.

▸ 오늘 당직 근무이다. 18:30경 서덕헌 지청장이 김후성 사무과장을 대동하고 운전 담당 박운성이 운전하는 관용차를 타고 어딘가로 떠났다.

  정영훈 과장에게 들은 내용 중 설마 그랬을까 하는 더 소설 같은 이야기가 있었는데 이에 관한 내용은 생략한 것입니다.

선배인 수사과장이 왜 검찰 직원 출신 정치인 이야기를 했을까요?

그 두 사람을 비판하려고 그런 것이 아니고 검찰공무원이라는 신분을 출세의 기회로 최대한 활용한 성공적인 사례로서 소개한 것으로 보입니다. 그 성공담이 매우 개탄스러웠으나 지금껏 현직에서 검찰 바이러스 감염의 화신이었던 부패검사, 정치검사들이 퇴직하고 정계와 사회지도층에 진입하여 보여 준 절망스러운 모습과 해악에 비하면 조족지혈에 불과할 것입니다.

지청장이 사무과장을 대동하고 어디론가 가는군요?

당직 때면 자주 보는 광경입니다. 공적 업무수행을 위하여 그럴 때도 있겠으나 사무과장은 지청장의 성향에 맞춰 공사 불문하고 일과 후에도 극진히 보필하는 것이 그들의 본능 또는 분분처럼 보였습니다.

2월 27일 (화) 맑음

▸ 11:00경 예전부터 청사 내에서 평소 가끔 눈에 보였던 30대 중후반의 남자가 검사실로 들어오더니 전임 박규진 계장을 찾으므로 새로이 발령받아 간 정주길 검사실로 가도록 안내해 주었다. 약 10분 후 그 사람이 다시 들어오더니 명함을 건네주면서 "잘 부탁드리고 앞으로 연락할 일 있으면 연락 주세요?"라고 말했다. 그의 명함을 보니 관내 노사분규가 잦다는 대기업체인 '미래○○○(주)' 총무팀 대리 '최관식'이고 박규진을 찾는 것을 보니 이전부터 검찰청사에 종종 모습을 보였던 이유를 짐작할 수 있었다. 박규진 계장과 소통해 왔을 것이라는 생각에 느낌이 별로 좋지 않아 시큰둥하게 대했더니 멋쩍어하면서 나갔다. 이 광경을 지켜보던 김찬미 시보가 기다렸다는 듯이 냉소하는 표정과 말투로 "'미래○○○' 직원이고, 여기 자주 왔었습니다"라고 알려 주었다.

김찬미 시보의 냉소 어린 말이 인상적입니다.

미래◯◯◯ 그 직원과 박규진이 평소 새내기 법조인인 김찬미에게 바람직하지 못한 모습을 자주 보여 주었던 것으로 보입니다. 저는 박규진이 어떤 직원인지 알기 때문에 무슨 일이 벌어졌을까 상상 못 할 바 아니어서 더 묻지 않고 듣기만 했습니다. 이후 박규진은 검찰의 공안업무 발전에 크게 공헌한 직원으로 정평이 납니다.

그 남자가 말하는 '연락할 일'이라는 말에 뭔가 좋지 않은 느낌이 듭니다.

사건과 관련하여 참여수사관과 친해지고 소통하고 싶으니 말만 하면 물심양면 지원을 아끼지 않겠다는 의미 정도로 받아들이면 됩니다.

3월 14일 (수) 맑음

- 오전에 검사와 함께 유치장 감찰을 위하여 차로 20여 분 거리에 있는 화평경찰서를 방문하였다. 검사가 유치장을 둘러본 후 수사과장실에서 각종 수사 장부를 점검하였다. 보름 전쯤 이미 정주길 검사가 감찰하고 갔다고 한다. 검사가 장부를 점검하던 중 수사과장이 회의가 있다고 자리를 떴고, 대신 이동철 지능팀장이 나서서 브리핑하듯 이것저것 장황하게 말했다.
- 점심때 검사, 여직원과 함께 인근 중국집에서 점심을 먹었다. 검사는 전날 밤 일 좀 하려고 사무실에 있는데 서덕헌 지청장이 범죄예방 운영위원들과 회식하다가 검사들을 불러냈다고 한다. 술은 많이 마시지 않았으나 새벽 2시까지 술자리에 남아 있느라 너무 힘들었다고 한다.

유치장 감찰은 아무 때나 불시에 갑니까?

감찰 날짜는 당일 통보하니까 불시에 나가는 것에 가깝고 검사들이 돌아가면서 한 달에 한 번씩 갔는데 정주길 검사가 전달 말경에 갔고 윤덕일 검사는 이번 달 중순에 간 것이 되어 화평경찰서 측에서는 보름 전 감찰을 받았는데 금방 또 받는 것이어서 짜증이 났을 것입니다.

유치장 감찰 풍경이랄까요. 어떻게 이루어집니까?

보통 경찰서 현관 앞에 도착하면 경찰관 2~3명이 영접을 하고, 수사과장실로 안내를 합니다. 먼저 유치장을 둘러보고, 수사과장실로 돌아와 검사가 즉심사건, 내사 사건 관련 장부들을 점검하고, 감찰을 마치고 돌아와서는 참여수사관이 보고서 초안을 작성하여 검사에게 주면 검사가 보완하여 결재를 올리는 식으로 진행합니다. 갈 때마다 느끼는 바지만 울며 겨자 먹기로 검사와 참여수사관을 맞이하는 경찰관들의 내심이 표정에 묻어나곤 하는데 경찰의 인권존중 수준의 향상은 경찰의 자존심을 상하게 하는 검찰의 그런 감찰방식보다 검찰의 솔선수범이라는 생각을 많이 했습니다.

중간에 수사과장이 자리를 뜨는군요?

회의가 있다고 했는데 예전에 보면 검사 방문 기회를 검사와 좀 더 가까워지는 기회로 삼으려는지 시종일관 깍듯이 대하는 수사과장도 있었는데 이번 수사과장은 중간에 자리를 떴고, 그 대신 이동철 경위가 나서 브리핑하듯 장황하게 보고를 했습니다. 이 경위는 이전부터 자주 보던 경찰로 그는 평소 사건기록을 옆구리에 끼고 검사의 수사지휘를 받으러 유독 자주 검사실을 드나들었는데 다른 사람이 보면 매우 성실하고 모범적인 경찰로 보일지 모르나 제가 보기에는 올바른 경찰상이 아니었습니다. 저에게도 유별나게 깍듯이 했는데 심지어 청사 바깥 주차장 먼발치에서 우연히 저를 보면 잰걸음으로 다가와 깍듯이 인사했습니다. 이 또한 다른 직원들은 예의 바르게 볼지 모르지만 저는 전혀 그렇게 생각하지 않았습니다.

　검사가 술자리를 많이 싫어하는 편이었습니까?

　그렇지는 않고 지청장이 이미 퇴근 후 집에 있는 검사와 가족들 배려를 전혀 하지 않고 직위를 이용하여 함부로 불러내서 새벽까지 붙들어 두어 매우 힘들었다는 뜻으로 들렸습니다.

　서덕헌에 대하여는 특별한 기억이 더 있습니다. 이 당시 한강지검 동부지청에서 검사가 피의자에게 거짓 진술을 강요하였다는 녹취록이 언론을 통하여 폭로되어 검찰에 대한 여론이 매우 좋지 않았던 때였습니다. 어느 날 출근했는데 청사 주차장 곳곳에 검은색 고급 대형 승용차가 즐비하고 그 옆에 운전기사로 보이는 덩치 좋은 사람들이 나와 서성대고 있는 장면이 무슨 조직 단합대회라도 열린 듯 묘한 풍경이었습니다. 알고 보니 이른 아침에 지청장이 유관 기관들 간부들을 불러 모아 무슨 회의인가 행사가 있었다고 합니다. 왜 모였는지는 그 직후 지청장이 검사와 직원들을 대회의실에 불러 모아 유관 기관 사람들을 치켜세우며 '검찰에 대한 여론이 나쁠 때마다 그들이 아군이 되어 준다'라고 말하는 것을 듣고 짐작이 갔습니다. 그 말을 들으면서 저는 마음속으로 '그러면 검찰의 적군은 누구라는 말인가?'라고 반문했던 기억이 납니다.

3월 16일 (금) 맑음

▸ 검사가 오전에 확대간부회의에 참석하고 와서 앞으로 무고인지 실적에 힘쓰라는 청장의 지시가 있었다고 한다.

'확대간부회의'는 검사는 물론 일반 사무부서의 과장까지 모두 참석하는 규모가 가장 큰 회의입니다. 그때는 정기적으로는 간부회의, 확대간부회의, 검사회의 등이 있었고, 필요에 따라 지청장, 부장실에서 회의가 수시로 열렸습니다. 그런 회의 말고도 검사들은 부장 이상 간부들에게 자주 불려 가 회의를 합니다. 어떤 때는 '검찰청'이 아닌 '회의청'이라는 생각이 들 정도로 잘 모입니다. 언론에 연일 보도된 적이 있었으나 검경 간 견제와 균형을 도모하기 위한 입법 과정에 검찰이 영향력을 행사하기 위하여 검찰청사 내에서 정치권을 상대로 하여 뭉친 집단행동에 따라 도출한 주장을 언론에 공표하기도 하지 않았습니까? 저는 그때 초병이 초소를 이탈하는 느낌을 받았고, 그 어떤 공직자보다 본분에 맞게 자리를 굳건히 지켜야 함에도 매우 바람직스럽지 않아 그냥 넘겨서는 안 되는 기강 문란 행위라고 생각했습니다. 그 저변에는 정치검찰의 그림자가 드리워져 있었습니다.

지청장이 무고인지 실적을 올리라는 지시를 자주 합니까?

부장이나 지청장이 저에게 직접 지시하는 법은 없으니 그것은 알 수 없으나 함께 근무했던 검사들이 갑자기 무고인지를 하느라 혈안이 될 때 비로소 그런 지시가 있었나 보다 생각합니다. 저 또한 무고 사건 수사를 잘해야 한다는 생각인데 갑자기 실적 쌓기에 혈안이 되어 표적수사, 토끼몰이 수사하지 말고 평소에 꾸준히 잘하자고 말하고 싶습니다.

59

> **3월 18일 (일) 맑음**
>
> ▸ 일직 근무이다. 근무 중 당직실에 공익 백준영이 들렀다. 그가 하소연하기를 다른 공익과 달리 관용차 운전만 담당하고 있어 남들은 편한 줄 아는데 너무 힘들다고 했다. 검사들이 유관 기관 사람들에게 거의 매일 돌아가면서 접대를 받고 다니며 관용차로 1차 회식 장소에 태워다 주고 끝나기를 기다려 다시 2차 장소로 태워다 주어야 하고, 거기서도 끝날 때까지 기다렸다가 일단 모두 모였다가 각자 헤어질 장소까지 또 태워다 주는 일이 너무 자주 있다고 한다. 얼마 전 1부 검사들 회식 때 그 부 가장 선임 이노경 검사에게 호소하여 2차 회식 장소까지만 태워다 주고 귀가하는 것으로 배려를 받아 지금은 조금 나아진 편이라고 했다. 검사들이 특히 범죄예방 위원들에게 접대를 많이 받는데 주로 가는 소고기 식당은 '목루터', 회집은 일식 '소덕'을 가고 서덕헌 지청장이 고기를 싫어하여 점심도 횟집, 저녁도 횟집에 가는 경우가 많다고 한다. 검사들이 매일 술에 절어서 살고 그렇게 접대받은 다음 날 점심때 모여서 해장하러 가기 때문에 그때 또 태워다 줘야 하기에 너무 힘들다며 몹시 한탄했다.

공익근무 요원을 통하여 검사들의 밤 문화의 일면을 엿볼 수 있게 되네요?

예, 사나흘이 멀다 하고 돌아가면서 향응을 받고 다닌다는 사실은 익히 알고 있었으나 젊은이가 그런 적나라한 모습을 지켜보고 얼마나 한심스러웠으면 그런 말을 다 했겠습니까? 공익이 그런 것에 건전한 비판 의식이 있는 것이 기특했습니다. 매우 유래가 깊고 전통적인 부패인데 이를 한탄하고 개선의 목소리를 내는 검사를 본 기억이 없습니다.

이노경이 형사1부 선임 여검사인데 검사들의 그런 밤 문화에 대하여 어떤 생각이었을지 궁금했습니다. 백준영의 호소를 일부 받아들여 2차까지만 태워다 주는 것까지로 배려해 주었다고 하지만 부 선임으로서 용납할 수 없는 그런 부패행위에 대하여 좀 더 단호한 태도로 반대하거나 건의할 수는 없었는지 묻고 싶습니다. 아마도 자신을 평가하고 있는 지청장과 간부들부터 검찰 바이러스에 감염되어 뇌 속에 자리했던 그런 접대와 향응이 '뇌물' 또는 '갈취'에 해당한다는 법리에 관한 정보가 몽땅 날아가 버린 상태에서 마구 얻어먹고 다니니 이를 막거나 직언할 생각은 엄두를 내지 못했을 것입니다.

3월 20일 (화) 맑음

- 연일 날씨가 좋다.
- 점심시간 구내식당 같은 테이블에서 점심을 먹은 오수길 계장과 함께 밖으로 나와 종합민원실 옆 벚나무 아래 직원들이 모여 있는 곳으로 갔다. 미리 와 있던 김종선, 채정수, 주순호, 김인상, 이강철에 더해져 6명이 되었는데 이중 가장 후임인 이강철이 자판기에서 커피를 뽑아 왔다. 이런저런 담소를 나누다 김종선, 채정수 계장이 자리를 먼저 떴고, 대화를 계속하던 중 이준문 주임이 왔다. 이준문은 최근 언론에 떠들썩한 사건에서 구속되었다는 전 형사1부장 임호식 변호사에 대한 놀라운 사실을 알려 주었다. 임호식이 이곳 부장검사로 재직할 때 정두병 주임이 당직 근무를 했는데 관내 지구대로부터 '검사 신분증을 가지고 있는 사람이 체포되어 있는데 맞는지 확인하려고 한다'라는 연락을 받고 가 보니 임호식 부장이 수갑을 차고 고개를 숙인 채 있었다고 한다. 경찰관이 말하기를 'PC방에서 어떤 여자 휴대폰을 훔쳐서 체포된 것인데 정말 검사가

> 맞느냐?'고 물어 이를 확인시켜 주었고, 피해자와 합의되었다고 하여 그 사건 일체가 무마되었다고 한다. 정두병이 그 사건에 대하여 일절 말하지 못하다가 임호식이 이번에 구속되어 언론에 나오는 사건이 터지자 비로소 입을 열었다고 한다.

화평지청 종합민원실 입구 옆에 50~60년은 족히 되어 보이는 벚나무 한 그루가 있습니다. 구내식당 출구에서 30~40여 미터 가까이에 있어 점심을 먹고 나온 직원들이 삼삼오오 모여 대화를 나누곤 합니다. 봄날 모처럼 직원들 틈에 끼어 대화를 나누다가 알게 된 사실입니다.

현직 부장검사가 피시방에서 절도행위를 하였다가 체포된 것도 놀랐지만 그런 사건이 무마된 것이야말로 더욱 놀랍습니다.

현직 때 임호식의 그런 사건이 묻힌 채 변호사 개업 직후 검찰청사 곳곳에 매우 자주 출몰했습니다. 이후 한 번에 너무 큰돈을 벌려다 사건에 연루되어 구속되고 언론에 보도된 것인데 그 일만 없었다면 정두병은 그 절도 사건에 대하여 입을 열지 않고 살았을 것이고, 비밀에 묻히고 말았을 것입니다. 그 진실을 가장 잘 알고 있던 정두병은 임호식 전 부장이 현직에 있을 때 저지른 그런 범죄를 검찰이 이미 철저히 보호하고 은폐한 것을 똑똑히 지켜보면서 발설해서는 안 되는 검찰의 내부비밀로 여기게 되었을 것입니다. 또한, 정두병은 임호식이 전관 변호사로서 현관들의 비호를 받으며 빗자루로 돈을 쓸어 담고 현관들과 두루 친분을 유지하여 영향력이 적지 않아 말할 엄두를 내지 못했던 것입니다. 그러다 임호식이 큰 범죄를 저질러 구속되고 세상에 알려져 나락으로 떨어지니 그 '겁'이 없어지고 비밀의식도 해제되어 비로소 입을 연 것입니다.

절도 사건 면죄부가 임호식을 더 나락으로 떨어뜨린 것으로 보입니다.

예, 임호식이 절도 범죄를 저질렀을 때 원칙대로 처벌하였더라면 그의 '겁 상실' 증상을 치료하여 그가 더 큰 나락으로 떨어지는 것을 막을 수 있었을 텐데 그때 받은 면죄부가 그를 더 망치게 한 것입니다. 그리고 경찰이 그의 사건 무마에 협조한 일은 용납될 수 없는 직무유기이자 경찰의 자기 비하적 행위라고 생각합니다.

어떤 때 보면 검찰의 조직 문화는 마피아 집단과 흡사하다는 생각이 들 때가 있었고, 또 어떤 경우 그런 조직 문화가 검찰의 무소불위라는 어마어마하게 큰 바위 아래 몸을 감추고 살아가는 벌레 같다는 생각이 들 때도 있었습니다. 이번 증언은 제가 그 무거운 바위를 들어 올려 음습한 곳에 깃들어 있었던 그 벌레 같은 조직 문화의 풍경을 보여 드리고 있는 것입니다.

당직 담당자들 선에서 무마가 된 것은 아니겠지요?

감히 그럴 이유도 그럴 리도 없을 것입니다. 당일 당직검사를 비롯하여 청 내 감독 라인 보고는 기본적으로 이루어졌을 것이고 아마도 상급 청 어느 선까지는 보고가 되다가 힘 있는 자에 의하여 비밀리에 무마된 것이 아닌가 생각합니다.

3월 21일 (수) 맑음

▶ 폭력 사건 참고인 이미연을 조사하였다가 1년 6개월 동안 미궁에 있던 중상해 사건 해결을 위한 결정적 진술을 확보하였다. 진술조서를 읽어 본 검사는 반색하며 조서를 들고 이미연을 영상녹화실로 데려가 진술 내용들을 확인해 가며 이를 녹화하였다.

이 사건은 지금도 기억에 생생합니다. 전임 검사가 해결하지 못하고 간 폭력 사건인데 사건 발생 후 1년 6개월이 지나도록 진실이 밝혀지지 않고 있었습니다. 기록 내용 곳곳에서 담당 경찰들이 처음부터 진실을 밝힐 의지는커녕 작심하고 사건을 덮으려고 했던 것 아닌가 의심이 들었습니다. 피해자는 외지 사람으로 일행 1명과 화평시에 놀러 왔다가 저녁에 길거리에서 사소한 시비 끝에 폭행을 당하여 혼절과 동시에 당한 부상으로 신체 일부에 장애를 당하였습니다.

경찰은 반복하여 건성으로 수사지휘 건의를 올리고, 검찰은 재수사 지휘로 내려보내고, 중간중간에 검사인사로 재배당이 되고, 사건을 피해자의 관할지로 이송 보냈다가 되돌아오고 하면서 1년 6개월을 허송한 것입니다.

가장 의아스러운 것은 사건기록만 읽어 보아도 알 수 있는 경찰의 편파 조사였습니다. 가해자 쪽은 현장에 있던 일행 모두는 물론 연락을 받고 뒤늦게 현장에 와서 사정을 모르는 사람까지 가해자에게 유리한 내용으로 작성한 조서가 범벅이 되어 있었습니다. 평소 경찰 송치사건을 보면 외지 사람에 대한 편파 수사 경향이 매우 뚜렷하였는데 이 사건도 그런 느낌이 강하게 들었습니다.

사건 당시 피해자에게 유리한 참고인이 이미연이었던 것이네요?

예, 피해자의 유일한 일행 이미연이었습니다. 조금 전 경찰이 수사 의지가 없었다고 한 이유인데 사건 해결의 핵심을 쥔 매우 중요한 참고인임에도 조사의지를 전혀 보이지 않고 있었습니다.

피해자가 이미연에 대한 조사를 호소했을 텐데 그런 일이 있을 수 있을까요?

특별한 상황은 있었습니다. 초기에 경찰이 조사를 제대로 하지 않으며 시간이 흐르는 사이 피해자와 참고인 간 서로 연락을 하지 않게 되는 그들 간 특별한 사정이 있긴 했습니다. 그래도 수사담당자는 진실규명을 위하여 이미연을 출석하게 하는 데 공을 들여야 하나 그러한 흔적이 전혀 없었습니다.

처음부터 다시 조사하는 심정으로 피해자를 불러 사건 당일부터 이후 1년 6개월이 지나도록 어떤 일이 있었는지 장시간에 걸쳐 상세히 조사했습니다. 출석할 때 보니 이 사건으로 장애를 입어 보조 기구를 사용하여 걸어와 의자에 앉았습니다. 조사를 통하여 가격당한 순간 기억이 끊기게 된 전후 상황을 상세히 조사하면서 이미연의 진술에 답이 있을 것이라고 확신하게 되었습니다. 이어서 이미연의 변경된 연락처를 파악하고 연락하여 그가 처한 사정과 심정을 최대한 배려하여 공을 들였고, 나중에는 그의 가족까지 염려하여 전화를 걸어 왔을 때 친절하고 성실하게 대하며 설득한 끝에 출석하겠다는 답을 얻을 수 있었습니다.

이미연이 출석하여 범행 현장 상황을 목전에서 지켜봤을 뿐만 아니라 경찰에 직접 신고를 하고 도주하는 범인의 뒤를 일시 쫓아가기도 한 장본인이었음을 확인하였습니다. 그리고 실지 경험하고 목격한 사람이 아니면 말할 수 없는 당시 현장과 피해 상황을 그림처럼 생생하게 진술하므로 조서에 그대로 담았습니다.

참고인만 제대로 조사하면 될 사건을 1년 6개월간 미궁에 두었다니 믿어지지 않습니다.

경찰이 의도적이지 않고는 있을 수 없는 일입니다. 진술을 확보한 직후 보람보다는 허탈감이 컸습니다. 이후 피해자와 피의자 일행을 모두 불러 장시간에 걸친 대질조사를 했습니다. 그들은 여전히 믿는 구석이 있어서인지 예전에 서로 말을 맞췄던 대로 범행을 끝까지 부인하였음에도 그들 진술의 상호 모순이 오히려 범행을 입증하고 있었고, 무엇보다 이미연의 생생한 진술이 이에 더해져 그들 일행 중 피해자에게 일발필도(一發必倒)의 가격으로 치명적 상해를 가한 한 사람을 밝혀냈습니다.

그 정도면 구속영장 청구 대상 아닙니까?

검사가 구속영장을 청구하지 않고 그 이유를 알려 주었는데 피의자가 부인하고 있고, 그에게 유리하게 진술하였던 사람들도 진술 태도를 바꾸지 않고 있으니 법원의 판단에 맡긴다며 불구속으로 기소하겠다고 하였습니다. 저는 오히려 진실이 드러난 과정, 편파 수사의 적나라함 뒤에 숨어 있는 의혹, 사건 성격, 피해 정도, 죄질, 이들이 똘똘 뭉쳐 거짓 진술로 계속 증거인멸을 하는 상황이어서 이처럼 확실한 구속영장 청구 사유가 있을까 생각되었으나 검사의 고유 영역이므로 존중하고 반대되는 저의 그런 생각을 말하지 않았습니다.

제대로 된 조사는 증인이 다 하지 않았습니까? 그렇다면 의견 정도는 말할 수 있는 것 아닙니까?

제가 평소 검사의 아바타이기를 거부하는 일도 많았으나 인신 구금에 관한 직무가 너무나 중요하고 어려우며 그만큼 책임도 무겁고 검사는 제가 모르거나 볼 수 없는 사정까지 고려할 수 있는 위치에 있는 것이므로 저의 본분을 지켜 나서지 않는 것을 원칙으로 삼았습니다. 말하자면 검사는 사건을 조감도(鳥瞰圖)를 보듯이 볼 수 있는 자리이고 그만큼 국민의 인권 보호를 위하여 매우 중대한 직무를 수행하고 있음을 존중해 주자는 것이었습니다. 그리고 거의 모든 사건이 그렇습니다만 구속이 능사가 아니고 피해자의 신속한 피해 복구에 협조하는 첫 단추로서 잘못했으면 잘못했다고 인정하는 것입니다. 가해자가 이를 인정하고 상응한 조치를 내놓는 순간 구속 사유의 가장 핵심 요건인 증거인멸 또는 도주의 우려는 사멸하게 되는 것입니다. 그렇게 된다면 조기에 조사를 마무리할 수 있어 그만큼 행정력도 대폭 감소하므로 저는 항시 그

것을 바랐던 것입니다.

　그 사건에서 경찰이 그 정도로 무성의하게 수사를 할 정도면 반드시 그럴 만한 동기가 있을 것으로 보입니다.

　저도 그런 생각을 떨칠 수 없었습니다. 제가 화평지청 검사실에서 송치사건을 조사하면서 절감했던 것은 상대적으로 경찰, 검찰 소속 사람들과 인맥이 적은 외지 사람들이 관련된 사건에서 도무지 이해할 수 없을 정도로 편파성을 보이는 경향이었습니다. 그 중심 이유에 지방 텃세와 맥을 같이하는 사건청탁이 도사리고 있었습니다. 청탁이라는 것이 같은 편끼리 워낙 은밀하게 이루어지기 때문에 드러나지 않고, 이 사건에서도 마음에 걸렸던 것은 앞서 말씀드렸던 사건 직후 뒤늦게 현장에 왔던 사람으로 피의자에게 유리한 진술을 했던 사람이 알고 보니 화평 관내 유지였습니다. 저는 초동과 현장에서 형사사법 정의 실현의 첫 단추를 끼우는 경찰관이 평소 그러한 텃세 또는 정실, 불공정한 사정들에 휘둘리는 일이 없기를 바랐습니다.

　그 사건 재판은 어떻게 되었습니까?

　1심에서 제대로 된 판사를 만났는지 실형으로 중형이 선고되었습니다. 언제나 같은 이야기입니다만 수사의 기본만 지켜도 어렵지 않은 사건이었습니다. 초동 및 현장 수사에서 경찰이 엉터리로 하면 할수록 뒤늦게 어쩌다 검찰이 잘해서 잘나 보이는 수사시스템을 개혁해야 한다는 확신만 굳어지고 있었습니다.

3월 23일 (금) 맑음

▸ 오전 조사가 늦어져 점심시간 끝날 무렵 구내식당에 갔더니 공익 백준영이 홀로 식사를 하고 있었다. 그의 옆에 앉아 그날 점심 메뉴인 소머리국밥을 먹었다. 백준영은 다시 관용차에 관한 숨겨 둔 이야기를 해 주었다. 관용차는 주행거리를 기록하게 되어 있으나 유류비의 기준이 되는 km 수치가 실지 출장과 너무 많이 차이가 나니까 매일 가라(허위)로 만드는데 그 일을 자신에게 맡긴다고 하였다. 특히 서덕헌 지청장이 타고 다니는 1호 차량은 더 심하게 차이가 나고, 검사 중에는 자신이 원하는 대로 차량을 준비해 주지 않으면 마구 화를 내는 이도 있다고 했다. 밖에서는 검사들이 훌륭한 사람들인 줄 알았더니 가까이 보니 전혀 그렇지 않아 너무 실망이라고 했다. 밥을 먹던 중 백준영이 국밥 그릇에 밥을 더 넣으러 갔다가 자리에 다시 앉았고 식당 할머니가 직접 밥을 가져와 더 넣어 주었다. 잠시 후 내가 먼저 식사를 마치고 식수통으로 가서 백준영이 먹을 물을 떠다 주고 그가 식사를 마칠 때까지 기다렸다가 함께 식당을 나와 본관 쪽으로 걸었다. 내가 "너는 운전을 담당하니까 오늘처럼 혼자 밥을 먹을 때가 많겠구나?"라고 물었더니 "안 그래도 오늘 오전에 301호 검사가 검사시보들을 데리고 화평경찰서 유치장 감찰을 다녀오느라 늦어진 것입니다"라고 말했다.

검찰의 관용 차량 사용 풍경이 너무 개탄스럽습니다.

공익에게 검찰 관용차 운전을 시켜서도 안 되는 것인데 검사들의 저질 저녁 문화까지 챙기게 하는 일을 저질러도 검찰은 죄의식이 하나도 없었습니다. 백준영은 컴퓨터 분야에도 밝아서 통신계에서 소속 직원을 도와 근무할 때는 청 직원들에게 많은 도움을 주었습니다. 성실하고 바른 생각을 지녔던 그가 지금 어디에서 무엇을 하고 있는지 궁금합니다. 그를 다시 만난다면 검찰개혁 진척에 힘입어 지금은 검찰이 그때보다 매우 많이 좋아졌다는 말을 해 주고 싶습니다.

60

3월 26일 (월) 맑음

- 요즘 구속 송치된 성폭행 사건 조사에 몰두하고 있다. 고소장 제출부터 판사의 구속영장 발부에 이르기까지 소요된 짧은 일수를 보면 경찰이 이토록 신속하고 빠르게 열정적으로 수사했던 사건도 드물다는 생각이 들었다. 경찰이 성폭행 사건실적 올리기에 매몰되어 고소인과 고소인의 편에 있는 참고인의 진술에만 의존한 관계로 조사하면 할수록 허점이 계속 드러나더니 사상누각이 되어 버렸다. 사건기록 어디에도 객관적 증거도 없다. 피의자는 경찰 단계에서부터 일관되게 혐의를 부인하고 있는데 고소인과 그녀의 편에 선 참고인의 허술하기 짝이 없는 진술 말고는 피의자의 변명을 반박할 제대로 된 증거를 찾아볼 수 없다. 그런 변명에 대한 조사가 제대로 이루어진 것도 없고, 제출한 여러 자료에서도 그의 변명을 뒤집을 만한 증거가 전혀 없다. 영장을 청구한 정주길 검사나 발부한 판사는 도대체 뭘 보고 구속한 것인지 모르겠다.
- 캐비닛에 조사를 기다리고 있는 사건기록이 수북이 있는데 성폭행 구속사건은 복병이다. 우선 이 사건 말고 조사를 지체하면 안 되는 사건이 있는지 살펴보았다. 여러 사건 중 사기, 조세범처벌법위반 각 사건은 각기 화평지청 접수 후 3개월 초과를 눈앞에 두고 있다. 그중 사기 사건은 6개월 전 한강지검에 진정서가 접수된 후 검사가 관내 경찰서 두 곳에 차례로 수사지휘를 내렸다가 올라오자 화평지청으로 이송을

> 보내와 내 캐비닛에 들어가게 된 사건이다. 최초 수사 단서 접수에서 지금까지 6개월이 지나도록 검찰과 경찰을 오가면서도 제대로 된 조사가 없다. 캐비닛에 쌓인 채 조사를 기다리고 있는 사건들 대부분이 그런 식의 초동, 현장에서 신속히 조사되어야 할 사건들이다. 조세범처벌법위반 사건도 일부 범행을 부인하고 있는데 이를 뒤집을 증거 수집을 전혀 하지 않은 채 무작정 기소 의견으로 송치를 했다. 최소한의 성의는 들여서 수사한 결과 중의 허점이라면 이해가 될 것이나 상식 밖의 엉터리가 너무 많으니 문제이고, 이를 당연하게 받아들이는 수사 현실이 더 문제라고 본다.

성폭행 사건은 실마리를 잡았습니까?

예, 이 사건은 이후 더 긴박하게 돌아갔으나 워낙 민감한 내용이어서 구체적인 내용은 생략하고 그 이외 몇몇 증거자료를 더 확보하여 고소인의 무고 혐의가 명백히 드러나 고소인은 무고로 구속되었고, 피고소인은 무혐의 석방되었습니다.

경찰은 초동에서 왜 그런 엉터리 수사를 했는지, 검사나 판사는 이를 걸러낼 수 없었는지 이해할 수 없습니다.

경찰이 엉터리로 수사하여 구속영장을 신청해도 뒤늦게 검사나 판사가 잘 바로잡아 주겠지 하면 큰 오산입니다. 제가 앞서 경찰, 검찰, 법원 단계별 풀밭에서 바늘 찾기의 난이도를 예로 들기도 했으나 수사의 첫 단추인 초동 및 현장 수사를 담당하고 있는 경찰이 스스로 잘하고 책임질 수 있는 수사시스템을 완성해 나가야 한다고 주장하는 이유입니다.

3월 28일 (수) 늦은 오후 일시 천둥번개 동반한 비

‣ 14:00경 이승하 변호사가 방문하여 검사집무실에 들어갔다. 여직원이 차를 들여보냈고 변호사는 약 5분 후에 나갔다.

3월 29일 (목) 저녁 천둥번개 동반한 비

‣ 오후에 특가법위반(절도) 등으로 구속송치 된 두 피의자를 조사하였다.
‣ 15:25 이함식 변호사가 들어와 검사집무실에 들어갔다. 여직원이 차를 들여보냈고, 변호사는 15:35에 나갔다.
‣ 16:55 양정민 변호사가 들어와 검사집무실에 들어갔다가 17:00에 나갔다.
‣ 20:00경 검사가 퇴근하면서 이함식, 양정민 변호사가 각기 왔다 간 이유에 대하여 말했다. 그들이 각기 수임한 두 사건 구속 피의자 석방을 부탁하러 왔었다고 한다.

이날은 전관 변호사들이 번갈아 수시로 드나드네요?

예, 이들이 몰래 변호하느라 앞서거니 뒤서거니 하는 것입니다. 검사가 이들 변호사가 방문한 이유를 알려 주는 이유는 그 이전부터 집요하게 석방 청탁을 받았으나 이를 거부하였고 원칙대로 처리했음을 제가 알아 주기를 바랐던 것으로 보입니다.

> **4월 23일 (월) 맑음**
>
> ▸ 폭력행위 등 구속송치 사건 조사 중 14:35 이함식 변호사가 방문하여 검사집무실에 머물다가 약 10분 후에 나갔다.

> **4월 24일 (화) 맑음**
>
> ▸ 16:00경 조세범처벌법위반 피의자를 조사하고 있는데 이함식 변호사가 들어왔다. 정주길 검사가 공무 차 일시 미국에 가 있는 관계로 우리 방에서 보충 근무 중인 박규진 계장이 자리에서 벌떡 일어나 깍듯이 맞이하더니 열려 있는 검사집무실 문 앞에 총총걸음으로 다가가 검사에게 "이함식 변호사님 오셨습니다"라고 다시 깍듯이 안내하여 들어가게 하였다. 이 변호사는 약 10분 후에 나갔다.

박규진이 이함식 변호사와도 가깝게 지내는 모양입니다.

가깝게 지내서 그럴 수도 있고 원래 몸에 배어서 그럴 수도 있습니다. 검찰의 조직 문화 흡수력이 탁월한 박규진은 그로부터 수년 후 검찰사무관 5급 무시험 특별승진을 하고 승승장구하다가 운이 좋게도 집행관 빈자리가 나와 이를 부여잡고 마파람에 게 눈 감추듯 검찰을 떠났습니다.

집행관 자리가 검찰공무원에게 그토록 선망입니까?

예, 과거로 갈수록 황금알 낳은 거위였습니다. 검찰공무원이 5급 승진을 한 이후로는 집행관직에 목을 매는 경향이 너무도 강하여 오랜 세월 검찰의 '자정작용'을 해치는 원흉이 되어 왔습니다. 일제강점기 때부터 검찰과 법원 직원의 충성을 확보하고자 특권적으로 부여되어 온 이 임명제도의 변천과 계승 과정에 대하여는 논문에서 상세히 다루겠습니다.

4월 27일 (금) 맑음

▸ 도로교통법위반(음주운전) 구속 피의자를 조사하고 있는데 16:15 이함식 변호사가 방문하여 검사집무실에 들어가 머물다 16:35 나갔다.

5월 30일 (수) 맑음

▸ 특가법위반(도주차량) 불구속 피의자를 조사하던 중 17:00경 이함식 변호사가 방문하여 검사집무실에 들어갔다. 이를 본 피의자가 자신이 선임한 변호사라고 했다. 이함식은 17:05 나갔고, 피의자는 직장 관계 때문에 벌금형으로 선처되기를 바란다고 했다. 변호인 선임계는 제출되지 않은 상태이다.

6월 1일 (금) 맑음

▸ 오전에 검사가 여직원에게 이함식 변호사 사무실에 전화하여 도주차량 혐의로 조사받은 피의자를 '벌금 700만 원으로 기소한 사실을 알려 주라'고 하였다. 여직원이 변호사실에 전화를 걸었고, 변호사실 직원이 받았는지 어제 결재가 늦게 나서 연락을 못 하였다는 사정을 말하며 변호사에게 전해 달라는 말로 검사의 지시를 이행했다.
▸ 오늘 김중광 금강지검 검사장 지도방문이 있는 날이다.

교통사고 뺑소니 사건인데 벌금 700만 원은 솜방망이 처벌이 아닙니까?

그럴 수도 있고 아닐 수도 있겠지만 몰래 변호에 검사가 전관을 깍듯이 섬기고 있는 것부터 문제입니다.

6월 4일 (월) 맑음

▸ 13:35 오중섭 계장이 메신저로 연락해 와 인사 발령이 나서 다음 주에 중원지검 평원지청으로 가게 되었다고 하고, 교회부동산 매매대금 횡령 사건 진행 상황을 물었다. 이를 정중히 거절하자 오늘 저녁에 시간을 내 달라고 하여 다시 거절하였고, 오늘 말고는 시간이 없다며 보챘지만 거절했다.

본격 조사에 들어가 있던 사건입니다. 우선 당시까지 이 사건 내용을 간추려 말씀드리고 후속 이야기로 넘어가는 것이 좋겠습니다.

피의자 김호윤은 무자격 부동산중개업자로서 모 교회 목사 이성운으로부터 교회 부지 매도와 매매대금 정산업무를 위임받아 처리하면서 수억 원을 횡령하여 불구속 송치되었습니다. 무자격 중개업에다 피해 금액이 거액이고 변제를 전혀 하지 않았음에도 경찰 단계에서 어떻게 구속을 면하였는지 이해할 수 없었고, 조사 내용이 허술하고 고소인으로 나서야 할 목사는 베일에 가려진 채 어떤 여성이 고소인으로 나서 있는 매우 이상한 사건이었습니다.

김호윤을 불러 조사했는데 매매대금 횡령 사실만 인정할 뿐 석연치 않은 부분들에 대하여는 진술하려 하지 않는 가운데 모순점을 추궁한 끝에 얻어 낸 진술 중 이성운이 매매대금 중에서 몰래 1억 원을 빼돌려 달라고 부탁하였고, 이성운이 필요하다고 하여 그 액수만큼 낮춘 허위의 별도의 매매계약서를 작성했다는 진술을 얻어 냈습니다.

다음으로 고소인으로 나선 여자를 불러 조사했더니 교회 경리담당이어서 고소인이 되었다고 할 뿐 사건 내막을 잘 알지 못하였고, 마침 이성운이 따라 나와 있어 양해를 구한 후 바로 조사에 들어갔습니다. 그는 화평시 일대 부동산개발 붐으로 교회 부지 가격이 폭등하자 이를 매도하고 향후 개발 가능성이 있는 저가의 토지를 매입하여 교회를 새로 짓기로 하고 김호윤에게 중개료를 두둑이 주기로 하고 교회 부동산 매도와 정산업무를 맡겼다가 횡령을 당하였다고 했습니다. 자신이 1억 원을 횡령하려다 그 액수만큼 매매가를 낮춘 허위 계약서를 만들었던 사실은 김호윤이 이미 진술했기에 부인하지 못하였습니다.

사건 내용을 들여다보면 김호윤의 범행동기 중 일부로서 이성운의 1억 원 횡령 의도를 역으로 이용하여 횡령 범행을 감행한 것이고, 이성운이 고소인으로 나서지 못한 이유, 김호윤이 경찰 단계에서 구속되지 않은 이유도 윤곽이 잡혔습니다. 이성운이 고소인으로 전면에 나서면 자신의 물밑 범죄행위가 쉽게 노출될 가능성이 있어서 그 여자를 앞세운 것이고, 김호윤의 불구속도 김호윤이 사실을 모두 털어놓으면 이성운의 범죄 사실까지 드러나 처벌을 받고 목사직을 수행할 수 없을 것이므로 이성운이 경찰에서부터 관대한 언행으로 김호윤을 선처하였기 때문입니다. 김호윤 또한 이성운이 사실을 제대로 말하고 엄벌 요구로 대처하게 되면 구속되고 엄히 처벌을 받을 것이므로 서로 밀고 당기는 한편 배려해 주는 상황이었음이 드러났습니다.

이성운은 어떤 혐의점이 있었습니까?

1억 원 횡령 범의(犯意)가 여실히 드러났고, 그 범의가 어디까지 진척되었느냐에 따라 미수죄로 처벌될 수 있는 가운데 그 범행을 위하여 김호윤과 공모 또는 교사하여 교회 부지 매수인 명의를 도용하여 별도의 이면계약서를 작성하였다면 사문서위조죄, 이를 교회 사람들에게 보여주거나 사용한 사실이 있다면 위조사문서행사죄가 됩니다. 자격 있는 공인중개사를 멀리하고 자신의 불법행위에 가담하기 쉬운 무자격 중개업자를 물색하여 중개를 맡긴 후 김호윤이 자신의 범행에 협조해 주는 대가로 중개 수수료를 매우 후하게 쳐 주기로 약속한 사실이 드러났는데 실지 지급 여부, 액수 등에 따라 부당하게 과다 지급하였다면 그만큼 배임죄의 여지가 있었습니다. 이는 입을 닫고 있는 김호윤을 제대로 조사하여야 명백히 밝힐 수 있는 내용으로 차원과 정도는 다르나 서로의 입에 서로의 운명이 달려 있었습니다. 이에 검사는 우선 증거를 인멸하고 있고 도주 우려가 농후한 김호윤에 대한 구속영장 청구 여부를 판단하고, 이성운의 혐의에 대하여도 수사에 들어갈 것인지 저울질해야 하는 단계였습니다.

오중섭이 김호윤, 이성운 중 어느 편에서 사건청탁을 하는 것입니까?

원래 이성운 편이나 김호윤도 관대한 처분을 받아야 이성운이 안심한다는 차원에서는 김호윤을 내칠 수 없는 상황이었습니다.

> ### 6월 7일 (목) 흐린 후 맑음
>
> ▸ 오전에 위증 사건 피의자에 대한 조사가 늦어져 12:40경 검사와 함께 구내식당으로 갔다. 식사 도중 검사가 교회 부지 매매대금 횡령 사건에 대하여 언급하면서 "이 사건을 부장에게 보고했더니 이전에 보고한 적이 전혀 없어 그 사건을 모를 텐데 훤히 알고 있다는 듯이 '부동산 매매를 위임하여 이루어진 일인데 목사에게 횡령죄가 되느냐?'라고 하는데 변호사가 이미 부장에게 전화한 모양입니다"라고 말했다. 검사에게 오중섭 계장이 이 사건을 두고 진행 상황을 파악하려고 했고, 만나자고 집요하게 요구한 사실이 있음을 알려 주었다.

당시 부장 그리고 부장에게 전화한 변호사는 누구입니까?

부장은 장수기이고, 변호사는 나중에 알게 되었는데 배준구입니다. 배준구 변호사는 예전에 화평지청에서 검사로 근무한 적이 있었고, 이후 중원지검 운산지청에 근무하다 그 지역에서 변호사로 개업 후 약 2년 동안 전관예우 밀월 기간을 한껏 보내고 화평시에 잠입한 변호사입니다. 화평 토박이는 아니나 아마도 예전 근무할 때 다져 놓은 기반도 있고 화평지청이 황금어장으로 변한 것을 알고 온 것으로 보입니다.

검사의 말대로라면 변호사가 부장에게 이미 사건청탁을 했다는 말인데요?

예, 수사가 개시되고 마무리될 때까지 사건은 검사, 참여수사관을 시작으로 사건 처리 결재권자인 부장, 지청장 등을 거치는데 청탁은 그 목적 달성까지 각 단계와 길목에서 집요하고 전방위적일 뿐만 아니라 예비적으로도 해 둡니다. 이 단계에서는 오중섭 계장이 저를 맡은 것이고, 배준구 변호사는 부장에게 몰래 변호 중이었던 것으로 보입니다. 검사가 전한 부장의 말속에는 이성운에 대한 수사를 하지 말라는 뜻이 담겨 있어서 검사가 저에게 심적인 부담을 토로한 것입니다.

6월 12일 (화) 맑음

▸ 15:30경 오중섭이 전화를 걸어 왔다. 평원지청 검사실에 근무하는데 검사실에서 전화하기 뭐하여 밖으로 나와 핸드폰으로 전화하는 것이라고 했다. 교회 사건의 진행 상황에 관하여 물었으나 알려 주지 않았다. 오중섭은 배준구가 예전에 화평지청에 근무할 때 자신이 참여수사관이었고, 배준구가 이 사건을 알아봐 달라고 부탁하여 전화하는 것이라고 했다. 저녁에 변호사와 함께하는 자리를 마련할 테니 만나자고 요구하였으나 모두 거절하였다.

오중섭이 집요하게 만나자고 한 이유가 확연히 드러나고 있군요?

예, 오중섭이 배준구 변호사가 화평지청에 검사로 재직할 때 참여수사관으로 근무하면서 물심양면으로 돈독했던 모양입니다. 검찰에서 두 신분상 그러한 관계는 매우 전통적이기도 하고, 오중섭이 화평시 토박이여서 배준구에게 더 잘해 줄 수 있었을 것입니다.

6월 15일 (금) 맑음

▸ 14:00부터 사기 사건 조사를 앞두고, 검사가 할 이야기가 있다며 나를 집무실로 데려갔다. 검사는 "나승건 검사님이 얼마 전 이사할 때 아는 경찰관이 도와주었고, 그때 따라온 사람이 오늘 조사받을 사람이라고 합니다. 나 검사님이 부탁하기를 조사를 마치면 그 피의자에게 자신이 이 사건에 대하여 물어 왔다는 말 한마디만 전해 달

> 라고 하니 계장님이 그렇게 좀 해 주십시오"라고 부탁하여 나는 "죄송하나 그 누구를 막론하고 그러한 부탁을 들어준 적이 없습니다"라며 정중히 거절했다.

검사가 선배 검사의 부탁을 받아 저에게 전달하였다가 거절당한 상황입니다. 검사 체면상 그리고 사건을 처리할 입장에서 자신이 나서서 피의자에게 그런 말을 할 수 없어 저에게 부탁한 것인데 함께 근무하는 참여수사관에게는 경험할 수 없는 거절을 당하여 몹시 당황스러웠을 것입니다. 나승건 검사가 형사1부 선임 검사인데 얼마 전 이사를 하였던 모양입니다. 나승건 검사와 아는 사이의 경찰관이 누군가를 데려가 함께 이사를 도와주었다는 것까지는 그들끼리 일인데 그 누군가가 그 사건 피의자였고, 다시 또 우연히 제가 그 사람이 피의자인 사건을 조사하게 된 것입니다. 검사는 저에게 그런 부탁하고 싶지 않고 더욱이 제가 거절할지 모른다고 예상했는지는 모르나 선배 검사가 부탁한 것이라 최소한 전달은 해야겠다고 생각하고 말한 것일 수도 있습니다.

평소 그런 식의 부탁은 직원들이 가끔 합니다만 모두 거절한 이유가 있었습니다. 그런 부탁대로 피의자에게 전달하는 것만으로도 그 부작용이 적지 않습니다. 제가 만일 부탁받은 대로 그런 말을 피의자에게 하면 피의자는 일단 나승건 검사를 통하여 검사 그리고 저와 소통을 하였으니 맘먹었던 거짓말을 하는 데 힘을 얻을 것입니다. 이렇게 한번 빗장을 풀면 또 어떤 청탁이나 언행을 할지 모릅니다. 그래서 저는 검찰 내에서 저에게 이로운 대인관계 확장에 지장이 있더라도 미풍양속처럼 여기던 그런 부탁도 예외 없이 거절해 왔습니다.

조사를 앞둔 피의자가 검사의 이삿짐 운반을 도운 것은 처음부터 의도가 있어 보입니다.

예, 그랬을 것입니다.

> **6월 16일 (토) 맑음**
>
> ▸ 11:00경 총무계 우호길 주임이 어린 아들을 데리고 잠시 들러 "박만하 지청장이 다음 주 화요일 초도순시를 오는 이연철 고검장에게 선물한다며 호두를 사서 오라는데, 철이 아니어서 온통 헤매고 다니다 무슨 상회에서 10kg을 50만 원을 주고 겨우 샀다"라고 한다. 어떤 돈으로 샀는지 묻자 지청장 활동비로 사는 것이라고 했다.
> ▸ 잠시 후 총무계 정후경 주임이 사무실에 나와 일을 하다 당직실에 들렀다. 조금 전 호두 선물 이야기를 하자 정후경은 "고검장에게 디카도 선물할 것이다"라고 했다. 총무계 직원들이 그런 선물 준비에 몰두하고 있으니 당직실 팩스는 지난번 당직 때부터 고장이 나 있어 수리하라고 말했는데도 수리하지 않은 상태여서 수시로 바로 옆 사건계 사무실을 오가며 그곳 팩스를 이용하고 있는 실정이다.

박만하 지청장이 무리하게 화평시 특산물을 선물하려다 보니 생긴 일입니다. 우호길이 휴일 모처럼 어린 자녀와 놀아 줘야 하는데 그렇지 못하게 되어 아예 데리고 다니며 이곳저곳을 헤매다가 겨우 산 모양입니다. 게다가 디지털카메라는 왜 사 주는지 모르나 그들은 국민의 세금을 상사에게 잘 보이기 위한 선물 공세에 써도 아무런 죄의식이 없습니다.

언제부터인가 월례조회를 비롯하여 고위직의 초도순시 또는 지도방문에서 '훈시(訓示)'는 '당부 말씀'이라는 용어로 순화되었고, 검찰개혁 바람이 몰고 온 검찰의 제도문화 개선에 따라 현재는 매우 간소화되었습니다. 수년 전까지만 해도 그 행사를 잘못 치르면 다른 것 아무리 잘

해도 소용없다는 비장한 각오로 임했습니다. 행사계획서를 완성하고, 행사 일정을 내부 홈페이지에 수일 전부터 게시하여 직원들이 숙지하도록 합니다. 고위직이 출발지에서 행차에 오른 때부터 동선을 미리 확인해 두고 좋아하는 음식과 관내 명소와 맛집도 파악해 두고, 식사 자리 배치와 당일 만날 외부인 인적사항, 간담회에 참석할 직원들을 선정하고, 고위직이 청사에 머무는 시간 동안은 전 직원 모두 업무 일정을 비워 두라고 합니다.

방문이 임박해서는 최고도의 비상근무에 돌입합니다. 고위직이 청사에 도착하면 간부들의 현관 영접, 업무보고, 직원신고 과정으로 이어지는데 지청장실에서 간부들이 배석한 가운데 직원신고를 합니다. 10~20분 전 미리 지청장실 밖 복도에 대기하고 있다가 차례로 줄을 지어 지청장실로 들어가서 한 사람씩 바닥에 표시된 대기지점에서 신고 지점으로 이동하여 지청장 옆에 위엄 있게 서 있는 그 고위직에게 절도 있게 자신의 관등성명을 대고 인사와 악수를 하고 나옵니다. 직원 신고가 끝나면 모두 고위직의 '훈시(당부 말씀)' 장소인 대회의실로 이동하는데 그곳에는 환영 현수막이 걸려 있습니다. 고위직이 입장할 때 사회자의 알림에 따라 일제히 환영의 박수를 보냅니다.

초도순시, 지도방문 때마다 저의 눈과 귀에 가장 거슬리는 것은 훈시 풍경과 그 내용입니다. 그때까지 그런 훈시 자리에 섰던 고위직들은 늘 정의, 인권, 청렴, 부정부패 척결, 엄정하고 공정한 법 집행, 법질서 확립을 앵무새처럼 말했습니다. 그때마다 저는 검찰 내부에서 수시로 벌어지는 참담한 일들이 떠올라 듣는 내내 냉소로 일관했습니다.

일장 훈시가 끝나면 현관 밖에서 기념사진 촬영이 있고 이 모든 일정이 끝나면 대기하고 있던 고급 관용 승용차가 다가오고 비서가 차량 문을 열어 주면 고위직이 탑승합니다. 직원들은 차가 떠날 때까지 환송 박수를 보냅니다. 그런 행사를 마친 후 고위직이 만족하고 돌아가면 의전 담당 총무부서는 성공을 자축하고 회식 날짜를 잡아 회포를 풉니다. 그 반대로 실패했다고 여겨지면 초상집이 되고 실수라도 한 직원은 자책골을 넣은 선수처럼 한동안 자괴심을 갖습니다.

방문 행사 전부터 그가 떠날 때까지 고위직의 권위는 하늘을 찌릅니다. 검찰은 이처럼 과대 의전을 받았던 차관급의 검사장이 무려 40여 명이나 됩니다. 경찰은 차관급 대우를 받는 사람이 그들의 수장 한 명이 전부입니다. 이 나라의 형사사법 정의가 이만큼이라도 바로 세게 된 것은 검찰의 그런 의전 덕분이 아닌 각기 앞으로도 갈 길이 먼 법과 제도의 정비와 검찰의 무소불위 해체 진전, 부패방지시스템 구축에 있었다는 말씀을 드리고 싶습니다.

6월 18일 (월) 맑음

▸ 내일 이연철 금강고검장이 온다고 하여 청이 더욱 분주한 느낌이다.

7월 2일 (월) 비

▸ 14:45 이함식 변호사가 들어와 검사집무실에 들어가 머물다 15:15 나갔다.

> **7월 9일 (월) 흐림**
>
> ▸ 오전에 검사가 업무상횡령 사건기록을 주면서 법무 고위직 정준원이 전화를 걸어와 고소인 쪽 편을 들며 "피의자 혼자서 했겠느냐?"라는 말을 했다고 한다.

 그 고위직은 검사장 이상 직급입니까?

물론입니다. 매우 고위직이었습니다. 정준원이 말한 의도는 공범이 있는 것이 분명해 보이니 그 부분 철저히 조사하여 달라는 것입니다. 공범을 만들어 달라는 것이 아니니 그리 문제는 아니라고 생각할 수도 있으나 전혀 그렇지 않습니다. 고소인에게 유리한 결론이 나기를 바라는 고위직의 메시지가 강하게 담겨 있을 뿐만 아니라 현직 고위의 그 짧은 한마디에도 검사나 직원의 직무수행 사고와 행동반경은 매우 크게 영향을 받게 됩니다. 그의 직위로 봐서는 단순 청탁이 아닌 압력으로 단정하면 됩니다.

 청탁한 대로 공범이 나오거나 그렇게 볼 만한 단서가 있었습니까?

조사하다 자연스럽게 공범이 드러나면 모를까 처음부터 그렇게 보고 무리하게 조사할 상황은 아니었던 것으로 기억하고 당시 원칙대로 조사하여 검사에게 기록을 넘겼습니다.

> **7월 10일 (화) 흐림**
>
> ▸ 15:50 이함식 변호사가 들어오자 검사가 집무실로 데리고 들어갔다. 변호사는 16:01 나갔다.

> **7월 25일 (수) 약간 흐리다가 맑음**
>
> ▸ 11:15 이함식 변호사가 들어와 검사집무실에 들어갔고 11:43 검사만 문을 열고 나왔다. 이함식이 검사집무실에서 복도로 난 출입문으로 바로 나간 것이다.

변호사가 들어온 대로 나가지 않고 특별히 배려한 출구로 나갔다는 말이네요?
예, 검사가 이함식을 검사집무실에서 복도로 난 문을 통하여 나가게 한 것입니다. 검사집무실로 들어가는 방법은 두 개인데 방문자는 보통 참여수사관과 여직원이 근무하는 사무실을 통하여 들어가고, 복도에서 직접 검사집무실로 난 출입문은 안으로 잠가 두어 이용하지 않습니다. 사람들이 그 문을 이용하여 곧바로 검사집무실에 들어가도 문제이고, 검사가 직원 모르게 그 문으로 나가고 없으면 집무실에 검사가 있는지 없는지 모르기 때문입니다.

> **7월 27일 (금) 맑음**
>
> ▸ 10:07 이승하 변호사가 방문하여 검사집무실에 머물다 10:08 나갔다.

이승하 변호사는 3~4년 전 부장검사로 재직하다 양정민 검사의 뒤를 이어 같은 해에 개업한 변호사인데 제가 이왕석 검사실에 근무할 때 매우 자주 출몰했던 전관입니다. 당시 양정민, 이승하 전관 변호사가 돈 되는 사건이면 앞서거니 뒤서거니 하면서 몰래 변호를 하러 드나들었는데 그 빈도는 현재 이함식 변호사의 출몰보다 더 많았다고 하면 믿기 어려우실지 모르나 사실 그랬습니다. 더욱이 이왕석 검사실뿐만 아니라 다른 검사실 모두 이들이 휘젓고 다니며 빗자루로 돈을 쓸어 담았습니다. 과거로 갈수록 그 빈도(頻度)가 높고 전국 청에서 매일 유사한 풍경이 벌어졌다고 보면 틀림이 없습니다. 저는 국민의 인권, 생명과 재산, 명예가 달린 사건을 두고 전현직 검사들이 벌이는 전관예우, 몰래 변호, 크고 작은 사건 농간 경쟁이 그대로 계속되면 나라가 망할 수도 있겠다는 생각도 들었습니다.

두 변호사가 증인과 부딪친 적은 없었나요?

그 두 전관이 저의 성향을 잘 알아서 그런지 오로지 검사만 상대하여 저와 부딪친 기억은 없었고, 사건 처리는 검사의 영역이라 어쩔 수 없었으나 제가 조사하는 사건 배후에 그들이 몰래 변호에 나서 있거나 도사리고 있음이 감지된 때에는 정신을 더욱 바짝 차리고 예외 없이 원칙대로 조사하여 기록을 검사에게 넘겼습니다.

조사를 원칙대로 하더라도 검사의 사건처분 재량이 커서 처분 단계에서 얼마든지 부당한 배려가 가능하지 않은가요?

물론입니다. 검사의 재량이 다양하고 폭이 커서 제가 아무리 노력해도 그 효과는 미미하거나 한계가 있습니다. 그래서 검사 자리가 너무도 중요하니 권한 남용이 없도록 하는 제대로 된 고성능 부패방지시스템 구축과 법과 제도 개선이 매우 중요하다는 것입니다.

8월 9일 (목) 흐리고 비

▸ 요즘 연일 게릴라성 비가 내리고 있다.
▸ 14:40경 이함식 변호사가 방문하여 오늘 구속 송치된 게임장 비리 사건 피의자 양

> 기석이 자신을 변호인으로 선임하였다고 말했다. 검사가 들어오자 집무실로 함께 들어가 약 10분 만에 나갔고, 검사는 "이함식 변호사의 이야기를 들으니 실업주는 따로 있다는 느낌이 드는데 변호사가 '이대로 기소해 달라'는 취지로 부탁했지만 '원칙대로 하겠다'고 답을 했다"라고 한다.
> ▸ 조사해 보니 양기석은 분명 바지사장이다. 실업주라면 불법 게임장 운영을 마음먹은 동기, 자금조달, 영업장 임대, 독자 운영능력이 부족한 경우 동업자 또는 도와줄 사람을 물색한 사실 등에 대하여 자연스럽고 신빙성 있는 진술을 하게 마련인데 그런 진술을 전혀 못 하고 그저 자신이 실업주라고만 주장한다. 조사를 마치고 교도소에 들여보낼 때 "잘 생각해 보고 사실대로 진술하라"라고 충고하였다.

이함식이 방문한 목적은 양기석이 바지사장이라는 사실을 잘 알고 있는 상황에서 다 눈감고 실업주로 기소해 달라고 청탁하러 온 것입니다. 검사는 이함식 변호사의 말을 듣고 바지라는 느낌이 들었다고 표현했지만 실은 확실히 그렇게 감지를 한 상태에서 저에게 한 말일 것입니다.

양기석이 충고를 듣고 교도소에 들어가 고민을 많이 했겠습니다.

예, 보통 이런 사건은 실업주가 바지사장인 피의자의 옥바라지를 잘해 주고 물심양면 도와주면 모두 안고 가려 하지만 진실이 드러나서 불이익만 받을 상황이 생기거나 실업주에게 배신을 당하거나 하면 자백을 합니다. 이함식은 검사로 재직도 했고 변호사인 사람인데 검사와 저를 자신처럼 바지와 실업주와 한통속이 되라는 것이니 검찰에 몸담았던 동안 바이러스에 단단히 감염된 후 나가서도 '피아(彼我) 구별 붕괴', '겁 상실', '사건 농간' 증상을 심하게 보였습니다.

그런데 교회 부지 매매대금 횡령 사건은 어떻게 되어 가고 있는 것입니까?

이 당시 검사가 이러지도 저러지도 못하는 상황과 그들끼리 특별한 상황이 얼마나 있었는지 모르나 검사가 전혀 언급하지 않았고, 언급조차 하지 않을 수 없었는지 지금으로부터도 한 달 가까이 지나 말을 꺼냈는데 그때 가서 말씀드리겠습니다.

61

8월 10일 (금) 맑다 흐리다 함

- 연일 날씨가 일정치 않고, 오늘도 게릴라성 비가 내렸다.
- 13:18 이함식 변호사가 들어와 검사집무실로 들어갔다. 이때 구두 닦는 아주머니가 와서 노크하고 들어가 검사의 구두를 가지고 나와 문을 닫고 갔다. 잠시 후 검사만 나오더니 여직원에게 마실 것 있으면 달라고 하였으나 우리 방에 냉장고가 고장이 난 상태라 옆 검사실로 가서 오렌지주스 한 병을 가져오더니 컵에 따라서 집무실 안으로 들여보냈다. 13:45 검사가 집무실 문을 열었는데 이함식은 나오지 않고 보이지 않았다. 검사집무실에서 복도로 바로 통하는 문으로 내보낸 것이다.
- 검사는 이함식 변호사가 수사보고서에 변호인인 자신에 관한 내용은 넣지 말아 달라는 부탁을 하였다고 한다. 검사가 덧붙이기를 "예전에 김광문 부장에게 결재를 올린 어떤 사건 공소장에 임호식 변호사의 이름을 중간중간 넣어야 할 필요가 있어서 넣었더니 변호사 이름은 가급적 빼라고 지시한 적이 있었다"라는 말을 해 주었다.
- 게임장 사건의 배후에 있는 실업주로 추정되는 사람에 대하여 여러 각도로 확인하고 있다.

이 당시 불법 게임장 사건에 몰래 변호로 깊숙이 개입하고 있는 이함식이 양심은 있었는지 저와 얼굴을 마주치지 않으려고 복도로 난 문으로 나간 것이 아닐까 생각합니다.

김광문 부장은 평소 정치인으로서 언론에 자주 나오고 다변이던데 윤덕일 검사가 그의 휘하에도 있었군요?

예, 그 당시 윤덕일 검사는 김광문 1부장 휘하의 공판검사실에 있었고, 저도 같은 부 소속으로 이익성 검사실에 근무하고 있었습니다. 검사가 당시 김광문 부장에게 그의 전임 부장이자 전관인 임호식 변호사의 이름이 참고로 들어간 내용의 공소장 결재를 올렸더니 김광문 부장이 그 이름을 빼라는 지시를 한 적이 있었다는 김광문 부장과 있었던 자신의 경험담을 말한 것입니다. 검사가 저에게 그 말을 한 의도는 같은 맥락으로서 행여 제가 이함식 변호사의 언행을 수사보고서에 넣어야 하는 일이 있더라도 그렇게 하지 말아 달라는 부탁입니다. 제가 만일 그렇게 하면 검사 자신의 그 경험담처럼 사건 결재과정에서 장수기 부장 또한 김광문 부장과 같은 태도로 변호사 이름을 빼라고 나올 것인데 거절하기도 어렵고 더욱이 공소장과 달리 수사보고서는 제가 작성 명의자여서 저의 거절로 난처한 일이 생길 것이 염려되어 처음부터 그냥 이함식의 부탁대로 들어주자는 뜻입니다.

이함식이 왜 그런 부탁을 한 것입니까?

이함식 자신이 앞으로 이 사건 농간에 본격 돌입한다는 암시이기도 하고, 평소 사건기록 열람·등사 또는 검사에게 들어서인지 모르나 저의 조서작성 또는 수사보고서 작성 스타일을 알고 한 말일 수 있습니다. 앞으로 이함식은 실업주 보호를 위하여 몰래 변호로써 본격 사건 농간에 들어갈 것이고 그러다 만일 제가 이를 제대로 포착하여 수사보고서에 담아 버릴 것을 염려하여 한 말일 수 있습니다. 저의 지론입니다만 사실 불법 게임장 사건의 진실을 가장 신속하고, 정의롭게 수사하는 방법은 송치 첫날 검사에게 '그대로 기소해 달라'는 청탁에 이어 다시 이런 황당한 언행을 하는 것은 물론 몰래 변호 상황, 실업주와의 긴밀한 소통을 가장 먼저 철저히 조사하는 것이 첩경이라는 것은 제가 검사의 아바타여서 실천만 못 할 뿐이지 이미 저의 수사기법이자 신념으로 굳게 자리하고 있었습니다.

8월 14일 (화) 비

‣ 11:20 이승하 변호사가 들어와 검사집무실로 가서 문이 열린 채 대화하다가 11:35 나갔다.

‣ 17:35 이승하 변호사가 전화를 걸어와 검사를 바꿔 달라고 하여 바꿔 주었다.

8월 29일 (수) 비

‣ 오후에 검사가 교통사고처리특례법위반 사건에 대하여 "부장이 부탁을 받은 것 같네요. 과실도 크고 사람이 사망한 사건이어서 정식재판 결재를 올렸더니 구약식 처분하라고 합니다"라고 말했다. 잠시 후 검사는 내일 구약식 500만 원으로 결재를 올린다며 여직원에게 사건기록을 건네주었다.

검사가 소신껏 사건 처리를 하려는데 부장이 부적절한 지시를 하는 듯이 보입니다.

예, 그 교통사고 내용과 조사받은 사람의 언행이 좀 특이했던 사건이어서 조사할 때 상황이나 사건 내용이 기억납니다. 처벌 수위에 따라 징계받거나 신분을 박탈당할 수 있는 공적 신분을 지닌 사람이었습니다. 피의자가 궁박한 처지에 놓일수록 몰래 변호로 큰돈을 벌 수 있는데 이런 사건을 '영양가 있는 사건'이라고 합니다. 피의자의 사고 경위와 내용, 피해 상황, 조사받는 태도 전반을 보면 저도 검사의 정식재판 청구 결정이 옳았다는 생각이었는데 부장결재 과정에서 꺾인 것으로 보입니다.

검사는 부장이 청탁을 받은 것이라고 단정하지 않고 '같네요'라고 했는데요?

검사들은 부장의 부패한 언행을 참여수사관에게 일절 함구하는 것이 보통이고, 이를 흘리더라도 매우 축소하는 경향이 있다는 점을 고려하면 검사의 추측성 표현에 대한 실지 상황은 단정이나 다름이 없다고 보면 됩니다.

8월 30일 (목) 흐림

▸ 이제 슬슬 가을 기운을 느낄 수 있는 날씨이다.

▸ 오전에 게임장 사건 바지사장임을 털어놓겠다고 하였던 양기석을 불러 진술서를 쓰게 하였다.

▸ 오후에 검찰에 자주 모습을 보이던 금강일보 전수만 기자가 들어와 검사집무실로 들어가서 약 10분 후에 나갔다. 검사가 집무실에서 나오더니 "전수만 기자가 오후에 조사 예정인 업무상배임 사건 부탁을 하러 온 것이고, 피의자의 회사에서 샛별○○(주)에 들어가는 차들이 있는데 잘못되어 구속되면 안 되기 때문에 조사 좀 잘해 달라는 부탁을 했다"라고 말했다. 이때 검사가 창가에서 바깥 주차장 쪽을 바라보다가 전수만 기자가

> 누군가와 통화하는 것을 보고는 어이없다는 듯이 "어~ 금방 나가서 전화해 주네"라고 말했다.

피의자가 게임장 바지사장임을 인정했던 것입니까?

예, 그 무렵 제가 무슨 바쁜 일이 있었는지 일기에 남겨 두지 못했으나 그 일전에 교도관이 전화를 걸어 와 "양기석이 바지사장임을 털어놓겠다고 한다"라는 말을 전해 주었던 기억이 납니다. 그 직후 양기석을 불러 본격 조사에 앞서 스스로 털어놓게 된 동기에 대하여 우선 자필 진술서를 쓰게 한 상황입니다.

전수만 기자는 유독 드러내 놓고 화평지청을 드나들었던 기억이 나고 누구인지는 저도 알고 있었습니다. 사건청탁을 하고 간 것인데 검사는 기자가 어딘가에 전화하는 모습을 우연히 보고 자신에게 청탁했던 상황을 알려 주는 것으로 알고 난감해하였습니다.

그 사건 조사와 처리는 어떻게 되었습니까?

저는 언제나 똑같습니다. 그 어떠한 청탁에도 흔들리지 않고 원칙대로 조사합니다. 검사도 원칙대로 처리했을 것으로 믿습니다.

8월 31일 (금) 맑음

▸ 출근하였더니 검사가 "전날 밤 이함식 변호사가 전화를 걸어와 '게임장 사건 실업주를 자진 출석시키면 안 되겠냐?'고 물어온 것을 보면 체포영장 발부받아 놓은 것을 알고 있는 것 같다"라고 말했다.

> ▸ 15:50 이함식 변호사가 방문하여 검사집무실에 머물다가 16:10 나갔다. 검사는 "이함식 변호사가 하는 말이 '양기석이 어제 교도관을 통하여 전화를 걸어와 변호사 사임을 요구해서 사임하였다'는 말을 하므로 '조사해 봐서 가담 정도에 따라 신병처리를 하겠다'는 취지로 대답했다"라고 말했다.

이함식 변호사가 체포영장 집행을 두고 타협을 시도하는군요?

예, 몰래 변호로 말입니다. 그리고 검사가 체포영장 발부 사실이 누설되었을 가능성을 언급하고 있는데 이함식은 이미 발부 사실을 잘 알고 있었을 것입니다. 이함식 변호사가 검사로 있다 나간 변호사라 돌아가는 상황을 보고 발부 사실 정도는 스스로 간파했을 가능성도 있고, 검찰 내부에 긴밀히 유착 관계를 맺고 있는 사람 중 누군가를 통하여 알아냈을 수도 있습니다.

검사가 일부러 그런 말을 하는 것을 보면 자신은 누설하지 않았다는 것을 강조하고 싶은 뉘앙스가 담겨 있는 것 같습니다.

예, 그런 느낌이었습니다. 검사는 언제나 원칙대로 잘하려고 노력했습니다.

양기석이 이함식 변호사를 사임시킨 것은 제가 보기에 바지사장인 양기석 자신이 바지임을 털어놓다 보니 양심상 신세를 질 수 없어 스스로 사임시켰거나 선임해 준 실업주가 배신감에서 사임시켰거나 할 것입니다. 물론 이함식은 실업주의 변호인으로서 몰래 변호에 몰입해 있는 상황은 변함이 없습니다.

> **9월 3일 (월) 흐린 후 비**
>
> ▸ 오후에 3~4년 전 화평지청에서 수사과장으로 재직하다 상급기관에 근무하는 이준천 사무관이 전화를 걸어와 "경찰에서 특가법위반(도주차량) 지휘건의가 올라올 것인데 검사가 지휘하면 그 내용 좀 알려 달라"라고 부탁하였으나 이를 정중히 거절하였다.

검사의 수사지휘 내용은 보안이 유지되는 가운데 정해진 경로로만 경찰에 내려가야 하고 내용에 따라 공무상 비밀입니다. 검찰청 사무관 정도면 그 정도는 제대로 알고 바로 서 있는 수준이어야 함에도 그런 청탁을 당연히 여깁니다.

> **9월 5일 (수) 비**
>
> ▸ 오전에 검사는 "박만하 지청장이 어제 회식 때 '수사를 하다 적당한 선에서 그만두는 것도 필요하다'라는 말을 하였다"라고 했다.
> ▸ 점심은 청 근처 동원참치 식당에서 검사와 정식을 먹었다. 검사가 교회 부동산 매매대금 횡령 사건에 대하여 언급하면서 "그때 배준구 변호사가 부장, 지청장에게 사건 부탁을 해 놓은 것 같아서 김호윤에 대한 영장은 올려 봐야 기각되었을 것이다"라고 말했다.

저는 청장이 말한 '적당한 선에서 그만둔다'는 그 말이 수사 비례의 원칙 또는 과잉수사를 하지 말라는 뜻으로 들리지 않았습니다. 그 이유는 나중에 소개하는 박만하 지청장의 이해할 수 없는 언행 그리고 다른 청으로 떠난 후에도 화평지청 특정 사건에 청탁하며 개입한 사건 이야기에서 알게 될 것입니다.

앞서 언급한 대로 드디어 교회 부지 매매 사건에 대하여 검사가 의미심장한 말을 하고 있습니다. 검사의 그 말을 듣고 그 사건 수사가 청탁과 압력이 모두 먹혀 이미 물 건너갔다는 사실을 알았습니다. 검사가 저에게 말한 일부 상황 말고 그들 사이에 특별한 상황이 더 있었을 것으로 추정하나 그 말만으로도 이제는 부장검사 말고 박만하 지청장까지 몰래 변호를 받은 상황임을 알 수 있습니다. 검사 자신은 김호윤에 대하여 영장청구를 시작으로 수사하여 마무리할 사건이라고 판단했으나 부장, 지청장의 압력에 좌절된 처지를 이해해 달라는 뜻입니다.

결국 교회 부지 매매대금 횡령 사건은 피의자 김호윤, 목사 이성운, 검찰 직원 오중섭, 전관 배준구, 장수기 부장검사, 박만하 지청장이 한통속으로 똘똘 뭉쳐 이루어 낸 사건 농간 성공으로 모두 쾌재를 불렀을 것이고, 그들 모두는 청탁을 배격하고 원칙을 지키려던 검사와 저를 비웃었을 것입니다. 거듭 말씀드립니다만 이런 청탁과 농간이 범벅이 된 사건의 진실을 밝히는 첩경이자 첫 단추는 오중섭, 배준구, 장수기, 박문호부터 불러 그들의 언행에서 드러난 청탁 과정과 경위를 철저히 조사하는 것입니다. 검찰은 검찰 이외 사람들에게 마구 휘둘리어 그들 입맛에 맞게 사건을 종결하고, 검찰 외부 사람들은 검찰 내부 사람을 좌지우지하여 자신들의 입맛에 맞게 사건이 처리되도록 하는 데 성공했습니다. 저는 그런 일이 있을 때마다 검찰 부패의 심리학이라고 할까요. 검찰 외부 사람들이 당장은 검찰이 자기편이고 유리하게 해 줘서 정의롭고 고맙다고 여길 것이나 훗날 검찰이 언론에 나와 정의롭게 비칠 때마다 내심은 '정의 좋아하네, 그런 것은 엿이나 바꿔 먹으라'며 냉소하면서 살아갈 것이고, 행여나 자신이나 친지, 주변 사람들이 검찰에서 유리하든 불리하든 처분을 받으면 청탁 개입 여부부터 의심할 것이고 승복하려 들지 않으면서 쓸데없는 말들을 쏟아 내며 살아갈 것입니다. 우리나라의 사법 불신의 큰 축은 그러한 경찰, 검찰, 법원의 사건 농간, 부패역이용, 불복 그리고 그런 쓸데없는 말들의 퇴적물입니다.

9월 10일 (월) 맑음

▸ 예년에 비하여 더운 느낌이 드는 날씨이다.
▸ 14:50 이함식 변호사가 들어와 검사집무실에 머물다 15:00에 나갔고 검사가 출입문까지 따라 나가 배웅하였다.
▸ 사건계 수사지휘를 담당하고 있는 김호빈과 당직 근무를 하던 중 양상호 계장이 김호빈을 찾아와 무엇인가 부탁하는 것 같더니 양상호가 김호빈을 데리고 잠시 나갔다가 김호빈이 먼저 들어오고 다시 양상호가 들어와 김호빈에게 수사지휘서 부본을 반환하고 가는 것을 봤다. 김호빈에게 물어보니 양상호가 그 부본을 보여 달라고 하였다고 한다. 내용을 보니 불법 게임장 사건이다. 피의자는 3명이고, 검사 전상길이 그 중 한 명에 대하여 구속지휘를 한 내용을 담고 있었다.

전상길 검사가 담당하던 다른 게임장 사건인데 수사지휘 내용이 중간단계에서 누설되고 더욱이 구속 지휘내용까지 담고 있어 심각한 수사비밀 누설입니다. 양상호가 나중에 들어오는 것에서 이를 보기만 한 것이 아니라 복사를 하지 않았을까 생각합니다. 그들끼리 저지른 일이지만 그토록 심각한 일이 벌어졌음에도 제가 속수무책일 수밖에 없었던

그 당시 자괴감이 지금도 생생합니다. 직원 간 그런 행위가 왜곡된 의리 또는 정(情), 유대관계로 위장되어 벌어졌습니다. 양상호가 죄의식이 전혀 없는 것은 특수검사실에 오래 근무하면서 전관이나 검사들이 하는 짓은 고래 짓이고 자신이 하는 짓은 새우 짓에 불과하다는 것을 잘 알고 있기 때문입니다. 검사도 모르는 사이 수사기밀이 누설되는 일들이 많았고 검사들이 마음만 먹으면 근절할 수가 있는데 그들이 더 많이 더 심각하게 누설하고 전관들과 내통하고 온갖 사건 농간을 일삼으니 근절하지 못했던 것입니다.

게임장 바지사장 사건은 어떻게 된 것입니까?

검사가 이러지도 저러지도 못하고 있는 상황이 지속되었던 것으로 보이고 잠시 후 곧 말씀드리겠습니다.

9월 11일 (화) 맑음

▸ 오전에 검사가 업무상과실치상 사건을 두고 자신은 과실이 있다고 보는데 부장은 자꾸 과실이 없다고 그런다면서 매우 난감한 표정을 지었다.

검사가 과실 여부가 관건인 사건을 두고 부장과 의견이 달라 검사는 양심적으로 혐의가 있다고 보여 원칙대로 처리하려는데 부장이 그 반대로 나서서 입김을 넣고 태클을 거니까 검사로서 양심상 고민스러워 하는 것입니다.

윤덕일 검사가 솔직한 면이 있는 것 같습니다.

그렇습니다. 당시 검사로서 그 정도로 바르게 처신하기 매우 어려운데 심성이 솔직하고 양심적이어서 기저질환이 거의 없는 경우라 검찰 바이러스에 감염되어도 치명적이거나 중증은 잘 보이지 않았습니다. 또한, 저와의 직무상 신뢰 같은 것을 매우 소중히 여기고 있다는 느낌을 항시 받았습니다.

> **9월 12일 (수) 맑음**
>
> ▸ 때에 맞지 않게 제법 더운 날씨이다.
> ▸ 점심때 검사와 '소덕' 일식집에서 정식을 시켜 먹으면서 대화하던 중 검사가 게임장 사건에 대하여 말했다. "범인도피 혐의를 인지하고 공소장을 변경하려고 했는데 부장이 '보강 증거가 있느냐?'면서 결재를 안 해 주고 그냥 내사중지 하라'고 하여 어떻게 해야 할지 모르겠다"라며 매우 난처해하였다.

이제야 게임장 사건 이야기가 나오게 되었는데 검사는 원칙대로 바지사장 양기석이 경찰에서부터 적극적으로 허위진술을 하여 실업주를 도피시켰던 혐의를 추가하고, 실업주는 그러한 도피죄를 교사한 혐의까지 추가하여 각기 원칙대로 처분하려는데 부장이 저지하고 나서 고민하는 상황임을 알 수 있습니다. 뒤탈이 나기 쉬운 게임장 사건이라 검사가 부장의 말을 듣지 않고 제대로 처리한 것으로 기억하고 있습니다.

> **9월 13일 (목) 맑음**
>
> ▸ 점심 먹으러 가는데 현관에서 박충호, 윤정철 계장을 만났다. 박충호는 할 이야기가 있다면서 점심 먹고 13:30에 형사조정실로 오라고 했다. 그 시각에 갔더니 오후 출석 예정인「국토의계획및이용에관한법률위반」피의자에 대하여 언급하면서 "그 사람 출석 말고 업무를 잘 아는 다른 직원이 대신 출석하게 해 달라"라고 요구하였으나 정중히 거절하였다.

박충호가 사건에 개입하여 조사 일정을 바꾸고 진술할 사람을 달리 지정해 달라는 부탁을 하는 것입니다. 처음부터 그럴 사건이라고 판단했다면 그렇게 했겠죠. 일단 피의자를 조사해 보고 필요하면 다른 사람을 조사할 수도 있는데 사건과 아무런 관련도 없는 검찰 직원이 개입하여 그런 청탁하는 것 자체가 문제여서 거절했습니다.

> **9월 18일 (화) 비**
>
> ▸ 오전에 검사가 전날 저녁 노사분규, 노동사건 담당 기관 직원들과 회식이 있었다고 하고 "직원들이 생전 처음 보는 '루이14세'라는 술을 가져왔는데 그 사람들은 그런 술을 어디서 났는지 모르겠다"라고 했다.

검사가 그런 술로 접대를 받아 만족스럽다는 것이 아니고 개탄스러워 한 것입니다. 그 얼마 전 상황부터 기억납니다. 검사가 그 기관 직원들이 저녁을 먹자고 한다며 저도 같이 참석하자고 하였으나 제가 거절했었거든요. 일찍이 제가 공명정대한 자리가 아니면 남의 지갑을 빌리는 자리나 제가 남에게 술이나 밥을 살 때도 제 돈을 쓸 것 아니면 자리를 마련하지 않았고, 심지어 함께 근무하는 검사 또는 직원도 자기 지갑에서 꺼낸 돈으로 사는 것이 아니면 먹지 않겠다는 다짐을 실천하고 있었기에 거절한 것입니다. 그러나 검사는 노사분쟁, 노동 사건을 담당하고 있기에 그들 기관 소속 직원들의 역할과 협조가 매우 중요하므로 거절하지 못하고 부득이 나갔을 것입니다. 그들이 노사 중간에서 공정한 자세로 맡은 소임을 다 하면 되는 것이지 그런 술 가져다가 검사를 접대할 이유가 뭐가 있겠습니까? 우리나라 임금체불률과 산재 사건 발생과 사망률이 OECD 국가 중 톱 수준에 있는 것이 우연이 아니라고 생각합니다.

그 이전부터 제가 담당했던 여러 임금체불 사건을 보면 사실관계를 다투는 경우는 거의 없습니다. 합의 또는 처벌 의사 여부를 확인하고자 임금을 받지 못한 사람에게 연락하면 거의 이구동성으로 임금을 주지 않은 자보다 담당 공무원들의 불성실과 무성의를 더 크게 원망하고 죽을 맛이라고 말하는 경우가 많았습니다. 산업장 안전의무 위반 사건도 복잡한 사건일수록 무성의하게 조사하여 뒤늦게 진실을 밝히느라 무척 고생하곤 했던 기억이 납니다.

사람들은 범죄 피해에 만족스럽게 회복되지 않더라도 공무원들이 정의롭게 일을 해 주면 그나마 좀 더 살맛이 날 것입니다. 검찰에 근무하면서 국민의 권익 보호와 사회정의에 종사하는 공직자들이 사명감을 가지고 직무를 성실히 수행할수록 살맛이 나서 불명예스러운 자살률을 줄이는 데 조금이나마 도움이 되지 않을까 하는 생각이 자주 들었습니다.

> **10월 1일 (월) 맑음**
>
> ▸ 오후에 검사가 "의료기기 판매 사기 사건 피의자 이중완에 대한 구속영장 청구서에 청장 결재가 끝나면 배준구 변호사에게 통지해 달라"라고 하여 "변호사가 선임계를 낸 사실이 없다"라고 했더니 검사는 "몰랐다"라며 서운한 표정을 지었다.

검사는 배준구 변호사의 몰래 변호에도 개의치 않고 원칙대로 구속영장을 청구하는 것이어서 저에게 그렇게 거리낌 없이 지시한 것으로 보입니다. 그러나 검찰이 법원에 청구한 이후이면서 선임계를 냈다면 국선이든지, 사선이든지 변호인에게 통지해 줄 것이나 아직 선임계를 내지 않고 몰래 변호 중이어서 제가 거절하였습니다.

검사가 몰래 변호를 몰랐다고 하네요?

몰래 변호는 너무 뻔한 사실이라 검사가 그걸 부인하는 것이 아니고 검사와 전관 관계에서 어쩔 수 없는 자신의 부득이한 처지를 몰라주고 제가 너무 원칙대로만 한다는 서운한 감정표현이 묻어나는 반어적 표현으로 보시면 됩니다.

> **10월 2일 (화) 맑음**
>
> ▸ 13:50경 배준구 변호사가 방문하여 검사를 만나고 갔고, 검사는 "변호사가 이중완이 고소인과 연락하여 합의하려고 노력 중이라는 사실을 알려 주고 갔다"라고 말했다.

검사가 증거인멸, 도주의 우려가 있다고 보아 구속영장을 청구한 직후에도 계속 중인 배준구의 몰래 변호 상황입니다.

> **10월 16일 (화) 맑음**
>
> ▸ 11:30경 예전에 명함을 주고 갔던 '미래○○○(주)' 최관식 대리가 그의 상사인 총무팀장이라는 사람과 함께 방문했다. 최관식이 그 회사에서 생산하고 있는 제품이라며 자그마한 모형 하나를 건네주었으나 이를 거절하였더니 "잠시 드리고 싶은 말씀이 있다"라고 했다. 나는 "저는 나름대로 노사관이 있는 사람이니 개인적으로 만나서 할 말은 없습니다"라며 돌려보냈다.

이날은 최관식 대리의 상사까지 함께 온 것이 긴히 할 말이 있었던 모양입니다. 그러나 제가 조사를 앞둔 사건 중 그들이 속한 회사 사건은 있었는지 몰라도 그 두 사람이 당사자인 사건은 없었습니다. 회사 직원으로서 할 말이 있다면 얼마든지 진술서, 진정서, 탄원서 등은 물론 그 밖에 형식에 구애받지 않고 써서 내면 되는 것이지 저를 개인적으로 만날 필요는 없는 것입니다.

62

> **10월 23일 (화) 맑음**
>
> ▸ 오전에 산재 사망 사건 피해자의 아버지가 방문하여 회사에서 산재처리를 해 주지 않고 있다며 눈물로 하소연하고 갔다.

공사현장에서 일하다 사망했는데 산재처리조차 되지 않은 사건이었습니다. 건물 증축공사를 위한 준비공사 첫날 인부 2명이 안전사고를 당하여 한 명은 사망하고, 한 명은 중상을 입었는데 입건된 건설회사 대표 이환길은 그 공사를 수주받은 사실 자체가 없으므로 책임도 없다고 주장하는 사건이었습니다. 이런 사건은 업무상과실에 대하여는 경찰에서, 산업현장에서의 안전의무에 대하여는 노동 관서에서 조사하는데 이때 사건은 그 후자로서 송치된 사건이었습니다. 피해 상황이 위중하여 신속히 진실을 가려야 할 사건임에도 송치 전 조사 담당자의 조사 예봉이 전혀 보이지 않은 것이 뭔가 외압이 작용한 것이 아닌가 의심이 들 정도였습니다.

처음부터 다시 시작하는 마음으로 조사에 들어갔습니다. 먼저 건축주와 건설회사 대표 이환길을 상대로 대질조사하였습니다. 건축주는 이환길을 만나 구두로 공사계약 확약을 한 상태에서 설계도가 나오는 대로 정식계약서를 작성하기로 한 직후 이환길이 자신의 양해하에 사전 준비 공사에 들어갔다가 사고가 난 것이라고 주장했습니다. 반면에 이환길은 공사를 맡기로 하였을 뿐 정식계약서를 작성하지도 않았고 준비공사에 관여하지도 않았으므로 책임이 없다고 주장하고 있었습니다.

본격 조사에 앞서 우선 사고 당일 현장에 인부들을 보낸 업자를 찾아내어 역순으로 조사한 결과 그 준비공사가 업자들 간 2단계에 걸쳐 소개되어 내려간 사실을 확인하고 다시 이들 모두와 건축주, 이환길 등 모두 6명을 같은 날 불러 5~6시간에 걸친 집중 대질조사를 했습니다.

조사결과 건축주의 주장이 사실이고, 이환길의 건설회사 소속으로서 현장 관리를 맡은 곽주성이 준비공사 발주를 했고, 그 공사 당일 현장에 나와 일시 감독하다 떠난 사실도 확인하였습니다.

사실관계는 정리가 되었으므로 검사가 사건 처리만 공정하게 하면 되는데 일단은 이환길이 검찰 유관 기관 임원인 데다 양정민 변호사가 몰래 변호하고 있는 장벽이 가로놓여 있었습니다. 다음 이야기는 일기를 보면서 말씀드리겠습니다.

10월 26일 (금) 맑음

- 출근하자마자 검사는 "어제 산재 사건을 정식재판에 넘기려고 결재를 올렸으나 지청장이 '법 조항 수정하라'며 결재를 반려하였고, 오늘 아침에는 구내식당에서 지청장과 함께 밥을 먹는데 '그 사건 구약식 처분하면 안 되겠느냐?'라고 말하여 안 되는 이유를 설명해 주었더니 '이환길을 불러서 그 이유를 설명해 주라'고 하여 오늘 이환길을 불러 놓았고, 이환길이 양정민 변호사를 선임한 데다 오랫동안 유관 기관 위원을 했다고 여기저기 연락하고 있는 모양이다."라고 말했다.

- 오전에 화장실에 가려고 복도를 걷다 대기실에 이환길, 곽주성이 와서 기다리고 있는 것을 봤다. 잠시 후 검사가 이환길을 집무실로 불러들였다. 지청장의 지시대로 벌금형으로 해 주지 못하는 이유를 설명하려는 것으로 보인다. 이환길이 약 50분간

> 검사집무실에 머물다 갔으니 그 시간 동안 검사는 벌금형이 아닌 정식재판으로 기소하게 된 이유를 설명해 주고 양해를 구한 것이다. 검사가 공소장으로 말하면 되는 사건에 이처럼 이해할 수 없는 특별 배려는 지청장의 직접 지시에 따른 것이다. 얼마 전 지청장이 '검사는 수사하다 적당한 선에서 그만두는 것도 필요하다'라고 했던 말은 이럴 때 써먹으려고 한 것이구나 하는 생각이 들었다. 그리고 이전에 검사가 '지청장이 모 회사 노조위원장을 어떻게 해서든지 구속해야 한다고 하더라'고 했던 말도 생각났다.

사건전모가 드러난 후 검사가 원칙대로 처리하려는데 전 방위적으로 사건청탁이 있었고, 특히 지청장이 가장 높은 장벽이었습니다. 전관 양정민이 몰래 변호 중이기도 하고요.

지청장은 왜 법 조항 수정 요구를 한 것입니까?

그다음 검사의 말에 답이 있는데 검사의 정식재판 기소를 가볍게 벌금형의 약식기소로 변경하려면 관련 법 조항을 바꿔야 하니까 그런 차원의 수정 요구일 것입니다.

원칙대로라면 구속수사가 마땅하지 않을까요?

이 사건도 구속이 능사가 아니고 벌금형으로 끝낼 수 있는 길이 얼마든지 열려 있는 사건이었습니다. 저는 우선 이환길이 진실을 모두 말하고 피해자가 하루빨리 산재처리를 받을 수 있도록 함으로써 구속되지 않는 방법을 택하기를 간절히 바랐습니다. 그러나 이환길과 곽주성이 증거가 이미 확연히 드러났음에도 그 길을 택하지 않았습니다. 따지고 보면 이들이 거짓 진술로 증거인멸을 하도록 인도하여 더 나쁜 사람들로 여겨지게 만드는 1등 공신은 피의자들이 사지로 내몰릴수록 이를 역으로 활용하여 많은 돈을 벌 수 있는 전관과 검찰 권력의 단맛을 보려는

지청장이고, 이들의 사건 농간이었습니다. 이 사건도 청탁과 사건 농간 과정을 먼저 조사하면 진실을 훤히 밝힐 수 있었을 것입니다.

지청장이 '적당한 선' 또는 '꼭 구속시켜라'라고 언급한 것을 보면 이율배반적인데 진정한 소신은 무엇인지 모르겠습니다.

검찰 바이러스 감염 '자의적 수사' 증상으로서 정치검사의 '선택적 정의'라는 치명적 증상과 맥을 같이합니다.

> ### 11월 14일 (수) 맑음
>
> ▸ 13:15 이함식 변호사가 들어와 집무실로 들어갔다. 13:30 검사만 나오고 이함식은 보이질 않았다. 검사는 "변호사가 김동일이 범행을 모두 인정하고 있는지 물어보던데요?"라고 말했다.
> ▸ 특수절도 피의자 유순호, 김동일, 김유민, 손일교, 황윤식 등 5명 중 유순호, 김유민 둘이 구속되어 송치된 사건이다. 송치 첫날 김유민이 조사를 받던 중 눈물을 글썽이며 "김동일이 저랑 같이 훔쳤는데 저의 엄마가 면회 와서 하는 말이 '김동일은 변호사를 선임해서 구속되지 않았는데 엄마는 돈이 없어서 너를 빼 주지 못했다'는 말을 하면서 미안해했습니다"라고 말했다.

이함식이 김동일을 몰래 변호하고 있었습니다. 김유민이 엄마가 면회를 와서 한 말을 되새기며 눈물을 글썽였는데 심성은 나쁘지 않은 아이로 느껴졌던 당시 상황이 기억납니다. 가난한 엄마에 대한 원망이 아니라 죄를 지어 엄마에게 그런 마음 아픈 생각까지 하게 했다는 것에 대한 불효와 죄책감 때문에 한 말이었습니다.

김동일의 경우 경찰이 처음부터 구속영장 신청하지 않은 것인지, 신청은 했으나 검사가 법원에 청구하지 않은 것인지, 청구는 했는데 법원에서 기각한 것인지 어느 쪽입니까?

　그 부분 그리고 영장청구를 어느 검사가 했는지에 대한 기록이나 기억이 없어서 모르나 김동일을 몰래 변호한 이함식 변호사가 경찰 단계에서부터 손을 썼을 수도 있습니다.

　영장 청구한 검사가 이함식의 청탁을 받아 청구대상에서 빼 주었을 수도 있겠군요?

　이 사건에서 그렇게 했다고 단정할 수 없으나 다른 사건에서 보면 검사들이 영장청구 독점권을 자기 쌈짓돈 쓰듯이 하는 경향이 매우 현저한데 몰래 변호 또는 힘 있는 자나 인연이 있는 자들로부터 사건청탁 또는 압력을 받아서 이를 들어줄 때는 청탁 또는 압력이 불구속을 원하는 것이면 사건기록을 이 잡듯이 뒤져서 그렇게 몰아갈 그럴듯한 사유가 있는지 찾아내어 이들만 특별히 확대 또는 축소, 부각하여 기각 사유로 꾸며 대고, 반대로 구속을 청탁하면 그렇게 몰아갈 사유가 있는지 이 잡듯이 뒤져서 영장을 청구하고야 맙니다. 이러한 그들의 '선택적 편집' 증상에 대하여는 특히 당직 근무를 할 때 당일 경찰의 신청, 검사의 청구, 법원 발부 과정을 훤히 알 수 있는 영장기록이 모두 당직실을 거쳐 가기 때문에 이들 기록을 읽어 보면서도 간파한 경향입니다.

11월 16일 (금) 맑음

▸ 오늘 김동일을 조사하였다. 아직 소환하지 않은 유순호의 모 손금선이 선임한 박선혁 변호사가 방문하여 지방변호사회 경유인(번호 008****)이 찍힌 정식 선임계를 냈다. 확인해 보니 지방 대학교 법학과를 나온 전관 아닌 변호사이다.

전관 경력이 없는 박선혁 변호사는 몰래 변호는 감히 엄두도 내지 못하고 정식 선임계를 냈습니다. 전관들의 몰래 변호와 극명하게 대조가 되지 않습니까? 이 사건은 청소년 5명이 공범인 특수절도 사건입니다. 이들 중 2명은 구속, 나머지는 불구속으로 송치가 되었습니다. 구속 2명에 대한 조사를 마치고 불구속 상태의 피의자들 조사가 시작되었을 때 있었던 상황입니다.

검찰 기득권자들이 개혁에 기를 쓰고 반대하고, 개혁하려는 이들을 그토록 증오하고 보복하려는 여러 이유 중 하나가 현직에서 전관예우로써 수도 없이 보험료를 내고서도 퇴직해서는 그 보험금을 못 타게 될지 몰라 극도로 분개한 때문이기도 합니다.

11월 22일 (월) 맑음

- 산재 사건에서 중상을 입었던 김영훈이 편지를 보내왔다.
- 오후에 검사는 "박창욱 검사가 '이환길로부터 산재 사건 부탁 전화를 3번이나 받았다'라는 말을 하더라"라고 했다.
- 16:00경 양정민 변호사가 들어와 집무실에 들어갔다가 5분 만에 나왔다. 이번에는 검사가 출입문까지 따라 나가 살펴 가시라고 인사를 한다.
- '미래○○○(주)' 노조위원장 구속 피의자 박윤식에 대한 조사가 19:00경 끝났다. 조사를 받으면서 그는 여러 사실관계에 대한 답변에서 '그런 사실은 인정하는데 형평성에 어긋나니까 못 받아들이겠다'라는 말을 했다. 조사를 모두 마무리하고 박윤식이 문을 나서다가 뒤돌아서 '돈 있고 백 있는 놈은 다 나오더라고요'라고 크게 외쳤다.
- 박윤식을 돌려보낸 직후 검사는 "양정민 변호사로부터 이환길을 잘 살펴 달라는 부탁을 받았으나 오히려 '이환길이 자신의 책임을 인정하도록 설득해 달라'는 말을 했다"라고 했다.

결국 구속 영장청구를 하지 않았으나 정식재판 청구는 한 것입니까?

예, 검사가 전관과 지청장의 사건 농간을 견뎌 내고 정식재판 청구는 했습니다. 평소 저의 습관대로 나중에 판결문을 입수하여 읽었는데 이환길, 곽주성 모두 1심에서는 실형을 선고받았고, 이후 성의 있는 조치를 하였는지 2심에서는 그보다 관대한 형을 선고받았습니다. 수사단계부터 바른길을 선택했더라면 피해자건 가해자건 조기에 더 나은 처지가 되고 송사를 이어 가는 경제적 손실도 줄였을 것입니다. 어찌 보면 이들은 전관 또는 힘 있는 자의 사건 농간의 피해자인 면도 있습니다.

늘 드리는 말씀이지만 진실을 밝혀 정의롭게 결말이 났다는 보람은 잠시였습니다. 이런 사건은 검찰에 오기 전 초동 및 현장 단계를 책임지고 산업안전 분야 전문가인 조사담당관들이 잘해 줘야 피의자들이 엉뚱한 마음을 먹는 것을 막고 진실규명을 앞당기며, 무엇보다 피해자들과 그 가족의 아픔이 조금이라도 빨리 위로받고 치유받을 수 있다고 생각합니다. '루이14세' 양주로 검사 접대할 생각 대신 말입니다.

검사가 몰래 변호를 하고 가는 양정민 변호사를 왜 문까지 따라 나가 깍듯이 인사를 해야 하는지 이해가 되지 않습니다.

문까지 따라 나가는 경우는 다른 검사들도 같았습니다. 검사 개인의 문제가 아니었고, 검찰 바이러스 감염증을 모르면 도무지 이해할 수 없을 것입니다.

박윤식이 조사를 다 받고 나갈 때 외치던 상황과 그 외침이 지금도 귀에 쟁쟁합니다. 저는 노조의 불법과 고질적인 비리를 없애기 위해서도 노사 모두 승복하도록 법 집행에 공정과 형평성을 가장 우선에 두어야 한다고 생각합니다.

조사한 노사분규 관련 사건이 송치의견과 달리 검찰에서 뒤집힌 적이 있

있습니까?

　제가 조사한 공안 사건은 판결문까지 읽어 봤는데 사실관계 자체가 바뀌었던 기억은 없습니다. 노조원들이 저에게 조사를 받을 때 보면 사실관계에 승복하면서도 형평성에 대하여 불만을 토로하는 경향이 현저했습니다. 송치 전 초기 단계부터 검사가 매우 공을 들여 초동 및 현장 담당자들과 직접 긴밀히 연락하여 훗날 공소 유지를 염두에 두고 집중 수사지휘한 끝에 송치되었습니다. 검사가 꼼꼼하게 그 부분을 잘 해냈던 것으로 기억합니다. 저의 역할은 법정에서 형사소송법 제312조에 따른 검사작성 명의 피의자신문조서의 증거능력을 법률상 특별대우 반열에 올려놓기 위하여 송치 전 이미 충분히 조사되고 정돈된 사실관계를 확인하는 차원에서 하는 이중조사였습니다.

　검찰에 있어 공안 사건과 일반 사건의 다른 점이 무엇이었습니까?

　'공안'이 붙은 사건이 적자(嫡子)라면 일반 사건은 서자(庶子), 평민과 귀족, 보석과 자갈처럼 달리 취급하여 공안 사건에 공을 들였고, 또 달리 비유하면 군 지휘관이 지휘봉으로 찍어 지시한 것은 마르고 닳도록 깨끗이 닦아 광을 내 보이는 것과 그렇지 않은 곳은 관심이 별로 없는 그런 차이였다는 생각도 듭니다. 민주주의 체제 수호와 사회안정의 순수한 목적의 공안 수사는 전폭적으로 지지하나 과연 모두 그랬는지 묻고 싶습니다. 저는 검찰에서의 '전관예우', '부패검사', '정치검사'에 의하여 벌어지는 사건 농간이야말로 사회정의와 안정을 심각하게 파괴하므로 공안 사건 선순위 반열에 올려야 한다고 생각했습니다.

> **11월 28일 (수) 맑음**
>
> ‣ 11:20 이함식 변호사가 들어와 검사집무실에 머물다가 11:25 나갔다.

63

> **12월 14일 (금) 맑음**
>
> ‣ 오후에 법원의 실질 심문에 맞춰 피의자 김진순을 법정으로 데려갔다. 영장전담 판사는 김완정이다. 심문이 끝난 후 교도관실에 인치하기 위하여 걸어서 이동하는데 김진순이 대뜸 "잘나가는 김상돈 변호사를 선임했다. 이번에 국회의원에 출마할 거다"라고 말하는데 어차피 구속될 사람이라 생각되어 "재판도 잘 받으시기 바랍니다"라고 친절히 대꾸해 주었다.
> 결과는 판사의 영장기각이다. 기록이 반환되고 보니 피해금 변제 사실도 전혀 없고, 혐의를 인정하는 것도 아니었다.

꽤 복잡하고 매우 지능적인 사건이었습니다. 이 사건을 잊을 수 없고 내용도 생생히 기억하고 있습니다. 김진순은 경매에서 낙찰받은 건물을 지인 앞으로 명의 신탁한 상태에서 타인에게 근저당권을 설정해 주고 돈을 빌렸습니다. 이후 외견상 자신 소유의 건물보다 입지가 덜 좋아 보이는 건물을 소유하면서 그 건물에서 마트를 운영하는 피해자에게 접근하여 자신 소유 건물에 설정된 근저당 설정을 가족끼리 형식적으로 해 놓은 것이라 언제든지 말소할 수 있다고 거짓말하여 부동산교환계약을 체결합니다. 이후 계약상대방으로부터 건물 소유권을 넘겨받았음에도 자신 소유의 건물은 넘겨주지도 않고 채무도 갚지 않아 강제경매에 넘어가게 합니다. 경매과정에서도 타인 명의를 빌려 허위의 전세계약서를 법원에 제출하여 수천만 원의 배당금을 챙겼습니다. 게다가 이 사건과 간접 관계이면서 다른 금전거래로 다투던 사람을 허위로 고소하여 무고 혐의까지 있었습니다. 입증된 혐의를 간추리면 사기, 부동산실명법위반, 무고 등 3개였습니다.

사건이 간단치 않아 조사도 쉽지 않았습니다. 김진순이 온갖 거짓말로 혐의를 부인하고 참고인까지 회유하고 출석을 막아서 무척 애를 먹었지만 저는 늘 이런 사건일수록 물러설 수 없다는 집념으로 조사에 임했습니다. 김진순의 앞뒤가 맞지 않는 진술과 어리숙한 변명을 음미하면서 그렇게 복잡하고 지능적인 범행을 혼자서 하기 어렵다는 생각을 떨칠 수 없었습니다. 검사는 피해금 변제도 전혀 하지 않고, 증거를 인멸해 온 김진순에 대하여 구속영장을 청구했던 것입니다.

구인장을 집행하여 김진순을 법정으로 데려갔을 때 출입문 앞에 말쑥한 차림의 남자가 다가와 김진순에게 격려의 말을 했습니다. 두 사람이 일시 주고받은 말이나 서로의 표정에서 느낀 저의 생각에 대한 언급은 생략하겠습니다.

김상돈 변호사가 판사 출신 전관인가요?

아닙니다. 중원지검 평원지청 검사 출신 전관인데 그 사건에 그의 특별한 입김 작용이 있었는지는 알 수 없으나 영장을 기각한 김완정 판사는 김진순이 혐의사실을 인정한 것도 아니고 변제도 한 푼 하지 않았는데 기각하였습니다. 도무지 이해할 수 없는 영장기각 동기는 잠시 후 소개하는 일기 내용으로 말씀드리겠습니다.

재판 결과는 어떻게 되었습니까?

일시 구속만 면한 것이고 제대로 된 판사를 만났는지 1심 재판에서 실형으로 중형을 선고받았습니다. 이런 반전은 그 사건이 정의로운 판사를 만났을 때 가능한 일인데 김진순의 자업자득이기도 하지만 그 이전 단계에서 보면 전관 변호사는 피의자에게 바른길을 알려 주지 않았고, 영장전담 판사의 정의롭지 않은 영장 업무처리까지 더해져 더 나쁜 범죄자로 여겨지고 1심에서 중형을 선고받고 이중삼중의 비용을 치르게 하였다고도 볼 수 있습니다. 김진순이 처음부터 정직하게 진실을 털어 놓고 피해금도 갚고 하여 선처를 구하면 좋았을 것이라는 총체적인 면에서 보면 김진순도 우리나라 형사사법 문화의 피해자라고 생각합니다.

해가 바뀌었습니다. 검사인사 시즌이 다가오고 2개월 후 윤덕일 검사와 헤어지게 되었는데 거두절미하고 증언 주제와 가장 직결되는 일기 내용 두 개만 소개하도록 하겠습니다.

2월 15일 (금) 맑음

‣ 11:20경 김완정 변호사가 들어오더니 나에게 공손히 미소를 보이며 인사를 하고, 검사집무실에 들어가 잠시 머물다 나와 명함을 주면서 이번에 개업했다며 잘 부탁한다고 인사했다.

앞서 언급한 김완정 판사가 김진순의 영장을 기각한 지 2개월여 만에 변호사로 변신하여 명함을 돌리고 있습니다. 영장전담 판사로서 사람을 일시 지옥에도 보내고 천당에도 보내는 직무를 수행한 직후 개업하였습니다. 전후 시간상으로 보아 김진순의 영장을 기각할 때 변호사 개업 준비를 하고 있었던 것이 분명합니다. 나중에 알게 된 사실이나 법원에도 검찰과 유사한 발생 기원과 숙주, 변이과정을 거쳐 다양한 감염증을 보이는 특유의 법원 바이러스가 있었습니다.

2월 27일 (수) 맑음

▸ 오전에 형사라고 신분을 밝힌 사람이 방문하여 자신의 소속을 말하는데 매우 생소하고 잘 알아듣지 못하여 되물으려는 순간 "검사님을 찾아뵙기로 이미 연락이 되어 있어 왔습니다"라고 말하므로 검사에게 물어보니 사실이어서 집무실로 들여보냈다. 잠시 후 검사는 박만하 지청장으로부터 구속 노조 간부 이성국과 특별면회를 시켜주라는 지시를 받았다며 교도소에 연락하여 오후에 이성국이 검사실에 출석하도록 하라고 하여 그대로 이행하였다.

▸ 오후에 이성국이 출석하자 검사는 그 형사가 변호인 접견실에서 이성국을 면회하도록 배려하였고, 30~40분 동안 면회를 마치고 돌아온 형사가 검사집무실에 잠시 머물다 나와서 내게 다가오더니 '송규학'이라는 이름이 새겨진 명함을 건네주면서 "연락 주시면 술 한 잔 사겠습니다"라고 말했다. 그는 출입문을 향하여 가다 돌아서서 다시 다가와 "저는 송경훈 검사장과 같은 집안사람입니다. 이성국이 이전부터 저희에게 협조해 오던 사람입니다"라는 말을 하고 나갔다. 나는 순간 '이전부터 협조'라는 말에 망치로 머리를 얻어맞은 듯 멍해지는 느낌이 들었다. 그의 명함은 특이하게도 좌측 여백에 대나무가 그려져 있고, 우측 위에 성명, 그 아래에 사무실 일반전화 번호, 다시 그 아래에 휴대전화 번호만 기재되어 있고, 소속 직위 등은 전혀 기재되어 있지 않아 마치 비밀요원처럼 느껴졌다.

방문한 형사가 복도에 한두 명 더 보였던 것으로 기억하는데 모든 언행은 송규학이 했습니다. 그의 말 한마디로써 추정하거나 의심되는 사항이 너무도 충격적이었습니다. 언젠가 기회가 오면 송규학 형사에게 이성국이 이전부터 도대체 어떤 협조를 해 왔던 것인지 물어보고 싶었습니다.

나중에 이야기가 나옵니다만 이로부터 수년 후 제가 검찰 내부게시판에 검찰개혁에 관한 글을 올렸다가 검사실에서 파문을 당한 일이 있었습니다. 이후 일반사무 부서를 전전할 때 공안검사실에서 상당한 근무 경험이 있던 후배 김한동과 우연히 공안검사실 근무 경험을 화제로 대화할 기회가 있었습니다. 제가 이성국을 아는지 물었더니 서슴없이 "그 사람 프락치입니다"라고 말하는 것입니다. 김한동이 어떤 조사 경험을 하여 그렇게 말하는지 알고 싶었으나 난처해할 것 같고, 괜한 말을 꺼냈나 보다 하는 표정으로 더 말을 하지 않아서 더 물어보지 않았습니다. 더욱 놀라운 일은 그로부터 수년 후 우연히 알게 된 다른 사실입니다. 송규학을 취재한 적이 있는 유명 언론인이 자신의 SNS에서 송규학이 극단적인 선택을 하여 사망한 사실을 알렸습니다.

송규학이 증인에게 한 말도 있고 김한동의 말이 사실이라면 이성국이 '노조 내부의 경찰 프락치'였고, 증인의 예전 경험도 송규학 형사가 프락치 협조를 받기 위하여 검찰의 배려로 검찰청사 내에서 특별면회를 했다는 말이네요?

그 부분 진실을 명확히 알지 못하는 상황에서 그렇게 단정하여 말할 수는 없고, 진실을 말해 줄 당사자도 이 세상에 없으니 영원히 묻힌 것입니다.

박만하 지청장 또한 누군가로부터 지시를 받아 윤덕일 검사에게 지시한 것으로 보이는데 그 이상 누구인지는 모릅니까?

예, 모르지만 그런 엄청난 지시를 박만하에게 할 정도이면 검찰 바이러스 감염 치명적 증상을 앓고 있는 '정치검사'일 것입니다. 박만하는 그런 지시를 받아 전달하면서도 자신이 하는 짓은 새우 짓이고, 그 정치검사인 상급자는 고래 짓이어서 아무런 죄책감도 없었을 것입니다.

일기 소개를 통하여 검찰 내부의 장기를 내시경으로 들여다보듯 할 것이라고 했었는데 왜 그렇게 말씀하셨는지 알겠습니다.

증언 후반부에 소개할 일기에 비하면 아직 내시경 초기 단계에 불과합니다. 제가 쓴 일기는 검찰 괴물의 정체를 밝히기 위한 준비 작업이었는데 결국은 검찰 바이러스 감염증에 대한 역학조사가 된 셈입니다.

64

윤덕일 검사는 달구벌지검으로 전출 가서 헤어진 후 서경찬 검사와 근무하게 되었습니다. 서경찬 검사와 근무 때는 일기 쓰기를 중지했습니다. 제대로 된 기록을 하려면 한 검사에 대하여 최소한 6개월 이상은 지속해야 한다는 생각이었고 서경찬 검사와는 4개월 후 제가 화평지청에서 5년 장기근속이 되어 무조건 다른 청으로 전출하게 되었기 때문입니다.

앞서 잠깐 언급했습니다만 훗날 다시 작심하고 일기 쓰기를 재개해 2년 동안 지속하다가 간헐적인 비망록 기록으로 바뀌게 되는데 나중에 이들 일기 소개와 비망록을 토대로 한 증언에서 검찰의 내면을 한층 더 입체적으로 알게 되실 겁니다.

서경찬 검사와 근무하면서는 일반송치 사건 조사에 몰두하였던 기억이 납니다.

서경찬 검사와 근무하자마자 걱정거리가 하나 생겼습니다. 검사실 구조가 화평지청의 사건 증대에 맞춰 늘어나는 검사 숫자로 사무실이 부족하여 서둘러 증축한 제2별관에 자리한 곳이라 검사집무실이 따로 없어 하나의 공간에 검사, 선배 정학영 계장, 제가 근무했습니다. 정학영 계장과는 서로 마주 보고 앉아 있고, 저의 우측으로 불과 1.5m가량 떨어진 곳에 검사 책상이 있었는데 검사가 담배를 자주 피워서 견디기 힘들었습니다. 관공서 내에서 흡연이 금지된 이후임에도 검사라는 직업이 워낙 일도 많고 스트레스를 많이 받는 직업이라 이해하고 싶어도 당장 제가 견디기 어려웠습니다. 검사들이 변해 가는 바깥세상에 따라가지 못하거나 매우 둔감한 언행을 하고 그들 선배 또는 상사 이외에는 의식하지 않는 '내로남불' 공통증상이 사무실 흡연으로 나타난 것입니다.

사흘 정도 참았다가 검사에게 사무실에서 담배를 피우지 않았으면 좋겠다고 말했더니 말없이 저를 빤히 쳐다보았습니다. 그리고 서로 각자 일을 하고 점심시간이 지난 직후 검사가 "오전에 말씀 잘 해 주셨습니다"라고 말하는 것입니다. 검사가 사무실에서 담배를 피우지 않겠다고 한 것이므로 문제가 해결된 것입니다만 이후 웃지 못할 일들이 있었습니다. 우선 검사가 저와 근무하는 동안에는 사무실에서 담배를 피우지 않았는데 제가 전출하고 다른 직원이 오자 다시 피우기 시작한 것입니다.

이미 전출하여 헤어진 마당에 그런 사실을 어떻게 알게 된 것입니까?

이 부분 앞당겨서 말씀을 드리겠습니다. 세상이 참 좁다고 하지 않습니까? 우연히 알게 되었습니다. 15명의 검사와 근무하며 사적인 면에서 있었던 그들의 의미 있는 언행이 참으로 많았고, 그 이전에도 사무실 흡연으로 저와 긴장 관계에 있었던 다른 검사도 있었으나 서경찬 검사의 담배 이야기는 연속된 상황도 좀 있고 하여 이야기하려고 합니다.

제가 4개월 후 금강지검으로 전출한 후 그곳에 근무할 때였습니다. 금강지검 수사과에 배치받아 근무하던 중 제가 소속된 수사관실에 처음 보는 직원이 방문하였는데 저와 함께 근무하는 후배 이광현과 임용 동기라는 유현식이었습니다. 출장을 왔다 들린 것이라며 저에게도 인사를 하였고, 알고 보니 화평지청 서경찬 검사실에 저의 후임으로 근무하고 있었습니다. 이런저런 대화를 좀 하다가 검사의 사무실 흡연 이야기가 나왔고 검사가 저와 헤어진 후 아무런 거리낌 없이 사무실에서 담배를 피우고 있다는 것입니다. 그러면서 검사에 대하여 섭섭함을 금치 못하며 들려준 이야기가 있었습니다.

유현식은 어느 날 검사와 단둘이 남아 야근을 하던 중 검사가 담배를 피웠는데 일과 후이기도 하고 같이 야근을 하는지라 자신도 담배를 물고 불을 붙였더니 검사가 버럭 화를 내며 "어디서 검사와 맞담배를 피우느냐?"라고 말했다고 합니다. 유현식은 일과 시간이면 사무실에서 담배를 피우지 않았을 텐데 일과 후이고, 검사가 자기보다 나이도 적고 늦게 남아 둘이 고생하는 마당에 이해해 주겠지 하고 피웠다가 그런 말을 들었다고 합니다. 유현식이 자존심이 얼마나 많이 상했던지 그 대목을 이야기하면서 약간 울컥하는 것 같았습니다.

다시 사무실 흡연 사건 직후로 돌아옵니다. 사무실 흡연에 대한 저의 충고로 자존심을 구긴 검사가 마음이 편치는 않았을 것인데 본의 아니게 또 검사의 자존심을 구기게 되었습니다. 검사실에서의 피의자신문은 사건 성격과 내용, 송치 전 경찰 조사의 충실도, 피의자의 특성, 증거, 자백 여부 등에 따라 어떤 상황이 벌어질지 모릅니다. 피의자와 한 치의 양보도 없이 치열하게 공방을 주고받으며 겨루기도 합니다. 그래서 피의자에게 그 핵심은 지피지기이고 가벼이 언행을 하여 허점을 보여서는 안 됩니다. 검사실에서 이러한 직무를 법에 검사가 수행하도록 규정해 놓고 법치에 반하게 참여수사관을 아바타로 내세워 대신 수행해 왔던 것입니다.

형사부 검사가 참여직원에게 조사를 시키는 방식은 검사 나름의 방식에 따라 약간씩 차이는 있으나 대동소이합니다. 검사가 먼저 송치기록을 검토한 다음 경찰 의견대로 정식재판으로 기소할 사건은 단순 이중조사 또는 보완조사를 하고, 그 이외 경찰의 의견과 정반대 또는 조사 미진 정도에 따라 그 조사 방향과 범위, 깊이가 달라집니다.

이 대목에서 소개할 것이 하나 있는데 그 직전 새로운 판례 하나가 나왔습니다. 검사가 피의자신문에 전혀 관여하지 않은 가운데 시종일관 참여수사관이 주도적으로 신문한 피의자신문조서에 대한 증거능력을 인정하지 않은 판례입니다. 그 이후 상부에서 지시공문이 내려왔습니다. 조사받은 사람이 검사 얼굴도 못 봤다는 말이 나오지 않도록 참여수사관이 본격 조사에 들어가기에 앞서 검사가 최소한 피의자에게 진술거부권 고지를 하도록 하고, 조사가 끝나면 피의자를 직접 대면하고 끝내라는 것입니다. 저는 당시 그런 지시공문 또한 참여수사관을 검사의 아바타로 활용하는 본질과 실질은 전혀 변함이 없으면서 국민에게는 그렇지 않은 것처럼 위장해 보이자는 얄팍한 술수라고 생각하여 냉소했습니다.

피의자를 상대로 전체 또는 부분적으로 어떤 방식과 방향으로 신문을 진행하고 언제, 어떤 질문을 하느냐는 매우 중요합니다. 서경찬 검사는 상부의 지시를 이행한다면서 습관처럼 덧붙여서 하는 것이 있었습니다. 피의자에게 진술거부권을 고지하고 자기 자리로 가는 것이 아니라 경찰 의견서를 보면서 피의자에게 조사의 핵심이 될 만하거나 언급하기에 시기상조이거나 상황에 맞지 않아 바늘허리에 실 매어 쓰듯 부적절하게 보이는 질문 몇 개를 던져 보는 것입니다. 그때마다 피의자 대부분은 일시 당황하는 표정을 짓거나 묵묵부답 또는 어정쩡한 태도를 보이지만 그 사건 조사 방향을 간파하고 마음먹은 거짓말을 하려는 눈치가 느껴지곤 했습니다. 검사는 일거에 그런 상황을 빚어 놓기만 하고 갈 길이 바쁜 사람처럼 "지금부터 계장님께 사실대로 진술하라"라고 말하고 제자리로 돌아가 버렸습니다. 그러다 보니 사건 내용과 규모, 피의자의 성향에 제가 주도면밀하게 계획한 신문 방향 또는 구도에 상당한 영향을 미치기도 하여 원만한 조사에 방해가 되었습니다.

그런 일이 빚어지는 근본적인 이유는 그 아바타 제도 자체에 문제가 있어서 그런 것이지만 검사의 방식을 그대로 계속 두면 안 되겠다고 생각하던 중 검사가 또 그렇게 하여 효율적인 조사에 방해를 받은 정도가 심하다고 느낀 사건이 있었습니다. 그래서 조사를 마치고 검사의 방식에 대한 부작용을 말하며 검사가 시종일관 직접 조사하지 않고 저에게 조사를 전담시키는 한 그런 방식으로 하지 말아 달라고 요청하였더니 수긍을 하였는지 이후로는 신중히 하는 태도로 되어 이 문제도 해결이 되었습니다.

그런데 그다음이 문제였습니다. 검사가 저를 대하는 방식에 특별한 변화가 일어났습니다. 사무실 흡연에 대한 충고 이후 검사의 태도가 다소 차갑다 싶던 중 조금 전 무작정 질문 던지기에 대한 충고를 받은 이후 급격히 달라진 것입니다. 검사는 참여수사관이 2명이므로 조사를 맡길 사건을 두 사람에게 배분할 때는 최소한의 안배는 해야 하는데 도무지 그렇지 않았습니다. 구속, 불구속 송치사건을 가리지 않고 연일 저에게 집중적으로 조사할 기록을 주었습니다. 그때까지 저는 함께 근무하는 직원보다 일을 더 많이 한다고 불만을 가져 본 적도 없고, 검사에게 토로한 적도 전혀 없었습니다. 그러나 이 경우는 필시 간부급 검사들이 눈 밖에 난 검사의 군기를 잡을 때 써먹는 '일 폭탄' 보복 수법이 분명했습니다. 좀 더 참고 견디다가 도저히 안 되겠다 싶어 검사에게 그동안 이해할 수 없을 정도로 심하게 '일 폭탄'을 던졌던 것을 지적하면서 어느 정도 형평은 유지해 달라고 요청했습니다. 검사는 제 말에 틀린 것이 전혀 없으니까 아무 말도 하지 못하였고 이후로는 저의 요청을 반영하여 안배해 주었습니다.

참여수사관의 피의자 신문 전 검사가 직접 진술거부권을 고지하고, 조사 후 면담하라는 지시는 그 이후로도 이행이 되었습니까?

서경찬 검사와 근무할 때는 유지가 되었으나 제가 금강지검 수사과로 발령받아 갔다가 1년이 지나서 화평지청으로 돌아와 다시 검사실 근무가 시작되었을 때는 그런 모습은 자취를 감추고 그 이전 방식인 참여수사관이 진술거부권도 고지하고 시종일관 신문도 한 후 검사가 최종에 가서 일시 면담 또는 추가 신문만 하던 이전 방식으로 바뀌어 있었습니다. 검사가 진술거부권 고지만 하고 자기 자리로 돌아가 별도 업무에 몰두하는 그 풍경이 너무 어색한 데다 검사로서도 매우 번거로운 일이어서 이전으로 모두 회귀한 것입니다.

제가 이런 말씀을 드리는 이유는 검사가 직접 진술거부권을 알려야 한다든지 그럴 필요 없음을 논하려는 것이 아니라 어느 쪽이건 모두 법 규정과 달리 참여수사관이 검사의 아바타가 되어 직접 그리고 시종일관 피의자를 신문하는 형사사법 절차 교란은 본질 면에서 전혀 변함이 없는 것이어서 이를 근본적으로 바꾸지 않으면 백년하청이라는 말씀을 드리려는 것입니다.

판례에도 문제가 있다는 말씀으로 들립니다.

예, 그 판례로써 미미하게 진일보하였으나 이전과 다를 바 없습니다. 그 판례는 피의자신문과 조서작성에 대하여 아바타인 참여수사관의 직접 피의자신문과 조서작성은 근본적으로 바꾸지 않으면서 검사가 아예 무관심하는 일만은 없도록 하라는 것이거든요. 오랜 세월 법원이 검사실 아바타 제도의 실상과 문제점을 잘 알면서 어정쩡하게 타협하고 한통속이었던 이유는 같은 법조 강물에서 먹이사슬을 형성하고 공생해 왔기 때문이라고 생각합니다.

65

어느 날 전화를 받았는데 전 지청장 박만하였습니다. 서경찬 검사를 바꿔 달라 하여 바꿔 주었는데 검사는 공손하면서도 당황하는 빛이 역력했고 경청하다가 "알겠습니다", "검토해 보겠습니다"라고 답하고 전화를 끊었습니다. 그때까지 검사들이 그런 식으로 전화하는 것을 종종 봤던 저는 사건 처리 압력임을 직감할 수 있었습니다.

며칠 있다가 박만하가 다시 전화를 걸어 왔습니다. 검사가 이전보다 더 저자세로 응대하는 것으로 보아 훨씬 이전부터 사건 처리 압력을 받아 왔고 들어주기에 난감한 사건이어서 미루고 있었음을 알 수 있었습니다. 검사가 융통성을 발휘하여 청탁한 대로 처리해도 무난한 사건이라면 진즉 들어주었을 것이기 때문입니다. 잠시 후 검사가 자리를 비운 사이 선배 정학영 계장이 웃으면서 박만하가 걸어 온 전화는 여직원도, 자신도 이미 받아서 바꿔 준 적이 있다고 했습니다.

검사가 그 전화를 받은 이후로는 더 미루기 어려웠는지 캐비닛에서 사건기록 하나를 꺼내어 저에게 건네주면서 불법으로 엽총을 소지하고 야생동물을 밀렵하려다 적발된 사건이라면서 최초 이를 적발하여 고발한 밀렵 감시 단원에게 전화를 걸어 적발 경위를 들어보고 보고서를 작성해 달라고 하였습니다. 사건기록을 읽어 보니 피의자 김안석은 '총포·도검·화약류단속법위반', 조동석은 그 죄명에 더하여 '야생동식물보호법위반'이 붙어 있었고 경찰이 이들 혐의 모두 기소 의견으로 송치한 사건이었습니다.

밀렵 사건 현장은 제가 예전 한때 민물낚시를 하던 시절 화평시로 이사 온 이후 관내 저수지를 모두 다녀 보았는데 그 저수지 주변은 온통 산이 두르고 있고, 오염원도 전혀 없고, 물이 깨끗하고 경치도 수려한 커다란 계곡형 저수지였습니다. 바로 그 단속 지점에서 직접 낚시한 적도 있는 낯익은 곳인데 가까운 곳에 민가도 전혀 없어서 산짐승이나 물오리가 많이 출몰할 만한 곳입니다. 조동석이 그 지점에서 엽총을 소지하고 사냥감을 물색하다가 밀렵 감시 단원이 이를 적발하여 경찰에 신고하였다고 합니다.

조동석이 경찰에서 변명하기를 엽총 주인이 멀리 갈 일이 있어 집을 비우게 되었다면서 총을 맡아서 보관해 달라는 부탁을 받고 이를 건네받아 집으로 가던 중이었다고 범행을 부인하고 있었습니다. 엽총 소유자인 김안석도 서로 말을 맞춘 듯이 똑같이 주장하였는데 그런 곳을 집으로 가던 길이라고 주장하나 저의 직감으로는 김안석이 조동석에게 총을 주며 밀렵을 교사하였거나 다른 부당한 사정이 있을 것이라는 생각이 들었습니다. 그러한 범행을 감추고 무마하는 방편으로 김안석이 박만하의 재임 중일 때 쌓은 친분을 매개로 사건청탁을 하는 것으로 보였습니다.

이런 청탁 사건 또한 진실을 신속히 밝히려면 이미 드러난 사실을 가지고 사족처럼 밀렵감시단원과 전화하고 보고서만 작성할 것이 아니라 적절한 시점에 박만하, 김안석을 불러 검사에게 사건 처리 압력을 가한 경위부터 상세히 조사하면 가장 효율적이고 경제적으로 수사를 마칠 수 있고, 자연스럽게 그들 사이에 벌어진 비리도 드러났을 것이라는 말씀을 드리면서 다음 이야기를 계속하겠습니다.

검사의 지시대로 그 감시단원에게 전화를 걸어 저의 소속, 신분, 통화 목적을 알려 준 후 조동석의 변명을 알려 주었더니 어이없다는 듯이 웃으며 10년 넘게 밀렵감시단 생활을 하고 있어 잘 안다면서 그 저수지 부근 장소는 평소 밀렵이 성행하는 곳인데 그날도 감시를 나왔다가 저수지 건너편에서 바라보니까 차량이 서서히 이동하는 모습이 필시 사냥감을 물색하는 것이 분명해 보였다고 합니다. 그래서 저수지 언저리로 난 길을 신속히 뛰어 그 차량으로 갔고, 조수석에 엽총을 두고 있어 신분을 밝히고 엽총 약실을 봤더니 즉시 격발이 가능하도록 납 탄을 장전한 상태로 밀렵행위 중인 것을 확인하고 고발한 것이라고 했습니다.

통화 내용을 그대로 담아 검사에게 보고했더니 일단 사건기록에 보고서를 첨부하여 기록을 넘겨 달라고 하여 넘겨 주었습니다. 그런데 검사가 사건기록을 가져간 후 며칠 동안 아무런 후속 지시가 없던 중 어느 날 오전에 50대 초반쯤 보이는 남자가 검사실 문을 슬며시 열고 들어왔고 검사와 주고받는 대화로 보아 조동석이었습니다.

검사는 조동석을 책상 앞 의자에 앉힌 후 진술서 양식과 필기구를 주면서 사건 당일 있었던 상황에 대하여 직접 써서 내라고 했습니다. 그런데 조동석이 의외의 말을 하여 저도 놀랐습니다. 그가 말한 내용을 그대로 옮길 수 없습니다만 글을 쓸 수 없는 이유를 들어 거부한 것입니다. 검사가 난처해하며 집에 가서 다른 사람에게 부탁하여 써서 내면 된다고 해도 조동석은 자신의 처지와 어울리지 않게 다소 당당한 태도로 그런 것을 어떻게 다른 사람에게 부탁하느냐며 불러 주는 대로 받아 적어 달라고 요구하니까 검사가 무척 난처해하였습니다. 하는 수 없이 검사는 조동석에게 오전에는 바쁘니 오후에 다시 나오면 받아서 적어 주겠다며 일단 돌려보냈습니다. 이때 저는 검사가 박만하의 사건 처리 압력 중 전부 또는 일부를 들어주기로 방향을 정한 것이 아닌가 하고 생각하였습니다. 그 이유는 저나 정학영 계장이 있으므로 자신이 못하면 둘 중 아무라도 조사하도록 지시만 하면 될 것을 검사 자신의 손에서 한 시라도 떼어 놓지 않으려고 애쓰고 있었기 때문입니다.

오후가 되어 조동석이 다시 출석하였습니다. 오전보다 한술 더 떠 검사나 조동석이나 주고받는 말이 횡설수설에 가까워 짜고 치는 고스톱처럼 보였습니다. 검사는 뻔히 보이게 양심에 반하는 일을 진행하고 있는 것에 대하여 많이 무안했을 것입니다. 조사인지 대필인지 모르는 어정쩡한 모든 과정은 30여 분만에 종결되었습니다. 이후 주범이라고 생각되는 총 주인 김안석은 소환도, 조사도 전혀 없었고, 나중에 알고 보니 김안석은 불기소처분하고, 조동석은 가벼운 벌금형으로 기소하여 종결하였습니다.

사건처분에 어떤 문제가 있었다고 보십니까?

우선 사건처분은 발견된 진실을 바탕으로 하는 것이 핵심인데 그렇지 않았다는 것입니다. 추정입니다만 박만하는 김안석과 유착 관계에 있으면서 무던히도 신세를 졌던 모양입니다. 김안석은 조동석보다 경제적으로나 신분으로나 매우 월등한 위치에 있는 사람으로 보입니다. 김안석이 밀렵을 교사하였거나 다른 불법행위가 드러나자 이를 무마하려고 박만하에게 사건청탁을 한 것이고, 박만하가 검사에게 압력을 가하였으나 검사가 도저히 들어줄 수 없는 압력이어서 주저하다가 다 들어주기에는 양심에 반하여 적당히 타협한 처분을 내린 것이 아닌가 생각합니다.

그렇게 사건을 처리한 것에 대하여 제동이 걸리는 법은 없습니까?

이 사건은 개인이 피해자가 아닌 사회적 또는 국가적 법익을 침해하는 범죄여서 청탁받은 대로 사건을 처리하기가 비교적 쉽고 항고로 불복할 수 있는 사건도 아니어서 사건 처리는 처분 권한을 모조리 쥐고 있는 검사와 결재권자밖에 믿을 데가 없습니다. 결재과정에서 제동이 걸릴 수 있지만 적어도 네 가지 조건이 갖추어져야 가능합니다. ①검사의 상사가 사건기록을 상세히 읽어 문제점을 제대로 간파해야 하고 ②결재하는 그 상사 자신이 사건과 이해관계가 없어야 하고 ③박만하 등으로부터 청탁 또는 압력을 받은 사실이 없거나, 있더라도 이를 거부해야 하고 ④그 어떤 사정이 있든 없든 양심대로 검사의 잘못된 사건 처리를 바로 잡도록 지도하여야 한다는 것입니다.

저는 김안석이 조동석의 벌금을 대신 내 줬을지도 모른다고 생각합니다.

잘 보셨습니다. 김안석이 박만하를 움직이게 할 관계이면 그 정도의 비용은 가볍게 지출할 수 있는 경제적 능력은 충분히 갖추고 있을 뿐만 아니라 그렇게 함으로써 자신이 처벌받아야 할 것까지 안고 간 조동석의 입도 막을 수 있기 때문입니다.

박만하가 그리 고위직이 아닌데 서경찬 검사가 압력을 거절하지 못한 이유는 무엇일까요?

검사는 특유의 검찰 조직 문화라는 단단한 우리에 갇혀 있습니다. 박만하가 검찰 대선배이고, 직전 직속 상관이었으며, 언제 다시 검사에게 직간접으로 영향력을 행사할 지위에 오를지 모를 일이고, 그런 일이 없더라도 박만하가 검찰 내 인맥으로 서경찬 검사의 주변에 '서경찬이 예의가 없더라'는 식의 말들로 마수를 뻗어 못되게 굴지도 모르기 때문입니다. 검사들은 퇴직한 전관에게도 그의 인맥을 염려하거나 그가 법무행정 관료로 입성하거나 검찰에 영향력을 행사하는 정치인이 될지도 몰라 절절매는 경우가 있는데 현직으로 한참 선배인 박만하 또한 몹시 두려웠던 것입니다.

당시 검찰의 조직 문화를 너무 폄훼하는 것이 아닙니까?

저의 증언을 끝까지 들어보시면 그렇지 않다는 것을 아실 것입니다. 검찰 바이러스 감염 증상을 보이는 검사는 금방 하늘로 힘차게 날아오를 용처럼 기백이 넘치다가 힘 있는 자로부터 청탁이나 압력을 받으면 땅에 패대기를 당한 이무기나 미꾸라지로 돌변하는 광경을 너무도 자주 목격했습니다. 물론 성역(聖域)에서 벌어지는 그러한 증상들은 그들만의 천기(天氣)여서 감히 누설할 자는 없을 것이기에 그들은 전혀 개의하지 않습니다. 그들은 분명 검찰 바이러스 감염병 환자였기에 연구와 치유의 대상이었고 그 최종 해답은 검찰 바이러스 백신 개발 즉 검찰개혁 완수입니다.

66

　5년 장기근속에 따라 금강지검으로 발령이 났는데 뜻하지 않게 수사과에 배치가 되었습니다. 그곳에서 이런저런 일들이 있긴 하였으나 증언 주제로서 소개할 만한 의미 있는 일들은 별로 없었고 더욱이 수사과 소속 1년 기간 중 절반 넘는 기간을 상급 청 명령으로 장기출장을 갔습니다. 그 장기출장 이전 2개월 그리고 복귀 후 4개월 동안만 수사과 본연의 업무를 담당하다가 화평지청으로 복귀하게 됩니다. 장기출장을 가서 있었던 일들이 공무상 비밀 또는 말 못 할 사정이 있는 것은 아니나 이 기간은 증언을 통하여 전하고자 하는 메시지와 직접 관련이 없어 생략하겠습니다.

　수사과 본연의 업무에 임했던 6개월 동안은 검사가 수사지휘를 내린 사건들 조사에 몰두하였습니다. 그런 가운데 후반에는 금강지검의 불법대부업 인지수사 실적을 올리라는 지시가 내려진 후 한동안 대부업체 단속을 열심히 했습니다. 제가 알고 있는 수사기법을 동원하여 독특한 방식으로 불법대부업체를 수사하여 불법대부업자를 구속하고, 언론에 보도할 만큼 구색이 갖추어지니까 제가 속한 팀장 박완구 사무관, 이승완 수사과장이 매우 기뻐하였고, 보도자료를 내어 언론에도 보도하게 하였습니다. 물론 저는 이때도 그런 일과성 보여 주기 수사에 냉소를 보냈고 그런 수사는 인력과 기동력, 현장 수사력을 지닌 경찰이 늘 잘해야 근절될 사건이라고 생각했습니다.

　악덕 대부업자는 경제적 약자의 약점을 이용하고 연 1,000%의 이자율로 수익을 올리고, 추심과정에서 채무자를 협박하는 등 죄질이 매우 나쁘고, 조직적이며 범인도피 교사혐의까지 더하여 구속되긴 했는데 1심 재판에서 집행유예로 솜방망이 처벌을 받고 금방 풀려났습니다. 아마도 그렇게 범행하여 많이 번 돈이 그런 솜방망이를 휘두르도록 큰 위력을 발휘하지 않았을까 생각하고, 금방 풀려난 그들은 곧 재기하여 그 이전보다 더 세련되고 교묘한 범행 수법으로 불법대부업을 할 것입니다.

검찰이 현장으로 뛰쳐나가 벌인 대부업 단속에서 재미를 본 이들은 언론에 사건이 보도되어 검찰이 정의롭게 보이고 자신의 경력에 한 줄 남기거나 지도력을 뽐낸 수사과 직속 특수부장 그리고 그의 직속 상관 금강지검장이고, 그다음 박완구 수사팀장, 이승완 수사과장일 것입니다.

박완구, 이승완은 이다음 증언 내용에 각기 따로 한 번씩 다시 등장할 것이고, 그때 가서 특히 제가 조사를 담당한 사건에 개입한 박완구의 언행을 통하여 저의 증언 주제 중 매우 의미 있는 메시지를 드리게 될 것입니다.

67

화평지청으로 복귀하여 양희숙 검사와 근무하게 되었습니다. 이때도 일기를 쓰지 않았습니다. 1년 동안 검사실을 떠나 있으면서 그동안 인식했던 검찰 괴물의 해악과 심각성에 대하여 저도 모르게 크게 무뎌지고 무감각해진 때문이기도 했습니다. 양희숙 검사와 헤어진 후부터는 작심하고 일기 쓰기를 본격 재개하게 되는데 그때 가서 일기를 소개함으로써 세상에 알리고자 하는 메시지를 보다 입체적으로 전할 것입니다.

　양희숙 검사와 근무하는 동안은 매일 송치사건 조사에 여념이 없으면서 의미 있는 일들이 여럿 있었는데 그중 일부를 말씀드리겠습니다.

　검사가 사건 하나를 재배당받아 와서 하는 말이 선배 정원길 검사가 무고 실적을 올릴 수 있다고 준 사건이라고 하는데 제 생각에는 사건 당사자는 수사 과정과 결과에 따라 살맛, 죽을 맛을 넘나드는데 검사들끼리는 선물처럼 주고받는 것을 보고 안타깝다는 생각이 들었습니다.

　조사에 앞서 기록을 읽어 보니 용역회사 노동자들이 묵고 있는 숙소에서 벌어진 사건으로 정원길 검사가 경찰 송치 후 3개월이 임박하도록 아무런 조사도 하지 않고 있다가 검사에게 선물로 준 사건이었습니다. 정원길의 생각대로 그 사건의 고소인 이기윤은 무고 범죄자가 되고, 피고소인 남선길은 그 무고의 피해자가 되는 것으로 대역전시킬 사건인지 매우 회의감이 들었습니다. 최초 고소를 당한 후 남선길이 무엇이 두려웠는지 출석에 불응하고 자취를 감춘 적이 있었고, 그 사건 내용과 의미 있는 그의 전력이나 경제적 신용상태 모두 중요하게 참고할 만하고, 무엇보다 사건 내용이 이례적이었습니다.

　이기윤은 모 용역업체에 소속되어 합숙소에서 잠을 자며 노동일을 하는 젊은 인부였고, 남선길은 그 용역업체 인부와 숙소를 관리하는 사람이었습니다. 남선길이 숙소관리 책임자로서 필요한 물품을 할부로 구매하면서 이기윤의 명의를 빌린 것이 사건의 발단입니다. 정원길, 양희숙 두 검사가 그 사건을 무고 실적을 올릴 수 있다고 본 이유는 할부구매 계약서에 이기윤의 서명이 있을 뿐만 아니라 이기윤의 주민등록증을 직접 봐야지만 기재할 수 있는 발급 일자가 기재되어 있음에도 할부구매를 한 사실이 없다는 식으로 고소장에 기재한 때문이었습니다.

두 사람을 불러 대질조사를 했는데 이기윤의 주장은 그런 계약서에 서명하거나 주민등록증을 꺼내어 보여 준 기억이 전혀 없다가 할부구매 대금청구서가 날아와서 남선길이 자신의 명의를 도용하였다고 믿고 계약서를 입수하고 고소했다는 것입니다. 계약서에 서명과 발급 일자가 기재된 부분을 묻자 자신의 서명이 맞으나 전혀 기억이 없고 무엇보다 자신이 구매하지 않은 물품 대금을 갚아야 하고 나중에 돌려받을 길도 없어 고소할 수밖에 없었다고 주장했습니다.

남선길은 숙소에 꼭 필요한 물건이어서 낮에 방문 판매직원을 숙소로 불러 매매계약을 체결하면서 자기 명의로는 할부매입을 할 수 없는 신용 상태여서 이기윤이 잠자는 합숙소 방으로 가서 그를 깨운 다음 "내가 책임지고 대금을 전액 책임질 테니 할부매입 계약서에 서명해 달라"라고 부탁하여 서명을 받았고, 이기윤이 지갑 속에 있는 주민등록증도 꺼내어 보여 주므로 발급 일자를 적은 것이라고 주장했습니다. 이기윤은 그런 기억이 전혀 없으나 서명이나 주민등록증 정보도 모두 맞으니까 그런 일이 있었다는 것에 대하여는 모두 인정한다고 진술했습니다. 남선길은 약속을 어기고 물품 대금을 연체하여 이기윤에게 피해를 준 사실을 인정하며 이기윤이 오히려 무고죄로 처벌받게 된 상황에 대하여 양심의 가책을 받는지 진술 태도도 공손했고, 간간이 미안한 표정을 지었습니다.

이기윤은 자신이 무고죄로 처벌받게 되었다는 상황을 깨달은 후부터는 아연실색하며 제대로 말을 잇지 못하였습니다. 사람이 너무 억울하고 분하면 어안이 벙벙해지고 묻는 말에 귀를 기울이지 못하는 상태가 되는데 한동안 그랬으나 감정을 잘 추스르는 편이었고, 조사를 받는 태도도 생각보다 공손하였습니다.

저는 두 사람을 책상 앞에 앉혀 놓고 두 검사의 법과 양심을 수행하는 아바타가 되어 조사받는 사람의 눈을 보면서 무고 혐의로 처벌하기 위하여 조사 중이라는 사실에 얼마나 자괴감이 들었는지 모릅니다. 남선길이 밤을 새워 일을 마친 후 깊은 잠에 떨어져 있는 이기윤을 깨워서까지 명의를 빌려 할부구매를 한 사실이나 그 대금을 갚겠다고 철석같이 약속해 놓고 갚지 않아 벌어진 사건인데 무고로 처벌하는 것이 너무 정의롭지 않다는 생각이 들었습니다. 말하자면 밤새 야간작업을 하고 나서 잠에 떨어진 사람을 깨워서까지 일을 벌여 빚어진 사건이고 처음부터 할부대금을 갚을 능력도 없고 갚을 의사도 없으면서 더욱이 자신의 신용과 명의로는 할부구매조차 할 수 없는 신용상태여서 남의 명의를 빌려 매입하고 피해를 주었다면 사기죄 성립도 고려해 볼 수 있습니다. 더욱이 밤새 야근 후 잠에 빠진 상태에서 사람을 깨워 잠깐 벌어진 상황이었기에 이기윤이 "기억에 없었던 일이다"라고 한 말이 거짓이 아닐 가능성도 있고, 균형적 시각과 판단이 필요한 사건인데 검사는 그런 것은 일절 고려하지 않고 있었습니다.

제가 보기에 남선길에게 사기죄 요건 중 두 개는 이미 객관적으로 잘 갖추어져 있었고 두 번째인 갚을 의사에 관한 것인데 이는 내면의 양심이기에 다른 정황증거들을 종합하여 따져 볼 일이었고, 무엇보다 이기윤이 서명한 계약서 때문에 사기죄로 처벌하기 어렵다고 하더라도 더 정의롭고 형평성 있게 처리할 수 있는 사건이 바로 그 사건이고 그런 사건을 정의롭게 잘하라고 검사가 있는 것 아니냐고 생각했습니다.

이기윤이 아무리 깊은 잠결에 있었다고 하나 계약체결 과정은 구체적이고 활동적이었다는 사실과 고소 전에 그렇게 작성된 계약서를 입수하였으므로 적어도 자신이 직접 계약체결 행위를 했다는 사실을 알고도 고소했다면 무고가 아닌가요?

예, 그렇다고 칩시다. 이기윤은 그렇게 서명하고 주민등록증 정보를 알려 준 것에 대하여 기억은 없으나 그런 일이 있었다는 사실을 깨끗이 인정하고 있었습니다. 저는 그 사건이 애초부터 무고 인지 실적 표적으로 삼다 보니 오로지 '계약서'에만 집착함으로써 다른 요인은 모두 무시되었다는 점을 말씀드리고 싶습니다. 이 사건과 관련지어 남선길은 매우 주목할 만한 전력이 있었으나 이기윤은 그때까지 처벌받은 전력이 전혀 없는 젊은이였습니다. 그 사건이 과연 그 젊은이에게 죽을 맛을 오롯이 안겨 줄 사건이었냐는 것입니다.

검사가 결국 이기윤을 무고죄로 기소하였습니까?

예, 벌금으로 약식기소하여 무고 인지 실적 1건을 올렸고, 이기윤은 할부 잔금도 갚아야 하고, 파렴치범인 무고죄 처벌이라는 생애 첫 전과도 갖게 되었고, 벌금도 내야 하는 신세가 되었습니다. 보는 시각과 가치관에 따라 다를 수도 있고 검사가 그 사건을 무고 혐의가 있다고 보고 직무를 수행하는 것은 고유 권한이고 그것이 맞을 수도 있으며 검사가 그때까지 선량하게 살아온 그 젊은이에게 '기소유예' 처분하지 않고 무고죄 전과를 안긴 것도 모두 검사 권한이기는 합니다. 그러나 저는 검사실에 근무하면서 그런 식의 살맛 버리게 만드는 사건 처리를 볼 때마다 마음이 아팠습니다. 제가 이 사건을 언급하는 가장 큰 이유는 이기윤보다 비교할 수 없을 정도로 사악한 이들은 힘 있는 자들이나 전관 또는 인연이 있는 사람들로부터 청탁을 받아 불기소 또는 기소유예 처분을 남발하고 관대하게 배려하는 일들이 다반사로 많다는 것입니다.

검사의 '실적 과욕' 증상에 인권이 매몰되었다고 느껴진 이 사건 또한 '참여'라는 포괄규정으로 참여수사관이 아바타가 되어 저 자신의 양심은 사라지고 오로지 검사의 양심이 제 머리와 가슴 속을 가득 차지한 채

업무를 수행해야 하는 이러한 반문명적 형사사법 제도가 이 땅에서 언제 탄생하였고, 어떤 과정을 거쳐 오늘에 이르게 되었는지 궁금하여 견딜 수가 없었습니다.

68

같은 문중(門中)이 A파, B파로 갈리어 문중 재산을 놓고 분쟁하는 두 개의 고소사건을 한꺼번에 조사하게 되었습니다. 일찍이 A파의 대표 오성호가 종중 소유 토지개발 보상금을 횡령한 혐의로 B파 대표 이성칠 등을 고소한 사건을 모 검사가 무혐의 처분을 내리자 이에 불복하여 항고한 사건을 '①사건'이라고 하고, 뒤늦게 이성칠이 오성호를 배임 혐의로 맞고소한 사건을 '②사건'이라고 합니다. 그 이후 두 사건 모두 양희숙 검사에게 배당되어 제가 조사를 담당하게 되었습니다.

'①사건'은 항고하였으므로 고등검찰청으로 보내지 않습니까?

예, 원칙은 그러하나 그 직전 화평지청 결재과정이 있는데 이때 흔치는 않으나 항고 이유에 대하여 살펴볼 내용이 있다고 판단되면 고검에 보내는 것을 일시 보류하고 원래 처분 검사가 아닌 다른 검사에게 배당하여 재조사를 해 보고 처분을 변경할 여지가 있는지 한 번 더 들여다볼 수 있는데 그 절차에 있는 상황입니다.

문중 사건은 생소하게 들립니다.

예, 일상과 다른 용어가 많이 등장하고, 종중회의, 회의록에 대한 다툼과 재산사용, 분배 등과 관련하여 민형사상 복잡한 양상일 때가 많고 연로한 분들이 많아서 조사가 쉽지 않습니다. 아파트 비리 사건과 유사한 양상으로 집단과 개인이 재산이나 명예에 사활을 걸고 맞대응하기에 처음부터 제대로 가닥을 잡고 공정하게 조사하여 진실을 가린 후 엄정히 처분하지 않으면 맞불 고소나 고발, 명예훼손 심지어 폭행, 협박 등 엉뚱한 방향으로 번지기까지 하는 경향이 있습니다.

오성호가 고소한 '①사건'을 먼저 조사했습니다. 이성칠 등이 종중 소유이던 토지가 샛별○○(주) 공장부지로 수용되어 지급된 거액의 토지 보상금 중 수억대의 돈을 횡령한 혐의였습니다. 다른 검사가 이미 무혐의 처분하였으나 석연치 않았고, 쟁점을 더 명확히 할 필요가 있어서 오성호, 이성칠 그리고 함께 고소를 당한 종중원 두 사람 모두 4명을 한꺼번에 불러 4~5시간에 걸친 대질조사를 했습니다.

집중 조사 끝에 이성칠 등 피고소인들이 서로 간의 사적인 채권 채무 정산을 위하여 종중 자금 수억 원을 그들이 짜고 벌인 수법으로 횡령한 사실을 확인하였습니다. 종중 총무로서 돈 심부름한 참고인 조사까지 하면 더욱 깔끔하게 마무리될 단계까지 조사가 된 것입니다. 반면 이성칠이 고소한 배임 사건 조사에 들어가서는 단순 맞불 고소로서 무고에 가까운 고소였음이 드러나는 선까지 조사가 되었습니다. 오성호가 고소한 '①사건'의 경우 이성칠 등이 공모하여 횡령한 혐의가 뚜렷이 드러났음에도 이들은 믿는 구석이 있는지 무작정 부인하고 있었습니다. 그러므로 추가 보완조사 여부, 증거인멸 및 도주 우려, 죄질, 이성칠의 맞불 고소의 부당성 여부 등에 따라 신병 처리할 사람이 있는지에 대한 검사의 검토가 필요하다고 생각되어 그때까지 작성된 수사보고서와 조서를 사건기록에 첨부하여 검사에게 건네주었습니다. 검사는 기록을 받으면서 "횡령 혐의가 인정되던가요?"라고 의견을 물으므로 조사된 내용 그대로 "오성호의 고소는 혐의가 확인되었고, 이성칠의 고소는 혐의가 없어 보입니다"라고 의견을 말해 주었습니다.

이후 이상한 일이 벌어졌습니다. 검사가 이 사건에 대하여 가타부타 일절 언급을 하지 않은 채 여러 날이 지났습니다. 저에게 조사를 시키고 조사결과 의견을 물어봤으면 그와 달리 추가 조사를 중단하거나 달리 처분할 때는 조사에 전력투구한 참여수사관에게 한마디 정도는 언급할 텐데 그런 것이 전혀 없었습니다. 처음에는 일에 치여서 그러나 보다 생각했습니다. 며칠 더 지나도록 그러하여 궁금한 나머지 확인해 봤더니 횡령 혐의가 명백히 드러났던 사건까지 퉁치듯 무혐의 처분으로 모두 끝내 버리고 일체 함구한 것입니다. 저는 검사의 아바타이니까 검사가 무혐의라고 하면 그만이지만 한마디는 하고 넘어가야겠다는 생각에 검사에게 "문중 사건을 그런 식으로 처리하면 제대로 끝날 사건이 없어서 우리나라는 밤낮 문중 사건을 조사하다가 날이 샐 것입니다"라고 말했더니 아무런 말을 않고 일순간 저를 빤히 쳐다보았습니다.

증인의 일갈을 듣고 검사가 난처했겠는데요?

전혀 그렇지 않습니다. 검사는 사건 배후에 얼마나 힘 있는 사람이 도사리고 있는지에 좌우될 뿐 그런 식으로 사건 처리를 하더라도 제가 그 어떤 말을 하더라도 눈 하나 깜짝 않습니다.

오성호가 가만히 있지 않았을 것 같습니다.

예, 얼마 후 오성호가 예고도 없이 검사실 출입문 쪽에 불쑥 나타나 바로 안쪽에 들어서서 검사를 향하여 "이전 지청장이 뒤를 봐준 사건이라는 소문이 있던데 이번에도 그런 겁니까?"라고 크게 외치니까 검사가 못 들은 척 가만히 있는 것입니다. 조사를 받았던 사건 당사자는 진실이 가득 담긴 바구니를 지닌 사람들이고, 검사는 그 진실을 얻어 내려고 애쓰는 공무원입니다. 제가 대신 아바타가 되어 그 진실을 얻어다 주었는데 이를 내다 버리고 고소인에게 그런 일갈을 당하고 고개를 들지 않고 있었습니다.

이전 지청장이 뒤를 봐주었다 하는 것은 무엇입니까?

그 말을 한 오성호를 조사하면 알 수 있을 텐데 그런 기회는 올 수 없고, 그 부분에 대하여 제가 사건의 진실을 알고 있고, 그런 사건을 다른 검사가 무혐의 처리하였다는 것이 도무지 이해할 수 없다는 것과 제가 보는 앞에서 고소인이 그런 말을 해도 검사가 못 들은 척했다는 진실들만 알고 있을 뿐입니다.

그 사건은 그렇게 결말이 나고 말았습니까?

아닙니다. 재차 고소인의 불복으로 그 사건이 고등검찰청으로 넘어갔고, 그런 항고사건도 결국은 같은 검사가 처분을 내리고 팔이 안으로 굽는 것이 다반사여서 흐지부지될 줄 알았는데 다행히 상식에 맞게 재수사 명령을 내려 화평지청으로 다시 내려왔고, 이동본 부장검사에게 배당이 되어 이성칠 외 2명을 횡령으로 기소하고, 유죄 확정판결로 결말이 났습니다.

일찍이 양희숙 검사만이라도 제대로 중심을 잡았더라면 사건관계인들의 불안정한 정서와 생활은 조기에 마무리되고 고소인이나 항고 담당 검사의 수고도, 그 과정에서의 행정력 낭비도 없었을 것입니다. 제가 이 사건을 이야기하는 가장 중요한 이유는 그러한 사건 처리는 양희숙 검사의 뜻이 아니었고, 검사는 그 배후에 있는 힘 있는 자의 아바타였을 가능성이 커서 이 사건을 가장 정의롭게 처리하는 것은 오성호를 불러 '이전 지청장이 뒤를 봐준 사건이라는 소문'의 진위를 가리는 것에 있었다는 것입니다. 물론 만일 오성호가 근거도 없이 지어내어 그런 말을 했다면 이 또한 책임을 져야 할 것입니다.

검사에게 "문중 사건을 조사하다가 날이 샐 것입니다"라고 말씀한 이유를 알겠습니다.

다행히 항고 담당 검사가 바로잡아서 망정이지 그렇지 않았으면 사건이 끝나지 않고 진정서, 추가 고소 등으로 계속 이어졌을 것입니다. 저의 경험과 관찰로는 '고소공화국' 불명예의 근본적인 원인은 국민 탓이 아닌 형사사법 기관에 종사해 온 공무원들 탓이었습니다.

69

경찰이 뇌물 혐의로 구속 송치한 사건을 조사하다 겪은 일입니다. 공무원인 피의자 정종한은 안성학이 준 고가의 물품을 받은 사실은 인정하면서 그 사연과 명목이 전혀 사실과 다르다고 혐의를 극구 부인했습니다. 문제는 경찰에서 만들어 놓은 매우 두꺼운 수사기록에 첨부된 조서와 여러 자료로는 정종한의 주장을 반박할 수 없었습니다.

그 사건을 놓고 볼 때는 정종한이 공무원이라기보다 부동산 중개업자처럼 행세하다가 물의를 일으킨 것이어서 정종한에게 관대히 하고 싶은 생각은 추호도 없었습니다. 정종한은 부동산 중개를 매개로 검찰 직원과도 친분이 두터운 것 같았습니다. 그 이전 정종한을 한창 조사하고 있을 때 박봉호 계장이 전화를 걸어와 대기실에서 만나자고 하여 갔더니 정종한이 소개한 토지를 매입한 적이 있다면서 정종한이 궁색한 나머지 그가 소개하는 토지를 자신이 매입한 사실에 대하여 진술하더라도 이를 조서에 넣지 말아 달라고 부탁했습니다. 검사실로 돌아와 그의 언행을 그대로 검사에게 보고하여 참고하도록 했습니다.

　박봉호의 염려대로 피의자가 관련 진술을 하던가요?

　조사를 받는 사람들이 엉뚱하거나 이례적인 진술을 할 때는 그 이익을 저울질하고 하는데 그럴 상황은 아니었는지 그런 진술은 나오지 않았습니다. 그리고 박봉호가 저에게 와서 한 말 정도로는 감찰 기초자료가 될 수는 있어도 정종한의 구속사건과 연결 지어 신문할 사항도 당장 범죄 혐의점이 드러난 것도 아니라서 검사에게 보고만 하고 말았던 것입니다.

　정종한의 뇌물죄 혐의에 어떤 문제가 있었나요?

　뇌물죄로 구속영장이 발부된 근거가 되는 금품이 오고 간 동기와 이유, 경위가 범죄 사실과 전혀 별개의 내용이라면 차원이 달라지는 것입니다. 안성학은 정종한의 담당 업무에 관한 정보제공의 대가로 주었다고 하고, 정종한은 안성학과 오랜 기간 알고 지내던 중 부동산 매물을 소개해 주었다가 시세차익을 크게 남겼다며 그 보답으로 준 것이라고 주장했습니다.

　송치 후 조사과정에서 안성학은 정종한의 가족과도 잘 알고 지냈는데 그 시세차익 이후 새로이 매입한 토지를 정종한의 가족 앞으로 명의신탁하였다가 분쟁이 생겨 민사소송 중에 있는 사건을 확인했습니다. 열람 등사 공문을 들고 법원에 가서 사건기록을 모두 읽고 구속사건 해결에 핵심이 될 매우 의미 있는 내용을 복사해 왔습니다. 그중에는 정종한의 무혐의를 입증할 결정적인 내용이 꽤 있었고, 안성학이 경찰에 진정서를 제출한 동기가 민사 분쟁을 유리한 방향으로 이끌려 한 방편임이 확연히 드러나 있었습니다. 어떤 형사사건이 크게 불거지기 전에 격하게 벌어진 민사사건은 형사사건의 진실 발견에 결정적인 증거가 되는 경우가 있는데 그 사건이 그러했습니다. 이제 그 사건은 혐의입증에서 무혐의 입증으로 방향이 바뀔 사건이 되었고 그렇게 되면 앞으로 구속 기간을 연장해 가며 전력투구하여 혐의 유무를 명확히 정리해 내야 하기에 마음을 단단히 먹어야 했습니다.

민사기록을 확보한 당일 이를 분석한 보고서를 기록에 첨부하여 일과 종료 직전 검사에게 건네주었는데 검사가 다른 일에 몰두하고 있어 일단 퇴근하였습니다. 제가 퇴근 후 검사가 기록을 읽어 보았는지 그날 저녁 8시쯤 집에 있는 저에게 전화를 걸어와서 경찰이 가져온 구속영장 신청서에 그대로 서명하여 법원에 청구한 것을 몹시 후회하며 "제가 수사지휘를 잘못하는 바람에 이렇게 되었습니다"라고 실수를 겸허하게 인정하였습니다.

이후 황당한 일들의 연속이었습니다. 본격 조사를 앞두고 정원길 검사가 들어와서는 저에게 "그 사건 어떻게 조사할 겁니까?"라고 걱정스럽게 물어보아 저는 "원칙대로 조사합니다"라고 말했더니 무슨 말을 하고 싶은 눈치이나 아무런 말을 하지 않고 나갔습니다.

본격 조사에 들어가 먼저 경찰에서 안성학에게 유리한 내용으로 진술한 참고인 이정규를 조사하게 되었는데 출석하기 직전 검사는 "선배가 그러는데 이런 사건은 경찰이 작성한 조서 내용과 똑같이 조서를 작성해야 한다고 합니다"라고 말했습니다. 감염증을 보이는 검사들은 검사도 사람이기에 실수할 수 있고 실수 이후에 어떻게 처신하느냐가 더 중요하다는 진리를 모르는 경향이 매우 현저했습니다.

이정규에 대한 조사에서 사실과 모순되는 경찰에서의 진술에 대하여 질문하였고, 시간이 지날수록 이정규는 진실이 밝혀지는 것을 감지하고 궁색해졌는지 경찰에서 한 진술을 번복하기 시작했습니다. 그 핵심은 간단했습니다. 정종한과 안성학 사이에 어떤 일이 있었는지 모르면서 경찰에서 아는 것처럼 진술했다는 것입니다. 이런 경우 그렇게 허위 진술한 동기가 매우 중요하므로 이에 대한 조사에 돌입하여 첫 질문을 던졌을 때 검사가 자리에서 벌떡 일어났습니다. 그리고 저에게 "그 부분은 매우 중요하므로 제가 직접 조사하겠습니다"라고 말하면서 저의 자리로 와서 비켜 달라며 서 있었습니다. 저는 검사의 아바타에 불과하므로 당연히 자리에서 일어났고, 검사는 저의 자리에 앉더니 이정규의 조금 전 진술을 번복하도록 유도하고 있었습니다. 그렇게 애를 쓰고 있는 검사를 보니 너무 안타까웠고, 이정규는 저에게 조사받을 때 이미 했던 진술을 번복하지 않고 밀고 나가자 검사는 더 조사해 봤자 원하는 진술을 얻을 수 없다고 판단했는지 그 상태에서 조사를 종료했습니다.

참으로 기가 막힌 상황이네요? 검사가 직접 신문을 시작하는 장면이 매우 인상적입니다.

예, 그 당시 상황이 지금도 눈에 선합니다. 조사가 모두 끝나 이정규가 돌아간 직후 검사에게 따끔하게 한마디 했습니다. "경찰이 작성한 조서 내용과 똑같이 조서를 작성하라고 조언한 선배가 도대체 누구입니까?"라고 물었더니 아무런 말을 못 하므로 다시 "그런 조언을 한 검사는 사건을 이렇게 만든 경찰보다도 더 못한 검사 아닙니까?"라고 말했더니 묵묵부답이었습니다.

그 사건은 그대로 기소가 되었습니까?

예, 구속된 상태로 기소했습니다. 검사는 다른 사람에게는 법과 양심에 따라 기소한 것이라고 말할 것입니다.

그 선배 검사가 누구인지 알게 되었습니까?

검사가 이름을 말하지 않아서 단정할 수 없으나 검사에게 그 사건 조사에 대하여 저에게 걱정스럽게 질문을 던졌고 검사에게 처리 방도를 조언했을 정원길 검사가 아닐까 생각합니다.

이 사건은 어떻게 마무리가 되어야 할 사건이라고 보셨습니까?

정종한을 두둔할 생각은 전혀 없습니다. 그를 구속한 범죄 사실이 실지 일어난 사실과 무관하므로 부득이 무혐의 처리하고 석방하되 안성학의 무고 또는 경찰 단계에서 청탁 수사를 한 것은 아닌지에 대하여 상세히 조사했어야 합니다. 이것이 바로 검사도 실수할 수 있고 그 이후 어떻게 처리하느냐가 중요하다는 것을 실천하는 것입니다. 그래야 경찰이 그런 엉터리 사건 만드는 것 재발을 방지하고, 경찰은 현장, 초동 수사에서 검사 핑계를 대고, 검사는 탁상에서 경찰의 잘못을 핑계 대는 엉터리 수사시스템을 바로 잡을 수 있는 것입니다. 사실 가장 바람직한 것은 경찰 단계부터 잘하는 것입니다. 안성학이 경찰에 제출한 진정서는 경찰 수사단계에서 진실을 제대로 밝힌 후 무고 혐의에 이어 조사과정에서 드러난 안성학과 정종한의 가족 간 부동산 명의신탁 혐의를 조사했어야 하고 이들 사이의 비리가 자연스럽게 불거진다면 엄정하고 정의롭게 수사하여 처리했어야 할 사건이었습니다.

그 사건 재판 결과는 어떻게 되었습니까?

기소하자마자 정종한이 보석으로 풀려나더니 얼마 가지 않아 무죄 판결이 났습니다. 무작정 상소할지 지켜봤는데 그럴 밑천조차 아예 없어서인지 항소하지 않아 그대로 확정되었습니다.

구속 송치사건을 무죄인 줄 알면서 그대로 구속기소 했다는 것인데 함께 근무한 다른 검사 중 이러한 사례가 더 있었나요?

이관식 검사와 근무할 때 제가 각고의 노력 끝에 변호사법위반 구속

사건이 혐의가 없다는 사실을 밝혀냈었는데 "법원의 판단에 맡겨 본다"라는 황당한 말을 하며 그대로 구속기소를 하였다가 무죄가 선고된 적이 있었습니다. 지금 와서 그 자세한 이야기는 생략하겠습니다.

70

저는 검찰 괴물의 정체를 밝혀내고야 말겠다는 결의로 다시 일기를 쓰기 시작했습니다. 앞으로 저의 역학조사 내용에서 검찰 바이러스 감염증 환자들의 입체적 동향과 증상을 더욱 생생히 보게 될 것입니다.

2월 8일 (월) 약간 비

- 오늘 자로 상반기 검사인사가 있었다. 7명이 가고 9명이 전입하니 2명이 늘어났다. 정원길 검사는 오늘 자로 퇴직하는데 변호사 개업을 한다는 소문을 들었다.
- 나는 새로 발령받아 온 박승원 검사실에 단수 참여로 근무하게 되었다. 검사가 발령 첫날부터 재배당된 사건기록들을 열심히 읽더니 그중 3건을 조사하라며 주었는데 죄명은 모두 '사기'이다.

박승원 검사가 앞으로 경찰이 하다 말거나 엉터리로 조사한 사건들이 물밀 듯이 밀려올 것이므로 첫날부터 고삐를 바짝 죄는 것 같았습니다. 당장 조사예정인 3건 모두 죄명이 사기인데 우리나라를 '검찰공화국'이라고도 하고, '고소공화국'이라고도 하지 않았습니까? 저는 사기 사건이 워낙 많아서 '사기사건공화국'이라고 부르고 싶었습니다.

사기 사건이 많은 원인이 무엇이라고 생각합니까?

술수를 써서 반칙하는 사람들이 그렇지 않은 사람보다 더 앞서가는 세태에 대한 학습효과이기도 하고 그러한 사회 현상을 대변하는 것이기도 합니다. 검찰 내부부터 솔선수범하여 사기의 수단이 되거나 거짓과 반칙, 위선과 궤변을 배격하고 그런 사람이 도태되는 모범을 보여야 하는데 그렇지 않은 사람들이 앞서가는 경향이 뚜렷했던 것과 그 맥을 같이한다고 생각합니다.

2월 9일 (화) 비

‣ 오전에 정원길 변호사가 개업 인사를 왔다.
‣ 오후에 권성근 총무계장이 직전 지청장이었던 이중철 변호사가 직원들에게 간단한 선물을 주고 싶다고 하는데 받을 의사가 있는 사람은 집 주소를 알려 주면 변호사에게 알려 주겠다고 하였다.

정원길 검사가 드디어 변호사 개업을 했습니다. 이중철 전 지청장은 한강지검 관내에서 개업하여 활동하다가 새해 들어 출몰하기 시작했습니다. 지청장으로 재직할 때 다져 놓은 인맥과 기반이 있어서 본전을 뽑기 위하여 화평시에 진입한 것으로 보입니다.

직원 중 원하는 사람에게만 선물을 주겠다 하는 것이 이채롭습니다.

예, 무조건 주는 것보다는 더 바람직한 것 같습니다. 저는 그냥 무시했습니다.

> **2월 23일 (화) 맑음**
>
> ▸ 청 인근 생태찌개 식당에서 부 소속 계장들과 함께 점심을 먹었다. 식사를 마치고 나와 걸어가던 중 오수길 계장은 양상호 계장이 근무하는 임규철 검사실에서 체포영장을 발부받아 수사를 받은 3명이 정원길 변호사를 선임하였고, 변호사는 한 사람당 수천만 원씩 총 억대의 수임료를 받았다는 말을 들었다고 했다.

정원길이 나가자마자 한 건 올렸습니다. 제가 직접 본 것이 아니라 단정할 수 없으나 억대의 수임료를 받아도 세금 한 푼 안 내는 몰래 변호였을 것입니다. 그때까지 갓 개업하여 검찰과 밀월 기간에 있는 전관이 선임계를 내는 것을 단 한 번도 본 적이 없었기에 정원길이 그런 바보짓을 했을 리는 없다고 보는 것입니다.

> **2월 24일 (수) 맑음**
>
> ▸ 오후에 정원길 변호사가 들어와 검사를 만나고 갔다.

> **2월 26일 (금) 흐림**
>
> ▸ 오후에 수입식품 유통사건 고소인 김덕준, 피고소인 유광철, 허종호 중 주범으로 보이는 유광철은 나중에 조사하기로 하고 우선 김덕준, 허종호를 상대로 약 4시간 동안 대질조사를 하였다. 경찰이 3개월 가까이 조사를 담당하다가 기소 의견으로 송치했는데 매우 지능적인 유광철에게 마구 휘둘리다가 두루뭉술하게 얼버무려 송치한 사건이다.

이 사건도 잊을 수 없습니다. 검사가 부임한 첫날 조사하라며 주었던 사기 사건 3건 중 하나입니다. 수입식품 유통을 두고 주범인 유광철이 사실관계를 몇 겹으로 얽히고설키게 만들어 놓았는데 워낙 지능적으로 보여 조사준비를 해 오다가 시작한 것입니다.

검사로부터 기록을 받아 조사할 때 기준이나 원칙 같은 것이 있습니까?

예, 검찰 사건 접수 일로부터 오래된 사건이 우선이고, 사건특성, 난이도, 이례적 상황 등에 따라 다소 바뀌기도 합니다.

3월 3일 (수) 맑음

- 오전에 수입식품 유통 사기 사건 참고인 이현수를 조사하였고, 오후에는 주범으로 보이는 유광철을 조사하였다. 그 와중에 절도 구속송치 사건이 배당되어 유광철 조사 후 바로 조사에 들어갔다.
- 오전 조사 중 박충호 선배가 쪽지를 보내와 내일 이중철 변호사가 화평지청 계장들과 저녁을 함께 하기로 하였다며 참석을 권유하였으나 정중히 거절하였다.
- 일과 직후 검사가 먼저 퇴근하면서 정원길 변호사 개업식에 참석한다고 했다.

정원길 변호사 개업식이 있는 날이군요?

예, 현직에 있을 때 전관들로부터 몰래 변호와 청탁을 받아 입맛에 맞게 처리해 주고 돈을 많이 벌게 해 주었던 일들은 그의 보험료 납부이므로 이제부터는 자신이 현직 검사들에게 몰래 변호와 청탁, 사건 농간을 하면서 많은 돈을 벌어 보험금을 타서 먹을 차례입니다. 그런 의미에서 이날은 '전관예우 다짐 대회'의 성격도 있습니다. 앞으로 정원길 변호사의 행적이 많이 소개될 것입니다만 개인의 행위가 아닌 전국 검찰청에 만연하였던 검찰 바이러스 감염증이라는 사실을 염두에 두고 지켜봐 주시기 바랍니다.

3월 9일 (화) 흐림

- 출근길에 극미한 눈발을 보이다가 약간의 빗발로 바뀌었다.
- 점심시간에 부 소속 계장들과 함께 점심을 먹는데 정원길 변호사 이야기가 나왔다. 장길돈 계장은 함께 근무하는 조성익 검사의 말에 의하면 정원길이 수임한 사건들이 거의 모든 검사실에서 잘 되어 가고 있다는 말을 했다고 한다. 그 말을 들은 김종선 계장은 양정민 변호사가 지난번 경찰에서 도박으로 한꺼번에 피의자 4명에 대한 구속영장을 신청하였는데 모두 기각되었고, 한 사람당 수임료로 3,000만 원씩 받아서 한꺼번에 1억 2,000만 원을 벌더라고 말했다.
- 16:40경 정원길 변호사가 방문하여 검사를 데리고 나갔다. 잠시 후 들어온 검사가 조사를 앞둔 이중건축 허가사건 피의자 4명 중 최남식, 안봉규 명의로 된 진술서를 건네주므로 살펴보니 변호인 선임계 없는 몰래 변호여서 검사에게 "선임계가 없는데요?"라고 말했더니 아무 말도 하지 않았다. 검사에게 돌려주며 반환하라는 말을 하고 싶었으나 불가능을 강요하는 것이나 다름없어 그러지 못했다. 내용을 읽어 보니 경찰에서처럼 혐의를 전면 부인하는 내용이다. 황당하게도 최남식 명의 진술서에는 수사를 담당한 경찰이 검사의 송치 지휘를 받지 아니한 채 송치하였다며 문제를 제기하고 있었다.

　최남식의 진술서 내용에 경찰이 검사의 지휘를 받지 않고 송치하였다니 무슨 말입니까?

정원길 변호사 자신이 알게 된 수사 정보 내용을 최남식이 자신에게 빙의(憑依)라도 된 듯이 최남식 명의의 진술서에 기재한 것인데 경찰이 검사로부터 송치하라는 지휘를 받지 않고 송치를 해 버렸다는 의미입니다. 또한, 검사와 경찰만 알고 있는 내밀한 사항인데 몰래 변호 중인 전관이 어떻게 그 사실을 알았느냐는 것입니다. 피의자가 4명인 사건으로 건축주 임규승, 건축업자 김상열, 건축사 최남식, 구청 소속 공무원 안봉규입니다. 이 사건 이해를 위하여 앞당겨 말씀드리면 공무원 안봉규는 조사결과 직무상 소홀 이외에는 드러난 혐의점이 없었습니다. 정원길도 이러한 사항은 사전에 파악하고 몰래 변호에 들어가 있었던 것으로 보입니다. 그래서 정원길이 가장 공을 들이는 사람은 최남식이었습니다. 건축사는 공무원이 아니나 건축법에 따라 공사 현장조사와 검사, 확인업무를 대행하는 건축설계업자로서 직무를 수행한 경우 뇌물죄에 있어 공무원으로 간주한다는 소위 '공무원 의제' 규정이 적용되는 신분이기 때문입니다.

먼저 이 사건의 발단과 그때까지의 사건 상황부터 말씀을 드려야 다음 이야기를 이해하실 것입니다. 사건이 있기 수년 전 윤준영이라는 사람이 회사를 운영하다 부도가 나서 회사 부동산이 모두 경매로 넘어가고, 그 회사 부동산을 임규승이 매입하여 그 자리에서 자신의 회사를 운영하고 있었습니다. 그런데 윤준영이 떠나기 전 그 회사 부지 내에 건축허가 후 약 80%나 공정을 마쳤으나 준공을 받지 못하여 경매에 포함되지 않은 공장 건물 하나를 그대로 남겨 두고 떠난 일이 있었습니다. 무슨 사연이 있었는지 수년 후 윤준영이 나타나 그 준공 미필 건물에 대한 권리를 찾아 나선 것이 이 사건의 발단입니다. 윤준영은 임규승에게 그 건물상태를 확인하게 해 달라고 요구하였으나 거절당한 후 구청에 가서 확인해 본 결과 그 똑같은 위치에 새로이 건축 허가를 받아 완공한 것으로 된 건물이 있음을 확인하였고, 이중 건축 허가로서 필시 건축 비리가 있을 것이라며 문제를 제기했고, 경찰이 이를 수사하여 송치한 사건입니다. 이후 과정은 일기를 보면서 말씀드리겠습니다.

3월 10일 (수) 흐림

‣ 간밤에 눈이 많이 내렸다.
‣ 17:00경 검사는 자리를 정리하면서 검사들이 샛별○○(주) 견학이 있는 날이어서 일찍 퇴근한다고 했다.

3월인데 눈이 많이 내렸습니까?

예, 이날 말고도 3월 17일 수요일 저의 일기 내용에도 보면 오후부터 때아닌 함박눈이 내렸다고 기록되어 있습니다. 제가 그날그날 직접 체험한 것을 기록한 것이어서 추호도 어김없이 정확한 화평시 날씨입니다.

3월 11일 (목) 맑음

‣ 맑고 화창한 날씨이다. 낮부터 기온이 많이 올라간다고 하니 일전에 내린 눈이 거의 녹을 것 같다.
‣ 검사는 요즘 연일 술을 마시게 된다고 한다. 어제는 샛별○○(주) 견학을 마친 후 그 회사 간부들과 술자리를 하였는데 끝나고 나오다 송지숙 검사가 넘어져서 얼굴을 약간 다쳤다고 한다.

> ▶ 오후에는 구속송치 사기 사건을 조사하였다. 보이스피싱 사기 피의자가 대만 사람이어서 통역인의 통역으로 조사하였다.

여검사가 다친 것이 어떤 상황이었는지는 모르나 그 말을 듣고 검찰 특유의 음주문화에 휘둘리다 일어난 것이 아닐까 싶었고 예전에 정기숙 검사가 사무 감사가 끝나고 감사관들 저녁 접대에 참석했다가 노래방 계단을 내려오던 중 넘어져 팔이 부러져 꽤 오랫동안 깁스하고 다녔던 더 안쓰러웠던 일도 생각납니다.

외국인 범죄가 늘어나다 보니 종종 있는 일인데 당연히 언어 때문에 힘듭니다. 노동자들이 대부분이고 조사 빈도로는 중국, 몽고, 태국, 우즈베키스탄 순이었던 느낌입니다. 외국인들이 범행을 순순히 인정하고, 증거도 확보된 사건이면 그리 어렵지는 않으나 복잡하고 부인을 하는 사건일수록 몇 배 더 힘이 듭니다. 가장 힘들었던 외국인 조사는 예전에 강북지청에서 이건규 검사와 근무할 때 관내 대형 마트지점장이 프랑스인이었는데 그곳 노조와의 분쟁 사건으로 통역인을 불러 장시간 조사했을 때가 기억납니다. 제가 이 부분을 잠시 강조하고 넘어가는 이유는 논문 내용과 관련이 있습니다. 그때 가서 우리나라 특유의 참여수사관 제도의 효시와 변천 과정에 대하여 다룰 것이라고 하지 않았습니까? 일제강점기 검사는 절대다수가 일본인이었는데 그들에게 식민지 조선인은 외국인이었다는 사실입니다. 그 과정에서 오늘날 참여수사관 제도의 효시인 식민지 조선 특유의 입회서기 아바타 제도가 탄생한 것입니다. 자세한 내용은 논문에서 소개하기로 하고 다음 이야기를 이어 가겠습니다.

> **3월 15일 (월) 비**
>
> ▸ 오후에 수입식품 유통 사기사건 피의자 유광철, 허종호, 고소인 김덕준, 참고인 이현수 등 4명을 한꺼번에 불러 14:30부터 심층 대질조사를 하였다. 일과 직후 조사가 마무리될 것임을 예상하고 계속 이어 갔으나 19:30경 조사가 마무리 단계에 접어들었다. 이때 검사가 내부 통신망 쪽지를 보내와 부 회식에 참석해야 하니 빨리 끝내 달라고 재촉하였다. 검사의 요구도 들어주고 조서 작성에 실수도 없어야 하니 정신을 바짝 차린 가운데 서둘러 마무리하였다. 검사는 사전예고가 없던 회식인데 더 빨리 끝내 주지 않아서 섭섭하다는 듯이 아무 말도 없이 부리나케 나가 버렸다.

19시 30분경에 끝냈으니까 5시간 동안 내리 검사의 아바타가 되어 대질 조사를 한 것입니다. 수입식품 유통사건이 마무리 단계에 접어들고 있었고, 유광철을 조사하면 할수록 매우 지능적임을 알게 되어 열과 성을 다하여 조사한 사건입니다. 유광철이 처음부터 매우 주도면밀했고, 피해 물품을 빼돌려 판매하여 매입업자, 운반업자, 창고업자 등 여러 단계와 사람을 거치는 바람에 참고인들이 원거리에 산재하여 이들을 소환하는 데만도 무척 애를 먹었습니다.

특별한 일이 없는 한 최소한 그 전날에 다음 날 조사예정인 사건을 검사에게 알려 주고 당일 조사에 들어갑니다. 저에게 예고한 적도 없는 회식이었고 조사업무가 어려운 작업이기도 하지만 조사받는 사람들에게는 그 조사결과에 따라 살맛, 죽을 맛을 넘나드는 매우 중요한 일입니다. 평소 검사들은 참여수사관이 피의자를 신문하고 있을 때 전적으로 다른 업무에 몰입하다가 방문자와 환담, 간부들 호출, 회의 참석, 심지어 다른 검사실 마실도 하고 옵니다. 조사를 마치고 검사가 피의자를 면담하고 보내야 하므로 신문을 다 끝냈을 때만이라도 제자리에 있으면 좋으련만 어떤 때는 돌아오지 않아서 피의자를 대기실에 마냥 기다리게 할 때가 있는데 1시간 가까이 기다렸던 기억도 있습니다. 저는 기다리는 피조사자들에게 미안하다고 거듭 양해를 구하는데 그토록 기다리도록 해 놓고 돌아온 검사 중 부득이한 사정을 말하며 저나 조사받은 사람들에게 미안해하거나 미안하다고 말하는 법은 없었습니다. 그럴 때마다 그들 의식 속에 국민을 어떤 위치에 두고 있을지 생각하며 개탄하곤 했습니다.

3월 18일 (목) 맑음

▸ 이중 건축 허가사건 건축주인 임규승에게 전화를 걸어 윤준영이 문제의 건축물을 직접 확인할 수 있도록 협조해 줄 수 있는지 물었더니 뜸을 들이다가 승낙하였다. 곧바로 윤준영에게 전화하여 임규승의 승낙 사실을 알리며 실사 일정은 두 사람이 알아서 잡으라고 하자 윤준영은 "다음 주에 설계했던 건축사를 만나고 그다음 주 안으로 실사를 하겠다"라고 하므로, 그때 가서 그 결과를 진술서로 작성하여 제출해 달라고 요청했다.

이날 있었던 일이 이 사건의 중요한 분기점이 됩니다. 사건 해결의 관건은 피의자들의 주장대로 현재의 건축물이 과거 윤준영이 완공을 마치지 못한 건축물을 모두 철거하여 없앤 후 그 자리에 새로이 허가를 받아 신축한 것인지, 아니면 윤준영이 두고 떠난 그 건물에 나머지 약 20% 추가공사만 하여 완공한 것임에도 똘똘 뭉쳐 거짓말을 하고 있는 것인지, 이를 두고 사건관계인들 사이에 어떤 일들이 있었는지를 밝히는 것인데, 저로서는 정원길 변호사가 몰래 변호와 사건 농간에 나선 상황에서 이를 떨쳐 내고 진실규명의 실마리를 제대로 풀고자 임규승의 승낙 하에 윤준영의 현장실사로써 돌파구를 마련한 것입니다.

임규승이 실사를 승낙하지 않으면 어떻게 할 작정이었습니까?

압수수색검증 영장을 발부받아야 하는데 검사가 이에 나설 리는 없어 보이기도 하나 그럴 필요까지는 없는 사건이었습니다. 우선 거절 자체로서도 의미가 있는데 자신이 한 진술이 사실이면 실사에 응하지 못할 이유가 없거든요. 그런 상황을 토대로 입체적으로 조사하다 보면 진실이 드러날 정도의 사건이었습니다. 그리고 처음에 임규승에게 실사 승낙을 타진했을 때 일시 답을 못하고 뜸을 들이는 순간 진실이 어디에 있는지 직감했습니다. 거절할 명분이 없었는지 마지못해 실사를 받아들인 것입니다.

3월 19일 (금) 맑음

▸ 11:25 정원길 변호사가 들어와 검사를 데리고 나갔고, 검사가 11:35 돌아와 "정원길 변호사가 그러는데 사실은 임규승이 최남식에게 그 이전 윤준영의 최초 건축 허가신청 때 서류에 있던 공터 사진을 주면서 그 건물 철거 후의 공터 사진인 것처럼 말해서 그런 줄 믿고 새로이 허가를 받아 준 것이라며 현장 실사를 취소시켜 달라고 부탁하였다"라고 말하며 정원길의 부탁을 들어주자는 뜻을 내비쳤다. 나는 "몰래 변호에다 그런 청탁을 들어주었다가는 어떤 수렁에 빠질지 모른다"라고 거부를 분명히 하자 검사는 당황스러운 표정을 지으며 아무 말이 없었다.

▸ 오후에 강준석 계장이 "정원길 변호사가 형사1부 계장들과 같이 저녁 식사를 하자고 했다며 좋은 날짜와 장소를 추천해 달라"라는 쪽지를 보내왔다.

변호사가 검사를 데리고 나간다는 곳은 언제나 옆방 영상녹화실인데 은밀히 대화를 나누기에 안성맞춤입니다. 정원길이 검찰 처벌 수위에 따라 신분 유지에 영향을 받는 건축사인 최남식의 사건을 수임해 몰래 변호로 한 건 올리려는데 저의 진실규명 의지에 막혀 안달이 나 있습니다.

　변호사가 자백을 조건으로 타협을 시도하려는 것으로 보입니다.

　예, 그것도 위장 자백을 미끼로 국면전환을 시도하는 것입니다. 이 사건도 검찰에서만이라도 진실을 말하면 얼마든지 벌금형으로 관대한 처벌을 받을 수 있고 그렇게 되면 최남식의 신분 유지에도 지장이 없는데 정원길이 돈벌이에 눈이 멀어 몰래 변호로 사건 농간을 하고 있어 이를 더 어렵게 만들고 사건을 꼬이게 하는 상황입니다. 늘 반복하는 말입니다만 이 사건도 진실규명의 첩경은 정원길의 몰래 변호, 사건청탁과 농간, 이를 방조하는 검사부터 철저히 조사하는 것입니다.

　정원길 변호사의 말에 의하면 임규승이 공장 건물을 철거한 사실이 없음에도 철거했다고 최남식을 속였다는 말인데요?

　사실 여부는 실사 또는 조사결과로서 증명되는 것이지 사건을 농간하고 있는 전관의 그런 말로는 안 됩니다. 변호사의 그 말은 그 분야 전문가인 건축사가 건축허가신청 의뢰인에게 말짱 속았다는 것이거든요. 그런 말을 하기 전에 건축사가 바보라는 것을 먼저 입증해 보여야 합니다. 그리고 현장실사를 취소시켜 달라는 요구도 그렇습니다. 검사실을 자기 안방처럼 드나들며 사건기록에 있는 정보를 얻어 내고 몰래 변호로 사건에 개입하여 감 놔라 배 놔라 하면서 수사를 방해하는 행위 자체가 심각한 범죄라고 생각합니다. 이런 사건 농간 범죄행위의 핵심 교두보가 되어 주는 몰래 변호 행위를 변호사법에는 과태료로 규제하고 있고 더욱이 그런 처분이라도 제대로 하면 좋을 텐데 저는 단 한 번도 못 봤습니다.

변호사의 청탁대로 현장조사를 하지 않으면 어떤 문제가 있습니까?

공정한 사건 처리의 전제이자 가장 기초가 되는 것은 사실관계를 명확히 정리해 내는 것입니다. 그런 청탁을 들어주어 제대로 밝혀 놓지 않으면 나중에 가서 다시 국면 전환을 시도하거나 기회를 엿보아 연막작전을 펴고 뒤통수를 치며 또 다른 수사 방해에 나서기도 합니다.

이전 윤덕일 검사는 청탁에 흔들리지 않으려고 노력했던 느낌이 들었는데 박승원 검사는 좀 다르군요?

예, 크게 달랐습니다. 윤덕일 검사는 그래도 늘 고민하고 번민하는 모습을 보여 주었거든요. 기본 원칙은 놓지 않으려고 몸부림치던 검사였는데 박승원 검사는 그런 의지를 엿볼 수 없었습니다. 사람이 나빠서가 아니라 안타까울 정도로 너무 순했습니다. 검찰 바이러스는 대체로 박승원 검사처럼 심성이 여리고 의지가 약하며 순한 사람일수록 빠르고 강하게 전염이 되고 증상도 심했습니다.

정원길 변호사가 현직에 있을 때 검사직을 어떤 태도와 마음으로 수행했을까 하는 생각이 듭니다.

오랜 세월 그런 마음과 직무수행이 당연시되는 검찰 조직 문화에서 잔뼈가 굵어진 것입니다. 몰래 변호에 광기를 보이는 전관일수록 그가 현직에 있을 때 전관과 한통속이 되어 몰래 변호를 열렬히 방조했을 것이라고 보면 정확합니다. 수도 없이 많은 사건 처리를 하면서 줘서는 안 되는 면죄부도 주고, 구속하지 말아야 할 사건 구속하고, 반대로 구속할 사건 풀어 주고, 기소유예할 사건 기소하고, 기소할 사건 기소유예하고 말입니다. 자신이 도와줘서 전관에게 지급된 보험금 이제는 자신이 실컷 타 먹어야지요. 그래도 자신이 그런 전관예우를 받는 것은 고위 전관의 고래 짓에 비하면 새우 짓에 불과하다는 것을 너무 잘 알고 있기에 아무런 죄책감이 없을 것입니다. 한통속인 검사와 정원길은 저를 만나 자신들의 아바타에 불과한 참여수사관에 대한 전통적 선입견과 크게 충돌하면서 심적으로 매우 복잡했을 것입니다.

> **3월 26일 (금) 대체로 맑음**
>
> ‣ 오전에는 사기 사건을 조사하고, 오후에는 특가법위반(도주차량) 사건을 조사하였다.
> ‣ 17:30경 여직원이 정원길 변호사가 와서 잠깐만 보자고 한다는 메시지를 보내왔다. 나가 봤더니 출입문 앞에 서서 기다리고 있었다. 정원길은 "그 사건 언제 조사할 겁니까? 잘 부탁합니다"라고 하므로 "원칙대로 조사합니다"라고만 대답하고 들어왔다. 검사에게 변호사의 사건청탁을 보고했더니 아무런 말을 하지 않았다.

> **3월 29일 (월) 맑음**
>
> ‣ 사건기록에 있는 건축 허가 관련 자료는 원래 서류 전체에서 일부만 발췌한 것에 불과하여 구청에 허가서류와 이에 첨부된 서류 일체를 제출해 달라는 공문을 발송했다.

그런 공문을 보낸 이유는 무엇입니까?

원래 윤준영의 최초 허가신청서류와 그 이후에 임규승이 신축허가를 받았다는 허가신청서류 모두는 이 사건의 진실을 밝히는 데 있어 가장 중요한 증거자료여서 그 일체를 확보하고 정밀 비교 검토한 후 마무리 조사에 들어가려던 것입니다.

> **3월 31일 (수) 비**
>
> ‣ 13:30 김완정 변호사가 들어와 검사를 영상녹화실로 데려갔고, 7~8분 후에 검사가 돌아왔다.

판사 출신 김완정 변호사도 검찰에서 몰래 변호 활동을 하는 것 같습니다. 원래 검사 출신은 검찰이, 판사 출신은 법원이 텃밭입니다. 그 와중에 검사건 판사건 사법고시, 연수원 출신이라는 그들 특유의 별난 혈통을 기반으로 텃밭을 자주 공유하기도 합니다. 이전에 영장전담 판사로 재직할 때 부동산교환 사기 사건 김진순에 대한 구속영장 처리에서 그의 내면을 이미 들여다보아서 그런지 검찰청사 곳곳에 출몰할 때마다 느낌이 좋지 않았습니다. 김완정도 현직에서 전관 변호사들의 청탁을 받아 입맛대로 재판해 주며 보험금 지급업무를 꾸준히 도우며 보험료를 냈으니 이제 자신이 보험금을 챙기고 있는 것입니다.

> **4월 1일 (목) 비**
>
> ‣ 검사가 부재중인 16:20경 정원길 검사가 전화를 걸어와 박승원 검사를 찾으므로 부재중인 사실을 알려 주었더니 여직원을 찾았다. 여직원도 자리에 없어서 "없습니다"라고 했더니 "아, 오늘 경찰에서 구속 지휘 건의 올라온 사건이 있는데…"라고 혼잣말하다가 "계장님. 경미 씨 오면 저에게 전화 좀 해 달라고 전해 주십시오"라고 말했다. 나는 "그거는 좀 안 됩니다"라고 하자 "알았습니다"라며 전화를 끊었다. 정원길은 전화를 끊은 지 약 10분 되지 않아 직접 방문하였고 검사실 안을 빙 둘러보더니

> 나의 말대로 검사도 여직원도 모두 안 보이는 것이 맞자 다시 "아 그거 빨리 알아봐
> 야 하는데"라며 혼잣말을 하고 돌아갔다.

이번에는 정원길 변호사가 수임한 다른 사건인 모양입니다.

예, 변호사가 하는 말속에 돌아가는 그 사건 상황이 모두 담겨 있습니다. 경찰이 박승원 검사의 지휘를 받아 수사하던 중 구속영장을 청구하는 것이 적절하다고 지휘 건의를 올린 수사기밀을 얻어 낸 후 몰래 변호로 사건 청탁하여 한 건 해 먹으러 온 것이 분명해 보였습니다. 사건 피해당사자가 몰래 변호 전관이 이런 식으로 부당하게 사건에 개입하고 있다는 사실을 알게 되면 어떤 심정이겠습니까? 굳이 제가 답을 하지 않아도 그 참담함 아실 것입니다.

정원길이 경찰에서 그렇게 지휘 건의를 올린 사실을 어떻게 알았을까요?

그런 내용은 수사기밀인데 전관이 그거 알아내는 것은 식은 죽 먹기입니다. 경찰 단계가 첫 단추이기 때문에 거기부터 공을 들이므로 경찰에서 누설될 수 있습니다. 검찰에서는 검사 또는 참여수사관, 수사지휘건의 업무 담당, 각 결재 단계별 간부 또는 소속 직원 중 누군가를 통해서도 누설되었을 수 있습니다. 전관들이 검사와 직원들을 접대하고 용돈 몇 푼 주고, 명절이면 떡값을 주고 선물을 주고, 공을 들이는 이유는 그럴 때마다 협조받고 친절한 대우를 받기 위해서입니다. 물론 그 몇 푼이 직원들의 그런 부조리한 행위를 하도록 전적으로 지배하는 것은 아니고 그렇게 하는 것이 당연시되는 검찰 문화에 더 큰 지배를 받는 것이기는 합니다. 금품을 받는 직원들은 '착시' 증상을 보여 그것을 '정(情)'이라고 여깁니다. 그래서 그런 금품 안 받는 저에게 융통성이 없다거나 정(情)이 없다고 말했던 것입니다.

변호사가 그 정도로 급히 챙기는 사건이면 검사가 오기를 기다렸을 것 같은데 그냥 갔습니까?

그날 검사가 집안에 일이 생겨 며칠간 부재일 수밖에 없는 사정이 생겨 급히 퇴근했고, 그 내용을 변호사에게 알려 주었더니 일단 체념할 수밖에 없어 돌아간 것이지만 다른 검사에게 재배당이 되면 그 검사에게 몰래 변호할 것이고, 검사가 복귀할 때까지 처리가 연기되면 기다렸다가 몰래 변호할 것입니다.

4월 5일 (월) 맑음

- 화창한 봄 날씨다.
- 14:20경 정원길 변호사가 손에 뭔가 서류를 들고 들어와 검사를 데리고 나갔다. 14:25 검사가 들어오는데 이번에는 서류를 받지 않고 빈손으로 들어왔다.

71

4월 6일 (화) 흐렸다가 오후 갬

- 오후에 유명 보수학자인 김천길이 대학생 이경빈을 상대로 '출판물에 의한 명예훼손'으로 고소한 사건을 조사했다. 김천길이 일제강점기 위안부와 독도 문제에 대한 강연과 신문 칼럼에서 친일적으로 보일 수 있는 견해표명 활동을 한 것에 대하여 이경빈이 인터넷 활동과 유인물을 통하여 일본의 극우 정치인을 대변하는 것이라고 하는 등 명예를 훼손하였다는 내용이다.

이 사건은 제가 조사를 담당하기 전에 여러 청을 전전하고 이례적이고 기구한 과정이 있었고, 이경빈이 나중에 화평지청 관내 직장에 취직하여 다니고 있다는 사실이 드러나 사건이 이송되어 와서 박승원 검사에게 배당된 것입니다. 사건이 이송되어 오기 전 최초 담당하여 무혐의 처분한 검사의 결정문과 한강고검 소속 항고담당 윤전학 검사가 그 무혐의 처분을 뒤집고자 재수사 명령한 결정문을 대조하여 읽었습니다.

혐의사실이 고작 가치관 또는 한일 역사관에 따라 다를 수 있는 범위의 평가와 비유적 표현에 불과하여 문제가 될 것이 전혀 없음에도 윤전학은 그 사건 불온, 과격 몰이를 해서 어떻게 해서든지 뒤집고 기소해서 누군가에게 잘 보이고 싶어 무척 안달이 나 있다는 느낌이 너무 강하게 들었고, 어떤 대목에서는 억지 춘향 놀음 또는 엉터리 논리여서 약간 웃음도 나왔고 최초 검사의 무혐의 결정이 옳았다는 생각이 들었습니다.

당시에는 저의 신분상 그런 저의 생각은 개인적인 견해일 뿐 본분은 어디까지나 객관적인 태도로 최초 담당 검사의 무혐의 처분을 번복시키려고 노력하는 윤전학 검사가 결정문에 적시한 무혐의 처분의 부당성을 지적하는 사항들을 이경빈에게 조목조목 물었고, 이에 맞서는 이경빈의 답변을 조서에 충실히 담았습니다.

조사가 끝난 후 사건을 보내왔던 검찰청으로 돌려보냈는데 윤전학 의도대로 기소는 하였으나 검사가 양심은 있었는지 정식재판이 아닌 가벼운 벌금형으로 약식기소를 했습니다. 그때 저의 생각은 그런 사건이 유죄 확정으로 결말이 난다면 이 사회는 일제 식민사관에 동조하거나 일제에 적극적으로 부역한 친일파들을 칭송하는 경향이나 현상이 당연시되는 세상이 오지 않을까 염려도 되었습니다. 이후 이경빈이 불복하고 정식재판을 청구하여 1심에서 무죄가 났으나 검찰의 고질병인 '상소 고문' 증상이 나타나 항소합니다. 항소심에서도 다시 무죄가 나자 검찰이 상소 열차를 멈춰서 그대로 확정되었습니다. 앞길이 창창한 젊은이 이경빈은 최초 고소를 당한 때부터 옮겨 간 직장 관할 검찰청을 경유해서 재판이 끝날 때까지 2년 동안 검찰의 재수사 명령과 무조건 상소에 시달린 것입니다.

이경빈을 조사할 때 들었던 개인적 느낌은 진술 내용과 논리가 정연했으며 무엇보다도 올바른 한일 역사 인식을 지녔다는 생각이 들었던 젊은이여서 이 젊은이의 진술을 있는 그대로 조서에 담아야겠다는 생각뿐이었습니다.

그 사건이 무죄가 확정되어 윤전학은 허탕을 쳤다거나 소득이 없었다고 생각하면 오산입니다. 그의 노력으로 이경빈을 기소하고 재판을 받게 한 것을 뽐낼 수 있었고, 이로써 자신의 정체성을 알리는 데 성공한 것입니다. 그는 유사한 사건에서도 선택적 정의의 신봉자로서 정체성을 잘 드러내 보였는지 공안통으로 매우 유명해졌고 이후 출세 가도를 달려 검찰 최고 상층부에 진입하여 활동하다가 퇴직하여 거물 전관이 되었습니다. 우리나라는 그런 사람에 대하여 '관운(官運)'이 있다고 말합니다. 관직은 그런 '운'이 아니라 국가와 국민 그리고 자신이 속한 관청의 진정한 발전과 미래에 보탬이 되는 실력과 자질 여부에 따라 맡겨져야 한다고 생각합니다.

'공안통' 하시니 특수통, 기획통 붙은 검사들의 성공이 대세인 것 같습니다. 특정 분야에 능통하거나 달인이라는 의미에서 '통(通)'을 붙인 것인데 저는 검찰에서 언제부터 그런 용어가 뿌리를 내린 것인지 궁금하고 그러한 '통(通)'으로 칭송을 받아온 대다수는 정치검사 반열에 들어선 것이라 보면 그리 틀리지 않습니다. 저는 해방 이후 수도 없이 많은 이들 '통'

의 활약과 실적이 태산처럼 높고 하늘의 별처럼 많아도 부패한 나라의 늪에서 헤어나지 못했던 이유가 너무도 궁금했던 것입니다.

4월 14일 (수) 맑음

- 당직 근무 중 경찰에서 예전에 민원인이 유민지 검사를 만나게 해 달라며 청사 정문 앞에 누워 시위하다 다른 검사가 부른 콜택시에 치여 중상을 입고 치료를 받아 오던 사람이 사망하였다는 보고가 올라왔다. 변사(變死) 사건 처리를 위하여 당직검사 이양훈의 휴대전화로 연락을 시도하였으나 신호만 가고 전화를 받지 않다가 자정이 넘어가자 전원이 꺼져 있었다.
사건 처리가 지연되는 상황에서 경찰이 다시 연락을 해 와 유족이 장례 일정 때문에 처리를 독촉하여 힘든 상황이라고 했다. 좀 더 기다려 달라고 통사정을 해 놓아 시간을 끄는 사이 경찰이 다시 전화를 걸어와 유족을 겨우 설득하여 아침 일찍 처리해 주기로 했다고 하여 우선 안도할 수밖에 없었다.
아침 07:15경 경찰이 다시 전화를 걸어와 유족이 장례 일정 때문에 다시 변사사건 처리를 독촉하고 있다고 했다. 이양훈 검사의 핸드폰으로 전화하였으나 받지 않았다. 할 수 없이 비상수단으로서 그의 관사 아파트 관리실로 전화를 걸어 급한 용무라며 인터폰을 이용하여 거주자에게 연락을 취해 달라고 요청한 끝에 비로소 연락되었다. 간밤에 있었던 상황에 대하여 알려 주자 검사는 "휴대전화를 사무실에 두고 왔다"라고 하는데 아침 일찍 전화를 받아 불쾌했는지 "미안하다"라는 말 한마디 없었다.
- 오전에 이중 건축 허가사건 피의자 4명을 상대로 대질조사를 하였다. 조사가 시작되기 직전 양상호 계장이 메신저를 보내와 최남식, 안봉규가 정원길 변호사를 선임하였다고 하면서 최남식이 아는 사람이 자신과 잘 아는 사람이니 친절하게 조사해 달라고 부탁하므로 "원칙대로 조사한다"라고만 대답하였다.

‣ 11:30 조사가 마무리될 무렵 정원길 변호사가 들어와 검사를 데리고 나갔고, 약 6~7분 후 검사와 함께 검사실에 들어왔다. 변호사가 최남식에게 다가가더니 '조사 끝나면 저에게 들르세요'라는 말을 하고 나갔다. 조사를 마치고 피의자 4명에게 차례로 조서를 모두 읽힌 후 날인을 받아 종료한 후 최남식에게 "정원길 변호사를 정식으로 선임한 것이냐?"라고 묻자 "그렇다"라고 답했다. 정원길 변호사가 제출했던 진술서를 보여 주면서 "이거는 누가 작성한 것이냐?"라고 묻자, "변호사가 작성하였다"라고 했다. 나는 "정원길 변호사는 선임계를 제출한 적이 없으므로 본 사건의 정당한 변호인으로 인정할 수 없다"라고 말했다. 그 순간 검사는 자리에서 일어나 아무 말 없이 나갔다.

당직 근무 때 이례적인 일이 있었군요?

예, 수개월 전 그 교통사고 사건에 대하여 들은 적이 있었는데 중상을 입은 그 민원인이 치료를 받아 오다 사망한 당일 우연히 제가 당직 근무를 하게 된 것입니다. 최초 사연인즉 그 교통사고 당일 유민지 검사에게 면담 요청을 하였다가 거절당한 후 화평지청 정문 앞에 누워 시위했다고 합니다. 마침 검사들이 일과 직후 회식을 하는 날인데 그중 한 검사가 콜택시를 불렀고 또 마침 눈이 내리던 중 택시가 정문에 진입하면서 민원인을 미처 발견하지 못하여 사고가 난 것입니다.

면담 요청을 거절한 유민지 검사는 평소 매우 친절하고 겸손한 검사였습니다. 검찰에는 각기 사연을 지닌 사람들이 검사를 직접 만나게 해 달라고 하는 경우가 많습니다. 검사가 다 만나 줄 수만 있다면 좋겠지만 검사는 일에 치여 살기에 직접 만나 사연을 들어 줄 시간도 없으나 무조건 만나 주는 것도 문제가 있습니다. 만나서 사연을 들어 주다 보면 그날 처리하기로 한 일이나 갑자기 밀려드는 일 처리에 크게 지장을 받기 쉽고, 만나는 것이 오히려 역효과를 내거나 말꼬리를 잡고 늘어지거나 불필요한 상황이 생기기도 하고, 심지어는 검사가 크고 작은 위험에 직면할 수도 있습니다. 아무튼, 유민지 검사가 민원인을 만나 주었다면 죽지 않았을 것이라는 생각에 너무 안타깝고, 검사가 만나 주고는 싶었으나 너무 바빠서 만나 주지 못한 것이라면 이 또한 얼마나 애석한 일인가 생각했습니다.

검사들이 민원인을 만나지 못할 지경으로 일에 치여 살고 바쁘다는 상황과 이 사고 전후 전체 사정이 대조적입니다.

예, 그들은 상사가 마련한 저녁 모임이나 그들끼리의 회합에는 하던 일을 모두 접어 두고 잘도 모이고, 그런 크고 작은 연회를 너무도 자주 가져서 어떤 때는 '회식청'이라는 생각이 들 때도 있었습니다. 검찰청에서 권력서열 1위는 국민이 아닌 고위직 순으로 검사였고 그 맨바닥에 국민이 있었습니다. 특히 고위직이 초도순시, 지도방문을 내려온다고 하면 며칠 전부터 비상이 걸린 군인들처럼 청 전체가 들썩거리고 역량을 한데 모아 물심양면 정성을 들이고 일사분란하게 움직입니다. 때로는 관내 재벌 계열사를 견학한다고 단체로 조기 퇴근을 하고, 조사가 일과 후로 넘어간 때 바깥 술자리에 있는 간부들이 불러내면 조사를 빨리 끝내 달라고 독촉하는 풍경을 종종 봤습니다. 반면에 검사를 만나겠다고 눈 내리는 날 정문 앞에서 시위를 벌이다가 검사들이 회식을 위하여 일과 직후 부른 콜택시에 불의의 사고를 당한 그 장면과 너무 대조적이었습니다.

법원, 검찰을 방문해 보면 정문 앞에 피켓을 들고 있는 사람들을 종종 보곤 합니다.

전국 어디나 마찬가지겠습니다만 화평지청 화평지원 정문 앞에는 수사나 재판에서 그 과정 또는 결과에 승복하지 않는 사람들이 각양각색의 방법으로 억울함을 호소할 때가 있습니다. 상복을 입은 사람들이 6개월 넘게 교대로 1인 시위를 하던 풍경, 한쪽 눈을 잃은 허름한 차림의 여인이 잊을 만하면 와서 밥그릇을 들고 수저를 때리며 곡을 하던 모습도 생각납니다. 이들이 모두 억울하고 옳다고 생각하지는 않습니다. 그러나 우리나라는 왜 이리 승복을 하지 않는 것일까요? 검사실에 근무하면서 확신하게 된 것은 그 불복의 주요인은 민(民)이 아닌 관(官)에 있었습니다. 경찰, 검사나 참여수사관의 불공정, 편파, 청탁, 무능한 수사를 하면 사건 진실을 가장 잘 알고 있는 사건관계인들이 가장 먼저 잘 압니다. 그들에게 시종일관 공명정대하고 성실한 직무 태도를 보이면 결과에 모두 만족스럽지 않더라도 승복하는 경향이 뚜렷했습니다. 그래서 저는 사건에서의 '승복'은 정의롭고 성실하고 유능한 직무수행의 결과물이라고 생각합니다.

이중 건축허가 사건 조사에 앞서 기존 건축물 실사는 이루어졌습니까?

예, 윤준영이 임규승의 회사 내에 들어가 실사를 한 결과 자신이 남겨두고 떠났던 똑같은 건물에 추가 마무리 공사만 한 것임을 확인하였다는 내용을 담은 진술서를 제출하였습니다. 이날 이 사건 진실이 모두 정리되는 순간입니다. 그동안 피의자들이 말을 맞춰 거짓말한 사실을 확인한 가운데 모두 불러 마무리 조사를 했던 것입니다.

피의자들이 범행을 인정했습니까?

어정쩡한 태도로 일관했습니다. 처음에는 심지어 이전에 정원길이 국면전환을 시도하기 위하여 임규승이 건축사를 속였던 것이라고 했던 위장 자백마저도 거두어들이고 경찰에서 이구동성으로 말을 맞췄던 때로 모두 돌아가 앵무새처럼 같은 진술을 하였습니다. 이들이 스스로 증거인멸을 하는 길을 선택하게 하는 동기는 정원길과 검사에게 있었습니다. 조사 중 정원길이 들어와 피의자들이 보는 앞에서 검사를 데리고 나가고 최남식에게 하는 언행을 보십시오. 조사받는 사람들에게 자신이 검사를 좌지우지할 수 있다고 암시하는 수법입니다. 그러나 윤준영의 진술서가 있고 이미 차곡차곡 쌓인 그들의 모순된 진술은 이들이 증거를 인멸하고 있다는 정도는 단단히 입증을 해 두었습니다. 조사를 받는 사람은 인식하지 못하나 하나의 거짓말을 감추기 위하여 크고 작은 여럿의 거짓말을 동원하게 되고, 그런 진술의 모순을 다시 추궁해 가면 그 거짓말이 다시 번식하여 일정한 방향으로 축적되어 자연스럽게 진실이 드러나고, 거짓 진술 모두는 사상누각이 되고 마는 것입니다.

최남식에게 몰래 변호한 사실을 알리는 것을 보고 검사가 놀란 것으로 보입니다.

심정이 어땠는지 모르나 그 순간 일어나서 나갔습니다. 일찍이 저는 검사실에서 전관과 현관이 합작 또는 방조하여 벌어지는 몰래 변호와 수사 농간을 추방해야 한다는 확고한 신념이었고, 저는 그 누구에게도 흔들리지 않겠다고 늘 다짐했고 실천했습니다.

증인은 자신을 검사의 아바타라고 늘 말했는데 아바타가 결코 아니지 않습니까?

아바타인 처지가 바람직하지 않고 싫어서 처절히 몸부림쳤을 뿐 검찰에서 아바타는 저의 신분이어서 벗어나지 못하는 것이고, 이처럼 형사사법 정의와 절차를 교란해 온 아바타 제도의 기원과 정착, 변천 과정이 궁금하여 견딜 수가 없었던 것입니다.

> **4월 15일 (목) 맑음**
>
> ▸ 아침에 출근하니 여직원이 이중 건축 허가사건 피의자 최남식에 대한 정원길 변호사의 선임신고서를 건네주었다. 어제 내가 퇴근한 직후 제출된 것이라고 한다.

 정원길 변호사가 결국 선임계를 냈군요?
 예, 정원길은 검찰에 있을 때나 변호사로서 활동할 때나 한 번도 경험해 보지 못한 일을 경험했을 것입니다.
 정원길 변호사는 이 사건을 어떻게 변호했어야 한다고 생각합니까?
 선임료를 받았으므로 당연히 선임계를 내고 공익의 대변자로서 당당하게 선임인을 위하여 최선을 다하여 변호하되 사건 농간이나 수사 방해는 하지 말 것이며 정당하게 세금도 내야 합니다. 그리고 더 많은 돈을 벌기 위하여 선임료를 낸 정당한 사건의뢰인을 몰래 변호의 도구로 삼아 거짓과 증거인멸을 북돋우면 안 됩니다. 저에게 굴욕적이라고 생각하지 말고 반성하기를 바랄 뿐이나 검찰 바이러스 감염 '전관예우', '사건 농간' 증상을 보이는 그들 사전에 '반성' 또는 '양심' 따위는 없습니다.
 피의자들이 믿는 구석이 있어서 그러는지 혐의사실을 무조건 끝까지 부인하였으나 증거가 충분하여 검사가 기소하지 않을 수 없었고 나중에 보니 모두 가볍게 벌금형인 약식처분으로 끝냈습니다.
 정원길 변호사가 사건 농간 시도 끝에 무혐의는 받지 못했지만 가벼운 벌금형으로 최남식의 신분에 지장이 없는 결정을 얻어 냈으니 소기의 성과는 거둔 것이네요?
 예, 검사가 법과 양심에 따라 처리한 것이라고 할 것이고 그의 고유 권한이니 더 깊이 생각하지 않았습니다.

피의자들이 범행을 끝까지 부인한 것으로 봐서는 가담 정도와 주도적 위치가 누구인지 고려하여 일부 피의자는 최소한 정식재판을 청구했어야 맞지 않나요?

저의 시각에서 따져 본다면 몰래 변호를 하면서 피의자들을 그렇게 이끈 정원길 변호사의 언행과 이에 끝까지 동조한 검사가 가장 정의롭지 못하고 사회에 끼치는 해악이 심각합니다. 피의자들이 처음부터 사실대로 말하고 선처를 받으라고 했더라면 당연히 벌금으로 끝날 사건이었습니다. 검사가 최남식의 신분 박탈에 지장이 없도록 벌금 처벌을 했으니 망정이지 검사를 잘못 만났더라면 증거가 차고 넘치는데도 그처럼 끝까지 부인하면 생각지도 못하게 엄히 처벌받았을 것입니다. 몰래 변호가 워낙 창궐하고 거의 모두 성공해서 그렇지 정상적인 형사사법 질서가 서 있는 나라라면 거짓 진술로 증거인멸을 하는 피의자는 엄히 처벌할 수밖에 없었을 것입니다. 만일 그랬다면 최남식 입장에서는 정당하게 선임료를 내고도 몰래 변호인의 사건 농간으로 인해 받는 불이익이 될 것이고, 그런 관점에서 그는 우리나라 특유의 형사사법 문화에서 피해자인 면이 있고 전관과 검사가 사회에 끼치는 해악이 매우 크다는 것입니다.

> **4월 19일 (월) 비**
>
> ▸ 오후에 구내 은행을 다녀오다 50대쯤 보이는 여성이 나를 알아보고 반갑게 인사를 건넸다. 그가 하는 말을 토대로 기억을 되살려 보니 윤덕일 검사실에 근무할 때 장애인 남편이 고소인이어서 피고소인과 대질조사할 때 동석한 사람이었다. 진실을 밝히기 위하여 열과 성을 다하여 조사했던 기억이 났다.
> ▸ 오전에 검사가 11:00부터 검사들이 관내 명소에 들렀다가 점심 먹고 오후 2~3시에 들어온다고 하면서 나갔다.

이 당시까지 화평 관내에서만 7년을 검사실에 근무하여 저에게 조사 받은 사람이 많다 보니 시장, 길거리, 버스정류소, 약수터 등에서 우연히 사건관계인과 마주쳤던 기억이 납니다.

검사들이 단체로 업무시간 중 2~3시간을 내어 관내 명소를 다녀올 정도면 아마도 업무에 바쁜 검사들이 스스로 놀러 가는 것은 아니고 청 간부가 가자 하여 또는 고위직이 온다고 하여 의전상 간 것이 아닐까 생각합니다.

> **4월 26일 (월) 흐리고 비**
>
> ▸ 15:10 정원길 변호사가 들어와 검사를 데리고 나갔고, 검사는 15:18 돌아왔다.

4월 29일 (목) 맑음

▸ 연일 비가 내리다가 멈춘 아침에는 찬 기운이더니 낮부터 화창한 날씨이다.
▸ 15:00경부터 구속영장이 청구된 유광철에 대하여 법원에서 실질 심문이 열리는 날이어서 구인장을 집행하여 시간에 맞춰 법정으로 데려갔다. 법정 앞에서 담배 한 대 피우게 해 달라고 하여 허락하였는데 법정 출입문 앞에 기다리고 있는 김완정 변호사를 보더니 자신이 선임한 변호사라고 했다. 법정에서는 경찰이 데려온 피의자가 먼저 심문을 받았고, 15:30경부터 유광철에 대한 심문이 시작되었다. 법정 안에는 판사, 법원 직원 1명, 변호사, 피의자 이렇게 네 명만 참석한 가운데 비공개로 진행이 되었다. 약 30분 동안 심문을 마치고 나온 유광철을 교도관실에 유치하기 위해 데려가던 중 다시 담배 한 대 피우게 해 달라고 하여 피우게 해 주었다.
▸ 구속영장 심문 결과를 기다렸으나 일과를 넘겨도 결과가 나오지 않아 일단 퇴근하였다. 결과는 20:40경 나왔고 '기각'이었다. 범죄 사실과 범행 수법, 증거인멸과 도주 우려 등 구속영장 발부 사유가 충족된 사건이고, 피해금 한 푼 변제하지 않은 상황인데 어떤 이유로 기각을 한 것인지 궁금하다.

저의 기억에 생생한 사건입니다. 고소인은 가정이 도탄에 빠질 만큼의 범죄 피해로 생업을 제쳐 두고 유광철이 빼돌린 피해 물품을 찾으러 지방을 전전하였고, 조사를 받으러 경찰, 검찰을 오갔습니다. 이 사건으로 감당하기 어려운 채무를 지고 고3 자녀를 돌보지 못하고, 가정 살림이 파탄 지경에 이르렀다고 하소연을 하면서 지능적인 범행 수법에 치가 떨린다고 했습니다.

앞서 언급했으나 이 사건의 어려움은 수법이 매우 지능적이어서 고소인과 피해자가 원거리에 있고, 빼돌린 피해 물품이 창고업자, 다른 유통업자로 교묘히 이동을 반복하여 조사에 각고의 시간과 노력을 들여야 했습니다. 피해 물품을 처분하기 직전 이를 보관해 준 창고업자, 유광철이 피해 물품을 출고한 후 이를 매입하고 대금을 지급한 유통업자, 범행동기와 피고소인 두 사람의 공모관계 등을 명확히 규명해야 했습니다. 범행동기와 관련하여 피해식품을 판매한 대금 중 상당 액수의 돈을 받은 참고인 등 사건 진실을 뒷받침할 관련자 모두를 조사하여 진실을 밝히는 과정이 험난했습니다. 더 하고 싶은 말은 다음 날 일기를 보면서 말씀드리겠습니다.

4월 30일 (금) 맑음

법원에서 반환되어 온 기록을 보니 영장전담 이욱현 판사는 유광철이 도망 및 증거인멸 염려가 없어서 기각했다고 하는데 심문기록 어디에도 그렇게 볼 만한 내용은 없었다. 몸에 밴 습관이 발동하여 영장을 기각한 이욱현 판사와 전관 김완정의 법조경력을 살펴봤더니 두 사람은 같은 대학 동문에다 그들만의 혈통과 혈맹인 사법시험 동기이자 연수원 동기였다.

영장기각이 이욱현 판사와 김완정 변호사의 내통에 의한 부당한 결정이라고 보십니까?

저는 그렇게 강하게 의심합니다.

5월 6일 (목) 아침 약간 비, 낮 흐림

▸ 오후에 아파트 임대사업 대규모 사기사건 피의자를 조사하였다. 피해자 수와 피해 금액이 방대한 데다 경찰에서 추가로 여러 관련 사건을 수사하고 있다고 한다. 이 사건들이 모두 송치되면 당연히 박승원 검사에게 배당될 것이고 그 조사를 도맡아 하게 될 것이다. 이 와중에 도박개장 구속송치 사건까지 배당되어 조사를 담당하게 되었다.

72

6월 7일 (월) 맑음

▸ 오늘은 본격 여름 날씨처럼 더위가 느껴졌다.
▸ 1부 소속이던 우리 방이 2부 소속으로 변경되는 인사 발령이 있었다. 2부 소속 신도완 검사의 외국 유학으로 공석이 된 검사실에 박승원 검사와 내가 채워지게 되었고, 조직폭력, 마약이 전담에 포함되어 있어 마약사건 전담 전수일 주임, 장균석 계장과 함께 근무하게 되었다. 오전 일찍 박승원 검사와 함께 1부장에게는 떠나는 신고를 하고, 2부장에게는 들어오는 신고를 했다.
▸ 오늘이 마침 2부 소속 참여직원들이 매주 월요일 점심 모임이 있는 날이라고 하여 중국집으로 함께 이동하여 식사하였다.

조폭, 마약 전담 검사실이어서 마약 전담 수사관 2명과 함께 근무하게 되었습니다. 이들은 마약 사건이 없을 때는 일반 참여수사관과 똑같은 직무를 수행합니다.

> **7월 30일 (금) 맑음**
>
> ▸ 10:30경부터 대회의실에서 이운천 지청장 이임식이 있었다. 행사 서두에 범죄예방위원장, 범죄피해자지원위원장, 검사일동, 직원일동 대표들이 각기 지청장, 1부장, 2부장에게 감사패 증정을 했다. 이어서 지청장 업적 관련 동영상 상영, 유민지 검사에 이어 우미연 주임의 송별사 낭독, 송지숙 검사의 송별 바이올린 연주가 있었다. 이어서 1부장, 2부장의 이임사에 이어 지청장의 이임사를 끝으로 내부행사가 끝나고, 모두 현관 앞으로 나가 단체 사진을 촬영한 다음 도열 환송을 하였다.
> ▸ 오후에는 총무계에서 월요일 새로 부임하는 김연숙 지청장의 취임식 일정을 메신저로 보내왔다. 내가 속한 2부의 부장검사는 서해지방검찰청 부부장 검사로 근무하던 김훈석 검사가 온다고 했다.

나중에 들은 말인데 김훈석 부장이 특수수사에 일가견이 있다는 말을 들은 기억이 납니다.

> **8월 6일 (금) 소나기**
>
> ▸ 오늘 당직 근무이다. 박운성 기사가 청 앞에 관용 승용차를 세워 두고 지청장 퇴근 시간이 늦어져 기다리고 있었다. 지청장이 언제 나올지 몰라 차량 옆에 마냥 기다려야 한다고 했다. 퇴근이 많이 늦어져도 예정시간을 알려 주는 지청장은 거의 없었다면서 김연숙 지청장도 그런다고 했다. 그는 이전 지청장들 이야기를 조금 해 주었다.

> 전임 이운천은 새벽까지 술자리를 자주 하면서 그때까지 잡아 두고, 매주 월요일은 70~80km 멀리 있는 집까지 태우러 오라고 하여 새벽에 출발하여 태워 왔다고 한다. 그 이전 이중철, 박만하, 박창곤 지청장 모두 관용차를 자가용처럼 이용하였고, 범방위원들과 저녁 늦게까지 술자리를 자주 하였다고 한다. 그 옛날 지청장 이야기도 해 주었다. 술에 취해 노래방에 가면 직원에게 달려들어 키스하는 습관이 있었다는 지청장, 저녁 늦은 시간 술을 마시다가 여직원들에게 모두 연락하게 하여 참석 여부를 체크하여 충성도를 시험했다는 지청장, 주말이면 멀리 집까지 태워다 달라던 지청장, 저녁에 다른 지역 술자리에 태워다 주어 밤늦게까지 마시며 기다리게 하다 그곳에 숙박하고 그다음 날 아침에 숙박한 곳으로 태우러 오라던 지청장 등이 있었다고 한다. 오래전 이준빈 지청장은 술을 전혀 못 마시는 사람이어서 그때는 편했다고 한다.

지청장이 부당하게 관용차를 이용하는 것을 견제할 사람이 없는 것입니까? 관용차 관리의 책임자는 사무과장인데 그에게는 지청장이 전제군주나 다름이 없고 오히려 관용차를 마구 사용하게 하여 아부, 아첨의 수단으로 삼곤 했습니다. 오랜 세월 당직 근무 때면 지청장이 퇴근 후 밤 나들이로 직행할 때 사무과장이 이방처럼 총총걸음으로 걸어 나와 조수석에 앉아 어딘가를 향하여 출발하는 광경을 신물이 나도록 자주 봤습니다.

8월 17일 (화) 맑음

‣ 10:44 진관천 계장이 이전에 공지한 대로 정원길 변호사와 함께하는 2부 계장 전체 저녁 회식을 목요일로 정했고, 메뉴는 참치회로 정하였으며, 불참자가 있는지 다시 회신해 달라고 하므로 불참을 통보했다.
‣ 검사가 이전에 검거하러 나갔다가 실패한 피의자 임춘석이 자진 출석하게 되었다는 말을 한 직후 14:35 정원길 변호사가 들어와 검사집무실에 머물다 14:38 나갔다.

8월 25일 (수) 흐린 후 비

‣ 11:00에 중회의실에서 한강고검 소속으로 광역자치단체에 파견근무 중인 이봉일 부장검사 주재로 박승원 검사 전담 중 관련 업무가 있어 간담회를 했다. 그 직후 참석자들이 인근 식당으로 자리를 옮겨 함께 점심을 먹었다. 이봉일 부장은 자신이 1994년도에 화평지청에 근무할 때 회식을 하였던 일들, 골프를 처음 배웠던 이야기를 하면서 당시 자신처럼 골프를 처음 배우는 사람을 가리켜 '머리를 올렸다'는 표현을 썼다면서 관내 골프장 현황에 관심을 보이며 그런 골프장에서 대우를 받으려면 범죄예방 위원들과의 관계가 돈독해야 한다고 했다. 저녁에는 지청장이 참석하는 자리에 박승원 검사와 함께 가는데 장소는 관내 유명한 장어집이라고 했다.

> **8월 30일 (월) 흐림**
>
> ‣ 16:45 진관천 계장이 관내에 있는 샛별○○(주)에 근무하는 모 차장이 2부 소속 계장들과 점심을 같이 하자고 하여 이번 주 수요일로 날짜를 잡았으니 불참할 사람은 '약속'이라고 쪽지를 보내 달라고 하여 나는 '약속'이라고 회신해 주었다.

> **9월 2일 (목) 가끔 비, 오후 갬**
>
> ‣ 저녁에 '고기마루' 식당에서 우리 검사실과 바로 옆방 김순명 검사실과 함께 식사했다. 모두 술이 거나해졌을 때 옆에 앉은 박승원 검사와 이런저런 이야기를 하던 중 내가 하위 검사들이 검찰의 잘못된 제도와 관행에 희생양이 될 때가 많다고 말했더니 검사는 "계장님 힘들어 죽겠습니다. 그런 내용으로 책 하나 쓰십시오."라고 말했다.

박승원 검사가 하위 검사들의 비밀스러운 내심을 천기를 누설하듯 술기운을 통하여 말한 것입니다. 그러나 그런 그들도 검찰 연륜이 쌓이고 권위가 붙을수록 거의 예외 없이 개구리 올챙이 적 생각 못 하고 그들 선배의 전철을 밟습니다.

> **9월 3일 (금) 아침 비, 오전부터 개다가 오후 맑음**
>
> ‣ 13:30경 임춘석이 자진 출석하였다. 조사 담당 장균석 계장이 검사의 지시로 진술서만 받고 귀가시키면서 "정원길이 왔다 갔다 하더니만 임춘석이 자백하였다"라고 말했다. 선임계를 냈는지 물었더니 "안 냈다"라고 했다. 정원길 변호사가 자진 출석 카드를 활용하여 체포영장 집행을 무마한 것으로 보인다. 정원길은 또 한 건을 올린 것이다. 잠시 후 화장실을 가느라 복도를 걸어가다가 양상호 계장을 만났는데 그 사건을 어떻게 알았는지 임춘석의 출석 여부를 물어 왔다.

임춘석은 그 일전에 장균석, 전수일과 함께 그를 체포하러 갔다가 실패하고 돌아왔던 피의자입니다. '체포영장 → 정원길의 몰래 변호 → 자백 → 석방'이라는 구도입니다. 임춘석의 자백은 자연스러운 것이 아닌 정원길의 몰래 변호 각본 속에 있는 것입니다. 장균석이 임춘석은 조폭이긴 한데 대단한 조폭은 아니라고 했던 기억이 납니다.

> **9월 7일 (화) 맑음**
>
> ‣ 태풍이 우리나라를 관통하여 특히 중부지방에 피해가 심하였다는데 오늘은 직접 영향권에 있는 태풍이 남해안에 영향을 주며 일본 쪽에 치우쳐 지나간다고 한다.

> **9월 9일 (목) 흐리고 약간 비**
>
> ‣ 요즘 젊은 여성들 20여 명을 상대로 사기행각을 벌인 김운식에 대한 조사에 몰입해 있다.

사기 피의자 김운식을 상대로 본격 조사에 들어가 있었는데 특별한 사기 사건이어서 말씀드리고자 합니다. 그 이전 진행 상황을 아셔야 이해가 될 것입니다.

김운식이 고소를 당한 경찰 송치사건을 조사하다 새로운 국면에 접어든 사건입니다. 과거에 무혐의 전력이 많은 관록이 붙은 사기범이었고, '공정증서'를 이용한 점에서 짚이는 바가 있어 관내 모든 공증사무실에 김운식이 채무자로 되어 있는 공정증서가 있으면 보내 주도록 공문을 보냈는데 놀랍게 20여 건이나 도착이 되었습니다. 더 놀라운 것은 채권자로 되어 있는 사람이 모두 20대 중후반의 여성이었고 이들 중 누구도 고소한 사실이 없는 매우 이례적인 상황이었습니다.

피해자들의 진술이 첫 단추여서 20여 명 모두에게 연락을 시도하였으나 4~5명만 출석을 약속했고 나머지는 거부하였습니다. 출석한 피해자들을 상대로 조사한 결과 공통 범행수법이 정리가 되었습니다. 김운식은 영화배우처럼 외모가 출중하고 고급 외제승용차를 타고 다니면서 주로 샛별○○(주) 공장 부근 나이트클럽이나 주점 등에서 여공들을 유혹하여 자신이 운영하는 체인점 식당으로 데려가 대접하여 환심을 산 후 연인으로 사귀거나 결혼할 것처럼 한 다음 체인점포 투자 또는 차용금 명목으로 피해자들이 힘겹게 저축해 둔 현금 수천만 원을 빌리고, 피해자들이 현금이 떨어지면 대출까지 받게 하여 이를 빌린 다음 한동안 이자를 갚다가 그럴듯한 변명으로 부득이 갚지 못한 것이라고 모두 떼어먹는 수법이었습니다. 대출금을 가로챌 때는 피해자들의 신용등급이 내려가기 전에 일거에 최대한 받을 수 있도록 같은 날 복수의 금융기관에서 동시에 받게 하는 수법도 확인하였습니다. 그의 예전 전력을 모두 모아 보니 그러한 수법은 하루아침에 터득한 것이 아니라는 것도 파악이 되었습니다.

피해자 중 고소한 사람이 한 명도 없었던 이유는 무엇입니까?

피해자들이 자책과 상실감이 감당할 수 없도록 컸고, 구체적으로 언급할 수 없는 내용으로 젊은 여성 피해자로서 남에게 알려지면 안 되는 치욕스러운 정서를 이용한 독특한 수법까지 동원한 때문이었습니다. 출석한 피해자들을 조사해 가면서 알게 된 사실은 야근해 가며 저축한 돈에다 대출까지 받은 돈을 사기당하여 모두 신용불량자가 되어 있었고, 부모님이나 가족이 이런 피해 사실을 알고 있느냐고 질문했을 때 약속이나 한 듯 공통이었던 것은 고개를 떨구고 작은 목소리로 "죽고 싶습니다"라고 말했습니다. 피해자들에 대한 조사를 차례로 마치고 제가 지닌 역량을 집중하여 범행전모를 밝히기로 단단히 마음먹었습니다.

피해자 4~5명이 제출한 금융자료를 토대로 계좌추적용 압수수색 영장을 작성하였고 검사가 그대로 법원에 청구하여 발부되었습니다. 최초 추적하여 얻은 금융자료 결과를 토대로 새롭게 드러난 연결 계좌를 추적하고 이를 반복하여 드러나는 김운식과 연결된 나머지 피해자들 모두의 계좌까지 추적했습니다. 그 결과 20여 명의 피해자를 상대로 한 범행 수법과 일치하는 금전거래 패턴이 그림처럼 그려지므로 방대한 금융자료를 첨부하여 독특한 범행 수법을 보고서로 상세히 정리했습니다. 다른 사건들 조사하면서 틈을 내어 한 추적 작업이라 한 달 가까이 걸렸습니다.

> **9월 16일 (목) 맑음**
>
> ▸ 연일 날씨가 좋다.
> ▸ 출근하니 금강지검에 근무할 때 월 1회 임용 동기들 점심 모임에서 만났던 박봉길 계장이 보낸 쪽지가 도착해 있어 이를 읽어 보았다. 우리 검사실에 정유회사 관련 사건이 배당되었는데 자신이 고소인 측 이전석 변호사와 금강지검 강호지청에서 함께 근무했고, 그가 금강지검 형사1부장일 때 소속부에서 참여수사관으로도 근무하였다고 하면서 조사만 잘하면 혐의가 인정될 것 같은데 자료가 방대하고 어렵게 느껴지는 사건이라 나에게 배당될 것 같다고 하며, 혹시 다른 수사관에게 배당되더라도 잘 좀 전해 달라고 부탁하면서 이전석 변호사가 명절 후에 나를 한 번 찾아올 것이라고 했다. 함께 근무하는 직원들에게 물어보니 전수일 주임이 조사를 담당하고 있는 사건이었다. 곧바로 박봉길에게 메시지를 보내 변호사가 오는 일이 없도록 전해 달라는 말로 거절 의사를 분명히 했다.

　정유회사 사건에 전관 변호사가 붙은 걸 보면 사건 규모가 꽤 있는 사건으로 보입니다.

　사건기록을 읽어 보지 않아서 내용은 전혀 모르는데 그런 느낌이 들었습니다.

　거절당한 박봉길의 회신은 없었나요?

　군더더기 없이 "알겠습니다."라고만 짧게 회신이 왔는데 그의 불쾌감이 묻어 있었습니다. 검찰에서 처세에 능한 직원은 평소 검사를 잘 챙기고 인연을 지속하여 그 검사가 부장검사, 지청장, 검사장 이상 고위직에 오를 때까지 깍듯이 이어 가고, 그렇게 성공한 검사는 그런 직원을 밀어

주고 끌어 주면서 퇴직해서도 인연을 돈독히 이어 갑니다. 이는 박봉길 개인의 문제가 아닌 앞다투어 그렇게 처세하게 하고 모범으로 여겨 주는 검찰의 조직 문화에 근본적인 문제가 있습니다. 이토록 전관을 챙기는 것이 몸에 밴 것으로 보이는 박봉길은 검찰 내에 신임이 두터워 이후 5급(사무관) 무시험 특별승진을 하여 일찍이 4급(서기관)에 올랐습니다.

9월 30일 (목) 맑음

▸ 11:33경 우리 방 열린 문으로 정원길 변호사가 한 손에 서류를 들고 건넌방 박유민 검사실 출입문 비밀번호(특수문자를 포함한 다섯 자리)를 누르고 들어가는 모습이 눈에 들어왔다.

영상녹화실이 딸린 검사실은 별도의 바깥 출입문과 도어락이 설치되어 있었는데 퇴직한 지 8개월이나 지난 전관이 비밀번호를 누르고 자유롭게 드나들고 있었습니다.

10월 5일 (화) 맑음

▸ 오전에 검사는 부장으로부터 김운식 사건 다음 주 중으로 끝내고 다른 사건을 수사하라는 지시가 있었다고 한다. 지난번에 이어 두 번째 같은 지시라서 압박감이 느껴졌다. 빨리 끝내려고 매우 열심히 하고 있고 이제 마무리 단계이니 조금만 참아 달라는 말을 부장에게 전해 달라고 했다.

부장이 두 번씩이나 '그런 사건 그만 수사하고, 빨리 끝내라'라는 뜻으로 지시한 이유는 그에게는 시시하게 보이는 그런 사건 적당한 선에서 덮고 언론에 날 수 있는 큰 사건 수사하여 자신의 경력에 빛이 날 수사 실적을 빨리 올려 달라는 것입니다.

10월 6일 (수) 맑음

▸ 오전에 김운식이 도주할 우려가 있어 미리 발부받아 두었던 체포영장을 집행하여 조사하였다. 체포절차가 시작되면 올 것이 왔다고 생각하고 도주를 시도할지 몰라 사전에 장균석, 전수일에게 미리 말하여 유사시 협조를 구해 두었는데 예상대로 적중했다. 집행 절차에 돌입한 순간 그가 출입문 쪽으로 쏜살같이 몸을 움직여 도주를 시도하므로 미리 대비하고 있던 두 직원이 그를 붙잡아 수갑을 채우고, 동시에 나는 범죄 사실, 변호인 선임권 등을 고지하여 집행을 완료하였다. 본격 조사는 교도관이 신병을 관리하는 가운데 오후부터 하기로 하고 김운식를 일단 교도소에 수감하였다.

▸ 오후 들어 교도관이 데려온 김운식을 상대로 피해자 20여 명에 대하여 준비된 혐의 입증 자료를 토대로 약 4시간에 걸친 조사를 통하여 혐의사실 전모를 정리하였다.

피해자들 20여 명이 고소장을 내지 않았고, 4~5명만 출석을 했다는데 순조로운 조사가 가능했습니까?

앞서 언급한 대로 4~5명으로부터 생생한 진술로써 똑같은 범행 수법이 정리되었고, 약 한 달 동안 피해자 20여 명과 주고받은 금전거래 계좌추적 결과에서 피해 금액이 오고 간 내용과 범행 수법이 매우 긴밀하게 연관되어 같은 패턴을 보여서 출석하지 않은 피해자들 피해 사실까지 모두 기소해도 무방할 정도로 조사가 되었습니다.

> **10월 8일 (금)**
>
> ‣ 사기 피의자 김운식에게 구속영장이 발부되었다.

재판은 어떻게 되었습니까?

실형 징역 5년을 선고받았습니다. 묻힐 뻔한 사건이어서 지금 생각해도 아찔한 느낌입니다. 그 사건이 저를 만나지 않았다면, '공증서류' 이용 범행 수법에 착안하지 못했다면, 특별히 열과 성을 다하지 않았다면, 부장이 수사를 조기에 종결하라는 첫 번째 지시에 순응했더라면 진실을 제대로 밝히지 못했을 것입니다. 그러한 수사와 재판 결과로 "죽고 싶다"라고 말했던 피해자들이 조금이나마 살맛을 회복했다면 그것이 보람일 것입니다. 사실 그 많은 피해금 중 상당히 많은 돈이 대부업자에게 흘러 들어가는 것을 확인하고도 부장에게 이미 그런 사건 빨리 끝내라는 견제구를 두 번씩이나 받은 터라 더 따라가지 못했습니다. 그 돈의 최후 사용처와 관련된 수사가 그 사건 정의의 마지막 종착역이었다는 생각을 떨칠 수 없어 회한으로 남아 있습니다.

지금 말씀을 들으면서 더 충분히 끝까지 수사하지 못한 것에 대하여 안타깝고 무엇보다도 여공들이 한결같이 죽고 싶다고 말했던 상황이 떠올라 너무도 안타깝습니다.

이 사건도 인력과 기동력을 갖춘 경찰 단계에서 신속하게 수사하고 피해금이 흘러 들어간 배후에 도사린 대부업자까지 수사하였더라면 어느 정도 피해 회복을 기대해 볼 수 있었습니다. 저로서는 그에 이르지는 못했지만 진실이 밝혀지고 범인이 대가를 치르는 것만이라도 보여 주었으니 '그래도 살 만하구나. 그까짓 돈이야 다시 벌면 되고 다시 힘을 내어 살아가야지'라고 생각하기를 바랍니다만 그들이 당한 상처가 너무도 깊어 미치지 못할 것입니다. 사회 전반이 정의로울수록 살맛이 나고, 그래야 결혼도 하고 자녀도 낳고 살아가기를 희망하는 젊은이들이 조금이라도 늘어나지 않을까 생각합니다.

73

11월 2일 (화) 맑음

▶ 10:27 부속실 진관천 계장이 샛별○○(주)의 모 부장이 점심을 산다고 하니 참석 여부를 알려 달라고 하므로 나는 정중히 불참을 통보했다.

11월 9일 (화) 약간 흐리고 바람

▶ 오후에 일전에 전화를 걸어 왔던 아파트 개발사업 비리 사건에서 몰래 변호 중인 민명길 변호사가 방문하여 검사를 만나고 갔다. 검사는 그가 사건이송을 요청하고 있는데 현직일 때 김훈석 부장의 상급자였다고 한다.

> **11월 17일 (수) 맑음**
>
> ▸ 오후에 검사는 이성목 검사실에서 검사가 기록에 부착한 수사지휘 내용을 피의자에게 사본하여 주어 공무상비밀을 누설한 경찰관 한 명을 구속하였다고 알려 주었다. 검사에게 "검찰에도 수사지휘 내용이 누설되는 경우가 많다"라고 하자 동감을 표하면서 "변호사들이 올 때 수사지휘 내용을 이미 다 알고 오더라"라고 말했다.

이성목 검사가 경찰관 한 명에게 본때를 보여 준 것입니다. 검찰에서도 수사보안에 구멍이 숭숭 뚫리는 일들이 자주 있어도 수수방관하니 '내로남불'이 아닐 수 없습니다.

> **11월 22일 (월) 맑음**
>
> ▸ 16:50 진관천 계장이 정원길 변호사가 이번 인사를 앞두고 수요일(24일) 부 소속 계장들에게 점심을 대접한다고 하니 참석 여부를 알려 주고 장소를 추천해 달라는 메시지를 보내왔다. 정중히 거절했다.

> **11월 23일 (화) 약간 흐림**
>
> ▸ 13:18 진관천 계장이 내일 정원길 변호사와의 점심 식사 장소가 '소덕' 일식집이고, 불참 의사를 밝힌 사람은 1명뿐이라고 하면서 '이 반장'도 참석하기로 했다는 내용의 2부 직원 단체 메시지를 보내왔다.

그런 내용의 메시지를 단체로 보낸 것은 다른 직원들에게 불참 의사를 밝힌 그 한 사람이 바로 저라는 사실을 강조하여 알리는 것이어서 마음이 좀 착잡했습니다. 검찰에 파견 근무하는 경찰을 보통 '반장'으로 부릅니다. '이 반장'은 2부 특수수사를 보조하는 이씨 성을 가진 파견 경찰관입니다. 이 반장의 참석과 저의 불참을 동시에 강조하는 이유는 경찰도 참석하여 빛을 내 주는 자리인데 하물며 검찰 직원인 제가 불참해서야 되겠냐는 말을 하고 싶었던 것입니다. 그래도 저는 저의 길을 갈 뿐입니다.

11월 24일 (수) 약간 흐림

▸ 09:11 진관천 계장이 정원길 변호사와의 점심 약속을 다시 상기시키면서 약속장소인 '소덕'에 12:00까지 도착하라는 메시지를 다시 보내왔다.

진관천 계장이 저의 진의를 무시할 수밖에 없고 다른 선택을 하지 못하는 그의 집요함은 검찰 바이러스 감염증을 모르면 이해하기 어려울 것입니다. 제가 진관천 계장에게 다가가려고 언제나 깍듯이 예의도 갖추고, 부친상 조문도 가고, 다른 일들에서도 잘하려고 노력해도 아무 소용이 없었습니다. 진관천 계장도 알고 보면 모진 사람이 전혀 아니었습니다.

이후 연말까지 한 해를 마무리하기 위하여 밀린 사건 조사에 주로 몰입하였습니다.

해가 바뀌었습니다.

1월 3일 (월) 맑음

‣ 오전 09:30분부터 2층 대회의실에서 시무식이 있었다. 구내식당에서 점심으로 떡국이 나왔다. 오후에 공익들이 피자를 돌리고 있어 누가 산 것이냐고 물었더니 정원길 변호사가 사는 것이라고 했다.

1월 4일 (화) 약간 흐림

‣ 오전에 민명길 변호사가 전화를 걸어 와 검사를 바꿔 달라고 하여 바꿔 주었다. 잠시 후 검사가 집무실에서 나와 "변호사가 내일 조사를 앞둔 참고인에 대하여 알려 달라고 하는데 알려 줄 의무가 없어서 알려 주지 않았는데 부장에게 부탁할 것 같다"라고 했다. 나는 일전에 그 사건 압수수색을 갔을 때 선임계를 내지 않은 민명길 변호사실 사무장이 전화를 걸어 와 "오기 전에 전화를 주시지 그러셨냐?"라고 천연덕스럽게 말했던 사실을 알려 주었다.

변호사가 참고인에 대한 무엇을 물어본 것일까요?

몰래 변호를 하면서 기본적으로는 우선 참고인을 접촉하려고 연락처를 알려 달라고 했을 것으로 보이고, 검사의 말뜻은 부장과 친분이 있어서 자신이 거절해도 소용없을 것이라는 뜻입니다.

> ### 1월 26일 (수) 맑음
>
> ‣ 16:28 김인상 계장이 메신저로 조사를 앞둔 사건 진행 상황을 물어 왔다. 한강지검에 근무하는 1990년 공채 계장이 알아봐 달라고 하여 연락한 것이라고 한다. 사건 당사자가 직접 물어 오면 알려 줘야 할 내용은 알려 줄 것이라며 정중히 거절했다. 약 20분 후 피의자가 전화를 걸어와 언제 조사를 받느냐고 물어 나중에 연락이 가면 출석하라고 했다.

> ### 2월 10일 (목) 맑음
>
> ‣ 17:31 김인상 계장으로부터 일전에 물어 왔던 사건 조사 진행 상황을 알려 달라는 메시지가 왔으나 거절했다.

제가 사건청탁을 거절하기로 소문이 났음에도 반복하여 청탁하고 있습니다. 제가 알려 줄 수 있는 진행 상황은 '수사 중이다' 말고 없으나 사건과 아무 관련 없는 그가 알아내고 싶은 것은 혐의사실, 사건 쟁점, 앞으로 조사 진행 방향 등일 것입니다. 이런 경우에는 처음에는 노크만 하다가 문을 열어 주면 마당 안으로 불쑥 들어옵니다. 그곳에서 다시 부엌, 안방에 들어가려 할 것이므로 대문에서부터 열어 주지 않은 것입니다. 물론 사건 당사자에게는 전화로 직접 알려 줄 수 있는 내용은 전화로, 출석하였을 때 알려 줄 수 있는 내용은 출석하였을 때 각기 친절하게 알려 줍니다.

> **3월 3일 (목) 맑음**
>
> ▸ 검사와 함께 점심을 먹기로 한 날인데 어제 과음하여 못 간다면서 검찰법인 카드를 주었다. 전수일은 사정이 있어 빠지고 임주형 계장, 사법연수생 시보 이경현과 함께 복어 전문집 '바다'에서 점심 고정 메뉴를 먹었다. 식사 도중 우연히 건너편 자리 20여 명의 말쑥한 차림새의 사람들 사이에서 굽신대며 접대하는 사람의 낯이 익어 보였다. 일전에 장균석에게 조사를 받고 구속영장이 청구되었다가 의외로 기각된 사람이다. 우리 일행이 점심을 먹고 일어나자 냉큼 내게 다가오더니 밥값을 이미 계산했다며 그냥 가라고 했다. 식사를 마치고 계산대로 가서 직원에게 식대 45,000원을 그가 계산한 것을 확인하고 즉시 그를 불러 취소하게 한 다음 검사가 준 법인카드로 계산을 했다. 직원에게 접대를 받는 사람들이 누구냐고 물었더니 굴지의 통신회사를 말하며 그곳 직원들이라고 했다.

임주형은 일전에 직원 인사에서 장균석 계장 후임으로 발령받아 온 직원입니다.

74

지금부터 마지막까지 증언은 제가 작심하고 실행한 검찰 바이러스 감염증에 대한 더욱 상세하고 입체적인 역학조사여서 내시경으로 검찰의 고장 난 여러 장기를 더 섬세하고 적나라하게 들여다본 느낌을 받게 될 것입니다. 특히 서두에 소개되는 '심선요양병원' 사건 농간은 최초 제가 이 바이러스 연구의 긴 여정을 떠나도록 결심을 굳히게 한 사건이기도 합니다.

3월 23일 (수) 맑음

▸ 검사가 집무실로 불러서 갔더니 부장검사가 주상욱 검사실에서 담당하던 특경법위반(횡령), 특경법위반(배임) 사건 하나씩 2개의 사건을 우리 방에 재배당하였다며 마무리 조사를 지시하였다. 사건 기록을 대략 읽어 보니 두 건 모두 '심선요양병원' 동업자로서 이사 유준학이 이사장 심선욱을 고발한 사건이고, 진즉 송치가 되었음에도 아무런 조사를 하지 않았고, 특히 배임 사건은 작년 9월 초 검찰에 고발장이 접수된 후 7개월이 넘었고, 경찰에 수사지휘를 내렸다가 다시 검찰에 송치된 시점으로부터 4개월이 다 되도록 조사 한 번 하지 않고 가지고만 있던 사건이다.

재배당에 문제는 없었습니까?

그 사건을 담당하던 주상욱 검사가 상급 청에 파견 가게 되었기 때문이라고 하고 실지로 파견 간 것은 맞습니다. 재배당에 대하여는 지금 말씀드리기보다 이야기 전개 중 적당한 시점에 말씀드리는 것이 좋을 것 같고 이 사건이 좀 복잡하여 이해를 도모하는 차원에서 중요한 대목이 나오면 특히 상세히 말씀드리면서 이해를 돕도록 하겠습니다.

> **3월 25일 (금) 맑음**
>
> ‣ 2개 사건기록을 상세히 읽어 보았다. 재배당된 사건 중 배임 사건 기록에서 2년 전 신도완 검사가 무혐의로 끝냈던 사건이 등장하므로 사건 등장 주요 인물을 중심으로 관련 사건을 확인한 결과 사건이 무려 4건 더 있음을 발견하였다. 이들 기록을 모두 입수하여 요양병원 운영권을 두고 수년 동안 분쟁을 벌이고 있는 근본 원인부터 확인해 보기로 했다.

재배당된 사건들 해결의 실마리는 2년 전 치열하게 타올랐다가 잦아든 상태에서 이때 다시 불붙기 시작한 사건임을 직감하고 관련 사건기록을 모두 확보하여 총체적으로 살펴보기로 했습니다.

> **3월 28일 (월) 맑음**
>
> ‣ 오전에 여직원에게 보존창고에서 잠자고 있는 관련 사건 4건을 모두 알려 주고 대출받아 오도록 요청하였다.

이 대목에서 잘 들으시기 바랍니다. 앞으로 전개될 이 사건의 이해를 위하여 4건의 관련 사건을 상세히 검토하고 이러한 사실을 바탕으로 치열하게 조사하였기에 저의 뇌에 각인된 기억을 되살려 미리 말씀드리고 다음 이야기로 이어 가는 것이 좋겠습니다.

그 당시에서 약 3년 전으로 거슬러 올라갑니다. 유준학은 이미 그의 연고지에서 요양병원을 운영하고 있었고, 심선욱은 이와 전혀 다른 분야에 종사하던 사람이었습니다. 심선욱, 유준학이 동업으로 '심선요양병원'을 운영하게 되는 상황부터 말씀드리겠습니다. 두 사람은 화평지청 관내에 있는 병원 부동산을 매입하고 '심선의료법인'을 설립합니다. 그 부동산 매매대금 중 18억 원은 부동산의 소유권을 넘겨받음과 동시에 이를 담보로 대출받아 충당하고, 나머지 부족한 금액은 두 사람의 개인 돈으로 충당하였는데 심선욱은 타인으로부터 돈을 끌어온지라 처음부터 자금 압박을 지니고 시작했습니다.

지분에 따라 심선욱이 이사장을 맡고 유준학은 상임 이사로서 요양병원을 운영하여 1년쯤 지나 심선욱은 대여금 채무에 대한 압박도 해결하고 가능한 한 투입했던 돈을 크게 웃도는 이익을 챙기고 발을 빼기 위하여 유준학을 설득하여 의료법인 운영권 매도에 나서게 되었고, 심선욱과 의견을 달리하던 유준학은 결국 이에 동의합니다. 심선욱을 중심으로 두 사람은 가능한 많은 돈을 가져가기 위한 수단으로 법인 재산을 담보로 최대한 큰 액수를 대출받아 기존의 채무 변제와 운영권 매도대금 정산에 활용하기로 합니다.

은행 대출금 용도는 조금 전 언급한 의료법인 부동산 담보 채무 18억 원과 물품대금 등 채무 2억 원을 변제하는 용도로 20억 원을 책정하고, 이에 더하여 매도가 용이하도록 병원 내부를 꾸밀 인테리어 공사 대금 10억 원을 책정하여 도합 30억 원을 대출받기로 합니다. 그렇게 대출신청을 금융기관에 하려면 우선 관할 금강도청의 심사와 허가를 받아야 하는데 이 또한 일사천리로 순조롭게 통과합니다.

두 사람은 법인 운영권 양도에 박차를 가하던 중 의료법인 매매 브로커 이건호로부터 평소 요양병원 운영을 꿈꾸던 안명순을 소개받았고,

이건호는 다시 안명순이 운영권 양도양수 업무에 문외한이어서 이와 함께 병원인수 업무까지 맡아 줄 의사 박기현을 안명순에게 소개해 줍니다. 일이 순조롭게 진행되어 심선욱, 유준학을 양도인으로 안명순을 양수인으로 하여 안명순이 기존의 의료법인 자산을 안고 총매매가를 60여억 원으로 하는 '의료법인양도양수계약'을 체결하였고, 안명순은 수억 원의 계약금을 심선욱, 유준학에게 지급하게 됩니다. 계획대로 30억 원 대출만 이루어지면 순조롭게 진행이 될 것입니다.

심선욱은 지역사회에서는 한 다리 건너면 다 아는 사람들이므로 가능한 한 은밀히 진행하고자 먼 지역에 있는 금융기관에서 대출을 받기로 하여 이건호로부터 인테리어 공사뿐만 아니라 대출이 성사되도록 은행 브로커를 소개해 줄 사람으로 건설업자 진영훈을 소개받습니다. 이때부터 진영훈이 본격 활동에 나서 대출브로커 김민섭을 심선욱에게 소개해 주었고, 김민섭은 평소 친분이 있던 '한마음은행 명동지점' 유재길 차장을 통하여 대출을 알선하여 당초 책정대로 운영자금 20억 원, 인테리어 공사 대금 10억 원 명목의 도합 30억 원의 대출이 성사되게 합니다.

은행에서는 우선 이사장 심선욱에게 대출금 20억 원을 운영자금으로 지급하였고, 심선욱, 유준학은 당초 책정대로 의료법인 개설 때 발생한 병원 부동산 담보 대출 18억 원을 변제하고, 나머지 2억 원은 병원 물품 구매 채무 변제 등에 사용합니다.

심선욱이 눈독을 들인 돈이자 이 사건 분쟁의 도화선은 내부 인테리어 공사 용도로 책정되어 공사 진척에 따라 단계적으로 지급되는 대출금 10억 원입니다. 실지 공사를 크게 축소하여 발생하는 공사 대금 차액을 자신들의 몫으로 가져감과 동시에 일부 금액은 안명순이 지급하여야 할 법인양수 대금으로 충당해 주기로 서로 이해관계를 같이하여 계획대로 진행이 됩니다.

앞서 본 바와 같이 이 사건 발단에서 이건호, 진영훈이 각기 커다란 역할을 합니다. 나중에 이들의 역할과 행위가 더 나옵니다만 이때까지만 보더라도 이건호는 의료법인 매도에 관여하는 사람들을 전방위적으로 소개하여 촘촘히 연결해 주었습니다. 특히 인테리어 공사를 맡기로 한 진영훈은 대출브로커 김민섭을 심선욱에게 소개하여 30억 원을 대출받는 데 큰 공헌을 하였고, 이후 더 깊숙이 개입하고 심선욱의 약점을 역으로 이용하여 저지른 범행이 이 사건의 1차 폭발이 되어 사건관계인들의 분쟁이 격화일로로 치닫게 되는데 이 부분은 잠시 후에 말씀드리겠습니다.

그 이전 이 사건의 또 다른 변곡점이 되는 일로서 안명순이 계약금만 내고 의료법인 인수 중도금을 제때에 마련하지 못하여 연기하다가 일부를 지급하기도 했으나 대금 지급 연기를 반복하는 곡절 끝에 유준학이 전면적으로 계약파기를 선언해 버립니다. 유준학이 이렇게 발을 뺀 일은 이후 벌어지는 심선욱과 진영훈의 범죄에 공범이 되지 않는 계기가 됩니다.

심선욱은 유준학이 파기를 선언했음에도 운영권 매도가 급했기에 유준학의 지분에 대하여는 최종에 가서 따로 정산하기로 마음먹고 유준학을 배제한 채 안명순으로부터 추가 중도금을 받고 잔금 정산에 대하여는 재다짐을 받으며 기한을 연기해 주어 그동안 이어 온 운영권 양도 거래를 유준학 몰래 지속해 나가게 됩니다.

인테리어 공사 대금 명목의 대출금은 지급이 된 상태에서 일어나는 일들입니까?

예, 그런데 나중에 실지 인테리어 공사를 한 업자를 조사하게 됩니다만 진영훈은 3억 1,200만 원짜리 공사를 14억 2,000만 원으로 부풀린 허위공사 견적서와 계약서, 그 당시 현재 60% 공사를 이미 완료했다는 허위 서류까지 모두 만들어 심선욱에게 주며 주도적으로 가담을 합니다. 이렇게 하여 그 공사 완료분 대출금 6억 6,000만 원이 은행에서 이사장 심선욱에게 우선 지급됩니다.

진영훈이 6억 6,000만 원을 횡령했다는 이야기로 전개될 것 같습니다.

예, 맞습니다. 앞서 이 사건의 1차 폭발이라고 했던 것은 이를 두고 한 말입니다. 원래 심선욱의 의도대로 진영훈과 밀약하기를 은행에서 대출금 10억 원 중 우선 허위 완료분 6억 6,000만 원이 지급되면 심선욱이 이를 진영훈에게 입금하고, 진영훈은 다시 안명순의 인수업무를 대행하던 박기현에게 입금하고, 박기현은 다시 심선욱에게 입금해 주기로 한 것입니다. 이윽고 은행에서 실지로 심선욱에게 6억 6,000만 원이 지급되었고 심선욱은 은행에서 곧바로 진영훈에게 입금이 되도록 했습니다. 그런데 진영훈은 박기현에게 입금하기로 한 밀약을 어기고 자신이 입금받은 당일과 그다음 날 이틀에 걸쳐 전액 개인적으로 사용해 버린 것입니다.

진영훈이 심선욱의 범행 의도를 간파하고 이에 협조하는 척하다가 6억 6,000만 원을 가로챈 셈이군요?

맞습니다. 그렇다 보니 진영훈의 착복에 법적으로 신속히 대처해야 할 심선욱은 자신이 꾸민 범행이 드러날 상황이라 숨을 죽이고 있는 대신 안명순의 운영권 인수업무를 대행해 온 박기현이 진영훈을 고발하여 경찰에서 수사가 진행되었습니다.

운영권 매매업무 진행이 진영훈이 던진 불의의 사건 폭탄에 아수라장이 되어 안명순은 이미 투자한 돈도 확보가 불확실한 상황에 놓이게 되었는데 심선욱이 다시 꾀를 부립니다. 이번에는 안명순을 배제한 채 지역 유지와 양도양수 계약을 체결하여 성사 단계 직전까지 갔다가 무산이 되었고, 심선욱은 이에 또 포기하지 않고 다시 매도에 나서 이건호로부터 전 조직폭력 간부 주상규를 소개받습니다. 주상규가 자금력이 전혀 없음에도 인수에 뛰어들도록 한 1등 공신도 이건호입니다. 이건호가 주상규에게 인수자금을 대여해 줄 이성환을 소개해 주었기 때문입니다. 이성환은 요양병원 분야의 문외한인데 자신이 소유하던 토지가격이 크게 올라 자금력이 있었던 것으로 그 돈을 주상규에게 빌려주어 그때부터 주상규가 운영권 매수에 활발히 나서 심선욱에게 거액의 인수대금을 지급하고 의료법인 인수 직전 단계에까지 이르게 됩니다.

이후 다시 사건 진행에 변곡점을 찍는 일이 벌어집니다. 심선욱의 독자 행보를 비로소 알게 되어 배신감을 심하게 느낀 유준학이 모든 진행에 대하여 강하게 제동을 걸고 나섰고, 인수가 좌절된 안명순, 박기현이 가세하면서 상호 고소, 고발, 진정서를 제출하여 분쟁이 크게 격화됩니다. 이처럼 2차 사건 폭탄이 추가로 터져 불길이 날로 커지는 상황을 뒤늦게 알고 불안을 느낀 주상규는 심선욱에게 보장받았던 의료법인 인수권과 자신이 이성환에게 부담하고 있던 채무 원금 16억 원에 이자를 1억 원으로 한 원리금 합계 17억 원 채무 전액을 안명순에게 모두 떠안기고 운영권 인수에서 발을 빼게 됩니다. 안명순은 이를 계기로 운영권 인수의 불씨를 다시 되살리려 하였으나 이미 얽힐 대로 얽힌 상황과 심선욱이 요구하는 잔금을 지급하지 못하여 끝내 모두 좌절될 위기에 놓이고 맙니다.

양도양수 대금이 기존의 의료법인 자산을 안은 것을 포함하여 총 60억 원이라고 했고, 안명순이 투입한 자금에다 주상규가 16억 원이나 투입하였는데 매매대금 정산이 안 되었나요?

예, 양도양수 무산과 시도를 거듭하면서 그 대금 지급과 서로 간의 이해관계가 너무 복잡하게 얽히고설킨 점, 진영훈이 착복해 간 6억 6,000만 원의 공백과 충격이 수습되지 못한 점, 안명순이 심선욱이 요구하는 대로 잔금을 정산하지 못한 점들이 작용한 데다 나중에 제가 안명순, 이성환을 조사할 때 이야기에서 엿볼 수 있듯이 주상규가 이성환이 제공한 돈을 의료법인 인수에 전액 투입하지 않은 점들 때문에 결말이 나지 않고 있었습니다.

모두가 박기현이 진영훈을 고발한 사건에 주목하게 되겠군요?

예, 그 사건이 매우 중요합니다. 경찰이 수사를 좁혀 가자 위기감을 느낀 진영훈은 이건호에게 도움을 요청하였고, 이건호는 6억 6,000만 원에 대한 실질 피해자는 안명순이라는 구도를 설정한 다음 안명순에게 "진영훈이 그 돈 전액을 입금하여 보관 중이고 횡령하지 않았다"라는 내용이 담긴 허위 내용의 사실확인서를 작성 받아 진영훈에게 전달하였고, 진영훈은 이를 경찰에 제출하여 일시 위기를 모면하게 됩니다. 이후 경찰은 진영훈에 대한 추가 조사를 위하여 여러 번 출석을 요구하였으나 이에 응하지 않자 사건을 일단락 짓고 기소 의견으로 검찰에 사건을 송치하게 됩니다.

경찰은 그대로 송치할 것이 아니라 진영훈이 출석에 계속 불응하면 신병확보에 나섰어야 맞지 않나요?

예, 맞습니다. 수사는 수사담당자의 수준과 의지가 매우 중요한데 무슨 영문인지 두리뭉실 검찰에 송치하고 말았습니다. 제가 검사실에 근무할 때 수도 없이 많은 송치사건을 조사하면서 느낀 것은 경찰은 그들에게 '특진'을 안겨 주는 사건 이외에는 수사에 대한 프로의식을 느낄 수 없었고, 그저 온갖 수단과 방법을 동원하여 송치라는 절차를 이용하여 검찰에 진실규명을 떠넘기는 '송치기술 전문가'이고, 경찰은 그런 전문가 양성기관처럼 느낄 때가 많았습니다. 처음에는 경찰에 전적으로 문제가 있다고 생각했으나 시간이 지날수록 검찰 권력 중심의 수사구조에 문제가 있다는 것을 깨닫게 된 것입니다.

사실 이 정도의 수사면 검찰이 나서기 전에 담당 경찰 선에서 6억 6,000만 원의 최종 사용처를 정확히 확인할 압수수색 영장을 발부받아 신속히 수사하고, 진영훈이 출석에 불응하고 있으므로 체포영장까지 발부받아 신병을 확보하며 명쾌히 결론 내어 송치했어야 합니다. 그런데 경찰이 왜 그런 당연한 수사절차를 꺼리고 두리뭉실 검찰에 송치했을까요? 물론 가장 문제는 경찰의 무능 또는 무성의가 문제임은 두말할 나위 없습니다. 검찰 기득권자들 또한 "경찰이 무능하니까 검찰이 앞장서 해야 한다"라고 외칩니다. 그러나 저는 생각이 다릅니다. 오랜 세월 고질적인 타성인데 경찰 탓으로만 돌리면 지금껏 그래 온 대로 백년하청이고 앞으로도 그렇게 됩니다. 그 근본 원인은 당시 수사권독점, 지배적 수사지휘권 그리고 영장청구권을 독점하고 있었던 검찰의 무소불위입니다.

수준 높고 사명감과 정의감이 높은 경찰일수록 책임지고 신속히 그러한 수사를 하고 싶겠지만 그럴수록 걸림돌이 되는 것은 다단계의 절차로서 그 중심에 수사 주요 길목마다 검사를 거치지 않으면 안 되었던 지배구조와 그중에서도 특히 지금도 확고부동한 제도로서 검사의 허가 없이는 체포 또는 압수수색검증 영장에 대한 사법심사가 원천 봉쇄 되어 있는 검사의 영장청구권 독점이 가로놓여 있었고, 오랜 세월 검찰의 비호를 받는 사건에서 벌어지는 검찰의 영장 사건 농간이 있을 때마다 경찰은 좌절하고 포기를 거듭해 왔던 것입니다. 그리고 경찰은 영장주의에 따라 판사의 허가절차는 당연한 것으로 여기나 중간에 검사의 허가절차까지 거쳐야 하기에 수동적, 타성적, 검찰 의존적이고 무엇보다도 수사에 대한 프로의식이 형성되지 못한 것입니다.

검사들은 국민의 인권에 관련된 것이니 경찰이 그 정도 번거로움은 당연하다고 주장하겠지만 장기 구금이 가능한 구속영장에는 당연히 일리가 있다고 생각하나 현장 및 초동 수사에서는 경찰의 직무 특성, 수준 향상 도모, 사기를 배려하여 체포영장, 압수수색검증 영장만은 검사를 거치지 않고 곧바로 법원에 청구할 수 있도록 해야 한다는 것입니다.

다시 사건 이야기로 돌아갑니다.

진영훈에 대한 수사가 검찰로 넘어왔습니다. 이때 사건을 담당한 신도완 검사가 처음에는 제대로 하는가 싶더니 검사 출신 이승하, 최상헌 변호사의 몰래 변호 직후 수사를 중단하고 진영훈은 물론 그 누구에게도 형사책임을 묻지 않고 무혐의 처분으로 사건을 암장해 버린 것입니다. 이것은 진영훈의 6억 6,000만 원 착복이라는 1차 폭발과 사건관계인 간 분쟁 격화에 의한 2차 폭발과는 비교할 수 없을 정도로 파괴력이 큰 3차 폭발입니다.

최상헌 변호사는 이건규 검사실 이야기 때 잠깐 이름만 등장했던 강북지청 검사 출신 그 사람입니까?

예, 맞습니다. 최상헌의 활동 근거지로 보나 진영훈의 입에 운명이 달린 점으로 보나 김민섭이 선임해 주지 않았을까 추정합니다. 신도완 검사의 '사건 암장' 증상은 진영훈의 착복 행위와는 비교할 수 없을 정도로 그 해악이 큽니다. 물론 그 무혐의 처분 당시 신도완은 검사에 입문한 지 불과 2년 차에 지나지 않은 애송이로서 그의 단독의사에 의한 결정이 아니었을 것이라는 합리적 의심은 너무도 당연할 것입니다.

이승하, 최상헌 검사가 몰래 변호를 했다는 사실은 어떻게 확인한 것입니까?

예, 다소 절묘합니다. 몰래 변호의 은밀성 때문에 현재진행인 사건도 알기가 쉽지 않지만 이미 2년 넘게 지난 사건이고 게다가 다른 검사가 이미 처리한 사건기록만으로 이를 파악하는 것은 불가능하나 신도완 검사가 무혐의 처분한 사건기록에 그 흔적이 뚜렷이 남아 있었기에 가능했습니다. 신도완 검사가 무혐의로 종결한 관련 사건기록에서 이승하 변호사는 지방변호사회 경유인(經由印)이 없어서 무효이자 가짜인 선임계를 냈고, 최상헌은 자신의 이름과 연락처 등이 기재된 그 변호사실 전용 A4용지의 양식에 진영훈의 구명을 위한 내용으로 20여 쪽에 이르는 의견서를 작성하여 낸 것입니다. 신도완 검사실 참여수사관 유진남이 그 의견서에 보고서 표지를 붙여 기록에 첨부하였는데 그 보고서류는 물론 기록 어디에도 정식 선임계가 없어 두 변호사 모두 몰래 변호임을 명확히 확인한 것입니다.

몰래 변호를 하는 것임에도 사건기록에 근거가 남게 하였네요?

예, 이해가 가지 않을 것입니다. 원래 구두로만 하여 근거를 남기지 않으나 검찰 바이러스에 감염이 되어 '사건 농간' 증상을 보일 때는 세상에 겁날 것이 없어지고 아무렇게나 해도 개의치 않는 '겁상실' 증상을 동반하는데 그 경우였습니다. 아이러니하게도 두 변호사 모두 그런 증상 때문에 그런 흔적이 남을 자료를 제출하였고, 신도완 검사와 유진남 또한 같은 증상이어서 이들 서류를 제출받아 친절하게 기록에 그대로 첨부해 두는 바람에 저의 역학조사에 포착된 것입니다.

처음에는 '역학조사'라는 표현이 선뜻 이해가 되지 않았는데 말씀을 들을수록 이해를 하게 됩니다.

그러실 겁니다. 반복하여 드리는 말씀입니다만 제가 검찰 바이러스를 발견한 것은 그로부터 수년 뒤였기에 이때는 아직 '역학조사'라는 뚜렷한 개념은 아니었습니다. 다만 당시에 저의 마음속에는 검찰의 부조리와 부패에 대한 하나의 관념이 있었는데 전국 검찰의 부패 기득권 수호를 위하여 검사나 검찰 직원의 영혼을 지배하며 총체적으로 호령하고 다스리는 괴물이 있는 것만 같았고, 그 괴물의 정체를 밝혀내고야 말겠다는 의지를 갖고 관찰하고 기록했던 것입니다. 그것이 결국은 검찰 바이러스 발견에 따라 '역학조사'인 셈이 되었고, 다른 한편으로는 저의 의식 속에 검찰은 국민을 상대로 수사하기 전에 먼저 제대로 수사를 받아야 한다는 신념이 매우 강해 일어난 일이라고 볼 수 있습니다.

참여수사관인 유진남은 이 사건 몰래 변호가 이루어질 때 어떤 생각을 했는지 궁금해집니다.

유진남은 검찰에서 다른 참여수사관처럼 그저 검사의 아바타로서 검사실에서의 전통적인 자신의 직분대로 한 것입니다. 최상헌이 몰래 변호로 제출한 의견서에 보고서 표지를 입히고 친절하게 사건기록에 첨부해 넣었더군요. 제가 참여수사관을 검사의 아바타라고 하는 이유 중 하나로서 이해가 될 겁니다. 또한, 유진남은 진영훈을 상대로 한 1차 피의자신문조서에 참여수사관으로 되어 있던데 특별한 사정이 없는 한 직접 조사를 담당했을 것입니다. 이후 그가 사건이 은폐되는 과정에 대하여 얼마나 알고 있고 어떤 생각을 했었는지 저도 궁금하나 이 직원 자체에 문제가 있어서 그런 것이 아니라 검찰 바이러스 감염증이 그렇게 만들어 놓은 것입니다. 제가 기존의 전근대적이고 경쟁력 없는 우리나라 특유의 검사실 아바타 제도를 폐지하고 일찍이 새 시대에 맞는 새로운 제도를 만들어 냈어야 한다고 주장하는 이유 중 하나입니다.

다른 각도에서 드리는 질문입니다만 몰래 변호를 검사가 아닌 사건 결재권자인 상급자에게 하면 검사가 모를 수도 있겠군요?

예, 몰래 변호와 사건 농간에 대하여 제대로 이해하고 계십니다. 결재권자인 상급자들이 청탁 또는 몰래 변호를 받아 이를 철저히 감추고 사건 관리 감독 결재과정에서 사건을 농간하면서 검사에게 지시하면 그렇습니다. 그러나 이 또한 뭔가 다른 낌새가 노출되는 사건은 검사가 눈치를 챌 수 있습니다. 저와 근무했던 검사들이나 그 상급자들이 몰래 변호 또는 청탁을 받아 이를 철저히 감추고 사건 농간을 하더라도 일부 사건은 제가 눈치를 챘던 이치와 같습니다.

사건과 얽힌 인적 네트워크는 모두 이건호를 통하여 이루어지고 있고 그를 조사하면 이보다 많은 진실을 확보할 수 있었을 것이라는 생각이 듭니다.

예, 맞습니다. 앞서 그 이전 그가 이미 촘촘히 사람들을 연결한 것은 이미 말씀드렸습니다만 안명순이 결국 중도금, 잔금을 제때에 지급하지 못하여 계약이 파탄 지경에 이르렀을 때 그 인수 대타로 자금력이 전혀 없는 전 조직폭력 간부 주상규를 심선욱에게 소개한 사람도, 그에게 자금을 빌려주도록 이성환을 소개한 사람도 모두 이건호입니다. 이러한 이건호 현상은 다음에 적절한 대목에 말씀드릴 김훈석 부장이 진두지휘한 특수수사에서도 나타납니다. 이것으로 이 사건에 대한 기초 사실을 말씀드렸습니다. 다음부터 본격적 사건 전개로서 다시 일기를 보면서 말씀드리겠습니다.

75

3월 29일 (화) 맑음

▶ 오전에 관련 사건 4건을 검토하여 작성한 보고서를 검사에게 보고하며 이 사건을 근본적이고 총체적으로 조사하여 제대로 마무리하겠다고 했다. 특히 우리 방이 '조직폭력' 전담 검사실인 관계로 주목할 것이 있다. 관련 사건기록에서 조직폭력 전 간부인 주상규가 요양병원 인수에 깊숙이 개입하였다가 발을 빼기까지의 과정에 대하여 기초조사를 하고 넘어가겠다고 보고했다.

▶ 오후에 검사는 부장의 지시라며 6억 6,000만 원 배임 혐의에 추가하여 심선욱, 유준학이 각기 의료법인 양도인의 지위로서 그 양수인 안명순, 주상규로부터 거액의 운영권 매도대금을 받은 것에 대하여 배임수재 혐의를 적용하여 조사하라고 했다. 내가 "배임수재는 부정한 청탁이 성립요건인데 어떤 점에 있어 그렇게 보느냐?"라고 물었더니 뜸을 들이다가 "운영권 매매 당시 오고 간 언행이 부정한 청탁이다"라고 말했다. 나는 그때까지 알고 있는 배임증재, 배임수재 혐의에 대한 법적 지식은 물론 그때까지 그 죄명에 대한 조사 경험상 계약을 체결하고 이행하려는 의도로 이루어진 언행을 부정한 청탁으로 보고 조사한 적이 전혀 없어 되물었으나 검사는 짜증을 내며 부장의 지시이니 그대로 이행하라고 했다.

▶ 주상규와 금전거래가 있었던 이성환은 내일 10:00에 출석하도록 통지하고, 주상규에게 의료법인 인수권을 넘겼던 안명순 또한 내일 14:00에 출석하도록 통지하여 각기 출석 승낙을 받았다.

배임수재 혐의를 두고 검사와 언쟁이 있었던 것으로 보입니다.

　언쟁이라기보다 저로서는 조사 전에 분명히 해 두지 않으면 안 되는 사항이었습니다. 죄명과 법 조항을 적용하는 일은 검사의 영역이나 직접 조사를 담당한 저야말로 그걸 제대로 알아야 방향을 바르게 잡고 효율적인 조사가 이루어집니다. 의료법인 양도양수인의 지위로서 매매계약을 체결하고 대금을 지급하는 과정에서 한 언행은 배임수재 성립요건의 핵심인 '부정한 청탁'에 해당하지 않는다는 것을 알고 있는데 무턱대고 조사한다면 양심에 반하는 조사여서 재차 물었던 것입니다. 검사가 짜증을 낼 이유가 전혀 없는데 이상했습니다. 나중에 그 이유를 알게 되었는데 다음에 말씀드리겠습니다.

　이성환과 안명순을 먼저 부른 이유는 무엇입니까?

　그 두 사람을 통하여 의료법인 양도양수를 두고 이루어진 자금투입과 그 흐름의 시작부터 파악할 수 있을 뿐만 아니라 두 사람의 이해관계와 행동반경을 짓누르고 있는 것으로 보이는 주상규에 대한 기초조사를 겸할 수 있었기 때문입니다. 앞서 언급했듯이 안명순은 의료법인을 인수하려고 상당한 자금을 투입한 상태에서 부족한 자금 중 일부를 의료법인 재산을 담보로 대출될 10억 원 중 일부로 상계해 받고자 하였으나 진영훈이 그 대출금 중 우선 지급된 6억 6,000만 원을 전액 착복하여 그 구도가 깨져 버리고 무산되는 바람에 여러 사람을 상대로 고소, 고발하였던 사람이고, 이성환은 안명순의 인수가 무산된 이후 이건호의 소개로 주상규에게 16억 원이나 되는 거액의 인수자금을 대여하였으나 주상규가 갑자기 발을 뺌과 동시에 자신의 채무 전액을 안명순에게 떠넘겨서 궁박한 처지에 놓이게 된 사람입니다.

　그렇다면 앞으로 조사가 진행되는 주된 혐의는 무엇입니까?

우선 중점은 유준학이 고발한 2개의 사건 중 혐의가 뚜렷해 보이는 특경법위반(배임) 사건을 명확히 정리하는 것입니다. 심선욱이 인테리어 공사 대금 명목의 대출금을 되돌려받아 의료법인에 재산상 손해를 가할 고의로 유준학을 배제한 채 진영훈과 짜고 허위 공사서류를 은행에 제출하여 의도대로 대출금이 지급되었고, 이를 진영훈에게 입금하여 의료법인에 6억 6,000만 원의 손실이 발생하는 상황은 이미 완결이 된 상태가 되기 때문에 배임이 되는 것입니다. 그때까지 은행대출 브로커를 소개하고 허위 공사서류 일체를 만들어 주며 주도적으로 가담한 진영훈은 공범이 되는 것이고, 그가 전액 착복한 행위는 다른 사람보다 양형에 매우 엄중히 반영되어야 할 사항으로 정의로운 결말은 기소 전에는 검사의 몫이고 재판에 가서는 판사의 몫이라는 것입니다.

말씀하신 내용이 배임행위라면 박기현이 안명순의 위임을 받아 양도양수 업무를 수행하면서 심선욱의 배임에 가담하였으므로 이들 두 사람도 공범으로 볼 여지가 다분하지 않습니까?

그렇습니다. 다만 그 두 사람이 가담한 것은 맞지만 주도적인 행위는 심선욱, 진영훈이 모두 하고 이에 따라가는 상황이어서 무리하게 기소하면 무죄가 날 것이라는 점은 검사나 저나 이심전심 공감대가 있었습니다.

진영훈이 중간에서 6억 6,000만 원을 전액 착복한 것에 횡령죄를 적용하지 않은 것은 그 죄의 성립에 있어 위탁 또는 보관이 아니라서 그런 것이지요?

예, 그렇습니다. 심선욱이 진영훈에게 지급한 돈은 공사 대금 명목이고 이를 초과하는 돈은 기본적으로 '불법원인급여'이기도 해서 그렇습니다.

부장이 특별히 지시하였다는 배임수재 혐의도 조사하는 것입니까?

부장의 지시라니 아바타인 저로서는 어쩔 수 없이 그 혐의를 두고 조사는 해야 합니다. 다만 저는 의료법인 운영권 매매 계약체결과 이를 두고 오고 간 언행과 돈이 오고 간 사실관계를 명확히 조사하면 되는 것이고 최종에 가서 그 혐의를 적용하여 처벌할 것인지는 검사의 양심에 맡기자 생각했습니다.

　대출 사기 성립 여부는 검토가 되었지요?

　예, 결론부터 말하면 이 사건에서는 어렵습니다. 허위 내용의 서류를 이용하여 대출 신청한 경우 은행 대출금의 자금원, 대출 용도, 담보 제공 여부에 따라 사기죄 성립 여부가 갈릴 수 있습니다. 은행의 대출 자금원이 정부 정책에 의한 공공기금이고 용도가 정해진 경우에는 허위 서류 제출은 물론 다른 용도로 사용만 하여도 사기가 될 수 있으나 본건 10억 원의 대출은 허위로 부풀린 공사계약서, 기성고 서류를 이용하는 사술이 동원되긴 하였으나 그 대출 자금원이 은행 소유 자금인 데다 심선욱이 담보가치 있는 의료법인 소유 부동산을 담보로 제공하였기 때문에 사기죄가 성립되기 어려웠습니다. 법률전문가인 신도완은 이런 법리를 꿰차고 모두 검토하고 6억 6,000만 원 배임 혐의만 쏙 빼고 의도적으로 사건을 암장한 것입니다.

　의료법인 운영권 양도양수 자체를 두고 벌어진 일들에서 배임죄의 성립 여지는 어떻습니까?

　제가 볼 때 그럴 여지는 진행 중이었다고 볼 수 있으나 당장 수사에 착수하기에는 시기상조였습니다. 다만 심선욱, 유준학이 요양병원 운영권을 매도하는 기회를 이용하여 한몫 챙기려던 배임 의도가 확실히 엿보이는 가운데 일이 진행되는 와중에 있었거든요. 이들이 의료법인 운영권 매매를 완결 짓고 정산을 모두 마친 후 각기 자기 몫을 챙긴 상황이 종료되었다면 그 내용과 법인에 입힌 재산상 손해 여부에 따라 그 두 사람은 배임으로 처벌될 가능성이 매우 큰 사건이기는 했습니다.

3월 30일 (수) 맑음

▸ 오전에 주상규에게 16억 원을 빌려주었던 이성환를 조사하였다. 이건호의 소개로 주상규를 알게 되었다고 했다. 주상규에게 원금 16억 원이라는 거액을 빌려주고도 차용증 등 채권 관련 서류를 받아 둔 것이 전혀 없었고, 이자도 전혀 받지 못하였다고 한다. 조사 중 이성환은 주상규가 요양병원 인수에서 발을 빼면서 자신에게 부담하고 있던 이자를 1억 원으로 쳐서 채무 원리금 합계 17억 원을 안명순에게 전액 인도하였다는 내용의 채무양도서를 제출하였다. 그러나 거기에는 그 채무양도에 이를 때까지 그 주도적 역할을 한 주상규의 이름은 아무 데도 없었다.

이성환은 주상규에게 거액을 건네준 사실이나 안명순에게 채무가 양도된 사실에 대하여 아무런 문제가 없다며 상식에 매우 반하는 주장을 했다. 이성환이 이건호의 소개로 주상규를 만난 때부터 주상규가 발을 빼기까지의 과정에 석연치 않은 부분들이 많이 감지되었다. 이성환은 주상규로 인하여 막대한 재산적 손실이 이미 진행 중이고 전도가 매우 불확실한 상황임에도 시종일관 그를 두둔하기만 하였다.

▸ 오후에는 안명순을 조사하였다. 주상규에 대하여 이성환과 서로 말을 맞춘 것처럼 일치된 진술을 하였다. 그러다 감정이 복받쳤는지 대성통곡을 하며 사람들 모두 자신을 속였다고 원망하였고, 그중 신도완 검사의 당시 언행을 떠올리면서 그를 가장 원망했다. 신도완이 사건을 무혐의로 종결하기 직전 자신과 진영훈을 함께 검사실에 출석시킨 자리에서 마치 진영훈이 착복한 돈을 자신이 나서서 반환하게 해 줄 것처럼 진영훈을 야단치는 모습을 보여 주어 이를 믿고 검사의 의도대로 진영훈에 대한 처벌 희망 의사를 접었는데 검사에게 속은 것이라며 적개심을 강하게 내보였다. 여러 사람을 선별적으로 고소하였다가 취소한 사실, 그동안의 모순된 진술, 처벌 의사를 철회하였던 경위 등에 대하여는 진술을 회피하였다.

이성환, 안명순의 이해할 수 없는 언행이 실마리를 잡기 어렵게 하고 있으나 이들은 풍랑 위 돛단배와도 같은 처지이므로 이해가 될 만도 했습니다. 검찰만이라도 똑바로 중심을 잡고 원칙대로 조사하여 실타래를 풀어야 하는데 몰래 변호를 받은 검찰 바이러스에 감염된 검사의 '사건 암장' 증상에다 참여수사관의 '알아서 챙겨 주기' 증상으로 엎질러진 물이 되고 말았습니다. 안명순, 이성환이 뒤늦게 저에게 조사를 받으면서도 그들에게 아직 보이지 않는 손이 작용하고 있다는 느낌을 강하게 받았습니다.

　사실 저는 그때 주상규는 중간에 발을 뺀 사건 전체에 주도적 위치는 아니나 기초조사를 겸하면서 이들 간 있었던 사실에서 문제가 될 만한 일들이 엿보여서 행여 이성환, 안명순의 진술에서 주상규의 혐의에 대한 제대로 된 진술이 확보되기만 하면 즉시 그에 맞는 절차를 진행하여 주상규의 혐의 규명과 수사의 장애가 되지 않도록 할 생각이었는데 두 사람이 주상규를 적극 비호하는 진술로 일관하였습니다. 그러나 조직폭력 전담 검사실로서 당연히 기초조사는 하고 넘어가야 하는 상황이었고 이성환, 안명순의 그러한 진술도 이미 예상한 바여서 개의치 않았습니다. 만일 두 사람의 진술을 통하여 주상규의 혐의가 드러나면 16억 원에 대한 자금추적도 고려하고 있었습니다. 이러한 상황은 오지 않았으나 어디까지나 나중에라도 자연스럽게 진행될 순서라서 무리해서는 안 되고 조사 성과가 없는 것도 아닙니다. 이성환이 주상규에게 건네준 거액이나 안명순이 주상규의 채무를 모두 인수하고도 운영권 인수가 교착 상태에 있었다는 점과 안명순이 채무를 인수한 동기와 결과, 현 상황에 대한 그들의 진술이 상식에 너무 반하고 모순투성이인 것이 이 사건의 성격 중 일부를 대변하고 있다는 점 충분히 파악할 수 있었기 때문입니다.

> **3월 31일 (목) 맑음**
>
> ▸ 주상규와 연락을 위하여 이성환에게 그의 휴대폰 번호를 물었으나 모른다고 하여 이건호에게 전화하여 알아냈다. 주상규에게 전화를 걸어 이성환의 진술대로 16억 원을 차용한 사실에 관하여 핵심만 간략히 확인하자 이를 인정하므로 관련 거래내역서를 팩스로 보내 줄 것을 요청하였고 주상규는 이에 순순히 응했다. 보내 준 거래내역서를 살펴보니 이성환으로부터 빌려 온 16억 원 중 상당한 액수는 의료법인 양도양수와 무관한 곳에 사용한 것이 아닌가 하는 정황이 눈에 확연히 들어왔다.

이성환이 주상규와 매우 긴밀히 통화하며 지내 왔을 텐데 핸드폰 번호를 모른다고 하는 것도 이상합니다.

예, 의혹투성이였습니다. 이틀 전 저에게 조사를 받을 때 진술한 내용도 모두 모순인 점에서 일맥상통하므로 굳이 따져 묻지 않고 이건호에게 물어 핸드폰 번호를 알아냈습니다.

주상규가 채무원금 중 상당한 액수를 개인적으로 사용했다면 안명순이 인수한 채무원금을 16억 원이라고 정하면 안 되는 것 아닙니까?

그 당시 무시 못 할 액수여서 제가 그 부분을 매우 염두에 둔 것인데 안명순, 이성환 모두 아무 문제가 없으니 더 묻지 말라는 식으로 나와서 더 살펴보는 것을 보류했던 것입니다.

> **4월 4일 (월) 맑음**
>
> ‣ 진영훈이 다른 사람의 명의를 빌려 운영하는 회사법인 등기부와 주상규가 운영하는 회사법인 등기부의 이사 진영환이 진영훈의 동생임을 확인하였다.

진영훈, 주상규가 평소 잘 알고 지내거나 밀접한 관계에 있다는 정황이고, 두 사람은 이건호가 심선욱에게 소개한 사람들인 것도 보면 이들 모두 같은 어항 속의 물고기 같다는 느낌이 들었습니다.

> **4월 6일 (수) 맑음**
>
> ‣ 연일 전형적인 봄 날씨다.
> ‣ 오후에 의료법인 재산을 담보로 30억 원이 대출된 경위에 대하여 잘 알고 있는 것으로 보이는 박기현에게 전화하여 진술을 들었다. 그는 심선욱이 대출을 받으러 갈 때 함께 은행에 갔다고 한다. 그때 은행 유재길 차장, 대출담당 계장, 심선욱, 김민섭이 만나 대출업무를 처리하는 것을 지켜봤는데 은행 담당자는 진영훈이 인테리어 공사 담당 회사란에 바지사장 이름으로 대리 서명하는 것을 보고도 묵인했다고 한다. 이후 대출 알선 건에 대하여 진영훈과 김민섭을 고소하려던 무렵 신도완 검사가 나서서 "진영훈이 대출금을 그대로 보관하고 있다는데 뭘 그러느냐?"라고 고소장 제출을 막아서 고소해 봤자 소용이 없겠다 싶어 포기한 적이 있었다며 그런 내용의 진술서와 당시 제출하려다 포기한 고소장을 팩스로 보내왔다.

신도완 검사가 박기현의 고소장 제출을 막은 것이 사실이라면 매우 심각한 일 아닙니까?

박기현도 신도완 검사에 대하여 강한 적개심을 표시하거나 그런 감정이 묻어나는 표현을 여러 번 했던 기억이 납니다.

> **4월 7일 (목) 약간 비**
>
> ▸ 출근길에 비가 오는 둥 마는 둥 하였다. 요즘 방사성 요오드, 세슘이 포함된 비가 내린다고 하여 난리들이다. 극히 미량이라 인체에는 전혀 해가 없다고 하지만 신경은 쓰인다.
>
> ▸ 김민섭에게 전화하여 대출 관련 진술을 청취한바, 의료법인 대출을 받을 수 있도록 '한마음 은행 명동지점' 유재길 차장을 소개한 것이 사실이고 대출을 알선한 후 요양병원을 한 번 방문한 사실이 있다고 인정하므로 그런 내용이 담긴 진술서를 팩스로 받았다.

아직 김민섭을 소환하여 본격 조사할 단계는 아니고 말을 덜 맞췄을 현 단계에서 첫 반응을 감지하고 이를 남겨 두기 위하여 전화로 확인하고 동의하에 팩스로 진술서를 받았습니다.

묻는 말에 순순히 대답하고 진술서 작성에도 흔쾌히 동의하였습니까?

저도 좀 놀랐는데요. 기다렸다는 듯이 전화를 받고 말도 매우 태연하게 하고, 진술서 팩스 발송 요청도 순순히 응했습니다. 모두 평소 대비해 왔던 상황이 왔구나 하고 대처하는 느낌을 받았습니다.

4월 8일 (금) 맑음

‣ 유재길 차장에게 전화를 걸어 김민섭의 소개를 받아 의료법인에 30억 원을 대출한 것이 맞는지 문의하자 "맞다"라고 하므로 이와 같은 내용이 담긴 진술서를 팩스로 받았다.

유재길도 김민섭과 마찬가지로 기다렸다는 듯이 태연하게 말하고 진술서를 팩스로 보내 주었습니다.

4월 12일 (화) 맑음

‣ 출근하자마자 진영훈이 전액 착복한 6억 6,000만 원에 대한 압수수색영장 청구서 초안을 작성하였고, 검사에게 제출하여 오전 일찍 법원에 청구되어 오후에 발부가 되었다.
‣ 오후에는 진영훈으로부터 하청받아 요양병원 인테리어 공사를 실지로 담당한 업자 김주영을 조사하였다. 그에게 은행에 제출되었던 공사 대금이 14억 2,200만 원으로 부풀려진 계약서를 보여 주자 놀라면서 실지 공사 대금은 3억 1,200만 원이라고 진술하였다. 진영훈이 공사계약 직후 잠적하여 공사를 중단하였다가 심선욱과 재계약을 하여 공사를 마쳤다고 하였다.

3억 1,200만 원짜리 공사를 14억 2,200만 원으로 부풀린 사실을 명확히 확인한 것입니다.

진영훈은 자신이 직접 공사를 한 것도 아니고 다른 업자에게 맡겼군요?

그렇습니다. 그리고 곧 잠적하고 말았습니다. 이후 뒷수습을 하였다는 심선욱의 진술이 기억나는데 별도의 공사 대금을 들여 재계약을 하고 공사를 마쳤다고 하니 그 금액만큼 의료법인에 추가로 재산상 손실이 발생한 것입니다.

4월 28일 (목) 흐림 후 맑음

▸ 진영훈을 상대로 조사 중이던 17시 45경 양상호 계장이 메신저를 보내와 아는 사람으로부터 부탁을 받았다며 진영훈과 면담을 시켜 달라고 요구하였으나 거절하였다. 4~5분 지나 검사실에 무단으로 들어와 조사받는 진영훈이 지켜보는 앞에서 그와 면담을 시켜 달라고 요구하므로 다시 거절하여 돌려보냈다.

▸ 진영훈은 공사 대금에 해당하는 10억 원 대출에 필요한 허위공사 계약서류와 그 10억 원 중 6억 6,000만 원이 우선 지급되도록 하는데 필요한 허위의 공사서류 일체를 만들어다 심선욱에게 갖다준 장본인임을 인정하였다. 그러나 김민섭에게 대출알선료 지급 여부, 대출금 중 용도 불문 건네준 돈이 있는지, 평소 그와 금전거래 여부 등에 대하여 질문하였으나 전면 부인하였다. 2년 전 무혐의 처분을 받을 당시 전관들에게 선임료로 지급한 액수를 묻자 이승하 변호사에게 2,000만 원, 최상헌 변호사에게 1,000만 원 주었다고 진술하였다.

▸ 조사를 마치고 조사 중 있었던 양상호의 심각한 언행을 검사에게 보고하였다.

양상호가 이미 사건 진행 상황에 촉각을 곤두세우고 염탐해 왔음을 반증하는 것으로 소위 '코가 걸렸다'라고 표현하는데 적어도 그가 진영훈에게 약점이 잡혔거나 진영훈 편에 있는 사람들에게 충성하지 않으

면 안 되는 사정이 있다는 사실을 적나라하게 노출한 것입니다. 양상호는 특수검사실에 붙박이로 오래 근무하면서 검찰 바이러스 감염증이 심하여 자신의 뇌에 있었던 '양심'과 '체면'에 관한 정보가 모두 날아가 버린 상태에 있었습니다.

진영훈이 이승하, 최상헌 변호사에게 주었던 액수가 실지와 맞을까요?

당시 신도완 검사에게 몰래 변호한 덕분에 무혐의 결정이라는 큰 성공을 거두었기 때문에 액면 그대로 믿기는 어렵습니다.

피의자신문조서가 아니라 진술조서를 받은 이유는 무엇입니까?

그 단계는 진영훈이 아직 유준학의 심선욱에 대한 배임 고발 사건의 피의자로 전환되기 직전인 아직 참고인 신분에 있었기 때문입니다. 이후부터는 피의자로서 신문을 받게 됩니다.

4월 29일 (금) 비

▸ 계좌추적 결과 진영훈이 은행에서 공사 대금 명목으로 우선 지급한 6억 6,000만 원을 법인 통장으로 입금받아 그 즉시부터 다음 날까지 여러 사람에게 송금하거나 현금으로 출금하여 전액 사용한 사실과 그중 김민섭이 1,000만 원권 수표 6장에 배서하여 사용한 사실을 확인하고 보고서를 작성하였다.

진영훈은 대출금 중 김민섭에게 준 돈이 전혀 없다고 했는데 6,000만 원을 건네준 사실이 드러난 것입니다. 이들의 특정경제범죄가중처벌등에관한법률위반(알선수재) 혐의 입증에 바짝 다가간 것이고, 이러한 수표추적 결과는 수사상 극비에 해당합니다.

> **5월 2일 (월) 심한 황사**
>
> ▸ 오전 10:30부터 대회의실에서 월례조회가 있었다.
> ▸ 오전에 차성훈 계장이 메신저를 보내와 이전 근무 청에서 10년 동안 함께 근무한 이원평이라는 직원의 여동생 남편의 여동생 내외의 사건이 우리 검사실에 있다며 진행 상황을 물어 왔다. 전혀 모르는 사건이고 관여하지 않겠다며 정중히 거절하였다.

차성훈 계장이 말하는 '이원평의 여동생 남편의 여동생 내외'라고 하니 좀 복잡합니다. 말하자면 이원평은 차성훈과 매우 친한 검찰 직원이고, 그의 '여동생 남편'은 이원평의 '매제'를 말하는 것이어서 '여동생 남편의 여동생 내외'라는 것은 결국 이원평의 여동생 시누이 내외 그러니까 이원평과는 사돈 관계인 것이죠. 거기에 검찰 직원 차성훈이 연결된 것입니다. 우리나라 청탁문화라는 것이 원래 관공서에 일을 보러 가도 사돈네 팔촌까지 뒤져 담당자와 아는 사람이 있는지를 찾고, 없으면 그 담당자가 속한 기관에 근무하는 사람 중 아는 사람 한 명이라도 찾아서 이들을 통하여 담당 공무원에게 '잘 봐 달라'는 부탁을 해야 마음이 놓이고 원만하게 일을 볼 수 있었던 시대가 있었는데 그 잔재입니다. 그만큼 공무원들의 횡포가 심했었다는 것이고 그런 인맥이 없는 사람은 불이익한 또는 차별적 대우를 받거나 그렇지 않으려면 작게는 '급행료' 크게는 '뇌물'을 주고 관공서에서 일을 봤습니다. 제가 청탁을 배격하는 이유 중 하나는 관공서에 일 보러 갈 때 아는 사람도 없고 돈 없고 배경이 없어 힘써 줄 사람이 전혀 없어도 차별 없이 공명정대한 대우를 받는 세상을 바랐기 때문입니다.

> **5월 3일 (화) 맑음**
>
> ▸ 11:25경 정원길 변호사가 들어와 검사집무실에 머물다가 5분여 만에 나갔다.
> ▸ 오후에 심선욱을 배임 혐의로 조사하여 피의자신문조서를 작성하였다.

> **5월 4일 (수) 황사**
>
> ▸ 안명순이 심선욱, 유준학을 상대로 특경법위반(사기)으로 검찰에 추가로 고소장을 제출한 사실을 확인하였다.

안명순의 새로운 고소 또한 동일사건에 대한 추가 고소입니다. 이 사건은 이미 무혐의 종결한 관련 사건 4건, 제가 마무리 중인 고발 2건 등 이미 총 6건에 이르고 있습니다. 이에 다시 고소장이 접수된 것입니다. 저는 하나의 사실을 두고 이토록 관련 사건이 늘어나는 현상을 우리나라 특유의 '고소공화국'을 뒷받침하는 '사건 번식의 법칙'이라고 부릅니다. 이 사건만 해도 이런 현상의 근본 원인이 누구에게 있습니까? 경찰의 무성의한 수사에 이어 검찰 바이러스에 감염된 전관과 검사의 '몰래 변호'와 '사건 농간'에 있지 않습니까? 이 사건은 지금 시작에 불과합니다. 앞으로 더 황당하고 기막힌 일들을 소개해 드리면 더 많이 이해되실 것입니다. 제가 검찰 바이러스를 퇴치하면 우리나라가 더욱 정의로워지고 '고소공화국' 불명예에서 벗어나는 데 크게 기여할 것이라고 말하는 이유는 바로 그 때문이었습니다. 저는 이러한 사건 처리를 검사 입문 겨우 2년 차에 불과한 애송이 검사가 다 알아서 한 것이라 믿지 않습니다. 당시 그 윗선에 검찰 바이러스 감염의 치명적 증상을 보였던 누군가가 도사리고 있었을 것으로 추정합니다.

> **5월 11일 (수) 비**
>
> ▸ 오전에 의료법인에서 금강도청에 부동산 담보로 30억 원 대출을 위한 승인요청 결의 이사회회의에 참석한 것으로 되어 있는 이사 중 김정남, 조병철에게 전화하였다. 김정남은 꽃집을 운영하고, 조병철은 농사를 짓고 있다고 하면서 두 사람 모두 의료법인에 도장을 맡겨 두었을 뿐 운영에 관여한 적이 전혀 없고, 그런 회의록이 있는 것조차 모른다고 하였다.
> ▸ 14:30경부터 약 5시간 동안 심선욱, 유준학, 진영훈, 안명순, 박기현, 이건호를 상대로 의료법인 양도양수를 두고 그들 사이에 있었던 일들에 대하여 대질 조사를 하였다.

이사회회의록을 허위로 작성한 것이군요?

예, 맞습니다.

이날 조사는 배임 혐의에 초점을 둔 대질조사입니다. 2년 전 마무리되었어야 할 사건을 다시 요란하게 조사하는 형사사법 교란 상황은 전현직 검사들의 몰래 변호와 사건 농간 때문입니다. 앞으로 전개되는 일들에서 아시게 되겠지만 이를 주도하고 관여한 검사나 전관들은 조사받고 있는 이들 일반인과는 비교할 수 없을 정도로 사회에 해악을 끼쳤다고 생각합니다.

> **5월 13일 (금) 황사**
>
> ‣ 14:00부터 15:50까지 진영훈을 상대로 배임 공범 피의자로서 신문하였다. 진영훈은 공사 대금을 부풀린 허위공사 서류 일체를 작성하여 심선욱에게 건네주는 등 심선욱의 배임행위에 적극적이고 주도적으로 가담한 경위, 의료법인의 30억 원 대출을 알선한 김민섭을 심선욱에게 소개한 경위, 공사 대금 명목 10억 원의 대출금 중 6억 6,000만 원을 입급받았다가 되돌려주기로 한 경위, 이를 어기고 전액 착복한 사실은 모두 인정하였으나 김민섭에게 대출알선료를 지급한 사실은 물론 금전거래를 한 사실 자체를 전면 부인했다.

진영훈은 대출금 6억 6,000만 원 자금추적 결과 수표 6,000만 원에 배서한 사실이 드러난 것을 전혀 모르고 무조건 부인하고 보는 것이 상책이라고 믿고 한 진술입니다.

> **5월 16일 (월) 맑음**
>
> ‣ 09:25 양정민 변호사가 들어와 검사집무실에 머물다 금방 나왔다가 다시 09:33 중년 여자 한 명을 데리고 들어와 김효동 계장에게 "검사님께 말씀드려 놨으니 잘 부탁한다"라는 말을 하고 갔다.
> ‣ 14:00경부터 약 4시간 동안 심선욱, 안명순, 주상규, 이성환를 상대로 대질신문을 하였다. 의료법인 운영권 양도양수 대금을 수수한 경위, 지급방법, 액수 등에 관한 사실을 조사하였다. 이번에도 16억 원을 주상규에게 대여한 후 이를 회수하지 못한 이성환이나 원리금 합계 17억 원의 채무를 떠안은 안명순 모두 주상규에 대하여는 이전과 변함없이 불리한 진술을 전혀 하지 않았다.

김효동 계장은 임주형 계장이 다른 청으로 전출하고 그 후임으로 온 직원입니다.

　부장이 특별히 지시한 배임수재 혐의에 대한 초점을 둔 조사로 보입니다.

　맞습니다. 앞서 언급한 5일 전 심층 대질 조사를 통하여 배임 혐의는 전모를 밝힌 셈인데 부장이 지시한 그 배임수재 혐의는 의료법인 양도양수 계약체결 경위와 그 대금이 오고 간 경위에 대하여 사실관계를 명확히 하여 검사의 양심적인 결정만 남도록 정리해 주기로 마음먹고 이 날 조사를 한 것입니다.

　이때까지 필요한 조사를 마치고 검사가 지금까지 조사결과를 총체적으로 검토하도록 사건기록 일체를 검사에게 일단 건네주었습니다. 물론 이때도 저의 마음속에는 이 사건을 정의롭게 수사하는 것은 이들 일반인에 대한 조사에 앞서 신도완 검사, 이승하, 최상헌 변호사를 먼저 조사하여 당시 몰래 변호 경위와 수사 중단, 무혐의 처분이 신도완 검사의 단독 결정인지 상사나 누군가의 청탁 또는 압력에 의한 것인지, 그리고 진영훈이 당시 검찰 내부의 인맥으로 불법적인 도움을 받은 사실이 있는지 등부터 철저히 조사하여 진실을 밝혔어야 한다는 것입니다. 이로써 드러나는 불법에 대하여 우선 모두 엄히 다스려야 한다는 생각이었습니다.

5월 19일 (목) 맑음

- 초여름 날씨다.
- 검사는 월요일에 구속영장을 청구하겠다고 했다.

이날은 검사가 몇 명 누구를 특정하지는 않고 그냥 구속영장을 청구한다고만 했습니다.

5월 23일 (월) 맑음

- 검사는 미리 작성해 놓은 구속영장 청구서를 보여 주면서 진영훈, 심선욱, 유준학 세 사람 모두 청구한다고 했고, 실지로 잠시 후 부장에게 결재를 올렸다. 오후 들어 검사는 이유는 말하지 않고 "부장님이 결재를 하지 않아 법원 청구가 내일로 미뤄졌습니다"라고 말했다.

총체적인 구도에서 봤을 때 사건관계인 모두 의료법인을 두고 잇속을 챙기는 데만 혈안이 되었던 사람들이라 그 누구도 두둔할 생각은 없으나 그 사건만 놓고 보면 유준학에 대한 영장청구는 사리에 안 맞는다고 생각했습니다. 형사사법 종사자는 누군가가 처벌받아 마땅하다는 사적 감정이 들더라도 법치에 맞게 일 처리를 하는 것이 사명이라고 생각합니다. 저는 유준학의 경우에는 별도의 혐의가 드러나면 엄히 처벌해야겠지만 진행 중인 이 사건에 대하여는 해당 혐의인 배임수재가 사상누각이라는 생각이었고, 심선욱과 진영훈의 6억 6,000만 원 배임 혐의에는 가담하지 않았다는 점, 배임 혐의 고발인으로서 조사에 적극적으로 협조하여 증거인멸과 도주 우려가 없었습니다. 물론 검사가 의견을 물어 오지 않아 입 밖에 내지 않고 마음에만 담고 있었습니다.

부장이 영장청구서에 결재하지 않은 이유가 궁금합니다.

이전과 다른 양상이고 점입가경이 되어 가는데 일기로써 차차 말씀드리겠습니다.

5월 24일 (화) 맑음

‣ 13:30 정원길 변호사가 들어와 검사집무실에 머물다가 13:41 나갔다.

5월 25일 일기는 분량이 많아 Part A~B로 나누어 소개하겠습니다. 지금부터 이전과 다른 양상의 검찰 바이러스 감염증을 보게 될 것입니다.

5월 25일 (수) 맑음
- Part A -

‣ 11:19 정원길 변호사가 들어와 검사집무실에 들어갔다가 11:20 나갔다.

‣ 간밤에 당직 근무를 하고 들어온 전수일이 오중섭, 양상호 계장이 당직실로 요양병원 사건 영장청구가 되었는지 알아보는 전화를 걸어 왔다는 사실을 알려 주었다. 여직원에게 메신저를 보내 최근 영장청구 여부를 물어본 직원이 있었는지 묻자 양상호 계장이 물어보았고, 자신이 이를 물어봤다는 말을 우리 방 계장들에게 알리지 말아 달라고 부탁까지 하였다고 한다.

‣ 14:00경 검사는 부장의 지시라면서 "진영훈이 김민섭에게 대출 알선 대가로 돈을 준 사실에 대하여 사실대로 진술한다고 하니 진영훈을 불러 진술하는 그대로 조서를 받으라"라고 했다. "누가 부장에게 그런 제의를 하였나?"라고 묻자 "변호사인데 누구인지는 모른다"라고 했다. 또한, 검사는 "부장이 그러는데 진영훈이 김민섭에게 대출 알선 대가로 준 돈은 수표추적에서 나온 6천만 원보다 많은 1억 원이라고 자백하였으니 영장을 청구하지 않고, 김민섭만 체포영장을 청구하라는 지시를 받았다"라고 했다. 나는 "부장이 시키는 대로 따라가면 이전에 신도완 검사가 진영훈에게

> 당했던 것처럼 똑같이 당하고, 수사원칙을 저버리면 앞으로 큰 수사는 어떻게 하려고 그런 제의를 받아서 나에게 지시를 하느냐?"라며 단호하게 반대하였다. 검사는 잠시 후 어딘가에 다녀오더니 "계장님 말씀 틀린 거 하나도 없습니다."라고 말하나 이내 다시 "부장님 지시대로 할 수밖에 없습니다"라고 말했다.

'수사기밀 누설'에 이어 '조서 꾸미기' 증상이 나타났습니다. 검사가 부장의 지시라며 '수표추적에서 밝혀진 6,000만 원보다 많은 1억 원'이라는 말에 주목해야 합니다. 이는 수표추적 결과 밝혀진 6,000만 원을 김민섭이 배서하여 사용한 사실이 확인된 수사 극비사항이 진영훈 측에 누설되지 않고는 나올 수 없는 말이기 때문입니다. 그 누설자는 부장검사, 오중섭, 양상호 중에 있을 수도 있고, 그 이외 전혀 예상치 못한 인물일 수도 있습니다. 양상호는 이미 깊숙이 개입해 온 사실이 드러난 바 있습니다. 오중섭이 당직실에 한 번 물어본 것만 감지되어 스치듯 지나간 것처럼 보이지만 실질적으로도 그 정도만 개입했을 거라고 단정할 수 없습니다. 이를 밝히려면 우선 먼저 부장검사, 오중섭, 양상호, 진영훈의 통화 내역을 입수하여 상세히 대조해 보면 영장청구서 결재 사실 누설에 이어 자금추적 내용 누설자를 밝혀낼 단서를 찾을 수 있고 이를 토대로 오중섭, 양상호의 사건 염탐 사실과 부장과 검사의 언행을 조사하면 그 전모가 드러날 것입니다.

이때 부장의 직속상관 지청장은 누구였습니까?

화평지청 최초로 여성 지청장인 김연숙이었는데 이 사건 진행은 부장이 지청장에게 당연히 보고했을 것인데 엉터리 보고를 받아서 사건을 모르는지, 아니면 알고도 수수방관한 것인지 아니면 아예 보고도 없었던 것인지 매우 의문입니다. 몰랐다면 바지 지청장이고, 알았으면 더 큰 문제입니다. 검찰 바이러스는 증상의 정도나 외견에 다소 차이가 있을 뿐 남녀 구별 없이 감염이 잘 되었습니다. 여성 지청장이어서 좀 다를 줄 알았는데 전관들이 참새 방앗간 드나들 듯이 검찰을 드나들며 온갖 부패한 짓을 하고 다녀도 이를 즐기거나 수수방관하던 예전 남성 지청장들과 다른 것이 전혀 없었습니다. 이들 모두 우선 조사대상이고 드러나는 불법이 있다면 그 정도에 따라 먼저 구속영장이 청구되어야 할 대상들입니다.

부장에게 자백을 조건으로 거래를 시도한 변호사가 누구인지 어떻게 선임이 된 것인지 궁금합니다.

그들은 비밀병기인 전화를 주로 이용하기에 검사실에 출몰하여 모습을 드러내어 대놓고 사건 농간을 하지 않는 한 그들만의 철통 보안이라서 알 수가 없습니다. 일부 드러난 상황만 봐서는 부장이 진영훈 측 누군가와 구속영장에 대하여 협의 또는 소통을 통하여 도출된 수법입니다. 일단 진영훈이 김민섭에게 대출알선 대가 명목으로 준 돈임을 자백하는 조건으로 구속영장을 청구하지 않기로 거래한 것으로 보입니다. 부장이 말하는 진영훈의 자백은 그 과정과 동기, 절차가 투명해야 하는데 전혀 그렇지 않은 것도 문제입니다.

- Part B -

▸ 17:30경 부장실 여직원으로부터 부장이 호출한다는 연락을 받고 갔다. 부장은 나를 소파에 앉힌 다음 "진영훈이 김민섭에게 대출 알선 대가로 1억 원을 준 사실에 대하여 진술하겠다고 하니 불러서 진술하는 대로 조서를 받으세요"라고 지시했다.

나는 신도완 검사가 검사출신 변호사 2명의 선임계 없는 변호활동 직후 사건을 묻어 버렸던 사실과 오중섭, 양상호가 이번 사건을 염탐하면서 개입한 정황 등을 알려주면서 이를 거절했다.

‣ 부장은 나의 거듭된 거절에 아랑곳하지 않고 "진영훈이 1억 원을 김민섭에게 준 혐의를 인정하고 수사에 협조하겠다고 하지 않습니까? 진영훈를 불러서 그런 내용으로 조서를 받으세요"라고 반복 지시하므로 다시 거듭 거절하자 "진영훈의 혐의보다도 김민섭과 금융기관 직원에 초점을 맞추면 더 모양새가 좋으니 그렇게 하세요. 진영훈을 불러서 그가 말하는 대로 조서를 받으세요"라며 계속 같은 말로 압박하다 뜬금없이 뭔가 심금을 털어놓듯이 표정을 지으며 "(달구벌지방검찰청) 강천지청 조훈기 부장도 사건을 부탁하였습니다"라고 말했다. 나는 "그런 청탁까지 있었다면 더욱 수사원칙을 지켜야 하는 것 아닙니까?"라고 말하며 거절했다. 부장은 회유와 압박, 나는 거절을 반복하여 버티던 중 18:35경 부장은 누군가로부터 전화를 받아 통화를 간단히 끝낸 후 "우강기업 파업 사건 때문에 바빴던 1부장과 약속이 있으니 이만 가 보세요"라고 퉁명스럽게 말하며 나를 내보냈다. 부속실로 나오니 권성근 계장, 여직원 이영숙이 아직 퇴근하지 않고 대기하고 있었다.

‣ 검사실로 돌아와 김훈석과 강천지청 조훈기 부장의 법조 경력을 살펴보니 두 사람은 사법고시, 연수원 동기에다 2004년 달구벌지검, 2006년 한강지검, 2009년 서해지검에서 함께 근무하여 매우 절친한 것으로 보이는 경력이 있었다.

‣ 책상을 정리하고 검사에게 "부장님의 요구를 끝까지 거절하였습니다. 부장님이 그러는데 강천지청 조훈기 부장으로부터도 사건청탁을 받았다고 합니다"라고 말하고 퇴근하였다.

부장이 수표추적 사실이 누설된 것에 대하여 전혀 무감각합니다.

예, 무감각에 머무는 정도가 아니라 돌아가는 상황을 적극 이용하려는 것으로 보아 실지 누설한 장본인일 가능성이 매우 큽니다. 원래 검찰 바이러스에 감염이 되면 겁(怯)을 먹어야 할 자는 겁이 없어지고, 겁먹을 이유가 없는 자는 겁을 먹는 '겁(怯) 의식 전복' 증상이 일어나는데 그는 겁을 상실한 채 저에게 겁을 먹이려 들고 시키는 대로 하라며 강요하고 있습니다. 저는 부장이 압박을 가하는 내내 마음속으로 "지금 가장 먼저 신속히 조사를 받아야 할 사람은 바로 당신이야!"라고 되뇌고 있었습니다.

김민섭에 대한 체포영장 청구가 적절한 것입니까?

시기상조입니다. 부장의 자백 암거래 말고는 아직 그 누구로부터도 김민섭이 대출알선료를 수수하였다는 진술이 나오지 않은 상태입니다. 그런 상황에서 체포영장 발부는 바늘허리에 실을 매어 쓰는 격이 됩니다.

진영훈이 구속되어 둘 다 구금상태에 있으면 자백하지 않을까요?

수사에서 속단과 예단은 금물입니다. 그저 원칙대로 수사하다 보면 적시에 대출알선료 수수에 대한 진술이 확보될 수 있다고 믿었고, 그 즉시 김민섭의 신병확보를 위한 준비로써 저는 그의 주거지는 물론 그 이외 머물 만한 장소까지 미리 파악해 두고 있었습니다.

김민섭이 진영훈으로부터 받은 1,000만 원권 수표 6장 각 뒷면에 배서했다는 사실이 드러났다는 것은 대출알선료로 받은 것으로 보면 되지 않습니까?

'배서사용=대출알선료'라는 등식이 곧바로 성립되지 않습니다. 직접 진술이 확보되지 않은 그 단계에서 수표 뒷면에 김민섭의 인적사항이 기재된 수표가 발견되었다는 사실은 김민섭이 그 돈을 사용했다는 사실만 확실히 입증해 주고 있을 뿐입니다.

김훈석 부장과 조훈기 부장의 그런 법조 인연이라면 대단히 막역한 사이였던 것으로 보입니다.

너무 솔직히 말해서 저도 놀랐는데 부장은 예상과 달리 제가 워낙 강하게 버티니까 일순간 혼란에 빠지면서 저에게 동정심 유발을 시도한 것인데 모두 거절하였습니다. 사건청탁을 받은 사실을 저에게 스스럼없이 말하는 태도와 표정에서 상상 이상으로 막역한 사이일 것이라는 느낌을 받았습니다.

부장이 저보다 나이가 4살이 적어서 시종일관 존댓말을 하였으나 저의 근평은 물론 직접 또는 검사를 통하여 저의 직무수행을 장악하고, 향후 인사에도 크게 영향을 줄 위치입니다. 저의 거절에도 불구하고 강온양면으로 1시간 동안 같은 지시를 반복하는 것은 강한 압력이라고 단정할 수 있습니다. 저의 충심이 담긴 거절 이유와 조언을 들으면서 저를 대하는 그의 표정과 눈빛에는 '멸시', '증오'가 가득했던 기억이 납니다.

5월 26일 (목) 비

- 출근하였더니 김효동 계장이 "부장이 곧 그만두고 변호사로 개업할 것이라는 소문이 있다"라고 말했다. 총무계 인사담당 안동빈 주임에게 메시지를 보내 묻자 즉답을 피하며 "2부장님이 비밀엄수하라고 하셔서요. 무슨 뜻인지 아시죠?"라고 답했다. 그동안 부장의 마구잡이 수사와 자백 거래, 엉뚱한 배임수재 혐의 추가 등 모든 의문의 퍼즐이 맞춰졌다.
- 오후 들어 검사는 "부장님이 워낙 완강하게 밀어붙여서 어쩔 수 없습니다. 진영훈을 불러서 제가 진술을 받습니다"라고 말하므로 "난 공범 되기 싫으니 알아서들 하십시오"라고 말했다. 그 대화가 있은 지 약 15분 정도 지나 진영훈이 검사실 문을 열고 들어왔다. 검사가 이미 진영훈에게 출석 통지를 했던 모양이다. 진영훈은 이제 내가 안중에 없는지 본 체도 하지 않고 검사집무실로 직행했다.

> ▸ 검사에게 신문을 받던 진영훈이 10여 분 후 나와 대기실로 갔다가 다시 들어오고 하기를 2회 반복하다 나가더니 돌아오지 않았다. 잠시 후 검사가 다가와 "진영훈이 갑자기 말을 바꿨습니다. '김민섭에게 준 1억 원은 대출알선료가 아니라 김민섭과 공사시공 동업을 하면서 그 대금으로 준 돈이다'라고 번복하므로 그냥 돌려보냈고, 원래대로 구속영장을 청구하려고 합니다"라고 말했다. 어처구니가 없어 아무 말 없이 듣기만 했다.

저는 이날 비로소 이 모든 일이 부장이 이미 사표를 내고 변호사 개업 준비를 하면서 벌여 온 일이라는 사실을 알게 되었습니다. 그리고 부장이 느닷없이 되지도 않는 배임수재 혐의를 더 얹은 것이나 은행 비리로 수사를 확대하면 모양이 좋아진다는 말에 대한 퍼즐을 맞출 수 있었습니다. 예비 전관들의 상투적 수법으로 개업 직전 개구리 배에 바람을 넣듯 마구잡이 수사로 사건을 최대한 부풀려 놓은 후 개업 직후에 자신이 담당하던 수사상 궁박한 처지에 있는 여러 사건관계인의 추가 수사 또는 재판에 자신 또는 몰래 하수인을 동원하여 접근하고 그 사건을 수임하는 빙산의 일각 중의 일각이 천재일우의 기회로 어렵게 세상 밖에 새어 나오는 경우가 있었는데 그러려던 것 아닌가 의심되었습니다.

어떤 면에서 '마구잡이 수사'라고 보시는 겁니까?

이 사건 이야기 서두에 특경법위반(배임), 특경법위반(횡령) 사건이 재배당된 이유를 나중에 알려 주겠다고 하지 않았습니까? 재배당 직전 그런 마구잡이 특수수사가 있었는데 이와 관련된 내용은 잠시 후 곧 말씀드리도록 하고 조금 전 검사가 진영훈을 조사하다 돌려보낸 이후 이야기부터 마무리하겠습니다.

검사가 진영훈을 조사할 때 벌어진 상황은 진영훈 측에서 대처방안에 수정을 한 것일 수도 있고 원안일 수도 있습니다. 진영훈 측에서는 부장과 검사를 상대로 단순히 함정만 파놓은 것이 아니라 함정 밑바닥에 날카로운 가시덤불까지 깔아 두었는데 검사와 부장이 그 함정에 빠져 버린 것입니다. 그리고 이 모든 상황이 부장이 변호사 개업을 준비하면서 벌어지고 있는 일들입니다.

영장청구서 결재 중이라는 사실 그리고 자금추적 내용 중 어느 것이 먼저 누설되었을 것으로 보십니까?

영장청구서 결재 중이라는 사실이 먼저일 개연성이 높으나 자금추적 결과가 훨씬 이전에 나왔기에 그사이 누설된 비밀을 접한 이는 영장청구는 시간문제라는 사실을 알고 있는 상태에서 그 정확한 시점이 언제인지 파악하는 단계로 이미 들어가 있던 중 파악한 것일 수도 있습니다.

검사와 부장은 이날 결국 세 사람 모두 구속영장을 청구합니다. 진영훈이 부장에게 자백했다가 번복하여 보복을 당한 셈인데 부장과 검사가 수사를 이성과 원칙에 의하지 않고 감정적 분풀이로 하는 '괘씸 보복' 증상을 보이기 시작했습니다. 검사들이 영장청구 독점권을 이런 식으로 악용해 왔다는 것입니다. 조금 전까지만 해도 저에게 조서 꾸미기 강압을 하면서 진영훈에 대한 구속영장을 청구하지 않으려고 안간힘을 쓰던 이들이 자승자박 소동을 벌이다가 손바닥 뒤집듯이 바꿔 어떻게 해서든지 진영훈을 구속하려고 안간힘을 쓰고 있습니다. 구속이 필요하다는 이유를 뭐라고 쓸까요? 그 진실은 자신들이 보인 얼간이 짓에 동조하지 않은 '괘씸죄'인데 청구서에는 진영훈을 구속하지 않으면 사회의 정의가 무너질 듯이 심각한 내용으로 장황하게 쓸 것입니다. 그래서 저는 판사가 이 사건 영장 업무를 수행하면서 진정 알아야 할 내용은 2년 전 신도완 검사가 검사 출신 변호사 2명의 몰래 변호 직후 사건을 무혐의 처리하여 암장한 사실, 사건 불씨가 되살아나 수사가 진행 중 검찰 직원 2명이 사건 염탐을 해 온 사실, 이후 자금추적 사실이 누설된 가운데 김훈석 부장과 진영훈 측과의 자백 거래로 진영훈에 대한 구속영장 청구 의지를 깨끗이 접었던 사실, 진영훈이 진술하는 그대로 조서를 받으라고 저에게 강요한 행위와 저의 거부, 박승원 검사가 진영훈을 신문하다 원하는 진술을 하지 않자 돌려보내 버린 사실, 이에 괘씸죄를 걸어 구속영장을 청구하게 된 사실, 그리고 이 모든 농간 또는 헛발질이 부장이 사표를 내고 변호사 개업 준비를 하면서 벌어진 일이라는 것입니다.

판사가 어떤 결정을 내릴지 매우 궁금합니다.

예, 그것은 잠시 후 말씀드리기로 하고 이제부터는 조금 전 언급한 대로 당초 주상욱 검사의 수중에 있던 이 모든 사건들이 박승원 검사에게 속속 모두 재배당되기 직전 벌어진 특수수사에 대하여 말씀드리겠습니다. 현재 5월 26일까지 벌어진 상황을 말씀드렸는데 이보다 앞서 3월 초 부장검사의 특별지시로 2부 소속 직원을 대거 투입하여 유준학, 심선욱이 각기 이사장으로 있는 요양병원 두 곳에 대한 압수수색을 시작으로 특수수사를 벌인 일이 있었습니다. 그날로 거슬러 올라간 일기 내용입니다.

3월 4일 (금) 맑음

▸ 부장검사의 특별지시로 2부 소속 직원을 대거 투입하여 주상욱 검사실에서 내사해 오던 요양병원 두 곳에 대한 수사가 부장의 진두지휘와 주상욱 검사의 세부계획하에 개시되었다. 조사는 각기 분담하여 주상욱 검사는 유준학이 이사장인 '무릉요양병원'을 맡고, 박승원 검사는 심선욱이 이사장인 '심선요양병원'을 맡기로 하였다고 한다. 직원들은 4팀으로 구성되어 병원 두 곳과 각 이사장의 주거 두 곳에 대한 압수수색에 들어갔다. 나는 박규진 계장이 팀장을 맡은 '심선요양병원' 압수수색팀에 소속이 되었다. 사법연수생 이경현 시보가 따라와 압수수색 하는 장면들을 유심히 관찰하였고, 집행을 마칠 무렵 박규진이 박승원 검사로부터 연락을 받아 병원 행정실장을 임의동행한다고 하여 함께 지시대로 이행하였다.

▸ 4팀이 압수수색을 모두 마친 오후에는 임의동행하여 데려온 병원 두 곳의 각 이사장, 행정실장을 상대로 양쪽 검사실에서 조사가 시작되었다. 19:30경 검사는 저녁을 먹고 심야까지 조사해야 한다고 했다. 나는 "압수물 분석은 손도 대지 못한 데다 임의동행한 사람들을 그렇게 계속 붙잡아 두고 조사할 것이냐?"라며 난색을 보였다. 저녁 식사를 마친 후 뭔가 상황이 달라졌는지 검사는 조사를 다음으로 미룬다며 임의동행 신병을 모두 귀가시켰다.

처음부터 임의동행 방식으로 수사하려고 계획을 세웠던 것으로 보입니다. 갑자기 압수수색을 당하는 사람들은 날벼락을 맞는 것인데 그렇게 주눅이 든 사람들에게 검사실로 가서 조사를 받는 데 동의하겠냐고 물으면 이를 감히 거절할 사람은 거의 없을 것입니다. 더욱이 압수한 자료들 분석도 하지 않은 채 강하게 압박하여 자백을 받아 볼 요량이었던 것 같고 여러 면에서 도무지 이해가 가지 않았습니다.

특수수사를 벌인 것이군요. 성과가 있었습니까?

양쪽 검사실에서 한동안 집중적으로 수사한 결과 이건호가 제보한 여러 내용 거의 모두는 허위 또는 과장으로 드러났고 뜻밖에 튀어나온 '심선의료법인' 자금 약 5,000만 원을 횡령한 혐의 말고는 실적을 전혀 올리지 못하여 부장이 크게 실망하였습니다.

부장은 그 특수사건 마무리를 박승원 검사에게 재배당하여 맡겼고 이후 제가 그 조사를 담당하게 된 것입니다. 그때 박승원 검사에게 재배당 사유를 물었더니 "주상욱 검사는 실적이 나올 만한 더 좋은 사건을 새로 이 맡을 예정이다"라고 했는데 그 직후 갑자기 주상욱 검사가 상급 청에 파견 간 것이고, 며칠 후 전혀 몰랐던 사건으로서 주상욱 검사가 담당하던 특경법위반(배임), 특경법위반(횡령) 두 송치사건까지 추가로 박승원 검사실에 재배당이 되었고, 이 사건들 또한, 제가 모두 마무리 조사를 하게 되었던 것입니다. 말하자면 주상욱 검사의 파견이라는 변수가 총체적인 재배당으로 직결되었고, 이것이 바로 제가 이 사건들을 통하여 검찰 바이러스 역학조사를 벌이는 계기가 된 것입니다.

주상욱 검사가 무슨 일로 갑자기 파견을 간 것입니까?

자세한 것은 모르고, 추정입니다만 상급청에 실지로 주상욱이 없으면 안 되는 현안이 일시 갑자기 발생했을 수도 있으나 그랬을 가능성은 희박합니다. 왜냐하면 한 번 가더니 아예 안 오다시피 하다가 결국 다른 곳으로 가 버린 것을 보면 그렇고, 일에 치여 사는 화평지청 검사들과 달리 2년 가까이 소속만 화평지청에 두고 거의 전 기간 상급 청에서 파견 생활만 하다 남들이 선호하는 곳으로 갔기에 귀족형 검사가 아닌가 생각했던 기억이 납니다.

화평지청이 수도권에 가까워 검사들이 더 멀리 지방에 가는 것보다 훨씬 선호하는 곳이 아닌가요?

그것은 맞습니다. 그래서 수도권에 근무하던 중 멀리 지방으로 가지 않고 화평지청에 발령을 받는 검사들은 운이 좋은 것이고 게다가 업무 과중을 피하여 자신의 생활 근거지인 수도권 검찰청으로 파견 가서 거의 전 기간 돌아오지 않았다면 귀족형의 검사가 아닐까 생각하는 것입니다.

그런 귀족형으로 기억나는 검사가 더 있나요?

예, 그렇게 물으시면 이야기가 약간 다른 국면으로 들어가게 됩니다만 화평지청 소속으로 더 두드러졌기에 문득 기억나는 검사가 있습니다. 주상욱보다 수년 전에 근무했던 한도현 검사입니다. 발령받아 일시 근무하다 사람은 보이지 않고 직원배치표가 새로 뜰 때마다 계속 파견으로 기재되어 있더니 언제부터인가는 줄곧 국외연수로 기재되어 있어 무늬만 화평지청 소속이었다가 결국 검사들이 선망하는 곳으로 가더라고요. 이때도 화평지청 소속 검사들이 업무 과중에 치여 있었기에 '뭐 이런 귀족 검사가 다 있나'라고 생각했던 기억이 납니다. 그런 공통점을 지녔던 두 검사가 현재 같은 무리 속에서 출세 가도를 달리고 있는 공통점을 다시 보면서 우연이 아니구나 하는 생각이 듭니다.

이제 재배당 이유를 아셨을 것입니다. 다시 세 사람에 대한 영장청구 직후 이야기로 넘어갑니다.

이 대목에서 하나 더 궁금한 것은 주상욱 검사실에 근무하던 참여수사관은 누구였습니까?

특수수사에 일가견이 있고 저보다 먼저 이 사건을 담당한 직원으로 그 내막을 매우 잘 알고 있던 김형완 계장입니다. 부장이 쭉정이가 되는 특수수사를 진두지휘하게 하는데 중간에서 큰 역할을 한 직원이기도 합니다. 무슨 말씀이냐면 사건 초기 김형완이 이건호로부터 심선욱과 유준학이 각기 이사장으로 있던 요양병원 두 곳에 대한 비리 정보를 제공하겠다는 제의를 받았다고 합니다. 이를 부장에게 보고하여 이례적인 방식으로 이건호가 다시 부장을 친전(親展)으로 하여 세련된 구성과 내용으로 비리 제보서를 직접 보내도록 다리를 놓아 준 적이 있습니다. 알고 보니 태산명동 서일필이 된 허위 과장 내용으로 밝혀졌습니다. 어떻게 그런 일들이 있었는지 저에게는 지금도 미스터리로 남아 있습니다.

사건 이야기를 들으면서 거의 모든 등장인물을 서로 소개해 주어 촘촘하게 인적 연결을 시켜 준 이건호에 관심을 갖게 됩니다.

그러실 겁니다. 그를 제대로 조사했다면 더 많은 진실을 알 수 있었을 것이고, 이 사건을 총체적이고 제대로 마무리하는 데 크게 도움이 되었을 것입니다. 이 사건이 재배당되어 오기 전 특수수사가 이루어진 수사 단서의 입수 경로와 이후 벌어지는 상황이 쌓여 갈수록 이건호는 검찰 내부 사람과도 인적 네트워크를 형성하고 있었을 것으로 보여 그를 소환할 시점을 저울질하고 있었는데 부장과 검사의 사건 농간으로 모든 것이 어그러져서 기회를 얻지 못했습니다.

이건호의 검찰 내 인적 네트워크 중 한 사람에 김형완도 포함이 되어 있는 것은 아닐까요?

석연치 않은 점을 느낀 적은 있으나 그에 대하여는 드러난 사실이 없어서 모릅니다.

> **5월 27일 (금) 맑음**
>
> ▸ 영장전담 판사는 김민섭에 대한 체포영장과 체포를 위한 실시간 위치추적 허가서를 먼저 발부하면서 변호인의 요청에 따라 구속 전 심문기일은 4일 미뤄진 5월 31일(화)로 연기해 주었다.

판사가 김민섭에 대한 체포영장 발부는 승인하고, 심선욱, 진영훈, 유준학에 대한 구속영장 실질 심문은 4일 후로 미뤘으니 부장과 검사의 계획에 차질이 생기는 것 아닌가?

예, 제가 수사는 예단을 금하고 처음부터 그저 원칙과 정도대로 가야 한다고 말했던 이유입니다. 판사는 이 사건의 속사정은 전혀 알 길이 없는 것이고 검찰이 하겠다는 수사는 하게 하되 구속영장 발부는 신중히 하겠다는 뜻으로 보였습니다.

수표추적 결과가 있으므로 김민섭을 체포하면 자백을 받을 수 있지 않을까요?

옛날 마구잡이 수사 시절에나 가능한 일입니다. 체포영장 발부 사실도 누설이 될 겁니다. 설사 누설되지 않았다 해도 모든 상황에 대비하고 있는 김민섭이 기다렸다는 듯이 체포에 응해 줄 리도 없거니와 체포되었다 하더라도 자백을 하냐는 것입니다. 이러한 그들의 대비태세는 오중섭, 양상호의 사건 염탐과 부장의 자백 암거래 당시 수사보안 유출로 이미 돌입해 있었을 것입니다.

자금추적으로 김민섭의 수표 배서 사실이 드러난 것에 대비하여 당연히 진영훈과 이미 서로 단단히 말을 맞춰 놓았을 것입니다. 자금추적 결과는 김민섭이 수표로 6,000만 원을 사용했다는 사실에 대하여만 움직일 수 없는 증거이지 그것이 곧 대출알선료를 입증하는 것이 아닙니다. 48시간 이내에 자백받아야 하는데 그사이 잠도 재우고, 밥도 먹이고, 휴식도 줍니다. 이틀 동안 버티면 그만인데 임의성에 하자가 없는 자백을 받을 수 있냐는 것입니다. 그래서 저는 그런 몹쓸 욕심부리지 말고 원칙에 충실하여 진영훈의 진술이 확보되면 비로소 김민섭의 신병 확보에 나섰어야 한다는 것입니다. 그 시점은 빠를 수도, 늦을 수도, 오지 않을 수도 있으나 원칙대로 할수록 성공 확률이 높아지고, 당장 오지 않더라도 결국은 옵니다.

그러면 진영훈이 구속된 후에 김민섭을 즉각 체포하면 되지 않을까요?

그것도 예단을 필연으로 여기고 무리하게 진행하는 경우입니다. 진영훈이 구속되리라는 보장이 어디에 있습니까? 그래도 예단대로 구속되었다고 칩시다. 그럼 김민섭은 기다렸다는 듯이 체포되어 줄까요? 다시 그래도 모든 일이 예단한 대로 순조롭게 진행되어 두 사람 모두 체포되고 구금되었다고 칩시다. 가장 중요한 것은 그들은 이미 검찰 내의 오합지졸 상황을 잘 간파하고 있습니다. 예상되는 상황에 맞게 새로운 작전을 계속 구사하며 그때그때 대처할 것입니다. 진영훈은 구속 기간연장까지 하면 최장 20일 동안 구속이 가능하나 그렇다고 자백 암거래 당시로 복귀하여 김민섭에게 대출알선료를 지급한 사실이 있고 그 액수가 6,000만 원 또는 그보다 많은 1억 원이라고 진술해 줄까요? 그 두 사람은 이미 대출알선료만큼은 불지 않기로 서로 맹약했을 것입니다.

그러면 이 사건을 어떻게 수사하는 것이 가장 정의롭고 바람직합니까?

반복해서 말씀드립니다만 우선 먼저 해야 할 수사는 2년 전 진영훈이 같은 혐의로 검찰의 수사 도마 위에 올랐다가 검사 출신 전관 변호사 2명의 몰래 변호 후 사건 농간에 의하여 수사가 중단되고 모두 무혐의 방면된 사실, 이번에 사건 불씨가 되살아나 진행되는 와중에 수사기밀을 염탐하고 영장청구서 결재 중인 사실을 알아낸 직원들이 있었다는 사실, 영장청구서 결재가 사흘 동안 지체된 가운데 누군가 수표추적 결과를 누설한 사실, 부장이 진영훈의 자백을 두고 거래한 사실, 부장과 검사가 진영훈의 셀프 소환과 위장 자백 거래 술수에 넘어가 피의자신문조서를 작성하다 중단하고 돌려보낸 사실, 그러한 소동 끝에 진영훈를 봐주려던 뜻을 접고 괘씸죄를 걸어 다시 구속영장을 청구한 사실, 이 모든 일이 부장이 사표를 내고 변호사 개업 준비를 하면서 벌이고 있었다는 사실 등부터 먼저 철저히 조사하여 검찰 내부부터 처벌할 사람 처벌하고 그다음 수사는 그때 가서 저울질해야 합니다.

진영훈 측이 검찰의 약점을 간파하고 대처 중이라는 생각이 듭니다.

예, 검찰을 어느 정도 알고 있는 사람입니다. 반성하고 불법으로 취득한 이득을 토해 내는 일보다 그 돈으로 전관 변호사를 선임하고, 사건 정보를 알아내고, 청탁에 힘을 써 주거나 보탬이 될 검찰 내부 사람을 물색하여 법망을 피함이 상책이라는 우리나라 특유의 형사사법 질서 교란 실태를 이미 어느 정도 터득하고 있습니다. 그가 어떤 경로로 그렇게 감염되었겠습니까? 그것은 바로 이미 지독하게 감염된 전현직 검사, 검찰 직원을 통해서라는 사실을 알아야 합니다.

5월 31일 (화) 흐림

- 점심때 구내식당에 전수일, 김효동 계장과 함께 바지락 칼국수를 먹었다. 전수일은 "어제 강연호 검사실에서 수사 중인 사건의 피의자성 참고인 한 사람에 대한 조사요청을 받고 갔었는데 강연호 검사가 그 사람에게 '이미 다 나왔으니까 불라'고 고함을 치고 계속 윽박질러도 자백을 하지 않자, 조사는 하지도 않고 심야 시간까지 잡아 두는 바람에 오늘 새벽 01시 30분경 퇴근했다"라고 하고, "강연호 검사가 누구한테 그런 걸 배웠는지 옛날 하던 수법을 그대로 써먹는다. 하루빨리 화평지청을 떠야겠다는 생각만 든다"라고 말했다.
- 15:00부터 법원에서 구속영장 실질 심문이 예정되어 있어 소환했던 대로 14:30경부터 진영훈, 유준학, 심선욱 순으로 검사실에 도착하므로 차례로 구인장을 집행한 후 이들을 모두 104호 법정으로 데려갔다. 전담 판사는 이장현이다.
- 법정에서는 화평지청에서 구속영장 청구한 우강기업 파업 관련 노조원에 대한 실질 심문이 먼저 열렸다. 법정 출입문에 난 작은 유리 창문을 통하여 법정 안을 내다보니 공안검사 이양미, 김문상 검사가 출석하여 피의자 측을 상대로 공방을 벌이는 풍경이 보였다. 그 심문이 끝나기를 기다리는 동안 유준학, 진영훈은 말이 없었고, 심선욱은 집중 조사를 해 온 나를 원망하였다. 앞선 심문은 약 50분 만에 끝났고 심선욱, 유준학, 진영훈 순으로 각기 약 30분씩 심문하여 17:20경 모두 종료되었다.
- 퇴근하면서 당직실 근무를 하는 박준원 주임에게 영장발부 여부를 알려 달라고 부탁해 놓았더니 23:06에 나의 휴대폰으로 전화를 걸어와 "3명 모두 기각되었습니다"라고 알려 주었다.

영장이 모두 기각된 것은 의외입니다.

불구속을 대가로 자백 암거래를 하였다가 되치기를 당한 것인데 놀랄 것 전혀 없습니다.

판사의 기각 이유는 다음 날 일기를 보면서 말씀드리겠습니다.

6월 1일 (수) 비

- 간밤에 비가 많이 내렸다.
- 검찰에 반환된 사건기록에 있는 판사의 기각 사유와 변호인의 의견서를 읽어 보았다. 의견서에는 그들의 필승카드로서 구속영장 청구 직전 진영훈이 검사에게 신문을 받을 때의 상황을 이용하여 맹렬히 역공을 펼치고 있었다. 진영훈 측은 판사에게 주장하기를 6억 6,000만 원 중 1억 원을 김민섭에게 준 것은 사실이지만 이는 대출알선료와 전혀 무관하고 다른 공사를 50:50지분 공동으로 진행하는 데 필요한 자금으로 지급한 것이고, 더욱이 그러한 진실을 검사에게 진술하였더니 검사가 갑자기 신문을 중단하고 자신을 귀가시켜 버렸다고 주장하고 있었다. 심문이 진행될 당시 내가 법정 밖 대기실에 있으면서 출입문에 난 작은 창문으로 간간이 내부를 들여다보았을 때 검사가 쩔쩔매는 것처럼 보이는 상황이 있었는데 진영훈 측으로부터 뒤집기 한판을 당하고 있었던 그 상황으로 보인다.
- 5월 27일 발부된 김민섭에 대한 체포영장이 문제이다. 진영훈에 대한 구속영장이 발부될 것을 전제로 김민섭 체포를 저울질하던 부장과 검사의 계획이 물거품이 되어 버린 상태이고, 유효기간이 7일이어서 반환 시점이 임박했기 때문이다. 검사에게 물었더니 "생각해 보고 오후에 이야기하자"라고 했다. 18:30경 검사는 "체포영장은 그대로 반환하고, 구속영장 재청구 여부를 심사하는 시민위원회가 있으니 심사를 받아 재청구하겠다"라고 말했다.

영장전담 판사에게 호소한 진영훈 측 주장의 핵심은 검사가 편파수사를 하면서 자신을 무조건 구속하려고 안달이 나서 진실을 말해도 들어주지도 않고 절차도 준수하지 않고 무리하게 수사했다는 점을 부각한 것입니다. 당연히 판사는 검사가 진영훈을 신문하다 중단하고 돌려보낸 사실이 있는지 검사에게 물어봤을 것이고 그 사실 자체는 부인할 수 없어 검사가 쩔쩔맸던 것입니다. 그런 사실을 확인한 판사는 바보가 아닌 한 영장을 발부할 리는 없는 것입니다. 그렇다고 박승원 검사는 진영훈이 자백을 약속했다가 배신한 상황을 말할 수도 없고 말해 봤자 얼간이라는 소리만 들을 것이니 진퇴양난이었고 그들 계획은 엎질러진 물이 된 것입니다.

검사가 구속영장을 재청구할 뜻을 비치네요?

예, '위선', '책임 전가' 증상입니다. 부장과 검사의 그 속셈은 자신들이 심선욱, 유준학, 진영훈를 구속하고 김민섭를 처벌하여 사회의 정의를 바로 세우려고 최선을 다하였으나 판사가 그 충정도 몰라주고 무책임하게 자꾸 영장을 기각하여 수사도, 정의 실현도 망치고 말았다는 위선을 사건기록에 남겨 두기 위하여 시민위원회의를 활용하기로 마음먹은 것입니다.

시민위원회는 시민으로 구성된 검찰의 수사에 대한 내부 자문 회의라는 것인데 이 사건과 별개로 평소 저는 그 법적 근거, 그 추천, 위촉에 의한 인적 구성방법, 활용 의도와 방식 등에서 기본적으로 신뢰하지 않아 왔습니다. 더욱이 저는 지금 단계에서 이를 활용하는 것 자체가 매우 위선적이어서 그 회의는 물론 결과에도 전혀 관심이 없었습니다.

> ### 6월 2일 (목) 맑음
>
> ▸ 전수일은 일이 있어 불참하고 검사, 김효동 계장과 함께 청 근처 "옛날수제비" 식당으로 갔다. 가는 도중에 검사는 "시민위원회의가 법원의 배심제도와 비슷하므로 심선욱, 유준학, 진영훈에 대한 구속영장 재청구 여부에 대하여 심의를 의뢰하겠다"라며 그 진행 상황을 보고하듯 하나 나는 전혀 관심이 없어서 아무런 대답을 하지 않았다.

검찰시민위원회를 법원의 배심제도에 비유하는 것에 대하여 어떻게 생각하십니까?

어불성설입니다. 법적 근거도 매우 빈약한 데다 어디까지나 검찰의 내부에 속해 있다는 점 때문에 진정한 의미에서 중립과 독립성이 보장되는 옴브즈맨 제도가 전혀 아닙니다. 지금 말씀드리고 있는 사건에서의 악용의 점은 이미 말씀을 드렸습니다만 다른 예를 더 들어보겠습니다. 검사는 영장청구권을 비롯하여 수사권을 갖고 있습니다. 이에 따라 수사하여 진실을 밝히고 법을 정확히 적용하고 소신껏 결정하면 되는 것인데 진실 발견 능력이 부족하거나 뭔가 개입되어 소신껏 처리할 용기가 없거나 다른 의도가 있을 때 회의를 소집하여 이를 활용할 소지도 있고, 진실 발견을 했더니 법과 양심에 따라 당연히 'A'로 처분해야 하는데 뭔가 그렇게 할 수 없는 사정이 작용하여 'B'로 처분하고 싶을 때 그 회의를 이용할 수도 있습니다. 위원들은 당초 검찰에서 선임한 분들이고, 사건에 대하여는 검사의 설명을 듣습니다. 이때 그 진실 또는 진의에 대한 왜곡과 함께 자신들이 바라는 결정이 나도록 암시할 여지가 다분하다는 것입니다.

> **6월 3일 (금) 맑음**
>
> ▸ 15:54 부장이 직원들에게 다음과 같은 쪽지를 보내왔다.
> "모두들 수고가 많습니다. 우리 부에서 진행하는 수사상황에 관해서 부 내에서보다 외부 등에서 더 말들이 많은 것 같습니다. 외부에서 관심이 많다 보니 그럴 수 있다는 생각도 듭니다. 하지만 우리 모두 각별히 최소한의 수사보안에 좀 더 노력했으면 합니다. (저를 비롯하여) 형사2부장 배상"

부장이 '내로남불' 증상이 매우 심한 상태에 있었습니다. 변호사 개업 준비를 하면서 솔선하여 수사 극비사항 누설 또는 활용에 관여하고, 몰래 변호를 받아 사건을 농간하며 수사보안에 숭숭 구멍을 뚫었음에도 소속 직원들은 그런 일을 말라고 지도 단속하는 것입니다. 저는 우리나라 감옥에 있는 사람들이 자신보다 더 나쁜 짓을 해도 아무런 처벌을 받지 않고 잘 살거나 거리를 활보한다고 생각하여 승복하지 않는 현상이나 검찰 결정으로 불이익을 받은 사람들이 승복하지 않는 불복문화와 부장의 내로남불은 그 맥을 같이하고 있다고 생각합니다.

> **6월 8일 (수) 맑음**
>
> ‣ 10:20경 전수일이 피의자를 조사하고 있는데 정원길 변호사가 와서 그 피의자 가족으로부터 연락을 받고 왔다는 말을 하였다.
> ‣ 13:30경 전수일이 조사를 계속하던 중 양상호 계장이 들어오더니 전수일에게 "조사 끝나고 나 좀 보자"라고 했다. 전수일은 순간 당황스러운 표정을 지어 보이며 말을 잇지 못하는 모습을 보이자 양상호는 말없이 나갔다. 조사를 마친 전수일은 양상호 계장의 평소 행동이 황당하다고 말했다.
> ‣ 16:48 전 지청장 이중철 변호사가 들어와 검사를 만나고 갔다. 약 40분 전 왔었는데 검사가 조사 중이어서 어딘가에 갔다가 다시 온 것이다. 아까는 비서인지 사무장인지 느낌이 드는 사람을 데리고 왔었는데 지금은 혼자 왔다.

양상호가 사건 개입에 종횡무진이군요?

예, 자신의 불법에 대하여 죄의식이나 당연히 집어먹어야 할 겁은 찾아볼 수가 없습니다.

> **6월 9일 (목) 약간 흐림**
>
> ‣ 10:30경 검사는 요양병원 사건에 대하여 보강조사를 해야 재청구를 하는데 뭐 조사할 내용이 없는지 물었다. 나는 "누구를 불러 무엇을 조사할 것인지요?"라고 물었으나 검사는 꿀 먹은 벙어리처럼 말을 하지 못했다.

검사가 안달이 나 있었습니다. 과대망상으로 그렸던 수사 그림이 엉망이 되자 고심 중입니다. 조사할 사람과 조사할 내용을 특정하지도 못하면서 무작정 사람을 불러 조사하자는 것입니다. 제가 아무리 검사의 아바타일망정 그럴 수는 없는 것입니다. 검사는 이에 대한 저의 물음에 전혀 답을 못 하지 않습니까?

> **6월 10일 (금) 흐림**
>
> ▸ 구내식당에서 점심을 먹고 김효동 계장이랑 주차장 나무 그늘 부근에 있었더니 오중섭, 문관욱 계장이 함께 본관 쪽으로 걸어가다가 발길을 돌려 내게 뭔가 할 말이 있는지 다가왔다. 오중섭은 전수일이 조사를 담당하고 있고 구속영장이 청구되어 오늘 오후에 심문이 예정된 화평시청 공무원에 대하여 "오늘 영장이 발부될 것 같은가?"라고 물어 왔다. 나는 "내 담당도 아니고 어떤 내용인지도 모른다"라고 했더니 그는 "판사가 누구인지 아느냐 이장현이다"라고 힘주어 말했다.
>
> ▸ 오후에 검사는 "부장이 다음 주 수요일 저녁을 먹자고 한다. 다른 검사실도 돌아가면서 하는 자리이니 참석해 달라"라고 하였으나 대답하지 않았다.

오중섭이 저에게 구속영장 발부 여부를 예측해 보라는 황당한 질문을 합니다. 그가 또 저희 방 전수일이 조사를 담당한 다른 구속영장 청구 사건에 관여하고 있는 것입니다. 심선욱, 유준학, 진영훈의 영장을 기각한 판사 이름을 거들먹거린 것을 보면 그가 저에게 정작 하고 싶었던 말은 이전에 제가 세 사람에 대한 구속영장이 청구되게 한 장본인이라고 지목함과 동시에 자신이 그 구속영장 기각에 보탬이 되는 모종의 역할을 하였고 그 성과를 내어 기쁘다는 뜻을 저에게 꼭 전하고 싶어서 그런다는 느낌을 받았습니다. 오중섭은 아마도 사람들에게 "신동민 계장은 검사에게 잘 보이려고 되지도 않는 사건 무리하게 조사하여 구속영장 청구하게 만드는 나쁜 검찰 직원이다"라고 떠들고 다녔을 것입니다. 그리고 그가 당직실에 영장청구 여부를 알아보기 위하여 단순히 전화만 했던 것에 그치지 않고 그 이상 개입하였음을 반증하는 언행이 아닐까 생각합니다.

6월 15일 (수) 맑음

▸ 오후에 검사가 1시간 넘게 안 보이다가 들어와 "시민위원회에서 유준학은 빼고 심선욱, 진영훈에 대하여만 재청구하기로 하였다"라고 말했다. "뭔가 보완조사를 하자"라고 하므로 "누구를 조사하느냐?"라고 묻자 "박기현을 조사하자"라고 했다. "무엇을 조사하느냐?"라고 물었더니 다시 꿀 먹은 벙어리였다.

시민위원회에서 유준학은 빼고 심선욱, 진영훈에 대하여 영장을 청구하자는 의견을 냈다고 알려 주는데 검사가 그때서야 유준학에 대한 구속영장 청구는 무리라는 암시를 주어서 난 결론이 아닐까 추정합니다. 저는 사건을 농간한 검사들과 직원을 먼저 조사해야 한다는 생각이어서 검사가 그런 위선과 요식행위, 회의 결과를 말해도 일언반구 하지 않았습니다.

6월 16일 (목) 맑음

- 오전에 옆방 강연호 검사실에서 수사 중인 사건의 신병체포, 압수수색 지원 근무를 했다. 이강철, 이승광 계장과 함께 화평시청에 가서 피의자를 체포하고 사무실에 이어 주거를 압수수색 하였다.
- 압수수색 대상 다음 장소로 이동하면서 이승광 계장으로부터 다소 놀라운 이야기를 들었다. 김훈석 부장이 이번에 퇴직하여 변호사 개업할 때 이양미 검사실에 근무하는 차성훈 계장이 퇴직하여 사무장으로 가기로 하였다고 한다. 김훈석은 다른 곳에서 개업하고 편법으로 새끼변호사 명의로 화평지청 앞에 간판을 걸고 활동은 김훈석 부장이 하는 방법이라고 했다. 금방 나갈 부장검사가 요즘 특수수사에 더욱 피치를 올리는 이유와 무관하지 않을 것이라는 생각이 들었다.
- 15:10경 정원길 변호사가 들어와 검사집무실에 머물다가 5분여 만에 나갔다

김훈석 부장이 마지막 근무지인 화평지청 앞에 개업하지 않는 이유는 그 바로 얼마 전 개정된 변호사법이 적용되기 때문입니다. 퇴직 전 1년부터 퇴직할 때까지 근무했던 청에서 처리하는 사건을 퇴직한 날부터 1년 동안 수임할 수 없도록 개정했습니다. 뒤늦게 이루어진 이러한 변화는 오랜 세월 전국 각지에 깊숙이 매장했던 전관예우 오물에서 형성된 방대한 침출수 중 극미량이 우연한 기회에 지표면에 간간이 스미어 나와 세상에 알려지는 일들이 꾸준히 벌어지고 서서히 비판의 목소리가 커지니까 미미한 진일보가 있었던 것입니다. 그런데 이 또한 '새끼변호사' 심기와 그들의 비밀병기인 전화, 핸드폰, 은밀한 접촉 등에 의하여 거의 무력화시킬 수 있습니다.

새끼변호사는 또 뭔가요?

전관들이 법의 틈바구니를 헤집고 들어가려는 것입니다. 마지막 근무지인 검찰청 관내 지역에 다져 놓은 기득권과 검사들과의 친분으로 인한 기득권을 챙기기 위한 편법으로 수임 제한 규정을 받지 않는 변호사를 심은 후 배후에서 몰래 변호로 사건 농간을 하고 탈세를 하려는 신종수법으로 보입니다.

6월 17일 (금) 맑음

- 13:45경 정원길 변호사가 들어와 검사집무실에 머물다가 5분여 만에 나갔다.
- 17:00경 김완정 변호사가 왔으나 검사가 피의자를 대면하는 중이라고 했더니 그냥 돌아갔다. 17:40경 김완정 변호사가 다시 왔으나 이번에는 검사가 부재중이라 만나지 못하였고, 퇴근하면서 보니까 대기실에서 검사가 오기를 기다리고 있었다.

판사 출신 전관 김완정 변호사가 검찰에서도 몰래 변호 활동을 활발하게 하는 상황입니다.

6월 20일 (월) 맑음

- 13:30경 부장 부속실 권성근 계장이 차성훈 계장과 함께 들어와 중원지검 평원지청에서 갓 퇴직한 이성헌 변호사가 화평지청 앞에 변호사 사무실을 차렸다고 한다. 권성근은 그 변호사가 저녁을 산다고 하여 이번 주 23일경 계장들끼리 날짜를 맞추어 주기로 했으니 참석하라고 했다.

이성헌 변호사가 김훈석의 그 새끼변호사 맞습니까?
돌아가는 것을 보면 그러해 보입니다.

6월 21일 (화) 맑음

▸ 11:25경 정원길 변호사가 들어와 검사집무실로 들어가 5분여 만에 나갔다. 17:15경 정원길 변호사가 다시 와서 수 분간 있다 나갔다.

6월 22일 (수) 대체로 흐리고 가끔 약한 비

▸ 오후에 김효동 계장이 누군가와 통화하다가 전화를 돌려 주어 받았다. 이성헌 변호사실 사무장이라고 한다. 내일 저녁에 변호사가 저녁을 사려는데 참석해 달라 하였으나 거절하였다. 그저께 권성근 계장을 통하여 요청받고 분명히 거절했었고, 어제 오후에는 권성근이 전수일을 통하여 다시 요청했으나 거절했었는데 오늘 또 참석을 요구한 것이다.

6월 23일 (목) 비

▸ 장마에 접어들어 어제저녁부터 간간이 비가 내리더니 오늘은 오다 말다 반복하고 있다. 5호 태풍이 북상 중이라고 한다.

> **6월 24일 (금) 비**
>
> ▸ 하루 종일 비가 내렸다. 본격적으로 장마가 시작된 모양이다.
> ▸ 11:17 검사집무실 문이 열려 있는 가운데 그 안에 정원길 변호사의 모습이 눈에 들어왔다. 정원길이 이번에는 복도에서 검사집무실로 난 출입문을 통하여 들어온 것이다. 정원길 변호사가 검사 책상 앞에 놓인 피조사용 의자에 앉아 서로 머리를 가까이 한 채 대화를 나누는 모습이 보이더니 2~3분 후 정원길이 보이지 않았다.

검사가 정원길을 복도에서 검사집무실로 통하는 문으로 들여보내고 내보내고 한 것입니다. 이런 그들의 모습은 검사집무실이 열려 있을 때만 보일 뿐입니다.

> **6월 29일 (수) 흐림**
>
> ▸ 김선규 계장이 쪽지를 보내와 이성헌 변호사실에서 2부 계장들에게 내일 '다미일식'에서 점심을 사는 데 참석할 사람을 파악한다고 하여 정중히 거절하였다.
> ▸ 11:10경 차성훈 계장이 들어와 이성헌 변호사의 점심 접대에 참석할 것을 종용하므로 다시 거절하였다. 김훈석 부장이 개업하면 사무장으로 간다는 말이 사실인지 물었더니 이를 인정하며 김훈석이 특수통이고 유능한 검사라고 칭찬을 늘어놓았다.

> **7월 4일 (월) 맑음**
>
> ▸ 오늘은 장마전선이 남쪽으로 내려간 사이 무더운 날씨이다.
> ▸ 09:30부터 월례조회가 있었다. 김인상 총무계장이 모범공무원으로 선정되는 상
>   을 받았다.

모범공무원으로 선정되면 어떤 혜택이 있습니까?

인사고과에 크게 반영되고 한동안은 매월 별도 수당이 나온다고 합니다.

> **7월 18일 (월) 맑음**
>
> ▸ 장마가 걷히고 본격적인 무더위가 시작되었다.
> ▸ 14:00경 검사가 "구속영장 다시 청구해서 안 되면 그대로 끝내려 한다"라고 했다. 나는 대답 대신 "그동안 있었던 일들 하늘이 무섭지 않으십니까?"라고 말했다. 검사는 몹시 흥분하여 "이게 어디 제가 그런 것입니까?"라고 말하며 주먹으로 책상을 쳤다.

검사가 주먹으로 책상을 친 상황을 어떻게 봐야 합니까?

앞서도 언급했지만 검사가 마음이 모질 것 같은데 실지로는 정반대입니다. 평소 검사의 성격이 지나치다 싶을 정도로 순했습니다. 검찰 바이러스는 대체로 순하고 순종적인 검사일수록 감염증이 심했습니다. 책상을 친 이유도 그가 감염증에 대한 일시 자각이 있었던 것으로 그동안 모든 일이 자신의 의지와 상관없이 부장의 아바타가 되어 시키는 대로 했

을 뿐이어서 억울하다며 저에게 강하게 호소하고 싶었던 것입니다. 맞습니다. '아바타'는 검찰의 제도문화를 관통하는 현상 중 하나였습니다. 원래 고유의 바람직한 지위나 직분, 사명감에서 직무를 수행함이 아닌 대신, 대역, 대리, 하수인, 사냥꾼이 사냥개 역을 앞세우거나 스스로 그런 역을 자처하여 벌어지는 일들이 너무 많다 보니 '검찰청'이 아닌 '아바타청'이라는 생각이 들 때가 너무 많았습니다.

> **7월 25일 (월) 맑음**
>
> ▸ 15:00 심선욱, 진영훈에 대하여 법원에서 구속영장 실질 심문이 열리기로 되어 있다. 14:25경 심선욱, 진영훈이 출석하여 전수일이 곧바로 구인장을 집행하였고, 나와 함께 이들을 법원으로 데려가서 심문을 받게 하였다. 검사는 지난번 영장청구 때는 법정에 나왔는데 이번에는 나오지 않았다. 15:50경 심문이 모두 끝나고 교도관실에 갔으나 문이 잠겨 있어 두 사람을 관용 승용차에 태워 교도소에 유치하고 돌아왔다.
> ▸ 교도소 출입문 앞에서 우연히 홍강민 변호사를 만나 깜짝 놀랐고 반갑게 악수하고 인사를 나눴다. 수감인 접견을 마치고 돌아가는 길이라고 한다.

사람이 살면서 영장청구를 당한다는 것은 인생 일대 획을 긋거나 날벼락을 맞는 심정일 텐데 부장과 검사는 자신들의 입지가 궁색해지니까 국면전환이나 호도용으로 이를 쉽게 활용해 먹으니 얼마나 개탄스럽습니까? 바로 직전 검찰에서 벌여 온 사건 농간은 모두 감춘 채 심선욱, 진영훈, 유준학에 대한 영장청구를 감행한 것도 영장청구권을 이용한 직권남용적 요소가 적지 않으나 이번 영장청구는 직권남용의 정도가 매우 심각한 상태라고 볼 수 있습니다. 그리고 검사가 법정에 나오지 않은 이유는 기각될 줄 잘 알면서 청구한 것이기 때문입니다.

홍강민 변호사는 1~2년 전 함께 잠시 근무한 검사 아닌가요?

예, 이날 만남은 너무 우연인데 저와 근무할 때 저의 요청을 받아들여 무리한 무고 실적 올리기 수사를 중단시켜 준 검사였고 저에게 검찰 바이러스 감염증을 보이지 않았던 검사입니다. 발병되기 전 또는 증상이 더 악화되기 전에 검찰을 떠난 것으로 보입니다.

7월 26일 (화) 오후 흐리고 비

▸ 출근하니 어제 당직 근무를 한 김효동 계장이 심선욱, 진영훈에 대한 구속영장이 모두 기각된 사실을 알려 주었다.

판사가 바보가 아닌 한 그런 구속영장을 발부할 리는 없습니다. 검찰은 엉터리 수사에 시민위원회를 활용하여 판사가 마치 검찰의 공명정대한 수사 의지도 몰라주고 자꾸 기각한 것처럼 꾸며 사건기록에 그렇게 근거를 남겨 놓은 것입니다.

> **7월 29일 (금) 맑음**
>
> ▸ 오전에 부장실 여직원으로부터 부장이 곧 퇴직하는 관계로 다음 주 휴가를 가는 계장들과 먼저 인사를 나눈다고 하니 11:00까지 부장실로 모이라는 메시지를 보내왔다.
> ▸ 오후에 이성목 검사실에 근무하는 김선규 계장이 우리 방에 들렀다. 다음 주에 휴가를 간다고 하면서 우리 방 의료법인 사건에 대하여 들었는지 이를 물었고, 대화를 나누던 중 자신이 조사를 담당한 사건에서 전 검찰 최고위에 있던 송원익, 전 한강지검장 김경길이 그 사건을 무마하고 그 대가로 선임계 없이 5억 원을 수임료로 받았다는 말을 했다.

김선규 계장이 한 말이 놀랍군요?

분명 그가 그런 말을 했습니다. 저의 눈에 자주 보였거나 직접 경험하여 소개한 전관들은 박리다매형으로 애송이입니다. 송원익, 김경길처럼 전직 고위 전관은 몰래 변호 등 수단과 방법을 가리지 않고 3년 이내에 100억 원을 못 벌면 바보 취급받는 그런 거물 전관입니다.

> **8월 3일 (수) 맑음**
>
> ▸ 부장실 권성근 계장으로부터 오늘 18:40 부장이 마련하는 저녁 회식이 있으니 꼭 참석해 달라는 연락이 왔으나 정중히 거절하였다.
> ▸ 검사는 심선욱에 대하여 배임 및 배임수재, 진영훈에 대하여는 심선욱과의 배임 공범으로, 유준학에 대하여는 배임수재로 기소하고 사건을 마무리하였다.

결국 사건 농간을 일삼다가 배임수재 혐의까지 기소하여 그대로 밀어붙였습니다.

재판결과는 어떻게 되었습니까?

심선욱, 진영훈의 배임은 유죄 확정, 심선욱, 유준학의 배임수재는 모두 무죄 확정입니다. 저처럼 일개 검찰 직원도 배임수재 기소는 도저히 이해가 안 되었는데 판사인들 오죽했겠습니까? 돌이켜 보면 변호사 개업 준비 중 지속한 김훈석 부장의 사건 농간은 최대한 일을 크게 벌여 사건관계인들 상황이 악화되는 것을 역으로 이용하여 사리사욕을 챙기려 한 것이 아닐까 의심됩니다. 이는 전관이나 힘 있는 자들의 상투적인 수법 중 하나로서 부패를 역으로 이용하여 사리사욕을 챙기는 '부패검찰 역이용', '부패사회 역이용' 증상입니다.

'심선요양병원' 사건은 그렇게 끝난 것입니까?

일단 그렇습니다. 감염증 환자들은 사건 농간을 해 놓고 다 끝난 줄 알겠지만 사건 불씨는 새로운 양상으로 그대로 남았기에 정신적, 물질적 피해와 손실, 좌절을 경험한 사건관계인들은 정의롭지 않은 사건 처리 결과에 반발하여 여력이 남아 있는 동안 사건에 계속 매달릴 것입니다. 의료법인 이해관계인들 간 격한 분쟁과 정의롭지 않은 마무리, 운영자금에 구멍이 난 후유증은 요양병원 부실운영으로 이어질 것이고 그 피해는 환자 그리고 그곳 근로자 나아가서는 사회로 모두 돌아갈 것입니다.

제가 검사실에서 파문당한 이야기가 곧 시작됩니다만 그 후 그 사건을 전혀 접할 수 없게 되었고, 저는 그저 수년 후 지역 언론 보도에서 '심선요양병원' 실태를 피상적으로 접하면서 '사건증식법칙'을 재확인했습니다. 화평신문에 그 요양병원 경영이 엉망이 되어 임금체불, 직원파업, 운영자금 횡령으로 검찰에서 수사 중이라는 보도를 접했고, 그 이듬해 또 다른 지역신문에는 그 의료법인 부동산이 이미 경매가 진행 중이고 전기공급도 중단되었다는 보도를 접했습니다. 세상에 드러난 것만 그것일 뿐 실상은 더욱 복잡하고 참담할 것입니다. 아마 그사이 '사건증식의 법칙'대로 고소, 고발, 진정, 투서가 다시 이어졌을 것입니다. 그리고 이 사건 후유증으로 살맛을 잃고 상상 이상의 정상적인 삶을 살지 못하고 있는 사람도 있을 것이고, 최종에 가서는 손해를 봤거나 적개심을 가진 이들이 절망적이고 지쳐서 포기하는 단계로 가고 심지어 극단선택을 한 사람이 있는지도 모를 일입니다. 다시 세월이 흐르면 그들의 영혼은 사법불신 원혼으로 바뀌게 될 것입니다. 그 모든 불행의 가장 중심에 검찰 바이러스에 감염되어 전관예우와 사건 농간을 일삼은 검사, 검찰 직원들이 도사리고 있었다는 사실을 알아야 합니다.

김훈석, 신도완, 박승원 검사는 그 사건에 대하여 어떤 생각일지 궁금합니다.

그들은 제가 몸부림치고 외치고, 경고해도 검찰의 무소불위가 있기에 눈 하나 깜짝하지 않습니다. 검사의 범죄는 수구 기득권자의 눈 밖에 나거나 세상이 발칵 뒤집히지 않으면 수사하거나 처벌받는 일은 없었습니다. 과거 시대로 갈수록 그들의 부조리와 비리는 하늘을 찌르고, 밤하늘의 별처럼 많았음에도 수사를 받거나 처벌을 받는 숫자가 '0'에 수렴했던 이치와 같습니다.

검찰개혁 남은 과제 중 하나로서 검사의 영장청구권 독점 제도를 폐지하고 경찰에게 체포영장, 압수수색검증 영장 청구권을 부여하여 검사들도 죄를 지으면 일반 국민과 똑같이 경찰의 손에 의하여 갑자기 압수수색도 당하고 체포도 될 수 있다는 견제와 균형을 반드시 이루어 내야 법 앞에 평등이 실현되는 것이라고 생각합니다. 일찍이 그런 경찰이 있었고, 그 일을 능히 해낼 수 있는 경찰이었다면 검사들이나 직원들의 이런 사건 농간은 엄두도 못 냈을 것입니다.

이 사건 이야기를 들으면서 한편으로는 참여수사관이 검사에게 수사 실적만 내 주면 얼마든지 좋다는 식으로 검사가 참여수사관에게 모든 걸 너무 다 맡기다시피 한다는 생각이 듭니다.

예, 잘 보셨습니다. 논문에서 상세히 다루겠습니다만 이 제도의 본질이 아바타를 이용하여 오로지 입신 영달을 위한 수사 실적만 내 주면 좋다는 식으로 아바타에게 모두 맡기는 것인데 일제강점기 이 제도가 이 땅에 정착한 목적과 일치합니다. 저는 검사의 기득권 수호를 위하여 알아서 기는 검사실 아바타 역할을 거역하며 살았기에 망정이라는 말씀드리고 싶고, 저의 진의는 현재 참여수사관의 위상 강화와 독립을 주장하고자 하는 것이 전혀 아닌 그 정반대로서 아바타적 활용과 호가호위의 단맛으로 유지되고 있는 참여수사관 제도가 이 땅에 정착한 역사적 배경과 권한 남용 요소와 폐단이 많으므로 아예 폐지를 주장하고 시대에 맞는 새로운 제도를 만들어 내야 한다고 특히 힘주어 주장하고 싶습니다.

사건은 이것으로 마무리되는 것입니까?

예, 일단 그렇습니다. 참고로 한 말씀 더 드리겠습니다. 이 사건을 계기로 요양병원의 인허가와 사후 관리에 관한 제도 개선이 있어야 한다는 생각이 들었습니다. 제일 먼저 비영리 공익 의료법인 운영권 양도를 두고 불법행위가 없도록 관리 감독을 강화하는 입법이 이루어져야 한다고 생각합니다. 그리고 이 사건을 심층적이고 광범위하게 조사하면서 알게 된 사실을 참고로 더 말씀드리고 싶습니다.

공익 의료법인 설립에 이어 요양병원 개설에 대한 인허가 과정이 허술하기 짝이 없었습니다. 이들 인허가 업무는 광역자치단체인 금강도청 소관인데 제 눈에 확연히 들어온 것만도 심선욱은 출연자산을 허위로 부풀리기 위하여 병원 부동산을 담보로 대출받은 돈을 그 부동산 매입 대금에 충당하면서 그중 12억 원으로 사술을 부렸습니다. 그 돈을 자신의 계좌에 일시 입금하여 평소 현금으로 보유해 왔던 것처럼 잔액 증명서를 발급받아 전액 공익 의료법인에 출연하는 것처럼 허가신청 서류에 첨부하였습니다. 또한, 부동산 매도 건설회사와 뒷거래가 있어야 가능한 일로서 병원 부동산은 분명히 심선욱과 유준학이 공동으로 먼저 매입을 완료하여 취득한 다음 이를 법인에 출연한 것임에도 매도인 '◎◎건설(주)'에서 처음부터 의료법인에 직접 무상 출연한 것처럼 작성된 허위 서류를 인허가 신청서에 첨부하는 등의 기만적인 내용이 들어 있었습니다. 의료법인 설립, 요양병원 개설이 이루어지는 신청과 인허가에 이르는 과정도 의료법인 재산담보 대출 승인도 모두 너무 허술하게 일사천리로 진행되고 매듭지어지는 것을 보고 그 과정과 사후 감독에서 행정 당국의 허술한 점들이 눈에 확연히 들어왔습니다. 이러한 엉터리 행정이 이후 이 사건의 부조리한 진행에 동기부여가 되었다고 생각합니다. 제가 오랜 세월 검찰에 근무하면서 통찰한 것은 모든 부패와 비리의 발원과 근본 원인, 가장 큰 책임은 민(民)이 아닌 관(官)에 있었습니다.

고령 사회에서 요양병원의 역할은 더욱 중요해질 것입니다. 이를 바로 잡고 공익 의료법인의 부패를 정화하여야 할 검찰에서 벌어진 사건 농간을 돌이켜 보면 제가 검찰 바이러스 퇴치를 위하여 발 벗고 나선 이유를 이해하실 것입니다.

76

> **8월 24일 (수) 비**
>
> ▸ 인사이동으로 형사2부 박승원 검사실을 떠나 형사1부 조성익 검사실로 발령을 받았다.

요양병원 사건에서 김훈석 부장, 박승원 검사와 충돌이 있었기 때문인지 정기인사 1개월을 앞두고 조성익 검사실로 미리 발령을 냈고 그곳에서는 송치사건을 조사하다가 1개월 만에 다시 다른 검사실로 발령을 받습니다.

> **9월 5일 (월) 맑음**
>
> ▸ 김연숙 지청장이 한강고검으로 발령받아 가고, 탐라지방검찰청 차장검사로 있던 김중석 검사가 지청장으로 부임하였고, 한강지검에서 부부장검사로 있던 이근석이 1부장으로 부임하였다.
> ▸ 나는 형사1부 김창한 검사실에 배치받았다. 함께 근무할 참여수사관은 이진현이다.

> **9월 15일 (목) 맑음**
>
> ▸ 09:50경 총무계에서 오늘 저녁 김훈석 변호사 개업 연(宴)이 있고, 18:00에 버스가 주차장에 오니 탑승해 달라는 쪽지가 도착했다. 점심 식사 직후 2부장실 권성근 계장이 전화를 걸어와 개업 연에 같이 참석하자고 권유하였으나 정중히 거절하였다.
> ▸ 검사, 이진현, 여직원 김안숙과 '산꽃' 식당에서 점심을 먹었다. 검사는 전날 법무 수뇌가 화평시에 연수원이 있는 모 정당 행사에 참석한 후 화평지청 간부들과 식사한다며 상급자로부터 장소를 알아보라는 지시를 받아 이곳 식당을 추천해 주었는데 식사 후 그 수뇌가 흡족하게 여겼다고 하더라는 말을 해 주었다.
> ▸ 퇴근할 때 보니 김훈석 변호사 개업 장소로 사람을 실어 나를 대형 버스가 법원과 검찰 주차장 경계 부근에 대기하고 있었다.

77

지금부터 소개할 또 다른 공익의료법인 사건을 주목해 주시기 바랍니다.

> **10월 6일 (목) 맑음**
>
> ▸ 오전에 검사가 "김문상 검사가 담당하던 사건인데 그 방이 바빠서 우리 방에 재배당이 되었고, 고소 접수 후 5개월이 임박하여 시간이 없으니 조사를 서둘러 달라"

> 라며 재촉하였다. 기록 표지를 보니 경찰에서 전날 송치된 사건이고, 송치되기 전까지 김문상 검사가 계속 수사지휘를 하던 사건이다. 사건기록을 뒤져 재배당 사유에 대한 보고서나 자료가 있는지 봤더니 전혀 없었다. 관련 사건검색을 해 보니 피고소인인 유영택, 김연주가 특수검사실에서 의료법인 자금 횡령 사건으로 수사를 받고 있었다. 이유 없는 재배당에 조사를 독촉하는 사건이라서 뭔가 또 올 것이 왔다는 느낌이 들었다.
> ▸ 오후에 차분히 사건기록을 읽어 보았다. 김문상 검사가 수사지휘 중 경찰이 올린 김연주에 대한 구속영장 청구를 기각한 적이 있었는데 주된 혐의는 의료법인 관련 사기이고, 이를 위한 수단으로 활용하였다는 사문서변조 및 행사 혐의가 붙어 있었다. 바로 얼마 전에 박승원 검사실에서 의료법인 사건이 재배당되어 경을 쳤는데 다시 의료법인에다 재배당이니 이 무슨 운명의 장난인가 싶다.

김문상 검사가 김창한 검사보다 선배입니까?

예, 선배였습니다. 그 사건도 유별난 재배당인데 그 사유가 사건기록에 전혀 남아 있지 않았습니다. 이전에도 언급했지만 정기인사 때 대대적인 검사이동으로 이루어지는 당연한 재배당이야 사유와 근거를 첨부할 필요가 없으나 이런 재배당은 남겨야 하는데 전혀 없었습니다. 검사에게 들은 재배당 이유가 김문상 검사실이 바빠서라는 것인데 검사실이 바쁘지 않은 곳이 어디에 있답니까? 더욱이 바쁜 것을 배려해 줄 것 같으면 평소보다 사건을 적게 배당하여 향후 부담을 덜어 주면 얼마든지 쉽게 해결되는 것입니다. 가장 이해할 수 없는 것은 저는 새로운 사건을 받으면 습관처럼 관련 사건을 확인해 보는데 특수검사실에서 피고소인 유영택, 김연주에 대한 의료법인 자금 횡령 사건을 수사하고 있었다는 것입니다. 특별한 이유가 없는 한 동일인들에 대한 별도의 사건은 한군데 모아 병합하여 수사하는 것이 기본 중의 기본임에도 그곳에 모이도록 재배당을 하지 않고 김창한 검사에게 재배당하여 특별히 귀한 대접을 하고 있는 것입니다. 더욱이 5개월 동안이나 그 사건 수사지휘를 담당하여 내막을 훤히 꿰뚫고 있는 김문상 검사를 제쳐 두고 그 후배이고 순하디순해 보이는 김창한 검사에게 갑자기 재배당한 것이니 도무지 이해할 수 없었습니다.

10월 7일 (금) 맑음

▸ 살인미수 등 구속 송치사건이 배당되어 구속 피의자 2명을 신문하였다.

죄명이 살인미수, 성폭력을 포함하고 있는 강력 사건이었습니다. 1차 조사를 해 보니 혐의사실을 인정하고 있지만 위중한 사건이라 충분히 조사해야 하므로 조사를 독촉한 의료법인 재배당 사건 조사는 다소 미뤄지게 되었습니다.

10월 10일 (월) 맑음

▸ 살인미수 등 구속사건 마무리를 위하여 피의자 2명을 불러 추가 보완조사를 하였다. 조사하던 중 정원길 변호사가 들어오더니 김창한 검사를 데리고 나갔고, 잠시 후 검사가 돌아왔다.
▸ 오늘 당직 근무이다.

정원길 변호사가 검사를 데리고 가는 곳도 영상녹화실이었습니다. 제가 근무하는 검사실이 제2별관 영상녹화실 좌우에 붙어 있는 검사실 중 하나입니다. 예전에 박승원 검사와 근무 초기에 있었던 이중 건축허가 사건을 기억하실 것입니다. 그때 정원길 변호사가 박승원 검사를 자주 데려간 같은 영상녹화실입니다. 그때는 영상녹화실 왼쪽의 박승원 검사실이었고, 이번에는 그 오른쪽에 있는 김창한 검사실에 제가 근무하고 있는 것입니다.

10월 11일 (화) 맑음

- 형사1부 계장들이 함께 점심을 먹는 날이다. '옛날수제비' 식당에서 돼지고기 수육에 수제비로 점심을 먹었다. 감찰 전담 조성익 검사실 소속 차성훈 계장이 상부에서 감찰공문이 내려와서 감찰방식이 획기적으로 변할 것이라고 했다. 제보내용이 좋으면 포상도 하고, 감찰 대상을 은폐하면 불이익을 준다면서 장황하게 설명했다. 점심 식사가 끝나고 검찰 홈페이지 게시판에 올라온 공문을 보니 차성훈 계장의 말대로 그런 내용이 담겨 있었다.

- 퇴근 직전 이진현 계장과 대화 중 이진현이 누군가가 걸어 온 휴대전화를 받고 끊더니 "오늘 오후에 신분증을 위조하여 대리시험을 치게 한 사건을 조사하는데 그 사건 때문에 정원길 변호사가 어제 검사를 찾아왔었고, 지금 또 연락한 것이다"라고 말했다. "선임계 냈더냐?"라고 물었더니 "안 냈다"라고 했다.

- 공문에 있는 '획기적인 감찰'이라는 말이 자꾸 떠올랐다. 퇴근하여 요양병원 사건에서 경험한 일들을 간추려 문제점을 지적함과 동시에 감찰을 의뢰하는 내용으로 A4 용지 32쪽에 달하는 '심선요양병원 사건 수사 중 불법행위'라는 제목으로 감찰을 의뢰하는 서류를 작성해 냈다.

차성훈 계장이 여전히 근무하고 있는데 김훈석 변호사를 따라 사무장으로 가기로 하지 않았나요?

예, 이후 그들끼리 무슨 일이 있었는지 모르나 나가지 않고 감찰 담당 검사실에 그대로 근무하였고, 그 이후로도 '감찰통(監察通)'이라고 불러도 손색이 없을 정도로 오래도록 감찰 검사실에 붙박이처럼 근무하였습니다.

정원길 변호사가 이진현 계장에게는 직접 핸드폰으로 전화하여 몰래 변호를 하고 있군요?

예, 직원들 휴대폰 번호를 모두 입수해 놓고 저에게는 전화를 못 했던 것이고 다른 여러 직원에게도 휴대전화로 직접 연락하여 사건 진행 상황이나 각종 사건 정보를 파악하고 몰래 변호를 했을 것입니다.

'심선요양병원' 사건을 두고 벌어진 일에 대하여 감찰 의뢰를 결심하였습니다. 검찰의 감찰 기능을 전혀 신뢰하지 않았으나 그 정도로 강조할 정도이면 함부로 적반하장은 하지 않을 것이라 생각하고 그 사건을 통하여 경종을 울리고 싶었습니다.

10월 12일 (수) 약간 흐림

▸ 15:05 차성훈 계장에게 내부통신망 쪽지를 보내 심선요양병원 사건을 두고 있었던 검사와 직원들 행위에 대한 감찰의뢰서를 제출하겠다고 하자 놀라면서 말을 잇지 못하다가 전화를 끊고 금방 나를 찾아왔다. 요양병원 사건 내막의 대강을 알려 주었더니 잠시 후 연락을 주겠다는 말을 남기고 돌아갔다. 차성훈 계장은 약속과 달리 퇴근 때까지 아무 연락이 없었다.

차성훈 계장이 무척 부담스러워하는 것 같습니다.

예, 그가 생각했던 감찰은 검사는 제외한다는 뜻이었을 것인데 제가 검사들에 대한 감찰이 주된 것이라고 하니 놀랍기도 하고 겁도 나고 했을 것입니다.

10월 14일 (금) 비

▸ 차성훈 계장으로부터 아무런 연락이 없는 가운데 조성익 검사로부터 각 검사실에서 조사를 받은 적이 있는 교도소에 수용 중인 사람들에게 설문을 받은 내용과 관련하여 물어볼 것이 있다는 내용의 메신저를 보내오므로 답을 해 준 다음 차성훈 계장으로부터 감찰의뢰서 제출에 대한 언질을 받았는지 물어보자 전혀 듣지 못하였다고 했다. 나는 그 사건의 핵심만 간략히 언급하며 "감찰의뢰 서류를 제출하러 가겠다"라고 했더니 "현재 바쁜 관계로 다시 연락을 주겠다"라고 하였다. 조성익 검사 또한 차성훈처럼 약속과 달리 아무런 연락을 해 오지 않았다.

검사나 계장 모두 감찰 업무는 왜 맡고 있는지 답답합니다.

검찰에 만연한 겁을 먹어야 할 자는 겁이 없고, 겁을 먹지 않아야 할 자는 겁을 먹는 '겁(怯)의식 전도(轉倒)' 증상입니다. 검찰의 핵심적인 문제에 초점을 맞추어 바로 잡으려고 하면 어김없이 나타나는 '모르쇠' 증상도 함께 보였습니다.

> **10월 17일 (월) 맑음**
>
> ▸ 사흘이 넘도록 차성훈 계장도, 조성익 검사도 아무런 연락을 해 오지 않아 더는 지연하지 않을 생각으로 오전에 조성익 검사에게 메신저를 보내 감찰의뢰서를 제출하러 가겠다고 했더니 뜬금없이 현관 앞 주차장 옆 벤치에서 보자고 했다. 벤치로 나갔더니 약 1분 후 검사가 나왔다. 그는 아무 말도 하지 않고 나의 손에 들고 있던 감찰의뢰서를 새가 먹이를 낚아채듯 받아 가면서 아무 말도 하지 않고 현관으로 들어갔다.

왜 자신의 사무실에서 받지 않고 밖으로 나오라고 한 것일까요?

'오리발' 전조 증상입니다. 그래도 저는 감찰의뢰서 제출이 첫 단추인데 자연스럽게 끼우기는 어려울 것 같아서 일단 제출하고 봐야겠다는 생각에 이에 응했습니다. 조성익 검사가 아무리 잔머리를 굴려도 제출받은 사실 자체를 부인할 수는 없을 것이고, 그가 부인해도 제출 사실과 진행 여부에 대한 입증은 할 수 있다고 생각하고 그가 원하는 방식대로 제출에 응한 것입니다.

> **10월 18일 (화) 맑음**
>
> ▸ 이근석 부장검사로부터 전 직원을 대상으로 하는 '형사1부장이 드리는 서신'이라는 제목의 메일 한 통이 날아왔다. 열어 보니 상급기관에서 감찰역량을 극대화하기 위하여 새로운 지침이 내려온 사실에 대하여 자신이 감찰담당 부장검사로서 적극적으로 나서서 전 직원에게 알리면서 감찰 제보로써 이에 적극 동참해 달라는 내용이었다.
> ▸ 오후에 금강지검 집행과장 박완구가 전화를 걸어 와 의료법인 사기 사건의 고소인 이영도와의 관계를 말하면서 "고소인이 억울함이 없도록 조사를 잘해 달라, 앞으로 그때그때 사건 진행 상황을 알려 달라"라는 사건청탁을 하므로 "원칙대로 조사할 뿐이다"라고만 답을 했다.

박완구는 예전에 금강지검 수사과에 근무할 때 수사팀장이었는데 그때 말씀에서 언젠가 등장할 것이라고 했는데 이것이군요?

예, 맞습니다. 박완구가 일방적으로 전화를 걸어 사건청탁을 해 버리는 순간 그 사건은 이미 오염이 되었다고 보면 됩니다. 제가 아무리 공명정대하게 조사하더라도 그 결말이 유리하게 된 쪽은 청탁한 덕을 보았다고 생각할 것이고, 불리한 쪽은 청탁하지 않아서 그렇게 되었다며 승복하지 않을 것입니다. 검찰을 그만두지 않는 한 저는 검사의 아바타로서 조사해야 하고, 제가 할 수 있는 것은 그저 원칙대로 공정하게 조사하는 것입니다. 박완구는 검찰 제도문화의 흡수와 적응력이 매우 탁월한 간부인데 그의 청탁행위는 그동안 어떤 자세로 검찰 업무를 수행했는지를 알 수 있는 리트머스시험지와도 같은 것입니다. 박완구는 저에게 청탁할 것이 아니라 이영도에게 '사필귀정이니 끝까지 오로지 진실로써 승부를 걸라'고 조언해 주었어야 합니다.

> **10월 19일 (수) 맑음**
>
> ▸ 오후에 의료법인 사건 고소인 이영도와 피고소인 김연주를 먼저 불러 4시간여에 걸친 대질조사를 하였다.

검사가 조사를 재촉했음에도 보름 만에 조사가 이루어졌네요?

예, 그 사이 구속송치 강력 사건 조사에 이어 이진현 계장이 담당하고 있는 다른 사건 압수수색을 함께 다녀오고 하면서 시간이 훌쩍 지나갔으나 조사준비는 틈틈이 하고 있었습니다.

미리 말씀드립니다만 이 사건은 '심선요양병원' 사건과 달리 일부조차도 진실규명에 이르지 못해 사건 내용 자체에 대하여는 상세히 공개하지 않을 것이나 관련된 다른 사실들로써 매우 의미 있는 일들의 연속이어서 이 부분 상세히 말씀드릴 것입니다.

피고소인은 2명인데 그중 한 명만 불러 고소인과 대질조사를 한 이유는 무엇입니까?

송치사건 기록을 읽어 보니 혐의사실의 핵심이 의료법인 이사장인 유영택이 배후에서 주도하며 김연주를 사주하였다는 구도였고, 이 두 사람은 이구동성으로 유영택의 관여 자체를 강하게 부인하고 있었습니다. 이런 구도에서는 특별한 이유가 없는 한 사주를 받은 것으로 의심되는 사람을 먼저 조사하는 것이 효과적이기도 하고, 김연주가 의료법인 재정 관리 책임자이기도 하며, 이영도를 직접 상대한 사람이기도 하여 우선 불러 대질조사를 한 것입니다.

조사결과 이영도가 6억 원의 피해를 봤다는 사기와 그 사기에 이용된 문서 변조 두 가지 혐의가 있었는데 김연주가 시종일관 범행을 부인하는 가운데 모순점을 추궁하여 의미 있는 진술을 얻어 냈습니다. 이영도에게 건네준 변조 혐의를 받는 문서를 만드는 데 사용한 것으로 보이는 또 다른 문서를 태워 버렸다고 진술했습니다. 의료법인 재산이 빈껍데기에 이르는 과정에서 재산을 빼돌린 일부 사실도 인정하였는데 이 부분이 바로 특수수사를 받고 있는 중으로 보였습니다.

강제수사를 건의하지는 않았습니까?

예, 검사의 판단에 맡겼습니다. 저는 검사의 아바타라는 직분과 강제수사의 무게를 존중하여 검사가 의견을 구하지 않으면 스스로 나서서 구속수사를 건의하는 일은 없습니다. 더욱이 박완구가 저에게 이영도의 편에서 사건청탁이 있었기에 검사가 의견을 물어보더라도 '알아서 판단하시라'고만 말하고 함구했을 것입니다.

10월 20일 (목) 맑음

▸ 오전에 박완구가 다시 전화를 걸어와 조사를 받은 이영도가 그러는데 "신 계장이 사건의 핵심을 잘 파악하고 조사도 잘해서 매우 만족스러웠다고 하더라"라는 말을 하였다. 내가 청탁받은 대로 해 주고 있다는 말이니 어처구니없어 "원칙대로 조사할 뿐이다"라는 말만 하고 전화를 끊었다.

박완구가 다시 전화를 걸어 와 쓸데없는 말을 하여 생각 같아서는 "당신은 검찰공무원으로서 자격이 없음에도 간부의 자리에 올라 있어 개탄스럽다"라고 일갈하고 싶은 심정이었으나 차마 입이 떨어지지 않았습니다.

10월 24일 (월) 비

- 출근하자마자 검사가 미소를 지으며 "계장님 이 사건 김연주 구속영장 청구합니다. 구속을 필요로 하는 사유를 쓰는데 참 잘 써지는 사건입니다"라고 말했다. 검사는 곧바로 이미 작성해 놓은 김연주에 대한 구속영장청구서 결재를 부장에게 올렸다.
- 퇴근할 때까지 이근석 부장이 결재하지 않아 일단 그대로 퇴근하였다가 20:20경 당직실에 전화하였으나 영장기록이 아직 내려오지 않았다고 하여 곧바로 검사의 휴대전화로 전화하여 이를 보고하였다. 21:40경 검사가 "부장님께서 반려하셨습니다 낼 봬요^^"라는 문자를 보내왔다.

검사가 주말에 기록을 상세히 검토하고 미리 김연주에 대한 구속영장 청구서를 작성한 것입니다. 검사의 자신 있는 표정과 언급이 지금도 눈에 선합니다. 제가 1차 조사한 내용과 사건기록을 읽어 보고 선배 검사가 5개월 동안 수사지휘를 하였음에도 진상을 규명하지 못한 사건을 김연주의 증거인멸을 타개하고 자신이 신속하고도 명쾌히 밝혀내고 마무리해 낼 수 있다는 자신감에 부푼 모습이었습니다. 그런데 여기서 저는 마음에 걸리는 것이 하나 있었습니다. 박완구의 청탁대로 이영도에게 유리한 방향으로 진행되는 것에 대한 것입니다. 저는 그저 '원칙대로 간다'는 것 말고는 선택의 여지가 없었습니다.

검사가 영장청구서 결재를 올리면 참여수사관이 이후 진행 상황을 점검하고 보고해야 하므로 제가 챙긴 것인데 부장이 '반려'하여 영장청구를 막는 바람에 검사의 포부가 무산되고 결과적으로 이영도와 박완구가 바라는 대로 되지 않은 것입니다. '부장의 반려'라는 표현을 썼으나 정확히 말하면 부장검사가 검사의 영장청구를 기각한 것 즉 '부장검사 기각'입니다. 이 사건은 앞으로도 의미 있는 반전이 거듭 일어나게 됩니다.

다른 사건에서 보면 청탁이 개입하면 검사에게 보고하는 편이라는 생각이 들었는데 박완구의 청탁을 검사에게 보고하였나요?

보고하지 않았습니다. 사건 진행의 매우 중요한 시점에서 검사가 자신의 원칙대로 진행하는 것에 영향을 주고 싶지 않았기 때문입니다.

다른 관점에서 보면 박완구의 청탁대로 진행되기를 내심 바랐기 때문에 그런 것 아니냐는 오해를 받을 여지가 있어 보입니다.

보통 그렇게 의심할 것입니다. 저의 검찰공무원 생활 중 '청탁문화', '사건농간'은 커다란 고민거리이고 늘 연구의 대상이었습니다. 저는 그 시점에서 가장 중요한 것은 박완구가 사건청탁으로 사건을 오염시킨 것에 대하여 그 오염을 검사에게 그대로 전이시키지 말아야 검사의 소신과 원칙대로 사건이 처리될 것이라고 믿었기 때문에 저로서는 그대로 두는 것 말고 달리 선택의 여지가 없었던 것입니다.

10월 25일 (화) 맑음

- 출근하자마자 검사에게 부장이 영장을 반려한 이유를 물었으나 묵묵부답했다. 나는 마음속으로 '검사도 모르는 기각 사유가 있는가?'라고 생각했다. 앞으로 언제 누구를 불러 조사하고, 조사 방향은 어떻게 할지 물었으나 검사는 다시 묵묵부답했다. 직감적으로 부장이 검사에게 무혐의 처분을 종용한 것은 아닌가 생각되어 그렇게 물었더니 검사는 또다시 묵묵부답했다. 이례적인 상황의 연속이다.
- 잠시 후 검사는 두 혐의 중 사기 혐의로만 기소한다고 말하여 깜짝 놀랐다. 실과 바늘 관계에 있는 두 혐의를 분리해 버리고 단 1회 조사만으로 사건을 끝내 버린다는 것이기 때문이다.

만일 부장이 불순한 의도로 단 1회 검찰 조사만으로 두 혐의를 분리하여 처리했다면 매우 지능적인 사건 농간이라고 봐야 하지 않을까요?

단정은 못 합니다. 저는 단 1회 조사만 하여 진실을 모르기 때문입니다. 그리고 부장이 검사에게 영장청구서 반려 사유를 알려 주지 않았을 리는 없을 텐데 실지 어떤 내용인지, 진실하게 알려 준 것인지도 알 수 없습니다. 추정할 수 있는 것 중 하나는 부장이 검사에게 반려 사유를 구체적으로 말했으나 검사가 생각하기에 말도 되지 않는 사유라서 차마 저에게 전달하지 못했을 수도 있습니다. 아무튼 저는 재배당될 때부터 이 사건 심상치 않게 진행되리라 예상하고 '그저 원칙대로 간다'는 생각만 했습니다.

부장의 영장 반려는 매우 중요한 형사사법 행위임에도 그 사유를 사건기록에 남기지 않았습니다. 그들만의 특권 중 하나인데 부장의 재배당 사유도 그렇지만 영장 반려 또한 자기들끼리 구두로 하고 말거나 포스트잇에 메모하여 붙였다가 떼어 버리거나 메신저 채팅 등으로 하고 말았습니다. 예로부터 검사들은 영장권력을 사건 농간의 수단으로 가장 톡톡히 써먹었습니다. 인신구속에 관한 매우 중대한 직무도 그렇게 하는데 다른 업무는 어떻겠습니까? 수사지휘를 비롯하여 검찰의 형사사법 업무 전반에는 엄정하고 공정하게 고도의 판단이 필요한 직무수행이 매우 많은데 그토록 중요한 결정내용에 대한 구체적인 근거를 남기지 않으니 사후에 책임질 일이 있어도 적당히 뭉개고 넘기기에 좋은 것입니다. 그들이 취급하는 업무가 그들에게는 하나의 일에 불과하겠지만 국민에게는 생사여탈 또는 가족의 흥망성쇠, 살맛, 죽을 맛을 가르는 경우가 허다한데 말입니다.

　검사가 두 혐의를 기소, 불기소로 나누어 처분하는 것이 부장의 지시였을까요?

　검사가 입을 닫고 있으니 그런 것인지도 알 수 없습니다. 부장이 둘 다 무혐의를 지시 또는 암시했는데 검사가 차마 그럴 수 없어 거절 또는 양해를 구하여 절반만 이행한 것일 수도 있습니다. 그러한 점에 대하여 검사에게 물어보지 않았습니다. 검사들이 감염증을 보일 때는 하늘이 알고 땅이 알고 제가 알고 그들이 아는 파렴치한 행위를 워낙 자주 서슴지 않게 저질러 왔고 아바타인 제가 말해 봤자 꿈쩍도 하지 않고 진실을 말해 주지도 않습니다. 제가 더 많은 말씀을 드릴 수 있으려면 그 사건을 계속 조사하여 진상을 규명했을 때 가능한 것인데 조사 한 번 한 것이 전부여서 아쉽긴 합니다. 그러나 앞서 언급한 대로 검찰 바이러스를 이해하는 데 매우 의미 있는 일들이 계속 벌어졌기 때문에 이 사건을 계속 말씀드리려고 합니다.

두 혐의가 실과 바늘의 관계에 있다는 의미는 한쪽만 기소하면 무죄가 선고될 가능성이 크다는 의미를 포함하고 있다는 사실에 주목해야 합니다. 그 사건에서 가장 마음에 걸린 것 중 하나가 그 두 혐의 중 하나를 불기소하고 나머지 혐의를 기소하면 그 기소된 범죄가 무죄가 날 것이라고 예상했거나 그렇게 선고되기를 바라면서 기소하지 않았나 하는 의문입니다. 물론 그 어느 쪽에도 해당하지 않고 나름 정당한 직무수행상 그렇게 한 것일 수도 있다는 것까지 모두 배제하지는 않겠습니다.

10월 27일 (목) 맑음

- 검사가 두 혐의 중 사기는 기소, 문서변조는 불기소로 부장에게 결재를 올렸다.
- 점심시간 직전 검사가 결재를 올렸던 기록을 가져와서 부장이 다시 반려하며 고소인에 대하여 조사를 좀 더 하라는 지시를 받았다고 한다. 마침 오늘 우리 방이 점심을 먹는 날이라 검사는 "이따 밥 먹으면서 이야기하죠"라고 했다. 청사 뒤 '연포낙지' 식당에서 식사하면서 고소인만 불러 조사하라는 부장의 지시에 관한 대화를 했다. 나는 "그런 데코레이션 조사는 양심에 찔려서 못 합니다"라고 하자, 검사는 이에 답을 주는 대신 말을 돌려 "구속영장 결재를 올린 그날 부장님이 저녁 늦게까지 남아서 자장면을 시켜 먹어 가면서까지 기록을 검토하더군요"라면서 냉소하듯 말했다.

제가 '데코레이션 조사'라고 한 이유는 부장이 꿍꿍이속 의도대로 조기에 사건을 종결지으면서 좀 더 구색을 갖추고 꾸미기 위한 것이 아닐까 의심한 때문입니다. 예전에 보면 검사들이 압력이나 청탁을 받아 사건을 농간할 때 도무지 이해할 수 없고 누가 봐도 뻔한 사족 같은 조사나 절차를 곁들여 꾸미고 장식하는 것을 종종 봤었기 때문입니다. 그런 일 자신이 직접 하지 않고 아바타를 시켜서 하는 그들의 습성을 잘 알기에 그런 일 하려거든 알아서들 하고 저를 이용하지 말라는 의미에서 한 말입니다. 검사가 저의 말뜻을 이해하고 동감한 것으로 느껴진 이유는 저의 그런 말에 이심전심 수긍하는 듯한 눈치가 엿보였고 무엇보다 저의 그 말에 대꾸하는 대신 냉소하는 표정과 말투로써 부장이 자장면을 시켜다 먹은 이야기를 한 것입니다. 말하자면 검사는 부장이 그 영장청구서에 결재하지 못할 이유가 전혀 없는데 무슨 꿍꿍이속이 있어서 이례적이고 청승맞게 홀로 자장면을 시켜 먹으면서까지 그토록 밤늦게까지 남아 기록을 붙들고만 있다가 기각을 했느냐며 매우 냉소한 것입니다.

부장이 홀로 자장면 시켜다 먹고 늦게 남은 것은 그만큼 기록검토를 열심히 하여 신중히 내린 판단일 수도 있지 않습니까?

그것을 전혀 배제하지는 않겠습니다. 그러나 만일 꿍꿍이속 차원에서 본다면 세 가지 중 하나입니다. ①사건기록을 이 잡듯이 뒤져 반려(기각)할 빌미를 찾느라 그런 것일 수도 있고 ②반려할 빌미조차 전혀 찾지 못하였음에도 신중히 검토한 결과 부득이 반려하게 된 것처럼 위장해 보이기 위해서 그랬을 수도 있고 ③나중에 놀랄 만한 일이 벌어진 것을 보면 확률은 '0'에 가까우나 부장이 누구도 범접할 수 없을 정도로 초능력에 의한 예측과 선견이 있어서 반려한 것일 수도 있다는 것입니다.

부장의 지시대로 고소인만 불러 조사하라는 것도 그렇습니다. 제가 거부를 했으니까 검사가 그렇게 하고 싶으면 할 수 있는데 전혀 하지 않았고, 제가 부장의 지시를 정면으로 거부한 것이므로 저의 지시불이행, 직무 불성실에 대하여 얼마든지 짚고 넘어가거나 뭐라고 한마디 정도는 할 수 있는데 다들 양심이 있는지 일언반구 없었습니다. 말하자면 늦게까지 남아서 먹은 '자장면' 이야기를 한 이유와 제가 '데코레이션 조사'라고 표현한 이유와 서로 일맥상통하는 부분이 있다는 것을 알 수 있습니다.

　만일 꿍꿍이속이라면 더 구체적으로 어떤 것일까요?

　어디까지나 추정입니다만 부장이 누군가로부터 몰래 변호 또는 사건 청탁 또는 압력을 받아 불순한 의도로 말 잘 듣는 애송이 검사에게 사건을 재배당하고 검사와 아바타인 저의 진실규명 의지를 차단하며 서둘러 사건을 마무리하려는 가운데 벌어진 상황일 수도 있습니다. 부장이 검사에게 두 혐의 모두 무혐의로 처리하기를 바라는 메시지를 던지고 검사가 처음에는 거부반응을 보였거나 하는 곡절 끝에 부장이 직접 지시 또는 검사의 고심 끝에 사기는 기소, 문서 변조는 불기소로 나누어 처리했을 수도 있다는 것입니다. 검사는 두 개 혐의 모두 무혐의로 끝내는 것보다 양심의 가책을 덜 받고, 부장은 실과 바늘인 두 혐의 중 하나만 기소하면 바늘귀에서 실을 빼 버린 것처럼 된 그 기소 혐의가 결국 무죄가 날 수 있고 실지 그렇게 되면 궁극적으로는 목적을 100% 달성할 수도 있고 거기까지는 가지 못해도 일단 절반의 성공을 이룬 셈이라고 믿고 벌인 일인지도 모른다는 것입니다.

　부장이 무죄 선고를 바라면서 기소하게 한다니 도무지 이해가 가지 않습니다?

　예, 앞서 예를 든 대로 실과 바늘인 두 혐의 중 하나의 혐의는 무혐의로 매장해 버리고, 밀접불가분의 다른 한 혐의는 무죄 판결을 노리고 엉터리 기소를 감행했을 수도 있다는 말입니다. 제가 이렇게 의심하는 이유 중 하나는 피의자 2명 중 그것도 1명에 대하여 딱 한 번밖에 조사를 하지 못한 시점인데 서둘러 수사를 종결한 때문입니다. 이들이 머리가 하도 좋아서 사건을 농간하는 수법이 워낙 다양합니다. 청탁을 받는 경우 청탁한 자와 서로 인간관계나 입지에 따라 그저 경청하고 관심과 성의 표시만 해 주면 되는 상대일 수 있고, 청탁받은 수준 이상으로 잘해 주어야 할 상대일 수도 있고, 더 잘해 주지 않으면 자신의 앞길이 순탄치 않을 힘 있는 자의 압력일 수도 있고, 그 밖에 사리사욕에 눈이 멀었거나 특별한 상황에서 벌인 사건 농간일 수도 있다는 것입니다.

이 사건의 진실이 밝혀질 때까지 계속 조사했더라면 어떤 양상이 되었을까요?

그 사건에서 조사를 벼르고 있던 중요 참고인도 있어 고소한 혐의만큼은 혐의 유무를 밝혀낼 수 있다고 생각하고 있었습니다. 집중적이고 입체적인 조사를 통해 최종에 가서는 그 두 혐의의 죄가 성립하는지, 피고소인 두 사람이 공범이고, 유영택이 배후에서 교사한 주범인지, 민사사건에 불과한 것인지 심지어 이영도가 두 사람을 무고한 것인지에 대하여도 합리적 의심이 없는 단계까지 조사가 진행되었을 것입니다.

이영도가 무고했을 가능성도 있다는 말씀인가요?

진실이 밝혀질 때까지 그러한 가능성도 배제해서는 안 되고 언제나 염두에 두고 조사를 해야 합니다. 만약에 무고로 드러나면 무고죄로 처벌을 받아야 할 것이며 유영택, 김연주 모두 혐의를 깨끗이 벗을 수 있을 것입니다. 이것이 바로 정의로운 수사이고 사건 처리입니다. 그리고 이들 모두 밝혀진 진실 앞에 승복할 것입니다. 제가 말하는 진실규명은 그 어느 쪽에도 치우치지 않고 오로지 원칙에 따라 공정하게 차근차근 진실을 규명하고 정확하게 법이 적용되어야 한다는 것입니다. 그리고 이러한 승복은 이영도가 박완구를 통하여 사건청탁을 하지 말아야 하고, 검찰 간부인 박완구는 그런 청탁을 받았을지라도 저에게 청탁하지 말았어야 완벽하게 구현이 됩니다.

박완구나 이영도는 검사가 김연주를 구속시키려고 영장청구를 하려 했다는 사실이나 부장이 기각했다는 사실을 계속 모르게 되나요?

저는 입 밖에 낸 적이 전혀 없고 그 이후 그들 반응으로 봐서는 그렇습니다. 사건처분 후 박완구가 다시 연락을 해 왔는데 사기죄로만 기소된 사실을 이미 알고 있었고 저에게 그 구체적인 내용을 물었으나 알려 주지 않았습니다. 속사정을 알 리 없는 그의 말투에는 강한 불쾌감이 묻어 있었습니다.

박완구가 기소 여부를 어떻게 알고 연락해 온 것인가요?

사건이 처리되면 검찰에서 고소인에게 '고소사건처분결과통지서'라는 것을 등기로 보내 주는데 그 통지를 받은 고소인이 박완구에게 알려 준 것 같고, 그 통지서에는 공소사실 또는 불기소 이유에 대한 구체적인 내용은 없고 그저 고소 죄명별 기소, 불기소 여부만 간략히 나오므로 궁금해서 연락해 온 것으로 보입니다. 제가 구체적인 것은 고소인에게 들으라는 뜻은 불기소 부분에 대한 내용은 고소인이 검찰 민원실에 '불기소이유 고지서' 발급을 신청하면 되고, 기소된 부분은 법원에 공소장 발급을 신청하면 받아 볼 수 있기 때문입니다.

기소된 혐의는 재판이 열릴 것이고, 불기소된 혐의는 고소인에게 항고에 이어 재정신청까지 불복 절차가 있어 기회는 살아 있는 것입니다. 만일 운이 좋게도 항고한 사건에 재수사 명령을 내리고 그다음 기소까지 된다면 이미 기소한 혐의와 병합재판이 이루어질 수도 있습니다. 그러나 이렇게 되기가 쉽지 않습니다. 물론 이영도가 무고했다거나 민사 사건에 불과하다거나 형사처벌할 수 없는 사건이었다는 것이 진실이거나 그렇지 않음에도 이례적인 상황이 다시 오면 그런 기회는 오지 않을 것입니다.

이 사건 이야기를 지속하는 이유입니다만 나중에 다시 전체적인 사건 구도에서 볼 때 이영도가 이전보다 비교할 수 없을 정도로 불리해지게 되는 획기적인 반전이 있었습니다. 그 사건이 그렇게 끝난 직후 제가 검찰 내부게시판에 '심선요양병원' 사건 내용을 게시하면서 검찰개혁을 주장한 일로 검사실에서 파문을 당하여 김창한 검사와 금방 헤어져 일반 사무부서로 내려가 근무하던 중 알게 된 사실입니다. 경찰이 구속된 사건이라 소문이 자자했던 것으로 직원들과 점심을 먹다가 김창한 검사실에서 그 의료법인 사건과 관련하여 이영도가 경찰과 브로커에게 사건청탁과 함께 금품을 제공하여 이를 수수한 경찰은 뇌물수수, 브로커는 변호사법위반으로 각기 구속되었다는 소문을 듣게 되었습니다.

이영도가 경찰과 브로커에게 돈을 주고 손을 썼음에도 경찰 단계는 물론 검찰 송치 후로도 자신의 바람과 반대로 사건이 진행되니까 이에 화가 나서 그런 사실을 털어놓았고 김창한 검사실에서 조사하여 그 두 사람이 구속된 것입니다. 고소인이 경찰, 검찰을 믿지 못하고 왜 무모하게 청탁했을까 싶겠지만 저는 '청탁공화국'인 우리나라에서는 사건 관련 신분이 어느 쪽인가를 막론하고 얼마든지 있을 수 있는 일이라는 생각에 그리 놀라지 않았습니다.

이영도가 6억 원이라는 거액을 피해당한 사실은 맞았고, 단지 그 사건 진행이 그의 진술대로 맞는지, 피고소인들이 고소한 혐의대로 처벌을 받을 사건인지가 관건이었습니다. 이영도는 오로지 진실을 말하면 되고 결과는 형사사법 기관에 맡겨야 하는데 그렇게 하지 않은 것입니다. 이영도가 왜 그랬을까요? 범죄를 범한 사람이건 그 범죄로 피해당한 사람이건 진실이 어디에 있건 상관없이 어느 쪽이 먼저 그리고 더 힘이 센 사람을 동원하여 청탁하느냐에 따라 결과가 좌우되어 온 우리나라의 '청탁', '사건 농간', '불신' 등 형사사법 문화 때문이었습니다. 그래서 이영도는 고소 후로도 청탁해 놓지 않으면 불안하여 견딜 수 없었던 것이고, 청탁 이후로도 상대방이 자신보다 더 힘 있는 사람에게 청탁하지 않았을까 늘 노심초사하였을 것입니다.

피고소인 유영택, 김연주는 운이 좋은 사람입니다. 특히 김연주는 사건 진실이 어디에 있건, 의료법인 이사장인 유영택의 아바타였을지도 모르는데 불사신에 가깝습니다. 최초 사건을 담당한 경찰이 그를 상대로 구속영장을 신청하였으나 김문상 검사가 기각했었고, 김창한 검사가 올린 구속영장은 이근석 부장이 반려하여 기각했으니 사지(死地)에 두 번이나 들어갔다 멀쩡하게 살아 나온 것입니다. 그리고 더욱 아이러니한 것은 경찰이 신청한 김연주에 대한 구속영장을 김문상 검사가 그대로 법원에 청구하여 발부되었거나 김창한 검사가 청구하려던 영장을 부장검사가 반려하지 않아 법원에 그대로 청구하여 발부되었더라면 어떻게 되었겠습니까? 만세를 부른 이영도는 전자였으면 브로커와 경찰을 은인으로 여기는 한편 사건청탁을 하고 돈을 준 사실을 무덤 안으로 가져가기로 단단히 마음먹고 살아갔을 것이고, 후자였으면 박완구가 저에게 청탁한 덕분이라며 마찬가지 생각으로 저와 박완구를 은인으로 여기고 살아갔을 것입니다.

이영도의 폭로와 경찰과 브로커의 구속은 다시 새로운 반전을 일으켰을 것이라 추정합니다. 사건청탁 및 뇌물공여라는 그의 허물과 그가 금전적 피해를 당하였다는 각 사실은 엄연히 별개이지만 그가 브로커에게 돈을 주고 사건청탁을 한 사실이 밝혀진 이후 그가 제기한 사문서변조 무혐의 항고사건 수사나 기소된 사기 혐의 재판에서는 각기 그

담당 검사나 판사가 불순한 의도건 아니건 이영도는 콩으로 메주를 쑨다고 하여도 믿지 않거나 무시당하는 일이 벌어질 수 있다는 말입니다.

반면에 이 사건과 관련하여 파생되는 상황이나 그 어떤 사건에서도 유영택, 김연주는 이영도처럼 사건청탁 또는 뇌물을 주었다는 사실이 드러나지 않는 한 전도가 매우 유망해졌습니다. 이미 기소된 사기 사건 재판과 항고를 당한 사건의 반전 카드가 될 것이고, 이영도가 억울하다며 추가 고소, 고발, 진정, 투서로 맞서 본들 무고죄로 처벌받지 않으면 다행일 것입니다. 이영도는 힘 있는 자들의 청탁은 성역에서 보호를 받으나 이에 대항하는 힘없는 청탁은 투명한 유리 상자 안에 담긴 채로 어느 순간 산산조각이 나고 보복을 당한다는 이 땅의 형사사법 진리를 알 턱이 없습니다.

유영택, 김연주 다음으로 운이 좋은 사람은 이근석 부장입니다. 이근석 부장은 달리던 진실 발견 열차를 급정거시키고 곧바로 사건을 종결지을 때까지는 이영도가 청탁하고 뇌물을 준 사실을 전혀 몰랐습니다. 뒤늦게 이영도의 입이 열리면서 그런 사건이 터졌으니 일석이조(一石二鳥)의 상황이 새로이 전개되어 복이 많다는 것입니다. 경찰과 브로커를 구속할 때도 신바람이 났을 것입니다. 이로써 석연치 않은 사건 재배당, 영장기각, 엉터리 기소에 이르는 모든 과정을 일거에 합리화시킬 수 있게 되었습니다. 또한, 자신의 입지와 반대되는 상대편 영역에 있는 사람에 대하여는 이영도의 청탁으로 빚어진 사건을 발판으로 악으로 몰 수 있는 절호의 기회를 갖게 된 것입니다. 그의 칼이 상대편 사람을 많이 벨수록 그의 허물은 더욱 말끔히 씻겨질 것입니다. 그리고 만일 제가 이영도의 청탁을 받은 박완구와 놀아나고 이들과 함께 만나서 접대, 향응, 금품 등을 수수했더라면 저 또한 그 칼에 쓰러지고 말았을 것이나 검찰 괴물이 주재하는

'청탁' 현상과 그 속성을 잘 알고 있던 저의 대처와 처신으로 이근석의 운은 거기까지 가지 못한 것입니다.

사건청탁을 하고 깊숙이 개입한 박완구는 무사했던 것을 보면 그다음으로 운이 좋은 사람입니다. 사건을 의논하기 위하여 이영도와 긴밀히 연락하거나 만났을 것입니다. 박완구가 향응 또는 금품을 받았다면 딱 떨어지는 알선뇌물죄일 텐데 말입니다. 박완구가 그런 이익을 수수하지 않고 저에게 청탁만 하였을 가능성도 있고, 만일 그런 대가를 수수했더라도 초지일관 이영도의 편에서 배신하지 않고 청탁하고 노력한 사실을 인정받아 문제가 있더라도 이영도가 선처한 것으로 보입니다.

경찰 수사단계에서 담당 경찰이 김연주에 대하여 검사에게 구속영장을 신청했었다고 하는데 이영도로부터 청탁을 받고 뇌물을 받은 그 경찰이 신청한 것인가요?

그것은 정확히 모르나 뇌물수수 죄명이 포함된 것으로 보아 최소한 그 사건 수사에 관여할 수 있는 직위에 있는 것은 분명합니다. 아무튼 경찰이 왜 그런 무모한 범죄를 저질렀을까가 또 궁금해질 것입니다. 경찰은 아마도 사건 내용이나 구도가 이영도가 분명히 사기 피해자이고 유영택, 김연주의 혐의를 입증할 자신이 있다고 믿는 가운데 김연주가 증거를 인멸하고 있고 도주의 우려가 있다고 판단하여 영장신청을 하였는데 김문상 검사의 기각이라는 뜻밖의 복병을 만난 것입니다. 그 경찰은 자신의 믿음대로 사건을 성공적으로 마무리하면 이영도가 뇌물을 준 것을 발설할 리 없다고 믿고 이를 받았다가 김문상 검사가 기각하는 바람에 일이 어그러졌고, 운이 없게도 다시 이근석 부장의 기각으로 이영도의 적개심은 돌이킬 수 없는 상황이 된 것으로 보입니다. 그 경찰과 브로커가 먹은 돈만이라도 토해 내고 봉합을 기도하면 넘어갈 수도 있는데 받은 돈을 이미 다 써 버렸던지 봉합을 시도했으나 결국 이영도의 적개심을 넘지 못하여 폭로된 것으로 보입니다. 김문상 검사, 부장의 기각이 사건의 운명을 바꿔놓은 것이니 참으로 기구한 사건입니다.

최초 김문상 검사의 영장기각이 사건청탁을 받아 이루어졌다는 느낌은 받지 않았습니까?

그런 느낌 또는 그 반대의 느낌에 대한 기억은 없습니다. 김문상 검사가 기각한 사유도 큰 틀에서 통상적인 보완수사였던 것으로 기억하는데 그 전후에 어떤 일이 있었는지 모르나 부장이 재배당한 것을 보면 결국 부장과 뜻을 달리하는 일이 있었는지도 모른다고 추정만 해 볼 뿐입니다. 그 이상은 함부로 추정할 수는 없습니다.

이영도가 증인에 대하여 적개심을 가졌을 것 같습니다.

예, 검사가 사건을 처분한 후 검사실에 한 번 들른 적이 있었는데 저를 바라보는 눈빛에서 매우 강한 분노와 적개심을 느낄 수 있었습니다. 자신의 뜻이 담긴 박완구의 청탁을 받고 처음에는 잘해 줄 것처럼 하더니 대가를 주지 않으니까 더 힘이 센 곳에서 들어온 청탁을 들어주는 배신행위를 했다고 의심하였는지도 모르겠습니다. 박완구도 이영도와 같은 심정으로 저에게 그런 감정을 가졌을 것입니다.

제가 만일 뇌물을 받은 경찰처럼 그 사건이 이영도의 승리로 결말이 날 것이라고 확신하고 박완구의 사건청탁에 호응하고 그들이 마련하는 자리에서 접대 또는 향응, 뇌물을 받았다면 이영도의 저에 대한 적개심은 그대로 김창한 검사 → 이근석 부장 → 지청장을 경유하여 검찰 상부에 즉각 보고되고 수사가 개시되어 저도 그 경찰과 같은 신세가 되었을 것입니다. 저는 수사는 생물이어서 어떤 일이 벌어질지 모른다는 진리를 누구보다도 잘 알고, 우리나라 검사실에서 '청탁문화', '사건 농간'

을 척결하여야 한다는 확고한 소신을 이미 실천하고 있었고 언제나 그러한 소신을 바탕에 확고히 깔고 임했기에 그들에게 그런 일이 생기지 않은 것입니다.

박완구의 적개심을 덜어 주기 위하여 나중에라도 사건 내막을 이야기해 준 적이 있습니까?

제 사전에 그런 일은 없습니다. 어찌 되었건 수사보안 사항이고, 저의 소신을 묵묵히 실천하면 되는 것이지 그에게 그런 내용 알려 줄 필요 전혀 없는 것입니다. 또한, 그런 생각 자체가 매우 사려가 깊지 못하고 어리석은 일이어서 끝까지 알려 주지 않았습니다.

저는 이 사건에서 김문상 검사의 영장기각, 석연치 않았던 이근석 부장의 재배당과 박완구의 언행, 검사의 영장청구 의지, 이근석 부장의 기각, 도마뱀 꼬리 자르듯 한 김연주에 대한 기소, 이영도의 사건청탁과 뇌물, 구속된 브로커와 경찰을 생각하면 참으로 만감이 교차합니다. 그리고 매우 특별한 기억이 있습니다. 김창한 검사와 헤어지고 1~2년 후 사건계에 근무하고 있을 때였습니다. 그때까지 김창한 검사와 전화 한 통 주고받은 적이 없는데 그가 인사이동으로 떠나기 하루 전날 제가 근무하는 사무실을 특별히 홀로 찾아와 정중하게 작별 인사를 하는 것입니다. 검사든지 일반직 간부든지 떠나기 전 별도로 찾아와 인사를 했던 사람은 김창한 검사 말고는 없습니다. 아마도 그 사건과 관련이 있지 않을까 생각합니다. 그가 지청장이나 부장검사, 선배들 밑에서 도제(徒弟)처럼 시기를 보낼 때 그 사건을 두고 벌어진 일들, 자신의 입지와 저의 언행이 기억에 매우 남았던 모양입니다. 그때 저는 언젠가 저보다 많은 진실을 알고 있을 김창한 검사로부터 그 사건 이야기를 들을 수 있는 날을 기대하며 덕담과 악수로써 작별 인사를 했습니다. 그가 와서 인사를 했던 장면을 생각하면 왠지 만감이 교차하고 그 사건 당시 저의 진심을 알고 그런 것인지도 모른다는 생각이 들기도 했는데 제 생각이 정말 맞는지는 모르겠습니다.

박완구는 어디까지 승진했습니까?

그로부터 약 5년 후 검찰 직원이 도달할 수 있는 최고위직으로 승진하였습니다. 고성능 청소기처럼 검찰 문화를 흡수하고 적응하는 그의 처세로 보아 출세하리라는 것은 예상했지만 그렇게 빨리 높이 올라갈 줄은 미처 몰랐습니다. 자신에게 아첨하지 않은 저에 대한 적개심을 그대로 간직하고 있었을 것입니다. 그 또한 선배들이 그래 온 것처럼 현직에서 아바타로서 더 큰 역할을 수행하다가 퇴직하여 고액의 연금을 받으며 재갈을 물고 검찰에 관한 진실을 품고 살다가 그대로 무덤 안으로 들어갈 것입니다.

그 사건도 불씨가 남아서 언젠가 다시 타올랐을 것 같습니다.

제가 그 사건과 이별하고 검사실에서 파문을 당한 일이 있어 사건 정보를 전혀 알 수 없게 되었기 때문에 추정하여 말씀드릴 수밖에 없습니다. 분명히 불씨로 남기는 했을 것이나 이 사건은 '심선요양병원' 사건의 불씨와 성격이 좀 다릅니다. 고소인 이영도의 청탁과 뇌물 행위가 드러난 사실은 상대방이 이영도의 급소를 공략할 더없이 좋은 무기로 삼을 것이 분명하기에 이영도가 검사의 불기소처분에 불복한 문서변조 항고 사건과 이와 분리되어 기소된 사기 사건 재판에 이루 말할 수 없이 불리하게 영향을 미치게 되었을 것입니다. 그리고 무죄가 날 줄 알고 또는 무죄가 나기를 바라고 기소했을지도 모르는 사기 사건은 이근석 부장의 바람대로 무죄로 결말이 나는데 순풍에 돛단 격이 되었을 것입니다.

이 사건에 대한 마지막 기억으로서 훗날 검찰에서 무슨 바람이 불었는지 대통령 선거 직전인 11월 직원들의 다양한 생각과 문제의식을 가감 없이 들어 본다면서 검찰 내부 홈페이지에 '익명 게시판'을 운영하였다가 선거가 끝나자 언제 그랬냐는 듯이 마파람에 게 눈 감추듯 갑자기 사라져 버린 적이 있었습니다. 1개월간 게시판이 운영되고 있을 때 저는 검사와 직원들이 우리나라의 청탁문화에서 교훈을 받으라는 뜻에서 익명 처리하여 이 사건을 올렸습니다. 생각지도 않았는데 이근석 부장이 저의 의문 중 일부에 대하여 댓글 변명을 달았습니다. 그 내용과 행간에는 제가 올린 글에 대하여 화들짝 놀라 급히 그리고 궁색하게 변명하는 뉘앙스가 가득 담겨 있었습니다. 이해할 수 없는 재배당에 대하여는 '김문상 검사실이 공안 사건으로 바빴기 때문'이라고 하였는데 둘러대고 갖다 붙이기에 좋은 '공안 사건' 핑계를 대고 있었습니다. 김문상 검사가 그토록 바쁘면 향후 사건배당을 줄여 주면 아주 쉽게 해결되는 것이라는 지적 그리고 바쁘지 않은 검사실이 어디에 있냐는 질문에는 아무런 답을 하지 않았습니다. 그리고 그 사건 피고소인 모두 특수검사실에서 수사를 받고 있었기에 그곳에 재배당을 해야 하나 그렇게 하지 않은 이유도 함구하였고, 영장을 반려한 이유에 대하여는 그저 '증거가 없어서였다'라고 변명했는데 영장청구의 가장 중요한 사유 중 하나가 증거인멸입니다. 감춰 둔 증거를 확보하고 있으면 뭐 하러 영장을 청구하냐는 것이죠? 그리고 증거는 원래 없어서 없을 수도 있지만 감추거나 없애 버려서 그럴 수도 있는 것입니다.

그 당시 부장이 청탁을 받아서 한 행위들로 보십니까?

그것은 알 수 없습니다. 저는 도무지 모두 이해할 수 없었다는 점만 한 번 더 확실히 말씀드립니다.

증인이 그 사건을 끝까지 조사하였다면 모든 진상을 밝힐 수 있었다고 생각합니까?

감히 그렇게 말씀드릴 수 없습니다. 지금부터 이 사건 이야기를 한 가장 큰 목적을 말씀드리겠습니다. 당시 제가 조사와 증거 수집 수준이 최고조에 달해 있었으나 이영도의 뇌물공여 폭로와 같은 외부적 변수가 없으면 자력에 의하여 거기까지 도달할 수 없었을 것입니다. 그런 점에서 저뿐만 아니라 수사담당자의 한계로서 모두 겸허해야 할 것입니다. 이 사건을 관통하고 있는 핵심 문제는 '청탁'입니다. 이 사건 이야기를 접하는 사람은 '이근석 부장이 청탁을 받았을 텐데 힘센 자라서 드러나지 않은 것일 뿐이다?'라고 의심할 수도 있습니다. 만일에 그렇다면 누군가가 이근석에게 한 청탁과 이영도가 한 청탁과 다른 점은 힘의 차이입니다. 그래서 저는 부패방지 시스템 중 하나인 현재의 청탁금지법에 규정하고 있는 것보다 청탁을 더 확실하고 견고한 그물 안에 가두고 더 투명하게 들여다볼 수 있도록 개정하고 그 이후로도 사회변화에 맞춰 개선을 게을리하지 말아야 한다고 생각합니다. 이 주제를 좀 더 확실히 전달하기 위하여 지금까지 여러 번 강조했던 저의 조사기법대로 한다면 가능할 수도 있는데 한번 말씀드려 보겠습니다.

먼저 박완구가 저에게 사건청탁을 한 사실이 있었습니다. 사건청탁이 있는 경우 전방위적이고, 예비적으로 청탁을 하는 경향이 매우 현저하므로 이들 청탁부터 조사하면 진실 발견을 앞당길 수 있다고 제가 일관되게 주장해 오지 않았습니까? 그래서 저의 소신대로 박완구의 사건청탁 직후 이영도의 고소사건 자체에 대한 조사는 일시 보류한 가운데 그 시점을 신중히 검토 후 박완구, 이영도 순으로 우선 소환하여 사건청탁 경위에 대하여 상세히 조사하는 것입니다. 그 과정에서 이영도에게 고소사건은 검찰에서 공명정대하게 수사할 것이라는 확고한 의지를 보여 주고 그들이 행한 사건청탁 경위를 먼저 조사하고, 그 청탁의 부작용과 행여 다른 청탁이 드러나면 감수해야 하는 부작용도 알려 줍니다. 그리고 다른 경로로 청탁을 한 사실이 있는지 진실을 말하도록 공을 들이는 것입니다. 이영도는 만감이 교차할 것이고 경찰과 브로커에게 청탁하고 돈을 준 진실을 계속 감추기가 쉽지 않을 것입니다. 그다음 비로소 유영택, 김연주에 대한 수사를 재개합니다. 공명정대하고 엄정한 조사를 통하여 만에 하나 이들의 혐의가 드러나면 원칙에 따라 엄중히 처벌하는 것입니다. 만일 그들이 전관이나 힘 있는 자에게 금품을 제공하고 사건청탁을 한 사실이 있다면 그 청탁의 불순한 목적이 물거품이 될 것이므로 이영도가 경찰과 브로커에게 적개심을 갖고 폭로한 것과 같이 그 진실을 털어놓을 가능성이 큽니다. 뜻한 대로 그러한 결과가 나오지 않더라도 저로서는 후회 없는 수사가 될 것입니다.

이영도가 끝까지 함구하면 경찰과 브로커에게 돈을 준 사실은 묻히고 마는 것이지 않습니까?

적시에 좋은 질문을 해 주셨고 조금 전 잠시 후 주제를 더 확실히 전달하겠다고 한 그 내용입니다. 그러기 때문에 수사담당자의 한계를 보완해 줄 수 있고 사전 예방을 기할 수 있는 고성능 부패방지시스템 연구와 개발, 그 원활한 작동이 필요한 것입니다.

현재 청탁금지법에 어떤 허점이 있습니까?

쉽게 눈에 들어온 것은 부패방지 그물이 약하여 5만 원, 10만 원짜리 수초를 먹는 작은 물고기는 빠져나가지 못하고 죽게 되나 힘세고 큰 육식성 물고기는 그물에 구멍을 내고 쉽게 도망칠 수 있는 여지가 다분합니다. 우선 첫 번째 청탁을 신고 대상에서 제외(제7조 제1항)하고 두 번째 청탁부터 신고의무를 두어 법 제정 취지가 무색해졌습니다. 제가 지금까지 소개한 청탁이 개입한 사건을 보면 첫 번째 청탁이라서 대수롭지 않은 것이 단 하나라도 있었습니까? '시작이 반이다.'라는 말처럼 가장 중요하고 의미가 있는 청탁자의 첫 번째 부정한 청탁을 규제 대상에서 제외하여 그 죄책감을 없애 주었고 이후 연이어 이루어지는 청탁 모두 첫 번째로 위장되고 매몰되기 쉽도록 입법이 되었습니다. 또한, 청탁을 받은 자로부터 신고받는 주체를 소속 기관장(제7조 제2항)에 한정하여 정작 청탁받은 공직자 소속 해당 기관 내 최고 권력자인 그 기관장이 청탁을 받은 경우에 대한 보고의무는 구체적으로 규정하지 않은 점입니다. 유추해석 또는 다른 조항을 끌어다 붙이는 것만으로는 그 실효성을 담보할 수 없습니다. 그래서 해당 기관 내 가장 크고 힘이 센 육식성 물고기가 되기 쉬운 기관장이 받은 은밀한 청탁은 직상급 기관장이 그 신고를 받도록 하고, 나아가 상하 기관장끼리 주고받은 부정한 청탁은 그 청탁행위와 무관한 이들의 직 상급 기관장에게 보고하도록 입법이 되어야 합니다.

　이 사건이 청탁금지법 시행 전인데 이 사건이 만일 이영도의 고소사건 이전 최소한 청탁금지법이 이미 시행 중이었다면 다른 양상이었겠네요?

　예, 질문을 순서대로 잘해 주십니다. 그렇습니다. 사건의 운명이 달라졌을 것입니다. 이영도가 섣불리 청탁하지 않았을 것이고 가령 청탁했더라도 경찰이 거절했을 가능성이 매우 큽니다. 사건 브로커도 활개를 칠 수 없었을 것입니다. 물론 만일의 경우 이근석 부장이 청탁을 받았을 가능성에 대하여도 마찬가지 논리로 말할 수 있습니다. 아무튼, 저는 이 사건을 움직인 법칙과 주재자(主宰者)를 '청탁'으로 규정하고 있습니다. 청탁금지법은 원래 공직사회 전반의 부패 바이러스 치료를 위하여 개발한 백신인데 이를 검찰에 대량 투입하여 검찰 바이러스 치료와 감염 예방에도 획기적인 효과를 거두었습니다. 만시지탄이나 그 이후 관련 법으로서 이해충돌법까지 제정되었으니 청렴하고 경쟁력 있는 나라를 향하여 크게 진일보하게 되었습니다. 이것이 제가 이 사건 소개를 통하여 궁극적으로 말씀드리고 싶었던 바로 이 모두 인간의 한계를 보완해 줄 부패방지 시스템이고 서두에 말씀드린 특별법 제정과 더불어 더욱 고성능이 될 수 있도록 개선을 게을리하지 말아야 합니다. 그렇게 하여 특수수사, 공안수사를 입신영달과 부귀영화의 수단으로 활용해 먹는 정치검사들의 부패까지 발본색원해 내고 이들이 발을 붙일 수 없는 고성능 부패방지시스템을 반드시 개발해 내야 하고, 그 시작이 바로 검찰의 무소불위 해체 그리고 검경 간 견제와 균형의 확립이라는 것입니다.

이 사건에서 경찰이 뇌물을 받고 검사에게 구속영장을 신청하였는데 증인의 주장대로 체포영장, 압수수색검증영장 신청권을 행사할 수 있도록 법제화되어 있었더라면 경찰의 전횡이 더욱 심했을 거라는 점에 대하여는 어떻게 생각하십니까?

요리사가 다양한 식재료에 맞춤형인 다양한 용도의 잘 드는 칼을 지니고 있지 않다면 사람을 행복하게 해 줄 수 있는 맛깔스럽고 맛있는 요리를 만드는 것은 불가능합니다. 경찰의 본업은 수사입니다. 우선 경찰 수사담당자를 엄선하여 선발하는 것이 필요하고 수사를 잘할 수 있는 필수 불가결한 도구를 경찰에 부여하고서 나중에 잘했느니 못했느니 평가하고 채찍도 가하고 해야 한다는 말입니다. 우리 조상은 한글도 창제하였는데 경찰이 그런 요리사가 칼을 제대로 사용하게 하는 것처럼 경찰에게 그 칼에 해당하는 상응한 강제수사권을 부여하더라도 이로써 국민의 생명과 인권, 재산과 명예를 지키는 데만 잘 쓰는 수준의 경찰을 만들 수 없다면 이 얼마나 안타깝고 어리석은 일이겠습니까? 저는 정치인들이 세종대왕의 애민정신과 집현전 학자의 실력과 열정을 본받아 수사를 담당하는 경찰에게 상응한 권리를 주자는 '수자유권(搜者有權)'의 원칙에 따라 압수수색검증, 체포영장 청구권을 부여하되 이를 남용하지 않고 오로지 약자를 보호하고 형사사법 정의와 국민을 위하여 사용할 수 있도록 하는 입법을 반드시 이루어 내야 한다고 생각합니다. 물론 여기서 가장 중요한 것은 헌법과 법률 개정으로써 경찰, 검찰 모두 주권자인 국민의 지배를 받으며 그 민주적 운영과 정치적 중립을 그 누구도 흔들 수 없도록 개혁 입법을 완수하여 이를 확고히 하는 것을 전제로 합니다.

검찰은 경찰에게 수사권을 부여할수록 그 권한이 비대해져서 경찰 파쇼가 일어난다고 염려하는데 어떻습니까?

검찰의 무소불위를 사리사욕에 이용해 먹거나 이에 아첨하면서 우리나라의 부패 현상을 역으로 이용하여 권력과 재물을 탐하던 이들일수록 그렇게 목소리를 높입니다. 논문에서는 해방 후 이 땅에 깃들게 된 검찰 파쇼의 발원과 숙주에 대하여 말씀드리겠습니다만 원래 형사사법 기관이 파쇼이던 역사는 제국주의 파쇼를 숙주로 하는 무소불위 검찰이었습니다. 그러한 검찰이 군부 권력과 함께 침략 전쟁과 식민지정책의 강력한 견인차가 되었던 것이고, 경찰은 그러한 검찰의 도구 수단이었습니다. 원래 검찰 파쇼의 가장 핵심 유전자는 살아 있는 정권이 파쇼 또는 독재이면 이를 숙주로 삼고, 그렇지 않으면 검찰의 무소불위를 뒷받침하는 제도문화를 이용하여 스스로 파쇼가 되고 사리사욕을 위하여 선택적 정의의 칼을 휘두르는 것입니다. 검찰의 무소불위 해체와 검경 간 견제와 균형을 확고히 이루는 한편 경찰, 검찰 권력에 대한 민주적 운영과 정치적 중립을 그 누구도 거스를 수 없도록 개혁 입법을 완수하여야 합니다.

 범죄가 줄어 안전한 나라가 될 것을 염려하는 것입니까? 범죄 수사를 책임진 경찰의 수사역량이 강해지는 것을 염려하는 착시와 억지는 국방을 책임진 군대의 전투역량이 강해지는 것을 염려하는 것과 같습니다. 국가 청렴도 향상과 치안 선진국이 될수록 국가 경쟁력이 높아집니다. 해방 후 뒤늦게 이루어 낸 군부 파쇼 방지는 1987년 헌법 개정에서 제5조 제2항의 '군대의 정치적 중립' 규정을 두어 이를 통제하고 있지 않습니까? 마찬가지로 검경 모두 그런 식으로 헌법과 법률을 개정하여 국민의 지배를 철저히 받게 하고, 민주적 운영과 정치적 중립을 준수하도록 하는 것입니다. 그렇게 하여 경찰 수사는 검찰의 사후통제에 의한 견제를 받는 가운데 경찰, 검찰 모두 사법부의 사전 및 사후통제에 의한 중복 견제를 받습니다. 여기에 더하여 경찰, 검찰 비리와 수사권 남용방지를 위한 보완 입법을 계속해 나가 이들 권력이 남용되지 못하도록 철저히 교차 견제하는 것입니다.

78

11월 8일 (화) 약간 흐림

▸ 구속사건이 송치되어 영상녹화실에서 이진현 참여하에 검사가 직접 조사를 하고, 나는 무고 사건을 조사했다.

 이 무렵 일반 사건 조사에 묻혀 지냈습니다. 한편으로 감찰의뢰서를 제출하고 그 절차 진행을 기다리면서 생각에 잠겼던 날들이 많았습니다.

11월 18일 (금) 비

▸ 오후에 무고 혐의 사건 조사에 필요한 민사사건 기록 참고가 될 만한 부분을 복사하고자 공문을 들고 화평지원 민원실 2층 민사과에 갔다. 그곳 직원은 냉담하게 "기록이 이미 보존되었으니 1층 제증명 담당에게 가라"라고 하여 그곳으로 갔다. 남자직원이 공문을 보더니 옆 여직원에게 건네며 "여기가 담당이다"라고 하였다. 여직원은 공문을 보고 아무 말도 하지 않으므로 "기록 찾아 놓으시면 월요일 오전에 와서 필요한 부분만 복사해 가겠다"라고 하자 통명스럽게 "그러세요"라고 말했다. 나는 다시 "월요일에 전화 드리고 올 테니 번호를 알려 달라"라고 했더니 이를 거절하며 "그냥 오면 돼요"라고 하여 그냥 돌아왔다.

지금은 많이 나아졌으나 법원에 갈 때마다 느끼는 것이 불친절이었습니다. 일반인에게는 얼마나 더할지 생각하면 마음이 답답했습니다.

12월 7일 (수) 흐림

▸ 오전에 부장실 박봉호 계장으로부터 수사상황보고서 작성과 관련하여 연말에 각 계장별 제출 건수, 서류작성의 적정성, 충실도 등을 종합적으로 평가하여 연말 포상, 근무성적평정, 성과급평가 등에 반영할 예정이라고 한다. 아직 제출 건수가 없거나 적은 사람들은 보고서 제목 옆에 형제번호, 피의자, 죄명을 기재하여 서둘러 제출해 달라고 하면서 차성훈 계장이 6건으로서 제일 많고, 대부분 1~2건은 제출하였으나 나를 포함하여 직원 네 사람을 적시하여 이들은 아직 한 건도 내지 않았다고 했다.

'수사상황보고서'는 무엇입니까?

참여수사관이 조사를 담당한 사건에 대한 수사결과 보고서입니다. 검사실 참여수사관을 검사의 아바타로서 피의자를 신문하게 하는 한편 검사실 모든 수사를 전적으로 검사의 지시와 바람대로 이루어지도록 하는 본질은 제쳐 두고 참여수사관이 마치 수사권을 지닌 수사의 주체이고 책임지고 주도적으로 수사를 벌여서 얻은 결론을 검사가 알도록 비로소 보고하는 양 보고서를 작성하게 합니다. 이러한 자료는 훗날 만일 수사에 문제가 생겼을 때 검사가 검찰 바이러스 감염 '책임 전가' 증상을 일으켜 '참여수사관이 한 일이다'라고 아바타에게 책임을 돌리는 데 이용하기에도 좋습니다. 저는 송치사건 조사 이외 특별한 수사를 한 것도 아니어서 보고할 사건이 없어서 작성하지 않은 것인데 김중석 지청장, 이근석 부장이 새로 오면서부터 유난히 호들갑을 떨면서 참여수사관들이 실적경쟁을 벌이도록 했습니다.

차성훈 계장은 6건이나 되는데요?

제가 건수 경쟁에 뛰어들면 작성할 필요가 없는 사건들 망라하여 몇 곱절은 더 작성할 수 있으나 양심에 반하여 작성하지 않았습니다.

12월 13일 (화) 맑음

‣ 14:00경 김창한 검사로부터 쪽지가 도착하였다. 경찰과의 수사권조정을 두고 상부의 메시지를 전달하는 내용이다. 내일까지 청에서 입법 예고에 관한 우편과 팩스 의견을 상부에 보내 주어야 하고, 출처는 중요하지 않으니 우리 직원, 검사, 여직원 등 몇 명씩만 도와주기 바란다고 하였다. 우편은 늦으니 팩스로 보내고 각 검사실, 과별로 계장, 실무관들 몇 명씩만 작성하여 팩스로 보내는데 답변 기조를 다음과 같이 담아 달라고 했다.

- 헌법에 수사의 주재자로 '검사'만 존재할 뿐 '경찰'은 없다. 개정 형사소송법은 '모든 수사에 관하여 검사의 지휘를 받는다. 사법경찰관리는 검사의 지휘가 있는 때에는 이에 따라야 한다'고 규정하고 있어 형사소송법 시행령도 헌법 및 형사소송법이 정한 정신에 맞게 제정되어야 한다.
- 경찰 내사에 대한 검찰통제는 반드시 필요하다.
- 수사지휘에 대한 재지휘건의 조항은 형사소송법에서 검사의 지휘가 있는 때에는 이에 따라야 한다고 규정하고 있으므로 대통령령에서 이러한 내용을 규정하는 것은 법 위반 사항이니 삭제되어야 한다.

뭔가 바람직스럽지 않고 조직적으로 보입니다.

저는 저런 의견에 동의한 적이 없습니다. 수구 기득권 수호를 위하여 미리 틀을 정해 놓고 정치검사 자신이 지배하면서 원하는 대로 지령을 내리고 만들어 내고 있습니다. 여실무관들의 역할과 입지를 누구보다도 잘 알면서 이들까지 임의로 검사 기득권의 방패막이로 동원하고 활용하고 있습니다.

79

> **1월 9일 (월)**
>
> ▸ 18:20경 퇴근하다 현관에서 조성익 검사를 우연히 만났다. 그는 제출받은 감찰의뢰서를 의식한 듯 "다음에 소주 한잔하면서 이야기합시다"라는 말을 하고 현관 밖으로 나가다가 되돌아서서 "아참, 저와 집이 같은 방향이죠? 제 차를 타고 가면서 이야기나 좀 하시죠"라고 말했다. 차를 타고 가면서 검사는 "김훈석 부장은 이미 나간 사람이라 대충 변명하면 그만이고, 박승원 검사가 인정할 리가 있겠습니까? 그리고 화평지청에서 구속영장에 관한 내용이 새 나가는 일들이 어디 한두 번입니까?"라고 얼버무리기만 하며 감찰절차를 진행할 의사가 전혀 없음을 내비쳤다.

　조성익 검사에게 감찰의뢰서를 제출한 이후 3개월여 만에 그의 최초 언급입니다. 주차장에서 그 서류를 받아 간 후 그 누구로부터도 아무런 연락이나 언급이 없었습니다. 정상대로라면 저를 불러서 진즉 조사에 착수해야 하는데 전혀 진행하지 않다가 우연히 저를 보고 뭔가 양심에 걸렸던 모양입니다. 차를 타고 가면서 나눈 대화 내용을 보십시오. 이것이 검사와 검찰의 모습이고, 저는 이들을 그렇게 만드는 검찰 괴물의 정체가 궁금하여 견딜 수 없었습니다.

> **2월 1일 (수) 눈**
>
> ‣ 오전에 박중희 사무과장이 전화를 걸어와 청사 후문 쪽 "강산 한정식"에서 점심을 같이 먹자고 하여 만났다. 과장은 "신 계장이 제출한 서류를 조성익 검사가 계속 가지고만 있다가 이제야 1부장에게 보고해서 어제 간부회의 때 처음 이야기가 나왔다. 어떤 내용인지 알고 싶어서 만나자고 했다"라고 했다. 그동안 있었던 일들을 간추려 말했더니 과장은 "나도 검사실에 근무할 때 그런 비슷한 일 많이 겪었으나 그냥 다 참고 지냈다"라는 말 이외에 극도로 말을 아꼈다.

조성익 검사가 감찰의뢰서에 대한 보고를 이제야 한 것이고 알고 보니 사무과장은 윗선의 지시를 받고 저의 동태를 파악하기 위하여 만나자고 한 것입니다. 조성익 검사는 진즉 상급자와 상부에 보고하고 조사를 진행하여야 하는데 인사 발령 직전 보고하고 도망치듯 떠나 버렸습니다.

> **2월 10일 (금) 맑음**
>
> ‣ 박중희 사무과장을 만난 지 10일이 다 되어 가도록 그 누구도 아무런 언급이 없다. 감찰의뢰서를 은폐하려는가 보다.

검찰공무원을 절차의 대상으로도 여기지 않으니 힘없고 아무런 배경 없는 일반 서민이야 오죽했겠습니까?
　이후 감찰의뢰서는 어떻게 되었습니까?

그 이후로는 어떻게 되었는지 알 길이 없습니다. 조성익 검사가 떠나면서 가져갔을 리는 없고 말도 많고 탈도 많은 부장실 캐비닛에 묵혀 두고 지청장과 함께 그 문건의 존재와 처리를 장악하고 있다가 나 몰라라 하고 떠났을 것입니다. 전국 청 부장실 캐비닛에 있었던 온갖 자료들은 수구기득권 수호를 위하여 필요할 때는 곶감 빼 먹듯이 이용하고, 불필요할 때는 묵혀 두다가 떠나기를 반복하고 그렇게 자의적으로 이용하다가 언젠가 가서는 용도폐기할 것입니다.

상급 청에서 공문으로 내린 획기적인 감찰은 부패한 검사나 이들이 보호하는 사람이나 조직은 제외한 감찰이었습니다. 이토록 황당한 논리는 모두 법과 제도가 뒷받침하는 검찰의 무소불위로부터 나왔던 것입니다. 지금 저는 그 무소불위 해체를 위하여 증언하고 있습니다.

2월 11일 (토) 맑음

- 새벽에 눈을 떴다. 이들이 본격 은폐에 나섰으니 다음 순서는 보복일 것이다. 아직 한 번도 글을 올려 보지 않은 검찰 홈페이지 내부게시판이 생각났다. 그동안 그곳에 글을 올렸다가 간부들에게 불려 갔다느니 고초를 당했다는 말을 들은 적이 있었다. 이들에 대한 방어 차원에서라도 진실을 공개해 두어야겠다는 생각이 들었다.
- '심선요양병원' 사건에서 등장인물은 모두 익명으로 했다. 아부와 아첨으로 입신 영달만을 쫓는 고위 일반 직원들의 행각에도 경각심을 주기 위하여 얼마 전 검찰을 떠난 송복일 사무국장의 행태 중 몇 가지와 끝에는 송복일보다 나쁜 이들은 그를 그렇게 키우고 입신 영달을 안겨 주며 활용해 먹은 고위직들이라는 내용을 추가로 담았다. 게시판 첫 화면에 게시할 글과 첨부 파일로 들어갈 내용까지 완성하니 하루가 훌쩍 지나갔다.

검찰 내부 게시판에 글을 올린 2월 13일은 일기 분량이 많아 Part A~B로 나누어 소개하겠습니다.

2월 13일 (월) 맑음

- 월요일 아침 날이 밝았다. 평소보다 30분 일찍 출근하여 사무실 컴퓨터를 켜고 내부 홈페이지를 열어 '자유발언' → '글쓰기'로 들어가니 게시판 화면이 열렸다. 미리 준비한 심선요양병원 사건 요지를 중심으로 하여 검찰개혁을 주장하는 내용의 글을 올렸다.

Part A : 사무과장 호출

- 13:15경 박중희 사무과장으로부터 호출을 받고 갔다. 나를 보자마자 "조금 전 상부에서 전화가 왔다. 글을 빨리 내려야 한다"라고 했다. 나는 "검찰이 국민의 신뢰를 받으려면 제가 지적한 부패한 문화가 사라져야 합니다"라며 거부하였다. 과장은 "그거 누가 몰라서 그러나? 다른 사람은 왜 다들 가만히 있겠는가? 빨리 내려라, 상부에서 연락이 왔다고 하지 않느냐?"라고 했다. 나는 "상부에 있는 누가 뭐라고 한 겁니까?"라고 하자 과장은 "그런 거 묻지 말고 빨리 글이나 내려라" 나는 "그럴 수 없습니다. 이제는 검찰이 바뀌어야 합니다"라고 말했다. 이렇게 대화가 오가던 중 50대 초중반의 남자가 들어오자 과장은 "손님이 왔으니 잠시 돌아가 있으라, 다시 연락하겠다"라고 했다.

과장은 20분 후 전화를 걸어와 "지금 빨리 내 방으로 오라"고 하여 갔더니 다시 압박이 시작되었다. "상부에서 조금 전 또 연락이 왔는데 왜 말을 못 알아듣나? 글 빨리 내리라니까," 나는 "검찰이 국민의 신뢰를 받으려면 제가 지적하는 전관예우와 청탁 문화가 사라져야 합니다. 글을 내릴 수 없습니다. 자꾸 상부, 상부 하시는데 전화를 걸어 왔다는 그분이 도대체 누구입니까?" 과장은 멈칫하다가 말했다. "서기관……"

> 나는 "서기관이요? 성함이 누구입니까? 그 상부에 계신 분에게 전해 주십시오, 저의 혼이 들어간 글이니 절대로 내릴 수 없다고 말입니다"라는 등의 말을 하며 40여 분 동안 과장은 글을 내리라며 압박하고 나는 거절하기를 반복하던 중 과장은 "일단 돌아가 있어"라고 퉁명스럽게 말하므로 그곳을 나왔다.

과장은 함구했지만 제가 만일 연락을 해 왔다는 그 서기관이 누구인지 알아서 그에게 '본인의 진의에 의한 의사이냐?'라고 물어보면 분명 그는 다시 상부를 댈 것입니다. 그런 상부가 두세 겹 또는 그보다 더 많을 수도 있습니다. 그리고 가장 정점에는 오랜 세월 성역을 구축하여 아무도 견제할 수 없는 정치가 본업인 검찰 바이러스의 화신이 있고, 그 휘하는 모두 박중희 사무과장처럼 아바타 또는 사냥개 역할을 충실히 하는 이들이 호위무사가 되어 있는 것입니다.

Part B : 지청장 호출

▶ 15:45경, 이번에는 지청장 부속실 여직원이 메시지를 보내와 16:00에 청장실로 오라는 지시를 전달하므로 그 시각에 갔다. 청장은 나를 보자마자 "신 계장에 대하여 보고하라는 지시를 받았다. 일단 빨리 글을 내리라"라고 말했다. 나는 "검찰에서 제가 지적한 일들이 사라져야 검찰이 바로 서고, 나라도 바로 섭니다. 그 글을 그대로 두게 해 주십시오"라며 거부했고, 청장은 계속 같은 말로 글을 내리라고 했다. 청장은 예상외로 내가 강하게 나온다고 생각했는지, 표정이 험악해지고 말소리가 거칠어져 갔다. "이 사람 알고 보니, 검사실에 두면 안 되는 사람이네. 김훈석 부장이 뭘 잘못했다고 그러는가? 그 글 그대로 놔두면 사람들이 보고 또 보고 그럴 거 아냐?"라고 말했다. 내가 "그 글은 검찰 문화를 바꾸자는 것입니다. 김훈석 부장님은 이미 검찰을 떠났으니 남아 있는 우리가 앞으로 그런 일이 없도록 하자는 것입니다"라고 하자, 청장은 어이없다는 표정을 지으며 "예전에 정상혁, 임윤길 계장 어떻게 되었는지 알잖아? 신 계장은 공무원 생활 오래 안 할 건가?"라고 말하고, 일순간 뭔가 생각하듯 표정을 짓고는 "임윤길 그 사람 아들은 반듯하게 큰 모양이네, 이번에 사법고시에 합격했다고 하니 말이야"라고 말했다. 나는 더욱 강하게 저항했다. "제 혼이 들어간 글이니 내릴 수 없습니다"라고 더욱 버텼고 청장은 인상을 쓰며 즉결처분하듯 "신 계장, 검사실에 둘 수 없으니, 사무과로 내려갈 준비나 하라"라고 했다. 청장의 압박 수위가 강도를 더해 가고 있었다. 청장은 온탕, 냉탕을 드나들듯 강온 양면으로 40분 동안 압박과 강압을 지속했다. 내가 추호도 흔들림이 없이 버티자, 고개를 좌우로 젓기도 하였다. 청장은 "알았으니까 일단 돌아가 있으라"라고 말하여 그곳을 나왔다.

정상혁, 임윤길는 어떤 직원입니까?

정상혁은 검찰의 부조리한 인사문화 개선 등을 주장하다 해임을 당했으나 오랜 법정투쟁 끝에 복직한 직원이고, 임윤길은 무슨 일 때문인지 모르나 고위직에 반기를 들었다가 의사에 반하여 검찰을 떠난 직원으로 알고 있습니다. 그의 아들이 사법고시에 합격했다는 말은 지청장이 말하여 처음 알게 된 것입니다. 청장이 그 직원들을 언급한 것은 '너도 그 직원들처럼 해임 또는 그만두게 만들어 주겠다'라고 겁박한 것입니다.

사무과장 재호출

▸ 17:10경 사무과장이 다시 전화를 걸어 왔다. 이번에는 김중원 집행과장, 박성균 수사과장과 함께 나를 기다리고 있었다. 박중희 과장은 "위에서 또 연락이 왔다. 바깥으로 새나가 언론에라도 나면 어떻게 하려고 그러느냐?"라고 말했다. 약 40여 분간 머물고 있으면서 시종일관 글을 내리라고 요구하였다. 과장들이 모인 이유는 모두 함께 나서 나를 설득하거나 압박하라는 모양새로 보였다.

> **2월 14일 (화) 맑음**
>
> ▸ 오전에 한강고검에 근무하는 한상웅 계장이 전화를 걸어 왔다. 그는 대뜸 송복일 전 국장을 거명하면서 "신 계장이 올린 글에 해당하는 분이 송복일 전 국장님이 맞지? 여기 고검 국장님이 신 계장한테 물어서 게시판에 올린 글에 등장하는 분이 그분을 지칭하는 것이 맞는지 확인하라고 하여 전화를 걸었다"라고 말했다. 나는 "묻지 말고 알아서 판단하면 될 것이다"라며 거절했다.
>
> ▸ 오후에 사무과장이 다시 호출하였다. "상부에서 또 연락이 왔다. 글을 내려 달라고 한다"라고 했다. 내가 대답을 하지 않자 "명예훼손죄 생각해 봤나?"라고 말했다. 나는 "글 내용은 모두 진실이고, 오로지 공익을 위한 것입니다. 익명으로 한 이유는 개인의 잘못을 이야기하고자 하는 것이 아닙니다. 남아 있는 우리들이 잘못된 검찰의 제도문화를 바꿔 보자는 것입니다. 그래야 국민으로부터 신뢰를 받습니다. 그는 30여 분 동안 "글을 내려라"라고 집요하게 압박하였지만 나는 "검찰이 국민의 신뢰를 받기 위하여, 검찰 문화를 바로 잡아야 한다는 나의 혼과 양심이 담긴 글이니, 내릴 수 없습니다"라고 말하며 끝내 거절하였다.

한상웅 계장은 저와 임용 동기이고, 제가 한강지검 정의지청에서 8급일 때 상급 청 총무, 감찰부서에 주로 근무하다가 당시 저보다 2~3년 앞서 7급으로 승진하여 내려와 만난 적이 있던 직원입니다. 저와 같은 시험을 보고 같은 날 임용되어 출발은 같았으나 승진격차가 너무 커서 제가 6급(주사)으로 퇴직할 때 일찍이 4급(서기관)이어서 3급(부이사관) 승진을 앞두고 있는 사람입니다. 한상웅에게 전화를 걸게 한 한강고검 사무국장의 의도는 선배인 송복일을 배려한 셀프 고소 진행을 위하여 그 익명성을 깨려는 시도일 수 있습니다. 왜냐하면 그 직후 박중희 사무과장이 '명예훼손'을 거들먹거린 것을 보면 이들이 긴밀히 연락하며 명예훼손죄로 돌파구를 열려던 것으로 생각합니다. 결국 제가 익명을 깨뜨리지 않아서인지 아니면 그걸 포기했는지 거기까지는 가지 않았습니다.

게시판에 익명으로 했는데 송복일이라는 것을 어떻게 알았을까요?

송복일의 행각이 워낙 유명하고 연륜만큼 그가 근무한 검찰청이 여러 곳이어서 많은 사람은 저의 글을 읽고 송복일인 줄 금방 알았을 것입니다.

2월 16일 (목) 맑음

- 16:20경 사기 사건 대질조사 마무리를 하고 있을 때 청장실 여직원으로부터 16:30까지 오라는 호출을 전달받았다. 조사받던 사람들을 대기실에 기다리도록 양해를 구하고 청장실로 갔다. 청장은 여직원에게 차를 가져오게 하는 친절을 보이더니 이내 급변하였다. "신 계장 왜 그렇게 사나? 김훈석 부장이 뭘 잘못했다고 그러는가? 들어보니까 부장은 잘못한 거 하나도 없던데 부장 입장에서 신 계장에게 진영훈를 불러 조사하라고 지시한 것이 뭐가 잘못인가? 영장 기각되고 나서는 신 계장이 조사를 거부했다고 하는데, 신 계장이야말로 잘못한 거 아닌가?"라고 말했다. 나를 지시 불이행 또는 직무를 유기한 사람인 양 몰아갔다. 청장이 글을 내리라며 약 30분 가까이 계속 압박하던 중 나는 "대질조사를 받던 사람들을 대기시켜 놓고 왔습니다"라고 말했다. 청장이 들은 척도 하지 않으므로 "검사님에게 인계한 후 다시 오겠습니다"라고 말하자 이를 승낙하였다.
- 검사실로 돌아와 검사에게 마무리 조사를 부탁하고 다시 청장실로 갔다. 청장은 "진영훈 그 사람 소환해서 검사실에 온 것이 아니라 자기가 그냥 왔다고 하던데?"라며 박승원 검사가 진영훈을 신문하다가 돌려보내 버렸던 상황에 대하여 말했다. 나는 "누가 그렇게

말한 것입니까?"라고 묻자 청장은 "그럼 누구 말이 맞는지 박승원 검사를 여기로 불러 같이 대질해 볼까?"라고 하더니 사건계 영장담당 김진숙에게 전화하여 그날 진행된 영장청구서 부본을 찾아오도록 지시하였다. 잠시 후 청장은 김진숙이 가져온 그 서류들을 받아 들고 "법원에 구속영장을 청구하기 직전 진영훈이 출석한 건 그가 스스로 나온 것인데 왜 그러느냐? 내가 직접 검사에게 전화를 걸어 이를 확인시켜 주겠다"라고 하면서 박승원 검사에게 전화를 걸었다. 청장은 수화기에 대고 검사에게 "진영훈 그 사람 출석하라는 말도 하지 않았는데 자기가 알아서 나온 거 아닌가?"라고 답을 유도하듯이 물었다. 검사가 뭐라고 답했는지 모르나 청장은 수화기를 귀에 댄 채 몸을 뒤로 비스듬히 제치고 약간 틀다가 수화기를 내려놓았다. 검사가 청장이 원하는 답을 하지 않은 것 같았다.

청장은 오늘 나의 글을 내리게 하지 못하면 끝장날 사람처럼 집요하고 강하게 압박하고 나는 똑같은 말로써 저항하며 1시간 40분 가까이 압박이 계속되었다. 그사이 청장의 표정과 말투, 집요함은 이미 광견(狂犬) 수준에 도달해 있었다. 이들의 습성을 이미 간파해 왔던 나는 이 이 정도의 상황에 오면 일단 피하고 보는 것이 좋고, 빠르고 즉각적 결단일수록 좋다는 생각이 들었다. 결국 "글을 지우겠다"라고 대답했다. 천둥과 번개, 먹구름이 가득하던 청장의 얼굴이 맑게 개었다. 그렇게 하여 나는 그곳을 빠져나올 수 있었다.

그 전날인 15일은 조용하여 오히려 이상했는데 이날은 글을 내리게 하지 않으면 끝장난다는 생각인지 '주구(走狗)' 증상이 극도로 치닫고 있었습니다. 갑자기 그들의 요구를 수용하여 글을 내리겠다고 한 것은 그 증상이 심해지면서 마구 짖고 물어뜯는 광기 어린 그 눈빛과 표정을 보고 일단 피하고 보는 것이 현명하고 그 시점도 빠를수록 좋다고 판단하여 즉각 결단을 내린 것입니다. 제가 그들의 압박, 회유에 굴복한 것으로 보일 수 있으나 저의 진심이 그렇지 않다는 것은 사냥꾼과 사냥개들이 보이지 않고 잠잠해졌다고 보일 때 제가 취했던 다음 행보 그리고 이후로도 계속되는 행보에서 알 수 있을 것입니다. 검찰 괴물의 지배와 지령을 받아 일어나는 검찰의 실상을 세상에 알리기 위하여 무모하게 맞서기보다 사냥개를 따돌리고 사냥꾼의 총에 맞아 죽지 말고 끝까지 살아서 남아야 한다는 각오를 하고 있었습니다.

2월 17일 (금) 맑음

- 11:10경 사무과장의 호출하는 전화를 받고 갔다. 내가 글을 내리겠다고 해서 그런지 표정과 말투가 180도 달라져 미소를 머금고 있었다. 과장은 검사들의 행태에 대하여 공분하듯 말하며 "나도 참고 살았다"라고 말하였다. 30분 가까이 그가 하는 말을 흘려듣다가 나왔다.
- 게시판 화면을 불러 게시 글 '삭제'가 아닌 '수정' 방법을 이용하였다. 마치 곡식을 담아 둔 그릇에서 곡식을 꺼내 따로 보관하고 나중에 다시 곡식을 채울 생각으로 그 그릇은 그 자리에 그대로 두듯 글만 지우고 그 그릇인 원래 게시 화면은 없어지지 않도록 남겨 둔 것이다.
- 청장이 공언한 대로 오늘 발표한 2월 20일 자 검사인사로 몇몇이 이동하는 직원들 인사에 묻혀 집행과 재산형집행 2계장으로 발령을 받았다. 신도완 검사는 조성익 검사의 바통을 이어받아 감찰 전담 검사로 발령받았고, 조성익 검사는 탐라지검 검사로 발령받아 갔다.

글을 '삭제'하지 않고 내용만 비워 두는 식으로 '수정'을 택한 이유는 시간이 지남에 따라 게시판 화면이 뒤로 많이 밀려날수록 '사냥꾼'의 시야에서 멀어지고 '사냥개들'도 보이지 않고 조용해질 것이라 믿고, 그때 가서 다시 '수정'을 이용하여 글을 그대로 살려 놓기 위한 것이었습니다. 그래서 글 제목은 '글 내림'으로 바꾸고 글이 있던 공간을 백지로 만든 다음 게시판 목록과 글이 올려져 있던 공간은 그대로 유지되도록 한 것입니다.

신도완 검사가 조성익 검사의 뒤를 이어 감찰 전담 검사로 배치한 것은 매우 의도적으로 보입니다.

그렇다고밖에 생각되지 않았습니다. 검찰은 수사대상이 수사하고, 감찰 대상이 감찰했습니다. 글을 올린 직후 본관 현관 앞에서 신도완 검사와 우연히 마주치게 되었는데 신도완이 가던 걸음을 멈추더니 으르렁거리는 표정을 지으며 일시 강하게 째려보았습니다. 뭔가 단단히 벼르고 있거나 '가만두지 않겠다'는 메시지를 전하고 싶었던 모양으로 저도 맞서 쳐다봤더니 그냥 갔습니다. 그는 전관의 몰래 변호 직후 사건을 무혐의 처리하고 이 지경이 되도록 한 데 대하여 일말의 반성도 없는 '철면피', '적반하장' 증상까지 심하게 앓고 있었습니다.

80

무소불위 검찰 권력의 산실인 검사실에서 나온 후 일기 쓰기를 중단하고 의미 있는 일들이 있을 때만 비망록을 썼습니다.

> **4월 19일 (목)**
>
> ▸ 글을 내린 후 게시판에 다른 글들이 올라오면서 내가 올렸던 글의 흔적인 글 목록은 한참 뒤로 밀려나서 특별히 검색하지 않으면 볼 수 없게 되었다. 사냥꾼이 모르고, 사냥개들의 모습도 보이지 않고 아무 소리도 들리지 않게 되었다고 믿고 일찍이 마음먹고 있던 대로 글을 복원시켜 놓았다.

검찰의 부패에 침묵하지 않았다는 흔적을 복원시켜야 한다는 생각이 한시도 떠난 적이 없던 중 내린 지 2개월 만에 남겨 두었던 빈 그릇에 곡식을 다시 채워 넣듯 글을 복원시켜 두었습니다.

> **4월 20일 (금)**
>
> ▸ 11:00경 김인상 총무계장이 전화를 걸어와 "왜 글을 다시 올렸느냐? 그것 때문에 위에서 연락이 왔는데 이유를 물어보라고 해서 연락한다"라고 말했다. 나는 "이전부터 마음먹고 있던 것 실천한 것이고, 직원들은 전혀 모르고 특별히 소급해서 찾아 들어가야 보이는 글이니 그대로 놔두게 해 달라"라고 말했다.

직원들은 제가 글을 살려 두었다는 사실을 전혀 모르고 있었는데 김인상이 윗선의 연락을 받고 그런 전화를 걸어 와서 놀랐습니다. 상부에서 게시 글을 전방위적으로 모니터링하고 있었던 것입니다.

> **4월 24일 (화)**
>
> ‣ 11:00경 사무과장의 호출을 받았다. 과장은 "왜 다시 글을 올렸느냐?"라고 했다. 나는 "그 글은 최초 게시했던 목록으로 소급하여 가서 일부러 찾아보지 않으면 보이지 않는 글입니다. 저의 혼이 담긴 글인데 그 흔적마저 없애 버릴 수는 없어서 마음먹었던 대로 복원시켜 두었습니다"라고 말했다. 과장은 "그 글 때문에 지청장이 고검장한테서 전화를 받았다고 하더라"라고 말했다. 나는 다시 "2개월 전 날짜로 소급하여 검색해 보지 않으면 보이지 않는 글입니다. 글을 올렸다는 흔적만은 남을 수 있게 해 주십시오"라고 말했으나 과장은 험상궂은 표정을 보이며 "내려가 있으라"라고 말했다.

청장에게 전화를 걸었다는 고검장은 누구입니까?

금강고검 고검장 김상탁입니다. 훗날 그는 검찰 최고수뇌에 오르게 됩니다. 청장이 오금이 저릴 만큼 강력한 메시지가 전해졌던 모양입니다.

> **4월 26일 (목)**
>
> ‣ 09:30경 금강지검 이승완 사무국장이 전화를 걸어 왔다. "금강지검에서 나랑 근무해야 할 것 같다"라며 인사보복을 암시하는 말을 하였다. "어떻게 이럴 수가 있습니까?"라고 따지자 국장은 "신 계장, 내 뜻이 아니야"라고 말했다. 나는 일방적으로 전화를 끊어 버렸다.
>
> ‣ 앞으로 2년이 더 지나야 전출대상이 될 것이나 조만간 실시될 5월 7일 정기인사 명단에 끼워 인사보복을 감행하려는 것으로 보였다. 그들이 미쳐 날뛰고 짖어 대고 물어뜯기 시작한 것이다. 사냥꾼과 사냥개에 맞서다 죽느니 나는 다시 이들을 피하고 보는 것이 좋겠다고 생각되어 채웠던 글을 다시 비우고 직전 상태로 만들어 놓았다.

이승완 국장은 4년 전 제가 금강지검 수사과에 근무할 때 과장이었던 사람입니다. "내 뜻이 아니야"라고 말한 것을 보면 상급 청 힘 있는 자들과 긴밀히 소통하고 대책회의를 가진 결과를 통보한 것으로 보입니다. 사냥꾼이 저에게 다시 총을 겨누고 있고 바로 눈앞에서 사냥개들이 미쳐 날뛸 때는 일단 그들의 광분을 진정시키고 위기를 모면하고 봐야 하기에 언젠가 다시 글을 채워 두기로 마음먹고 같은 방법으로 다시 글을 비웠습니다.

4월 30일 (월)

▸ 오후에 박중희 사무과장의 호출을 받고 과장실로 갔다. "강호지청으로 이미 발령이 났으니 그리 알고, '앞으로 게시판에 글을 올리면 가만두지 않겠다'라고 하더라"라는 상부의 뜻을 전달했다. 그의 말에 나는 "언젠가 검찰에서 겪은 일들을 세상에 알리는 날이 올 것입니다. 그래도 저를 날려 보낼 것인지 그들에게 물어봐 주십시오"라고 말했다. 그는 가소롭다는 듯이 웃으며 나를 내보냈다.

그 사이 금강지검보다 더 멀리 강호지청으로 보복 수위를 올렸습니다. 비리로 징계를 하더라도 죄목이 분명히 있고 변명의 기회가 주어지는데 그런 기회를 원천 차단하고자 정상적인 인사명단에 슬쩍 끼워 넣어 보복한 것입니다. 이러한 보복으로 단순히 교통비가 많이 들고 거리가 멀어지는 불편은 아무것도 아닙니다. 검찰의 수구 기득권에 저항하거나 이를 발설하는 자는 저처럼 변명의 기회도 주지 않고 버려지고 더욱 격상된 보복의 대상이 되고 이는 시작에 불과하고 언젠가 제거되는 대상이 될 것임을 보여 주고 싶었을 것이고 그러한 암시와 경고를 검찰 내부에 널리 알린 효과도 거두었습니다.

인사보복은 직권남용권리행사방해죄에 해당합니다. 물론 그전에 벌어진 영장청구서 내부결재 중 이를 발설한 행위와 수표추적 결과 내용 발설은 각기 공무상비밀누설죄, 그리고 감찰의뢰서 은폐는 공용서류 은닉 또는 손상죄, 해임 또는 타의에 그만둔 직원처럼 해 주겠다고 겁박한 행위는 협박죄, 이와 연결된 일련의 행위와 감찰절차 무마는 직무유기에 해당합니다.

5월 1일 (화)

▸ 오전에 월례조회가 있었다. 검사와 직원들 앞쪽 단상 왼쪽에 태극기가 세워져 있고, 그 오른쪽에 지청장, 부장검사, 사무과장, 집행과장이 서열순으로 자리하고 있었다. '국기에 대한 맹세' 순서에서 맹세문이 스피커를 통하여 흘러나왔다. "~자유롭고 정의로운 대한민국의 무궁한 영광~"이라는 구절에서 뭐라 표현할 수 없는 감정이 울컥하고 올라왔다.

그때까지 20여 년 동안 수도 없이 월례조회에 참석할 때마다 별다른 느낌이 없었는데 그날은 그 대목에서 평소와 달리 가슴이 울컥했던 기억이 납니다.

> **5월 2일 (수)**
>
> ▸ 지청장이 '광명가든' 식당에서 전출대상 직원들을 모아 환송오찬을 베풀었다. 알아서 기는 간부들이 나의 불참을 예상하고 참석을 강권하는 곡절 끝에 억누르기 힘든 모멸감을 안고 그 자리에 참석하였다. 지청장, 사무과장, 집행과장, 수사과장 그리고 전출자들인 문관욱, 김양문, 유항석, 양상호, 이진현, 진복민, 이길무, 박준오 등 8명이 참석하였다. 이 자리에서 지청장이 나를 보면서 "신 계장"이라고 불러 참석자 모두의 시선을 나에게 모이게 하였다. 그리고 지청장은 "신계장, 이번에 많이 아플 거야, 우리 조직이 얼마나 무서운지도 알았을 거고"라고 말했다. 그의 표정과 말투, 의미 모두 마피아나 폭력조직의 행동 대장이 하는 것과 똑같이 느껴졌다.

마구 짖고 물어 겁주고 희열을 느끼는 주구의 난동이 극에 달해 있었습니다. 그들은 저를 음식점으로 불러내 제가 여러 사람 앞에서 재차 굴복하는 모습을 꼭 보이고 싶었던 것입니다. 청장이 용감스럽게 저를 굴복시킨 것처럼 보일지 모르나 저는 굴복한 적이 없고 일시 피한 것입니다. 저에 대한 사냥개들의 용감은 사냥꾼이 사냥감을 일거에 죽일 수 있는 엽총 그리고 자신들에게 줄 입신 영달 사료를 지니고 있다는 것을 잘 알고 있는 것에서 나옵니다.

5월 4일 (금)

▸ 전출행사가 열렸다. 인사차 전출직원들 꽁무니를 따라 각 사무실을 돌다가 이근석 부장실에 들어가게 되었다. 이근석은 "신 계장님은 다 좋으신데 한 가지는 고치셔야 합니다"라고 뜬금없는 말을 하여 대꾸하지 않고 나왔다. 현관 앞에서부터 정문 방향으로 늘어선 직원들과 악수하고 박수를 받으며 봉고 차량에 올랐다. 차량은 정문을 나가 청사 주변을 한 바퀴 돌고 다시 청으로 돌아왔는데 그러한 가식이 이날은 더 싫었다. 사무실에 다시 들어가 정리해 놓은 짐을 들고 화평지청을 떠났다.

이근석 부장이 증인에게 고치기를 바라는 그 한 가지는 무엇이었을까요?

자신처럼 저도 검찰 바이러스에 감염되어 살면 편하고, 입신 영달도 이룰 수 있다는 것이 아닐까 생각합니다.

검찰을 떠날 때 글을 내렸던 게시판 화면은 어떤 상태에 있습니까?

검찰 입문 만 32년이 되는 2023년 9월 말 퇴직으로서 남은 휴가를 모두 쓰고 9월 15일(금) 검찰을 마지막으로 떠나는 날 11년을 소급한 날짜로 당시 게시판을 찾아 들어가 이를 눈여겨보고 나왔습니다. 2012-04-26 날짜에 글 제목은 "글 내림(13)"이라고 되어 있습니다. 괄호 안은 댓글 숫자입니다. 총조회 수는 13,123회로 나옵니다. 원래 2월 13일 글을 올렸다가 검찰 바이러스 감염 사냥꾼과 사냥개를 피하여 2월 16일 글을 내렸다가 다시 이들을 피하여 4월 19일 글을 올렸다가 4월 26일 내렸기 때문에 이 날짜가 마지막이 된 것입니다. 이 날짜 게시 부분을 클릭하면 다음과 같이 표시된 화면이 나옵니다.

```
제목 : 글 내림
게시자 : 신동민/형사제1부/화평지청
게시일 : 2012-04-26 11:23:00
주제어 : 반성
```

위 표시 아래 공간은 글 내용이 담겼던 공간으로 백지로 되어 있고 그 아래 직원 8명이 13건의 댓글을 달아 놓고 있습니다. 세상 밖에서 그 글을 복원시킬 것을 기약했고, 지금 증언이 11년 전 마음속으로 다짐하고 박중희 사무과장을 통하여 검찰 상부에 전한 "언젠가 검찰에서 제가 경험한 일들을 세상에 알리는 날이 올 것입니다."라고 말했던 것을 실현하고 그들에 의해 지워졌던 글을 복원하는 과정입니다.

조회 수가 13,123건에 이르는데 댓글을 단 사람은 겨우 8명이었다는 말이네요?

저의 생각에 대한 검찰 내부의 인식이 어떤지 그리고 동시에 이에 동조하거나 관심을 보이는 것이 얼마나 두려운 일인지 양쪽 측면을 그대로 보여 주는 수치라고 생각합니다. 검찰개혁의 원동력을 줄탁동시(啐啄同時)에서 찾으려는 시도가 얼마나 무모한 일인지, 제가 주장하는 검찰 바이러스 백신 개발 즉 개혁 입법 완수 이외 방법이 없다는 것을 다소 이해하실 것입니다.

81

　강호지청 첫 출근 날을 잊을 수 없습니다. 아침 06:45경 집을 나와 버스를 타고 화평역에서 07:06 무궁화 열차에 몸을 실었습니다. 철길을 달리며 차창 밖 풍경을 내다보며 내려갔습니다. 빠르게 스쳐 지나가는 반대편 상행 수평 철로 두 개를 계속 보고 있었더니 그것이 타임머신이 되어 47년 전 제가 5살 나던 때로 거슬러 올라가게 해 주었습니다. 부모님이 갯벌 인근 마을 가난한 시골 살림을 정리하고 미래에 대한 불안을 가득 안고 천 리 길을 달렸던 철로입니다. 무작정 상경이나 다름이 없던 부모님의 그때 심정에 비하면 저의 처지는 아무것도 아니라는 생각이 들었습니다. 그렇게 1시간 50여 분을 달려 강호역에 도착했고 그곳에서 나와 도보로 5분 거리에 있는 강호지청에 도착했습니다. 담당업무는 사건계 업무를 총괄하는 사건계장입니다.

　출퇴근에 매일 화평역까지 버스를 타는 것 말고 열차를 타는 시간만 왕복 3시간 40분이었는데 그 시간이 사색과 명상의 시간이 되었습니다. 입신 영달 노예주의자들의 승승장구, 전관예우와 청탁 문화, 부패한 조직 문화, 무소불위 검찰 권력 중심의 비효율적 수사구조, 검찰에 몸담았던 사람들이 입에 재갈을 물고 자신이 경험한 부조리와 부패한 일들을 품에 감추고 평생을 살다가 무덤까지 가져가게 하는 검찰 특유의 '재갈' 문화가 이 땅에 어떻게 뿌리를 내리게 되었는지 궁금하여 견딜 수가 없었습니다.

82

발령 2개월 남짓 지나 강흥덕 사무과장의 전출 환송 회식 자리였습니다. 금강지검에서 인사 담당으로 근무하다 7급으로 승진하여 저와 같은 날 강호지청에 발령받아 온 박응상 계장이 있었습니다. 제가 찾은 것도 아닌데 회식 말미 일부러 제 옆자리로 와서 인사보복 건을 언급하며 "상부에서 검찰 최고수뇌 한호규의 뜻이라고 하였고, 상부에서 행정소송도 각오했었다고 합니다"라고 말해 주었습니다. 스스로 더 말할 의사는 없어 보여 더 물어보지 않았습니다.

사실 박응상이 금강지검 인사 담당을 하다 온 직원이라는 것은 이미 알고 있었으나 당시 8급이면 위에서 시키는 대로 기계적으로 공문 작성만 할 위치여서 내막을 제대로 모를 수도 있고 그가 발설하고 싶지 않거나 발설하지 못할 것을 물어본다고 해도 진실을 듣기 어렵거니와 부담을 주지 않으려고 모른 척하고 있었던 것입니다. 아마도 저에 대한 인사보복 과정이 긴박하게 돌아갔던 당시 인사부서에 몸담고 있던 그로서는 저를 보고도 일체 함구하기는 미안하고 무엇보다 자신은 보복인사와 무관하다는 말을 술자리를 빌려 하고 싶었던 것으로 보입니다.

최고수뇌 한호규의 뜻이라면 매우 중요한 단서가 나온 것으로 보입니다.

실상은 좀 더 복잡할 수 있습니다. 한호규가 사냥꾼이 되어 휘하 사냥개들에게 직접 저를 지목하여 보복하라고 지시하여 움직였을 수도 있고, 눈짓, 몸짓 또는 간접 메시지, 추파를 던지자 기다렸다는 듯이 사냥개들이 움직였을 수도 있고, 한호규의 불감청 고소원을 사냥개들이 스스로 알아서 챙기며 충성했을 수도 있기 때문입니다. 이 부분은 조사 의지만 있으면 얼마든지 밝혀낼 수 있는데 제가 아무리 노력해도 그런 일은 벌어지지 않을 것입니다.

상부에서 행정소송을 각오했었다니 무슨 말입니까?

충분히 있을 수 있는 보복수단입니다. 그들은 보복 수위를 더 높일까도 고려한 것으로 보입니다. 이에 제가 반발하여 행정심판을 제기할 것이고 이에 각하 또는 기각처분을 하고 제가 다시 불복하여 법원에 행정소송을 제기하면 이에 끝까지 맞서 3심까지 끌고 가는 방법으로 최대한 저를 괴롭히겠다는 것입니다. 그 과정에서 제가 중심 또는 균형을 잃는 언행을 하면 이를 빌미로 실지 잘못보다 가혹하게 징계 보복하여 주저앉힐 수 있으면 좋고, 그렇지 않더라도 제가 짧아도 2년 정도 법정투쟁을 이어 가느라 정신적 고통을 받고 생계가 어려워지게 만들 수 있습니다. 그동안 저는 잃게 되는 세월을 되돌릴 수 없고 가정이 무너지는 과정에서 저의 굴복을 맞보고 싶었을 것입니다. 결국 그들이 그런 수법을 쓰지 않은 이유는 그 단계에서는 아직 과잉대응이라는 자각이 있어 쓰지 못했을 뿐 기회만 생기면 쓰려고 그 카드를 늘 지니고 있었을 것입니다. 그래서 일단 정상 인사인 것처럼 위장한 보복으로 기선을 제압하여 궁지에 몰아 놓은 후 먼지를 털려던 것이고 실지 계속 먼지를 털었던 것으로 보이나 나온 것은 없었던 것입니다.

증인이 평소 자기 관리를 잘했기 때문으로 보입니다.

제가 자기 관리에 충실한 것은 사실입니다. 처음에는 어렵게 들어온 검찰직이고 바르게 열심히 하면 승진할 수 있다는 믿음 때문이었는데 언제부터인가는 승진욕은 모두 사라지고 나중에는 적반하장 보복으로부터 살아남고자 하는 방편이 되어 있었습니다. 제가 2003년 봄 화평지청으로 발령받고, 그해 말 같은 화평 시내 저의 집에서 가까운 곳에 마련한 집으로 모셔 와 보살펴 온 부모님도 계시고, 홀벌이로 가족들 생계와 아이들 교육비를 짊어지고 있어서 침소봉대 보복으로 생계를 잃지 않도록 하기 위해서도 제 관리를 철저히 했습니다.

그들은 저에게 빌미가 될 것이 있는지 '심선요양병원' 사건도 자세히 들여다봤을 것입니다. 제가 적어도 그날그날 일지를 써 둔 것이 있다는 것을 알고 있어 누명을 씌우고 싶어도 그럴 수 없었을 것입니다. 그 이후로도 늘 그렇습니다만 제가 맡은 업무는 거의 완벽히 처리해 왔습니다.

강호지청에서 상부의 감시나 동향파악은 없던가요?

인사보복으로 기를 꺾은 상태라고 보고 다음은 제거의 빌미로 삼을 만한 기회를 엿보고 있었다는 것을 여러 번 감지하게 되었습니다. 지청장이나 사무과장이 상급 청의 회의 또는 행사를 다녀와서 고위직에게 제가 근무를 잘하고 있다고 보고했다며 저를 생각하여 해 준 말을 들을 때마다 감지되었고, 총무계장이 상급 감찰부서 직원이 내려와 저의 동향을 알아보고 갔다고 알려 주었을 때도 그리고 저의 소속 사건계와 그리고 이와 터진 사무실 공간을 쓰고 있는 집행계 소속 직원 중 상당수가 상부 감찰부서 직원으로부터 저의 동향을 파악하는 전화를 받은 적이 있다고 귀띔을 해 주곤 해서 분명히 말할 수 있는 것입니다. 그런 동향파악 전화를 받고도 알려 주지 않은 직원도 있을 것입니다.

83

　일반직 간부의 일부 감염증은 화평지청 송복일 과장 이야기로써 소개한 적이 있습니다. 강흥덕 과장 후임으로 온 이명택 과장 이야기를 부득이 좀 하고 넘어가야겠습니다. 이명택이 보고서에 광적으로 집착하는 것은 송복일과 같았고, 송복일은 자칭 감찰업무의 대가라고 했는데 이명택은 기획업무의 대가를 자처했습니다. 부임한 직후 부서 팀장들을 모두 불러 앞으로 직원들이 즉각 일치하여 준수할 사항으로서 공문서 글자 크기, 줄 간격, 글자체 등에 정해진 수치를 제시하며 자신에게 결재를 올리는 모든 문서의 규격을 똑같이 통일하도록 지시하였습니다. 직원들의 창의와 개성이 몰각될 것을 우려하면서도 그대로 전달할 수밖에 없었습니다.
　지청장 영전을 축하한다면서 계장들을 모두 데려가 단체로 인사를 하게 하고, 직원들 군기를 잡는다며 방대한 업무를 단시간에 완결하라고 강요하고, 공문 또는 보고서 결재를 빌미로 직원들을 괴롭히고, 인사권을 은근히 과시하여 압박하고, 사무부서 계장들이 휘하 직원에게 악역이 되라고 반복 독촉하고, 스폰서 데려오기 등 제가 본 것만 해도 실로 다양했습니다.
　스폰서 데려오기는 무엇입니까?
　강호지청이 규모가 작아 6~7급 계장이 8~9명에 불과합니다. 과장이 이들을 모두 강호읍에 있는 식당으로 불러 모아 저녁을 사면서 스폰서 2명을 데려왔습니다. 메뉴가 소고기여서 식대 및 주대가 상당히 나왔을 것입니다. 스폰서 중 한 사람은 추풍령지청에 근무할 때, 다른 한 사람은 청풍지청에 근무할 때 사귄 사람이라고 했습니다. 그로부터 며칠 후 과장이 8~9급 전체 7~8명을 모아서 저녁을 샀는데 이때는 여자 한 명 그리고 한의사인 남자 한 명을 데려왔다고 하고, 얼마 후 과장이 총무계 직원과 청 소속 여직원들을 모두 소고기 식당에 데려가 회식을 했는데 이때는 범죄예방 위원실 소속 직원이 계산하였다고 합니다. 그 무렵은 이미 검찰 내 스폰서 문화가 매우 따가운 눈총을 받던 때였는데 이명택은 전혀 개의치 않았습니다. 사무과장 정도 되면 스폰서 문화가 검사들 세계에서 창궐했고, 인적 물적 규모나 액수가 그들은 고래이고 자신은 새우에 불과한 것을 잘 알기에 아무런 죄의식이 없었던 것입니다.

지방일수록 유관 기관 사람들과 유착이 심할 것이라 느낀 것은 언젠가 유관 기관 소속 사람이 명함을 주어 받은 적이 있는데 앞면에는 자신이 운영하는 기업체와 연락처를 적고, 뒷면에는 강호지청 명칭과 주소 그리고 자신이 속한 유관 기관 직위를 적고 있었습니다. 그러한 명함을 얼마나 많이 뿌리고 다닐까 염려했던 기억이 납니다.

이명택 과장은 강호지청을 떠난 후 4급 검찰서기관으로 승진하여 승승장구하다가 집행관직 자리가 나와 이를 부여잡고 마파람에 게 눈 감추듯 사라졌습니다. 그 또한 검찰에서 알게 된 부패하고 비효율적인 검찰의 제도문화에서 경험한 일들을 간직하며 재갈을 물고 살다가 모두 그대로 안고 무덤으로 들어갈 것입니다.

84

지청장 또는 검사와 부딪친 적은 없었습니까?

의외였던 것이 제가 온 지 얼마 되지 않아 떠난 염훈성, 이후 부임한 정문철 2명의 지청장 모두 저에게 친절하여 아무런 불편이 없었습니다. 검사와는 제가 일반 사무부서에 근무하여 부딪칠 일이 없었는데 당직 근무 중 한 검사의 어처구니없는 일이 기억납니다. 공무원은 문서로 먹고산다고 해도 과언이 아닐 정도로 각종 공문서를 자주 작성합니다. 어떤 공무원의 직무수행과 연결된 문서작성 몇 건만 봐도 그 공무원의 수준과 자질을 가늠하게 됩니다. 동기가 아무리 좋아도 진실에 반하는 문서를 작성해서는 안 됩니다.

그해 7월경 휴일 당직 근무 때였습니다. 점심시간 직후 경찰에서 변사사건을 보고해 오므로 주간 당직 보조 근무자 이유진이 김광필 당직 검사에게 여러 번 전화를 걸었으나 받지 않았습니다. 한 시간 후쯤 또 한 건의 변사 보고가 올라왔습니다. 그때도 검사가 전화를 받지 않았습니다. 검사가 모처럼 휴일을 보내고 있을 것이라고 배려하는 마음에 좀 더 기다려 보았다가 검사에게 다시 전화를 걸었으나 받지 않았습니다. 이후로는 20~30분마다 전화를 걸어 보았으나 마찬가지로 전혀 받지 않고 아무런 연락도 없으니 검사와 연락 두절 상태가 된 것입니다. 있어서는 안 되는 일이 벌어진 상황에서 경찰 그리고 두 변사사건 유족들로부터 더 미루지 말고 신속히 처리해 달라는 독촉 전화가 오기 시작했습니다.

이후로도 약 3시간 동안 검사와 통화를 할 수 없어 부득이 그의 후배

오순미 검사에게 연락하여 업무처리를 하였습니다. 그렇게 처리한 후 얼마 있다가 못 받은 전화를 확인했는지 검사가 전화를 걸어 오므로 그동안 있었던 상황을 말했는데 미안하다는 말 한마디 없이 태연히 '아기가 전화기를 가지고 노는 바람에 못 받았다'라고 하였습니다.

이후 검사는 청사에 나오지 않았고, 아무런 연락이 없던 중 20:00경 경찰에서 지명수배자를 검거하여 조사를 마친 후 석방 여부에 대한 처분을 받기 위하여 당직실로 지휘건의서가 올라왔습니다. 18:00 이후에는 당직 책임자인 저는 계속 근무하고 부책임자는 교대를 하므로 야간 보조 근무자가 이유진에서 심관익으로 바뀌어 검사에게 전화를 걸었으나 또 받지 않는 것입니다. 당직자가 중간중간 계속 전화를 걸어 보았으나 휴대전화가 아예 꺼져 있었습니다. 할 수 없이 다른 후배 검사인 유승우에게 보고하여 처리하였습니다. 검사는 이날 스스로 당직실로 전화를 걸어와 자신이 처리해야 할 일이 있는지 다른 상황은 있는지 점검하는 전화조차 한 번도 걸어 오지 않았습니다.

휴일 강호지청 당직 검사는 검사실에 근무하고, 당직실에는 직원 2명이 책임자, 보조자 형태로 근무하는데 검사와 7급 이상인 책임자는 상대적으로 인원이 적어 24시간 근무하고, 그 미만 직급으로 보조자는 주야 12시간씩 2명이 교대근무를 합니다. 휴일 근무 때 검사는 보통 오전 또는 점심을 먹고 나오고, 못 나오더라도 최소한 전화를 걸어와 별일이 없는지 점검하고 급한 일이 있으면 연락하라는 말을 남기고 전화대기는 해야 하는데 김광필 검사는 그런 것이 전혀 없었고, 전화를 걸어도 도통 받지도 않았고, 자신의 그런 태도에 대하여 아무런 의식도 없는 듯이 언행을 했습니다.

당직검사는 어떤 업무를 수행합니까?

관내 형사사법상 각종 상황이 발생하여 보고가 올라오면 이를 처리하고, 특히 영장, 변사 등 국민의 인권과 생명에 관한 매우 중요한 업무를 처리해야 합니다. 변사사건 처리는 범죄 관련 여부는 물론 장례를 치러야 하는 유족의 일정이 있어 신속히 수행하지 않으면 유족들이 매우 힘들어지고 애를 태우게 됩니다.

그날 김광필의 후배 검사들이 모두 업무를 처리한 것입니다. 당시 강호지청이 지청장을 포함하여 검사가 모두 4명에 불과하였습니다. 제가 볼 때는 지청장 이외 자신이 가장 선임이니까 그런 식으로 하면 당직자들이 후배 검사에게 연락하여 업무를 처리할 것으로 믿고 고의로 한 행위로 보입니다. 군에서 고참이라고 하여 후배 병사에게 대신 보초 근무를 서게 하는 파렴치와 다를 바 없었습니다.

그런데 월요일 검사의 당직 보고서 결재 때 어처구니없는 일이 또 있었습니다. 주간 근무를 했던 이유진이 마침 지청장실 부속실 직원이어서 김광필 검사가 결재를 올린 보고서류를 보게 되어 저에게 연락한 것이라며 그날 변사 처리는 각기 다른 검사가 처리했는데 김광필 자신이 처리한 것이라고 보고서를 올렸다는 것입니다. 저의 당직 근무에 관한 것이기도 하여 무관심할 수 없어 한마디 하고 넘어가야겠다고 생각하고 김광필 검사에게 가서 그 점을 정중히 지적하였더니 "다 같은 검사인데 아무나 처리하면 되지 무슨 상관이 있습니까?"라고 말했습니다. 저의 지적은 진실에 반하는 문서를 작성한 것을 지적한 것인데 동문서답을 한 것입니다. 그 동문서답에도 문제가 심각합니다. 교묘한 방법으로 자기가 할 일은 후배 검사에게 다 떠넘긴 것을 부끄러워해야 할 일인데 당연하다는 듯이 말했으니 말입니다. 그래서 제가 당직 때 핸드폰도 안 받고 나중에는 꺼져 있어서 애를 먹은 것을 곁들여 지적했더니 인상을 쓰면서 "저녁에는 휴대전화가 꺼져 있지 않았다"라고 말하는 것입니다. 자신의 행위에 '미안했다'는 말도 전혀 없고, '갑질', '궤변' 증상이 매우 심한 상태에 있었습니다.

증인의 충고를 듣고 보고서류를 바로 잡았을까요?

제가 따끔하게 충고했기 때문에 실질에 맞도록 올바르게 고쳐 결재를 올렸을 것으로 믿고 싶습니다.

85

인사보복 6개월 만인 11월에 화평지청으로 복귀하였는데 그 과정이 너무 이례적이고 예상 밖의 일이었습니다. 검찰에는 '고충 처리위원회 심의' 제도가 있습니다. 직원들이 인사상 고충을 써내면 심의하여 위중한 순서대로 우선 배려하여 희망 근무지로 발령을 내 주는 제도입니다.

강호지청에 온 지 6개월이 지난 10월 말경 11월 정기인사를 며칠 앞두고 저는 신청하지도 않았는데 금강지검 인사 담당 직원이 메신저로 연락을 해 와 "고충 처리위원회에서 다룰 테니 고충을 써서 내라"라고 했습니다. 그래서 "인사를 잘못했으면 알아서 원대 복귀시키면 되지 이건 또 뭐냐?"라고 했더니 상부로부터 저에게서 신청을 받아 내라는 지시가 있어 연락한 것이라고 했습니다.

정상적인 인사인 것처럼 위장하여 인사보복을 해 놓고 제거할 빌미를 찾지 못하여 궁색해지자 다시 정상적인 인사인 것처럼 꾸며서 없던 일처럼 꾸미고 시치미를 떼려는 것을 잘 알면서도 저의 가족을 생각하여 이를 받아들였습니다.

무엇을 심의했는지 모르나 2~3일 후 인사 담당 계장이 전화를 걸어와 심의 결과 고충이 받아들여져 화평지청으로 발령이 날 것이라고 했습니다. 그 제도가 생긴 이래 스스로 신청도 하지 않았는데 신청하라고 요구하여 신청하고 그대로 쉽게 받아들여진 사례는 전혀 없었고, 앞으로도 없을 것입니다.

강호지청에 근무하면서 잃은 것과 얻은 것이 있다면 무엇입니까?

그때부터 저에게 가장 이율배반적인 것은 '승진'이었기에 그 무렵 이를 모두 접었습니다. 그리고 인적, 물적 박탈감과 앞날에 대한 우려가 매우 심했으나 소중히 얻은 것도 있었습니다. 출퇴근 열차에 머무는 매일 3시간 20분 동안 누린 자유와 사색이었고 이후 검찰 연구에 매진하여 이전보다 더 얻은 깨달음을 생각하면 인생사 일희일비할 것 아니라고 생각합니다.

강호지청에 대하여 가졌던 다른 문제의식은 형사사법 일반사무를 담당할 직원이 부족하여 이들이 대신 또는 대역으로서 방호원, 청원경찰, 운전업무 직책으로 채용된 직원들에게 그 업무의 정담당자 또는 보조자로 일을 시키고 있었습니다. 이 또한 검찰의 제도문화를 관통하는 '아바타' 현상 중 하나입니다. 인력 수급 면에서 상급 청과 지방청의 심한 격차와 부익부 빈익빈 현상을 보고 지방에 사는 분들에게 제대로 된 검찰 행정서비스가 제공되기 어려운 환경이라는 생각이 들었습니다. 그와 반대로 상급 청일수록 인력을 풍족하게 확보하여 늘 안정되게 일하고 승진도 너무 매우 빠르게 합니다. 인력이 부족한 하급 청에서 각종 파견형식으로 인력을 가져가는 일들도 비일비재합니다. 검찰이 '정의'를 실현하는 기관으로 새로 태어나려면 과거에 성행하던 '인사 먹이사슬', '자기 사람 만들기'에 혈안이 된 사람들끼리 밀어주고 끌어 주던 부패하기 이를 데 없는 인사문화를 반성하고 앞으로는 '인사 정의'부터 실천해야 할 것입니다.

86

화평지청에 복귀하여 집행과 '자유형집행계'에서 DNA 시료채취를 담당했습니다. 이 부서는 2003년 제가 팀장으로 근무하던 '집행계'에서 부서명만 바뀐 똑같은 부서입니다. 2003년 당시 저의 전임이었던 장진식 계장이 어느새 다시 팀장을 맡고 있었습니다. 말로만 듣던 그의 근무 태도를 한 사무실에서 직접 겪게 되었는데 관공서가 아닌 그의 개인 사무실이나 다름이 없는 일이 수시로 벌어졌습니다. 외부인과의 통화가 너무 잦기도 하지만 직원들을 전혀 배려하지 않고 외부인과 자주 큰 소리로 장시간 통화합니다. 개인적 친분이 있는 일반인들을 사무실로 불러들여 차를 마시며 사적인 만남을 장시간 갖는 일도 자주 했습니다. 그러한 행태가 도를 넘어 도저히 두고 볼 수 없는 지경이라 직원들이 업무에 집중할 수 있도록 자제해 달라고 요청했더니 적반하장 큰소리로 저를 마구 나무랐습니다. 그래서 제가 "직원들이 중요한 직무를 수행하는 시간입니다. 댁에서 사모님이 연속극을 보실 때도 옆에서 그렇게 큰 소리로 장시간 통화를 하시지는 않지 않습니까?"라고 일침을 가했더니 분을 삭이지 못하고 마구 화를 내다가 어디론가 나가 버렸습니다.

그런데 일주일 후쯤 그때 그가 나가서 간 곳이 어디인지 알게 되었습니다. 집행과장 문장우가 저를 불러서 갔더니 그날 장진식이 자신을 찾아와 저하고 함께 근무를 못 하겠다고 했답니다. 말하자면 가능한 한 인사조치하여 저를 다른 부서로 보내버리라고 건의한 것이나 같습니다. 제가 이미 검찰에서 힘 있는 자들 눈 밖에 났고 검찰 생활에 적응하지 못하는 사람이라고 소문이 나 있어서 쉽게 그런 언행으로 나간 것입니다. 과장이 장진식을 두둔하는 것은 아니었으나 저보다 대선배이니 대우는 해 주라는 말에 이어 화평지청에서 검사실이건 사무부서건 모두 제가 문제직원이어서 일절 받지 않겠다고 하여 자신이 할 수 없이 받았으니 자중하고 지내라는 말에서 제가 어떤 처지에 있는지 다시 절감할 수 있었습니다.

다른 직원들과 마찰은 없었습니까?

예전에는 상상도 못 할 대우를 받기 시작했습니다. 이 또한 모두 검찰 바이러스 감염 '주구(走狗)' 증상이었다는 확신에 일부 사례를 들려드릴까 합니다.

후배 직원들이 저를 막 대하는 경향이 매우 뚜렷해졌고 처음에는 같은 부서에 근무하는 후배 정선호가 심했습니다. 그는 거의 매일 일과 직후 사무실을 나가 헬스장에 들러 운동을 한 후 21:00 넘어서 들어오고 더 남아 있다가 하루 야근 최대시간인 23시경에 퇴근을 하면서 그 시간까지 꼬박 야근한 것처럼 꾸며서 수당을 챙겼고, 그것도 모자라 심야 야근직원을 배려하는 택시 전용 검찰 법인카드를 이용하여 귀가하는 직원이었습니다. 장진식 계장이 그런 부패를 막아야 하는 위치인데 이를 잘 알면서도 자신이 정선호에게 선심을 베푸는 양 수수방관, 방조하였습니다. 저는 입지가 워낙 약하여 선배로서 그런 처사에 대한 직접 충고를 자제하고 있었는데 정선호 스스로 저의 눈총을 의식하고 도둑이 자기 발이 저려 저의 기선을 제압하고자 매우 불손한 언행을 종종 했습니다.

공직사회 어느 부서를 막론하고 팀장은 물론 선임부터 모범을 보이고 그런 직원에게 충고하여 바로 잡는 자정작용이 있어야 하는데 그런 기능이 완전히 마비되어 있었던 것입니다.

지청장 이하 간부들에게도 홀대를 당하였습니까?

예, 간부들은 대체로 경계하거나 차갑게 대하는 것이 확연히 느껴졌고, 특히 지청장들은 당직 근무를 할 때 매우 가깝게 마주치는데 인사를 해도 받는 둥 마는 둥 하고 표시가 날 정도로 차갑게 대하는 편이었고 송윤탁 지청장이 유독 그러하여 늘 얼음장 같았던 기억이 납니다. 저를 격려해 주는 직원도 없지 않았으나 간부나 직원들로부터 냉대 또는 경원시하는 대우를 받았고, 대하는 태도나 인사 평가 면에서 냉대가 계속되어 집단 따돌림을 당하고 있다는 생각이 들 때가 자주 있었습니다.

고위공직 출발선 진입이라고 할 수 있는 5급 사무관 승진을 하려면 이전부터 근무평점을 잘 받아야 했으나 늘 바닥이었고, 생계에 도움이 되는 성과급도 바닥이었습니다. 그사이 임용 동기인 박규진은 우수 검찰공무원으로 선발되어 무시험 5급 특별승진을 하였고, 같은 동기 박봉호는 들리던 말에 의하면 연거푸 4번에 걸쳐 일명 '왕수'라는 최상위의 근무평점을 받고, 배려받은 덕분에 무난히 5급 승진을 하였습니다.

87

집행과 '자유형집행계'에서 근무하다 같은 과 소속 '재산형집행계'로 발령받아 벌과금 수납 업무를 담당하게 되었습니다. 1991년 정의지청에 첫 발령을 받아 담당한 바로 그 업무여서 감회가 새로웠습니다. 그러나 2개월 남짓 근무하다가 지청장으로부터 다시 인사상 즉결처분을 받고 사건계로 옮기는 인사조치를 당한 일이 있었습니다.

직원들끼리는 예전에 박충호 선배가 "너 같은 놈은 화평지청에서 제쳐 놓았다"라는 말을 했을 때만 해도 한 귀로 듣고 흘리고 말았는데 이 부서에 근무하면서 실지로 아예 내놓은 천덕꾸러기 신세로 전락해 있음을 절감하였습니다. 검찰 내에서 저의 위상과 처지를 적나라하게 더 알 수 있는 사건이었는데 이 또한 검찰 바이러스 감염증 때문에 일어난 이례적인 일이었기에 말씀드리려 합니다.

벌금 미납자의 납부 편의를 위하여 주기적으로 지로용지를 일괄하여 대량 출력하는데 이와 동시에 자동으로 납부의무자의 핸드폰으로 독촉 문자가 발송됩니다. 자연히 그 직후 민원들로부터 문의 전화가 매우 쇄도하는데 직원들 모두 한동안 다른 일손을 놓고 그런 전화를 받는 것에만 집중하여야 합니다. 제가 전화를 받은 민원인은 화평시에 거주하다가 얼마 전부터 '빛고을'시에서 레스토랑을 하고 있다고 했습니다. 그 민원인은 이번에는 어렵고 다음 납부독촉 고지서가 나올 때는 꼭 낼 테니 지로용지를 받을 수 있는 주소를 현재 운영 중인 업소 주소로 변경해 달라고 요청했습니다. 이런 경우 당연히 재판은 모두 끝나고 집행만 남은 업무여서 민원인의 편의와 효율이 우선이므로 전산 관리 화면을 열어 비고란에 납부의무자가 주소변경 요청이 있었다는 취지와 함께 다음 지로 출력 때 요청한 주소로 갈 수 있도록 신속히 변경 입력을 해 주었습니다.

잠시 후 검찰에 발령을 받은 지 1~2년 정도 되는 직원 장유선이 자리에서 벌떡 일어나더니 저 있는 쪽을 보면서 짜증스러운 표정으로 "조금 전 누가 민원인 전화를 받아 주소를 변경해 주었습니까?"라고 하는 것입니다. 저를 보면서 하는 어투나 태도로 보아 다 알고 있으니 이실직고하라는 식이었습니다. 제가 그랬다고 하니까 "그것 때문에 지금 민원인에게 항의 전화를 받았다. 주소변경을 해 주려면 팩스로 신청을 받아서 해 주어야지 왜 전화로만 신청을 받아 주었느냐?"라고 화를 내는 것입니다. 그때 비로소 짐작할 수 있었습니다. 상황인즉 제가 변경을 해 주기 전에 민원인의 주소변경 요청 전화를 장유선이 먼저 받았던 것입니다. 그녀는 팩스로 보내라면서 이를 거절하고 전화를 끊었던 일이 있었던 것이고, 이에 불복한 민원인이 다시 전화를 걸었더니 우연히 제가 받았던 것입니다. 저는 친절히 응대하고 팩스 발송이니 하는 요구를 하지 않고 신속히 처리해 주자 민원인이 장유선에게 부당한 대우를 받았다고 생각하여 다시 전화를 걸어 그 부분을 항의했던 것이고, 장유선은 저로 인하여 그런 항의를 받았다고 저에게 화풀이하는 상황이었습니다.

  엄격한 절차에 의한 재판이 모두 끝난 벌금 집행 단계에서는 민원인의 편에서는 편리, 집행부서의 편에서는 신속, 정확한 집행에 초점을 맞추면 되는 것입니다. 그런 차원에서 전화로도 얼마든지 가능한 업무이고 납부의지를 보이기 위하여 일부러 전화까지 걸어온 민원인에 대한 당연한 대우이자 조치입니다. 장유선이 그런 이치를 모르고 그런 것이어서 친절하게 조언을 했는데 적반하장으로 나왔습니다. 그래도 저는 장유선에게 집행 단계에서 이를 엄격히 할 필요가 없다며 관련 법리 그리고 업무상 조리에 맞도록 거듭 설득해도 듣지 않았습니다. 상식적으로 생각해 봐도 재판이 진행되는 절차형성 과정이라면 엄격한 절차에 따라 할 필요가 있으나 재판이 모두 끝나고 집행만 남은 단계에서는 민원인의 직접 방문 또는 팩스를 고집해서는 안 됩니다.

어려운 시험을 치르고 검찰에 들어온 공무원이면 금방 알아들을 내용임에도 엽총과 사료를 지닌 사냥꾼을 의식하고 용감해져서 마구 대드는 '주구(走狗)' 증상을 보이기 시작한 것입니다. 만일 납부할 사람이 시골 마을이나 산간벽지에 사는 사람이나 일이 있어 일시 그런 곳에 있는 사람이라면 팩스를 보내는 것이 어디 쉬운 일이냐고 해도 장유선은 아랑곳하지 않고 강하게 맞서며 저를 굴복시켜 앞으로는 팩스로 받아서 처리하겠다는 답변을 꼭 듣겠다는 태세로 증상이 점점 심해지고 있었습니다. 그때는 그가 검찰 바이러스 감염증을 보이는 것이어서 어쩌다 그토록 빨리 감염이 되었는지 치료와 연구의 대상이라는 것을 몰랐기에 참으로 난처하기 이를 데 없고 솔직히 화도 나고 그랬습니다. 그래서 제가 "그런 경우 팩스로 받아서 변경하라는 규정이 어디에 있느냐?"라고 반문했더니 장유선은 "그럼 팩스로 받지 말라는 규정은 어디에 있느냐?"라고 표독스러운 표정으로 강하게 맞서는 것입니다. 규정에 없으면 가능한 한 민원인에게 유리한 방향으로 처리하는 것이 행정원칙이라고 말해도 막무가내로 저를 굴복시키고 다음부터는 팩스로 받겠다는 다짐을 꼭 받아 내고야 말겠다는 태세가 도를 넘어갔습니다. 저를 제압하는 모습을 사냥꾼에게 보여 주고 싶은 것이 분명했습니다. 이 모두 제가 못나서 생긴 일이라 생각하고 외면하고 말거나 끝까지 참으면 그만인데 결국 제가 화난 표정을 지으며 "왜 이렇게 되먹지 못했나? 너 말이야~ 계속 이런 식으로 나오면 공무원 자격 없어"라는 말이 떨어지자마자 장유선이 금방 어딘가로 나가 버리는 것입니다.

평소 업무에 관심이 없는 선배 정진길 재산형집행계장이 장유선을 응원하듯 이 모든 광경을 수수방관 말없이 지켜보고 있었는데 그 또한 같은 증상이었습니다. 잠시 후 장유선이 어디로 갔는지 알게 되었는데 당시 집행과장이 여러 날 공석이어서 직무를 대행하던 수사과장이 저를 불렀습니다. 과장은 형식적이고 요식행위로만 부른 것이고 자초지종은 전혀 물어보지도 않고 "되었으니까 그냥 가라"라며 저를 바로 내보냈고, 잠시 후 강유성 사무과장의 호출을 받고 갔더니 그 자리에 정진길 계장, 장유선이 미리 와 있었고 제가 자리에 앉자마자 사무과장은 "청장님이 이미 사건계로 발령 내는 인사조치를 하였으니 그리 알라"라면서 전광석화처럼 이루어진 인사 즉결처분을 고지했습니다.

조금 전 장유선에게 한 말 이외에 문제가 될 만한 말을 하지는 않았습니까?

제가 그런 어리석은 일을 할 리는 전혀 없습니다. 만일 제가 그렇게 경솔하게 처신해 온 사람이었다면 검찰에서 그 이전에 이미 12번도 더 죽었을 것입니다. 화가 나긴 했으나 마음속에는 그 상황과 저의 언행을 완전히 장악하고 있었습니다. 그렇지 않고 욕설 등 추호라도 말실수를 했다면 곧바로 징계 또는 형사처벌 비수가 날아들었을 것입니다. 더욱이 장유선이 모욕죄 또는 명예훼손죄로 고소장을 내 주면 더욱 즉각 엄하게 처벌 또는 징계 절차로 이어져 최고도로 가혹한 처분이 뒤따랐을 것입니다. 아마도 이때 그들은 장유선을 교두보로 저에게 보복하거나 방아쇠를 당길 수 있는 제거의 기회를 잡지 못한 것을 크게 아쉬워했을 것입니다.

지청장이 자초지종을 알면 인사조치를 못 할 것으로 보이는데요?

유상곤 지청장은 아예 제 말은 한마디도 들어보지도 않고 그런 즉결처분을 이미 내린 뒤였습니다. 그럴 때는 말해도 소용이 없습니다. 지청장이 만일 자초지종을 듣고 번복할 리도 없지만 번복하고 싶어도 상급청에 있는 사냥꾼과 다른 사냥개들 그리고 제가 검찰에서 제거되어야 한다는 뜻과 대세를 거스르면 전통적인 조직 통제 방식으로 청을 이끌어 갈 수 없을 것이기 때문입니다.

즉결처분대로 저는 이삿짐을 싸고 사건계 '수사지휘, 항고, 재정신청' 담당으로 자리를 옮겼습니다. 사실 검찰에 입문한 지 얼마 되지 않은 그 직원이 무슨 잘못이 있겠습니까? 그를 그토록 빨리 감염시킨 검찰이 야속합니다.

조금 전 '기수열외'라고 하였는데 다른 후배들의 합세가 있어야 성립이 되는 것 아닙니까?

예, 화평지청에 장유선의 임용동기가 김성묵, 박진선이 있었는데 장유선과 이들은 약속이나 한 듯이 유독 공격적으로 저에게 무시와 따돌림을 매섭게 하면서 장유선과 유사하게 어처구니없는 언행을 하였습니다. 더 이야기하면 너무 구차하여 그만 생략하도록 하겠습니다. 그들이 저에게 보여 준 용감은 사냥꾼이 저를 죽게 할 총과 그들이 필요한 사료를 지녔다는 사실을 잘 알고 저지른 검찰 바이러스 감염증이었기에 그들은 잘못이 없습니다.

장유선이 간부에게 달려갔다는 말씀을 할 때 장진식 계장이 집행과장에게 달려가는 장면이 떠올랐습니다.

모두 같은 증상이었습니다.

88

'사건계'로 인사 즉결처분을 내린 유상곤 지청장 재직 중 특별히 기억나는 것으로서 기관장인 그를 통하여 '전관예우'에 관한 집단 증상과 의식, 정신세계를 엿볼 수 있는 사례가 있었는데 '전관예우'라는 치명적 증상으로서 언급하지 않을 수 없습니다.

어느 날 출근하자마자 총무계에서 알림 쪽지가 날아왔습니다. 오래전 화평지청장을 지냈던 인물로 승진 가도를 달린 후 현직에서는 물론 퇴직 후에도 매우 화려한 행보를 걷고 있으며 거물 전관이자 정치 거물로 발돋움하고 있는 안두호 변호사가 특강을 위하여 행차한다는 내용이었습니다. 전직 고위 전관을 현직 고위처럼 예우하는 차원에서 청 게시판에 올린 영접행사 내용에 첨부된 '행사진행계획서' 파일을 열어 봤습니다. 표지 포함 A4용지 19장에 이르는 분량의 한문으로 '錦江地檢和平支廳 講演 計劃(案)'이라는 제목의 검찰로고를 넣은 표지가 깔끔하고 멋지게 눈에 들어왔습니다.

그다음 페이지를 넘기니 영접 및 행사 목차로 이어졌고, 그다음 페이지에는 목차 첫 번째 순서로서 '방문개요'가 나왔는데 특히 3번 항목인 이동 경로는 그 전관의 검찰청 도착부터 즉각 예우에 들어간다는 의미로서 '10:30 화평지청 도착 → 10:40 특강 → 11:30 기념촬영 → 12:00 오찬 → 13:00 향발'로 되어 있었습니다. 4번 항목에는 전관이 타고 오는 차량인 에쿠스 차량번호가 기재되어 있었습니다. 다음 페이지를 넘기니 전관의 '청내일정' 편이 전개되었는데 '이동 → 영접 → 휴식 → 특강 → 휴식 → 기념촬영'에 대하여 시, 분 단위로 예상 소요시간, 장소, 배석자 등에 대한 내용이 상세히 실려 있었습니다.

그다음 페이지를 넘기니 '청외일정'으로 이 또한 전관을 모시고 이동함에 있어 예상 소요시간, 장소, 참석자 등이 상세히 실려 있었습니다. 그다음 페이지부터 연속하여 '휴식 시 좌석배치도' → '특강 좌석 배치도' → '직원명단'이 그림 또는 표로 작성되어 상세히 실려 있었는데 '직원명단'에는 현 근무 검사 및 직원을 망라한 110여 명에 대한 직급(직위), 성명, 근무부서, 사법연수원 기수, 담당업무 등이 모두 기재되어 있었습니다. 그다음 페이지부터 연속하여 '기념촬영 배치도' → '오찬 참석자 명단'으로 이어졌는데 '오찬 참석자 명단'을 보니 청장이 얼마나 깍듯하고 극진히 전관을 예우하고 있는지 더욱 실감이 났습니다. 오찬 참석자로서 청장을 비롯한 검사와 일반직 간부 20여 명에 대한 신상이 '직위(기수) → 성명(한자) → 컬러 명함사진 → 전담업무 → 생년월일(나이) → 학교 → 비고(전임지, 유학경력 등)' 칸에 매우 상세히 적혀 있었습니다. 그다음 페이지부터 연속하여 '오찬장 좌석 배치도' → '오찬 장소' 순으로 실렸는데 메뉴의 상차림 사진을 마지막으로 장장 19쪽에 이르는 전관예우 계획서는 모두 끝을 맺었습니다.

직상급 고위직의 초도순시 또는 지도방문에서 행해지던 '훈시'가 '특강'으로 대체되었을 뿐 현직처럼 특급예우를 하고 있었습니다. 이렇듯 아무런 부끄러움 없이 의전으로 나타내 보인 전관예우를 보면서 '검찰이 어디로 가고 있는가?'라고 개탄하였습니다.

현직 고위에 대한 과도한 의전 때마다 '모든 권력은 국민으로부터 나오고 국가의 주인은 국민이다'라는 인식은 안중에 없는 그들의 저변의식을 엿보곤 했는데 전관에게도 비슷한 예우를 하여 왔다는 그들 내심의 집단의식을 가감 없이 보여 준 사례였습니다. 저는 그들을 이렇게 만드는 검찰 괴물이 언제 이 땅에 정착했고, 어떻게 하여 오늘에 이르게 되었는지 궁금하여 견딜 수 없었습니다.

89

　사건계 계원으로 여러 업무를 번갈아 가며 담당하기도 하고 팀장으로 근무하기도 하면서 3년 9개월이 흘렀습니다. 저는 대체로 눈 밖에 난 요주의 문제직원으로 자리매김한 가운데 몇몇 간부들은 저를 그렇게 대하지 않기도 했고, 저의 충심을 알아주는 직원도 있는 것에 위안 삼으며 맡은 업무에 충실하면서 틈나는 대로 검찰의 제도문화에 관한 연구에 몰입하였습니다. 그 가운데 기억나는 일들이 몇 가지 있었습니다.

　저는 이미 강호지청 출퇴근 열차 안에서 꿈꾸었던 작업으로서 검찰에서 궁금하여 견딜 수 없고 이해할 수 없는 일들이 벌어지게 하는 괴물이 하늘에서 갑자기 떨어져 전국 검찰에 깃들게 된 것이 아니라는 생각에 그 탄생과 성장, 변화 과정에 관한 연구를 하고 있었는데 이에 들어가기 전 사전작업이 있었습니다. 검찰에 몸담았던 사람 중에 지금까지 증언에서 제가 던진 같은 궁금증을 가졌고, 그 궁금증을 풀기 위한 여정을 걷고 해답을 얻어 낸 사람이 있는지 알아야 했습니다. 그런 사람과 그런 여정의 결과물이 이미 세상에 있다면 제가 그런 험난한 길을 갈 필요가 없기 때문입니다.

　저처럼 아바타 중에 그런 사람이 있었을까 백방으로 찾아보았지만 아무런 흔적을 발견할 수 없어서 검찰에 몸담았거나 검찰을 잘 알고 있는 법조인들에 관한 것이고 특별한 족보로서 개개인의 학력, 경력, 상훈, 저서는 물론 좌우명까지 담고 있는 '법조인대관'을 유심히 들여다보게 되었습니다. 그리고 검찰 괴물의 자양분인 검찰 제도문화의 요람과 변천 과정을 알고 있을 만한 법조 연륜의 사람들의 저서 항목에 주목하였습니다. 거기서 매우 독특한 현상을 발견하였는데 그들 모두 최고의 교육을 받고, 시험을 통과한 사람들로서 글 쓰는 재주를 기본적으로 지닌 사람이었지만 다음 세대에 반면교사로 삼도록 자신이 경험한 검찰의 내면을 제대로 세상에 알리는 저서는 찾아볼 수 없었고 그나마 서적들 제목에서 풍기는 뉘앙스에 실낱같은 기대로 사방을 수소문하여 이를 매입하거나 입수하여 읽어 본 여러 서적에서도 저의 궁금증을 풀어 줄 내용은 없었습니다. 이어서 인터넷 서점, 국공립 및 대학 도서관 등을 뒤져 관련 각종 저서와 논문 등 학술자료를 찾아내어 탐독하기 시작했습니다. 그래도 제가 품은 그 궁금증을 제대로 풀어 줄 내용은 없었습니다.

제가 품은 궁금증에 대한 답을 얻을 길이 없어 실망하기도 하고 다시 꿈꿔 보기도 하면서 세월을 보내다가 작심하고 여정을 떠나 발 닿는 대로 걸은 지 1년쯤 지났을 때 저도 모르는 사이 일제강점기로 넘어와 있었습니다. 다시 여정을 계속하여 일제와 우리의 검찰 제도의 골격과 골수가 너무도 닮은꼴을 하고 있음을 확인하고 문학 구상이 떠올라 소설 한 편을 썼습니다.

'경성지방 검사국'이라는 제목의 졸작이었지만 제가 그때까지 확인한 대로 우리나라 검찰 제도와 전관예우 등 부패한 문화가 일제 잔재임을 확인하고 이를 주제로 이야기를 만든 것이어서 검찰 내부에서 적지 않은 소동이 있었습니다. 출판 직전 검찰 내부에 보고하는 것이 도리라 생각하고 인사이동을 목전에 둔 신성태 사무과장에게 보고하자 크게 겁을 집어먹고 마구 손사래를 치며 "승진 안 할 거냐?"라며 말리다가 위에는 보고도 하지 않고 떠났습니다. 후임 유도준 사무과장에게 보고했더니 전 과장보다 더 심하게 겁을 집어먹고 극구 말렸습니다. "가족을 생각하라"라며 말리고 눈물까지 흘렸는데 모두 '겁' 증상을 심하게 앓고 있었습니다.

　그 정도로는 그리 소동은 아니었는데 책이 출판된 후 한 신문에서 전관예우에 관한 고발 서적이라고 보도하였더니 그때부터 본격 소동이 벌어졌습니다. 아침에 보도되었는데 그날 11:00경 최문길 지청장의 호출을 받고 올라갔습니다. 사각 테이블을 두고 의자에 앉은 지청장 정면에 저를 앉히고 사무과장은 지청장 옆에 앉혀서 마치 피의자를 신문하는 분위기 같아 야릇했습니다. 청장은 첫 마디로서 의미심장한 표정을 지으며 "신 계장, 하나는 알고 둘은 모른다. 검찰에 있는 사람들이 다 그러느냐?"라고 말하는데 그 의도가 명예훼손 카드를 슬쩍 내보이며 저의 기선을 제압하려는 것 같았습니다. 청장은 "책을 읽어 보았더니 그 시대에는 변호사가 거의 없었는데…"라고 하여 저도 동의를 하였더니 "오늘 내가 한 말들도 나중에 소설이 되겠네"라고 말했습니다. 이어서 제가 '심선요양병원' 사건 이야기를 간략히 곁들여 책을 낸 동기에 대하여 말했습니다.

　평소 유머스럽고 친절한 느낌을 주던 청장은 경청하는 것 같더니 곧 검찰 바이러스 감염증이 나타나기 시작했습니다. "전관예우를 받는 것은 다 실력이 있기 때문이 아니냐?"라고 말했고, 서적 발간 사실이 신문에 보도된 경위와 기자 접촉 경위에 대하여 피의자를 신문하듯 캐물었습니다. 제가 있는 그대로 답하자 "앞으로 책에 관해서는 물론 어떤 경우에도 기자와 일체 접촉을 금하고, 사람들에게 책을 읽어 보라는 말도 하지 말라"라고 일체 금지령을 내렸습니다. 본격 '주구(走狗)' 증상을 보이기 시작한 것입니다. 제가 이에 맞서면 필연적으로 '광견(狂犬)' 증상으로 발전하여 엽총을 지닌 사냥꾼이 예의 주시 하는 가운데 마구 짖고 사납게 물어뜯을 것이 분명하여 일단 피하고 보고 그 결단 또한 빠르면 빠를수록 좋다는 생각에 그가 요구하는 대로 모두 즉각 수용했습니다. 그러자 청장과 과장은 표정이 밝고 맑게 개어 점심을 같이 먹자고 하는데 이를 거절하였습니다. 청장실을 나오면서 시계를 보니까 12시 40분이었으니 1시간 40분 동안 강온 양면으로 압박을 당한 것입니다.

그런데 거기서 끝난 것이 아니었습니다. 오후에 청장이 불러서 갔더니 컴퓨터 앞에 앉아 문서를 작성하고 있었고, 오전에는 많이 참았다는 듯이 노기와 적대감이 가득하게 으르렁거리는 표정을 짓고 "상부에 보고해야 한다"라며 오전에 이어 책을 발간한 동기에 대하여 피의자를 신문하듯 보충 질문을 하고 저의 답을 듣고 컴퓨터 자판을 두드렸습니다. 이후 그렇게 두 번을 더 불려 가 언론에 보도된 경위, 책 내용에 대하여 추가 질문을 하고 저의 답변으로 보고서를 보완하였습니다.

그런 '금지령'이 있었던 것입니까? 저도 그 기사를 접하고 증인을 만나 좀 더 깊은 이야기를 듣고 싶어서 여러 번 연락을 시도했는데 아예 받지도 않으셨습니다. 최초 그 기사 이후 후속 또는 관련 보도가 전혀 없었던 이유가 바로 그 '금지령' 때문이었군요.

맞습니다. 여기저기 기자들이 전화를 많이 걸어 왔으나 금지령대로 함구하며 이행하다 나중에는 아예 받지 않아서 더 보도되지 않았습니다. 그때 만일 제가 상부의 지시를 받아 청장이 내린 금지령을 어기고 언론과 접촉하고 서적 읽기를 권유했다면 온갖 수단을 동원하여 집요하게 보복하고 괴롭힐 것이고 저의 대응방식과 그들의 대응방식에 따라 예상치 못한 일이 일어날 수 있고 저의 신분에 변화가 생겼을 수도 있습니다. 장 기자님이 다른 기자들보다 유독 연락을 계속 주시니까 만나고는 싶었는데 참았던 것입니다. 포기하지 않으시고 얼마 후 화평지청까지 내려오셔서 저를 만나시지 않았습니까? 제가 별말을 하지 않아 얻어 가신 것은 없었지만 그런 점에서 저는 장 기자님의 열의도 알게 되었고 이후 가끔 연락하면서 저를 대하는 관점도 알게 되면서 신뢰가 쌓였던 것 같습니다.

지청장이 직접 보고서를 작성하는 것으로 보아 검찰 수뇌부에 보고하였던 것으로 보이는데요?

예, 직속 상급 기관장인 금강지검장, 금강고검장을 경유하여 최고 수뇌에 보고가 되었을 것입니다. 이후 제가 감지한 바로는 김신호 금강고검장이 특히 노여워했던 것으로 알고 있습니다. 제가 검찰개혁 메시지를 전하는 이야기의 시간적 공간적 배경을 일제강점기로 가져갔기 때문에 빌미를 잡을 것이 전혀 없었습니다. 그로부터 며칠 후 사무과장이 불러서 갔더니 "위에서 서적 내용을 검토했는데 문제 삼을 만한 것이 없더라는 연락을 받았다. 검찰공무원이 직무와 관련하여 언론과 접촉하는 것은 사전에 승인을 받아야 하지만 출판에 대하여는 아무런 규정이 없어서 난감해하고 있다"라는 말을 전해 주었습니다.

그런 서적을 낸 목적은 내부게시판에 글을 올렸던 것과 같습니다. 그 소설을 쓰면서 이 시대 검찰에 몸담은 사람으로서 검찰의 부조리와 부패에 동조하지 않았고, 이에 침묵하지 않았다는 흔적을 남기고 싶었던 것입니다. 아마도 그들이 게시판 글을 그대로 두게 하고 인사보복도 하지 않았다면 검찰의 제도문화 연구에 들어가지도 않았고, 그런 소설을 쓰거나 이런 증언에 이르게 한 여러 일도 일어나지 않았을 것이니 인생사 참으로 아이러니하다는 생각이 들었습니다.

지청장이 책에 대한 언급도, 읽어 보라는 말도 하지 말라는 지시를 출판업계에 있는 분들이 들으면 뭐라고 할까요.

출판업계가 상상 이상으로 이루 말할 수 없이 어렵다고 합니다. 책을

낸 제가 민형사상 그리고 공직자로서 품위에 관하여 모든 책임을 짊어지고 감행한 일입니다. 출판계에서 만일 검찰이 지청장을 앞세워 학문과 예술, 출판, 표현의 자유를 억압하고, 출판물이 판매되거나 읽히지 않도록 그토록 조직적이고 강하게 압박한 사실을 안다면 얼마나 참담하겠습니까?

그 이외 특별한 일은 없었습니까?

저에게 가족을 생각해서 책을 내지 말라며 울면서 설득한 유도준 과장이 그해 연말 회식 자리에서 그들의 의식을 대변하는 절망적인 말이 기억납니다. 후배 직원들이 잘되기를 바란다면서 하는 말이었는데 "나중에 혹시 대기업체 사장이나 거물들 조사할 일이 있거든, 그가 들고 온 서류 가방이 있으면 조사실까지 들고 따라오게 하지 말고 대신 들어서 가져다주고 친절히 대해 주면 나중에 뭔가가 있다"라고 말하는 것입니다. 형사사법 정의를 책임진 검찰청 4급 고위공직자의 의식 수준이 그 정도였습니다.

2017년에도 제가 『일제 검찰 제도에 관한 연구』라는 논문형의 서적을 출판한 적이 있습니다. 이때는 새로운 규정이 생겨 지청장의 승인을 받도록 하였고, 그 과정에서 제가 서적 제목과 목차 모두를 제출하고 서적에 담긴 내용을 설명하면서 성심성의껏 보고하였음에도 서적 내용 일체를 제출하라는 형사1부장의 회유와 강요 끝에 부득이 전면 사전검열에 응할 수밖에 없었습니다. 당시 승인권자인 노진숙 지청장은 일체 베일에 가려져 있었는데 제가 그런 식의 사전검열을 거듭하여 거부하였음에도 끝까지 밀어붙인 과정에서 지청장이 어떻게 관여하였는지 궁금합니다.

90

 사건과를 떠나 형사1부 '검사직무대리실'로 발령이 났습니다. 검찰청법 그리고 검사직무대리 운영 규정에 의한 '검사직무대리' 제도가 있습니다. 이 제도는 형사부에 소속된 일반직 5급(검찰사무관) 간부가 벌금형에 처할 약식사건을 결정하도록 한 것입니다. 국가에서 그들에게 검사의 대역으로서 국민을 상대로 벌금형 기소 여부를 결정하고 공소장을 작성하여 법원에 기소하도록 임무를 부여하고 있는 것입니다. 형벌 중 벌금형이 차지하는 비중이 매우 높고 벌금형 사건이라도 국민의 권익에는 지대한 영향을 미치는 매우 중요한 형사사법 직무임에도 검사의 대리 또는 대역이라는 의미의 '직무대리'라는 제도로 운영하고 있습니다. 이 또한 검찰의 제도문화를 관통하는 '아바타' 현상과 맥을 같이 하고 있어 개선되어야 한다는 말씀을 드리면서 특별히 기억나는 이야기를 할까 합니다.

 공교롭게도 저와 근무한 직무대리는 제가 발령받아 갔을 때는 문장우 과장이 근무하고 있었고, 3개월 후 그의 후임으로 오중섭 과장이 발령받아 3개월 근무하였으니 그들 밑에서 각기 3개월씩 근무한 것입니다. 문장우는 제가 강호지청에서 복귀한 직후 소속된 집행과장이었다가 이번에 만난 것인데 그때까지는 저와 껄끄러웠던 적은 없었고, 아시다시피 오중섭은 김인상 계장의 금품수수, 저에 대한 폭행 사건을 무마하는 데 앞장섰고, 교회 부지 매매대금 횡령 사건에 개입하고, 심선요양병원 사건에서 영장청구 여부를 알아봤던 문제가 많은 직원이었습니다.

 오중섭이 증인보다 얼마나 선배인데 사무관 승진을 한 것인가요?

2년 선배인데 일찍이 검찰 내부의 신망이 두터워 5급 사무관 무시험 특별승진을 하여 승승장구하고 있었습니다. 그러나 그와 근무하는 동안 저는 공적으로 그의 업무를 보조하도록 임무를 부여받았으므로 그런 것은 고려할 필요 없다고 생각하고 오로지 저의 직무에 충실하였습니다. 오중섭은 저를 잘 알아서 그런지 함부로 대하지 않았는데 문장우와는 매우 특별한 일이 있었습니다. 이 일은 직무수행 중이 아닌 일과 후에 벌어진 일이나 이 또한, 검찰 바이러스 감염 '주구(走狗)' 증상이 그 촉매제인 알콜에 영향을 받아 급격히 중증이 되었던 사례이기에 말씀드리고자 합니다.

그해 8월 31일(금) 일과 직후 청사 인근 '우리랑'이라는 식당에서 있었던 일입니다. 검사 직무대리실이 형사1부에 소속이 되어 있는데 그날 한진우 부장 이하 소속 검사, 직원 합하여 30여 명이 모여 회식을 하였습니다. 제가 앉은 바로 왼쪽에 유관길 계장이, 그의 맞은편에는 강준석 계장, 저의 맞은편에 문장우 과장이 자리하였습니다.

직원들 사이에 술잔이 꽤 오고 간 20:00경 부장이 직원들 테이블을 돌다가 저희 테이블에 왔습니다. 소주에 맥주를 타서 한 잔씩 돌리면서 자신이 농촌 출신이라며 어린 시절 이야기도 좀 섞으면서 대화를 하다 갔습니다. 그때 제 바로 왼쪽 유관길 계장이 다른 직원들과 술잔을 나누려고 자리를 떴고 잠시 후 형사1부 검사 중 가장 선임인 김관현 검사가 그 빈자리로 다가와 바로 제 왼쪽에 앉더니 친절한 말씨로 저에게 단둘만의 대화인 느낌을 주면서 작은 소리로 말을 걸었는데 제가 게시판에 올린 검찰개혁에 관한 글을 언급했습니다.

저는 김관현 검사가 어떤 사람인지도 모르고 그런 자리에서 갑자기 그런 대화를 나누고 싶은 생각도 없었기에 적당히 얼버무리고 말 생각에 어떻게 말을 할까 망설이다 한마디를 꺼낸 순간 문장우 과장이 끼어들어 짜증 섞인 표정을 짓고 화를 내며 "야 신 계장, 그런 이야기하지 마~"라며 가로막았습니다. 갑작스럽고 상식 밖의 언행에 제가 놀란 표정을 짓자 과장은 험상궂은 표정으로 "그런 이야기 하지 말라고 하잖아"라고 말했습니다. 그때 제가 그냥 "알았습니다"라고 말하고 입을 닫으면 그만인데 남의 대화에 갑자기 그런 식으로 거칠게 개입하는 것이 너무 황당하여 "과장님은 저의 생각을 모르지 않습니까?"라고 말했더니 "그런 거 다 아는 거야"라고 말했습니다. 과장은 그때 언짢아했을 저의 표정을 보고 다시 "야 인마 너 그런 이야기하지 말라니까"라며 계속 막말을 하였습니다.

문장우 과장은 저와 평소 인격적 교감이 없었던 사람으로 저를 그렇게 호칭하고 반말할 사이가 전혀 아니었습니다. 그가 직급은 높으나 당시 제 나이가 50대이고, 그는 저보다 나이는 한 살밖에 많지 않고, 검찰 근무 경력도 일 년이 빠를 뿐입니다. 더욱이 그 상황은 김관현 검사와 제가 허심탄회한 대화가 오가는 회식 술자리에서 평온하게 둘만이 개인적으로 대화를 하는 상황이고, 저는 몇 마디 해 보지도 않은 상황이었습니다.

그때 제가 지금처럼 문장우의 언행이 검찰 바이러스 감염 '주구(走狗)' 증상이라는 사실을 알았더라면 전혀 화도 내지 않고 대꾸도 하지 않았을 텐데 그때는 그렇지 못했습니다. 제가 그의 반말에 같은 반말로 "너는 나에게 반말할 자격이 없어"라고 응수했으나 이때도 저 자신의 언행을 장악하고 있었습니다. 모두 술기운에 대화하느라 어수선한 분위기에 저나 문장우나 서로 목소리를 크게 하지 않아서 테이블 주변 사람만 알 수 있는 정도였고, 김관현 검사는 옆에서 이 광경을 계속 지켜보고 있었습니다.

저의 그 단 한마디가 끝나자마자 과장은 '분노조절 장애' 증상이 더해지며 말씀드리기 민망한 욕설을 섞어 "너 나에게 반말했지? 죽고 싶냐?"라고 폭언하며 소주병 목을 거머쥐고 이를 거꾸로 세워 들고 어깨높이까지 들어 올려 저의 머리를 내리치려는 동작을 보였습니다. 이 순간 저는 그의 분노조절 광기를 확인하고 즉각 태도를 급히 바꾸어 차분하게 "진정하시고 병 내려놓으시고, 여기서 이러지 말고 밖에 나가서 조용히 이야기하시죠"라며 진정시켰더니 다시 욕설하면서 병을 탁자 위에 내려놓고 저에게 밖으로 따라 나오라는 몸짓을 하며 나갔습니다.

너무 예상 밖의 일이고 이유 불문 참으로 부끄러운 상황이었습니다. 그리고 그의 뒤를 따라가면 당연히 저에게 폭력을 행사할 것이라는 생각에 자리에 그냥 가만히 앉아 있었습니다. 그가 술에 영향을 받은 급성 증상으로 제가 검찰에서 힘 있는 자들 눈 밖에 나 있는 존재임을 잘 알기에 저 하나쯤은 아무렇게나 막 대하고 심지어 술기운이면 두들겨 패도 상관이 없다는 생각이었던 모양입니다. 이를 모두 지켜본 김관현 검사는 저에게 "따라 나가지 않으신 것 참 잘하셨습니다"라고 말하였습니다. 이렇듯 그 상황은 김관현 검사 말고도 저의 오른쪽 대각선 방향의 이병수 주임, 저의 오른쪽에 있던 진혜미 주임이 모두 지켜보고 있었고, CCTV에 고스란히 담겼을 것입니다.

제가 따라 나오지 않자 과장이 다시 들어와 몹시 흥분한 표정과 몸짓을 하고 안절부절못하다가 자리에 앉았습니다. 앉아서 '으르렁'거리며 저를 쏘아보는 눈이 따라 나오지 않은 것에 대하여 격분하고 있는 것이 분명했습니다. 어수선한 가운데 큰 소리는 나지 않고 벌어진 국지적 상황으로 술에 많이 취한 부장이 눈치를 채지 못한 것 같았습니다. 곧 이은 순서로 각방별로 검사와 직원들이 부장이 타 주는 맥주에 소주를 탄 폭탄주를 받아 들고 직원들 앞으로 모두 나와 대표 한 사람이 용비어천가를 하는 시간이 되었습니다. 그러다 과장과 여직원 김순지와 함께 셋이 나갈 차례가 되어 일어나려는데 그때도 과장은 분을 삭이지 못하고 흥분된 표정이 남아 있어 제가 어깨를 감싸 안으며 달랬습니다. 이렇게 무사히 폭탄주 행사를 마치자마자 과장은 외투를 집어 들고 귀가해 버렸습니다.

폭언과 함께 소주병을 들어 가격하려고 하였다면 형사상으로도 심각한 문제인데요?

물론입니다. 저는 평소 제 자신에 엄격하고 남에게는 관대하게 살고 싶어 하는 사람입니다. 그래서 다음 날에 가서 마음속으로 무조건 다 용서해 주고 잘 지내야겠다는 생각에 그 뜻이 전달되도록 출근하자마자 먼저 문장우에게 미소를 지으며 밝게 인사를 했더니 전날 분이 아직도 풀리지 않았는지 인사를 받지도 들은 체도 하지 않았습니다. 필시 적반하장으로 제가 사과하기를 벼르는 것이었고 계속 똑같은 태도로 저를 대하며 강하게 압박했습니다. 그래도 저는 당시 업무적으로나 대인관계 면에서 그 어떤 잡음도 일으키지 말아야 살아남을 수 있다는 생각에 꾹 참았습니다.

문장우의 그런 태도는 조금도 누그러지지 않고 그렇게 3일이나 지속이 되었고 저는 그저 인내하고 지내던 중이었습니다. 그런데 며칠 전 문장우의 조사지시로 고소인과 피고소인이 출석 예정인 사건 조사를 앞두고 미리 의논할 사항이 있어 문장우에게 말을 건넸더니 화난 표정으로 들은 체도 대꾸도 하지 않았습니다. 사적인 감정을 3일 동안이나 직무수행에까지 전이시켜 적반하장의 태도를 지속하고 있는 중이므로 저의 인내심이 임계점을 넘은 상황에 이르렀습니다.

제가 문장우의 언행을 문제 삼아 봤자 검찰은 양비론을 내세우고 이를 빌미 삼아 저에게 무고성의 적지 않은 보복이 가해질 수도 있다는 것을 알면서도 이번 일에 대하여 저 스스로 감찰을 요청할 의사를 문장우에게 분명히 전하자 그때 비로소 제정신이 돌아오는지 태도를 급변하며 마음에도 없는 사과를 하였습니다. 뒤를 보이면 달려들어 물어뜯고 맞서면 움찔하는 '주구(走狗)' 증상이 분명했습니다. 그렇게 움찔하며 일시 저를 편하게 해 주는 것만으로도 감지덕지로 여기고 감찰 절차 진행을 포기하였습니다.

얼마 후 저는 5년 이상 같은 청에 근무할 수 없다는 장기근속에 해당되어 중원지검 평원지청으로 발령이 났습니다.

91

발령받은 평원지청은 버스 → 전철 → 버스를 갈아타고 편도 1시간 30분가량 소요되었는데 그 정도면 다닐 만했습니다. 근무부서는 당시 기피부서인 종합민원실로 발령이 났습니다. 예전의 화평지청 관내처럼 이곳도 부동산개발 붐 이후 도시가 팽창하는 가운데 인구가 늘고 복잡다단한 사건들이 늘어나는 청이었습니다.

자의 반 타의 반 이후 3년 동안 계속 민원실에만 근무하였습니다. 민원내용의 핵심을 잘 이해하여 친절하고 성실히 일하며 보람을 느꼈습니다. 제가 민원실에 근무하는 기간 반복 방문하여 폭언을 하거나 소동을 피우는 민원인들이 획기적으로 줄어들었다는 것에 자부심을 느낍니다. 민원인들의 사건 처리 자체에 대한 불만을 해소하는 것은 불가능할지라도 민원실 담당 책임자로서 직원들과 함께 최선을 다하여 민원 안내를 하고 필요로 하는 각종 서류를 발급하면서 칭찬도 많이 들었습니다. 그러한 보람이 저를 당시 기피부서였던 민원실에 3년 동안이나 머물게 한 것입니다.

옳지 않은 일들이 벌어지고 이를 당연히 여기는 곳에서 저의 생각이 더 옳고 발전적이라는 생각을 감추고 산다는 것이 쉽지 않았습니다. 제가 종종 검찰게시판에 검찰개혁에 관한 글을 올리곤 하여 언제나 저를 예의 주시 하고 빈틈만 보이면 탄압에 나설 것 같아 늘 방어 자세를 견지하였고, 그 와중에 인사권을 이용한 탄압이 있었는데 그중 가장 심각했던 것으로 뒤늦게 찾아온 승진시험 응시기회 박탈에 대하여 말씀드리겠습니다.

공무원에게 재산과 명예를 안겨 주는 승진만큼 좋은 것은 없습니다. 예전에 저도 늘 승진을 꿈꾸었으나 검찰에서 '승진하기'와 '양심 실천하기'는 양립할 수 없다는 사실을 깨닫고 고민 끝에 양심을 선택하고 실천하면서 승진은 저와 전혀 상관없는 남의 일이 되었습니다. 그러다 검찰에 무슨 바람이 불었는지 뒤늦은 50대 중반이 된 저에게 이전과 달리 근무성적 평가 점수를 주기 시작하여 승진시험 응시기회가 찾아왔습니다. 그때 저는 이미 나이도 있고, 검찰 제도문화 연구에 너무 몰입되어 있어 승진시험 공부는 안중에 없었습니다. 저 자신이 이해하지 못할 일은 승진은 남의 일이라 여기면서도 미련은 남아서 매년 10월 치러지는 응시기회를 버리지 않고 2년 동안 시험장에는 나갔고 당연히 모두 낙방하였습니다.

검찰공무원 한 사람이 응시를 포기하지 않는 한 기회는 연속 세 번을 주도록 규정되어 있기에 이미 50대 후반에 접어든 2020년 저에게 마지막 한 번이 남았을 때였습니다. 2018년 아버지를 먼저 하늘로 보낸 어머니는 제가 어떤 검찰공무원 생활을 하고 있는지 전혀 모르고 승진하면 '과장'이 된다는 것은 어떻게 아셨는지 이전과 달리 종종 "너는 언제 과장 되느냐?"고 물을 때마다 죄송했고, 아내도 다른 직원들처럼 승진하는 모습을 보고 싶어 하는 속내를 감추다가 종종 이를 비쳐 와 늘 미안한 마음이던 중 저의 마음이 많이 흔들렸습니다. 그러다 마지막 기회로 주어지는 세 번째 승진시험을 앞두고 50대 후반에 승진해 봐야 별 볼 일 없는 속이 빈 강정일망정 앞뒤 가리지 말고 무조건 어머니와 아내가 간절히 바라고 있는 '승진'이라는 선물 하나를 꼭 안겨 주고 싶다는 생각이 들었습니다. 평생 재래시장 노점에 이어 건물 청소부로 일하며 살아오신 어머니와 저 때문에 마음고생이 심했던 아내에게 '5급 사무관 승진'이라고 포장된 선물상자 하나만큼은 꼭 안겨 주어야겠다고 굳게 결심하였습니다.

2020년 새해가 시작되어 인사부서에서는 승진시험 응시기회가 남아 있는 직원에게 응시 의사를 물어보아 이를 토대로 인사행정을 진행합니다. 평원지청 인사 담당 또한 그해 초 일찍이 저의 응시 의사를 확인하고 이를 토대로 수험정보 및 일정을 꾸준히 제공하였고, 저는 그때마다 예전과 달리 달력에 꼼꼼히 표시하며 챙겼으며 응시자들에게 필수적인 '검찰5급 승진후보자 수사역량강화 교육'을 받은 상태였고, 사이버교육 실적도 시험응시 자격 충족시간을 훌쩍 넘겨 두어 만반의 준비를 하였습니다. 그리고 저는 일과 시간에는 민원업무에 전념하여야 하고 출퇴근이 먼 편이어서 시간을 낼 수 없었기에 출퇴근 전후 새벽 또는 휴일에 특별히 시간을 할애하여 꾸준히 공부하며 날이 갈수록 자신감이 많이 붙어 있었습니다. 그러던 중 시험 한 달 보름을 남겨 두고 상부에서 응시기회를 박탈해 버린 사실을 우연히 알게 된 것입니다.

원래 그해 선발인원이 50명 가까이 되었던 것으로 알고 있습니다. 그러면 4배수인 200명 가까이 응시기회가 주어집니다. 저는 전년도 응시생이자 본 년도 들어서자마자 총무계 담당자에게 응시 의사를 분명히 표시하였고, 그로부터 수험정보를 꾸준히 받고 있었습니다. 그런데 연속 3회에 걸쳐 응시가 보장된 원칙은 물론 민원실 직원에게 부여하는 인사상 우대원칙 모두를 헌신짝 버리듯이 하고 4배수 안에 들지 못하도록 매우 바깥 서열로 멀리 내쳐 버리는 수법을 동원했습니다.

평원지청 민원실은 팀장이라고 하여 뒤로 물러나 앉아 있을 수 없게 되어 있어 그 당시까지 언제나 저도 팀원 2명과 함께 나란히 창구에 앉아 민원인 상담과 각종 민원서류를 발급하며 민원인을 응대했고 업무량도 많았습니다. 그 당시 2년 넘게 언제나 민원인의 편에서 최선을 다해 근무하였고 민원인과는 물론 직무상으로도 아무런 문제도 없었고 직무 수행도 모범적이어서 아무런 결격사유가 없음에도 근무평점을 극도로 하향하여 그렇게 내쳐 버린 것입니다.

그들이 왜 그런 차별행위를 했을까요.

제가 오래전부터 전관예우와 청탁문화 타파, 검찰의 무소불위 중심의 수사구조 개혁, 검경 간 견제와 균형을 위한 경찰의 수사권독립, 검사실 아바타 제도 폐지, 헌법상 검사의 영장청구권 독점 삭제 등을 주장하는 글을 검찰 내부게시판에 써 왔기 때문입니다.

응시기회 박탈은 어떻게 알게 된 것입니까?

모두 약속이나 한 듯이 비밀리에 붙이고 있었기에 시험 1개월 반을 남겨 두고 우연히 알게 되었습니다. 시험 날짜가 임박하여 가능한 얼마만이라도 민원인에게 시달리지 않는 다른 부서에 속해 있었으면 했습니다. 그렇다고 저는 다른 직원들처럼 그 이전부터 배려받을 수 없는 신세라는 것을 스스로 잘 알기에 말도 꺼내지 못하고 있다가 마침 시험 날짜 1개월 보름 전 정기인사를 계기로 1~3순위로 지원 가능한 희망 부서란에 다른 부서 명들을 써서 냈습니다. 이때 윗선에서 더 숨기기 어려웠는지 인사담당을 통하여 알려 준 사실은 충격적이었습니다. 1~2개월 전 이미 응시기회를 박탈한 상태에 있었다는 사실을 비로소 통보받은 것입니다.

증인과 같은 응시기회 박탈 사례가 있었습니까?

없습니다. 직원들도 이구동성으로 그런 사례는 전대미문이었고, 징계받지 않는 한 일어날 수 없는 일이라고 했습니다. 힘 있는 자들이 매우 은밀하고 조직적이며 교묘하게 벌인 보복행위였습니다. 그 직후 저는 어머니와 아내에게 안겨 줄 선물을 포기할 수 없어 서열이 아무리 낮더라도 좋으니 시험만 보게 해 달라고 간청했으나 소용이 없었습니다.

그렇게 인사보복을 당한 저와 달리 그 전년도 평원지청에서 합격한 후배 이강석 전 총무계장은 수험공부에 들어갈 시기인 그해 시작 2월 인사 때 검찰 일반사무가 아닌 청사 건물과 시설 관리 업무만 모아 부서 하나가 신설되었는데 엉뚱하게도 그의 직분과 직무 내용이 전혀 맞지 않는 그를 팀장으로 발령 냈고, 누가 보더라도 그에게 주어진 업무가 깃털처럼 가벼워서 일과 중 청사 내에서 업무에 신경 쓰지 않고 거의 종일 마음 편히 집중하여 수험공부에 전념하도록 매우 특별히 배려한 것입니다. 직원들은 그를 만나려면 그가 속한 부서의 사무실이 아닌 청사 내 별도의 공간에 마련된 공부 장소에 가야 한다고 말했습니다. 그해 10월 시험이 끝날 때까지 8개월 동안 그런 특별 배려가 한 치도 흔들림 없이 이어져 그는 무난히 시험에 합격하였습니다. 그러한 특혜와 배려는 매우 조직적으로 벌어진 것이고 검찰 내에서 살려야 할 사람을 이용하여 죽여야 할 사람에게 보여 줄 수 있는 보복과 모멸의 카드이기도 한 것입니다. 이러한 조직 문화는 검찰 내에서 그 결정 과정이 암묵적이고 이심전심 이루어지기도 하여 내막을 알 수 없습니다. 기분이 좀 묘했던 것은 상급 청 누군가의 주도로 이루어진 것으로 보이는 가운데 신광선 지청장은 시치미를 떼고 있었고, 저의 직속상관이자 일반사무 부서를 총괄하므로 이강석에게 특혜를 준 것과 무관하지 않은 4급 서기관인 김경규 사무과장은 29년 전 저와 같은 날 똑같은 시험을 보고 같은 날 첫 발령을 받은 임용 동기였다는 사실입니다.

응시기회 박탈은 어떻게 이루어진 것인가요?

사냥꾼의 눈짓, 손짓에 따른 사냥개들의 발호에 의한 완수였거나 사냥개들이 스스로 사냥꾼의 의중을 헤아려 이루어 낸 임무 완수였습니다. 저에 대하여 손금 보듯이 보고 있었던 것으로 보입니다. 지난 연속 두 번은 평소 수험공부를 하지 않고 승진 의욕도 없음을 알았으나 마지막 시험기회를 두고 저의 응시 의지가 확고하고, 수험공부를 하고 있다는 정보가 사냥꾼과 사냥개들에게 들어간 것으로 보이고, 그들은 저의 승진만큼은 꼭 막아야 한다는 '신동민 계장 승진시험 응시기회 박탈'이라는 임무를 부여받고 매우 긴밀히 소통한 끝에 이루어진 것입니다.

응시기회 박탈을 왜 비밀리에 부치고 있었을까요?

저의 고통과 보복 효과를 극대화하기 위함이었습니다. 그 수법이 졸렬하고 교활한 것에 대하여 개탄스러움을 금할 수 없습니다. 이러한 수법의 응시 박탈은 변명의 기회를 주면서 절차를 진행하는 정상적인 '징계' 절차에 비하여 매우 가혹한 것이고, 징계 거리가 없는 저를 징계하는 이러한 수법은 그보다 8년 전 강호지청 인사보복과 유사했습니다. 그들이 매우 교활하다는 또 다른 사정은 그 이듬해부터는 시험방식이 180도 바뀌는 새로운 방식의 시험제도로 치러지는 변경이 그해 이미 확정되어 시행만 남겨 두고 있었습니다. 저에게는 그들이 박탈했기에 제가 따지고 들면 아직 한 번의 기회가 더 있는 셈이나 완전히 달라진 시험방식에 맞춰 젊은 후배들과 경쟁하게 하여 다시 고통을 줄 수 있다는 것도 고려하고 있었던 것입니다. 그리고 제가 만일 어머니와 아내에게 승진 선물을 주기 위해 그 모든 난관을 이겨 내고 그 이듬해 다시 응시하더라도 그들은 다시 또 어떤 카드를 들고나올지 모르는 일입니다.

응시기회 보복 상황은 그대로 종료가 되어 버렸습니까?

예, 10월 중순 시험이 끝날 때까지 그대로 밀어붙였습니다. 시험이 끝나 응시기회 박탈 보복목적이 달성된 직후 정호식 사무과장이 민원실에 내려와 저에게 제시하기를 샛별○○(주) 계열 굴지의 의료기관에서 100만 원 상당의 건강검진을 무료로 받을 수 있도록 혜택이 내려왔다고 하였으나 일언지하 거절하였습니다. 그러자 저에게 다른 혜택을 주었는데 제가 인사 때마다 저의 생활 근거지인 화평지청 근무를 희망했음에도 전혀 들어주지 않다가 만 3년이 지난 2021년 2월 시점에 인사 발령을 내주어 화평으로 올 수 있었습니다.

응시기회 박탈로 어머니와 부인의 실망이 크셨겠습니다.

그해 시험을 본다는 사실을 알고 있던 어머니는 제가 아무 말이 없으니까 이후 승진 이야기를 전혀 꺼내지 않으셨는데 시험 준비를 충실히 해 온 사실을 잘 아는 아내는 응시 박탈을 알고 그 실망감을 애써 감추려고 무척 애쓰는 것 같았습니다. 제가 승진선물을 주려다가 벌어진 일 때문에 오히려 아내에게 마음의 상처를 안기게 된 것인데 아내는 제가 승진을 못 한 것보다 제가 직장에서 버림받은 것을 재확인하게 되어 그

점이 더 아팠을 것입니다. 저에게 가한 크고 작은 보복이 모두 그렇습니다만 공무원 한 개인에게 가하는 그런 고통은 사랑하는 가족에게 그대로 전달되고 저보다 더 심하게 고통을 준다는 사실은 안중에 없었습니다. 제가 미관말직이었으니 망정이지 그 상대에 따라 감염 증상이 광적으로 극에 치달으면 가족 나아가 집안까지 확대하는 더 광범위하고 초토화적인 보복 방식으로서 '가족동반 보복', '멸문지화(滅門之禍) 보복'이라는 치명적 증상을 보이는 이들이 그들입니다.

응시기회 박탈은 일개 간부가 감행할 수는 없고 검찰 수뇌부에서 입김을 넣은 것이 아닐까요?

워낙 교활하고 치밀하여 심증만 있고 물증이 없습니다. 불길한 예감은 있었으나 민원실이 인사상 배려하도록 하는 부서이고 근무 충실도와 업무에서만큼은 누구보다도 성실하고 모범적으로 직무를 수행해 왔습니다. 검찰 바이러스는 고도의 지능을 활용하므로 상상을 초월하는 수법이 동원될 수 있다는 것은 알고 있었으나 그런 수법까지 들고나올 줄은 몰랐습니다.

승진시험 응시기회 박탈 당시 검찰 수뇌는 누구였습니까?

현재 국가와 국민의 미래, 한반도의 평화를 좌우하고 나아가 세계 평화에도 영향을 미치는 자리에 앉아 있는 사람입니다. 그가 검찰 수뇌 자리에 있을 때 특히 그랬지만 제가 검찰에 들어와 절망할 때마다 검찰을 떠날까 생각하다가도 다시 걷게 했던 생각은 제가 받는 봉급은 그 검찰 수뇌의 호주머니에서 나오는 것이 아니라 국민의 혈세로부터 나온다는 것입니다. 국가와 국민이 주인이고 이에 봉사한다는 생각이 없었더라면 그리고 검찰 괴물의 정체를 밝혀내고야 말겠다는 집념과 열정이 없었다면 진즉 검찰을 떠났을 것입니다.

인사보복에 대한 불길한 예감은 어떻게 느끼신 것입니까?

예전에 검찰 연수원에서 교육을 받고 온 임용 동기 윤경모가 저에게 알려 준 사실이 있는데 그곳에 특강 나오는 일반직 고위간부 박도규가 저의 이름을 대놓고 말하지는 않고 어떤 직원에 대하여 매우 비판하는 말을 늘어놓는데 누가 들어도 분명히 저를 두고 한 말임을 알 수 있는 내용이었다는 것입니다. 저의 검찰개혁 언행에 대한 비판을 연수원 교육자료로 삼아 온 셈인데 이후 박도규가 특급 승진을 하여 응시기회 박탈 당시 검찰 최고수뇌를 보좌하는 일반직 최고수뇌에 오르는 것을 보고 징후가 좋지 않다는 생각은 하고 있었습니다.

저에 대한 인사보복은 사냥꾼의 명시적 또는 묵시적 지시 또는 암묵과 방조하에 사냥개들이 긴밀히 소통하는 가운데 이루어진 것이라고 확신합니다.

어머니와 아내에게 줄 선물을 포기한 후 저는 예전처럼 반복해 왔던 일시적으로 사냥꾼과 사냥개를 피하는 것이 아닌 항구적인 것으로서 결단을 내렸습니다. 검찰을 떠나는 날까지 사냥꾼과 사냥개로부터 완벽하게 멀어지고 그들 앞에 다시 모습을 나타내지 않기로 굳게 결심했습니다. 그 첫 번째 실천으로 인사 담당에게 "승진을 포기하니 상부에 전해 달라"라고 말했습니다. 그리고 절대 침묵하기로 하고, 사냥꾼과 사냥개들이 치를 떨며 싫어하는 게시판에 올려놓았던 검찰개혁에 관한 많은 글을 하나도 빠짐없이 모두 삭제하였습니다. 이후 2년 8개월 동안 그렇게 조용히 계속 입을 꽉 닫은 채 미동도 하지 않고 끝까지 침묵하며 지내다가 이번에 퇴직한 것입니다.

그들은 저를 제거의 표적으로 삼고 늘 기회를 엿보고 예의 주시 하였으나 빌미를 잡지 못하자 끝내 그런 무모한 보복을 감행하였습니다. 그들이 그토록 수단과 방법을 가리지 않고 제 생각을 탄압하고 입을 막는 일을 하지 않았더라면 이런 증언을 할 필요가 없었을 것이니 이 또한 아이러니가 아닐 수 없습니다.

92

평소 그들은 제가 작은 빌미라도 있으면 저를 제거하지 않으면 저 같은 사람이 속출할 것 같고 그러다 무소불위가 해체되어 망할 것 같아 겁이 나서 사소한 빌미라도 보이면 이를 침소봉대하여 주거와 차량, 사무실 저의 책상과 캐비닛 등 일체에 대한 압수수색 영장을 발부받아 모든 것을 압수해 가 먼지떨이질을 하였을 것입니다. 그리고 공무상비밀누설, 명예훼손, 직무유기는 물론 지시 불이행 그마저도 어려우면 품위손상, 문제직원 등으로 왜곡하거나 조작하거나 몰아서 지속적이고 악랄하게 최대한 보복을 감행한 끝에 제거했을 것입니다.

그들이 그 정도로 비열하고 가혹할까요?

예, 검찰 바이러스에 감염되면 그렇습니다. 그 증상이 매우 다양한데 그들은 얼마든지 그럴 수 있고, 저의 표현은 더 순화할 수 없을 정도로 온건하게 한 것입니다. 제가 그동안 사냥꾼과 사냥개 증상에 대한 대응수칙을 적절히 이행하지 않고 무작정 맞섰다면 저는 일찍이 검찰에서 사라졌을 것입니다. 검찰 최고위 수뇌부 사람 중 저에게 보복 의사를 가진 자는 가장 상위의 사냥꾼이고, 그들 휘하 졸개들은 그 사냥꾼의 눈짓, 몸짓을 받아 사냥감인 저의 허물을 침소봉대하고 저주하며 마구 짖어 대고 물어뜯기다가 사냥꾼의 '묻지 마 발포'에 살아남지 못했을 것입니다. 이들 사냥개의 용감은 사냥꾼이 저를 죽일 수 있는 총과 자신들이 필요로 하는 입신 영달이라는 사료를 지니고 있다는 믿음에서 나온다고 말씀드렸던 이유입니다.

　검찰에서 눈 밖에 난 검찰 소속 사람에게 가해져 왔던 과거 전통적 보복 수법에 대하여 '보복폭탄'이라는 짧은 글을 쓴 적이 있는데 소개하겠습니다. 각 말미에 '죽게 한다'라는 표현은 '굴종하게', '도태하게', '그만두게' 한다는 공통의미를 지닌 것이라고 생각하며 읽으시기 바랍니다.

검찰에서 자행되었던 보복 폭탄

일 폭탄 : 일을 많이 주어 경황이 없게 한 다음 실수 또는 업무상 경미한 사고나 실수를 문제 삼아 죽게(굴종하게, 도태하게, 그만두게) 함

인사폭탄 : 인사 때 부당하게 반복하여 한직 또는 생활 근거지와 먼 곳에 오래도록 배치하여 절망감, 소외감 등으로 죽게 함

지적폭탄 : 수행한 직무 또는 결재를 올리면 업무지도 명목으로 사사건건 불러 지적, 보완 지시를 하여 다른 업무를 못 보게 하는 등 무능, 무력감, 패닉 상태에 빠뜨려 죽게 함

왕따폭탄 : 대화, 회의, 단합, 회합 등에서 투명인간 취급하거나 칭찬, 격려, 표창 등에서 제외시켜 고독과 사기저하 끝에 죽게 함

평가폭탄 : 근무평가, 성과급 때마다 불공정한 평가로 남보다 뒤처지게 하여 소외감, 무력감 끝에 죽게 함

과장폭탄 : 사소한 잘못마다 확대 과장하여 천하에 몹쓸 자로 만들어 죽게 함

모함폭탄 : 지위로서 주도권을 지닌 대화, 회의 등이나 모임에서 모함하여 이로써 널리 전파하고 명예를 바닥나게 하여 죽게 함

무고폭탄 : 조직의 부패기득권을 발설하거나 이에 저항하는 자에게 묻지마식 인사보복을 감행하여 절망과 억울, 우울감에 빠뜨려 죽게 함

통계·보고 폭탄 : 업무 파악 또는 개선을 빌미로 수시로 통계 또는 분석 등 보고서, 개선안 등을 올리도록 지시하여 퇴근 후에도 환각, 환청, 환영에 시달리게 하여 죽게 함

진상폭탄 : 함량 미달, 진상 직원을 가능한 한 한데 모아 함께 근무하도록 하여 스트레스받게 하고, 문제가 생기면 관리 감독 책임을 물어 죽게 함

거울폭탄 : 아첨과 아부하는 자들을 표창하고 승진시켜 거울로 삼게 하여 그 반대의 자들을 절망의 수렁에 빠뜨려 죽게 함

주구폭탄 : 증오 또는 제거 대상자에게 사냥개들을 풀어 끊임없이 짖고 물어뜯게 하거나 충성경쟁 광견에 물리게 한 후 엽총(인사보복) 방아쇠를 당겨 죽게 함

93

 2021년 2월 인사 때 화평지청으로 복귀하여 6개월 동안 수사과 호송팀에서 근무하다 그해 8월 인사에서 다시 민원실로 발령받아 줄곧 근무하였습니다.
 화평지청에서는 지청장 이하 간부 또는 직원들과 부딪쳤거나 문제는 없었나요?
 지청장 3명이 거쳐 갔는데 2021년 들어서부터 제가 내부게시판에 단 한 번도 나타나지 않고 입을 굳게 다문 채 지냈더니 아무 일도 없었습니다. 그러나 만일 저의 생각을 표현했더라면 정도의 차이일 뿐 종전과 유사한 일들이 벌어졌을 것입니다.
 이제 저의 증언을 서서히 마무리하고자 합니다. 저는 검찰에서 말직을 전전한 사람입니다. 지금까지 검찰에 몸담았던 고위직들이 고래만큼 경험하고 알고 있는 것에 비하여 저는 새우만큼 경험하고 알고 있는 것에 지나지 않고 그중에서도 빙산의 일각만을 증언하였다는 말씀을 드리고 싶습니다.
 놀라운 것은 증언에 등장하는 인물 중 현직으로서 국가와 국민의 권익과 미래에 크게 영향을 미칠 요직에 있는 사람이나 고위공직자 반열에 올라 있는 사람이 10여 명이 넘어 보이는데요?
 예, 맞습니다. 평소 저도 놀라고 있습니다. 또한, 여기에 전혀 등장하지도 않았고 저와 아무런 인연도 없는 검찰 출신의 인적분포와 유대관계를 보면 이대로 가다 세계에서 그 유래를 찾아볼 수 없는 명실공히 '검사공화국' 그리고 '검찰공화국'이 구축될 것이 너무 염려스럽습니다.

증언을 마치기 전에 현 제도에 대한 질문 네 가지를 준비했는데 간략히라도 답변해 주셨으면 합니다.

예, 검찰 제도문화에 관한 심층 내용은 논문에 총체적으로 담았기에 이번 증언에서 초점을 맞추지 않았습니다만 준비하신 질문에 답변드리겠습니다.

2020년 검경수사권 조정 입법에 대하여 특히 검찰 내부가 크게 반발하였고 이후 국민의 지지를 충분히 받지 못한 이유는 무엇이라고 보십니까?

검찰개혁이 혁명보다 어려운 일이고 현재 답보 상태에 있는 가장 큰 이유는 그 반대 세력의 전방위적 방해와 보복이고, 그다음은 개혁세력의 서투름과 실수이며, 그다음은 국민이 검찰의 내면을 더 알아야 한다는 것으로서 저의 증언과 곧 세상에 나올 논문은 이를 위한 것입니다.

검찰의 문제에 대한 근본적이고 총체적인 책임은 검찰에 바이러스를 주입하여 정권욕에 활용해 먹은 정치인들에게 있음에도 그러한 진실에 대한 인정과 진솔한 반성보다 검찰 탓에 무게를 두어 검찰 내부의 반발을 불렀습니다. 정치권이 만든 법을 집행하는 수동적이고 보수적일 수밖에 없는 한계를 지닌 검찰이 모든 잘못의 원조인 양 밀어붙인 감이 있다는 말입니다. 그리고 일을 크게 벌여 놓았으면 눈앞의 정치적 득실을 따지지 말고 뒷심을 발휘하여 완성해 나가는 모습을 보여야 하는데 너무 부족했습니다.

제가 가장 지적하고자 하는 것은 어려운 정책일수록 '최선의 정책은 정직'이라는 금언(金言)을 새기고 실천해야 하는데 전혀 그렇지 않았습니다. 70여 년 전 이미 일본이 완수한 검찰개혁 내용 중 일부분을 부득이 모방하게 된 부끄러운 역사적 배경에 관한 것입니다. 우리의 체질에 맞으므로 비용을 절감하고 부작용을 최소화하기 위하여 일본이 개발한 백신에서 일부 성분을 그대로 모방하여 도입한 부득이한 사정과 딜레마를 솔직히 고백하는 것에서부터 시작해야 하는데 전혀 그렇지 않았습니다. 이 부분 과거에서 현재에 이르는 역사적 배경에 대하여도 논문에서 상세히 다루고 있습니다. 그러나 분명히 말씀드리면 서툴고 잘못한 점이 있다 하더라도 주된 책임은 개혁 반대 세력의 방해와 보복이고 개혁의 기본 방향은 옳았고, 국민의 지지가 필요하고 아직 갈 길이 멀다고 생각합니다.

2020년 검경 수사권조정으로 경찰이 일반 민생침해 사건의 실질적인 1차 수사권을 행사하게 되면서 '경찰이 이전보다 더 엉터리다'라는 말도 많던데 어떻게 생각하십니까?

그런 말이 나오리라 예상했습니다. 개혁이 지지부진할수록 그럴 수 있는데 그렇다 하여 과거로 회귀해서는 안 됩니다. 그러한 난관을 조기에 반드시 극복하고 경찰의 수준을 꾸준히 높여 검경 간 견제와 균형을 확고히 이루어 내야 합니다. 지금은 그 중심에 현장과 초동 수사를 책임진 경찰에게 상응한 권리를 주어야 한다는 '수자유권(搜者有權)의 원칙'만 말씀드리고 자세한 내용은 논문에서 밝히겠습니다.

수사와 기소의 분리 주장에 대하여는 어떤 생각이십니까?

경찰이 수사하여 송치한 사건은 같은 검사가 보완 수사도 하고, 기소도 하는 것이 당연하고 바람직합니다. 그러나 그 이외 사건은 우리나라 특유의 망국적 검찰 문제 해결을 위하여 검찰의 직접수사 개시 범위를 경찰의 비리를 비롯한 최소한에 국한하고, 이 또한, 수사 검사와 기소 검사를 실질적으로 철저히 분리해야 합니다.

「경찰국」 신설에 대하여는 어떻게 생각하십니까?

가장 문제는 경찰의 기본 골격과 골수에 지대한 영향을 미치는 매우 중요하고 비중 있는 경찰 관련 기관을 법률이 아닌 시행령으로 간편하게 해결해 버린 '명령 정치'라는 것입니다. 이런 특별 기관의 장인 '경찰국장'과 '경찰청장'의 위상에는 어떤 기류가 형성될까요? 그리고 2020년 개혁 입법에 따라 축소된 검찰의 직접수사 개시 범위를 2022년 시행령 개정으로 대폭 확대하여 그 입법 취지를 무색하게 만들어 버린 것도 같은 맥락의 '명령 정치'입니다. 이 모두 개혁세력의 미숙과 반대 세력의 방해에 따른 과거 회귀로 빚어진 일입니다. 일제강점기 입법, 사법, 행정권을 한 손에 틀어쥔 조선총독이 발포한 명령이 '제령(制令)'이라는 형식으로 공포되었고, 검찰은 경찰을 앞세워 그러한 법령을 무자비하게 집행하였습니다. 그러한 잔재(殘滓)라고 봅니다. 그런 식으로 '경찰국'을 신설할 것이 아니라 경찰과 상호 협력 수평관계 설정, 경찰이 제1차 수사권을 갖고, 검찰이 제2차 사후 수사권을 갖는 것 등을 주안으로 한 「형사소송법」 개정도 있었고, 검찰의 무소불위 해체에도 상응하므로 '검찰총장'을 '검찰청장'으로 변경하는 「검찰청법」 개정부터 먼저 해야 할 것입니다.

'고위공직자범죄수사처'의 존속 여부에 말들이 많던데 어떻게 생각하십니까?

그 기구도 수사권 행사의 주축이 검찰 소속 검사와 같은 혈통인 검사로 거의 모두 채워져 있고, 조직과 구성면에서 혈세만 낭비할 뿐 허수아비 효과 이상은 기대할 수 없는 실정입니다. 아쉬운 대로 우선 유지하되 신설 목적에 맞도록 엄중히 바로잡아야 하고, 결국에 가서는 경찰이 선진국에 버금가는 수사능력을 발휘하고 고위공직자와 검찰의 비리를 제대로 수사할 수 있는 수준에 올라서게 되는 그날이 오면 그 기구는 옥상옥(屋上屋)이 되므로 폐지 여부를 검토하게 될 것으로 생각합니다.

이상 말씀드리고 검찰 제도문화에 관한 내용은 논문에 총체적으로 담았으니 읽어 보시기 바라며 기회가 되면 이와 관련한 인터뷰에도 응하도록 하겠습니다.

　알겠습니다. 논문의 성격을 다시 한번 말씀해 주십시오?

　이번 증언에서 소개한 각종 감염증을 일으키는 검찰 바이러스가 언제 어떻게 발생하였으며, 그 숙주는 무엇이고, 70여 년 동안 어떠한 변이과정을 거쳐 이 땅에 정착하게 되었으며, 왜 사멸시켜야 하는지에 대한 입증입니다.

　알겠습니다. 이번 증언에 대한 소감 부탁드립니다.

　검찰 바이러스 존재와 다양한 감염증에 대한 입증자료집이라고 볼 수 있습니다. 그 감염증의 화신인 정치검사 그리고 그 최고 정점에 있는 검찰 원리주의자들에게 휘둘리지 않는 세상이 오기를 바랍니다. 저의 연구는 이제 시작에 불과하고, 서두에 말씀드린 대로 이번 증언과 발간될 논문을 아우른 주제입니다만 저의 증언이 검찰 바이러스 퇴치를 위한 마무리 백신 생산 즉 검찰개혁 입법 완수 그리고 진정한 의미의 광복과 역사 바로 세우기 차원에서 검찰 과거사를 독립기념관에 전시하고 교과서에 수록될 수 있도록 심층 연구가 시작되었으면 하고, 법원에서도 검찰과 그 기원, 숙주를 같이 하는 우리나라 특유의 법원 바이러스 연구가 있었으면 합니다.

　32년 검찰 재직 공직자로서 검찰 소속 분들에게 하고 싶은 말씀이 있으면 부탁드립니다.

　지금은 검찰 바이러스가 잠복기에 들어가 감염증이 획기적으로 줄어들었습니다. 그 사멸에 관심을 가지시기 바라고, 내 안에서만의 검찰, 우리나라 안에서만의 검찰이 아닌 저비용 고효율, 정의로써 세계에서 국가 경쟁력을 지닌 검찰로 거듭 발전해 갈 수 있도록 노력해 주시기를 바랍니다. 그리고 앞으로는 검찰의 부패 또는 저열한 조직문화를 활용하여 자신의 입신영달, 부귀영화를 위한 수단으로 삼는 사람이 앞서가는 일이 없었으면 합니다.

증언을 듣고 나니 검찰의 전관예우, 몰래 변호, 사건 농간, 상급자 또는 고위직의 갑질과 횡포, 검사의 업무 과중, 조직문화 등에서 과거와 달리 개선된 점이 있다면 증인의 노력과 실천이 적지 않게 공헌을 하지 않았나 생각합니다.

그들은 그런 점에서 검찰에서의 저의 존재와 행적 자체를 지워 버리고 싶을 것입니다. 그들이 인정하든 하지 않든 적지 않게 공헌하였다고 자부합니다. 고여 썩는 강물이 아닌 모래와 자갈, 수초가 어우러져 부딪치고 휘돌면서 맑게 흐르는 강물의 정화작용처럼 자정작용이 활발한 검찰이 되기를 바랐던 것입니다.

알겠습니다. 수고 많이 하셨습니다. 논문 발간을 기대합니다.

감사합니다. 수고 많이 하셨습니다.

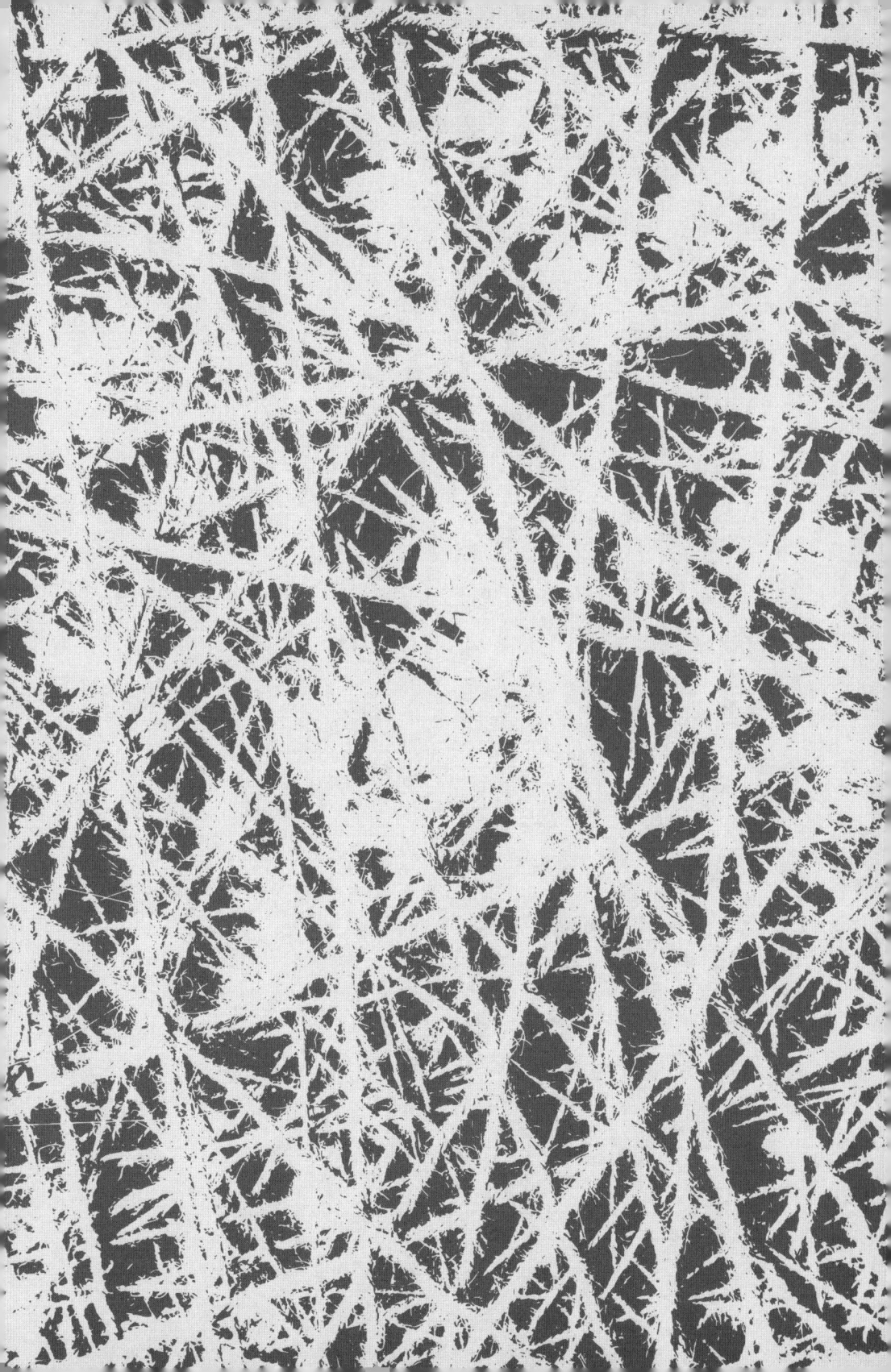

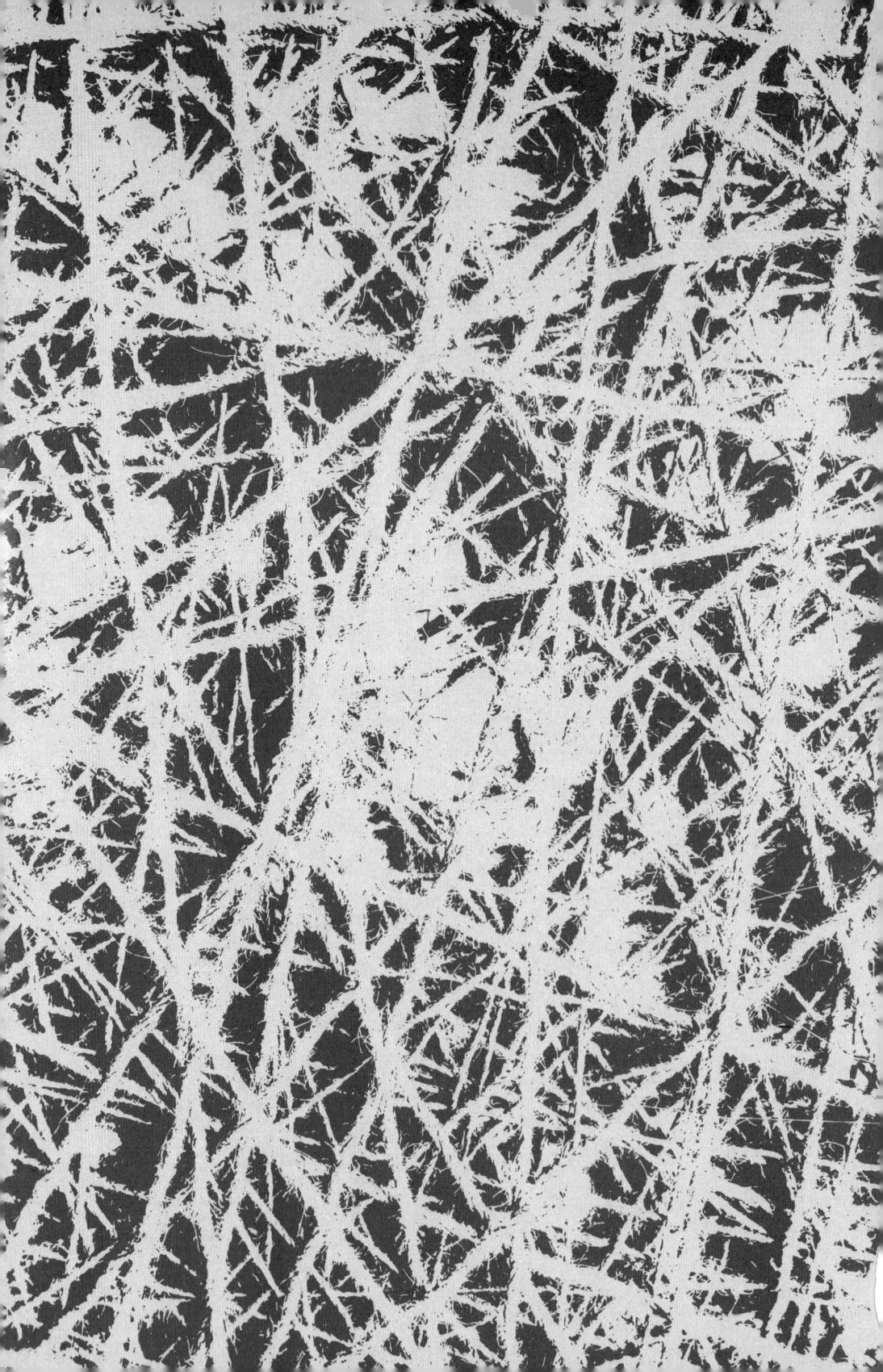